红樱桃

付易之 ／ 著

新华出版社

图书在版编目（CIP）数据

红樱桃 / 付易之著. —北京：新华出版社，

2021.1

　　ISBN 978-7-5166-5648-8

　　Ⅰ.①红… Ⅱ.①付… Ⅲ.①长篇小说—中国—当代

Ⅳ.①I247.5

　　中国版本图书馆CIP数据核字（2021）第027486号

红樱桃

作　　者：付易之

责任编辑：蒋小云　　　　　　　　　　　　封面设计：中尚图

出版发行：新华出版社

地　　址：北京石景山区京原路8号　　　　邮　　编：100040

网　　址：http://www.xinhuapub.com

经　　销：新华书店

　　　　　新华出版社天猫旗舰店、京东旗舰店及各大网店

购书热线：010-63077122　　　　　　　中国新闻书店购书热线：010-63072012

照　　排：中尚图

印　　刷：天津中印联印务有限公司

成品尺寸：240mm×170mm，1/16

印　　张：29.5　　　　　　　　　　　　字　　数：390千字

版　　次：2021年4月第一版　　　　　　印　　次：2021年4月第一次印刷

书　　号：978-7-5166-5648-8

定　　价：78.00元

1

初夏的太阳暖烘烘地照着。

樱桃峪校园里那株巨大的合欢树花儿开得正鲜，粉红的花朵儿稀稀落落地布满了全树，虬龙似的枝丫四面伸展着，占据了不小的空间。

合欢树下，初一、初二两个班的同学们熙熙攘攘地正在排队，初二班班长李永泰来回跑动着调整队形。队伍很快排列整齐，他转身向后紧跑几步来到老师面前，请求老师的指示。

并肩而立的两个老师都很年轻，男的高挑的个儿，一脸的英气，二十四五岁的样子。女的则像个半大孩子，秀丽得就像一朵初放的梨花，看上去也就是十七八岁的样子。

女老师向前一步，宣布了去郊游的消息。孩子们一听说去游玩，自然是欢呼雀跃。

男教师往前一步，双手一按："今天带你们出去，就是让大家观察一下咱樱桃峪的地形地貌，让大家投身到大自然的怀抱中去，感受一下祖国山河的壮美，学以致用，为将来改天换地打下基础。"

接着，女教师宣布了春游路线："沿胭脂河上行半公里，而后向右岸的望龙山，也就是咱们村的主峰前进，最后登上峰顶！"

男教师手一挥："出发！"

同学们欢呼着，在少先队旗的带领下，有序地向校门走去。

他们学校的汪文君老师和五十岁许的女校长白玉春刚好从校门口走过来。汪文君望着列队而来的队伍，又把目光投向走在后面的二位老师："你们这是去春游吗？也不约约咱，真小气！"他向余志明做个鬼脸，一语双

关地说："祝你们一路顺风，心想事成！"

女教师回头望一眼汪文君说："汪老师，我们谢谢你！"

女校长望着出行的队伍，悠悠地说："这两个年轻人真有意思，每次活动总在一起，你看，他们配合得有多好。"

汪文君笑笑："真是年轻人火热的心啊，看他们朝气蓬勃的样子，我都羡慕。"

女校长："是吗？"

队伍来到村街上。街两旁的墙壁上涂着各个历史时期的大字标语：工业学大庆，农业学大寨。热烈庆祝党的十三届三中全会胜利召开！落款都是樱桃峪大队宣。街上时有行人走过，他们高兴地和老师们打着招呼。

初二班文娱委员李霞走出队列，领头唱道："我们是共产主义接班人……"

路过彭涛饭店的时候，彭涛和他的妻子许莉正在门口和几个人谈话，许莉高兴地喊："志明、玉珠，你们可要好好地郊游哇！"

彭涛、许莉都是余志明、乔玉珠的好朋友，所以就说了些半是调笑半是祝贺的话，二人也不在意，微笑着挥挥手算是做了答复。

男女二位老师跟在队伍后面，女老师孩子似的脸上带着笑，她注视着前面的队伍，又不时侧身望一眼身边的同伴。男教师则一副旁若无人的样子，一直注视着前方，偶尔也瞥一眼两旁的景物和他的同事。

他们都是这个村的回乡知青，男的叫余志明，高中毕业。当时他就算是这个村的"高级知识分子"了。他一直负责初一至初三三个年级的理化课，是这个公社公认的优秀理化教师。可能就因这点吧，他平时总是一副大言不惭的样子。

女老师叫乔玉珠，是去年刚毕业的高中生，她出生在一个既是地主，又有革命烈士的特殊家庭。母亲自幼受古典文化熏陶，自有一种大家闺秀的风范。小玉珠耳濡目染，在自觉或不自觉中就从母亲身上承袭了那种仕女式的气质。她三四岁时就能背诵"红酥手，黄縢酒，满城春色宫墙柳"，以及诸如"水阔鱼沉何处问？夜深风竹敲秋韵"一类颇具意境的诗句。她走路款款的，说话慢声细语，如梦的两只眼睛总爱注视着某一个地方，像是深藏着什么。而新式的教育和社会环境又使她自然而然地具备了一种现代女性的洒脱和自信。

队伍转过一个弯，踏上了胭脂河大桥，孩子们涌向大桥栏杆，指手画脚地议论着。

正是樱桃成熟的季节，两岸玛瑙似的樱桃果儿，一团团、一簇簇地挂在稀疏的枝叶间，风儿吹过，便轻轻地摇曳着。它们艳丽的影子映下来，河水就荡漾着一片一片的胭脂红。

大桥上，一双双天真的眼睛贪婪地欣赏着这美丽的景致，人群中不时发出阵阵赞叹声："美啊，美啊，太美了，真是太美了！"

一个叫赵娜的女生蹦蹦跳跳地指着河面："看啊，胭脂河变成红的啦！"

王丽萍就说："我说赵娜，咱要是长得跟这河水一样美丽，该多好呀……"

胭脂河是这个地区一条不算大的河流，它在深山里汇集了无数条小溪流，顺势而下，叮叮咚咚地来到樱桃峪村边，越过胭脂河大桥，又叮叮咚咚地流向平原，流向远方。多少年来，它就这样不知疲倦地流着，那叮叮咚咚的声响，像是一首永无休止的歌，吟诵着这个地区太多的世事沧桑。太阳照在河面上，细微的波浪闪烁着斑斓光波。平时一有空暇，余志明和乔玉珠总爱到这儿游玩，散心。这样的景致、氛围颇能撩拨青年男女的心弦，从而生出许许多多的遐想。

也许是缘分吧，自打乔玉珠走进这个学校，就被余志明的不凡气质所倾倒，特别是他那大言不惭的样子，还有那种自负的姿态，总让这个初涉情思的姑娘生出好多奇异的遐想。很多时候她都在想，他有多好啊，他有多优秀！她心里说，他就是她的梦，他就是她的王子，和他在一起，即使是不说不笑，他们的心也是相通的，只要看到他的形体，闻到他的气息，她都会感到满足。感到是一种高雅的享受。

今天她和他又带队来到这个让他们流连忘返的地方，这怎么不让她心花怒放！这时，她看到余志明在拷问"胭脂河"名字的来历。有的说是因为河水被樱桃果儿染成了红色，有的说是因为这河水红得像胭脂，一个女生还说她见姐姐用过胭脂，而大部分同学都说没有见过胭脂。一个小个儿男生就问余志明："什么是胭脂？"余志明听说过胭脂，也知道胭脂是红色的，可究竟什么样，他也没见过。他只好用手指指乔玉珠，示意大家去问她。

乔玉珠嗔怪地望他一眼就说："胭脂是女人常用的一种化妆品，像樱桃一样红。"

一个女生继续问："老师，你也经常用吗？"

乔玉珠没想到这个小女生会这样问，一时竟红了脸，连忙说："我是见别人用的。"

余志明望着乔玉珠的窘态，不由一阵内疚，于是手一扬，指挥孩子们向桥下冲去。

二人来到河边，走到一株沿河的老垂柳下，观望着河中嬉戏的孩子。孩子们尽情地玩着，叫着，疯狂地打着水仗，在河床上扬起一片迷雾。太阳照下来，那水雾上就显出一道道斑斓的虹。

乔玉珠兴奋地说："看哪，同学们玩得有多开心。"余志明点点头，掏出哨子一吹，同学们向上游冲去。

乔玉珠望着沿河的景色，动情地说："胭脂河、樱桃峪，还有望龙山，多么富有诗意的名字，多么美！"

余志明望着不远处的望龙山，悠悠地说："是的，名字确实很美，但真正美的还应该是让它的内涵丰富起来，让咱们的家乡真正地像这些名字那样美丽起来。"他望望远去的同学们，"今天，我还要考考同学们那座山名字的来历。"

同学们已经来到望龙山下，余志明用手一指："那就是望龙山，同学们，朝着主峰，前进！"

乔玉珠的"注意安全"四个字还没说完，孩子们就像冲锋似的向山上冲去。她嗔怪地望他一下，说："真是的，还没有嘱咐一下安全问题，你就下了令。"

余志明微微一笑："没有问题的，这儿的地形咱们不是考查了多次吗？没什么危险的。"

孩子们散乱地分布在山坡上，往上爬着。山势不是很陡，时间不长，大部分学生已爬到山腰。

余志明和乔玉珠走在队伍的最后边，一半为的是搜罗掉队的学生，一半为的是观察这里的地貌和植被分布情况。他发现，越往下植被越密集，到处是果树和刺槐，还有松柏、白杨之类的乔木；越往上植被越稀疏，路两旁杂生着一些乱蓬蓬的杂草和酸枣，枝丫纵横的树体上都生着锋利的刺，张牙舞爪地像要随时要扎入人的肉体。山上、山下的树木花草都耷拉着叶子，像是久病的老人。

乔玉珠见他出神的样子，拉拉他，说："哟，余大教授，看你这个样子，还真想当个地质学家呀！"

余志明正想回话，就见她一下坐在地上，双手抱住脚，哎哟哎哟地叫着。余志明弯腰看时，见她脚上扎着一根长长的刺，他嘴里说着"你不要动"，右手已将那刺拔下送到她面前："你看，这么长，也不小心点。"

见她一瘸一拐地走着，余志明就从旁边折下一根树枝递过去，她却不接，一个劲地望他，余志明只好挽着她走了几步。他见李霞就在不远处，便喊她过来，让李霞扶着她走。快到山顶的时候，赵娜等几个女生跑下来，帮着李霞扶乔玉珠走上峰顶。

余志明几步跨上峰顶，孩子们立即聚在他身旁。他又拷问和介绍了望龙山名字的来历。他说，这个地方自古以来十年九旱，山民们年年来、月月来，祈求龙王给他们带来雨水。时间长了，这儿就成了望龙山。接着，他又拷问了如何解决干旱的问题。李永泰回答了这个问题。他说："在山上建一座大大的蓄水池，把胭脂河里的水都抽上来存在里面，来浇咱们的田地。"

余志明望着这位得意门生，高兴地说："好，好，有气派！你的想法和老师一样，将来咱们就是要把胭脂河里的水弄上来，存在水库里，再修上环山渠，去浇灌咱们的果园和田地。"他停顿了一下，望着大家，"胭脂河里的水是要弄上来，可不能抽干呢，抽干了，下游的社员拿什么浇地呀？"同学们笑了，李永泰也笑了。

余志明又问李霞："李霞同学，说说你的看法。"李霞坚定地说："老师说怎么办，我就怎么办。"余志明又问赵娜："赵娜，你呢？"赵娜想也不想："我听李霞的。"同学们就又笑起来，有的就说："赵娜好是好，就是爱当跟屁虫……"

余志明抬头望望太阳，又瞄一下腕上手表，就指挥队伍下了山。

2

几天后的一个下午，余志明下课后在学生群中穿行着。

女校长从后面赶上来，轻声说："小余老师，教育组让我通知你，下个星期五，公社准备听你的物理课，你看怎么样？"

余志明颇感吃惊，就停住步子，说："让我想想再说……"

"你还想什么呀？谁不知道你的理化课统考成绩差不多年年公社第一！"她停了一下，两眼紧盯着余志明，"这可是公社教育组长点的将，当时我就拍板应了下来。好好准备一下吧，千万别让领导失望，具体事项已有通知，在你桌子上放着呢！"

女校长是一个资历颇深的老教师。她矮矮的、胖胖的，有着一张柿饼似的大圆脸，常戴一副玳瑁夹鼻眼镜，爱从镜框上部缝隙里瞅人。她整天婆婆妈妈的，爱打小报告。她又吝啬得出奇，对老校工她也不放心，每逢星期六回家时还要让乔玉珠和李霞她们给她看宿舍。她的东西什么都有数。临行前，她会在罐子里的小米上画上符号，在盛鸡蛋的纸盒上贴上条子，注明还剩几个，她还能在凝固的大油碗上咬上牙印，然后再嘱咐乔玉珠好好看家，多留点神，尔后才放心而去。

面对这样一个谨小慎微的领导，余志明不敢怠慢，着手准备起来。

星期六的晚上，夜已经深了，余志明还趴在办公桌上写教案。他一会儿凝神思考，一会儿又站起来在室内走来走去，两只手还像纺线车似的转来转去。

女宿舍里，乔玉珠一觉醒来，见办公室里还亮着灯，就悄悄推门进去。她望一眼墙上挂钟，轻轻地说："余老师，都快十二点了，还不回家？你在想什么？"

余志明停住步子，说："我在想如何才能比较直观地把那抽象的电磁理论传授给学生呢？"他的两手又在胸前做着圆周运动，"我想，要是有一台小电机就好了，咱们可以用它的零部件造一台发电机模型。这样，许多理论问题就会迎刃而解。"他思忖着，自己问自己："可是到哪里去弄呢？"他不由皱起了眉头。

乔玉珠眼睛望着一边，似在思考什么，一会儿，她转过头说："余老师，我可以帮忙吗？"

之后的某一天下午，乔玉珠怀抱一个物件，慢悠悠地向余志明家走去。

余志明的家位于樱桃峪西北部。沿小巷东行几十米，隔着一条南北大街就可以看到乔玉珠的家。

这是一座面积不小的院落，东西长几十米，南北有二十几米的样子。院子四周是一圈不高的土墙，大门开在东南部。进得门来就是宽大的庭院，庭院的正北是三间土坯垒成的青瓦房，青瓦房东西各有一个门，余父余母住东部两间，余志明住西部一间小房。瓦房的西侧是一间小小厨房，再往西是一个菜园子，里面有一个压水机井，院子的南部、西部各有一排白杨和刺槐，西南角是喂猪的栏圈和一个不小的葡萄棚架。整个院子宽敞明亮，每到夏秋两季，杨树叶子就哗啦哗啦地响。唯一的毛病就是房子太少了一点。余志明弟兄四个还有一个姐姐，家里盖不起太多的房子，小时，大家就挤着住。大了，姐姐早早地嫁了人。弟兄们就到别人家"住房"，好在那时不收房租，要是像现在这样月月要房租的话，那可是真要了当老子的命。再大了，下面的三个弟兄先后当了兵。都说当兵好哩，当兵好说媳妇。之后的情况就验证了这种说法。余志明三个弟兄都是在队伍上成的亲，结婚、升官、生孩子那可是后来的事，先放下不说。

这天，余志明在葡萄棚下，正在鼓捣他的发电机模型，地上的木板上已钉上了一个带槽的轮子，旁边摆着扳手、钳子，还有铜线什么的。

余父、余母正在侍弄他们的菜园子，园里种着几畦韭菜、小白菜什么的，都绿油油的，像是有汁液要流下来。

大门吱啦一响，乔玉珠跨进大门，远远地和余父余母打着招呼，并问："余老师在家吗？"

余母站起来，擦着手上泥土："哟，是玉珠姑娘呀，你找志明吗？"她用手一指，"那不，他在那儿呢！"

余志明就像没有发现乔玉珠的到来，依然拿着带轮比画着。乔玉珠见他不理不睬的，心里就有点不悦。她来到他面前，闷闷地说："哟，你这大科学家走火入魔了？这么个大活人站在你面前，也不理人家。"

余志明吃惊地望着她，放下手来，说："玉珠，怎么是你？刚才我一直在想发电机的事情，就没有注意到你。嗨，对不起，真是对不起。"他指指旁边的凳子，"快请坐下。"乔玉珠点点头，并没坐下去，将手背在身后，听他讲正在做的事。

"我刚才在想，如何才能把转子上的电传到外面去呢？那样的话，小电珠才会亮。"他望望地上的粗铜线，"再说，这些线也太粗，造线圈儿根本用不上。"他见乔玉珠一直不吭声，两只手还背在后面，就问："你怎么回事，手里是什么宝贝？"

乔玉珠刚才一直入迷地望着他，听到问话，半天才回过神来，脸上不觉一红，忙说："你猜，你猜呀！"

余志明转到她身后，双手接过那个沉甸甸的东西，一下子高兴起来："电机？好了，好了，这下好了，有了这个东西，材料就不愁了，"他激动地望着乔玉珠，"嗨，还没有问问你，是从哪儿弄的？"

"你忘了我爹是电机厂工人了？是他带我从废品堆里找出来的，又花钱买的呢。"乔玉珠颇感自豪地说。

"好，好，咱现在就把它拆开，它的漆包线、矽钢片，还有轴承什么的，都能用。"他拿起扳手，让乔玉珠扶着，就动手拆了起来。

北面小菜园里的余父，一边叮叮当当地敲着锄头上的泥土，一边问身旁的余母："喂，我说老婆子，我让你托他乔大婶办的事，你听到回话了吗？"

余母正呆呆地望着远处的乔玉珠，喃喃道："多好的闺女呀，仙女似的……"

"问你话呢，没长耳朵吗？嘀嘀咕咕的像个八十岁的老娘们儿！"

余母应道："问我啥事来？你看我这记性。"

"我是说志明他不小了，该成个家了，让你再去催催他乔大婶，先见见面，差不离就定下来。"

余母不由又向那边望着，迷惘地说："你看，志明要是跟乔家二闺女……"

"你就别做春梦了吧，人家才多大，等她到了年龄，志明就快三十了，耽误了他不说，你那三个小子还说不说媳妇？"余父气不打一处来，急急地说。

"核桃峪的那闺女好是好，就是寸了点。"余母一边拨着草，一边小声说。

"寻思你是什么好主儿啊，四个儿子，三间破屋。粮食是够不够三百六，混一天才弄三四毛钱，常年拿着鸡腚当银行，人穷点怕什么？能生孩子会干活就行。"

余母一撇嘴："你还想当公公爹哩，什么生孩子不生孩子的，让人家闺女听着多不好。"

"你少给我打岔，明儿一早拿上点东西，再去给我问一下，请她抓紧，越快越好哩。"他望一眼正想要说话的余母，"你又想说什么？记住了，明儿一早去。"见余母不理他，他又拿起小锄子锄起了草。他自言自语道："俺管不了那么多，反正剜到篮子里就是菜……"

葡萄架下，余志明已把电机拆开，他抽出转子交给乔玉珠，又动手拆线圈。

乔玉珠轻轻放下转子，抬眼望望小菜园里的余父余母，不解地问余志明："你爹你娘一个劲地在说啥呢？"

第二天的下午，余志明觉得有点燥热，就拿起一本参考书向河边走去，他一路走，一路想着乔玉珠帮他造发电机的情景。她的影子老在他脑海里打转，一会儿是她在窃窃私语，一会儿是善意地埋怨，一会儿是如梦的眼睛老盯着他，他发现自己在不知不觉中爱上了这个天真的姑娘。啊，这是一桩多么美的事情，是一件多么值得庆贺的事！可是，他又觉得自己是自作多情，人家说过爱你吗？你只不过是一厢情愿或是想入非非罢了！想到这里，他不由得嘲笑一下自己。但他又想，从她那痴情的目光，从她那温馨的话语，似乎她也有那个意思，人非草木，孰能无情？他这样想着，来到那株临水的老垂柳下，找块石头坐下去高兴地看起了书。

乔玉珠不知什么时候来到了河边。她悄悄从后面靠近余志明，一下夺过他的书，随后把手放在背后，调皮地问余志明："你的书呢？你的书呢？"

其实余志明早就发现了乔玉珠，只是他那种自负的性格在作怪，他从不主动和女性，特别是年轻女性说话，今天，就是乔玉珠也没有例外。

余志明站起来，揉一下眼睛："玉珠，你来了？有几个问题如何向学生表述，我还没有更好的法子。"他指指她背后，"想从那本资料中找点答案。"

乔玉珠把书还给他，他们站在柳荫下，静静地欣赏着夕阳下的胭脂河美景。

余志明转身对陶醉着的乔玉珠，动情地说："小乔，我得好好谢谢你呀。"

"谢什么哩？"

"谢你帮我成功研制了发电机模型，谢你为我排忧解难……"

"怎么个谢法呢？"乔玉珠穷追不舍。

"怎么个谢法嘛……我，我还没个谱呢。"余志明有点尴尬地说。

乔玉珠指指河面："咱们到河里去好吗？"

余志明也不搭话，就动手解鞋带，脱鞋袜。他们在河中哗啦哗啦地走着。脚下很滑，他们不时摇晃着身子。

河水很清，水下的景物清晰可见。乔玉珠突然大声嚷起来："余老师，快来看哪，这儿有条鱼！"

余志明连忙跑过去，一边搜寻一边问："在哪儿呢，在哪儿呢！"他弯下腰去，在水下摸着。时间不长，他便从河里摸到一个东西，把它送到乔玉珠面前，说："快张开手接着。"就见一只小小的螃蟹出现在她手心上，她惊恐地望着，快速地甩着手，一步步后退着，一下跌倒在河水中，溅起一片浪花。

余志明赶紧上前拉起她。她嗔怪地望望这位老大哥，一下扑在他怀里，说："吓死我了，吓死我了，这就是你对我的答谢吗？"

乔玉珠柔软的躯体紧贴在余志明身上。他感受到了她的体温和她那火辣的眼神，心中不由荡起一种异样的情绪，伸出双手紧紧地搂住了她。

也就是那么几秒或是十几秒吧，理智还是战胜了他。他松开手慢慢推开她，拉她走上岸。乔玉珠低头望望湿透的上衣，见上衣紧贴在身上，显出清晰的轮廓，难为情地侧过身，小声说："你看，全湿透了，怎么回家呀！"

余志明也觉得有点不好意思，就说："天气这么热，一会儿就会干的。"

他们沿河溜达着，阳光投下的树影不断在他们脸上变幻着。余志明说："离听课只有两天了，到时候教育组领导和各校物理教师都要来，阵势肯定小不了。"

乔玉珠担心地问："你有没有把握？害不害怕？"她望望余志明，"正好那天上午我没课，我可以去吗？"

余志明忙说："欢迎，欢迎！"

听课活动如期举行。教室里挤得水泄不通。乔玉珠坐在教室的最后面，认真地做着笔记，又不时抬头望望侃侃而谈的余志明。

黑板上写着定理、定义和各种示意图。

新课已讲授过半，有几个老师开始议论："我看他讲课也没有多少妙招。"

一个戴眼镜的男老师严肃地说："你先别妄下结论，慢慢听他讲。"后面的几个老师干脆吸起了烟。

"你看他教桌上放着的也不知是啥玩意，上课呢，还带着个包袱，不伦不类！"几个年轻女教师掩面笑了起来。

余志明望望叽叽喳喳的同行们，微微一笑，继续讲授："电磁感应的有关理论先讲到这里，为了增强记忆，把抽象的定义通俗化、直观化，就请同学上台来演示一下。"他望望李永泰和李霞，"李永泰、李霞同学，你们上来。"

二人走上讲台，李永泰就要解那包袱。余志明忙说："慢，李永泰你先把定义背一下。"李永泰随即朗声背诵："闭合导体在磁场中作切割磁力线运动时，导体中就会有电流发生。"余志明高兴地说："好，背得对，下面你们就用这模型演示一下。"

李永泰解开包袱，把那模型高举起来，师生们立即为之一振，一个老师小声说："小余这家伙果然有新式武器。"

李永泰说："同学们请看，这就是咱们余老师和乔老师共同研制的发电机模型。"下面一阵骚动，人们先把目光投向余志明，又回头望望乔玉珠。

一个老师小声说："这模型是他们自己研制的，真是不可思议！小余这家伙还真有两下子！"

另一个老师："不只是小余，还有人家乔玉珠呢。没有她的支持，这仪

器也许就泡汤了……"

"这可就怪了，姓乔的又不教理化，她帮什么忙？"

"这你就不懂了吧，听说他俩……"

李永泰指指那个马蹄铁大声说："同学们请看这里，它是一个马蹄形磁铁，也叫吸铁石。它的两极之间和附近的空间就是磁场。"师生们随着他的手认真地看着。

李霞向前一步，用手一指中间的线圈，用清脆的嗓音说："它就是书上说的闭合导体，如果让它在磁铁两极之间转动，它里面就会产生电流。"她又指指小灯泡，"它一转动，小灯泡就会亮起来。"

李永泰按住木板，李霞摇动起来，中间的线圈随之转动着，随着速度的变化，那小电珠一下一下闪动着。李霞越摇越快，闪烁的电珠稳定下来，发出耀眼的光芒。

同学们震惊了，老师们震惊了，他们一起站起来欢呼："亮了，亮了，灯泡亮了！"

教育组长走上讲台，紧紧地握住余志明的手，激动地说："志明老师，谢谢你，你让我们开了眼界，好，实在是好！"

坐在后面的乔玉珠，睁大了眼睛，幸福的泪珠儿在眼里滚动。

3

放学了，孩子们抬着头和余志明高兴地交谈着，向校门走去。

乔玉珠远远地和他打着招呼："余老师——请你告诉我妈，中午我就不回去了，我要把听课记录整理出来，好好学习——"

余志明大声回应着。胜利鼓舞着他，他不由哼起了小调："树上的鸟儿……"

乔玉珠大门前站着一堆人，正探头探脑地往这里望呢。

余志明走过去，打过招呼，就把玉珠中午不回来的事情说给了乔大婶。乔大婶咿咿呀呀地应着，说："大侄子，快家来，婶子有事跟你说。"

余志明心里说，她一个老人家能有什么要紧事要说？于是也不搭话就跟她走进屋子。抬眼看时，就见里屋面向外站着一个姑娘。姑娘矮矮的、胖胖的，面皮还算白净，两只不大的黑眼睛正眨巴眨巴地向他身上瞅呢。

乔大婶边让座边说："大侄子，也没早给你说，你爹娘催得紧，俺就把闺女领来了，核桃峪的，成分好，贫农，今年刚二十，那不，"她用手指指里间，"在那里等你呢，你们先说说话，婶子给你下茶去。"

余志明愣在那里足有半分钟，终于反应过来，他二话不说，抽身就走。没承想余父、余母早在门洞里等着呢。

"明儿，怎么样？"余母急急地问。

余志明黑着脸不搭话，一直往外走。

余父一把拉住他："志明，到底怎么样？你，你说话呀！"他两眼紧逼着儿子，声音变得更加严厉起来，"你说说吧，你到底打的什么谱？你见一个散一个，快够一桌了吧？一个不好，个个都不好吗？也不想想自己多大了，不为娘老子也不想想你那三个兄弟吗，他们也还没说媳妇呀……"

他见儿子拧着脖颈儿还是不吭声，就又说："你就是不说话，你是成心要急死我，你，你还要老子给你跪下吗？"说着，他双腿一屈，像是真的要下跪的样子。

余志明一把拽住他，恨恨地说："行了，行了，随你们的便吧。"说罢，松开手，咚咚地跑了开去。

他一口气跑到胭脂河大桥，一下子停了下来，大口地喘着气。

胭脂河依然风光绚丽，胭脂河依然叮咚流淌。虫儿在草丛里低吟，知了在柳林鸣唱。他无心欣赏这迷人的风光，他心里只想着一个事情，他已无意中决定了自己的终身大事！这后果他也不难想到，他没有多少生活经验，对于婚姻家庭，爱情他也知之甚少，或者说，他还没有从根本上明了这些个字眼的真实含义，他才只有二十三四岁，他确实还没有这方面的实践，更不要说经验了。

但是，他却知道，他并不喜欢这个矮矮胖胖的姑娘，他甚至于懒得往深里看她一眼，更不要说与她共诉衷肠了。而现在，或是不久的将来，他就要与这个姑娘结婚、成家、共度一生，他觉得有点荒唐，有点无奈，难道这就是什么"命运"？这就叫"命中注定"？对于什么是"命"，及这个字的含义，余志明几乎没有什么印象，只是在朦胧中觉得这个字是虚无的，是一种只可意会不能言传的东西。他知道，还有一句流传更广的话，叫："人的命，天注定。"这里又多了一个东西，叫什么"天"，那么，"天"又是什么呢？为什么"人的命"非要"天"来决定？真是不可思议！

他不能预测成婚后的日子会是什么样子，但他相信，这种日子，绝不会是其乐融融的，而极有可能是冷落的、味同嚼蜡的、百无聊赖的。

现在，他还能反悔吗？他能推翻自己刚刚做出的"许诺"吗？啊，那是一种什么样的许诺呀！从某种意义上说，那简直就是一种城下之盟！别无其他解释。现在，他甚至觉得有必要立即跟媒人声明，说自己并不喜欢那姑娘，他是不会和她结婚的，他要让媒人赶快去核桃峪找那姑娘，就说刚才的承诺是无意的，是父母相逼而成的，并请求她的谅解。尽管那姑娘一时会有些难受，但这种难受不会太长的，就算是好说好散吧。

想到这里，他拔腿就要往回赶。蓦地，他又想起了父亲、母亲，想到了父亲瞪眼攥拳的凶相和他那些半是威胁、半是祈求的话语。他恨这个不懂事理的父亲，人家不乐意的事为啥非要逼着别人去干！简直是独断专行！

但，他又觉得父亲的话似乎还有些道理，父亲的真正用意他现在终于弄明白了，那就是先把老大的婚事定下来（至于儿子同意不同意，他是不管的）。而后，顺理成章的是老二、老三、老四，一个一个慢慢来。老大的婚事必须先定，绝不允许出现"大麦不熟，小麦熟"的现象。

余志明感到最为头疼的事有两个，一是他若现在决定拒绝那个姑娘，之后相当长的一段时间里他肯定结不了婚，那就正好应了父亲的话，你那三个弟兄还说不说媳妇？要是真的耽误了他们怎么办？那余志明自己不就成了千古罪人？

再一个令他头疼的事情是，他若真的和那姑娘拜堂成了亲，那么，他如何面对乔玉珠？如何面对这个对他情有独钟的痴情姑娘？

难哪，这人生第一课！罢了，罢了，罢了。他不愿再想下去，想下去事情会更多，事情会更麻烦，不想了，听天由命吧，余志明跺跺脚，转身往回走去。

余父余母很会办事，他们没有给余志明多少考虑的时间，就请乔二婶和女家谈妥，很快就把成亲的日子定了下来。

余母见儿子整天愁眉苦脸的样了，就说："志明啊，别这个样子，想开点，想开了，也就没事了。当年我嫁给你爹时起先也是不乐意，现在你看不也是很好吗？"她往前一步，真诚地说："孩子，想开一点吧，再过几天，咱就要办喜事了，到时候，这么多人都来喝酒，你千万可别再这个样子。"她往前凑凑，像是十分机密地说："你可要记住，今后在人面前，要恼在心里、笑在面上。像咱这样的人家，哪里能攀上高枝，你们弟兄多，说媳妇没那么多讲究，是个女的就行，是个女的就行啊……"

现在，她早已把撮合儿子和乔家二姑娘的想法抛到了九霄云外，她早已成了余父的俘虏，再说，人家玉珠的爹可是正式工人，吃商品粮的。那时的农村里，能领上国家工资吃上商品粮，简直比贵族还要荣光，还要气派，想和这样人家的姑娘结婚，简直是癞蛤蟆想吃天鹅肉！所以她铁了心，先把老大这桩婚事促成，而后再说老二、老三、老四……想到这里，她不由又重复着她那句名言："儿子啊，你可要记住，今后在人面前，要恼在心里、笑在面上，笑在面上啊！"

余志明早已听烦了她的唠叨，心里焦躁起来，就说："不高兴就是不高兴，让我装高兴，没门！"

母亲见儿子如是说，叹口气，讪讪地走开去。

樱桃峪这个地方别看是穷乡僻壤，民风却出奇的淳朴。谁家的姑娘出嫁啦，谁家的小子结婚啦，山民们总是要去祝贺的，有的拿张年画，有的送两块毛巾，有的买两块香皂再配上一对香皂盒子。那盒子可不是一般的盒子，据说是赛璐珞的，尤其那颜色更是好看，诸如小桃红的、奶黄的、柳芽绿的，让人看得眼花缭乱，配好了，欢天喜地地送去，请大笔先生写上祝贺的话和自己的名字，双手捧着送入洞房，新人便拿出喜烟、喜糖请他品尝，凑个热闹。经济比较宽裕的或是亲朋好友则不同了，每人都要拿出个三元两元，最多也就是五元十元的栗子用大红纸包好，请先生记上账，就被请到上房喝茶吸烟，等着吃那丰盛的酒席宴了。

余志明家里不算富裕，可在樱桃峪这个山村，也能占个中游，算过得去。这几天，余父余母一直乐盈盈的，里里外外地拾掇着，打扫着，又和队长说着好话，从会计那里支了点钱，买了酒菜，请了厨子，盘起了风火灶。这种灶用几个土坯垒成，几把草泥里外一抹，晾干，加足柴火、焦炭点上，蓝蓝的火苗蹿出足有尺半高，火力硬得很。据说这种灶可同时炒熟七八个菜，而火候十足，效率高得很，绝非是现今的电磁炉所能比拟的。

今天是余志明成亲的日子，院里院外一片喜庆气氛，收录机播放着欢快的乐曲，简朴的门楼两边高悬着大红灯笼，门洞里不时有人进进出出，个个带着喜气洋洋的神色，成群的小孩子，嬉笑着在人堆里、大桌底下钻来钻去。大门、正房的门窗上都贴着大红双喜字，桌上的盘子里摆着喜糖和散装的纸烟，盘子里的花糖早已抢光了，另一些盘子里还有吸剩的几支卷烟摆在里面。

院子里的大树下、北面的两间正房里，都摆着酒桌，亲友们吆三喝四地划着拳，吃喝着。脸上冒着汗的小伙儿，端着热气腾腾的菜盘子在席间穿行，他们不停喊着："好嘞，菜到了！"

老师们的一桌按在葡萄架下，他们正愉快地吃喝、谈笑着。

新房里，人们闹得正欢。身穿结婚盛装的新郎、新娘被姑娘小伙们拥着往一起凑。一个姑娘朗声喊："我说同志们哪，咱们让新郎、新娘来段男女二重唱好不好？"

"对，对，就叫他们唱黄梅戏！"下面大声应和着。

"树上的鸟儿……成双对……哇……"不知是哪个调皮鬼躲在角落里捏住鼻子怪声怪气地唱着。

人们拥挤着，欢叫着，整个屋子沸腾起来。

"唱歌有什么逗头，还是让他俩亲个嘴，大家说，对不对？"有人大声提议。

欢呼声更加响亮，人们又拥着新郎新娘往中间凑。眼看着新娘新郎的嘴就要碰到一起了，可新郎官就是不肯亲另一张嘴，他鼓着嘴、歪着头，努力地往外推着。终于，他摆脱了人们的纠缠，夺路而去。

葡萄架下，汪文君喝得兴起，站起来大声嚷着："新郎新娘呢？快来敬酒！""快来敬酒哇，新郎哪里去了？"院子里喧闹起来，有的就站起来，四下寻觅着。

乔玉珠坐在酒席下首，不吃也不喝，只顾望着青青的葡萄出神。

女校长关心地问："小乔老师，你怎么啦？怎么不吃菜？"

乔玉珠收回目光，低低地说："我头痛……"说罢，离席而去。

女校长惊疑地喊："玉珠，玉珠……"

其实乔玉珠今天的异常情绪，老师们早看在眼里，心里不断地唏嘘，也不好去劝解，况且又是在酒席宴上，他们能说什么呢？只能是深表惋惜和同情。

余母余父惊慌失措地到处找寻着儿子，也不见踪影，余母就走到汪文君跟前小声嘀咕着，汪文君严肃起来，他向几个青年教师挥挥手，几个人离席往外走去。

另一桌上的彭涛、马文举他们见汪文君等一个个鱼贯出了大门，知道有事，就也跟着出了大门。

他们来到村街上，见汪文君等正在那里探头探脑地四处观望，就走过去问着。汪文君向他们说了几句，一班人就四散开来，分头去寻新郎官。

同一时刻。乔玉珠慢吞吞地走进自己的卧室，坐在梳妆桌前，望着窗外那株石榴树发呆。她久久地望着，远处又传来余家大院的嬉闹声和音乐声。喧闹声时断时续，时大时小，搅得她心神不宁。她站起身，在卧室内烦躁地来回走动。良久，她又回到桌前看那株石榴。起风了，风儿吹动着树枝，树枝摇曳着。时断时续的喧闹声继续传来。一只嫩黄色的小鸟落在树枝上，它四处张望一下，就用喙梳理自己的羽毛，它忽然发现了坐在窗后的乔玉珠，就一挫身子，展翅向远方飞去，它身后的枝子剧烈地摇晃起来。乐曲声越来越响，她侧身倾听着，两行热泪渐渐爬上她美丽的面颊。

乔母走来，惊奇地望着女儿："玉珠，你怎么啦？"

乔玉珠再也忍不住，一下趴在梳妆桌上哭了起来。

余志明家，院子里酒场正酣，人们有的边吃边谈，有的相互劝着酒，高声喧哗，有的还在划拳，捉对儿厮杀："哥俩好哇，八仙寿呀，桃园三哪，快升官哪……"也有的正伸着脖儿诡秘地交谈："这门亲事呀，志明他本来就不同意，是他娘老子硬逼着成的。"一个四十多岁的女人有点气愤地说。

"听说乔家二妮子和余家大小子有那个意思呢，这不，两个人都跑了……"一个抱着孩子的老女人应和着说。

"这老余头也真是的，他难道不知道'强扭的瓜儿不甜'这个老理？孩子不同意，就不能硬办！"不知是谁，闷着头感慨。

"不硬办能行吗？他那三个小子可是也等着说老婆哩！"抱孩子的老女人喋喋着，她见余父向这边走来，就又说，"来了，来了！老余头过来了！"人们相互一望，抄起筷子又吃喝起来。

…………

汪文君、彭涛他们已来到河边，站在桥头上，手搭喇叭，扯着嗓子喊："余——志——明——你——在——哪——里——"

"余——志——明——"

河边老垂柳下，余志明站在那里愁眉紧锁，思考着这刚刚发生的，自己并不情愿的事，正是有苦难言，百感交集。他呆滞地望着河面。鲜红的夕阳照下来，染红了跳动的河面，渐渐地，波光迷乱起来，面前出现了一个相去不远的场面：跌倒在河里的乔玉珠一下扑到余志明怀里，抬眼望着他："你就是这样答谢我吗？……你就是……"幻影不见了，余志明两眼贮满了泪水。

大桥下，汪文君他们沿河搜寻着，彭涛一指远处："你们看，在那里！"他们跑起来，边跑边扬起手喊："志明，志明！"

夜幕降临了樱桃峪，临街的房子里，闪着点点的灯光。

院子里静悄悄的，四边的景物显出模糊的轮廓，新房的门窗泛着淡淡的红光。余志明一手插在衣袋里，一手来回摆动着，在葡萄架下走来走去。余父余母站在门前不安地望着他。余母祈求地望着余父，余父咕念着向儿子走去。他来到儿子面前，深沉地说："志明啊，好孩子，快歇着去吧，都快半夜了。"见儿子没有反应，就叹着气往回走去。

新房里沈翠莲半天不见新郎进房，肚里早憋着一股无名火。她在屋子里不停地来回走动着，一会儿望望桌上的马蹄表，一会儿从门缝里向外张望。她见余志明的影子还在外面转悠，就恼怒地将门一碰，回头拉了电灯。

余志明不由得向新房望去，窗上的红光不见了，父母房里也暗下来，他悄悄开了大门，向外走去。

夜色朦胧。余志明悄悄地在校园里走着。他越过那株合欢树，来到办公室门前，打开门，拉开电灯。他眯着眼睛打量一下，把附近几把椅子拼成一张床的样子，又拿来几本参考书什么的放在一头，就熄灯躺了下去。

乔玉珠卧室里，电灯亮着，房里的陈设清晰可见，对面墙上挂着的是一张巨大的学校教师合影照，相片中的余志明，嘴角撇着，一副大言不惭的自负相。紧挨着他坐的是乔玉珠，她含情脉脉地望着前方，似在憧憬着未来。

乔玉珠仰躺在床上，两眼紧闭着，明亮的灯光照着她，可以看清她的左腮肿得挺高，红红的脸上像是有血要浸出来。她急促地喘着，起伏的胸脯像是涌动的浪。

乔母紧皱着眉头，无目的地在室内乱走着。她来到床前，伏下身去："玉珠，玉珠，你醒醒，你醒醒啊……"

乔玉珠睁了一下眼，乔母高兴地说："玉珠，你醒啦？你渴吗？妈去给你倒水。"她急匆匆走到客厅，倒上开水，又拿凉水杯兑着，试一下，然后来到床前："快，快喝水……嘿，玉珠，你怎么又睡着了……"她拿来湿巾，拧好，慢慢放在她额上，嘴里咕念着："这个死老头子，也不常回来看看，丢下我一个老婆子，让我咋办啊！"

乔玉珠嘴唇上布满了水泡，她不住地念叨着，两手不断地击打着床席。乔母望着急病中的女儿，急得在床前跺着脚。她来到门前，开门向外望望，毅然冲进暗夜里。

她找来了马文举医生。马医生边走边埋怨："婶子，侄子我今儿不是说你，玉珠有病为啥不早去找我，弄到个半夜三更的，亏了我还没有睡觉……"乔母一路赔着笑，嘴里说："哪里想到她会越来越厉害，看看快撑不住了，这才……"

二人来到家，马文举给她检查完，说："不碍事的，她这是急火攻心，打打针、吃点药就会好的。"

打完针，马文举又配了几包药放在桌上，说："等她醒了，就给她吃上，嗯？别忘了。"

乔母送老马出门，老马回头说："婶子，玉珠她不只是发热，她主要是心病，明儿你顶好是找找余志明，让他劝劝玉珠。"他刚走几步，又回头说，"我知道，玉珠她最听志明的。"

乔母关上大门，边往回走边咕念："心病？玉珠她能有啥心病？"

新娘子沈翠莲躺在蚊帐里，翻来覆去地睡不着，她支棱着耳朵听着外面的动静。外面静悄悄的，没有一丝声响。她一掀蚊帐跳到地上，蹑手蹑脚地来到门前，从门缝里往外瞧，外面黑洞洞的，什么也看不清楚。她懊悔地回到床前摘下头上的红花，狠狠扔在一边，钻进蚊帐，仰躺在床上望着上方出神。慢慢地，她两眼模糊起来，她做起了梦。

梦中，一身盛装的新郎官微笑着一步步向她走来，她张开双臂，一步步迎上去，一下子扑到新郎怀里，幸福地仰望着她的新郎官……

院子里，一只大红公鸡站在高处，引颈长鸣，东方的天际露出了绛紫色。

沈翠莲被鸡鸣声吵醒，一骨碌从床上爬起来，用手揉着眼睛。门窗已泛起了红光，室内景物也依稀可见，她翻身下床，四下搜寻着，又往门上看去，门关得好好的，到处不见新郎的影子！她不由怒火中烧，开门，咚咚地向外走去。

她来到乔家门前，挥拳奋力砸着大门。

咚咚的砸门声传进内室，乔母睁开眼咕念着："这是谁呀？天刚亮就来砸门。"

她穿好衣服来到门前。她打开门，就见头发凌乱、衣衫不整的新娘子站在那里。

沈翠莲劈头就问："你怎么阖着眼给俺找的主儿？新女婿头一宿就不进家，你赶紧去问问他，要是相不中，干吗不早说！俺又没捂住他的眼！俺立等回话，要不，俺这就回核桃峪！"

乔母惊诧地望着她，赔着笑脸："小沈你先别着急，咱这就去找他娘老子，问问他俩把儿子发到哪里去了。"说完关上门，和新娘子一齐向余家走去。

来到余家时，余父、余母正四处寻着儿媳。余母见新娘子怒气冲冲地从外面进来，后面还跟着媒人，知道事情有变，就赔下笑脸与乔母说话。乔母只做不理，示意去问沈翠莲。余母只好对儿媳说："他嫂子……你这是为啥呢，你，你先消消气……"

新娘子对着她新婆婆："谁是他嫂子！俺是他老婆！不会说话就别说话，俺问你，你养的什么好儿子！结婚头一天就不进家，看着不顺眼，俺这就回去！"说着咕咚咚跑进屋子，手忙脚乱地收拾起东西。

二人赶紧走到房内，好说歹说总算暂时劝住了她。余母就说："小沈，你先歇着，俺这就去找那个东西。"

二人来到院子里，又和余父嘀咕一会儿，就一起出了大门，向学校走去。

三人来到学校，推门走进办公室。椅子上的余志明还在酣睡，他皱着眉，嘴角一撇一撇的，似在诉说着心中的不平。

余父一把抓起儿子，厉声喝道："你怎么回事？干吗在这里睡？你，你这不是想要俺的命吗？"说完，一松手，躲在一边生着闷气。

余母望望生着气的余父，一下子跪在儿子面前，眼泪汪汪地望着他："志明啊志明，好儿子，你就可怜一下爹娘吧，晚上你就回家睡吧……"她抽抽搭搭地说，"翠莲她，她正要闹着回娘家呢，她要是走了。我们，我们可怎么办呀……"说着，竟泣不成声了。

余志明吓坏了，他哪里见过这阵势，母亲竟给亲儿子下跪。他忙跳下椅子，一下跪在母亲面前："娘，你快起来，晚上我回去。"

余母爬起来，紧紧握住儿子的手，嘴里喃喃道："好儿子，好儿子，这就对了。"

余志明望着走去的父母和乔大婶，长长地叹了口气，他揉揉发胀的脑门动手把椅子送回原处，洗把脸，整理着办公室。

老师们陆续来到办公室，一个个同情地和他打着招呼，余志明一个个回应着，并未显出异样的表情。

电铃丁零零地响过之后，学生们背着书包，纷纷向校门走去。余志明腋下夹着讲义和课本从学生群中走过来。汪文君迎上几步，小声说："刚才在路上碰到马文举，他说小乔病了，还不轻哩，你不去瞧瞧？"余志明迟疑地望着他，说："要不，咱们一块去？"

汪文君忙说："不行，不行，我可没有工夫，班里有几个男生调皮得不行，今天我得去家访。"

余志明踽踽独行，不觉已来到乔家大门前。他站在那里，却没有去敲门。他心里明白，他们的关系已不比先前，甚至不比一天之前。现在，他已是有妇之夫，自己的言谈举止要受某些限制了。他觉得，现在的他已经不能像之前那样，可以无所顾忌地去敲一个姑娘家的大门了，他应该规范一下自己的行为了。

正犹豫间，就听大门吱扭一响，乔大婶端着盆水从大门里出来，她正要把水泼出，却发现了站在那里的余志明，她有点吃惊地问："志明，怎么是你？我正要去找你哩！"说着，随手泼掉了水，"来，来，快家来。"

余志明边走边说："婶子，听汪老师说玉珠病了，就过来看看，不知可好了吗？"

乔母忧心地说："之前从你家回来，就又哭又闹的，折腾了大半夜。"

余志明略感惊疑地说："怎么？"

他们来到屋子里，乔母用手一指："那不，在那儿躺着呢，你过去看看吧，"她拿毛巾擦擦手，"志明，我去买点茶叶，回来给你下茶喝。"说完，往外走去。

乔玉珠听到动静，赶忙想坐起来，额上的湿毛巾一下掉在地下。余志明忙过去弯腰拾起毛巾说："你不要动。"他把毛巾清洗一下，拧干又搭在她额上，说："玉珠，怎么好好的就生起了病？现在好些了吗？"

乔玉珠病恹恹地望着他，喘吁吁地说："也不知怎么回事，昨天从你家回来，就莫名其妙发起了烧，接着就稀里糊涂地做起了梦。"

她微微一笑，瞥了余志明一眼。梦中的情景激励着她，脸上又升起了红云。她向往地说："梦里，你在前面跑，我在后面追，似乎是在山路上，两旁布满了荆棘，远处是黑黢黢的山，到处云遮雾绕的，看不甚明白。我追呀，追呀，不知过了几条河，不知越过了几座山，终于，在一个集市上追上了你。"

余志明听得很投入，他心里说，这个玉珠，心里原是也这么苦啊，于是，就问："在集市上？"

她点点头，默默地望了他一眼，又讲下去。

"集市上到处都是人，人们拥着咱俩在集市上拜了天地。"她不好意思地望着余志明，天真地问："余老师，请你告诉我，梦是怎么回事？梦能成真吗？"

余志明踱着步，紧张地思索着，好一会儿，他终于说："梦，究竟是怎么回事，我也不十分明白。据科学研究说明，梦是人的一种思维活动，是大脑对现实生活的一种折射和反映，也就是人们常说的'日有所思，夜有所梦'的现象。"

乔玉珠出神入化地听着，两眼盯着他，等他下文。

"梦，究竟能不能成真，这可是另一个复杂的问题，这要看后天的机遇，后天的造化。"

余志明说出上面一席话，又在室内走动起来："总而言之，这真是一个十分复杂的问题。它或许能成真，或许，或许……嗨，嗨，或许这是一个永远也说不清的问题。"

他停止了演讲，转身望着乔玉珠，他发现，她正痴迷地望着他，充血的左腮好像有些肿胀，不由向前摸了一下："哟，这么热，这怎么行！"

乔玉珠定定地望着他，一下拉过他的手，喃喃地说："大哥，我，我心里好难受。你好像不知道，我的病，全是因为你……这么大的事，你为什么一直不告诉我……"

院子里传来脚步声，余志明忙抽回手。

乔母走进屋里，望望里屋，忙说："志明，我这就下茶。"

余志明忙说："婶子，你也别下了，我学校里还有事。"他转过身，"玉珠，你不要着急，安心养病，你的课先由我和老汪先代着，你就安心养病吧。"他打个招呼，转身向外走去。乔玉珠望着他，目光一直送他走出屋子。

乔母送他出来，快到大门的时候，乔母说："刚才说了句半截话，现在接着说。"

余志明站住，等她下文。

"马医生说，玉珠她最听你的，让你劝劝她。"

余志明胡乱应着，走出了大门。走出老远，他停住步子，回过头，久久地望着那熟悉的大门，两行热泪悄悄爬上面颊，良久，他抹一把脸，转身朝前走去。

4

新房内，沈翠莲坐在灯下缝制一双鞋垫。她一针一针、精心地缝着，脸上现出向往的气色。鞋垫已经做完，她用牙咬断最后一根彩线，把鞋垫放在床前桌上。鞋垫做得很好，密密的针脚还勾勒出一幅鸳鸯戏水的图案。她起身拿起鞋垫在灯下端详着，脸上渐渐现出幸福的笑容。

门外传来咚咚的脚步声，门被推开，余志明夹着一本杂志走了进来。

沈翠莲站起来，把鞋垫送到余志明面前，高兴地说："你回来了？鞋垫我给你做好了，你换上看看合脚不？"

余志明一脸的不自在，他把杂志往桌上一放，闷闷地说道："先放一边吧，我现在又不急着用。"

沈翠莲像是当头挨了一棒，她呆呆地望着余志明，两只胳膊慢慢下垂着，手中的鞋垫无声地滑落在地下。两行清泪慢慢爬上她的面颊。良久，她弯腰捡起脚下的鞋垫走到门前，狠狠地把它扔到门外。她回转身，几步走到床前，扑在床上啜泣起来。

余志明往床前挪动几步，立在那儿，望着痛苦的妻子，他的嘴脅动着，像是要劝解几句的样子。可是，他却什么也没有说。

他来到门外，弯腰捡起那双鞋垫来到屋子里，把它放在桌子上。他久久地端详着那双鞋垫，脸上显出复杂的表情，心里说："她这是在向我示好啊，可是，我又不喜欢。"

他走到院子里，点上一支烟吸着，在那里走来走去，想起这难办的事情，想着他早已料到的局面。明灭的烟火来回游动着，游动着。

说不上好，也说不上坏，日子就这样平淡地过了起来。白天余志明去学校上课，晚上回家睡觉。吃饭时，余志明和父亲在八仙桌上吃，沈翠莲和婆婆在小矮桌上吃，半天难得听到一句话语。

这一天，一家人又在吃饭，知了在槐树上叫得正欢，屋子里却是静得出奇，只听到碗筷的碰撞声和余父敲梆子似的咀嚼声，大家都吸溜吸溜地喝着粥，时而夹一点面前大盘里的炖小白菜。余父望一眼对面的儿子和下面桌上的妻子和儿媳妇，张张嘴，似乎要说话的样子，可他终于未开口，就又敲梆子似的吃起了饭。

沈翠莲早憋得难受，就故意干咳了几声，这几声干咳，可不是一般的干咳，它是必拐了几个弯，翻了几个个儿刻意做出的，所以就十分不一般了。三个人几乎同时抬眼望着她，不知她要出什么新花样，尔后又恢复了死样的寂静。

沈翠莲终于憋不住，把那炖小白菜拨上几下，端起碗向外走去。槐树上的蝉似乎歇过了劲，更加响亮地叫了起来。

沈翠莲把碗筷放在窗台上，从各个角度寻找着树上的蝉，阳光照下来，她眯起眼不由得打起了喷嚏："阿嚏！"屋子里的人，大眼瞪小眼，相互望着。余母走出房门："小沈，你怎么啦？"

"俺，俺憋得慌！"

余母更加吃惊："什么？你说什么？"

…………

就这样，在那些无聊的日子里，余志明学会了吸烟、喝酒。办公室里、课堂上，还有他那间小屋里都成了他喷云吐雾的场所。他衣冠不整，胡子也常常懒得去刮，整天胡子拉碴的，像个活鬼。孩子们都心疼地看着自己老师的变化，可也无言相劝。他们毕竟还是些孩子，哪里明了人间的愁苦事。

余志明与乔玉珠的关系也发生了微妙的变化。他们之间似乎真的成了局外人，之前那种融洽的关系不见了，彼此变得生分起来，随之而来的就是例行公事似的交往。一个规规矩矩地称她"玉珠老师"，一个恭恭敬敬地称他"余老师"。他们尽管觉得别扭，可谁也不肯走得太近，他们的心悸动着。

然而，一种无形的力量却时时撕扯着他们，让他们觉得彼此实在难以割舍。乔玉珠总惦着那株葡萄树，惦着葡萄架下发生的有趣的故事。很多时候她都身不由己地往余家大院走去，可每当走到门前，举手要推门的时候，她又退缩了。她似乎觉得有一只无形的手在无情地阻挡她。这个她常来常往的地方，现在居然成了禁区！真是悲哀啊。

她想啊想的，一直想得心疼。里面有她不可忘怀的人，有她太多的牵挂，她，顾不得了。她想出了一个法子。

这天是星期六，一天没见余志明踪影了。乔玉珠心里空落落的，一副失魂落魄的样子。

放学了，孩子们挎着书包熙熙攘攘地向校门涌去。乔玉珠拿着本教科书在合欢树下走来走去。两个年轻的教师说笑着从一边走来。

乔玉珠迎上去："王老师、赵老师，求你们一件事行吗？"

两位老师相互望望："什么要紧事，还求啊求的？"

"余老师今天没来上课，我有几个问题弄不明白，想去请他解答一下，你们二位和我一同去好吗？"

两位老师直直地望着她，尔后又相互探询着，像是已窥出她心中的秘密，就不约而同地说："好，好哇，我们早就想去看看那位小嫂子，问问她是否已经……有啦！"她俩相互一望，又哈哈大笑了起来。

乔玉珠望望她们，不好意思地回过头去。

沈翠莲正在侍奉余志明吃药。余志明仰躺在床上，不知在想些什么。沈翠莲往一个大碗里倒上开水，用嘴吹几下，又试了一下水温，拿起敞开的药包来到余志明面前发话道："喂，快起来把药吃了，要不，你这烧多咱

才能退？"

余志明睁睁眼，就翻身朝里躺了下去。沈翠莲可不是个好脾气，见余志明竟不理她这个茬，真是气不打一处来。她把开水碗往桌上一放，开水溅出来，她边甩着手边说："不吃拉倒，我犯不上侍候你，真是不知好歹的东西！"最后她竟然说起了粗话。

这时，三位老师已走进院子。她们边走边喊："余老师在家吗？"

余志明听到了动静，就翻身坐起，应道："是谁呀？请进！"

三位老师叽叽喳喳地走进屋子里。沈翠莲早巴不得有人来串串门，聊聊天，解解这长久的郁闷。她立马换了副模样迎上去："你们都是老师吧，来，来，快坐下，快坐下。"她殷勤地让着座。

她们坐下来，三人几乎同时发问："嫂子你好吗？"

"好，好，"沈翠莲快乐地应答着，"你们先坐着，我给你们下茶。"说着，就动身去涮茶壶，下茶叶。

赵老师回过头，望着床上坐着的余志明说："余老师，你这是怎么了，脸这么红？"

余志明笑笑，说："也不知道怎么的就感冒了，浑身酸疼，那不，"他指指桌上的药片，"还吃着药呢！你们怎么有空？"

王老师指指乔玉珠，说："玉珠说有几个问题弄不明白，就约上我们来了，要是早知道你有病，早就来看你了。"

余志明高兴地说："谢谢你们，其实也没什么大病，吃点药、打打针也就好了。"他望望乔玉珠："玉珠老师，你有什么问题？"

乔玉珠正动情地望着他，那样子好像几年不见似的。她一惊，脸子就觉得有点发烧，她忙翻开一本书，胡乱在上边指着："这里，这里，还有这里……其实也没有什么大问题，要不，还是等你好了之后再说吧……"

乔玉珠的反常表现，余志明早看在眼里，今天来的真实目的也就明白了。他能说什么呢，这个可敬又值得爱怜的姑娘，心里有多少苦啊。她居然能想出如此的方法，来与他见上一面，真是可敬，可叹！想到这里，他不由得轻轻叹了口气。

沈翠莲一碗一碗地给三位老师递着茶。老师们忙说："我们自己来，怎么好劳动你。"

赵老师喝着茶，指指沈翠莲肚子，小声问："怎么样了？"沈翠莲下意识地低头望了望自己的肚子，她抬起头，连连摆手："没有，还没有哩。"她指指余志明："不信，你问问他。"

余志明头一摆，又朝向里边去了。三位老师望着他，都抿着嘴笑起来。

沈翠莲拉过一把椅子往前凑凑坐下去，和老师们拉起了家常："你们一进门呀，我就看着你们准是老师，你看，一个个天仙似的！你们都是和老余一起的吧？"

老师们笑笑："对，是一个学校里的，不然，我们怎么会来？"

"噢，噢，你们是一个学校的。"沈翠莲点点头思忖着，"一个学校的，当然整天在一块啦，整天在一块……你们也不说话吗？"

老师们都笑起来。王老师就说："不说话？不说话哪行！不说话岂不会憋死？你这小嫂子可真逗，当老师的哪一个不是伶牙俐齿，整天在一块，哪有不说话的！"

余志明听着，慢慢从床上下来，给她们倒着茶。

沈翠莲眨巴着那双黑眼睛指指余志明："你们问问他，他怎么不跟俺说话呢？起先俺还以为他是哑巴呢，俺是快嘴子，又没人和俺说话，俺，俺都快憋死了。"

余志明小声说："谁不说话呀！"

"是呀，是呀，你是说来呀，从结婚到现在都快三个月了吧，你说说共有几句？你说，你说，就是全加起来，也没有今儿个说的话多！"

她机关枪似的说着，胸脯子一鼓一鼓的，像是有人在往她肚子里打气。

她喘口气又说："就是说句话，也从不叫俺的名儿，俺听了都难受。

'哎，盛饭去。''哎，喂猪去！'训地主似的，一句话砸死个人。"她一下坐在椅子上，噘起小嘴，不说了。

同事们变得严肃起来，赵老师望一眼在桌前吃药的余志明，说："余老师，这就是你的不是了，夫妻之间应该互敬互爱，你这样做怎么能行！"

余志明也不搭话，吃完药就在屋内走来走去。

老师们觉得无聊，就起身说："我们回去了。"说完，向外走去。

沈翠莲觉得这些老师真好，还给自己争了理，批评了老余，心中不觉高兴起来，就挽留道："哎呀呀我说老师们啊，你们咋不再坐一会儿，你们的话可真好听，你们要是有空啊，可别忘了再来。"

老师们回转身，摆摆手："我们一定会再来的，再来，可不兴烦啊！"

"不烦，不烦！"沈翠莲高兴地说。

老师们扬扬手："嫂子再见！"

沈翠莲傻傻地说："再见，再见！"

余志明送她们走到大门的时候，赵老师停住步子，语重心长地说："余老师，你和嫂子的事，我们早知道，事情已经这样了，还能怎么样？你可能还不知道，这婚姻家庭，过日子，也和干事业一样，同样需要经营，弄不好，是要出问题的。在家庭生活方面，你们男同志应该首先做出个榜样，别老端着个架子。女人天生柔弱，经不得风雨，男人要多加呵护，以维护她那颗极易受伤的心，只有这样，这个家庭才会是平和的，才可能是幸福的。女人怕哄，你一哄，她就会欢天喜地。不信，你可以试试……"她征询地望一眼余志明，"你看，我对你讲了这么多，你不会有意见吧！好了，我们该回去了，拜拜！"

余志明没表示反对，也没表示支持，他只是尴尬地挥了挥手，目送着她们拐上大路不见了，才转身往家里走去。

…………

办公桌上摆着几盘小菜和酒，余志明和汪文君对面坐着在喝酒。余志明已经半醉，可还一杯一杯地喝着。汪文君见他还要再喝，就一把夺过他手中酒瓶，厉声道："我看你差不多了，再喝，你可要真醉了。"他把酒瓶加上盖，放在桌下，"你先等一会儿，我和校工去做点饭。记住，你千万别再喝了。"

余志明眯着眼睛望望离去的汪文君，从桌下拿出酒瓶又一杯一杯地喝着。

汪文君和老校工端着饭碗走进办公室，见余志明眯着眼又喝，就走过去，放下碗，一把夺过那酒瓶子递给校工："怎么还喝！简直不要命了！"老校工放下碗，望望已经醉了的余志明，无可奈何地摇摇头，转身向外走去。

汪文君望着醉得一塌糊涂的余志明，生气地说："余志明！小余老师，请你自重一点，别忘了，这是在学校，在学校的办公室里！别忘了你是个人民教师！"

余志明眯着眼望着汪文君，喃喃地说："什么？你说什么？我，我还是个人民教师？"他站起身，东摇西摆地在办公室里走着，"对，对，我是个人民教师，是人民灵魂工程师，好哇，多好的名字，多高尚的职业！可教师也是人！也有七情六欲，也有自己的理想……"

他双手舞着，忽然伤心起来，用手揪住自己的头发，趴在桌上大哭："我算什么人哪，我是为娘老子，为弟兄结的婚呀，爹呀，娘呀，让我去死吧，啊……哈哈……"

天色已经黑了下来，给女校长看宿舍的乔玉珠听到哭闹声，悄悄来到办公室门外。乔玉珠望着撕心裂肺的场面，禁不住伤感起来。她跑回宿舍，趴在床上抽抽搭搭地哭了起来。

办公室里，汪文君神态木然。他狠命地吸着烟，看着挚友痛苦的样子，心中也不觉凄然。多么洒脱的青年人，居然被折磨成这个样子。他心里想，他和乔玉珠是多么好的一对儿啊，可现实却偏偏让他们无缘结合，这是一个多么令人痛心的事。这能怨谁呢？怨沈翠莲吗？她能有什么过错。她是无辜的。怨余父余母吗？诚然，在这个问题上，他们是负有一定责任的，但是他们能由着儿子性子，无限期地拖下去吗？那他们的另三个儿子怎么办？他们确实也有难处啊。但是，作为老同事，作为余志明的挚友，他又为余父、余母的棒打鸳鸯所气愤，从某些方面讲，他们简直就是罪人，他们宁可看着儿子和一个自己不爱的女人在一起受苦，也不肯更改自己既定的计划，多么残忍，多么无情！但是，他汪文君能怎么样呢？难道他能支持他的挚友去离婚？他汪文君做不到，事情既然这样，还是去劝劝这个年轻人，万事以和为贵呀。

汪文君望望渐渐平静下来的余志明，心里盘算着如何去规劝他这个小弟弟，他要把刚才发自内心的愤慨情绪收拾一下，换上另一副嘴脸，以一个老朋友、一个调停人的身份施展一下自己的才能，尽可能地平复这个小朋友受伤的心，让他振作起来，勇敢地去面对现实。

于是，汪文君走过去，拍拍他肩膀，说："来，快起来，咱们说说话。"他冲上一碗红糖水让他喝着，不紧不慢地说，"刚才，我见你哭得可怜，没忍心劝你，我知道，那时劝你也不会有用。现在好了，我可以说你几句了。"他扔掉烟屁股，又点上一支吸着，"咱们是人民教师，是教育人的人，这都是老生常谈，你是知道的，自然，咱们的境界就应该高一点，看事情就应当开脱一点。事情既然发生了，我们就应当勇敢地面对它，而不是怨天尤人。我知道你现在很憋屈，但这又有什么法子？现实就摆在那里，你就得和沈翠莲过。想改变这现实，谈何容易。"

他给自己倒上一杯水，喝几口又说："好了，咱们接着说，人家小沈哪里不好？有什么配不上你？你一定会说你们没有感情，可感情是什么，恐怕你我都讲不明白。我想，两个男女要是相处长了，感情这玩意儿总会有点吧！"

他望望低着头的余志明，大声说："把头抬起来！你低着头做什么？！"

他来回走动着，继续说："咱们再说说理想。理想，每个正常人总会要有的，而且它总是那样美好，但它与现实之间毕竟存在着不小的距离，人生总会有某些遗憾，尽善尽美是不存在的。就像我和你嫂子，起先也是别别扭扭的，可现在不也很好吗？"

低头坐着的余志明干脆转过身，慢慢打起了盹。

汪文君对自己的这套即席演讲十分满意，觉得自己天生就是个演说家，这不，就连这个顽固的小家伙，也被说得无言以对。

汪文君举起手，颇有风度地说："勇敢地面对现实吧，生活不接纳消极的人。"他把举起的手挥下去，回头对着余志明，"小伙子，你说对不对？"

汪文君见他没回应，就转到他前面看。

坐在椅子上的余志明，脑袋歪在椅背上，嘴一张一合的，轻轻打着呼噜——他已经睡熟了。

"嗨，真拿你没办法。"汪文君嘟囔着，开门向外走去。

汪文君来到女宿舍前，敲门走进去，望着红着眼睛的乔玉珠，吃惊道："玉珠，你怎么也……"

"汪老师，乔老师哭了好久了，我们劝也劝不下来……"和乔玉珠做伴的李霞、赵娜一起说。

"走，你们快去帮我把余老师弄到我床上去，他，他喝醉了。"

乔玉珠掏出手绢擦一下脸，就同汪文君他们向外走去。

5

春天来了，樱桃峪的山山岭岭一片青翠，胭脂河又焕发了生机。河两岸绿茵茵的，河水叮咚叮咚地流着，又在唱那首永无休止的歌。它流过山涧，流过鲜花盛开的平原，一刻不停地奔向远方。

这一天的清晨，余志明在葡萄树下洗漱。他稀里哗啦地洗着，又拿起毛巾绞着水，在脸上脖子上用力搓着。他把毛巾一扔，抬头望着棚架出神。葡萄已经修剪，错落有致的藤蔓已抽出新芽，那新芽毛茸茸、胖乎乎的，一副生机勃勃的样子。

新房的门"砰"的一声响，沈翠莲咚咚地跑了出来。她扶住门前一株小树"哇哇"地吐了起来。

余志明紧走几步往前扶起她，见她脸憋得通红，眼里冒着泪花，忙问："你怎么回事？"

沈翠莲抬起头，两只不大的黑眼睛望着自己的男人，第一次有点娇羞地说："俺，俺可能是有，有了……"

余志明立马紧张起来，忙问："你，你说什么？"

这一惊非同小可！沈翠莲的这句话，他还是懂的，那就是说，她已经怀孕了，已经怀上他的孩子了。那意思很明白，他余志明就要做爸爸了，但是他根本没有做好这个准备。如果说，只结婚而没有孩子的话，他还有一线希望，他还可以重塑人生，但是现在不同了，一个新生命将要出现。沈翠莲是不会说假话的，她必然是先有了感觉，才说出那句话的。这样用不了多久，他就要为人之父了，到时他必须要承担起一个做父亲的责任。他的角色也不只是个丈夫，他同时也是一个父亲了。他将被另一个角色所制约，他该怎么办呢？这种事情理应是要庆贺的，要高兴的。而这个特殊家庭里的他，有的却只是沮丧和懊悔。他该怎么办呢？他的梦真的就要破灭了吗？

走过来的余母，刚好听到沈翠莲的话。她脸上堆着笑，高兴地说："翠莲，你觉得怎么样？"沈翠莲不置可否地摇了摇头。余母把儿子拉到一旁悄声说："喜事呀，儿子，这下好了，你就要当爹了，今后可要高兴一点，别再整天沉着个脸。"她望了望树边的儿媳，见她还在吐，就说："志明，快去弄点水，待会儿让她漱漱嘴。"

余志明也不搭话，慢慢向屋里走去。他来到屋子里，慢吞吞倒上水，站在那儿发呆。

余母在外边喊，他忙端着杯子向外走。他匆匆来到小树前，沈翠莲接过杯子喝下一口，就啪啪地吐着，她把杯子一扔："这么热，想烫死我呀！"说完又弯腰吐着。

余母埋怨道："你这孩子，办事怎么这么没底，还不快去弄点温水？"

"不用啦，不用啦，我用不起你们！"沈翠莲跑到井边，抄起舀子舀起凉水稀里哗啦涮起了嘴。

余母责怪地看了儿子一眼，向水缸走去。她小心地问："小沈，你好些了吗？"

"俺死不了！"沈翠莲说罢把舀子往缸里一扔，咚咚咚向房内走去。

余母望着走去的儿媳，无可奈何地叹了口气。她走到儿子身边，抬头向着房内，故意提高了嗓门："志明，今儿你不是去城里扫墓吗，正好给你媳妇买点橘子什么的，她这是害口、嫌饭，记住了？你可千万别忘了呀！"

那意思很明白，她是在向儿媳示好，向儿媳递橄榄枝。嗨，这个可怜的婆婆，真是用心良苦哇。

清明节，是万物复苏的时令，是中华民族上坟燎草、祭悼亡灵的日子，

也是人民群众祭扫烈士墓进行革命历史传统教育的日子。每逢这一日，樱桃峪学校的师生们都要到附近的烈士陵园祭扫烈士墓，追思先烈功绩。在节日的前一天，各班师生便做着准备，买各色的纸张，买金银箔，把裁好的纸叠成各种花朵。那花朵大都用白纸或卫生纸做成，显得洁净、肃穆。尔后把各色花果固定在扎好的骨架上，最后写上挽联，注明是哪个学校献的。

早饭后，他们便集合好队伍，抬着花圈，向陵园进发。

陵园建在小城北郊一片较为平缓的山坡上。放眼望去，一座座青砖砌成的坟墓和大理石雕成的墓碑鳞次栉比，一直排到很远的地方。好多单位已经来过，很多墓碑前、坟墓前摆着大小不一的花圈或花环，遍地的白花和花圈把陵园装扮得庄严肃穆。

据陵园管理处的记载，这近千堆坟里埋着的，大都是在解放这座县城的战斗中牺牲的烈士遗骸，也有一部分是抗日战争中牺牲的烈士遗骨。他们大多连个名字也没留下，墓碑上刻名字的地方很多都空着，上面只写着"革命烈士之墓"这几个大字，这几个大字将永远地陪伴着这些无名烈士，与大地共存。

队伍来到陵园，在一座墓碑前停下来。那碑上写着：乔卫国烈士之墓。余志明示意李霞、赵娜把花圈立在碑前。接着他和乔玉珠向前几步，弯下腰去行三鞠躬礼。尔后孩子们也一齐弯下腰去鞠着躬。余志明转身向着孩子们肃然地讲着。他说："大家知道吗？这里面埋着的就是咱们乔老师的伯父乔卫国烈士，几十年前，他冲破重重阻力参加解放军，在解放这个小城的战役中献出了生命。牺牲时，他才只有十九岁。"

没有口号，没有豪言壮语，现场一片肃穆。

随后，他们又凭吊了其他烈士墓。

下山了，学生队伍不紧不慢地行走在陵园外的果园小道上。沙沙的脚步声，声声入耳。余志明和乔玉珠走在队伍的最后面，他们谁也没有说话，像是怕破坏了今天这个不凡节日的气氛。他们来到一处高岗上停下来，观望山下那座古城。小城已初具规模，鳞次栉比的建筑物一直伸延到很远的地方。远近的烟囱冒着青烟，汽车像小甲虫，缓缓地在马路上爬行，微弱的汽笛声若有若无，显得那样虚无缥缈。

余志明望着这无尽的风光却惆怅地叹了口气。

乔玉珠奇怪地望着他："余老师，你？"

他们又开始前行。正是苹果树开花的时节，那略带些粉红颜色的苹果花怕冷似的在料峭的春风里抖着。乔玉珠在一株苹果树下停住，她睁大了眼睛，观望着那瑟缩的花儿，不由喊道："余老师，快来看啊，这花儿冻得真可怜。"

余志明立在一旁，想着心事，脸上显出漠然的神态。

乔玉珠听不到回应，就回过头来望着余志明，小心地问："余老师，你心情怎么这样沉重？你在想什么？"

余志明望着四处的苹果花儿，长叹一声，说："我在想，人生要是不得意，倒不如像你家大爷那样，战死在沙场上。"

乔玉珠睁大了眼睛，惊愕地望着他，一会儿才喃喃地说："余老师，求你了，请你不要这样说。我，我受不了。"她待了一会儿，低下头，"你的心情我明白，可事情已经这样了，能有什么法子呢……"

来到城里时，余志明请乔玉珠把学生带回去，说他要到城里买点东西。

乔玉珠深情望着他，点了点头。

就在余志明在城里转悠着买东西的时候，樱桃峪村南北大街上正演绎着一场闹剧。

街面上聚集着男男女女十几个人，他们有的蹲着，有的扶着锨把站着正在谈着什么。

不远处咚咚咚地走来一个五短身材的中年男人。他来到人群跟前，瞪起眼睛来回扫了几遍，怒冲冲地说："怎么？她沈翠莲今儿为啥还不出工？"

李二婶忙说："队长，听说小沈她可能是……有点情况。"

"什么情况？哪来的这么多情况？不想干活罢了。"队长瞪起眼珠子说，"你们先等一会儿，我这就去叫她，看她到底有啥情况。"

沈翠莲过门不久，就在队里干起了活儿。他们队上的那个"队长"，是个五十多岁的半大老头子，走起路来咚咚的，干起事来毛毛躁躁，要是谁惹他生了气，他就会像个泼嘴老婆似的，一边蹦跶着一边骂人。社员们，特别是那些女人背地里就管他叫"鸡毛"，也有叫他"蚂蚱"的。

沈翠莲人不漂亮，个头又小，哪里会被这个队长放在眼里！他平日里就经常找她毛病，拿她寻开心。

队长来到余家大门前咚咚地砸着大门，一迭声地喊："沈翠莲在家吗，沈翠莲在家吗？"

"听见啦，听见啦！来了国民党还是汉奸队！门都要快砸烂了，大白天的叫的什么魂！"沈翠莲生气地应着，刺啦一声打开大门，一时，两人全愣在那里。

队长退后一步，直逼着沈翠莲："沈翠莲！我问你，前天你不去干活，昨天你不去干活，今天你还是不去干活，你说，你说，要是都像你，队里的庄稼还不全荒了？"

沈翠莲走出大门，慢慢说："队长，俺这几天有点病……"

那队长一蹦尺把高，张口就骂："你什么鸟病！还不是装的！你说，你说，今儿你到底是去还是不去？！"

沈翠莲哪里受过这样的气，她眼睛瞪得可怕，一步步逼上去，用手指着那"蚂蚱"额头，恶狠狠地回骂，伸手就要去挠他。

等活的那十几号男女早赶了过来，望着沈翠莲的样子，哈哈地笑起来。

"蚂蚱"队长一步步后退，可还是嘴硬："好你个小娘们儿，叫你先厉害着。"他看看走得远了，就又蹦起来："我先给你攒着，看我明天怎么收拾你！"他退呀退的，一不小心绊了个仰八叉，人们就又笑起来。他爬起来望望嬉笑的社员，瞪起眼珠子："你们嬉什么！还不快上坡！晚了，我可是不记工！"说罢，咚咚地向远处走去。

沈翠莲望着他的背影，露出得意的笑容。

…………

余志明怎么也不会想到，因为没买到橘子会引起一场不小的风波。他拖着疲惫的身体闷闷地走进自己房间。今天，他本来心情就不好，他把手提包放在桌子上，郁闷地喝起了水，一时也没去理会沈翠莲。

沈翠莲正在做针线，见余志明进来，就从床沿上下来说："你回来啦？我看看你买的什么好东西。"她走到桌前扒着包翻着，"这是山楂，这是核桃，还有栗子，咦，怎么没有橘子呢？橘子在哪里？"她拿起手提包来到余志明眼前，两只黑眼睛紧盯着他："让你买的橘子呢？橘子呢？你说话呀！"

余志明喝着水，慢慢说："在城里，我到处找遍了，就是没有卖橘子的。"

"没卖的？是你忘了吧？也不知你整天想的什么，掉了魂似的，要吃，你自己去吃吧！"

她把手提包翻过来，一上一下地往外抖着，核桃、山楂，还有栗子从包里掉出来，在地上乱滚。

余志明望着满地的果子，弯腰就要去捡。

"叫你拾！叫你拾！"沈翠莲叫着，抬脚就去踩那果子。

小菜园里，余母正在割韭菜，听到吵闹声赶紧往儿子房里跑。余母望着被踩扁的山楂、栗子，明白了怎么回事，连忙责怪儿子："你这孩子也真是的，就是不长记性，不是让你买橘子来吗？橘子呢？"又转身对着儿媳，"他嫂子……"

"又是他嫂子！俺孩子都快有了，还是他嫂子！你总改不了，俺不是他嫂子，俺是他媳妇，他老婆！"

沈翠莲对于婆婆的称谓"他嫂子"，很不以为然。所以，她就这样反驳着她的婆婆。

称儿媳为"他嫂子"是这个地域多年的习惯。这个称谓是以儿媳的小叔子或小姑子的角度喊的。从理论上讲，这种称谓也不矛盾，山里人不习惯喊儿媳的名字，这也是这个地方多年的积习，但沈翠莲毕竟是年轻一代，所以，她的反驳，也在情理之中了。

"对，对，我总记不住，可是……可是叫什么好呢？"余母觉得有点为难，就如是说。

"你爱叫什么叫什么，就是不能叫'他嫂子'！"

"对，对，就叫小沈，叫翠莲吧。翠莲，你别生气，你带着孩子，老是生气可不好，要是得了'气裹胎'可不是玩的，小孩子也受罪。"她见沈翠莲鼓起眼珠子又要发火，就又赔下笑脸："你千万别生气，橘子，娘这就去给你买。"余母颠三倒四地说。

余父走过来，把余母拉到一边，小声说："你都胡说些什么！什么气裹胎不气裹胎的，要是真让你说准了，看你怎么办。"

余母很不以为然地说："你穷咋呼什么！我不过是劝劝她怕她当真生气。""劝劝她也没你这个劝法的，嘴里只管胡说八道！"

"你当我愿意说？你没见她那脾气，志明买回的山楂、栗子全让她给踩烂了，不信你进去看看。"

余父睁大了眼睛："你说什么？"

…………

男教师宿舍里亮着灯，从门窗射出的灯光里，可以看到飘洒的雨丝。

余志明四仰八叉地躺在一张床上睡得正香。汪文君拿着本杂志推门进来，奇怪地望望躺在自己床上的余志明，几步走到床前，用力摇着他说："我说老弟，你醒一醒，醒一醒，你怎么老不回家？弟妹要是知道我留你宿，还不把我给撕了？快，快起来回家睡。"

余志明爬起来，睡眼惺忪地望着汪文君，嘴里咕咕念念地说："回去？回去干吗？没意思。"说着，一歪头又躺了下去。

"没意思？没意思就别娶媳妇呀，真是又吃肉又撇清。"汪文君嘟囔着，走到门旁关了门，回头把余志明往里拥拥，"嗨，我说老弟，你往里点，往里点，算我倒霉，交了你这么个朋友，什么事哟。"他随手关了灯，咕咕念念地躺了下去。

第二天下午，天已放晴，正是课外活动时间，余志明照料着学生们做着各种活动。生龙活虎的学生们玩得正欢，他们有的跳，有的蹦，有的连跑带跳，有的相互追逐着玩。可欢乐的人群一点也引不起余志明的兴趣，这些日子他一直思考着他的家庭问题，思索着沈翠莲的作为。他总也理不出个头绪，找不到一个解决问题的办法。他只觉得郁闷，觉得无聊，觉得这日子暗淡无光、没有激情。他觉得烦躁，就喊过正在打篮球的李永泰嘱咐了几句，向操场外走去。

余志明低着头，闷闷地爬上胭脂河大桥。大桥上时有肩扛工具的农人走来，他们都和他打着招呼，余志明微笑着一一回应。

余志明沿河岸缓缓走着，抬头瞭望远方。轻轻的薄雾下，可以看到望龙山坡上涌动的羊群。河两岸的樱桃树已过了落瓣期，树枝上残存的花瓣已经干枯，泛着郁闷的土黄色。

余志明心事重重地往前走着，不觉又来到那株沿河的老垂柳下，往事涌上心头。他不由苦笑一声，心里咕念着："过去啦，过去啦，一切都过去啦。"

乔玉珠来到河边，余志明发现了她，向她瞥一眼："玉珠，你来了？"

乔玉珠点点头。余志明转身向北走去，乔玉珠尾随而行，渐渐和他并排走着。

"余老师，听我妈说，你们又吵架了？"乔玉珠抬起头，试探地问。

"嗨，真无聊，昨天专门给她买的山楂、栗子，全被她踩烂了，那脾气，简直让人难以容忍。"余志明回忆起昨天的事，愤愤地说。

"山楂？她要山楂做什么？"乔玉珠似乎预见到什么，有点惊疑地问。

"我娘说她，她……怎么说呢？反正是让我给她买橘子，说是她想着吃，可是我跑遍了那个小城，也没买到橘子，所以她就……"余志明说着，为难地摇着头。

"嫂子她……"乔玉珠好奇地望着他，迟疑地说，"我看嫂子她也怪可怜的，你为什么老不理她？嫂子也不是拿不出的人物呀？"

"玉珠，有些事情我老是弄不明白，想和你探讨一下。"余志明征询地望一眼乔玉珠，又把视线投向远处的群山，"相爱的人为什么总走不到一块，而无情的人却要天天厮守着，还要生儿育女，这究竟是为什么呢？"他有点激动，瞥一眼闷闷听着的乔玉珠，又说，"就像我家大姨，两口子打了一辈子。老了，还是打，后来都得了脑血栓，里屋外屋各躺着一个，还是打，够不着，就抽出蚊帐杆子相互抽，"他望着认真听着的齐玉珠，又说，"你说，这样的夫妻又有什么意义呢？"

乔玉珠不置可否地望望余志明，又把头低下去。

6

操场里空无一人，只有那株合欢树在风中摇曳着，发出轻微的呜呜声。

办公室里，汪文君坐在桌旁正与几个老师交谈。

汪文君道："这是早晚的事，我看哪，考验我们的时候到了。到时候呀，咱们可别争得头破血流。"

另一位男老师："争什么呀，咱们可都是教育人的人。"

"是吗？但愿如此吧！"汪文君对这位老师的言论并不以为然，悠悠地说。

这时，余志明和乔玉珠先后走进办公室。汪文君停止了议论，说："小余，小乔，你们来得正好，也来讨论一下这并归问题。"二人坐下来，奇怪地望着他。

汪文君继续说："据可靠消息证实，初中部的工作，年前年后可能就要进行。到时候，老师可就过剩啦，也就是说，有一部分同志就要下岗，"他望着余志明："怎么样小余？说说你的打算？"

汪文君是公认的消息灵通人士，他的消息往往比天气预报还要准，所以，老师们，包括余志明在内谁也没有问他消息的来源。

余志明没有回答他这位挚友的询问，他在揣摩这句话的真正含义。

一个戴眼镜的年轻女教师，望一下余志明，又扶一下眼镜，朗声说："老汪，你简直是明知故问，谁不知道人家小余是公社一流的理化教师，听说，那次的听课记录早报到县上去啦，他的地位呀，"她又扶一下眼镜，望一眼余志明，"可是牢不可破呀！"

另一个女教师正在喝水，她喝下一口水，扫一眼小眼镜，似乎开玩笑

地说："要是并着我呀，我就赖在这儿不走，我还等着转正呢！汪老师，你呢？"她端起杯子，又吸溜吸溜地喝着水。

汪文君点起一支烟吸着，抬头望望那年轻女教师，悠悠地说："我呀，早想好了。我还是杨子荣那句话，时刻听从党召唤，只要领导一句话，打起背包就出发。"

"那你回家干吗呢？"小眼镜问。

汪文君吐出一口烟，说："这可是核心机密，无可奉告，无可奉告。"

小眼镜望着他那副玩世不恭的样子，回敬道："看美得你，到时候你可别……"

汪文君反唇相讥："可别什么？咱老汪说话从来算数，不信，你等着瞧。"

赵老师心不在焉地翻看一本画报，她的眼睛滴溜溜转着，忽然问身边的乔玉珠："小乔，你有什么打算？"乔玉珠正琢磨着汪文君的话，好久才回过神来，她说："我，我还没想好哩。"

…………

转眼已是初冬，胭脂河边缘的水面上已结起冰凌，河水在中间河道上缓缓流着，发出细微的潺潺声。河两岸山坡上的野草已经枯萎，显出沉寂的土褐色。

胭脂河旁的南北大道上，身穿白色羽绒服的乔玉珠迎面走来。

北风正紧，巨大的加拿大杨和柳树疯狂地摇晃着，枯黄的叶片纷纷扬扬地飘舞着，地下已积起厚厚的一层。人一走上去，就发出窸窸窣窣的声响。

乔玉珠越走越近。她停下步子，抬头望望飘荡的树叶，又低头望望身上的红毛衣，抬起头，若有所思地望着前方，脸上渐渐显出异样的光彩。她抚弄一下毛衣，又快步向前走去，矫健的背影渐渐消失在"叶幕"中。

在这段日子里，他们和从前一样，看不出什么特别的地方，他们共同备课，共同办公，共同放学回家。闲暇时，他们也会去胭脂河边散散步，说说话。可是她发现，他们在一起时，他的话明显少了，平时的交流，也冷漠了许多。他越是这样，她越是心疼，对他的那份情谊也就越发浓烈。近几天，她的这种情绪几乎到了不可遏制的程度，她想找到某一种方法或载体去传达这种思念。现在，她终于找到了这种方法或是载体。

乔玉珠回到家，手忙脚乱地在卧室里翻一个大箱子，衣服扔了一地。她终于找出一大团毛线，放在胸前摩挲着，呆了好一会儿，她放下毛线找出银针，坐在梳妆台前精心地编织起来。

她织呀织的，边织边想着心事。她要用这软软的毛线和银针编织一个梦，让这个梦印进她的，还有他的心田，让她和他共同品尝这个美丽的梦。

她织呀织的，她要为他织一个厚厚的围脖还有一副手套。她知道，每年的冬天，他的面颊，还有耳朵都要冻伤，有时耳朵还要流出水一样的东西。他和她说，每当耳朵痒得难受的时候，他总爱拿手抓一抓，结果痒止不住，反而抓破了皮，难受得很。待她织好，她就会不顾一切地将那东西送到他手上，以寄托她的那份思念和爱恋。

说到爱，她有时就会觉得脸要发烧，她和他算是一种什么爱呢？她自己也说不清，自打他成婚，她就自知成了局外人，和他发展这种关系，别人会怎么看，怎么说呢？她知道，在现今的社会上，特别是在农村，有相当一部分人以为，这种爱是不正当的，甚至是邪恶的，非正派的。但她心里总觉得别扭，觉得委屈，她和他的关系是在他成婚之前就已经存在的，她应当享有优先权。是某种势力或是某种什么因素从她身边夺走了他，夺走了她的爱，她是无辜的，她和他的爱怎么能和邪恶扯在一起呢？

再说，她并没有一种意识或打算试图把他从沈翠莲身边夺走。她觉得，如果真是那样，她将会受到良心的谴责。但是她又放不下他，她对他的爱是那样深沉，是那样持久。这种情思久久地困扰着她，吞噬着她，他的形体，他的神韵，老在她脑海里打转。

她织呀织的，边织边想着心事。她想到了春游时的欢乐，想到了他平日里对她的帮助，怎么组织课堂，怎样管理孩子，想到了听课取得成功后，她对他的祝贺，也想到了他成婚时的出走和她失望的哭泣。

她织呀织的，心中想着好多心事。她想到，婚姻的桎梏已把两人隔在两岸，她无力打碎这种桎梏，他们的爱情或将成为泡影，成为过去，她也不怎么可能得到他肉体的温存。但情感的那条线却总是那么牢固地，甚至可以说是那么顽固地存在于她的脑际。她挥之不去，她也不想去扯断这条线，她要用手中的银针编织好那几样东西，她要把自己年轻的爱、圣洁的爱融进她的编织物里，去温暖他的身体，去温暖他那颗正在冷漠的心，去释放她对他的爱。

她加了几个班，又熬了几个夜，终于织完了那几样东西，她又仔细地检查了几遍针脚，确认没有毛病后，就把它们装入一个包，紧紧抱在怀里，怀着忐忑又愉悦的心情向外走去。

大门敞开着，乔玉珠怀抱那东西走了进来。

余志明发现了在院子里走着的乔玉珠，忙起身打着招呼："乔老师，你怎么来了？"

乔玉珠边叫着"嫂子好"边走进屋里。她把东西放在桌上，来到沈翠莲身边，弯下腰逗着孩子："哟，这孩子可真胖，快满月了吧，叫什么？取名了吗？"

沈翠莲忙说："满月了，名字也取了，叫小刚，是他姥娘取的。"

"噢，噢，叫小刚，这名字好，来，小刚，快叫姑姑！叫姑姑！"乔玉珠高兴地说。

沈翠莲瞅瞅桌上那东西，撇撇嘴，眼睛眨巴眨巴地望着乔玉珠："哟，小乔姑娘，你可真是个大忙人哩，串门还带着活儿。"

"忙什么，是我抽空给余老师打了件围脖，还有……"

"什么？围脖？"沈翠莲忙把孩子递给余志明，几步来到桌前，一样一样地翻看着，"哟，围脖、手套，还有帽子……样式不错，还都是纯毛的。"她的脸慢慢沉下来，黑黑的小眼睛滴溜溜转着。

"嫂子的，我抽空再织。"乔玉珠望着她越来越难看的脸，怯懦地说。

"我的嘛，你就别操心了，我可受用不起呀！"

乔玉珠见她阴阳怪气的样子，挪动脚步就想走。

"这个帽子嘛，还真怪好看的，大大的耳朵，长长的毛，还有两个红眼睛。来来来，给我们小刚戴上看看好看不好看，像不像个小兔子？"

乔玉珠趁她忙着，抽身向外走去。

今年冬天的第一场雪来得是那样突然，吃中饭的时候还是暖烘烘的，空中只有些似雾非雾的东西，太阳发出黄黄的光。可是快到三点的时候，那似雾非雾的东西就慢慢翻卷着、聚拢着，昏黄的太阳不见了，远处的望龙山不见了，整个天穹灰蒙蒙的，陷在一片混沌之中。四点多的时候，雪终于下了起来，起先是稀疏的小雪花，慢慢地雪越下越大，最后变成纷纷扬扬的一天大雪。

鹅毛大雪纷纷扬扬地下着，天穹一片迷蒙。远山近树，还有鳞次栉比的房舍，全被白色统治着，呈现出一个琼楼玉阁的童话世界。

夜幕降临了樱桃峪。呼啸的风雪中，传来阵阵的婴儿啼叫声。

余志明家里，昏黄的灯光下，沈翠莲来回窜着。她一会儿趴在儿子脸上试着体温，一会儿来到门前望着门外的风雪，一会儿又来到床前哄着儿子："小刚不哭，小刚不哭，小刚乖……"孩子依然大哭不止，她叹一口气，开始骂人，"这个该死的，也不知死哪里去啦，都快半夜了，也不回来……"她撇开孩子，开门走进风雪里。

学校办公室里，电灯亮着。灯光从玻璃门窗里射出来，照亮了门前的

雪地。明亮的灯光里，可以看到硕大的雪花仍在纷纷下着。风摇着那株合欢树，发出呜呜的声响。

办公桌前，余志明正在辅导乔玉珠写教案，对面的乔玉珠趴在桌子上认真地做着笔记。

余志明从桌前站起来，在桌旁来回走动着，继续他的讲授："写教案嘛，其实也没有什么难的，你必须首先明确，什么是教案。"他瞥一眼桌前的乔玉珠，乔玉珠的背正对着他，她发辫上的两个蝴蝶结微微抖动着。

"教案，顾名思义，就是教课的方案。"他望望门外飞舞的大雪，慢慢皱起了眉。

乔玉珠听不到下文，就回头望着。她站起身，来到余志明身边也向外张望着，门外边，依然是纷纷扬扬的大雪。

自从那次给他送去围脖、手套，乔玉珠那颗躁动的心平静了许多，她觉得她的情感似乎已得到释放，在某些方面似乎也得到了满足，彼此的交往也就随便了许多。他们好像又回到原来的样子。

乔玉珠回头征询地望着余志明，说："雪越来越大了，余老师，要不，咱们明天再讲？"

"好，讲完这个问题，咱们就回去。"余志明点点头，转身离开门口。

就在这时，门"砰"的一声被推开，沈翠莲带着一身风雪冲进门来。

"孩子快要死了，也不回去看看，你睁眼看看现在都几点了还赖着不走，你到底安的什么心？"

沈翠莲一边用力拍打身上的积雪，一边大声吵着。

她望望余志明身旁的乔玉珠，又四下望望空荡荡的办公室，似乎明白了什么，她眼珠子滴溜溜转着："噢，我明白了，怨不得见天不回家，原来不如这里好哇。"她把视线转向余志明，"有种你死在这里别回去，你，你今儿个要是回去，你就不是人。"说完，她转身冲进雪雾里。

余志明不敢怠慢，急匆匆回到家。他拍打几下身上的雪，就向床边走去。

沈翠莲转身对着他又骂："你还知道回来呀，还不在那里过了算了，真没种，有种别进这个家！"

余志明知道她在气头上，就不理会她。他弯下腰去用脸试试孩子体温，然后抬起头，说："哟，这么热。"他转身面对沈翠莲，"你先别急，给孩子看病要紧。我，我马上就去找医生。"

"孩子算什么！死了拉倒！别充你亲生的！"沈翠莲望着走出去的余志明，恶狠狠地骂道。

很快，马文举随余志明来到家中，马文举抽出体温表一看，埋怨道："你们两口子干啥吃的，孩子发烧快四十度，才去叫人。"

沈翠莲接上话头："人家有多忙啊，学校里大闺女又多，我们娘们儿算什么！要不是我去叫他，到现在他也不准进家门呀！"

马文举也不去管她，只顾往针管里抽着药，余志明帮着，给孩子打上了针。

马文举边收拾药具边说："志明我可不是说你，以后孩子有病，可一定要早一点去找我。"

余志明连连点头。

沈翠莲鄙夷地说："哼，你当他记住啦？"

马文举："小沈，你就少说两句吧，志明他学校里确实太忙。"

沈翠莲不依不饶："再忙，也不能不管孩子死活！"

马文举望她一眼，有点烦躁地说："好了，我要走了。"说完，背起出诊箱，开门消失在暗夜的风雪里。

余志明目送马文举走出大门，回头对沈翠莲说："你呀，往后说话可要注意点分寸，别……"

"分寸？你还知道分寸？知道分寸就别和人家大闺女在学校弄到半夜！知道分寸就别整天不进家！"沈翠莲不等他说完，就接过话头。她狠狠吐

了口唾沫，又说下去，"跟着你有什么好处？你什么时候拿俺当老婆看？这少油缺盐的日子，俺早过够了，就连卫生纸你也买不上俺使。"她踮起脚尖从床角够下一团褶皱了的旧报纸在手里拍着，"你看你看，这就是跟着你过的日子，成天用这个擦，擦！"

"不是给你买了吗？"余志明觉得对不住她，就嗫嚅地说。

"买了，买了，一刀两刀的，还不够你擦嘴的，谁不知道你光补助费一个月就一二十块，钱往哪里去了！？"

刚睡着的孩子又被吵醒，小拳头紧攥着，哇哇地哭了起来。

余志明抱起他，哄着："小刚别哭，小刚别哭，听你娘在胡说个啥呀！"

这个家庭是真的不和谐，余志明让小刚叫他爸爸，沈翠莲让小刚叫她娘，余志明曾劝说过沈翠莲，说是现在都时兴让孩子喊妈，哪里还有叫娘的？再说，孩子喊他爸，喊你娘，多么不协调，可沈翠莲就是不听他那一套，说喊什么妈！妈呀妈的多难听，俺听着都起鸡皮疙瘩，我就是让他叫娘，娘好，娘亲！……

沈翠莲听余志明说她在胡说，立马又上了火："是呀，是俺胡说，当俺不知道呀，当俺傻呀，傻子还打阵儿呢。俺早看出来了，你那鬼心眼子呀，就是冷淡俺，不理俺，想要那大闺女。那闺女多好呀，个子高，又识得字，还给你打围脖，送手套，看她那副眉眼，就知道不是什么好东西。狐狸精！俺看你的魂早让她勾去了，还有俺的好吗？"

余志明被她骂得火起，愤怒地望着她，抽出一只胳膊，一拳捣过去："叫你再胡说！"

沈翠莲趔趄着倒退好几步，差一点没倒下去。她惊愕地望着余志明，一步步逼过去："你敢打我？！好，叫你打，叫你打！"接着扬起双手，一上一下在余志明脸上、手上抓挠起来。

余志明一手抱着孩子，一手抵挡着。招架之中，他的脸上、脖子上、手背上早着了多处挠伤，那指甲盖划出的伤痕在脸上清晰可见。

这时，余父、余母一人背一个尼龙袋子踏着雪走进院子。他们见沈翠莲正在撕扯自己男人，就扔掉袋子紧跑几步来到屋里。余母一下挡在两人之间，接过孩子，吃惊地问："你们，你们这是为了什么呀？看把孩子吓得。"

"你先问问你的好儿子，到底干的什么！孩子发烧快死了，他就是不回家，躲在学校里和人家大闺女拉呱！"

余志明低着头，闷闷地说："爹，娘，别听她胡说，我们，我们是在办公。"

"办公，办公，我看早晚有一天会办到床上去！"

余志明怒视着她，扬起一只手，那只手微微颤抖，似乎要扇下去。

沈翠莲面无惧色，一步步往前赶："来，来，来，你打你打，刚才没打够，现在再打，不打，不是你娘老子做……"她见余志明的手慢慢往下落，就转身对着她的公婆，"还有你，你，你们十冬腊月里走的什么丈人家！去就去吧，还两口子一齐去，家里一个人毛不留，孩子死了也没人管！"

余父、余母自知理亏，张张嘴，就出门向外走去。

风雪小了下来，余家大院里也恢复了宁静。

余父余母屋里，两人并排躺在被窝里低声说着话。雪光映着窗纸，可以看到他们模糊的轮廓。

"我说他爹，我就不明白了，好好的，他嫂子可打的什么仗呢？"余母悠悠地说。虽然沈翠莲对"他嫂子"这个称谓，没少和她吵了嘴，可是她还是记不住，特别是没有当着沈翠莲的时候，她还是沿用这个称谓，真是积习难改呀。

"说是为了孩子生病，我看她这是要闹着分家呀，亏得我在自留地又盖了两间房。"余父吸着旱烟袋，分析着。

"我看就趁早把他们分出去吧，省得成天看她脸子。"余母有些生气地说。

余父忽然咳嗽起来。

"你咳嗽呢，还老是抽烟，真是个怪东西。"余母抱怨着，递给他一杯水。

余父漱一下口，说："那间屋留着给老二说亲，还有老三、老四。嗨，真要命。"

"亏了你一个一个地让他们当了兵，要不，他们早就和你闹鼻腔了。"

"当兵就不要媳妇啦？净说些没用的。"

"我是说，万一他们在队伍上有点升发呢，那样的话，咱可就省心了。"余母憧憬着儿子们的未来，又想到这种未来的不确定性，不由叹了口气。在她看来，那三个儿子的婚姻似乎还是十分遥远的事。她现在就去考虑这些问题，好像还早了一些。于是她又想到了刚刚发生的沈翠莲的那场战争。

"再说志明两口子，今儿不打明儿拼，你撅着，我扛着，这日子可怎么过！"

"打就打呗，两口子哪有不打仗的？"

"你说的倒是轻巧，打就打呗，打仗能当饭吃？人家两口子打了仗，睡上一宿，第二天起来就又嬉笑哈声的，可是你儿子呢？打成亲到现在，你见过他几次高兴脸？"

"好了，好了，别废话了，咱分家不就是了吗？真是遭不完的罪。"余父说完，侧过身闭上了眼睛。

7

第二天早晨，一家四口人正在吃饭。还是那样的格局，八仙桌上坐着余志明和他的老子，矮桌上坐着婆媳二人，各自的桌上摆着一碗炖小白菜和一摞玉米煎饼。今天的日子可能有些特殊吧，各自的白菜碗里还多了些豆腐块，这是余母今早特意从街上花一毛钱买的。

余父一边吸溜吸溜地喝着粥，一边拿眼瞅瞅对面的儿子和矮桌前的儿媳妇，最后又把目光投向床上正在酣睡的小孙子。他叹了口气，慢慢说："志明，小沈，"他瞥了眼儿子和儿媳妇，"你们结婚有一年多了吧！"

矮桌上的沈翠莲有点奇怪地望望她的公公爹，又低下头慢慢吃着饭。

"俗话说得好，千里搭长棚，没有不散的宴席，志明弟兄多，年龄也都不小了，也都该说媳妇了。"他望了眼对面的儿子，端起碗喝了几口粥，又说，"这个家，我看咱就分了吧。"

屋子里一时静了下来，余志明惊奇地望着对面的父亲，手里的碗停在半空。

沈翠莲却显得很平静，似乎早就预见了这种结局似的。她很随意地望了眼公爹，又伸出筷子夹着菜。

余父显得有点沉重，他说："爹对不起你们，也没有过下什么家产，南边的那个院子你们先住着，其他的一些事，等你们三个兄弟都成了家再定。"他指指碗，示意余母盛粥，"怎么样？小沈，你有什么话要说？"

"既然你老人家都安排好了，俺就不说了，一句话，俺同意。"沈翠莲痛快地说。

"再就是小孩子的事，小沈你要是去干活，就把孩子抱过来，让你娘看着。你们过好了，有了钱，就拿个三块五块的过来，没有呢，就等有了再拿。"余父慢慢说。

听到分家后还要拿钱，沈翠莲的脸立马拉了下来。

"志明，你还有什么话？……没有？好，没事今儿你们就搬过去。"他指指墙上挂着的钥匙，"那不，钥匙在墙上。"余志明头也不抬，只是闷闷听着。

余母来到床前，久久地望着熟睡中的孙子，慢慢伤起心来，两颗泪珠儿滴在了孙子脸上。

余志明站起身望一眼床前的母亲，迈步向外走去。

南北大街上的积雪已经被人踩出了一条小道。乔母在大门前打扫着积雪，她一下一下扫着，不时眯起眼睛望望白茫茫的大街。

这时，余志明低着头从对面走来。乔母远远地打着招呼："志明，上学校哇？"

余志明来到跟前，扭扭脸想走过去。乔母发现了他脸上的伤痕，就上前一步，关切地问："大侄子，你脸上这是？"

余志明支吾着："不小心……剐，剐的……"他头一低，向前走去。

扫雪的人一个个吃惊地望着他的脸，张开的嘴，一时竟不能合上。有的就和他打招呼："志明你……"

"志明……"

"志明你这是……"

余志明胡乱应着，像白日里出游的小鼠，仓皇向前奔去。

上课的铃声响了，余志明不管同事们的问候和惊疑的目光，拿起课本和教案向教室走去。

他走进教室，不得不直面学生，开始授课："同学们，下面我们讲韦达定理。"

同学们齐刷刷地望着他，惊疑的目光像一支支利箭刺向他的面庞，惊疑、恐怖，还有心疼……

李霞指着他脸上贴着的胶布，小声问赵娜："喂，你看老师脸上怎么有伤？"

赵娜侧过头，声音更小地说："听我妈说，昨天他媳妇和他打仗，是他媳妇用手挠的呢。"

"呀，他媳妇好厉害呀！"李霞一吐舌头。

讲台上的余志明听到她们的谈论，瞥了一眼赵娜，脸痛苦地抽搐着，赶紧回过脸，在黑板上书写着韦达定理。

校园里没有一个人影，到处静悄悄的，只有操场上的那株合欢树在北风中摇曳着瘦骨嶙峋的枝条，呜呜地响着。操场的角落里、教室的屋顶上残存的积雪发着淡淡的冷光。

办公室里，并归会议正在进行。老师们一个个正襟危坐，神态肃然。

女校长正在发言："……关于并归工作，前段时间我们已做了大量工作并召开了几次会议。这次会议和前几次会议的不同点是，每个老师除了进行工作总结之外，还必须，"她扶扶桌上的花镜，扫会场一眼，"这就是，每个同志都必须对并归工作明确表态，"她又动了一下桌上的花镜，"干脆说白了吧，也就是说在对待去与留的原则问题上，每个人都必须明确表态。怎么样？还有什么疑问？谁先发言？"她戴上花镜，拿过本子，准备记录。

会场一下子静了下来，大家都互观望着，谁也不肯首先发言，屋子里只有挂钟滴答滴答的钟摆声。

"我再重申一遍。"一位男教师打破寂静，激昂地说，"还是那句话，我，虽称不上什么天才，可在教学方面绝不含糊。"他的目光满屋子扫了一遍，"语文、史地，还有令人头疼的数理化，我差不多全能。"

他起身给自己倒上一杯水，啜了几口，"我，可以大言不惭地说，放到哪里哪里行；我，又年轻，正是大显身手的好年华。我愿为党的教育事业奋斗终生！好了，谢谢大家！"

远处的几个老师议论起来："吹什么牛呀，什么都行，什么都不行，没见过他什么时候拔过尖！""吹什么呀，你才干了几天！充其量不过是个一般货色罢了。"

"我说几句。"

"我说几句！"

"我……"会场活跃起来，老师们纷纷嚷着要发言。

女校长停住笔，把记录本往旁推一推，低下头，目光从镜框上方射出去："别激动，大家不要激动，一个一个慢慢来。"女校长是公办，也就是人们常说的"铁饭碗"，她自己自然不会激动。在这个问题上，她始终把自己摆在"公证人"的位置上来看待这个工作。

余志明平静地坐在那里，闷闷地观望着这热闹场面。

乔玉珠呢，则跟没事人似的正在摆弄她那辫梢。她把红绒布解开，让发辫松散开来，尔后又慢慢编着发辫。她偶尔也望一眼对面的余志明。

两个年轻的女教师开始私语。一个说："这次的并归规模很大。据说，不只限于初中部，小学部也要办，留下来的，以后可能要转正。"

"真的？你说的是真的？"戴眼镜的女教师急急地问。

"我还能玩你？我哥在县教育局，是他听局长说的。"

戴眼镜的女教师紧张地思索着，有顷，她发言道："我说，我来说几句。"她扶扶镜框，"这次并归工作很及时，很重要，我坚决支持。"她关切地望望女校长，"校长和老师们都知道，我是高度近视，家离这儿又远，风里来，雨里去的，虽说不上有什么功劳，可苦劳总是有的。我曾被评为'先进工作者'。"她往上推推眼镜，又向校长望了一眼，"当然喽，这与领导和同志们的帮助是分不开的。"她指指自己的眼镜，"大家看我这个样子，除了教教书，还能做什么，衷心希望领导和老师们，多多注意一下我的特殊情况。"她向大家一点头，说声"谢谢"坐了下去。

下面又议论起来："咦，瞧这小眼镜，还挺会演戏，可怜巴巴的，可惜这里不是福利院。"

"接着说，接着说，今天咱们可得畅所欲言，有啥说啥，下面谁再说？"女校长正唰唰地做着记录，忽然停下来，又从眼镜上方望着大家，鼓励地说。

"我再说说我的情况。"刚才和小眼镜私语的那位教师接过话头，"就说教学质量吧，每次考试，我的课程成绩虽说不上是上游，可也差不了哪里去。我教的数学课，就有一名学生得过公社第十名，第十名！这是一个什么概念！大家知道，这个级部总共有一千多名学生啊！"

下面议论道："人家小余教的理化课，还有数学，差不离年年公社第一，你算老几！"

"还有，刚才我差点给忘了，就是我对英语很感兴趣。可惜咱们学校没设这一科，要是设的话，我就是当然的第一人选，要我拜拜呀，sorry，没门！"她的手臂在半空中划了一个有趣的弧，骄傲地坐了下去。

下面的人吃吃地笑了起来，有人就说："你看她狂的，谁不会说几句鬼子话，dislike！真不知天高地厚！"

余志明望望那女教师的得意样子，微微一笑，起身向外走去。他来到初二班教室门前，开门进入教室。教室里空荡荡的，只有一排排课桌静静地摆在那里。他深情地望着那些课桌，点上一支烟吸着，在室内走来走去。一个声音在耳畔回响："亮了，亮了，小灯泡亮了，真了不起……"接着是暴风雨般的掌声。掌声逝去了，接着又出现了李霞和赵娜的私语声："你看老师脸上怎么有伤？""听我娘说，是他媳妇用手挠的呢！"

余志明的脸痛苦地抽动着。好久，他掐灭了烟，低着头，羞愧地走出教室。

他来到胭脂河畔，走上大桥凭栏而立，眺望着远处的望龙山。望龙山

被一层薄雾笼罩着，显出神秘的身影。空蒙的云雾中响起一段熟悉的话语："对，对，你和老师想的一样，将来咱就是把胭脂河里的水引进来，存在水库里，去浇灌咱们的果树和庄稼……"他向往地望着远山近水，不觉释然一笑，转身向学校走去。

他来到学校，越过那株合欢树向办公室走去。风，还在响。

汪文君正在发言："刚才听了老师们的发言，很受感动，你们都为党的教育事业做出了卓越的贡献和成就。"女校长停下笔，从眼镜上方望他一下，又唰唰地做着记录。

汪文君用力咳嗽了一声，清清喉咙，声音突然提高了八度："这种成就——简直比天高，比地厚！"他讥讽的目光来回扫了一下，"既然同志们都功盖天下，都是教书育人的栋梁之材，那我这个蠢——材，"他有意将最后两个字加重了语气，"就只有抽身引退了。好了，这就是我的态度，谢谢，再次谢谢。"

一个女教师缩一下脖儿，对旁边的另一个女教师说："呀，简直是个疯子。"

…………

汪文君的家在离学校不太远的一个山村里，那个村子就是三山口镇的驻地——三山口村。他的家，北依高山，南靠胭脂河。大山的险峻和空蒙，山里的宁静，山里的野花野草，还有百鸟的鸣啭、草虫的低吟，还有那叮咚的流水声，都造就了他宽广的胸怀和狂傲不羁的性格。他觉得和这些谨小慎微的君子们在这个问题上竞争，真有点失了自己的身份，大丈夫处事能屈能伸，纵然是下野当个山民也没有什么大不了的。这并不是说他没有和这班人比拼的本钱，事情恰恰相反，他的本领真可说是一流的，什么语文、数学、史地理化可说是样样精通，真可谓是"围着桌子转一圈"，放到哪里哪里行。教学质量那是没说的，绝对的一流。就因这一点，他平时总有些孤高自傲，很有些看不起人。他把自己说成是"蠢材"，是反其意而用之，是讥讽那班平时彬彬有礼，而到了关键时刻，到了关系到自己切身利益时，就一反常态、斤斤计较、原形毕露的人。他对这种人确实有些不屑，他们好像离了这三尺讲台就无法活下去，和他们争什么呢？再说，还有一个神往的计划在等他去做……所以他就慷慨激昂地说了上面那段话。

"志明，只有你了，怎么样？想好了吗？"女校长低下头，又把目光从镜框上射出去，落在余志明脸上。

"我已经想好了，还是那句老话，好男儿志在四方。"他安详地望着大家，"我决定，不参加去留问题的竞争。"

乔玉珠猛地抬起头，惊愕地望着余志明。她简直不相信自己的耳朵，为什么会听到这样的声音。

老师们一个个疑惑地望着余志明，揣摩着他的真实意图。在他们看来，这简直是个不可思议的宣言，或者是他在讲反话也不可知。

"余老师，你卖什么关子呀，要说竞争，我们大家可谁也不是你的对手。"小眼镜真诚地说。

女校长摘下眼镜，抹抹昏花的眼，说："今天就到这里吧，大家回去再好好考虑一下，写成书面材料报上来，好，就这样。"老师们起身纷纷离去。

"小余老师，请你先等一下。"女校长望着就要走出门的余志明说。

余志明回过头望着她，就站在那儿。

女校长赶上几步，来到余志明眼前，有点责备地说："你今天是怎么回事？这么严肃的会议，你怎么乱表态！"她紧盯着余志明，又说，"这样的关键时刻，一句话就可能影响你的一生。"

余志明微微一笑："有这么严重？"

女校长见他玩世不恭的样子，很是生气地说："余志明老师，我再劝你一句。"她拉长了声音，一字一句地说，"你，可要慎重！"

余志明望着她，吁出一口气，他掏出一支烟打火吸着，望着一边出神。

女校长："走，咱们到那边走走。"

他们来到合欢树下，女校长语重心长地说："志明，公社教育组对你可是寄予厚望的，你是一棵好苗子，可以说是前途无量，可不知你为何如此草率地表了态？你是不是有什么苦衷？能不能透露一下？或许我能帮上忙？"

余志明望着那棵虬龙似的合欢树，平静地踱着步子，一言不发。

沿河大街上，乔玉珠慢慢走着，她边走边回头望着。当她发现后面的余志明时，就转身往回走去。

余志明发现了她，他什么话也没说，转身向胭脂河大桥走去。乔玉珠尾随而去。

他们越过大桥，走下河堤，沿河慢慢走着，河边的积雪尚未化尽，斑斑点点地摆在那里，泛着些微的冷光。

乔玉珠停下步子，扭头望着余志明："余老师，你就这样决定了？"

余志明望着流动的河水，闷闷地点点头。

"我可是真的不明白了。"她摆弄着她的辫梢，"小高老师说得没错，凭你的能力，你的威信，他们，当然也包括我，都不可能是你的竞争对手。"她抬起头，迷茫地望着他，"可是你为什么非要表那个态呢？一直干下去吧，你一定是大有作为的。"

余志明不由望她一眼，又向前迈着步子。

"说话呀，余老师，余大哥！"乔玉珠盯着他，激动地说，"听我一句吧，收回你的决定，你不好意思，我可以去说。"她紧走一步，转身挡在余志明面前，热切的双眼，祈求地望着他。

余志明躲开她的目光，烦躁地说："好了，好男儿志在四方，你看看一个个乌鸡眼似的，我又何必跟他们去争！况且……"

"况且？况且什么？你有别的计划？你，你说呀！"乔玉珠久久地望着他，见他不理睬，就一扭身向来路走去。

余志明望着远去的乔玉珠，无奈地叹了口气。

几天后的一个晚上，余志明坐在办公桌前正在写着什么。明亮的灯光下，可以清楚地看见他面前的信纸上写着的"辞职报告"几个大字。他一会儿奋笔疾书，一会儿又站起身在办公室内来回走动。蓦地，他回到桌边，拿起那张"辞职报告"两手使劲地撕扯着，尔后把它揉成一团，使劲扔在纸篓里。

他站在桌前，紧张地思索着，脸上露出痛苦又烦躁的表情。良久，他又果断地拿出一张纸，快速地书写起来。

…………

几天后的一个下午，课外活动时间，到处都是活动的学生。余志明双手插在衣兜里在合欢树下走动着。女校长走过来。余志明迎上去，慢慢从衣兜里掏出那张信纸郑重地交到校长手上。

女校长展开那张纸，约略看了一遍，疑惑地望着他："决定了？……真是不可思议！我劝你还是再慎重考虑一下。"她扬扬那信纸，"这可是，过了这个村就没了这个店了。"

并归工作进展很快，学校已接到通知，再过几天，樱桃峪的三个初中班就要合并到公社联中去。余志明没有执行到联中报到的调令，他收拾好东西，带着复杂的心情离开了这个给他带来许多欢乐和某种烦恼的地方，开始了他的另一种人生。

临行前，他站在初二班教室的讲台上，望着熟悉的教室，满含热泪，忧郁地说："别了，我可爱的学校，别了，我可爱的同学们……老师对不起你们……"

8

　　余志明习惯地来到老家大门前，他抬头望望熟悉的大门，表情复杂地摇摇头，转身向新家走去。

　　余志明的新家坐落在樱桃峪最西南的一片空地上，院子的东西两边是邻居青砖碧瓦的建筑，南面是一道玉米秸夹成的篱笆墙，和一扇荆门。这篱笆墙和荆门是分家后余志明和沈翠莲建造的。为建这墙和门，余志明没少受了沈翠莲的埋怨。透过篱笆墙可以看到近处的田野和远处的村落。

　　院子的北面是两间土筑的瓦房，西山外部有一间小小的厨房。房子建得十分简陋，四面的墙也还没有泥，一到刮风天，风就从缝隙中吹入，发出轻微的嗡嗡声。檩条细得比鸡蛋粗不了多少。房顶有的地方已经凹陷。屋里的陈设也十分简陋，无非是些粗重的家具什么的，内中最显眼的要算是余志明分家时分到的盛粮的大瓮和一个衣柜，这两样东西据说还是土改时余志明父亲从地主那里分到的"战利品"。这两样东西再加上沈翠莲唯一的陪嫁品——一只古老的半立橱，安排在两间房的南北中线上，中间留一个走道，房子就被隔断开来，里面的是他们的卧室，外边一间，就是"客厅"了。

　　面对着这样简陋的房舍，沈翠莲倒也没有太多的抱怨，抱怨什么呢？她又不是不知道，这一切，都是她自愿的，没什么人来强迫她。

　　沈翠莲正在洗衣服，她抬头望望拿着大包小包走进院子的余志明，讥讽地说："哟，不年不节的，又没听说学校放假，你咋就收了摊子啦？"其实学校下人的事她早就听说了，她知道余志明是学校最好的老师，下谁也下不着他，所以也就没当回事。现在见他大包小包地拿着回家，她就觉得有点不对劲了。她站起来，甩着手上的水，黑眼睛盯着她的男人，"你说，你说，到底怎么回事？是不是他们把你挤下来啦？你，你说呀！"

她见余志明不吭声，就又说："好，好，准是有人使坏，我饶不了他，我，我这就去学校骂，看是那个坏种把你挤下来的。"

余志明边往屋里走边说："你别急，不当老师也没什么大不了的，干啥都一样。"

沈翠莲听着他的话，心里有了底，越发急起来："噢，我明白了，原来是你自己不干了呀。好哇，看你这个样子，豆芽菜一样，除了教教学，你还能干什么！看你拿什么养活老婆孩子，还有你娘老子！"

她挺着肚子喊了一阵，就又坐下洗衣服。她胡乱地搓着，打得水花四溅："你真不安分，好好干你的老师有多好，工分高，还有钱，我看你真是不吃好粮食，胡乱调轰窝子，看你怎么活，怎么活！"

余志明被她骂得摸不着头脑，就点上一支烟吸着，在附近走来走去。

"你在俺跟前转悠什么，都把俺转悠糊涂了，赶快滚，俺这里没有闲饭养活闲人，走，走，走，快找队长要活去！"那女人边说边起身往外推着余志明。

余志明就像犯了错的小学生，唯唯地答应着，回屋放下东西向外走去。背后又传来女人的叫骂声："也不知倒了几辈子霉，跟了这么个玩意儿！"

很快，余志明就来到大队长李志海家门口，他迟疑了一阵，还是迈步进了大门。

李志海正在吃饭，先是略显惊疑地望了他一眼，尔后欠了欠腚让他坐下，说："我这就吃完，你有什么事？"

大队长，就是一个村的首长，人们也称他村长、支书，他五十冒头，长得墩墩实实的，头上的毛发已有半数泛白，脸上纵横的褶子说明着他曾经历过的沧桑。他与人谈话时总是眯眯笑着，给人一种亲切和善的感觉。樱桃峪的人们都知道，自合作社成立到今天，他都是这个村的领导、干部，可算真正的多朝元老了。

见他吃完饭，余志明就迟迟疑疑地把来意说了一遍。

"志明我不是说你，"大队长拿衣袖擦擦嘴，"你的事情，你们校长已经和我说了，但没想到你动作有这么快。"他拿出两支烟，一人一支抽着，"凭你的学问和本事，这次并归活动下谁也下不着你，可你这一根筋偏偏不听别人劝阻，非要回来种地，这到底是为什么呢？"

他吁一口气，又说："唉，你们这些年轻人，真让人琢磨不透。"

余志明有些局促地说："大队长，我——我——"

大队长摆摆手："好了，你的情况我都知道，你就别说了，可也是呀，好男儿志在四方，四化建设同样需要人才，如果你非要回来，我也不难为你。"他站起来，在桌前走了几步，"回头我和他们协调一下，如果你同意，桥东南那片荒地你先种着，三年不收你地租，三年后呢，咱们再正式签合同。"他扔掉烟头，又抽出一支点上，"唉，志明呀，也就是赶上改革开放了吧，要不，谁敢包地给你！好，这个事也就基本定了。"他抬头望望挂钟，"我还有个会，咱们有空再聊。"说着，起身收拾着饭桌。

余志明站起来，双手握住队长的手，激动地说："大叔，谢谢你。"

大队长拍拍他肩头："老侄子，好好干，一定给咱樱桃峪弄出个样板来！"

余志明点点头，向外走去。

见余志明走得远了，李志海自言自语："这孩子真是怪，好好地教着书，非要回来种什么地，嗨，只可惜了他一肚子文化。"

李志海立说立行。很快，他和村里有关人员通了气，批准了余志明的包地申请，又叫上会计和余志明丈量了土地。

承包地在胭脂河东岸，与河边的那条南北大路毗邻，北部是一座东西走向的低矮山梁，东部的远处是连绵的群山，南部是一道隆起的沙脊。整个承包地被远近的山岭包围，恰似一个不小的洗衣盆。盆地的内部生着密密匝匝的茅草、刺槐和酸枣一类的灌木，之上横缠竖绕地爬着一些藤蔓植物。

余志明望着这标准的蛮荒之地，不由倒抽了一口凉气。偌大的一片荒地要想把它垦熟，就是加上沈翠莲不间断地干，恐怕一年半载的也不会奏效。况且，那女人正和自己较着劲，难道她会来吗？

他这样想着，就呼呼啦啦地在没腰深的草丛中四处查看着。受惊的宿鸟不时从草丛中飞起，惊恐地拍打着翅膀飞向远方。一只野兔，箭一样地从脚下窜出，又飞快地向对面山林跑去。余志明望着远去的野兔，轻轻叹了口气，向承包地西部走去。他站在南北大路上，望着远处出神。公路向北直通山里，向南与通往那座小城的公路相连。

"这里有山有水，交通方便，南来北往的客商肯定少不了，将来发达了，在路边再弄个销售点，发财，或许也不是太难的事。"余志明想着，不由慢慢高兴起来。他甚至还哼了几句黄梅戏。今天没有风，胭脂河叮咚叮咚的流水声不时传来，给这未开垦的处女地，也给余志明带来一种别样的诗情。

他说干就干，不顾沈翠莲的冷嘲热讽，在整个冬季里，冒着北风和霜雪，硬是割完了全部的茅草，砍除了所有的灌木藤蔓，剩下的事，就是翻地整地了。

转眼已是春三月，望龙山山顶的积雪还未化尽，他就早早开了工。他用定做的老山镢奋力地刨着，碎石块撞着大镢，发出沉闷的钝响，火花不时在脚下飞起。他依然不间断地刨着，脖子上青筋暴起。他一边挥动大镢，一遍嘿呀嘿呀地给自己加油。

自从辞职到现在，已过去了半年多。在这半年多的时间里，他基本上是连轴转，整天泡在这荒原上奋力拼搏。恶劣的环境、繁重的劳作，让他切身体会到创业的艰辛。休息时，他坐在沙脊上望着远处，点上一支烟吸着，想着在那个地方发生的故事，想那些可爱的孩子们。当然，他想得最多的还是他和她的那段生活，也不知道她现在怎么样了。在这段日子里，他们几乎未曾谋面，更不要说促膝长谈了。虽然他已结婚生子，可在他的内心深处始终不能把她忘怀。他心里说，嘿，人可真是个怪东西，这种情景是多么不可思议呀。

他正嘿呀嘿呀地给自己加油，忽听大路上传来说话声："哟，好大的干劲呀，年下包子刚吃完，就又干上啦？"

从这大大咧咧的叫嚷声，余志明不用抬头就知道是谁来到了路边。他打了声招呼，举起大镢又要刨下去。

彭涛打住自行车，上去一把按住他的大镢："你小子真是不搭人情，老同学来了，你也没个接叙。"他夺过余志明的撅头，直直地盯着他，"志明，看来你是真的不干了？"

彭涛是余志明初中同学，又是余志明最要好的朋友。高中落榜后在城里学了几年厨师，就在家门口开了一处小饭店，日子还算红火，和余志明同年，只是晚了几个月，他快言快语，和余志明无话不啦。

余志明望他一眼，手一挥，二人向南面沙脊走去。

他们坐下来，余志明拿出烟，打火吸着，彭涛见他望着别处不吭声，就说："志明，我的老同学，你这死牛筋，我看你未必就愿意这样干下去，当一辈子老农民！"

余志明调整一下角度，还是不吭声。彭涛一时也无语，二人就这样沉默着。

太阳升起来了，霞光布满了天空，余志明眯着眼睛望着东方，显得有些疲惫，他慢慢站起来，扔掉烟头，走到那边，又举起了大镢。

彭涛跟过来，疑惑地望着他，说："真死牛筋也，你说，你是不是有什么隐情？上面我有关系，你要是愿意再回去，我可以帮忙。"

余志明好像没听见，还是默默地刨着地。

彭涛长长地叹了口气。临走，他无可奈何地说："真拿你没办法，这老偏头，凭你这张镢，三年你也弄不明白，哼，恐怕还得俺老彭帮忙……"

第二天余志明干得正起劲，就见彭涛驾着拖拉机七拐八歪地开进了承包地。余志明躲闪着，埋怨道："好你个彭涛，怎么把拖拉机开到这里来了？差点碰着我。"

彭涛跳下车，也不熄火，大声说："怎么，你不欢迎？"说着，指了指拖拉机后部。余志明看见后面挂着的是一部深耕犁，他忽然明白过来，上去就给了彭涛一拳："好呀老彭，你是怎么想出来的？"

"谁让咱们是老朋友呀，来，你说，从哪里下手？"彭涛回敬他一拳，高兴地说。

余志明指挥着，拖拉机调整着方向，一加油门，那土层就翻滚着向一边倒去。

余志明抓住时机，从一旁抱来割下的茅草，一把一把地埋在犁沟里。余志明教过理化，懂得这茅草可是好东西，含有丰富的有机质，埋入地下，可以肥地呢。

"慢慢地干呀，可别落下我们呀！"王三妮、乔母，还有李二婶说笑着走了过来。

王三妮，本名王艳丽，因排行老三，所以樱桃峪的一班姐妹们都喜欢叫她"王三妮"。这是个快嘴快舌的中年女人，平时最与沈翠莲合得来，今天，她一听到彭涛招呼，就约上乔母还有李二婶赶到了这里。

余志明直起身，傻乎乎地问："大婶、二婶，还有三姐，你们这是……"

李二婶举举手中挠钩："是彭涛让俺来帮帮忙，重的干不了，用这个挠挠草根树根什么的还凑合。"她往前凑凑，像是很机密地说，"大侄子，好好地教着学，咋回来种起了地？"她见乔母拿眼剜她，就讪讪地走开，挠她的草根去了。

乔母见地里没有沈翠莲，就问："志明，怎么侄媳妇没来？"

王三妮就说："不行，这个沈翠莲，我得去叫她来！"说完，向公路

走去。

拖拉机冒着黑烟回来了，彭涛跳下车，往前几步，望着乔母和往外走着的王三妮，大声说："叫你们干吗来的？光知道拉呱，看你们下午怎么到老余家喝酒！"说着，他接过乔母手中挠钩边做着示范，边说："大婶、二婶可别生气，我这可是说着玩呢！"他做个鬼脸，跳上车，又突突地犁起了地。

今天是星期天，又是学校大休的日子，李永泰、李霞、王丽萍等一些同学听到信儿也来了。他们默默地看着余志明干活，帮着把挠出的树根、草根聚拢起来，抱到边上。休息的时候，李永泰、李霞他们把余志明拉倒一边，深情地劝他们的老师回去。他们抚摸着他那已经变得粗糙的手，李霞等一班女孩子竟落下泪来。

王三妮拉着沈翠莲来了，彭涛就说："嘿，还是三姐面子大，我那么劝，人家都不来，这不，三姐一叫就来了，来，来，来，大家快喝水。"

沈翠莲边倒着开水，边说："要不是看着大家的面子呀，我才不来呢！"她瞥一眼余志明，又把目光投向王三妮，"你说对不对，三姐？"

王三妮不愿坏了她的情绪，就连连说："对，对，你说得对。"

…………

在之后的日子里，余志明又在整好的地里扶背，整畦，种上（或栽上）了各种蔬菜，蔬菜缓苗后又从信贷社借了低息贷款，买了化肥、农药。在他辛勤的劳作下，地里已是一片喜人景象，绿油油的韭菜，挺拔的大葱，嫩生生的芹菜、油菜、小白菜，还有红彤彤的西红柿……

这一天，余志明又来到承包地，他望着这么好的蔬菜，却是喜忧参半，喜的是，他辛勤的劳动终于有了成果，忧的是，如何才能把这些菜变成钱呢？他心里明白，之后，他必须去赶集，必须要摆地摊，而余志明最讨厌的就是卖东西，有什么法子呢？他只有硬着头皮去卖菜。

9

一轮弯月悬在天际，朦胧的月色下，余志明正在装菜。有顷，他直起身望望装满菜的自行车，长叹一声，推车出了园门，向集市走去。他歪歪扭扭地骑着自行车边走边想，这人生可真是无常呀，不到一年前，自己还是人人敬仰的学校教师，如今却要趁着夜色，贼样地溜出村庄去赶集，去摆地摊，去干那些人人不屑，甚至连他自己也不屑的营生。现在他甚至有些后悔当初自己草率的决定，后悔没听女校长的劝导和挽留，后悔没听乔玉珠痴情的告诫。他又叹口气，心想，后悔有什么用呢？后悔能解决当前的困境吗？他知道事情已无可挽回，只好硬着头皮干下去了。

集市上人声嘈杂，车来人往，他望望已摆满摊位的市面，东躲西闪地在一个角落里摆上了地摊，而后就坐在摊子后方戴上一顶大草帽看起了书。赶集的人一个个来到他摊子前，望望他，见他忙着，就一个个往前走去。

彭涛推着摩托从集市的一边走来。彭涛饭店生意不错，原来那辆自行车已换成了摩托车。他一个摊子一个摊子地问着价，又讨价还价地讲着，车后面的驮筐里已装着几样青菜。

他来到余志明摊子前，望着绿油油的芹菜、芫荽，打住摩托上前问："喂，掌柜的，你的芹菜怎么卖？"

余志明看得正入窍，就没有回答。彭涛有点着急地往前敲敲他草帽："我说伙计，你是卖菜呀，还是准备考大学？"

余志明有点烦，他边往后放着书边说："你这人真不地道，买菜就买菜，干吗敲人家草……"

彭涛正要发火，一看回过头来的却是余志明，就惊奇又责怪地说："怎么是你小子？人家问个价你都不干，有你这样卖菜的吗？你还想发财哩，看你这个样子吧。"

余志明顿时红了脸，他站起来，结结巴巴地说："老彭，怎么是你？我，我看着人不是太多，所以就……就，你，你买菜吗？买菜做什么？"

"你这书呆子，我看你快成植物人了，不买菜问你干啥？买菜干什么，亏你问得出，你不知道我开着饭店吗？就是不开饭店，买了菜，也不能扔了吧，嗨，你这呆子！"

余志明局促地踱着步，抽出一支烟自己抽着，彭涛说："你余老板发财了是不？抽烟也不让让。"

余志明赶紧抽出一支扔给他。彭涛吸着烟说："要不这样吧，我看你带的菜也不是太多，都给我吧，你过过秤，钱，随你收。"

余志明没想到这么快就会出手，就高兴地弯下腰过着秤。

他们来到公路上，骑车慢慢走着。彭涛一直望着前方，他头也不回地说："志明，我不是给你后悔药吃。当初你从学校回来种地，多少人劝你，你都不听。我也劝过你多次，你也不听，非要回来种什么菜。现在怎么样？后悔了吧？真是不到西天不知佛多大。平心而论，你种的菜确实不错，可就是不愿去卖，怕丢人是不？你有当初，何必现在？晚了，背水一战吧，或许能干出点名堂呢！"

余志明听着，不置可否地点了点头。

过了几天，余志明去卖葱，还是那样。他摆上摊子就戴上那顶大草帽，坐在摊子后看起了书。一个中年妇女走过来望望他，见他正在看书，张开的嘴又合上，慢慢离去。又一个少妇过来，问："喂！卖葱的，你的葱怎么卖？"

余志明放下书，往后推推草帽，说出了一个很低的价格。少妇吃惊地望着他，又望望摊子上上好的大葱，当机立断："好，给我来两块钱的！"说着，蹲下去，挑着葱。

附近摊子上买葱的几个顾客，听到这个价位，都把挑好的葱放回那个摊子，一齐向余志明这边走来，弯腰挑着葱。那个摊子上的小贩狠狠地望着余志明，说："小子，你等着瞧……"

过往的顾客也纷纷蹲下去，挤着，嚷着争挑余志明的葱。摊子前一时乱起来。

余志明手忙脚乱，他一边高举着两手过秤，一边大声喊："不要挤，不要挤，一个一个慢慢来！"他把称好的葱递给一个顾客，又去称另一顾客的葱。过好秤的那个顾客举着一张拾元票喊："掌柜的，快收钱！"他见余志明不理，就悄悄溜出人群向外走去。走出老远，他回过头笑道："小伙子，谢谢你啦，不是我不给钱，是你给钱不要呀……"他扬扬手中葱，笑盈盈地走了。

就这样，人们挤着，嚷着，有不交钱就走的，有拿着钱交不上溜的，也有应该拿十元只给两元走的，等到余志明找完钱再给最后一位顾客过秤时，秤却不见了。他东张西望地寻觅着，嘴里兀自说："咦，秤呢，秤在哪里？好好的，秤怎么会不见了呢，真见鬼！"他烦躁地向最后那个顾客说："好了，好了，不用过了，你走吧！"那顾客说声"谢谢"，眯眯笑着走了。

余志明望望空荡荡的摊子，摸摸口袋里不多的钱，四下寻觅着，还想找到他的秤。

就在这时，一个女人声传来："余老师，你在找啥呀？"他抬起头，见一身工人装的乔玉珠扶着自行车正望着他。

余志明不觉又红了脸，支吾着说："我，我，我在找……"

余志明卖菜的事其实乔玉珠早听母亲说了，所以现在也并没有感到惊愕。

"找什么呀，待会儿再说吧，快走，我有话跟你说。"乔玉珠说着，打住自行车，帮余志明收着摊子。

一边摊子上的那个小贩望望余志明走得远了，就从摊子底下抽出那杆秤，他一边端详着那秤，一边说："呀，这秤还是新的呢！"

另一个贩子就说："你也够缺德的，恐怕那小子今儿连这杆秤钱也卖不出。"

"他是活该！谁叫他贱卖！他这样卖，叫别人怎么卖，咱可是有本钱制着的。"

二人来到饭店，在临窗的一张桌子前坐了下来。余志明望着一身工人装的乔玉珠，话不知从何说起。还是乔玉珠打破了沉默，她说："余老师，卖菜这活儿，你还行吗？刚才在集上我见你手忙脚乱的，是在找什么？"

余志明瞅瞅她，吞吞吐吐地说："我，我是在找秤，秤……"

乔玉珠奇怪地说："找秤？卖菜的怎么会找不到秤？真是千古奇闻。唉，看来你根本不是做买卖的料子，可是当初你为什么非要辞职呢？我，我到现在也不能理解。"

余志明别过头，心烦地说："你就别说了。"

乔玉珠见触到了余志明的疼处，就不好意思地说："对不起，我不该问这些。"服务员送来酒菜，打开酒瓶，说声"二位慢用"，转身离去。乔玉珠拿过酒瓶先给余志明倒满，又往自己杯里倒上一点，她举起酒杯，说："来，咱们共同喝一杯，我祝你事业成功。"

余志明忙举起杯子，两个杯子一碰。乔玉珠一仰头把酒喝了下去，她摇摇头，连忙吃着菜。余志明望她一眼，也喝下那杯酒。

半杯酒下肚，乔玉珠的脸就红了，她把酒杯往一边推推，又把酒瓶递给余志明，说："余老师，我不能喝了，你自己喝吧。"

余志明从来没见她喝过酒，今天见她喝酒，还是破天荒的第一次，难道她也是在借酒消愁？于是他就说："不能喝就别喝了吧，这酒喝多了也没有好处。"

乔玉珠忧郁地望着他，什么话也不说。

余志明："玉珠，还没有问你，怎么你也不干了，这到底为了什么？"

乔玉珠把目光转向一边，喃喃地说："汪老师走了，你也走了，我待在那里还有什么意思？所以我就……"

余志明沉默着，良久，他拿起酒瓶给自己倒上酒慢慢喝着，说："玉珠，你是不是有什么话要说？怎么，厂子里的活不好干吗？"

乔玉珠摇摇头："大哥，我正要和你说，想让你给我拿拿主意。"她起身给余志明倒上酒，又坐下去，"你或许已经听说了吧，我妈要给我找主儿，并拉我去见了面，黄草岭的，煤矿工人，比我大八九岁呢……"

余志明呆了似的，直直地望了她足有两分钟。他的心像突然被割了一刀，他什么话也没说，好久才把目光转向一边。

"人长得一般，很老实，家里还有一个老娘。"她思忖着，好久后说，"大哥，我想听听你的意见。"

余志明点上一支烟吸着，起身在桌旁来回走动，脸上显出复杂的表情，思索着这难以回答的问题。

"怎么样？大哥？我问你呢。"乔玉珠又问。

"大点……噢，大点，没什么，没……只要人好，或许，也就可以说是，不过……"

乔玉珠火辣辣的目光盯着他，见他语无伦次的样子，就又说："大哥，你不要慌，你可以慢慢告诉我。"

余志明擦擦额上冷汗，斜视她一眼，喃喃地说："这种事情，其实我也难以言说，"他猛吸一口烟，往外慢慢吐着，"不过，不过你只要爱他，我看，或许……"

乔玉珠："可是，可是我并不爱他！"说完，竟趴在桌上轻轻哭了起来。旁边的食客们纷纷转过脸，好奇地望着这两个年轻人。

余志明推推她，低声道："好了，咱们走，路上再说。"

乔玉珠站起来，拿手帕擦擦眼，随余志明向外走去。

他们来到公路上，谁也没有说话，就这么推车静静地走着。

前面就是岔路口了，他们停下来，乔玉珠抬手指指不远处冒着烟的地方说："瞧，那里就是我上班的厂子，以后路过这里，可别忘了去找我玩……今天碰到你，真高兴……我现在很苦闷，又感到很孤独，很想找个人交交心，可是找谁呢？真正知心的人能有几个？"她惆怅地望望余志明，"大哥，我一直很敬重你，也很……我一直把你视作最知心的朋友，可是你却……"她抬头瞥一眼余志明，像是问他，又像是问自己，"我该怎么办呢？"她回过头擦一下眼睛，大声说，"好了，不说了，希望你不要忘记我……"说完，骑上车子，头也不回地走了。

余志明立在那里，呆呆地望着离去的乔玉珠，好久，他才骑上车子向前驶去。他不紧不慢地骑着，眼望着前方，乔玉珠哀怨的话语还在耳边回响。余志明明白她的意思，回味着刚刚发生的相遇。余志明想，自己已是局外之人，让我说什么呢？我能左右你吗？我能改变这既成的事实吗？但他心里还是觉得酸溜溜的。他甚至想着，要是她永远不结婚该有多好啊。他明知这是不可能的，但有时忍不住还要这样想。

是什么东西在作怪呢？嗨，真是难以言传。"可是，我并不爱他！"玉珠的这句话，更是刺痛他的心扉，也就是说，不用多久，他心中的偶像，他的初恋，这个才貌双全的姑娘，也会像他余志明一样，同一个自己不爱的人绑在一起，相守一辈子，这是多么可怕的事！难以想象，一个没有爱的婚姻，怎能维持一生。这样的事有多么的无聊，是多么的残酷。余志明的婚姻已经做出了初步的注脚，难道这美丽典雅的女子也要踏上这没有阳光的婚姻历程吗？

乔玉珠哀怨的眼睛又在他面前跳动，这撩拨心弦的眼神哟，或许也将在他面前消逝，这是多么的悲哀，是多么的无奈。他很想找个地方哭一场，以抒发胸中的郁闷，他为自己的婚姻抱不平，更为乔玉珠的不幸而惋惜。

不久前他们还是情同手足的挚友，如今却要面临各奔东西的下场，他多么希望这不是最后的结局，可是，他能改变这可悲的安排吗？他不能回答，他这样想着，不由扭头向小乔的方向望去，小乔的背影越来越模糊，最后拐进那座大门不见了。

10

余志明正快快不悦地走着，忽听一阵歌声传来，歌声洪亮悠远，颇具几分草原牧歌的韵味。那歌唱道：

春花秋花野草花，
万紫千红映落霞。
人间自有甜甜蜜，
放蜂人儿走天涯。

余志明抬眼看时，见前面不远处一辆马车由一头高头大马拉着，不紧不慢地往前走着，马车上码着一层层的箱子。

余志明觉得新鲜，就弯下腰加速追赶那马车。自行车很快超过马车。这时，歌声停了，接着传来一声"得儿，驾"的吆喝声。余志明不由回头望去。高头大马欢快地小跑着，马蹄踏着路面，发出"得儿得儿"的有规律的脆响。赶车人轻轻扬起鞭子，一时并不落下，偌大的斗笠斜扣在头上，遮住了半张脸。余志明惊疑地望着那熟悉的身影，远远地把车子横在了马路上。

赶车人大喝一声："吁……"马一声长嘶，站在了自行车前面。赶车人大怒，喝道："你这人真不晓事，怎么……"这时，赶车人不喊了，他睁大了眼睛跳下车，来到跟前抬手就是一拳："志明，怎么是你？"他望望自行车上的驮筐，"你这是……"

余志明红了脸，嗫嚅地说："赶集……刚回来……"

汪文君瞧着他，感慨地说："嗨，真是人生莫测呀。"

余志明指指他车上的箱子："汪老师，你这是……"

"去放蜂呀。"汪文君应着。

"嫂子没跟着？"

"她身体不是太好，这风餐露宿的，我就没让她来。"

汪文君的妻子宫月娥是个温良敦厚的人，苍白的脸上总是带着病色，一走路就喘吁吁的，还总爱咳嗽。

汪文君叹口气，又说："你嫂子这慢性病，总是不好，真是磨人。"他指指前面一个村落，"那不，我的宿营地就要到了，走，咱们到那里再说。"

很快，马车就来到宿营地，汪文君喝住牲口，余志明先帮着卸下蜂箱，又搭起帐篷，将一应物件安置在里面。汪文君望望安置好的帐篷，高兴地说："怎么样，小余，你看像不像个家了？你要累了，就先在行军床上歇一会儿。"他望一下外面，"不行，我得先把蜂门打开，让那些小精灵熟悉一下环境。几天后，它们就可以四处采蜜了。现在正是枣花盛开的时节，能采上一茬上好的枣花蜜呢。"

他来到蜂箱前，开启一个个蜂门；门开处一个个蜜蜂慢慢爬出，在附近试探飞翔着。

余志明看着，高兴地说："这些小东西真可爱，它们居然能给你创造财富呢。"

"它们不光给我创造财富，而且还给全人类创造财富。"

余志明好奇地望着他，听他讲。

"它们在采集花粉的同时，又干着给植物授粉的工作。有了它们的工作，庄稼、果树才能更有效地坐果，提高坐果率和产量。"汪文君如数家珍似的说着。

余志明在学校是教数理化的，对蜜蜂的作用了解并不多，就说："想不到这些小精灵还有这么大作用呢，真是学海无涯啊。"

他们回到帐篷里，打开气炉子，炒了几个菜，二人对坐着喝起了酒。

汪文君夹点菜，在嘴里嚼着，说："来，小余，咱们喝下这杯酒，我就给你说说我的养蜂经历，你听了，或许有用，来，干了。"杯子一碰，二人同时喝下那杯酒。

汪文君慢慢说："志明，这创业可真不易啊。当初我一说回家养蜂，老婆孩子没有一个不反的。我不管她们，硬着头皮借了钱买了这几十箱蜂，到现在账还没还完。唉，真是万事开头难呀。"他摇了摇头，倒上酒，又喝下一杯，"不过，我什么也不怕，我和农大的王教授很熟，他从物资到技术上都很支持我。他说，我的蜜蜂不出几年，就可以发展到二百多箱呢。"汪文君显然已预见到自己事业的前景，心中有些得意，他也不让余志明，自己又喝下一杯酒，又说，"现在人们的观念发生了很大变化，健康几乎成了所有人的话题。而蜂胶制品和蜂王浆又是最好的保健品，国内国际市场都有很大需求，而且价格还在不断盘升。王教授让我放心发展，他说销路是没有问题的……志明你想，有王教授的支持，销路又没有问题，发财难道还难吗？"

余志明认真地听着，想着自己的惨淡经营，脸慢慢拉了下来。

汪文君见余志明有些不高兴，就转移了话题："你看，光讲我自己的过五关了，还没问问你，现在也发达了吗？"

余志明侧过头，觉得有点难以启齿，思忖良久，才说："嗨，这卖菜，我也不熟悉，也就是凑合着过吧。"

汪文君一拍大腿："你种的什么菜！那有多费劲，纯是费力不讨好的事，能有什么好结果！听我的，赶快改行，你愿意养蜂吗？我可以帮你……噢，你不养，不养也行。你有那么多地，可以种果树呀。对，你就种樱桃，保你几年后发大财。你长在樱桃峪不种樱桃树，真是活见鬼！"

余志明疑惑地望着他，说："樱桃峪种樱桃的也不少，可没见几个发大财的。"

汪文君瞪起眼珠子："他们那是什么玩意！果儿跟豆子一样，听我的，种就种大樱桃，种欧洲甜樱桃，拉宾斯、早大果、那翁，还有中国新品种红灯什么的，果子差不离跟乒乓球大，哪能不卖钱！你放心，苗子我给你弄。"

他扔掉烟屁股，往前凑凑："志明我不是说你，你怎么变得孤陋寡闻了呢？像你这样，如何能赶上社会潮流？现在中国的变化真是日新月异，咱们常讲要与时俱进，改革开放。而你却还用小农经济的眼光来看世界，危险呀，危险。"他感叹着，又点上一支烟，"志明，咱都知道，吃不穷，喝不穷，算计不到就要穷的道理。有空到我那里转转，参观参观那里的樱桃园，看看人家是怎么发展的。不说别的，就拿我邻居的那个园，面积没你的一半，知道人家一年收入多少钱？"他不等余志明问，"一年就是三四万！"

余志明："三四万？"

…………

第二年一开春，余志明就从汪文军那里买来了大樱桃树苗，栽在了承包地里，之后汪文君又帮他买了抽水机，解决了浇水难的问题。

种樱桃也没有那么简单，虽说它价值高，但周期太长，从定植到盛果期，就是矮化型的也得有四五年的时间。在这段漫长的时间里要施肥，要浇水、打药、整形等一系列的投入。余志明没有贸然行事，而是采用了间作的模式，保留下相当面积的菜地以备开销之用。他那时正是上有老下有小的艰难岁月，他不敢有大的动作。看着菜园收入越来越少，就把工作重心转移到了责任田上来。所谓的责任田，就是改革开放以来，村委把原来生产队的土地，按人头分配给村民的那一份。这份土地，村民具有一定自主权，他们可以根据自己的意愿，种植各种粮食作物或其他经济作物。后来，这份土地还可以在政策范围内进行流转，使农民有了一定发展空间。

余志明见责任田里长满了草，就借了驴，借了耧锄，打算除草。他套

好了驴,让沈翠莲牵着,自己掌把,就耘起了地。那驴子可能是欺沈翠莲个头儿小吧,在麦田里不是蹬就是跳,横竖不听指挥。它一会儿向前猛蹿,一会儿又突然停住,拐着弯儿跑,两只驴眼斜视着沈翠莲。余志明累得满头大汗,只好丢了耘锄过去牵住驴,让沈翠丽莲去扶把,驴子倒是顺了,可后面又出了问题,沈翠莲呼哧呼哧随耘锄跑着,不是耘锄飞出了地面,就是耘锄扎下去,连麦苗一起拔起。

余志明回头望望被拔起的麦苗,不由一阵心疼。他一跺脚又回来掌把,那驴子见换了人就又蹦跳起来,沈翠莲急了,她丢开缰绳,嘴里胡乱地骂着,转身回了家。

余志明没有法子,只好把驴拴好,回家去喊沈翠莲,可是不管余志明如何劝解,沈翠莲就是不回。她趴在床上望着余志明一个花子扭到床里去,连珠炮似的说:"不去,不去,就是不去,要耘你自己去耘!"

余志明知道,在这种情况下,他就是给她下跪,她也不可能回头。他回到地里,一边吸烟,一边生着闷气。碰巧,乔玉珠下班路过地头,问明了情况说:"你先别急,我回家换件衣服回来试试。"

乔玉珠换好衣服,骑车回到地头,她打住自行车就去牵驴。说来也怪,那驴在乔玉珠手下却变得异常温顺,它不紧不慢地拉着耘锄走着,鼻孔里还不时噗噗地吹着气。

乔玉珠回头问:"怎么样,这样行吗?"

余志明正低头观察着地面,耘锄松动着土层,杂草均匀地翻滚着,像绿色的波浪。听到喊声,他急忙抬头说:"好,好得很!"

沈翠莲在家使够了性子,觉得不回去看看似乎也不是回事,就下床整一下衣衫,向麦田走去。她来到地头,远远就见余志明又耘起了地。她终于看清了,牵驴的竟是乔玉珠!她眼睛瞪得溜圆,一跺脚,不知骂了句什么,就转身"嗵嗵嗵"地回家去了。

地耘完了,他们来到村里大道上。乔玉珠一手牵着驴,一手推着自行车。余志明在后推着耢锄叮叮当当地走着。来到余家胡同口，乔玉珠停住步子，说："大哥，就在这里卸驴吧！"余志明答应着，卸着驴。

乔玉珠打住自行车："要不我和你弄到家里去？"

余志明连忙说："不用了，不用了，我一个人就行了，"他忽然想起应该谢谢她才对，就说，"玉珠，要不吃了饭再走？"

乔玉珠："不了，我妈可能正等着我回家呢，晚了，她可是不放心呐。大哥，再见！"说罢，扬扬手，骑车离去。

沈翠莲正在洗衣服，她望望牵驴进来的余志明，又往后瞧瞧，讥讽地说："咦？怎么就你一个人？你那小妖精呢？咋没一块儿来？"她捞起衣服抖一下，"你可得好好谢谢她呀，她可是给你帮了大忙啦，她看着顺眼，还会牵驴。"她把衣服又按进盆里，搓洗着，"唉，咱算什么呀？丑八怪……"

余志明栓柱驴，回头说："你胡说什么呀？你牵不了驴，叫你去你又不去，还不兴人家牵？其实，其实她是碰巧从那里路过，才……"余志明早就料到，乔玉珠来帮忙，沈翠莲肯定是要闹一下，所以刚才他让乔玉珠吃饭，乔玉珠推辞，他也就没再坚持。结果不出所料，她真的闹了。

沈翠莲已晾好衣服，她甩一下手上的水说："碰巧？哪里有这么巧，怎么别人没碰上，偏偏她碰上？"她往前一站，"你说，你说，你们是不是早就约好了的？你说呀！"

余志明生气地望她一眼，咕念着："真是不可理喻。"他转身就去推耢锄。

沈翠莲说："理喻，什么理喻？莫非你还有理啦？"

转眼已是麦熟季节，各家各户都在公用的打麦场上，摊晒着自家的麦子。午后，谁也没有注意的时候，天气突然起了变化。云彩像是从地底下钻出来似的，刹那间就布满了天空。蛇样的闪电在云缝里飞舞，炸雷一个接着一个，硕大的雨滴斜着砸下来。人们忙乱起来，像无头苍蝇，在场里

乱窜。他们呼叫着，忙乱着，有的扫，有的推，有的装袋子。这里从古至今就流传着一种说法："从西北上来的雨没好雨。"今天的暴风雨正好证实了这种说法。狂暴的西北风裹着密集的雨点猛扑下来，打麦场里一片混乱。

这当儿，余志明已归并好麦堆。他和沈翠莲正扯着一大块塑料往堆上盖，沈翠莲个儿小，力气也小，她刚刚摁住塑料的一角，"呼"的一阵风吹来，那塑料便飞扬开去。她跳呀跳的，可怎么也够不着。余志明眼看着雨水往麦堆浇，就急了眼，望着手舞足蹈的沈翠莲，狠狠地骂了句粗话。沈翠莲发现被骂，眼睛瞪得可怕，狠狠地回骂着，一跺脚，扭身往家跑去。

彭涛的麦子已经盖好，正在窝棚里吸烟，透过雨雾，见余志明一个人在盖塑料，捂住这边，那边又刮了起来，彭涛披上雨衣，过去帮他盖好了塑料，还在周围压上了石块。

雨仍在下着，余志明立在雨中呆鹅似的。一阵风雨打来，他打了个冷战，本能地向窝棚走去。窝棚上的塑料早被风雨扯烂，只剩下骨架在风雨中摇晃着。他冒雨回到家，用力地敲打着房门，可房门始终没有打开。他只好返回打麦场，走进了彭涛的窝棚。彭涛望着瑟缩着的余志明，同情地说："这女人也真够狠的。"

11

　　就这样，他们在争争吵吵中打发着日子，稀里糊涂地度过了许多岁月。这时他们的儿子余刚已读初中，女儿余霞也已是四年级的小学生了。

　　南面的墙一直没有垒，还是那古老的篱笆杖子，不过已经换过几次了。余志明无聊时总爱立在那里向外眺望。越过低矮的篱笆墙，可以看到无垠的原野。夜晚的时候，还可以看到远处山顶上护林房内微弱的灯光，那灯光跳动着，像是余志明幼时见过的"鬼火"。每逢这时余志明就会生出无边无涯的联想。那鬼火真好，似有似无的，说不定那里还有一个奇妙的世界。在那个世界里，该不会有这么多的烦恼吧。

　　那几年，樱桃峪一改久旱无雨的天候，雨水逐渐多了起来。六月里下了连阴雨，沟沟洼洼的都填满了雨水。山涧林莽就漫起一层迷雾，远近的景物看上去是那样空蒙、缥缈。每到这时，他总爱去岭间游逛。他已经养成了一种习惯，最爱听那时断时续的蛙鸣，近处的蛤蟆带着水声"呱呱"地乱叫，远处的蛤蟆就传来"喂儿哇儿、喂儿哇儿"的应和声。品味着这充满悲凉的蛙鸣声，远望着那迷蒙的群山，想着自己的不幸，余志明常会在荒原待上一个下午，有时还会落下好多泪水。

　　秋天的风吹来，远近的玉米叶子哗啦哗啦地响，像无数个鬼魂在诉说自己的不平和悲哀，让人听了，心里就觉得毛毛的。

　　冬天到来的时候，很多年份，厚厚的积雪盖满了原野。北风呼呼地刮着，雪野扬起阵阵雪雾，大树艰难地摇晃，乌鸦哇哇叫着，急速地扇动着翅膀，飞过雪原，飞过丛林，飞向远方，飞向不可知的地方。

　　每逢这样的大雪封门的时候，余志明不得出门，就拿出他平时省吃俭

用买下的种种书刊，认真地阅读。那几年他倒是读了不少的"闲书"，契诃夫、高尔基、狄更斯、马克·吐温、海明威、肖洛霍夫、托尔斯泰、国木田独步、鲁迅、巴金等的作品多有涉猎。后来他对影视作品、影视理论也产生了兴趣，什么张俊祥、斯坦尼的，总之他见啥读啥，有啥读啥，再后来他还忙里偷闲，参加了全国高等教育自学考试，考取了几个单科结业证。此种考试，可是非比一般，是国家承认学历的考试。只可惜由于种种原因，他并未取得毕业证书，这是他颇感遗憾的一件事。但从另一个角度来讲，他能拿到那几个结业证，在他看来也是可以的了，他知道像他那个年龄段，在他认识的人中，能取得如此成绩的可说是凤毛麟角了，所以有时候他还会感到满足，甚至于沾沾自喜。他明知道这种情绪是不正确的，这会影响他的进取和深造，可有时他又无法控制，他心里就自圆其说地说，这就算是给自己打打气，增增自信吧。

他静静地聆听着中外名家的教诲，贪婪地汲取着那无尽的养料，他为名家们的技艺所折服。名家的业绩鼓舞着他，很早他就有过要当一个写家的梦想，当初他从学校退下来，其实这就是原因之一。当时，乔玉珠问他有什么打算，他没有回答，他也不能回答。那只不过是他一个漫无边际的设想，他怎么可以乱讲呢？

前些年种菜时，他就曾有过"立秋摘紫瓜，冷露湿衣裳"和"汶水映日月，雾隐陀螺峰"等"佳句"，这是他自己的认为，从未公之于众的。但他相信，今生一定会弄出点什么，以了却心愿。即便是失败，他也毫不后悔。他以为，享受过程也是一种幸福，他照样会为自己的人生画上一个完美的句号。

大雪封门，余志明不得而出。每到这时，他潜心读书，她做针线，一天难得有几句话，有什么可说的呢？她晓得罗密欧与朱丽叶吗？她知道玛雅和安妞达吗？她懂得时空交错式吗？

有时看书累了，余志明憋得难受，就随便说出一个书中人物，问她认得不认得？她便抬起头，瞪着那双不大的黑眼睛，傻傻地说："谁知道你说的马呀牛呀的是啥玩意，净拿俺开心！"弄得余志明哭笑不得。

余志明和沈翠莲的关系还真不是那么简单，有时沈翠莲会莫名其妙地突然发起脾气，只因一句话，她会瞪起眼睛和他吵个没完。有时吃着饭还会把粥碗往桌上一墩，溅得余志明满脸都是稀粥。这时，她会嗤嗤地掩鼻而笑，有时她还会从后面偷偷袭来，猛推他一把，弄得余志明不知如何是好。

天有些旱了。余志明地里的黄瓜叶子耷拉着，显出无精打采的样子。余志明从家里拉来抽水机，让沈翠莲帮着安装。两口子的关系还是那样不和谐，余志明张着手要钳子，她却递上螺丝刀；余志明要扳子，她又递上钳子。弄得余志明老是摇头，只好自己去拿。

就要往河里送吸水管了！这可是个危险活，余志明在龙头上拴上绳子，让沈翠莲拽着，自己抱起龙头，慢慢往河里送，并嘱咐她，他不说松手，绝对不能松手。

他们开始往下送吸水管，快到水面的时候，东张西望的沈翠莲忽然发现了骑着摩托往这边赶的彭涛，她扬起手大喊："老彭，快来帮忙呀！"

吸水管失去控制，挣脱余志明的手，猛地向下滑去，余志明一个仰八叉跌入河里，激起的浪花飞出老远，岸上的沈翠莲望着这奇观，不由捧腹大笑起来。

彭涛打住车，奇怪地望着她，问："什么事呀？看把你高兴的？"

沈翠莲指指河里："快往下看呀，老余成了王八啦，哈哈，哈哈……"

彭涛走下河岸，帮余志明放好龙头。他们爬上岸，彭涛指着落汤鸡似的余志明，严肃地说："你这小嫂子，有你这样闹的？万一龙头把余志明压住，我看你……"

沈翠莲这才害怕起来，她喃喃地说："我哪里知道这样有危险，我，我光顾看你……"

彭涛瞪起眼珠子，呵斥道："我有什么看头，我又不是你男人，以后你可要当心。"

余志明拍拍湿透的衣服，无奈地叹口气就去发动机子。

汽油机启动了，它欢快地叫着，河水从出水口喷泉似的向外涌着。

余霞背着书包来到这里，她和小伙伴们蹦啊跳的，高兴地叫着："抽上来了，抽上来了，河水抽上来了！"

沈翠莲见机子开起来了，河水抽上来了，以为大功告成，就问余志明："还有事没有？没事我可回去了。"

彭涛觉得她这话说得可真有意思，就说："开机子浇地能没事吗？亏你想得出，好好干，等余老板发了财给你买个花褂子。"说完发动起车，骑车而去。

沈翠莲瞧一眼抽水机前的余志明，嘴一撇："哼，指望他发财呀，还不知是猴年还是马月呢！"她抄起铁锨，顺水渠向里走去。她来到园里，见渠道里的水已经积满，正四下溢着，她手拿铁锨这里动动，那里放放，就是不知从哪里改开。

园门口传来说话声："大侄子，你这是浇地呀？"

沈翠莲望时，见是乔母，就躲在芸豆架旁望着。她听到了余志明的招呼声，之后又是乔母的话："是玉珠对象来了，还带来了孩子，玉珠正忙着在家里治菜，她说还缺几样青菜就让我来了。"

原来乔玉珠也已结婚，并有了自己的孩子，男家还是黄草岭的许兆祥，这些都是余志明断断续续听到的。初听到时，他着实难受过一阵子。可他也无计可施，他能不让人家成婚吗？他只能是暗自嗟叹罢了。现在听说她的对象又来了，还带来了孩子，心中难免又咯噔了一下，也不知究竟是一种什么滋味。但他现在正忙着，没有时间去想这些事情。他强迫自己平静下来，说："好，好，我这里别的没有，青菜可是不缺。大婶，你要哪样？"

"黄瓜、芸豆，还有辣椒什么的，见样称点吧。"

芸豆架后的沈翠莲，抄起铁锹，胡乱地铲了几下，把铁锹一扔又伏在架后观望着。

余志明已摘完了菜，提着满是青菜的篮子，走到乔母跟前说："大婶，我秤也没在这里，你先拿回去用吧。"

乔母接过篮子，高兴地说："大侄子，这可不像回事啦，正好我也忘了带钱，抽空我再把钱送来，可不兴不收啊……"她刚走了几步，就又回头，"看我这记性，差一点就给忘了，玉珠让我说给你，你要是有空，就过去喝一盅。"

沈翠莲听到乔玉珠还要请他去喝一盅，早气得肚皮一鼓一鼓的。她望望乔母已出了园门，就一扔铁锹，咚咚地跑到余志明跟前，气急败坏地骂了起来："好啊，真算是弄到一块去了，少的不来老的来，还挂着你去喝酒。你余志明可真了不得，老少娘们儿都想着你，你还要老婆干什么！摘了那么多黄瓜和豆角，一分钱不说要，你真大方，真仗义！"

她回头吐口痰，清清嗓子再骂："我说这几年不见你一分钱，却原来有了去处啦。我算看透了，跟着你，"她喘了口粗气，好像气力不佳的样子，"跟着你，我看一辈子也别想过好。"她一跺脚，"你自己浇吧！"说完，一扭身往外走去。

余志明望她一眼，往地里走去。他发现渠道并没有改动的痕迹，水越过渠道四面流淌着，顺着低洼处又向胭脂河流去。他一面嘟囔着，一边抄起铁锹改着沟子。

傍晚的时候，余志明浇完最后一个菜畦，出门关上机子，就和余霞往上拉吸水龙头，吸水管太重，爷俩怎么也提不动。他正要让余霞去喊沈翠莲，就见乔玉珠同一个男人走了过来，男人身旁的自行车架上还坐着一个两三岁的小姑娘。

他们打过招呼，乔玉珠就问："嫂子呢？怎么不来拔机子？来，老许，咱们帮余老师拔上来。"

余志明望望那男人，问乔玉珠："这位就是……"

乔玉珠嗫嚅着，最后还是说："对，对……这就是老许，菲菲的爸爸。"

她指指余志明，向许兆祥介绍："这就是我常和你说的余志明老师。"

许兆祥有点拘束地上前一步，说："余老师，你好。"

乔玉珠抱过小女孩，说："这就是我们的女儿，叫菲菲，来，菲菲，快叫舅舅！"那小女孩果然甜甜地叫了声"舅舅"。

他们七手八脚地帮着拔了吸水管，乔玉珠又要帮着装车，余志明就说："天不早了，你们就回去吧。"

乔玉珠把孩子抱上自行车，默默望了余志明一眼，转身跟许兆祥走了。

原来，自打给乔玉珠介绍了许兆祥，乔玉珠就一直闷闷不乐，很是拖延了几年。乔母瞧着许兆祥是个工人，有固定收入，人又忠厚老实，就苦口婆心地劝说着，让她应了这门亲事。后来乔玉珠看到余志明已有了两个孩子，且孩子也不小了，没了法子，最后还是去了黄草岭，做了许兆祥的妻子。

余志明望着远去的乔玉珠、许兆祥，真是五味杂陈，自有一种难言的感触。

余霞见他呆望着远处，就说："爸爸，快装车呀，你在想什么？"

余志明回过神来，没有回答女儿的疑问，默默地装着车。

12

余志明的母亲病了，病得很重。她斜倚在床头上，不住咳嗽，脸憋得通红，一只手在床边盲目地抓挠着，余父在一旁烦躁地兜着圈子。

余志明请来了马文举。马文举检查完后，来到桌前，神态严峻地开着单子。他开完单子，把单子往前推推说："可能是肺心病，志明，你先跟我去拿点药给她吃上。明天，记住了？明天必须到县城做进一步检查，弄不好恐怕还要住院治疗。"他收拾好出诊箱，"走，志明，跟我去拿药。"

余志明拿起单子摸摸口袋，和马文举一同向外走去。

给母亲服完药，余志明来到院子里。刺槐树下，余父正来回踱着步子，脸上显出焦躁的气色。余志明知道，父亲正在为钱的事发愁，就走过去说："爹，钱的事儿你就不用操心了，我有办法。"

"你能有什么办法？"余父望望儿子，不信任地说。

"你不要管。"余志明说着，向大门走去。

他来到自家大门口，忽然停住脚步，在门前来回踱着步子。他虽在父亲面前夸下海口，不让父亲去管这钱的事，可自己又能上哪里弄到钱呢？卖菜的几个钱早给两个孩子缴了学杂费，还有生活日常开销，自己手里几乎空空如也，可是母亲的病又要急着治……

他忽然眼前一亮，迈步就要往门里走，又猛地停在那里。卖粮食？不行，不行，沈翠莲要是知道了还不反了天？可是，母亲的病怎么办？不行，顾不得了。

余志明走进大门，望一眼正在厨房里摊煎饼的沈翠莲，猫似的溜进屋里，弯腰扛起一袋粮食就往外走。

厨房里的沈翠莲发现了正往外走的余志明，她猛地爬起身，舞着煎饼耙儿往外奔。她边跑边喊："狗东西，哪里去！"

余志明哆嗦一下，袋子差点没掉下去。他掂了掂粮食袋，抬起头："他奶奶有病，我想卖点粮食。"

沈翠莲并不理会他的解释，她扑过来和余志明厮打起来。她一手举起耙子往余志明身上抡，一手去抓他肩上粮袋，口里骂着："叫你偷，叫你偷，你这贼羔子，吃里爬外的东西，就这点粮食，都叫你卖了，我们吃什么？我们吃什么？"

余志明的脸上、身上早已着了煎饼耙儿，到处尽是煎饼糊子，看上去白花花的一片。粮袋被抓落地，小麦粒满地都是。余志明几乎傻了，呆呆地站在那里，抬手摸着脸上糊子，喃喃地说："我哪里是偷，我是给，给霞她奶奶治病去呀……"

"叫你治病，叫你治病！"沈翠莲怒气不减，抬脚一下一下踢着地下的粮堆。麦粒雨点似的四散飞溅。

余志明望着飞溅的麦粒，一股无名火泼剌剌直冲顶门。他紧握拳头，恨不得一拳捣过去，但是，他没有。他不想把事态弄大，他慢慢松开了双手，默默向外走去。

他来到南北大街，在街上踱来踱去，也想不出一个办法。他想，这唯一的办法已经被她阻挠了，怎么办呢？母亲的病怎么办？这钱可到哪里去弄？鬼使神差地，他又来到胭脂河大桥。大桥上一个老人赶着一群羊正往下走，老人好奇地望着余志明身上的糊子，问："志明，你这是……"

余志明并没发现老人在注意他身上的东西，现在他的心思只有一个，就是这钱到底去哪里弄？他回过神，尴尬地说："大爷，我，我到河边转转。"

他来到承包地，立在小屋旁，眼前又闪现出母亲生病的情景，母亲痛苦的样子揪着他的心。他痛恨自己的无能，痛恨自己连给母亲看病的钱都拿不出。当初他夸下海口，为的是减缓二位老人的压力。现在他却一点法子都没有，感到了现实的残酷，日子的艰难，真是一分钱难倒英雄汉。

这时，他想到了彭涛。彭涛肯定有能力帮他解决这燃眉之急，彭涛是他最知己的朋友之一，他曾在余志明最困难的时候，多次伸出过援手。可那时都是彭涛主动提出，而这次却是不同了，母亲生病的事，彭涛哪里会知道？所以，他必须首先言明事情原委，而后提出请求，这实际上就是在向他求帮吧。余志明是个自尊心极强的人，他有时会把面子得比生命还重要，他怎么可以张这个口呢？可是不张这个口，难道还会有更好的法子吗？

他怀着矛盾的心情来到彭涛饭店门口。

这时彭涛端着盆洗菜水出来，他正要把水泼出去，却看见了门旁的余志明。他收住双手，吃惊地问："志明，怎么是你，你在转悠什么呀？怎么不进来说话？"他随即把水向另一个方向泼去。

余志明抬头瞥他一眼，吞吞吐吐地说："我娘病了，病得很厉害……"

余志明的脾气彭涛是知道的，他从不求人，在这些年的交往中，彭涛从没有余志明向他提出请求的记忆。他不等余志明把话说完，就打断他说："你这老师，不用说了，不就是住院交钱的事吗，你有什么不好意思的？你先回去，待会儿，我把钱给你送过去。"他忽然发现了余志明身上的糊子，就问，"志明，你怎么搞的？身上怎么白花花的，你也学摊煎饼了？那你养着沈翠莲干吗？"

余志明苦笑着，转过身，慢慢向回走去。

就这样，余志明硬着头皮借来了钱，治好了母亲的病。后来沈翠莲知道了情况，难免又闹了几次，她说："借，借，你要知道，借了可是要还的。我看这日子别指望过好，填不满的穷坑！"

大约过了一个星期，这天下午，余志明在院子里清理垃圾，见鸡园子里的一只鹅正在追逐一只鸡。那鸡张着被剪短了的翅子，惊恐地叫着，四处躲藏。它最终还是被追上，被鹅一下一下地啄着毛。那鸡已被啄成了

"花秃子"。

余志明看着，不由怒从中来。他把小推车一放，顺手抄起一根树条子，走到鸡园边上，从网子上面向鹅狠狠抽去，嘴里还不断说着："叫你啄，叫你啄！"可能是击中了要害吧，那鹅上下窜了几下，倒在地上不动了。

沈翠莲从屋里跑出来，进入鸡园子。她发现鹅已被抽死，就弯腰抱起死鹅，来到外面，一下一下往余志明身上抡着，她边抡边闹："叫你抽，叫你抽！我早就知道你容不下俺娘们了，早晚有一天，俺也得让你给抽死。"

余志明原本想抽几下，教训教训那只鹅，没承想却要了那鹅的命。他自知理屈，就来回躲闪着。沈翠莲嫌鹅不顺手，就夺下余志明手中树条赶着抽打，她边抽边叫着："俺算看透了，看透了，你压根儿就没心跟俺过，跟俺过，不要紧，俺不耽误你，看着谁好，跟谁过去，跟谁过去！"她扔了树条子，往外拥着余志明，"你走，你走，不走，你是孬种！"

余志明厌恶地望着这女人，卖粮的那一幕又涌上心头，他忽然心生一计，他要吓她一下，让她改改性子。

他走进屋子，四下望一下，将一些生活必需品和部分书刊装入一个大蛇皮袋，出门放在自行车后架上，又返回拿起一件大衣披在身上，让后摆盖住后面的东西，望一眼哭叫着的女人，推车出了大门。后面又传来沈翠莲的诅咒声："快滚，快滚，你早就该走，有种死在外面别回来！哎呀呀，我的鹅呀，我还指望它下蛋卖钱……"

13

余志明推车来到村街上。他慢慢走着，不时回头望望。后架上的东西在滑动，他只好停下来往上塞着。街上的行人奇怪地望着他，眼睛老往后架瞅。

一个老乡过来问："志明呀，里面藏着什么宝贝呀？鼓鼓囊囊的？"

"哪里有什么好东西，我，我这是去看园……"

"大冬天的，有什么看头呀？"那人又问。

"果树，果树……我这是去看树……"他一边搪塞着一边离去。

望着他的背影，人们又议论着："这个余志明，总让人估摸不透，真是个怪东西……"

余志明迤逦来到果园，在小屋门前垒上一小灶，点火做起了饭。

疙瘩汤做好了，他盛上一碗来到床前，望着门前缭绕的青烟，拿块砖坐下去喝了起来。

他吸溜吸溜地喝着，脸上显出复杂的表情，那些不堪回首的往事又在脑际呈现。从打麦场遇雨到麦田的耘地，从去办公室的吵闹到买粮为母亲治病的厮打，哪天消停过？他甚至还想到了一开始他就不同意的这桩婚姻，想到了结婚当天他的出走，想到了她怀孕时的踩山楂……

这些往事直搅得他心烦意乱，坐卧不宁。他心里不由说，这是一个什么样的家呀，不是死水般的沉寂，就是狂风暴雨式的争斗，这样的夫妻关系难道还有存在下去的必要吗？

余志明把碗猛地一放，起身在床前来回疾走着。过了一会儿，他停下步子，转身从手提包里拿出纸笔，又找来一块木板垫在床上，坐在床前把那信纸铺平，就动手写了起来。

他把信纸往上推推，望着上面的"离婚协议"四个大字出神。他想起了好多烦心的事，手中的笔不觉滑落在木板上，发出"当"的一声响。

此时的余志明比谁都明白，离婚可不是一个小事情。它意味着一个家庭的解体，接下来的就是妻离子散，天各一方。不离呢，这无休止的争吵和淡漠的夫妻关系又何时是个尽头！

他把信纸往面前拉拉，两眼瞪着前面，似乎又下定了决心。他想，他绝对不能像他的大姨那样"在战争和寂寞中死去"，他要活，他要有尊严地活，他要彻底改变这令人烦恼的现实。即使一个人过到老，也不能这样不死不活地活着。他自己给自己打气：不行，不能再犹豫了，这婚非离不可！这日子再也不能过了，他拿起了笔……

可就在这时，他的脑际突然又闪现出余刚、余霞的影子。他是多么钟爱这两个孩子啊，他们年龄还那么幼小，也十分依恋自己的父亲。他怎么会……他不敢再往下想。他，还是犹豫了，心里剧烈地矛盾着。

他来到门前，倚在门上望着前面出神。

下雪了，天空雾蒙蒙的，远处的山峦、丛林，还有村落在雾霾中若隐若现。近处的樱桃枝丫在寒风中摇曳，对对斑鸠偎依着，相互梳理着羽毛，显得是那样和谐、温馨。余志明想，这人还不如鸟儿，它们还知道相互依恋，我算什么呢？

余志明回到床前，把那纸片放在前面，看着看着，两眼慢慢合了起来，终于，他一下趴在床上睡着了。

他开始做梦。梦中的他和她终于离婚了，他们各自拿着离婚证，从高高的法庭台阶上走下来。台阶下面，沈翠莲死命地扯着余霞，让小霞跟她走，余霞挣扎着，撕心裂肺地喊："爸爸……我要爸爸……"

余志明大喊一声："小……霞……"从梦中醒来。他抬起头，泪湿的双眼紧盯着面前的那张纸片，上面的"离婚协议"四个字越来越模糊。他慢慢站起，拿起信纸，来到门前，双手慢慢撕扯着。撕碎的纸片像雪花，一片片向地上飘去。

掌灯时分，雪停了。一轮弯月，出现在天穹上，月儿也像应了人的心境，它洒下的冷光，凄凉地照着小屋前的地面，参差的枝丫在风中瑟缩着。

半夜的时候，·小屋内的余志明被冻醒。他披衣坐起，双手放在胸前揉搓着。远处传来猫头鹰的叫声："咕咕咕咕——喵，咕咕咕咕——喵——"那声音在夜半的荒野中传播，听起来是那样的瘆人、恐怖，还有悲凉。近处又传来小动物抓门的怪响，余志明侧身听着，不由裹紧了被子。

小屋的墙皮早已脱落，北风从缝隙中钻进来，发出呜呜的声响，余志明冻得不行，就跳下床，披上大衣，在不大的空间里来回走动，使劲地跺着脚。他计划着，天亮后无论如何也要先把墙缝塞一下。

算来，余志明离家已有一个多月了。在这段日子里，沈翠莲在李二婶等老娘们儿的点拨下也曾来过几次让他回去，说她丢不起这个人。但每次都被余志明不冷不热地顶了回去。余刚学业紧张，只来过一次，经常来的就是小霞了，她见爸爸只盖一床薄被，下面就是一领蒲席子和一块床单，就从家里拿来一床小被子，让爸爸铺在床上，并问爸爸啥时回家。每当这时，余志明两眼也是湿湿的，总要留她吃饭，还给她一些零用钱，让她买个小刀、本子什么的。他嘱咐她一定要好好学习，还说大人的事情你不懂，不要管，等等。最后送她上公路，过大桥，有时就一直送到大门口，望着她走进家门。

但是，余志明还是没回家。他同样拗得很，他做出的决定一般是不会改变的，他要狠狠地别别她，一定要让她低头！

日子过得真快，转眼已到了旧历的春节。这天是年三十，整个樱桃峪都沉浸在喜庆而又有些神秘的气氛里。各家各户都在忙碌着，筹备着这个汉民族一年中最大的庆典，贴春联，挂红灯，剁馅子，刷碗洗碟，杀鸡屠鹅，还有炸鱼烹肉团丸子。成群的孩子穿新衣戴新帽，漫街地跑着、跳着、叫着，燃放鞭炮，追逐嬉戏，真的是家家欢声笑语，户户喜乐融融。

在这喜庆的日子里，余志明家里却是另一番景象，既没挂红灯，也没贴春联，不知是因为忙，还是其他原因。他们甚至连院子也没打扫一下，到处显得脏兮兮、冷清清的。

沈翠莲在小厨房里炒菜，余刚在一旁悄无声息地递这递那，余霞在堂屋里刷碗洗碟。这个小女孩子平日里放学回家总是欢天喜地的，就是干活也是哼啊唱的，可今天不知怎么了，只是闷闷地干这干那，好像有什么心事似的。

整个院子，除了小厨房里传出的炒菜声和碗碟轻微的碰撞声几乎听不到一点别的声响，看不到一点过年的新气象。

饺子下出来了，四个小菜也端上了小饭桌，沈翠莲和两个孩子大眼瞪小眼，望着他们的"年夜饭"却谁也不肯下筷。

沈翠莲望着那热气腾腾的饺子和小菜，脑袋却开了小差。在这举国欢庆、阖家团聚的日子里，他们家却有一个人、一个家庭的主要成员，她的丈夫、孩子的父亲却没有在场，而是躲在那荒郊野地里看什么园。虽然他是自愿躲出去的，难道她就没有一点责任吗？那天她要是不和他厮打，不用言语激他呢？想到这里，她的心不觉一动，嘴角不由地抽动了一下。她心里盘算着，今天可是年三十，要是他能回来有多好哇，除夕夜祝福的福礼就不用愁了。

同一时间，躲在果园小土屋里的余志明也在筹备自己的年夜饭。两个小菜已经炒好，一碟腐皮炒芫荽，一碟炸花生，现在他正坐在门前小灶旁做他的"年下饭"。他望着灶里跳动的火苗，心里想着这过年的事。

没有分家时，余志明的父亲，这个标本式的中国农民，对这个一年一度的旧历年是十分看重的。首先是年三十这天下午的团圆饭，每年是必须要吃面条的。一家人坐在一起，喝着那汤汤水水的面条，老人家总是要说：

"嗨，又是汤汤（喤喤）一年哟。"那意思再明白不过，就是说，就要过去的一年是喤喤响的一年，是有声有色的一年。那里面含着对一家人过去一年工作的肯定和褒奖，有鼓舞士气的意思。

团圆饭过后就正式进入了除夕庆典的最后准备阶段，刷碗洗碟，炸鱼、烹肉、团丸子，还有包饺子，一家人忙得团团转。

忙乱一阵，子时一到，便把饭桌（这里的人们管它叫"矮桌子"）抬到天井靠北一点的地方，把备好的一应牲礼一一摆在上面，首先是三牲礼（也有摆五牲礼的），就是盘好的鸡（鸡必须是公的）、鱼，还有一大块煮好的、切得方方正正的、带着皮的猪肉。不用肉的也可用一大盘肉丸子。每件牲礼上都搭上几株活鲜、碧绿的红根菠菜，之后是三杯酒、三盏茶、三碗刚下出来的饺子、三炉高香和三双竹筷，真是有吃有喝，丰盛得很。每种福礼必须是三件或五件，绝对不能是四件或是六件，这可是千百年来祖宗传下的老习俗，更改不得。而只有桌前点着的两支红蜡烛是双数，不是单数，原因如何，也无从考证，可能是因为它不在牲礼之数吧。

而后就是烧纸钱、烧元宝了。这烧纸钱也是有讲究的，先敬天地诸神，再敬五代宗亲，什么门神、路神、灶神都是要送些纸钱的，最后才轮到那些游神野鬼，可他们享受的钱财就少得多了。再说这烧化的纸钱也必须是精心加工了的，第一，加工时必须要在有太阳的时候；第二，必须要在纸上砸印钱币，不然就不成其为"纸钱"了。余志明小时候过年时，每到年三十，就见父亲把那一刀一刀的火纸平铺在地上（叫接地气），而后放铜圆在上面，用小锤一下一下砸着，每砸一下，就将那铜圆挪动一下，这样，铜圆上的图案和钱数印在纸上，就成为"纸钱"了。再拿起那砸过铜圆的火纸两手握着一划 划的，将那成沓的纸划成放射状，就可一张一张去烧化了。

随着物质文明的发展，现在市面上可以买到激光照排的大额纸钱了，一万亿的、二万亿的都有，上面特别注明"天国银行"的字样。一沓一沓的用纸条捆着，花两块到三块钱就可以买上一沓，便宜得很。有谁还会去用那铜圆一下一下去砸呢？况且这铜圆也早已成了文物，去哪里寻呢？

烧过纸钱和元宝就要行祝福的大礼了，矮桌前放上一铺垫，人们跪下去，撅起屁股，一下一下磕着头，完了还要作一个揖。余志明记得，父亲每逢磕头和烧纸钱时，嘴里总是咕咕念念的。余志明那时还小，听不十分明白，长大了才悟出那大约是父亲在祈求来年风调雨顺，消疾除灾、天天发财。

最后就是放鞭炮吃饺子了，一家人坐在一起喝辞岁酒、吃饺子，迎接新年的到来。这个地方把上列祝福的一系列活动，特别是放鞭炮叫作"发码子"，也不知为的什么，至今余志明也没有考证出来。

余志明是新一代年轻人，也算是个小知识分子，自幼受着无神论的教育，认为什么鬼啊、神啊，根本就是子虚乌有的事，可是在除夕夜祝福这件事情上，他还是承袭了父辈的传统，以为这大年夜的祝福活动是中华民族长期以来的传统和习俗，是人们对美好未来的憧憬和企盼，这与封建迷信是有本质区别的两码事。每到这一天，他也总要备些酒菜，除夕夜也要摆福礼、烧纸钱。而在这些事情上，除了包饺子，他从不让沈翠莲插手。而现在呢，沈翠莲是否正盼着他回家团聚，行祝福的大礼呢？他不得而知。他现在最为牵挂的莫过于他的小刚和小霞了。他们在干什么？他们也在盼爸爸回家吧。按照常理和余志明此时的心境，他是绝对想回家过年的，但另一种思想又和他打架，你躲在果园的目的是什么？不就是为了治一下她沈翠莲吗？不就为了让她改改性子吗？大年夜我不回去，看你沈翠莲脸往哪里搁，这不正是整治她的大好时机吗？就这样，两种思想激烈地搏斗着，搅得他心神不宁。

这时，门外下起了雪。

小清雪不紧不慢地下着。余志明家里南面的篱笆墙上、庭院里，还有邻居的房顶上已积起薄薄一层，显着斑驳的颜色，那雪落在盖白菜的塑料纸上，发出细微的沙沙声。

余刚望望呆坐着的母亲，怯怯地说："娘，咱先吃吧，饺子快凉透了。"沈翠莲一愣，忙转过身，揉揉发胀的眼睛，说："别介，先把饺子和菜拨出一些给你老子送去，一年的东西，别说咱亏待了他。"说着，拿过一个碗，往里拨着饺子。

小霞望望母亲，又找来一个碗，一样一样地往里拨着菜。她问母亲："娘，咱啥时去送哇？"

"这就去，晚了，可是真的凉透了。"沈翠莲若有所思地望着一边，又说："去了你们就说，他要愿意回来吃呢，你们就一块儿回来，不愿回来吃呢，你俩也别黏缠，随他的便。"她找来两块布，分别包了，"快去快回，娘等着你们。"

兄妹二人迈出房门，余霞回头大声说："娘，等我们回来一块吃！"说完，蹦跳着出了大门。

果园小屋里，余志明坐在床前砖上正在喝酒。他的面前放着一块木板，木板上摆着那两样小菜，木板的旁边放着一瓶起开盖的泰山白酒。他端起酒杯喝下一口酒，又抓起几个花生米在嘴里嚼着。

这时，园门口传来"爸爸、爸爸"的呼叫声。余志明抬头望时，就见余刚、余霞提着包袱兴高采烈地向这边跑来。

余志明连忙站起来，大声喊："小刚、小霞，你们慢一点、慢一点，小心路滑！"

两个孩子跑进屋里，把包袱小心地放在木板上，回转身，一起扑进余志明怀里。良久，余霞抬起头望着父亲，关切地说："爸爸，你怎么不回家呢？这里有多冷啊！"

余志明一边拍打着他们头上、身上的雪，一边说："刚、霞，你俩来得正好，我刚做好饭，来，"他来到门外，掀开锅盖，"快拿碗盛上，咱们一块吃。"

余刚惊奇地望着里面的疙瘩汤，说："爸，这就是你过年的饭呀？"他拿过父亲手中的锅盖一下盖在锅上，转身来到床前，解开两个包袱说，"爸，你看，这才是年下饭呢，我娘让我们送来的。"

余霞望一眼饺子和菜，对父亲说："爸，娘说你要是回去吃呢，就回去吃，不回呢，我娘嘱咐我们也不要黏缠。爸，什么是黏缠呀？"

余刚在一旁挤眉弄眼地示意她不要再往下说。余霞固执地又说："不嘛，我就是要说，娘就是这样说的嘛。"她见哥和爸爸都不说话，就又说，"爸，咱们回家吧，娘等着咱们哩。"

余志明不自然地笑笑，说："时间不早了，你们快回去吧。回去跟你娘说，就说这一段儿形势挺紧的，果树一定要看守，要是树被偷走了，爸爸拿什么给你们交学费呀！"他拍一下女儿的头，又说，"霞，你说对不对？"

兄妹俩疑惑地望一下父亲，收起包袱转身往外走去。

余志明送到园门口，说："路上小心，千万别滑倒了。"他望着渐渐走远的孩子消失在傍晚的雪野里，心里陡然升起一种难以名状的悲哀。

清雪依然下着。余刚兄妹踢踢踏踏地走进家门口。沈翠莲坐在门口正向外望着，她见后面没有余志明的影子，脸色慢慢沉了下来。

二人走进屋，沈翠莲一边拿笤帚拍打他们身上的雪，一边问："你爸他不回来？"

余霞仰起头，鼓起小嘴："我爸他不回来，说是这一段挺紧，他要在园里看树。娘，果树还有偷的吗？"

沈翠莲定定地望着女儿，兀自说："看树……看树……"良久，她才又说，"来，咱们快吃吧，你们看，菜都凉透了。"

沈翠莲吃了几个饺子就拿着筷子待在那儿不吃了，嘴里道："你爸他不回来？他，他怎么说的？"

余霞边吃边说："娘，你是怎么啦，这么忘事，刚才不是给你说了吗，我爸要看树，没了树，爸爸指望啥给我们交学费呀？"

沈翠莲喃喃地说："你爸他不是看树……"

余霞天真地说："那他是在干吗呢？"

"他……他是在治我呀……"沈翠莲说完跑进里屋趴在床上嘤嘤地哭了起来。

两个孩子跑了进去："娘，娘，你怎么哭了？"

沈翠莲从床上爬起来，一下把他们搂进怀里，大声哭叫："小刚，小霞，你爸他……他不要咱了呀……咱们可怎么办哪……"

14

转眼已是仲春，天气暖烘烘的。瓦兰的天空没有一片云彩。姑娘、小伙们已换上了春装，相互嬉戏着走向各自的田园。拖拉机满载着乌黑的土粪轰隆轰隆地在大街上驶过。三五成群的孩子，戴着嫩柳树条编成的荆帽，蹦着跳着相互追逐着，口里的柳条哨子呜呜响着，似在宣讲，似在发布一个重要消息，似在郑重地告诉人类，告诉小鸟，告诉万物，春天来啦，春天来啦，这明媚的春光可别错过呀。万物便应了孩子们的呼唤，竞相勃发，投入春的怀抱。

胭脂河里的水，欢快地流着，发出叮咚叮咚的声响，似在唱一支欢快的歌。土坡上一片葱茏，古堤草顶着毛茸茸的小辫子在春风里摇曳，一群家雀子叽叽喳喳地在草丛中嬉戏，一会儿又扑棱棱飞向蓝天。樱桃花竞相开放，弥漫着阵阵清香。成队的红领巾戴着太阳帽，手拿扑蝶网春游在鲜花盛开的山野上，一群河鸭在胭脂河里畅游，有的挺身跃起扑打着翅膀，有的撅着屁股，头扎在水里寻找鱼虾。整个樱桃峪已是花的海洋。春的韵律，唱响了樱桃峪的家家户户，唱响了樱桃峪的山山岭岭。

余家院子里，沈翠莲正在洗衣服。

王三妮推门进来，四下望望，说："翠莲呀，你在洗衣服？"

沈翠莲抬眼望望："三姐，你怎么来了？"说完就又低下头洗衣服。

王三妮拿过一个座位坐在沈翠莲跟前，若有所思地望着她，悠悠地说："志明他一直没回来住？原来我还以为他真的去看园，也就没留意，现在街上说闲话的可多了。"

"都说了些什么？"沈翠莲停住手，瞪起眼问。

"说什么的都有。"王三妮慢慢地说。

"到底怎么说，你快讲！"沈紧搓几下衣服，着急地问。

"还不是说你撵他出去的？说是因为一只鹅，你就和他打翻了天，用鹅抽他，还说让他死在外面也别回来，还说……"

"这都是哪些嚼舌头的胡说八道，三姐你说出来，到底是谁，我撕不烂她不姓沈！天下可真的没了理儿了，他抽死鹅，往外偷粮食卖还不兴我说说！他倒成了好人，都向着他说，真是马善任人骑，人善任人欺，真气死我了。"她愤愤地说着，两手又急急地搓起了衣服。

"小沈你先别急，话分怎么说。现在毕竟是你在家里住，他在坡里住，假设反过来换成是你在坡里住……"口快心直的王三妮，今天一反常态，只顾絮絮地说着。

"他是活该！我说了一句气话，他就当真。他要是自己死了，莫非还要我去抵命吗？天下哪里有这等理儿？"她又用力搓着衣服，打得水花四溅。

"听人家说，志明他整天喝疙瘩汤。他的胃又不好，人瘦得不成样子，难道你不心疼？小沈你先别说，等我把话说完。"她拿手阻止一下又想说话的沈翠莲，接着说，"再说，再说这夜长了可是梦多，倒不如……"

她往前凑凑，趴在沈耳朵上叽咕起来。

忽然，沈翠莲一把推开她，连连说："什么？你让我去园里……不行，不行，我没那么贱！"

王三妮一瞪眼："怎么？你不去？"她又趴在耳朵上叽喳着。

慢慢地，沈翠莲的脸变得柔和起来，微微地点了几下头。

第二天一早，沈翠莲起来就梳洗打扮，换上件新上衣，还特意对着镜子往脸上扑了点粉，抱起一个鼓鼓囊囊的大包袱向果园走去。她心里美美地想着，只要这个事办成了，往后的日子可就好说了。

沈翠莲兴冲冲地来到果园。她见余志明站在一棵樱桃树前正在疏花，就停在一旁观看着。沈翠莲记得，每年的这个时候，果园都要疏花。余志明常给她讲，这疏花可是果树管理的一个重要工作，它关系到当年果品的产量和质量，也关系到来年果树的产量和质量，甚至还关系到当年和未来果树的树势。这个工作既烦琐又仔细，哪些花该疏，哪些花要留，疏多少为宜等。沈翠莲对这些工作虽然不够上心，但这工作的重要性还是记得的。她见余志明干得那么专心，一时就没有打扰他。

她呆呆地看着他，好久没见，他还是那个样子，还是那副大言不惭的姿态，但看上去似乎瘦了许多，看来王三妮说的还真不假。想到这里，她不由踱到他跟前，双手将那包袱举在胸前，怯怯地说："喂，我说，你不是喜欢吃煎饼吗？这不，俺给你送来了。"说完，怔怔地看着他。

其实余志明早就发现了站在近旁的沈翠莲，只是他那种自负的心态指使着他，就装作不曾发现的样子。现在听见她说话，就转身望了望她手中的包袱，嘴动了几下，又去疏他的花子。

沈翠莲望望满园的樱桃花，又说："果园活多，你在这里住也行，往后，俺，俺给你供煎饼……"说完，就站在那里，低下头，不吭声了。

这突来的事件，让余志明措手不及，两只疏花的手停在半空，脸上的表情剧烈地变化着，最后他还是狠狠心说："你拿回去吧，我这里有吃的。"沈翠莲抬起头，吃惊地望着他，像是傻了，呆了。她眼里涌起泪水，转身一步步向屋里走去。出来的时候，她无奈地说："煎饼放在屋里了，吃不吃由你。"说罢，一步步向园外走去。

余志明松开树枝，转身望着远去的妻子。他久久地望着，心里着实动了一下。

…………

最近一些日子，余家西邻（西邻是一处闲置的空院）进驻了一批东南山来的打工者。这几天，厂子里因材料短缺无法生产而停工。那些年轻人就在院子里进行着各种活动。他们有的洗衣，有的相互追逐着玩，更多的则是伴着音乐唱着、扭着，不时爆发出阵阵朗笑。窗台上的立体声留声机播放着流行歌曲："妹妹你坐船头哇哥哥我岸上走……恩恩爱爱纤绳荡悠悠……"

房檐下站着一个年近五十的男人，正对着镜子刮胡子。凹凸不平的两腮已刮得铁青，但剃须刀还在上面蹭着。他叫张大山，生得粗粗壮壮，东南山杏园村的。此村因村内遍植杏树而得名。不过叫得长了，这儿的人们便把它讹传成了"杏叶村"，也有干脆叫"杏叶"的，连个"村"字也不带。

张大山家里人口不多，除他之外就只有一个老母，别无他人。前些年因家境贫寒又加之相貌平平，故而说媳妇的事就耽搁下来。如今已是四十大几的人了，还是赤条条来去无牵挂的一条光棍汉。自打来这里打工，很长时间他都发现，隔壁人家经常是女人孩子在家，少见男人踪影。出于对女人的渴求，他隔三岔五地去那边搭讪，问这问那，有活儿也干一点，有时还送些小东西过去。日子长了，沈翠莲不再拿他当外人，说话随便起来，送她东西也不再推辞。这个如饥似渴的男人看到了希望，心里痒痒的，不由生出许多匪夷所思的念想。

张大山的胡子还未刮完，旁边的一对姑娘相互挤挤眼，一个说："老张哥，多咱吃你俩的喜糖呀？"另一个接上去："老张哥可真有桃花运，来打工呢正好碰上个小娘子，人长得好看，还有儿有女的……"那姑娘瞥他一眼，"老张哥，你听见了吗？要是成了哇，"她故意拉长了声音，"可就省了事啦！"两个姑娘哈哈笑了起来。

张大山并不理会，依然一刀一刀认真刮着。

"老张哥，问你呢？你怎么不吭声？是不是怕……"第一个说话的姑娘又说。

"老张哥，你慢点刮呀，要是破了相，"另一个姑娘说着向沈翠莲那边一瞥，"那边的小嫂子可是相不中了……"她们又笑起来。

张大山一边收着镜子和剃须刀，一边说："你们两个丫头片子，净拿咱

光棍开心，平白无故地吃什么喜糖？我问你，你们吃谁的喜糖呀？"

两个姑娘停住笑，用嘴一指余志明那边："吃你们的呀！"

张大山瞥一眼俩姑娘，转身向屋里走去。他来到自己床前，换上一件衣服，又往怀里塞了点东西，出屋门，四下里瞥瞥，随机向外走去。

张大山来到余家大门外，东张西望地扫了几眼，就推开寨门走进院子。

沈翠莲正在厨房里摊煎饼，她用力地推着耙子，鏊子上一片白雾，耙子击打着鏊子，不时发出叮叮当当的声响。

沈翠莲抬头望望站在门口的张大山，嗔怪地说："不在那边老实猴着，又过来干啥？真是馋狗不离锅沿，你站着干吗？"她指指一旁的小凳，"那不，快坐下，你不知道站客难打发吗？"

张大山坐下去，说："这几天厂子里放假，闲着没事，就过来看看你。"

"看看我？我有什么好看的？"

张大山回头望望大门，抖抖索索地从怀里掏出一个包，双手往她跟前一塞："快收起来，这是我省下的几个馍馍，还有炸鱼。"他一边说一边鬼似的往外瞅着。

沈翠莲接过包，麻利地一拨拉，就把包藏在了柴草下。

她续续火，从鏊子上揭下一张煎饼，说："你吃吗？我给你叠起来。"

张大山拍拍肚子："刚吃过饭，往哪盛呀……"

沈翠莲边推糊子边说："你光说去你那里看看，说了够一百遍，也没去成。你说，你到底是去还是不去？"她随机把那煎饼放在盖垫上，"我给你说，去不去你自己拿主意，我不强求你，可是，过了这个村就没有这个店了。"

"就怕你家男人知道了……"

"你怕什么？怕他知道就别见天往这儿跑！俺才不怕哩，他早就不想跟俺过了！"她拿起耙子用力在鏊子上打了两下："你说，去，还是不去？不去，你现在就滚蛋，以后别想进这个门！"沈翠莲急急地说，这就等于下

110

了最后通牒。

张大山挠着头，有点为难地说："让我想想……"他抬起头，似乎下了决心，"要不，咱们明儿去？"

沈翠莲娇嗔地说："早该放这个屁！"

张大山一拍大腿："这下好了，这下好了，我娘成天盼媳妇，都快发了疯，你要是去了啊……"

沈翠莲不等他说完就打断他："你娘盼媳妇快发了疯？我看是你快发疯了吧？"

张大山被一语击中，嘿嘿笑着说："这……也算是吧……"

第二天吃过早饭，沈翠莲帮女儿背上书包，理一下女儿头发，说："霞，你姥娘家有点事，让我去一趟。晌午要是我回不来，你就到爷爷家吃饭。听明白了？"

余霞抬头望着她的母亲："娘，你可要早回来呀！"

"好啦，你快走吧，要不，又要迟到了。"

送走了女儿，沈翠莲走进里屋梳洗打扮起来。她梳完头洗完脸，又往脸上扑着粉，对着镜子一遍一遍地搓着。之后又来到柜橱前，拿出一件白底蓝花的小褂放在胸前摩挲着穿上，脸上放出奇异的光彩。她不会忘记这月白小褂还是不久前赶集，张大山给她买的呢。当时，她死活不要，却经不住张大山的软磨硬泡，才收了起来。现在她忆起张大山那副几近要哭的窘态，居然忍不住笑了几声。

她穿戴停当，拿镜子上下地照了几遍，再望望自己胸部，满意地锁门出了大门。

沈翠莲来到大街上，东张西望地走着。李二婶来到跟前，见她今天穿得特别，上下地打量着，她疑惑地问："侄媳妇，你这是……"

沈翠莲脸子微微一红，忙遮掩着说："霞她姥娘捎信儿来，说是有事，叫我去一趟……"

她瞥一眼大路前方，"二婶子，你这是打酱油去？不行，俺，俺得快去，要不，可就晚啦……"说罢，匆匆离去。

李二婶狐疑地望着离去的沈翠莲，她发现，远远的路边，似乎有一个男人在等着。李二婶自言自语："走娘家？这个媳妇子……"

张大山推着自行车，在路旁心神不安地等着，他见沈翠莲来到近前，埋怨道："你怎么才来？"这时，沈翠莲揣摩着李二婶那疑惑的眼神，心里正七上八下跳个不停，就没好气地说："怎么？嫌晚了？嫌晚今儿就不去了。"说着，扭身就要往回走。

张大山一把拉住她："说着玩呢，你就当真？来，来，快上去，咱们走。"

沈翠莲把手提包往张大山怀里一扔，说声"接着"就一下跳上车后座。

张大山今天真可谓是心花怒放，蹬着车子，一路还哼着小调。下坡了，自行车刹着闸缓缓地行驶着。这时，张大山心中燥热起来，就一手掌把，一手往后摸去，他触到了那团富有弹性的东西。沈翠莲感觉到了那只手，她还没有考虑这种事情，今天跟他来，多半是为了报复一下余志明，没想到这张大山却想入非非。于是，她一下把那只手打开，着急地说："老实点！你再不老实，我这就跳下去！"

"哪里呢，我，我是怕你掉下去摔着。"张大山笨拙地遮掩着。

自行车行驶着，张大山向往地望着前方，哼起了小曲："树上的鸟儿……"歌声吱吱呀呀，勉强听出调儿。沈翠莲撇撇嘴："你唱的像啥玩意，就像小狗子转筋，吱吱呀呀的，哪里有我们家余志明唱得好……"

张大山一惊，车把摇晃起来，他边调整着方向，边说："余志明？你是说你们家小余？你千万别提他，一提他，我心里就……"

车后的沈翠莲用拳头捣他一下："你心里就什么？"

"我心里就怕……怕……"

"你这胆小鬼，真是又想吃肉，又怕烫了……嘻，嘻嘻……"沈翠莲快乐地笑起来。

上坡了，张大山吃力地蹬着，沈翠莲拍拍他脊梁："老张哥，别充好汉了，快别蹬了，咱们下来走。"

张大山跳下车子，擦擦汗，说："平常我自己骑着，不觉怎么的就上去了，可这带着人……"

"那你别要女人呀！要女人多累赘，出门还得载着，我看你还是打光棍好，一人吃饱了，一家子不饿。"

"哪里，哪里，当然还是有个女人好啦，知冷知热还能在一块儿说说话。"他瞥一眼沈翠莲，"就说你，有多好……"

"去你的，赶紧赶路。"沈翠莲听到夸她，就乐滋滋地说着。

他们来到一条小路，小路又窄又陡，脚下还有不少石块。沈翠莲气喘吁吁地走着，她望望两边高山，回头对张大山说："还有多远？我实在走不动了。"她干脆坐下来，大口地喘着气。

张大山指指后架："来，你坐上去，我推你走。"

谢天谢地，他们终于来到了张大山家。

张大山推开大门走进院子，沈翠莲边走边好奇地打量着。

不大的院子里生着一株核桃和一株栗子，正面是三大间四梁八柱的橡子屋。小瓦铺成的房顶上生着一些杂草，院子的西厢搭着一个棚子，棚子的槽后拴着一匹高头大骡子。那畜生见有生人来，昂起头咴咴地叫着。东边墙下是一畦油绿油绿的韭菜。

张大山八十多岁的老母亲打着罩眼从屋里出来，颤巍巍地和儿子说："你回来了？大山子？"她见儿子后面还有一个女人，就上下地打量着问儿子，"大山子，你后面跟着的是哪里的客呀？"她往前几步，拉拉沈翠莲衣袖，"快屋里坐，屋里坐。"

他们来到屋子里，张大山高兴地走来走去，他接过沈翠莲手中提包，放在一边，又吹吹椅子上的尘灰，说："小沈，你快坐下歇会儿。"说完，

又忙里忙外地点炉子，下茶叶。

沈翠莲坐在椅子上，四下打量着这房子。墙皮有的地方已经脱落，四下里胡乱地贴着些年画，但最多的还是些年轻貌美的女人招贴画，从而可见这个家庭女性的缺乏和男主人对女人的向往和渴求。这也无可厚非，四十大几的男人了，从未享受过女人的温存，多贴些女人画，多少也可以弥补一下男主人关于爱的缺失吧。

她继续观察着。屋里所有的家具全是老式的，八仙桌、太师椅，还有一条两边跷起的古铜色搁几，可说是古色古香，也可说是毫无新意。一台收音机摆在窗台上，上面积着厚厚一层灰尘。沈翠莲走过去，拿起收音机旋着上面旋钮，收音机就吱吱啦啦响着。

张大山过来，接过收音机，一边关着收音机一边说："没电啦，没电啦，等会儿咱就换上新电池。"他把收音机放回原处，"小沈，你愿意听歌？要不，咱这就去买电池？"

沈翠莲摇摇头。

老太太拄着拐棍来到她面前，絮絮叨叨地拉起了呱。

"你是从哪里来的？来这里干吗？"她紧盯着沈翠莲的脸，"你快四十了吧？哎哟哟，长得真俊呀，细皮嫩肉的，谁家要是摊上你呀，可是一辈子的福哟。"

她抖抖索索地端来一杯茶递给沈翠莲，"孩子，你喝茶。"

沈翠莲接过茶喝了一口，往前探探身子："大娘，你老人家今年多大啦？"

老太太侧过头，把耳朵朝向沈翠莲："什么？你说什么？"

沈翠莲加大了嗓音："大娘，我问你，今年多大了？"

"噢，噢，你问我多大了是不？告诉你吧，俺今年八十四啦，俗话说得好，七十三、八十四，阎王不叫自己去。没几天活头喽……就是大山子我放不下心，四十六七了，也没成个家。"她慢慢往回走着，嘴里兀自咕念着，"要是我们大山子有这么个媳妇就好了。"

她走进里屋，和正在炒菜的儿子悄悄说："大山呀，那女的可是你找来的媳妇？"

张大山压低了声音，说："你不会少说一句？一边坐着去。"

老太太撇撇嘴："说说怎么样，又不是偷来的，你这孩子，就是胆儿小。"

同一时间，樱桃峪的余霞蹦蹦跳跳地来到大门外，扒着寨门往家里望，见房门还上着锁，生气地一推寨门："嗨，怎么还没回来？俺都快饿死啦！"转身往回走去。

她来到爷爷家，坐在桌旁就吃起饭。余母站在她身旁，试探地问："小霞，你娘没在家？她干啥去啦？快说给奶奶听。"

余霞喝下一口汤，抬头说："我娘说，她去姥娘家啦，说是姥娘家有事儿。"她一抹嘴，离开桌子，大声说："俺吃饱啦，爷爷奶奶再见！"说完，向外跑去。

余母望望走去的孙女，回头对余父说："我说老头子，霞她娘这一阵儿传言可不少呢！"她往前凑凑，趴在余父耳朵上，压低了声音："老头子，你听说了没有，人家都说她西院的那个老光棍经常往那跑呢，据说……唉，这可不是好事，要日子长了，可是要出大事呀。这不，今儿个说是走娘家，可不知道她到底干啥去啦……"

"别听见风就是雨，什么事都坏在你们这些老娘们儿嘴上。再说，怨人家小沈吗？你那小子，年三十都不回去过，小沈她哪里会没想法？"余父推开余母，闷闷地说。

"我看呀，志明这孩子，你也得管管了，可别出了大事呀。"

"要管你去管，三十好几的人了，又有文化，你能说得了他？由着他吧。"余父无奈地说。

志明娘剜他一眼，说："你说得倒轻巧，有你这样当老子的吗？"

余父："有本事你去管呀，和我较什么劲？"

余母："老东西，亏你说得出，你还像个男子汉吗？我要是管得了，求你干吗？嗨，八辈子造的孽。"

…………

杏园村张大山家。午饭已经吃完，沈翠莲在帮张大山收拾饭桌。她问张大山："喂，老张，你的果园咱还去看看？"

张大山一听她要去看果园，立马来了精神："去，去，当然要去，想当年我包那个山头，可是出了大力啦，在山上挑水栽树，光鞋就穿烂了半尼龙袋子。"

沈翠莲讥讽地说："呀，想不到你还这么能干！咋不雇个人帮忙？"

"雇人得花钱呀，自己的钱咋能让别人挣去呢？"张大山得意地说。

"那，你省下钱干啥呀？"

"准备娶媳妇呀。"一说到娶媳妇，张大山心里就乐滋滋的，他心里说，你问这干啥？这不明摆着吗？说不定，这钱就是为你准备的呢。

沈翠莲思忖着，说："真看不出，你倒还挺有成算……"

他们来到大街上，张大山不时和人打着招呼："大娘、大爷好哇！"那精神劲，绝不亚于春节后新女婿拜访丈母娘，在他心里，这走在他身旁的沈翠莲俨然已是他的法定媳妇了。

大娘、大爷们瞅瞅他身旁的沈翠莲，疑惑地问："大山，你们这是？"

张大山得意地说："我们，我们这是去山上看看呀！"

他们拐上另一条街，沈翠莲问："老张哥，你的园很大吗？"

"大不大，去了你一看就明白了。"张大山自信地说。

路边树荫下，三三两两的女人瞅着他们，指指画画地说："啧，啧，都说人家张大山一辈子说不上媳妇，这不，你看，媳妇送上门了。长得还不错呢，你看，"那女人指指沈翠莲胸部，"你看多富态。这下张大娘可不用愁了，就等着抱孙子吧！"

声音不大不小，声声传入二人耳中。沈翠莲昂着头，就像没听见，旁若无人地走着。张大山望着沈翠莲，得意地微笑着。

二人来到承包地，张大山指着前面一片果林，兴奋地说："看那片果树，"他的手又指向另一方向，"还有那个山头上的用材林，都是咱的。你要是来了呀，保准饿不着你。"

沈翠莲娇嗔地说："看美得你，八字还没一撇呢，谁和你咱呀咱的？"

张大山却来了情绪："小沈，刚才在街上听到那女人的话了吗？她说让我娘等着抱孙子呢！"

沈翠莲的心旗似乎在摇动，她说："去你的……"她望着对面辽阔的山林，陷入幸福的遐想中。她眺望着远方，很久没有言语。这时，她指着刚才张大山说的地方问："老张哥，你这片林子到底有多大？"

张大山思忖一会儿，说："这么说吧，咱们从林子的这一边开始走，再转回来，大约得用三四十分钟吧。"

沈翠莲："可真不算小哇，那得出多少东西！"

张大山往前偎偎，肩膀靠着沈翠莲，真诚地说："我说的可都是真的，你要是跟了我……这家你就当。"

沈翠莲瞥他一眼，又望着远方。她久久地望着，望着，没有肯定，也没有否定。

15

几天后的一个上午，余志明在果园里锄地。他挥着锄头，一下一下用力锄着，松软的土壤在他脚下飞扬。不远的树枝上挂着他的外衣和收音机。收音机正播放着黄梅戏。

余志明停下锄头，拿毛巾擦把汗，望着满园的樱桃花不由高兴起来。即将丰收的喜悦鼓舞着他，不由随收音机唱了起来："你我好比鸳鸯鸟……"余志明有一副好嗓子，唱出的词句，可说是字正腔圆，跟剧中的董永差不了多少。

园门外传来女人的喊叫声："大侄子，大侄子，在这儿吗？"

余志明停住歌唱，抬头望去。见李二婶摇摇摆摆地走来，她手里还提着个竹篮。

余志明迎上去打着招呼，彼此又说了些闲话。李二婶望着满园的樱桃花高兴地说："怨不得你这么高兴，干着活儿还唱着歌，看这花子，是不是就要结果了？"

余志明点点头，走到衣服旁，拿起收音机，把音量调小了不少。李二婶跟过来，把篮子放在地上，若有所思地望着他，慢慢说："这树长得真壮，志明干吗都行，只是……"

"只是什么？婶子你尽管说。"余志明见她迟迟疑疑的样子，觉得她肯定有什么重要事要说，就急着问。

"只是你一个人太孤单，这么大一个园，啥时候才能弄完？侄媳妇这一阵子又没多少事，你怎么不让她来帮着干？再说……"她压低了声音，两眼瞥着余志明，附在他耳根上咬起了耳朵。

余志明弯着腰，歪着脑袋听她讲，脸色不断地变化着。

李二婶讲完了，她离开余志明，两手搭在髋间，两眼瞪着余志明，长长地叹了口气。这好像是她对当事者的一种同情，又像是对事件本身的无奈和惋惜。

余志明怎么也不会想到，这个在他看来气貌不扬的女人，居然也会有男人去追求她，去打她的主意。这个头脑简单的女人也想红杏出墙？看来，他余志明还真是低估了这个女人的价值和能量。于是，他愤愤地说："好，有空我回去叫她，这女人……"

李二婶见他生了气，心中就有些后悔，后悔自己不该就这样直截了当地把事情透给了他。她忙说："你看，你看，都怨我多嘴，放不住话，你千万可别生气。我，我也是听街上人说的，要是你和侄媳妇计较起来，我这张老脸往哪搁？"她弯腰拿起竹篮刚要走，"你看我这记性，干啥来着，不是来买菜吗？"

她转向余志明："老侄子，快给我秤点小白菜，还有芸豆，每样两斤吧。咳，真该死，家里有客还等着用呢！"

余志明取好菜，把篮子递给她，说："婶子，不用秤了，先拿回去用吧。"

待李二婶走得远了，余志明才穿上外衣，收音机落在地上吱吱地响，他也不管，骑上自行车往家里奔去。

他来到胡同口，就听到喧闹声从自家门口传来。他推车往前继续走着，音乐声和笑闹声越来越大。他皱一下眉，发现声音是从西院传出的，也不去管它，他把自行车倚在墙上，开门进入家中，他要先找到沈翠莲，看她在干什么。他扫了一眼院子和厨房，就向堂屋走去。门虚掩着，他推门来到屋内，拿眼四下搜索着。他发现，屋子里添了不少新东西：小饭桌上的白面馍馍，吃剩的油条，盘子里放着的炸鱼，半尼龙袋混在一起的票子和核桃，还有几个红红的大山楂。他正猜测着这些山货的来路，又闻到一股

119

淡淡的脂粉香。余志明知道，沈翠莲用的化妆品不过是些润面油、扑面粉之类的廉价东西，而桌子上的化妆品他却从来没见过，难道是余霞用的？可她才有十来岁，还不到爱美的年龄呀，难道……

他胡乱地想着，向内室走去。内室里，阳光从窗棂射进来，四下的物件清晰可见。整个里间，收拾得整整齐齐，干干净净，床上的被子叠得方方正正，被子上面的粉红纱巾，三屉桌上的红塑料梳子，奶黄色的发卡，半开着盖的雪花膏瓶子、香水，还有柜顶上的书包……是新的，全是新的！

余志明大睁着眼睛，一股怒火从胸中陡然升起。他来到三屉桌前，挥起手把东西统统扫到地上，又拿起被子上的红纱巾，狠狠地揉搓着扔在地下。

他喘着粗气，望着这些只有在新房里才能见到的东西，心里说，李二婶说得没错，这女人确实变心了！"男女上俏，必有爱道。"俗话不俗，看来这女人必有见不得人的活动，待我查到她……哼，有你好看。但他又想，"拿贼拿赃，捉奸捉双。"你什么证据也没有，只凭这几样东西和道听途说就能断定她真的有出轨行为？再说，纵然她真的变了心，真的被拿到证据，又能怎样呢？你能杀了她？你能剐了她？如果真是那样，小霞怎么办？小刚怎么办？不行，不能贸然行事，还是观察一段再说吧。他平静下来，把地下的东西拾起放回原处，他揉一下脑门，叹一口气，迈步向外走去。

喧闹声从西院传来，他想，不年不节的，又没听什么人家要办喜事，放的什么音乐，唱的什么歌？他觉得新鲜，又加上他还想找一找沈翠莲，看看她究竟在干什么，就向西邻走去，躲在门旁往里窥看。院子里，身着春装的男女玩得正欢，他们疯狂地跳着，唱着，舞着，还有一个长头发的男子闭着眼睛一晃一晃地在拉胡琴。

沈翠莲也在这里，她倚在一棵大树上纳着鞋底，正在和洗脸的张大山拉呱。她的头不时抬起，眼望着那男人，嘴巴一噘一噘的。她今天一身新装，浑身散发着一种余志明从没见过的神韵，脸上似乎还抹着白粉，白白的，胖胖的，丰满的胸脯把月白小褂胀得鼓鼓荡荡的，随着牵针引线的动作，那胸脯就来回颤着。

余志明看得几乎傻了，就用力咳嗽了一声。沈翠莲不由回头望了一下。她发现了门旁的余志明，就一扭身子，又和张大山拉起了呱。

张大山洗完了脸，两手拧着毛巾上的水，笑眯眯地望着沈翠莲说着话。

大门旁的余志明耐不住性子，用力咳嗽了一声。

张大山不由向门口望去，吃惊地说："小沈，你对象来啦！"说完，拿着毛巾向屋里走去。

沈翠莲瞥一眼余志明，回头向屋里喊："喂，老张哥，你怎么回事，好好地拉着呱，怎么就走啦？有空可别忘了去我那边玩，反正我闲着也是闲着。"

余志明气得肚子一鼓一鼓的，一跺脚，跨上自行车，风似的走了。

西邻院子里，正在洗衣服的、咱们前面见过的那两个姑娘，一个说："喂，有热闹看啦！刚才小嫂子的对象在大门口待了好久呢。"

另一个："我也看见了，人长得多帅呀，小嫂子怎么……"

"这谁知道呢？要不，你去问问她？"

两个姑娘走进屋里，向呆坐出神的张大山说："怎么样？张大哥？害怕了？真没出息……"

随后又是一阵咯咯的嬉笑声。

余志明来到果园，把自行车往小屋墙上一倚，回头茫然地望着前面发呆。事情果然印证了李二婶的忠告。怎么办呢？他想，事情既然出了，就应该坦然面对，他要拿出一个方案，当机立断，来处置这在他看来迫在眉睫的变故。是的，是他应该做出抉择的时候了，不然他还算什么男子汉呢？

他正然想着，就听园门口传来女人的喊声："余老师……"

余志明看时，就见乔玉珠推着自行车走进园门。

他们打过招呼，乔玉珠问："大哥，你在赏花呀？"

余志明正想着心事，就不置可否地点了点头。

乔玉珠早被满园的樱桃花吸引住，也不理会余志明的反常表现，打住自行车就满园逛着。她一个劲地赞叹着："美，美啊，实在是太美了，真的是仙境一般！"

她来到一株树前，突然叫起来："呀，大哥，怎么地下还有收音机？"她弯腰拾起，放在耳旁听着说："还响着呢，好像是《天仙配》！"说着，她慢慢关着开关。

余志明正想着刚刚发生的烦心事，一时没有反应过来，一会儿才喃喃地说："对，对，《天仙配》，《天仙配》……"

乔玉珠觉得有点奇怪，说："大哥，你这是怎么了？你在想什么？"

"我在想刚才的事。"

"刚才怎么啦？"乔玉珠疑惑地问。

余志明犹豫着，觉得难以启齿，就反问道："玉珠，还没问你呢，你这是……"

乔玉珠指指车把上药包，说："那不，刚从药铺拿来的中药。"说到拿药，她不由想起了多病的丈夫，脸色慢慢沉了下去。

"早听你家婶子说了，兆祥的身体不是很好，不知现在怎样了？"

"时好时坏的，有时还咳嗽。"

"城里不是有专门的疗养院吗？怎么不去住院？"

"去了几次，可人家总说没有床位。咱又没熟人，其实，其实在家治也是一样。"

见她难为情的样子，余志明就把话岔开："玉珠，你们菲菲好吗？"

"都上育红班了，这孩子可懂事了。"乔玉珠高兴地说。

过了一会儿，乔玉珠突然说："哎，大哥，刚才你说正想着刚才的事，刚才发生了什么事？你还没告诉我呢！"

余志明长叹一声，接着就把他在家里刚刚看到的事大略说了一遍。

乔玉珠听了却很不以为然，她说："就是这些？"

"这些还不够？"余志明反问道。

"这能说明什么呢？不就是送点东西、说说话吗？难道连这个你也很在乎？"乔玉珠平淡地说。

"玉珠，你要知道，量变可是要引起质变的呀。"余志明对她的轻描淡写有点不明白，就解释着。

"你还懂这些？我还以为你只懂数理化呢，没想到你还懂点哲学。"乔玉珠有点讥讽地说。

"懂哲学不敢说，但我知道如果照这样发展下去，绝不会有什么好结果。"余志明把目光转了一个方向，"一个人学好不容易，而学坏，却是随时可能的。"

他又想起了他不愿看到的那些东西和那段过节，长叹道："这人呐，真是难以预料……"

乔玉珠对他说的突发情况也颇感意外，觉得这实在是难以解决的课题。她在寻找劝解她这位老大哥的措辞。她说："大哥，假设你不躲在果园里，假设你平时能平等地看待嫂子，事情就可能不会是现在这个样子。"

余志明并没有被她的忠告所打动，他又在向乔玉珠提供他的新情况："玉珠，你再听我说，有人曾向我透露，据说沈翠莲曾跟着张大山……好了，这个咱没真凭实据，就不说了……"他点上一支烟吸着，眯起眼睛望着乔玉珠："玉珠，遇到这样的事，你说我该怎么办呢？"

乔玉珠沉思着，一时没有言语。一会儿她才说："这种事情，我更是没有什么见解，不过，我觉得，你还是搬回去住为好……不为别的，就算是为了小刚和小霞吧。大哥，你说对不对？"

余志明木然地听着，一时也无言以对。

乔玉珠望着沉默着的余志明，忽然说："坏了，恐怕要放学了，我还得去接菲菲呢！"说罢，推车急匆匆向外走去。

余志明望着远去的乔玉珠，心里不知是一种什么滋味。

…………

刚下过一场小雨，院子里蒙着一层薄薄的雾。厨房里沈翠莲正在炒菜，她一边叮叮当当地翻着菜，一边想着最近发生的有趣的事，心里说，余志明你有什么能耐，还不是被我当众戏弄了一遍？看你有什么屁放！咳，就是这张大山胆儿太小，要是他再配合一下，看你余志明脸往哪儿搁……这时她不由哼起一支可笑的歌："左手一只鸡，右手一只鸭，身上还背着个胖娃娃，咦呀咦斯儿哟……"

等着端菜的余霞，见母亲高兴的样子，打趣地说："娘，我咋没看见你背上的胖娃娃呀？"

沈翠莲停住歌唱，边盛菜边说："你这小妮子，懂得什么！快端菜吃饭去，可别晚了上学校。"

余霞吃完饭，背起书包正要走，沈翠莲拿着新书包过来，说："来，小霞，快换上这个新书包。"

余霞高兴地说："呀，新书包！是谁买的？"

"是西院你张大爷买的，你看，多新鲜，来，快换上！"

余霞噘起嘴，连连说："不要，不要，不要，我要爸爸买的！"一扭身子，背着她的书包向外走去。

沈翠莲望着走去的女儿，嘟囔着："这小妮子，真的不知好歹，和你老子一样的邪玩意。"她低下头，抚摸着那书包，"这书包多好……"

她来到里屋，把书包放回原处，伸手从被子上够过那块红纱巾，把它抖开，放在胸前摩挲着，尔后对折起来，扎在头上，对着镜子欣赏着，镜子里的沈翠莲，看上去果然增了几分颜色。

她走到门口抬头望着天空。院子里的雾气已开始消散，太阳挂在东边树梢上，发着淡淡的橘黄色的光。她皱一下眉，走出屋子，锁好门，拿起锄头往外走去。

沈翠莲来到责任田,望着田里密密麻麻的杂草出神。她举起锄头狠狠地锄了几下,就骂起了余志明:"余志明你这个东西,我跟了你算倒了八辈子霉。你不着家,不着地,算什么男人!不如死在外边算啦!"

她喘着粗气,眼珠子滴溜滴溜转着又出起了神,她的脑海里忽然闪现出她去张大山家时见到的图景:马厩里拴着一匹高头骡子竖起耳朵咴咴叫着,望着她……她的脸色好看起来。她一边捡着青草,一边又哼起了那首可笑的歌:"左手一只鸡……"

回到家,她把带回的青草扔给圈里的壳郎猪,壳郎猪争抢着吃起来。

张大山从门口进来,沈翠莲转身过,高兴地说:"老张哥,你来得正好,我正想去找你,快屋里坐,我有话跟你说。"

张大山边往屋里走边回头瞅着,沈翠莲笑道:"看你这点出息!你怕什么!大胆走呀!"

他们来到屋里,沈翠莲给他倒上一杯水让他喝着,张大山问:"找我啥事?"

"大哥,我麦子地里长满了草,老余这个该死的又不管,眼看就要荒了,我一个人一时又弄不完,我想用用你的骡子耱一耱,你说,行不行?"沈翠莲说完,两眼紧逼着张大山。

张大山瞅她一眼,说:"行是行,就怕你家小余……"

沈翠莲不等他说完,就打断他:"你怕什么小余老余的!你又不是不知道,他年三十都不和俺过,你要是愿借就借,不愿借就拉倒!前怕狼后怕虎的,还不如个老娘们儿!"她一低头,发现了垂下来的纱巾,举手一把扯下来,两手一团扔到张大山怀里:"给你,我不缺你这烂东西!"

她又望望身上月白小褂:"还有这褂子……"说着就往下扒。

张大山慌了,一把按住她:"你饶了我吧,姑奶奶!你可千万别扒,下午我去牵骡子还不行吗?好了,快别生气了,下午……"

沈翠莲又笑了，她接过纱巾，走进里屋拿出一双千层底布鞋来到外间，说："大哥，我也不白用你的骡子。"她指指张大山脚下，"你看你穿的鞋，都快露脚趾头啦，怎么去干活，少老婆缺孩子的，真难为你了。这双鞋是我抽空给你做的，你试试合脚吗？"

张大山抬头望望外面，接过鞋，赶紧把它揣在褂子里面，说："好，好，我回去再试，准合适，准合适……"他瞅一眼大门，向外走去。

第二天一早，张大山就牵来了骡子，沈翠莲推着耘锄来到地头。张大山把套套在后面耘锄的牵引上，接过沈翠莲手中的耘锄，说："来，你过去牵着，咱们耘。"

沈翠莲走到骡子一边，胆怯地说："这么大……"

张大山过去，笑道："你怕什么？这骡子跟绵羊一样，连小孩子都敢牵，来，你试试。"说着把缰绳递到沈翠莲手里。说来也怪，这么大的畜生，在这个不起眼的女人手中，却那么温顺。它不紧不慢地走着，不时还咴咴地吹着鼻子。

余志明骑自行车买农药路过地头。他发现了地的那一端正在耘地的沈翠莲和那个男人。他打住自行车，往地里观望着。

沈翠莲走在骡子的一边，不时回头和那男人说笑着。朗朗的笑声传了过来，余志明认出了那男人正是张大山！心中不由升起一股妒意，就提起自行车往地上用力一摔。张大山发现了地头上的余志明，他喝住牲口，小心地问："喂，小沈，你家小余他……来了，咱们还耘不耘？"

沈翠莲望一眼不远处的余志明，回头说："管他做什么！耘，耘！叫你来干吗的，又没做犯法的事，怕他什么！"说完，一扬胳膊，喊声："驾！"那骡子就又温顺地走起来。

余志明一看，骑上自行车，一溜烟地去了。

一辆摩托车迎面驶来，眼看就要撞上自行车了。摩托驾驶者瞪大了眼睛，猛一扭把，随着一声尖厉的刹车声，摩托车停在自行车旁。那人张口就骂："找死啊，你，没长眼睛……"那人忽然不骂了，他吃惊地望着又在自行车大梁上的余志明："好险啊，怎么是你小子？仗着我反应快，要是一般骑手啊，哼，恐怕……"

余志明跨下车子，颇感意外地望着那人："老汪？怎么是你？你小子什么时候学会骂人了？人可别倒了霉，要是倒了霉呀，真是喝凉水也塞牙，这不，闲气还没惹完，又差点被你撞上。"

汪文君忙问："和谁生气？"

余志明回头指指不远处的张大山和沈翠莲："气死我了，你往那边看。"

汪文君望了一下，不以为然地说："看什么呀，不就是耘地吗？有什么奇怪的？"

"可是那男人……"

汪文君抬眼又望去，麦田里穿得花枝招展的沈翠莲已停住牲口，正和男人说笑呢。

汪文君笑道："你小子真没气量，人家来帮你耘地有什么不好？不省了你的工夫？"

"只是……"

"只是什么？早就想找你聊聊，就是没空儿，好，今天碰上你，算我倒眉，就牺牲上半天，好好和你叨扯叨扯。"他见余志明不吭声，"怎么？不高兴啊？到你大门上了，也不往家让让？不要紧，今天我请你。"

汪文君掉转车头，二人也不上车，边走边交谈着。路过村里小铺时，汪文君又买了酒菜，余志明也不去管他，只管往前走。

说话间二人已来到果园，余志明上前开了园门进入园里。汪文君望着满园苗壮的樱桃树，不禁赞叹道："真是，士别三日，当刮目相待。你看这树长得多好，油绿油绿的。"

来到小屋前，他们打住车，沿田埂观看着。汪文君拉过一个树枝，说："呀，这不已经见果了吗？你小子可真行，没白费了我的心劲，怎么样？

樱桃熟了，可别忘了请我品尝哟！"

"那是，那是，当初要不是你点拨，这儿哪来的樱桃园。"他打开门锁，二人进入小屋。余志明忽然说："咳，差点给忘了，你家嫂子的身体还好吧？"

汪文君说："老毛病了，经常气喘，走路也没劲。"他叹了口气，"要不是有我那蜂蜜和蜂王浆喝着恐怕早……"他指指车把上药包，"那不，刚从我姐家兑和的药引子。唉，你嫂子这病呀，可真闹心。"

"好了，不说了，咱们喝酒。"汪文君说着，出门从摩托上拿回酒菜。余志明放下一块木板，把酒菜摆上，又拿来一个小凳让汪文君坐下，自己找块砖坐着，二人喝起了酒。

三杯酒下肚，汪文君来了精神，他望望地下木板和余志明坐的砖块，凉凉地说："看你过的什么日子，叫花子一般，真是自找罪受！"他喝下一气儿酒，咂一下嘴，"我想，你余志明未必就这样心甘情愿地过下去，真是莫名其妙。"

余志明也不去理他，只管喝他的酒。

"说话呀，问你呢，这一阵子，你们到底怎么回事？"汪文君有些着急地问。

余志明被他逼不过，就吞吞吐吐地说："也没什么……就是那些谣言，三天两头地往耳朵里送，还有家里的东西……这不，她又勾引了那光棍来耘地。我，我真的有点受不了了……"

汪文君望着他结结巴巴的样子，说："你不要再说了，你们的情况刚才在我姐那里，她差不多都和我说了，你们两口子的情况，确实让人担忧。"他拿起酒瓶给自己倒上酒，一下喝下去，也不吃菜，"老弟，我不是吓唬你，街上的传言可真不少哩。你要是再执迷不悟，待在这儿不回家，你那老婆真有可能要换换地儿呢。据说是，她曾经跟那姓张的……小余你别激动，我也是道听途说。"

他点上一支烟吸着，也不让余志明，继续说："据说是，那姓张的有一所很大的房子，还有一片不错的果园和山林。假设，我说的是假设，假设小沈被迷惑住，往东南山私奔了，我看你余志明如何来收拾这残局……"

余志明听了，越发生气。他端起酒杯，一仰脖儿喝下半杯酒，恨恨地说："这贱女人，真是可恶！当初我出来过，无非是想吓她一下，让她改改性子，只要她认个错，也就算了。哪里想到，她会来这一手！这狗女人，真气死我也！"他急速地喘着气，胸脯子一鼓一鼓的。

汪文君给他一支烟，伸着胳膊给他点着，悠悠地说："志明，凭你的智商，不比别人低呀，可在这家庭的问题上就这么低能了呢？想想看，你老是不回家，让她一个女人带着两个孩子住在村边上，她能不害怕？她能没有想法？"他欠欠腚给余志明倒上酒，又回手给自己满上，"来，咱们边喝边聊。"

二人喝下一气儿酒，汪文君又说："她让孩子请你回家，又亲自给你送煎饼，这不等于认错了吗？你还想怎么的？难道还非得让她来向你跪地求饶吗？"

"两口子闹意见，抓挠你几下，你就较起了真儿，亏你还做过人民教师，怎么这么没有容人之量呢？"

他喝下一口茶，把烟屁股一扔，继续说："听说去年你大年夜都不回去过，让老婆孩子在家哭。"他又点上一支烟吸着，"残忍哪，你真的太残忍，太无情！"汪文君的嘴角抽动着，拿手背擦了一下眼睛。

余志明见他动了真情，心想，没想到这家伙还有一颗菩萨心，就有些感动，忙说："老汪，你别激动……"

没想到这句话却激怒了汪文君，他愤愤地说："我激动什么！人家又不是搞我的女人！我怕什么！"

他起身来到屋外，解一下手，又在压水机前洗一把脸，让自己平静下来，回到屋里坐下去："志明，咱们继续说。你听到的那些传言，是真是假

咱先不管，就算是真的，你能光怨她吗？像她这样的年龄，"他吐出一口烟，望着余志明，"她今年也就是三十多一点吧？"

"三十五。"余志明顺口答道。

"对，三十五，像她这等年龄，"他眯起眼望着余志明，"能没有七情六欲？你不和她好，还不兴别人关心她？你一次一次地冷落她，不等于把女人往别人怀里推吗？你这么明白的人，怎么就这么犯浑呢？"

这一句句话语像一记记重锤敲击着余志明的心弦，对这位老朋友毫无情面的批评甚至是"声讨"，起先他还有些抵触，慢慢地他的情绪就有了微妙的变化。他一直听着并没有反驳，他也不打算反驳，就像一个穷途末路的人极盼忽然冒出一个人来帮他一把，或者是重重地刺激他一下似的。他的思想十分混乱，他的神经几近麻痹，他需要刺激，在这关键的当儿，他需要有人来帮他做出抉择。

这一句一句的话语，除了严厉和愤疾之外，还隐含着一种只有在亲人或挚友之间才能见到的东西，这就是关爱和担忧。他反思着这一段自己的作为，觉得自己也确实存在着这样那样的问题，对沈翠莲，特别是对两个幼小的孩子，确实有不少的亏欠，但他的良心并没有泯灭，他还有一颗正常的心。他只是静静地听着，没有言语。

汪文君见他似有所动，就拍拍他肩头，说："志明，我看是时候了，你眼里要是还有我这个大哥，今天，你就跟我回家去。我倒要看看沈翠莲能撵你出来吗！"

余志明紧张地想着，好久，他才说："要不……要不咱回去看看？"

汪文君高兴起来，笑道："你这死牛筋，到底化魂了。这下好，没人逼你，你倒想通了。好，实在是好，我看这酒咱先别喝了，趁着天早，咱这就回去。"说着出门发动起车，余志明锁好门，转身坐上去，摩托车加油，突突地向外驶去。

16

载着余志明的摩托驶进胡同，就见张大山正往门口的树上拴骡子，沈翠莲推着耘锄往家里走。

张大山望着走过来的汪文君和余志明，不自然地咧咧嘴，余志明愤愤地望着一边不搭话。汪文君见状，赶紧打着圆场，"地耘完啦，可让你受累了。"他往前几步，"你可能不认识我吧，我是余志明的同事，姓汪，名文君，你贵姓？"

张大山见他仪表堂堂的样子，知道不是一般人物儿，忙乱得手都不知往哪放好，就颠三倒四地说："我，我姓张、张大山，东南山杏叶的……"

汪文君觉得新鲜，说："杏叶的？好，好，这个名字好。"

往里推耘锄的沈翠莲这时放慢了脚步，回头瞅一眼汪文君和余志明，揣摩着汪文君的来意。她心里说："这个汪文君，他来做什么，还带来了余志明，莫非……"她慢条斯理地放好耘锄，才转身和走进院来的汪文君打招呼："哎呀呀，怎么是汪老师啊，什么风把你吹来了，来，来，来，快屋里坐，屋里坐。"她边开房门边狠狠地瞪着余志明。

来到屋里，沈翠莲一边让着坐，一边就去涮茶壶下茶叶。

张大山洗了脸，在一边搓着手闲得发慌，他见沈翠莲冲着开水，就要去洗茶碗，汪文君上去接过他手中茶碗，说："张大哥，你刚耘完地，怪累的，还是我来吧，你快坐下歇歇。"

张大山坐在凳子上，觉得无聊，手足无措地望着屋顶上的檩条出神。

沈翠莲倒好茶，先递给汪文君，又递给张大山，瞪着眼就是不给余志明。汪文君见状，忙起身倒上两杯茶，一杯给余志明，一杯给沈翠莲，说：

"来，弟妹也喝一碗儿。"

沈翠莲喝下几口茶，说："汪老师，你们先喝着茶，我去治点菜，你和老张哥喝一盅。"

汪文君说："小沈你先别忙，你听我说，刚才我们正喝着酒，听说你家耪地，我就又买了点小菜，还有酒，过来凑凑热闹，"他手一指，"那不，在那儿挂着呢。"

他起身从车上拿下那几个兜回到屋里，往桌上一放："都是现成的，麻烦你拿几个盘子把菜盛上。"

沈翠莲望望桌上的东西，马上来了精神，她说："汪老师你这个人可真好，来就来吧，还带来这么多酒菜，让俺怎么谢你……"

汪文君说："你就别客气了，赶快摆上，我们可是等不及了。"

沈翠莲应着："好。好，这就摆，这就摆。"她拿来盘子一样一样往盘里摆放着。

汪文君见她穿得花枝招展，就风趣地说："弟妹这一段没见，我看越来越水灵了，真是女大十八变，越变越好看啦！"

沈翠莲摆着菜，头也不抬地说："好看个屁，人家现在就不要咱了。"

汪文君向余志明挤挤眼，示意他不要讲话，说："小沈，今天我就给你带来个大贵人，你要不要？"

沈翠莲心里说："这个老汪真会戏弄人，哪来的贵人？"但她还是忍不住拿眼扫了一遍，当她发现汪文君眯眯笑着望向余志明时，心里就明白了。她愤愤地说："什么贵人不贵人，俺可不稀罕。"

沈翠莲的这句话，汪文君并不感到意外，余志明跟她搞了这么久的冷战，她能没有成见？另一方面，从现在沈翠莲的表现，汪文君看出了事情的转机，于是他笑道："小沈你别先顾着发牢骚，来，来，来，大家都坐下，咱们好好喝一杯。"

沈翠莲瞥了汪文君一眼，顺从地坐了下去。接着张大山也在离沈翠莲远一点的地方坐了下去。汪文君见余志明待在一边不过来，就去拉他过来，说："你拿捏什么！"把他摁在座位上。

汪文君逐个倒上酒，他举起杯子，兴奋地说："来，为了咱们今天的相会，大家共同干了这杯酒，来，举杯，干！"说完，他首先干了那杯酒。

沈翠莲、张大山望了一眼汪文君，也喝了那杯酒。

汪文君见余志明拧着脖儿不喝，知道他对今天这个场面，特别是张大山也在场，还有些不适应。但是对于今天的行动，确实是他同意了的，并没什么人强迫他。他这个样子，汪文君觉得有些出尔反尔，或是言而无信了。汪文君有些生气，说："怎么，志明，你是改样的？大家都喝了，你凭啥不喝？"

余志明嗫嚅着，说："刚才，咱不是喝过了吗？"

"喝过也得喝，刚才是刚才，现在是现在，你要是不喝，我的面子往哪搁！"

余志明躲不过，就端起酒杯，不情愿地喝下那杯酒。

"吃菜，吃菜！"汪文君反客为主，让大家吃喝着。接着他又敬了沈翠莲、张大山几杯酒。

最后，他给自己和沈翠莲满上杯，说："弟妹呀，没想到你今天这么痛快，真让我感动。来，老兄我再陪你一杯，喝了这杯酒，我有话对你说。"

沈翠莲疑惑地望着他，慢慢举起杯子，汪文君趁机和她一碰杯，说声"喝下去"就一仰脖儿喝干了这杯酒。

沈翠莲一阖眼，也喝下了那杯酒。

汪文君点上一支烟吸着，说："弟妹，你听我说一句，"他打了个饱嗝，"我明人不做暗事，今天我就是为了你跟志明的事来的。"

对于汪文君今天的到来，其实在他和余志明一进门时，沈翠莲就猜了个八九不离十，所以她对汪文君的话并不感到突然，就静静地听着。

"年前听说你俩为了一点小事，志明就去了果园，"他瞅一眼沈翠莲，

"正好那一段社会上挺紧，到处都有没树的，你们那果园正挨着大路，不看能行吗？咱们指望什么呢？"

这时，沈翠莲却生气起来，她嘟囔着："什么看树，他是嫌弃俺，给俺挂门面轴子，不信你问问他，当初是不是这个鬼心思？"

"小沈你别打岔，我还没说完呢，嫌弃你也好，躲着你也好，客观上他就是在看园，在看你们的家产。大冬天的，在那荒郊野岭上，夜里就盖一床薄被，一天三顿的疙瘩汤，你不心疼？"

"他是活该，又不是没去叫他，不信你问问他，俺去叫了几趟，小刚、小霞又去叫了几趟？"提起往事，沈翠莲气不打一处来，愤愤地反驳着。

"当然了，小沈更是不易，一个人带着两孩子，还是在村边上……"

他见沈翠莲在抹眼泪，又说："我知道小沈心眼好，没忘了小余，现在小余病了，发着烧……"他边说边和余志明挤眉弄眼的，示意他不要乱讲。

汪文君故作姿态地摸了一下余志明的额头，惊讶地说："呀，这么热呀，他病得不轻呀……"

他瞅了一眼沈翠莲，见她正闷着头吃菜，一副不冷不热的样子，就说："小沈，不信你来摸摸。"汪文君心里明白，沈翠莲正在气头上，她才不摸哩。

沈翠莲听了，抬一下头，又赶紧背过脸去。

彭涛得到汪文君已经把余志明动员回家的消息，心里想，何不趁这个机会把事情弄得热闹一些，让他们重修旧好、破镜重圆呢？他别出心裁，买了红纸、糖块等物走进饭店，想让妻子许莉先高兴高兴。

许莉见他风风火火来到跟前，手里还拿着一些喜庆之物，说道："你这人怎么回事，不年不节的，你又不娶媳妇了，买的什么红纸，还有花糖呀，火鞭呀，真是活见鬼。"

彭涛把东西放到一边，笑道："我媳妇可真聪明，叫你一下子就猜着了，今儿个咱还真是要娶媳妇。"

许莉更加糊涂了，她停下手里的活儿，直直地瞪着他："你胡说些什么，到底谁家娶媳妇？"

彭涛往前凑凑："这你就不知道了吧，刚才我在街上听到了。汪文君那小子把余志明给弄回家去了，为什么？还不是让他二人和好？等会儿我就去凑凑热闹，让余志明那小子重新结婚！"

许莉感到有些意外，问道："是真的？"

"我啥时玩过你？"

"那，我去不去？"许莉觉得这可是件好事，就高兴地问。

"有我和汪文君就行了，你还是在家当你的老板娘吧！"说完，拿起东西，风风火火地往外走。

许莉望着彭涛走出房门，慢慢说："老余这家伙也真该回家了，这些日子，沈翠莲受了多少苦哇。"

同一时间，已是青年的李霞、赵娜，还有王丽萍，站在李霞家的院子里面交换着樱桃峪的头号新闻。

王丽萍往前探探头，诡秘地说："听说了吗？汪老师把余老师叫回家了，听说好多人都去了，咱们是不是也去瞅瞅？"

赵娜接着说："我也听说了，这个余老师也真的，大冬天的待在果园里也不回家，听说每天只喝一点粥，怪可怜的。"

李霞站起来说："走，咱们也去劝劝，可别让他再在果园里受罪了。"她锁了门，和赵娜、王丽萍一起往外走去。

她们来到余志明家里时，汪文君正和沈翠莲说着话。李霞见插不上嘴，便招呼她俩躲在一旁观望着。余志明看到她们，默默地点了下头。

汪文君说："现在小余病了，在坡里他一个人怎么能行，所以我就把他带回来了。俗话说得好，一日的夫妻百日的恩，小沈哪会忍心不管呢？对不对，小沈？"

"管他个屁！死在外面才好呢，他爱来不来，我才没闲工夫管他呢。麦地里的草漫了人他不管，我借了骡子请了人来除草，就是要气气他，气死他！看离了他余志明俺能不能就饿死！"沈翠莲愤愤地说着，嘴里白沫乱飞。

"你让他说说。"沈翠莲指指低头不语的余志明，"当初他抽死鹅，俺气不过骂了他几句，抽了他几条子，他就躲到果园不回来。俺摊了煎饼给他送，他不要，他大年三十都不和俺过呀。"她机关枪似的说着，最后竟大哭起来，"我的天呀，俺是个什么命呀……"

汪文君望着哭叫着的沈翠莲，也不劝她，心里说："让她哭吧，哭个够吧！这个可怜的女人！"

张大山望望这个，望望那个，就出去喂他的骡子。

余志明呢，经过沈翠莲的哭闹，似乎卸下了肩上的重担，心情反而舒畅起来，点上一支烟吸着，慢慢看她哭闹。

汪文君见她哭得差不离了，就说："弟妹，你就消停消停吧，你不管志明，还能连我也不管吗？我都快饿死了，你也不去做饭。"

这时，余刚余霞背着书包走进院子。

汪文君忙说："翠莲你看，两个孩子都回来了，快别哭了，让他们看见多不好。"

余霞、余刚来到屋里，先叫了声"汪老师好"，就走到余志明跟前又蹦又跳的，爸爸长爸爸短的叫个不停。

余霞甜甜地说："爸爸，你可回来了，你可别再走了，我娘见天念叨你呢！"

余志明摸着两个孩子的头，突然激动起来，鼻子一酸，赶紧转过身去。

兄妹俩又来到沈翠莲面前。余刚蹲下去，问："娘，你咋哭了？"

沈翠莲哽咽着："我……我……"

汪文君望望他们，打趣地说："你娘呀，她可是高兴的呢。"

沈翠莲抹把脸，站起来说："高兴个屁！"她狠狠剜了一眼余志明，就去做饭了。

汪文君若有所思地望着两个孩子，回头对余志明说："志明，你园里的钥匙给我用一下，我有个本子忘在你小屋里了。"

余志明边解钥匙边奇怪地望着汪文君，不知他又要搞啥新花样。

汪文君接过钥匙，把兄妹俩叫到屋外，把钥匙交给余刚，说："小刚、小霞，交给你们一个任务……"他趴在余刚耳朵上，轻声交代着。余刚余霞听罢，会心地笑着，连蹦带跳地向大门外走去。

门外传来摩托声，屋里的人们向外望去。就见彭涛骑车突突地拐进了大门。他停好车，边往屋里走边嚷着："好你个汪文君，你让他俩破镜重圆，二次结婚，这么大的喜事，也不通知俺一声，你算什么玩意！"

汪文君见他不请自到，高兴地说："没想到你小子消息那么灵，正想找人叫你去呢，你来得正好，咱们一起热闹热闹。"

这句话正中彭涛的下怀，他说："我一听到消息就开始准备，你们看，"他指着车上的那个兜，"什么都准备好了，就等你下令了。"

他往前凑凑，对发呆的余志明说："你这老榆树疙瘩，终于想开了，你那苦行僧似的日子也该结束了。咳，还是人家老汪面子大，真的是一次搞定。咱老彭算什么呢？磨破嘴皮人家也不听，这下好了，咱可得好好庆贺庆贺。"他四下瞧瞧，"咦？怎么没见翠莲呢？可别来了男的，又走了女的……"

汪文君说："在厨房做饭呢，你来了，她还能不招待？"

院里面已经聚集了不少人，李霞、赵娜她们也在里面。人们拥挤着，说着，笑着，好不热闹。

一个老娘们儿发着感慨："哎呀呀，我活那么大年纪，还没听说过有两口子分家的。这个余志明心还真够狠，撇下老婆孩子不管去看什么园，哪有这样的……"

和她紧挨着的年轻一些的女子往前伸伸脖子，说："现在好了，小余又回来了，晚上……"

"净拉些没用的。"一个中年妇人压低了声音，"我看呀，这沈翠莲热乎不了几天，几天后，还不就……"

王三妮听着不顺耳，有点生气，她大声说："你们这些老娘们儿都胡说些什么呢？叽叽喳喳的不怕闪了舌头！我问你们谁家挂着无事牌？谁家没有家务事？志明今天回来了，我们应该高兴才是，对不对？"

那几个老娘们几乎同声说："对，对，老三说得对，谁家没有家务事呀！走，走，咱们往里瞧瞧，看能不能帮上忙。"

她们来到厨房，和沈翠莲拉起了呱。

王三妮说："翠莲，这下可好了，志明回来了，你们可要好好……"

"好好什么？他回来不回来的有什么两样？我才不稀罕呢！"

"不稀罕？不稀罕为啥三天两头往那儿跑？不稀罕为啥大年三十哭鼻子抹眼泪的？"李二婶觉得她说的不是心里话，就反驳着。

沈翠莲被问住，待了一会儿才说："你们尽拿我开心，再不拉正辙就不给你们下茶喝，"她拿眼扫了一下人们，想找一个同盟军，她发现了李霞，"你说是不是，李霞？"

李霞不好意思驳她面子，就胡乱地说："那是，那是……"那是什么呢，恐怕李霞自己也说不明白。

沈翠莲终于找到了一个支持者，眯眯笑着，往灶里续着柴火，火光映着她的脸，显得那样温馨。

屋子里，人们正商量着如何庆典。

彭涛说："我早就想好了，你们听我的。来，你们先把桌子抬出去。"

余志明见了，疑惑地说："老彭、老汪，你们到底想干什么？还抬什么八仙桌？"

"你就别管了，老实儿当你的新郎官吧。"彭涛望着余志明胡子拉碴的样子，"快去屋里刮刮胡子，这么多人来看你，你这个样子不是不尊重乡亲吗？"

余志明边说着"莫名其妙"，边去屋里刮胡子，换衣服。

汪文君见人们都在厨房那边说话，就喊道："你们过来几个帮帮忙。"

人们呼啦啦过来，有的就问："帮什么忙？"

汪文君显得有点不耐烦，说："这还用我说吗？今天咱这里有喜事，这院子，这屋里总得收拾一下吧，大家说对不对？"

人们一边应着"对对对"一边忙碌起来，抹桌子、扫板凳、洗碗、洗碟、下茶叶、泼水洒地扫院子，整个院子忙做一团。

彭涛从车上拿来红纸、笔墨，说："老汪，你字写得好，你就看着写吧。"说完又招呼李霞她们打糨糊、搬椅子、拿凳子。

几个大字贴好了，李霞跳下板凳，退几步念着墙上大字："余志明、沈翠莲二次结婚典礼。"

人们议论起来："真有意思，结婚就结婚，怎么还加了个二次？"

"你懂什么，余志明去果园逃婚半年多，现在又请他回来成婚，不是二次是什么？"人们快意地笑起来。

一个小姑娘问她妈："妈，余大叔和婶子不是结过婚吗，干吗又结婚？"

做母亲的训斥道："快合上你的嘴，你小孩子家懂得什么！"

余志明刮完胡子，正往身上套褂子，忽然听到什么"结婚典礼"和笑闹声，不明白外面又发生什么事，就几下穿好衣服来到院子里。人们正笑闹着往墙上看，有的还比比画画的，余志明不由转身望着墙上，他发现了墙上红底黑字的东西，一时惊呆了，他抢上几步，抬手就要去揭那几个大字。

汪文君紧走几步，一把拽住他的胳膊，神态严峻地说："志明你想干什么？"他回头指指一张张热切的脸，"你看看，你看看，你想凉了大伙的心吗？"

王三妮、李霞她们也一起劝着："对呀，对呀，我们大家可都盼着这一天呢……"

余志明的手慢慢地落了下来，他羞愧地望望大家，转身向后走去。

大门口，余刚余霞背着被褥、锅碗瓢勺，叮叮当当地走进院子，人们自觉地让出一条道儿。

人堆里又议论起来："啧，啧，看人家孩子有多懂事……"

"这下可好了嘛，抄了他老子的窝了。"

"就是嘛，两口子分的什么家呢，日子长了准没好事。"

沈翠莲迎上去，疑惑着望着两个孩子："刚、霞，你们这是……"

余刚高兴地说："娘，爸爸的被子。"

余霞举举手里的东西："还有这个，也是爸爸的！"

沈翠莲接过被子，紧紧地搂在怀里，那样子很像怕再弄丢了似的。

八仙桌前，彭涛手拿一张大红纸高声喊道："大家注意了，注意了！"

人们一下子把目光全都投向他。

彭涛拉长了声音："余志明和沈翠莲二次结婚仪式，现在开始。"

院子里静下来，似乎在迎接一个隆重的时刻。

"第一项，请新娘新郎入场。"人们呼叫着，推着他俩向八仙桌走去。

余志明挣扎着，不想就范，彭涛把讲稿往口袋里一掖，双手用力把他按在板凳上。

"第二项。"彭涛继续念。

这时，王三妮拉拉他的衣裳，小声说："老彭你看，小沈还穿着白衣裳呢，新娘子哪有穿白衣裳的？"

彭涛瞥了一眼沈翠莲身上的月小白褂，转身说："三姐，你快去屋里找一件让她换上。"他抬起头，转身望大家，说："这个第二项嘛。大家先等一会儿，还有一点点工作没有做好，对不起，实在对不起。"

人们见他尴尬的样子，就都笑起来。有的说："这个彭涛，炒炒菜，候候客什么的还行，要说干这等大事呀，还真差点劲，丢三落四的。"

这时，王三妮也从屋里出来，来到桌前，把手里的东西抖开，原来是一件大红褂子和一块红盖头。

王三妮走到沈翠莲前面，扬一扬红衣裳，说："来，翠莲，快把它换上。"

沈翠莲对今天这个仪式没怎么反对，心想，家里冷清这么长时间了，也该热闹热闹了。但她没想到彭涛还来真格的，还"第一项""第二项"地喊，真有点麻烦。于是她说："三姐，我这样就行，换什么衣裳。"

王三妮瞪起眼："什么？你说什么？十里八乡的哪里听到过穿着白衣裳办喜事的？听话，快换上。"

下面起着哄："对，对，对，换上，换上"

沈翠莲站起来，大声说："你们咋呼什么！我换上还不行吗，真是的，又不是头一次回。"说着脱下白褂子。

王三妮接过小褂，又去摘她头上的纱巾。

沈翠莲一歪头："这个也换？"

"换，换，统统换了。"王三妮随手摘下纱巾连同白褂回手放在桌上，又拿起红褂子和红盖头，"来，来，大家帮帮忙，给她换上。"

李霞她们过来，七手八脚地为她穿戴着。

彭涛见沈翠莲穿戴完毕，清一下嗓子宣读："第二项，给新人佩戴红花。"

下面议论起来："戴花？彭涛这小子可真会折腾吗，尽出新花样。"

"戴就戴呗，能把志明请回来也就不错了。"

站在角落里的张大山，一直望着八仙桌上的月白小褂和那块粉红纱巾，一阵风吹来，那纱巾就像一片树叶般轻轻滑落到桌下。他呆呆地望着那滑落地下的纱巾，又抬头望望换了装的沈翠莲，默默地向外走去。

趴在墙头上瞧热闹的那两个姑娘，同情地望着正向屋里走的张大山，悄悄地说："这下，老张哥就没戏啦。"

张大山走进屋里，来到床前，弯腰从床下找出一个提包，哆哆嗦嗦地把它打开，拿出那双千层底布鞋，双手捧着，他慢慢恼怒起来，举起那鞋，狠狠地扔向远处。他喘息着，直瞪着那双曾给他带来希望的鞋。良久，他一步步向那鞋走去，又弯腰拾起它，揣在怀里。他来到床前，一下扑在床上，无声地哭了起来。

余志明院子里，仪式仍在进行，余刚、余霞拨开人群，来到桌前，从衣兜里掏出两朵大红花。王三妮、李霞帮着，分别别在余志明、沈翠莲胸前。二人退后一步，端详着父母胸前的红花，幸福地笑着，向他们的父母深深一躬，又转身向在场的乡亲深深一躬。人堆里爆发出一阵响亮的掌声。有人高兴地抹着眼泪。有人啧啧称赞："看人家孩子，多懂事呀，真叫人心酸。"

余志明望望胸前的红花，又望望眼前的儿女，一下把他们揽在怀里，任那泪水纵流。

"第三项，送入洞房……"

人们欢腾起来，涌到前面，使劲推拥新郎新娘往中间凑。余刚掏出火柴，点着了挂在竹竿上号的鞭炮，余霞挤出去，抓起盘子里糖块，用力向天空撒去，她边撒边喊："吃喜糖喽，吃喜糖喽……"

稚嫩的喊声夹杂着一声声爆响在这个曾经冷清的院落里回荡。它似乎向人们宣示，在这个院子里，新的一页开始了。

17

第二天一早，余志明就在院子里溜达着，观望着久违的庭院。饭棚的前墙斜斜地往外倾着，前墙与山墙的结合部裂着宽宽的口子，前檐上的瓦像参差的犬牙，有的已经落下，有的还在那儿耷拉着。他点上一支烟吸着，来到猪圈前，栏圈的门早已掉下，斜斜的歪在一边，栏门前用几块大石块堵着。两头壳郎猪正哼哧哼哧地拱那石块，石块摇晃着发出咔咔的声响，像是随时都会垮塌的样子，真是势若垒卵。玉米秸夹成的篱笆墙依然如故，干枯的叶子在晨风中飒飒作响，似在埋怨主人的懈怠和无心。这一切和东西两邻的青堂瓦舍形成了鲜明的对比。余志明望着，不由一阵内疚，长叹一声。

余霞来到院子，高兴地喊："爸爸，吃饭啦。"

他们吃过早饭，就动手整治那饭棚前墙。余志明带着老婆孩子，一起用力把斜墙推倒，又和好泥巴，垒了起来。

余志明叮叮当当地垒着，沈翠莲边递泥边说："回来就回来呗，还弄什么二次结婚，"她把锹放到地下，"谁稀罕呀。"

"都是彭涛那小子瞎折腾，你当我愿意呀。"余志明敲打着砖块，不经意地说。

对于彭涛昨天的安排，余志明总觉得有点不舒服，他心里说："没承想在这不惑之年，竟然被他们要猴似的戏弄了一番，真是窝囊！"但他看到眼下一家人喜乐融融的样子，也就对这位老友的用意多了一份理解，心里自然也就顺了。

光阴荏苒，时间老人又悄悄送走了不少春秋。这期间，余志明的樱桃园早已进入盛果期。辛勤的劳作给他带来了丰厚的回报。他用这笔收入，把他那破败的家进行了彻底地改造，整个院子焕然一新，靠北是一溜拉八间钢混结构平房，门窗是一律的玻璃铝合金，南边的篱笆墙早已没了踪影，代之而来的是一道砖石红墙，门楼高高地立在那里，显得十分气派。这在当时的樱桃峪，乃至周边的几个村落，也算是数得着的建筑了。

连年的丰收使得余志明有些自大起来，他曾在一个朋友家的聚会上似醉非醉地说："除非樱桃峪没有万元户，要是有的话，我余志明就是当然的第一个。"这话一传十，十传百，越传越远，越传越玄，十里八乡都知道樱桃峪有个万元户，他的名字叫余志明。

邻村一户姓张的人家，就是慕着这个美名，七姑八大姨地托着关系把女儿张玉芹嫁给了余志明的儿子余刚，现在他们的女儿猫猫也已两岁了。

余霞也在北方的一所大学毕业，而且找到了一份满意的工作。而这时，沈翠莲却接二连三地闹起了病。

这一年，樱桃坐果又不错，初夏的时候，那果儿就迅速膨大起来，有的已泛出粉红色。每到这个时候，那些害鸟就来偷食为害。余志明望着那些来回飞蹿的白头信子，又望着泛着红晕的樱桃果儿，心中不由一阵焦躁，就弯腰捡起一块坷垃，狠劲向空中抛去。这白头信子鬼得很，见余志明手中并无致命武器，飞出去十几米就又折回来，来回飞蹿，伺机啄食。余志明跺了一下脚，嘴里诅咒着这可恨的东西，从屋里拿来一根竹竿，又绑上几个红红绿绿的塑料袋儿，举起竹竿在行间来回跑动，那飞贼果然惊恐地四散飞去。

他很高兴，以为找到了制敌的妙法，就向正在锄草的沈翠莲喊："喂，你过来呀，你过来呀，过来打鸟呀……"

沈翠莲抬头望望，并不理睬，依旧锄她的草。

不知什么缘故，余志明就是不爱喊沈翠莲名字，甚至连个"老婆子"

都舍不得喊，每逢有事需要交流的时候，总是这样"喂"呀"喂"地喊，而沈翠莲呢，就撅起嘴老大不高兴，还要抱怨几句。

余志明又喊："你怎么回事！喂，你没长耳朵吗？快过来打鸟！"

沈翠莲直起腰："罐子盆儿还有个名儿呢，谁知道你咋呼的谁！"

余志明只好过去，拿下她手中的锄头，把竹竿硬塞给她，说："喊的就是你，行了吧？"

"我是谁呀？"

"你不就是你吗？还能有谁？"

"真一根筋呀，你不会喊一下人家的名字吗？我看你到死也改不了啦！"

沈翠莲嘟囔着，一把夺过竹竿，向行间走去。她一边走，一边摇，嘴里还喊着"嗷——嗷——"，肚子一挺一挺的，煞是好看。

余志明望着她那副滑稽样儿，眯眯笑着，转身去扎窝棚。

天擦黑的时候，他终于扎好了窝棚，并把床也抬了进去。沈翠莲见窝棚已扎完，和余志明打个招呼，就回家去拿饭。

天已经全黑下来，余志明坐在窝棚前，点一支烟吸着，欣赏着这静谧的夜。一株株樱桃树静静地立在那儿，弯弯的月亮在云中穿行，稀疏的星星神秘地眨着眼睛。远处的山峦，近处的林木，都浸在迷蒙的月色之中。草丛里的昆虫不紧不慢地奏着小夜曲，不远处又传来胭脂河潺潺的流水声。

余志明正欣赏着这绝妙的田园夜景，就听园门方向传来一声惨叫。那叫声尖厉痛苦，在这寂静的夜里显得那么瘆人。

余志明不由心中一震："是沈翠莲！是她可能踩着长虫了！"他拿起手电筒，顺手抄起一张铁锨，拔腿向园门跑去。

果园的东部有几座古墓，古墓长期无人管理，有的已经塌陷，里面便成了各种动物和蛇的乐园，每到夏秋之际，蛇们就经常出来觅食，人要是不慎踩上它，它就会掉过头咬你一口，让你措手不及，惊恐万分。

余志明边跑边喊："存住气，不要慌！我来了！"

余志明有个习惯，说"沉住气"时，总要把那个"沉"字说成是"存"字，这还是他在学校时养成的习惯，同学们觉得好笑，就也"存住气""存住气"地重复着。

他很快来到园门口，用手电四下乱照着。沈翠莲伏卧在地上，手按胸口，痛苦地呻吟着。余志明仔细检查搜寻了她的身体，也没有发现什么长虫，就训斥道："你怎么回事？！到底哪里疼？"

沈翠莲并不理会，还是哎哟哎哟地叫着，可那声音越来越弱了。

余志明不敢大意，立即拨打了马文举的电话。时间不长，马文举就背着出诊箱来到了果园。

马医生检查完，就给她打针吃药，他认真地说："翠莲这病是心绞痛，这病发作起来，很疼，很危险，"他慢慢收拾着药箱，"要是晚来半小时，恐怕就危险了，好了。今天晚上先维持着，等天一亮，就去住院。"余志明望着老马，心里却犯了嘀咕："果子就要熟了，果园白天黑夜都要看守，让余刚来吗，那基本是不可能的，他们也很忙，而且还养着鸡，况且张玉芹那性子……"

马文举见余志明不吭声，就说："志明，你是不是有难处？"

余志明就把实情说了一遍，最后他说："老马，你看咱先不去住院行不？我实在是没有分身法呀！"

马文举望望平静下来的沈翠莲，无奈地说："行倒是行，那我只有见天往这跑了。"

送走了马文举，余志明忽然想起应该给余刚他们打个电话，就掏出手机拨通了儿子的电话。余刚听说已经打了针吃了药，就说："今天不早了，黑灯瞎火的，又没什么大事，明儿再说吧。"说完就"啪"的一声挂了电话。

余刚自打结婚生子，和父母关系就起了不小的变化，他的主要精力都放在了营造他那个小家庭上了。余志明这边的一应家务、农活他一概不管，甚至父母有个小病小灾的，也是能躲就躲，能拖就拖，和儿时已判若两人。

可是，第二天一早，两口子还是带着猫猫来了。余刚走进窝棚见已挂上了吊瓶，就说："好好的怎么就生起了病？"

张玉芹站在窝棚前，探头望一下正在输液的婆婆，又回头望望满园的樱桃果子，不冷不热地说："真是的，生病也不看个时候，这樱桃可是马上要卖钱了，地里玉米要种，麦子要割要打，哪里有工夫侍候你！"

猫猫在窝棚内转来转去，她还是第一次见到打吊针，觉得新鲜，就指着管子问："妈妈，奶奶这是干啥呀？"

张玉芹虎着脸，一把拉过她，恨恨地说："你少管闲事！"

余志明过去抱起猫猫，说："猫猫真乖，来，爷爷说给你，奶奶是在打吊针呢。"

猫猫闹起来："我也打吊针，我也打吊针。"

张玉芹接过孩子，说："你没病没灾的，打的什么吊针！走，咱们走！"说着，转身向外走去。

张玉芹是独生女，自幼由父母宠着，养成了说一不二和自私的秉性。现在她见婆婆居然在这三夏大忙之际生起了病，耽误了看孩子不说，说不定还要拿钱给她看病，心中难免焦躁，她怎能不急呢？

余志明望着走出园门的儿媳妇，不由摇了摇头。

余志明望望不紧不慢滴落的药液，就走出窝棚在田埂上查看着果子的长势。他发现，泛红的果子越来越多，成群的鸟儿嘎嘎地叫着，在林子上空飞蹿，他抄起竹竿，一边舞着，一边奔跑。那鸟儿刁得很，你在这边吓唬，它就飞到那边吃，待你过去，它又飞到这边吃。待它吃饱了，就落到附近的树梢上，一左一右地擦着嘴，尔后瞧着你悠闲地歌唱，似在感谢园头的赏赐，又像是在讥讽园头的无能。

余志明疲于奔命，跑得气喘吁吁，只得停下来。被吃尽果肉的樱桃核儿，白花花地挂在枝上，煞是扎眼。

远处有低沉的雷声传来，四处的山尖上聚集着块块乌云，这预示着可能会有一次突来的降水。

欧洲甜樱桃有一个致命的弱点，就是在彭大期和成熟期最怕降雨，雨量要是很大，大部分果实就会开裂，腐烂，将会分文不值，这一年的辛苦也就付之东流了。

鸟儿要打，果树要盖，夜晚又要看守，还有一个病人……这不是要他的命吗？余志明眉头紧锁，来回走动的动静越来越大。

余志明正没招，乔母挎个篮子走进园来。他们打过招呼，乔母就问："大侄子，刚才见你走来走去的，犯得什么愁呀，大清早的急成这样？"

余志明指指窝棚，说："事情也是巧合。这不，果子眼看就要熟了，她也病了。"

乔母听他说完，放下篮子，走进窝棚，问："侄媳妇，这是怎么了？哪里不得劲？"

沈翠莲说："心口疼。"

"心口疼可了不得，得抓紧治，可千万别留下病根儿。"乔母走出窝棚，"大侄子，你媳妇这病可马虎不得，你得抓紧给她治啊。"她拿起地下竹篮，说她家玉兰来了，想买点菜。

余志明拔好菜，放进她竹篮。

乔母就说："也不称称啊。"

余志明说："秤忘在家里了，你先拿回去用吧，钱不钱的，以后再说。"

乔母说着"这可不行"，走进窝棚把钱放在沈翠莲枕边，说："侄媳妇，钱放在这儿，你可收好喽。"

余志明送她到园门，乔母见他还是愁眉不展，就说："我看你这就要忙不过来，我家你二妹妹这几天没啥大事，就让玉兰捎个信，过来帮你几天吧。"说完，也不等他回答，就向远处走去。

余志明望着这位善良的老人，不由点了点头。

沈翠莲见余志明走进来，叹口气说："玉芹说的没错，我这身子真不争气，偏偏这时候得病，待会儿老马来了，你和他说说，就先停了吧，等下完果子，再打。"

余志明望一眼越来越少的药液，慢慢说："园里的事你不要管，安心治你的病，前几年你不管，我不是照收樱桃吗？"

沈翠莲笑笑："你不要气我，你什么都行，还要我干吗？"

余志明也不去理他，走到外面分别给李霞、赵娜、王丽萍等人打了电话，请他们到果园来帮忙。

第二天一早，她们就先后来到果园。

李霞、赵娜她们都已成婚，婆家都在樱桃峪，细看上去，她们脸上依稀可见当年学生时代的孩子气。听说活儿急，她们分别又把自己的妹妹、小姑子等叫了来。李霞指指身后的几个姑娘，说："余老师，我们又叫了几个，你用不用？"

余志明忙说："用，用，人多力量大嘛。"

他们分好工，从小屋拿来塑料布、拉条、竹竿等一应物件。余志明一样一样地做着演示，怎样拿竹竿，怎样拴条子，最后他大声问："怎么样，大家听明白了？"那气势，似乎又回到了他的讲台。

"明——白——啦——！"赵娜、王丽萍等一些年轻人就像当年的学生，拖长了声音大声回应着。人们嘻嘻哈哈地笑了起来。

余志明望着她们精神勃发的欢乐样子，似乎自己又回到了那个令人神往的年代，他高兴地说："好，好，大家往前点，咱们分分工。"接着，他们就开始了工作。

他们顺利地盖好了一部分树。这时，天忽然刮起了风，树上的塑料被吹得像个鼓，呼啦呼啦地响。王丽萍用力拽着拉条，不知如何是好。她着急地说："坏了，坏了，我快拽不住啦，怎么办呀？"

余志明跑过去，接过她手中拉条，麻利地拴在另一行的一棵树干上。

她们几个学着他的样子，也都将拉条拴在了别的树干上。

余志明望着那些还有些鼓荡的塑料布，又指挥着她们搬石头、砸橛子，将拉条按角度分别搭在塑料上，尔后一一固定在砸好的橛子上。

她们直起身，望着四平八稳的塑料棚，露出欣慰的笑意。赵娜由衷地说："姜，还是老的辣！"

"那是，要是没他指挥，塑料还不早就上天了，余老师呀，真是干啥都行。"王丽萍真诚地说。

余志明见赵娜她们一班过去的学生，还有那几个年轻的姑娘都还一口一个"老师"地喊着，觉得很有些不合时宜，就说："李霞、赵娜，还有你们几个，"他指了指那几个姑娘，"给你们更正个事，我不当老师已经有好多年了。今后你们就不要再喊老师了，按年龄或是按辈分，你们该喊嘛就喊嘛吧……"

"可我们已经喊惯了呀，余老师。"

"喊惯了也得改，慢慢会习惯的。"

"余老师，按辈分，我和她们不一样，应该喊你大哥才对，你说是不是？余老师？"王丽萍既调皮又不无道理地说。

余志明："那是，那是，随你的便吧，你愿喊啥就喊啥吧。"

王丽萍想了一小会儿，又说："那我还是喊老师吧，改不了啦。"

大家都高兴地应和道："对，对，该喊啥喊啥，改不了啦。"

园门外，彭涛和乔玉珠一前一后走了过来。老彭边走边喊："老余你这小子，樱桃熟了也不吱声，怕吃你的金豆子呀。不行，就是金豆子，俺老彭今儿也得尝尝。"说着，摘下一颗又大又红的果子送入口中。他眼睛一瞪，忙说："呀，真甜，这鲜果第一枝的美名，真是名不虚传呀。"

他咂咂嘴，又吃下一个，连连夸着："真甜、真甜。"

余志明和他俩打过招呼，见他嘴馋的样子，笑道："能得到彭大老板的夸奖，真是荣幸！怎么样？饭店里挺忙吧？"

"也就是一般情况吧，刚才在街上碰到玉珠，听她说樱桃快要熟了，就过来看看，好了，也吃了，也看了。"他向余志明做个鬼脸，又瞥一眼乔玉珠，"也把玉珠给你送来了，我就放下心了，好了，我饭店里还有事，就回去了。"他一拱手，说声"回见"转身向外走去。

余志明也没怎么挽留，摆摆手，向果园深处走去。他还要观察一下这边的树形，以做下一步盖树的安排。

另一边，赵娜、王丽萍等少妇围着乔玉珠拉呱。

赵娜说："乔老师，这些年你过得还好吗？"

乔玉珠叹一口气，说："也就是凑合着过吧，说不上好，也说不上坏。"

赵娜的这句话恰好触到了她的疼处，她已不愿再向别人谈起她的家庭、她的生活。她也不愿意再听到这样那样的问询，尽管他们是善意的，甚至于是关爱的。和她们能说什么呢？说她的情感纠葛吗？说她的伤心之处吗？说她那颗受伤的心吗？这一切如果再说起，在她看来实在是徒劳的、无望的，也只能勾起她一段段不愿回顾的往事。

她思忖了一会儿，忽然改了话题。她真诚地说："赵娜、丽萍，还有李霞，我告诉你们，这么多年我都不当老师了，以后就不要再喊老师了吧，就叫我玉珠姐吧，你们说好吗？"

她们相互望望，说："那感情好，叫玉珠姐显得更亲！"

李霞低头思忖着，好像发现了什么秘密，问道："咦，乔老师，我有个问题不明白，想问你，"她扫一眼大伙，"刚才余老师不让我们喊他老师，现在你也不让我们喊老师，这是怎么回事儿？怎么这么巧，你们是不是商量好了的？"

"没有哇？他不让你们喊老师，我怎么知道，可能是巧合吧。"乔玉珠显得很无辜，有点委屈地说。

"余老师让我们喊他大叔，你让我们喊姐，这可有点不对劲。你们本来应该是一……"李霞一语双关地说，但那个"对"字话到嘴边又回去了。

"那就各叫各的吧。不要勉强，你说，对不对？李霞？"乔玉珠圆滑地说。乔玉珠对这种巧合，也感到有点吃惊。她心里说，世界上哪有这么巧的事儿，看来只能顺其自然了。

赵娜她们听到乔玉珠说"各叫各"，就都高兴地说："对，咱们就听乔老师的，各叫各的，各叫各的。"

李霞突然想起了什么，说："乔老师，你看你看，还是乔老师，我们都叫习惯了，还真是不好改口……玉珠姐，你和余老师还常提起在学校的那段生活吗？那时多好哇，你们一起研制发电机模型，一起带我们春游，一起参加课外活动，还有扫墓……"

乔玉珠动情地望着这位曾经的学生，美妙的图景又在脑海中闪现。她喃喃地说："好是好，可那已经成为往事。现在我和余老师也不能经常相见，哪有机会提起。"

她忽然想起了今天来的目的，就改口说："李霞，赵娜，还没有问你们，咱们今天干啥？怎么干？"

赵娜说："往树上盖塑料，尔后固定。"

"我可什么也不会干呀，你们可要教教我。"乔玉珠有点局促地说。

"我们还是余老师刚刚教的，也还不熟悉，咱们还是去问他吧。"李霞诚恳地说。

她们谈笑着，一起向余志明那边走去。

盖完树后的某一天，余志明和来订货的东北客户谈好了价格和付款方式。余志明又对采收前的准备工作做了安排，并将采果的具体时间分别通知了有关人员。几天后，那客商便乘面包车一早赶了过来，在园门前一个劲地按着喇叭。

余志明一边开着园门，一边说着客套话。

三五成群的姑娘少妇们。臂弯里挎着各色篮子说笑着来到门前。乔玉珠也在人群里面，她没带篮子，可能是起得早，手忙脚乱，忘记了吧，这就让她有点惶恐，瞧瞧这个望望那个最后又瞥了一眼余志明，好像自己有什么亏欠似的。

余志明和那客商指挥着，把车上的果品箱一捆一捆地搬到小屋前，他又把摘果的标准和采摘要领仔细交代了一遍，最后说："下面咱们分分工。"他往人群里扫了一眼，目光落在了李二婶和王三妮身上，"二婶子，还有三姐，你两个负责挑果装箱。"

他又扫一眼人群："其余的同志统统摘果，那边有三角梯和钩子，没有梯子的能上树的上树，不能上树的在下面摘也行，好，大家行动吧。"

大伙说笑着抬起合梯拿起钩子，分头向果林里走去。

余志明见乔玉珠两手空空地待在那儿没动，就说："怎么，忘了带篮子？不要紧，"他指指小屋，"屋里还有，你随便捡个去用吧。"

乔玉珠默默地望他一会儿，从屋里拿了篮子也向林子走去。

摘果开始了，她们一边仔细地工作着，一边拉着呱："这活真好，又轻快，又晒不着，嘴馋了，还能……"一个少妇高兴地说着，最后指指嘴巴。

"咱要是在这里干长了呀，保准一个个又白又胖。"另一个少妇接着说。

"看美得你，你要是吃得又白又胖……哼，小心老板看上你。"刚才那少妇说。

"哈哈，看上谁还不一定呢……"

"快别哈哈啦，你们看老板就要过来啦！"

余志明在行间边走边喊："大家一定要把住质量关，青的欠的，鸟儿啄过的一律不摘，个大的、全红的，统统摘下来，我还要检查质量……"

乔玉珠是第一次摘果，她把篮子放在脚下，望着满树的果子不敢下手。余志明走过来说："怎么？不敢摘？大胆摘就是，来，我做个样子，你看，"他拉过一个树枝，一连摘下几个放在手心里，让乔玉珠看，"我摘的这几个果子，果个大小先不说，可是没病没伤，又都是全红的……"

他望一下乔玉珠，又说："一个果子熟不熟，不能只看一面，每个面都红了，才算是真正熟了，你看这一个，"他随手摘下一个果子，"这个果儿看上去好像是熟了，"他把果子掉了个个儿，"可它这一面还青着，这一个要是摘下来，人家客商肯定不要。"

乔玉珠摘下一个又大又红的果子问："你看这个行不行？"

余志明仔细看过之后说："行，行！像这样的，有多少人家要多少，好，就按这样的摘。"

王丽萍笑道："余老师。"这时候她又忽然想起了余志明刚才更正过的事，"你看你看，还是喊老师，算了，改不了啦，余老师，你也真够仔细的，人家乔老师是小孩子吗？看你这个仔细劲儿，人家都快不敢摘了，对不对？玉珠姐？"

"那摘错了怎么办？"乔玉珠小心地问。

"你真笨！摘错了，你不就……"王丽萍张开口做了个往嘴里填的动作，大家都笑起来。

余志明望着站在梯子顶端采果的赵娜，觉得有点儿悬乎，就大声说："赵娜，注意安全！可千万别掉下来！"

"掉下来倒好了，有了管饭的地方啦！"王丽萍调皮地说。

赵娜往下看看，小心地调整一下脚步，拉住枝子说："丽萍，你真不盼好事儿，要不你掉下去，让余老师养着你。"

王丽萍并没往深里想，就说："我要是掉下去摔着，就让他养着我，反正呀，他有的是大樱桃。"

余志明笑笑，就往别处走去。采果的妇女们一个个把篮子送到他面前，让他检查质量，纷纷说："看看我的。""我摘的行吗？"

余志明逐个检查，连连说："行，行，按这样摘就行。"

"余大哥，不，不，应该叫余老板，你看看我的行不行？"一个少妇把篮子送到余志明面前，高兴地说。

"人家余大哥呀不光是老板，还是顶呱呱的万元户呢。"李霞也凑着热闹。

"那就应该叫余万元啦！哈，哈，哈哈……"樱桃树下，一片欢腾。

窝棚里正在输液的沈翠莲，支起一只胳膊，抬头向外张望着。欢声笑语阵阵传来，她嫉妒地瞪起双眼，猛地转回身去，臂上的输液管摇晃起来。

余志明走进来，望着还在摇动的吊瓶问："怎么回事？这吊瓶怎么会摇晃？"

沈翠莲结结巴巴地说："我，我看外……外面怪热闹，就想出去摘果……"她挣扎着想坐起来，余志明一把摁住她："你怎么回事儿？不要命了！马医生专门嘱咐我，要你绝对安静，出了危险怎么办？"

沈翠莲瞪他一眼，又赌气地往里躺下去。

余志明给她起了针，用棉球按几下针口，向外走去。

他来到小屋前，把一应炊具，各种蔬菜、鱼肉通通转移到窝棚前的空地上，向正在挑果的李二婶喊道："二婶子，你过来一下。"

李二婶答应着来到窝棚前。

余志明说："婶子，给你调动一下工作，就先当一下炊事员吧，那不，"他指指前面的东西，"菜都在那里，那边是气炉子，就看你的厨艺啦，我还没吃过你炒的菜呢。"

他指一下窝棚，又说："还有一个任务，麻烦你照顾一下沈翠莲，有事就喊我，明白了？"

"明白了，你余老板真好算盘，看着病人炒着菜，真是厕屎扒地瓜——两不误。好啦，我保准看好你的媳妇，还能让你们吃上可口的菜。"李二婶抱怨着说。

余志明笑道："这也是没法子的事儿，人手太少，人家客商下午还要赶火车，你老人家就多受点累吧。"说罢，转身向果林走去。

李二婶望一眼走去的余志明，打开气炉子，就准备煎鱼。

王三妮过来喝水，见小锅里冒着青烟，旁边还放着鱼肉什么的，就手搭喇叭向地里喊："我说姐妹们呀，咱可得好好干哪，余老板可是豁上血本啦，有鱼有肉，还有油条呀……"

王丽萍提着满满一竹篮果子走过来，见王三妮儿正趴在锅上闻鱼味儿，说："我说三姐呀，你可真馋，放着果子不去挑，跑到这里穷咋呼，小心可别把口水流到锅里去呀！"

王三妮假装生气地说："去你的，俺可没那么馋，俺不过是过来看看罢了。"

近处的人们都笑起来："丽萍说得对，三姐要是流上口水呀，这鱼可就省了。"

余志明走过来，望望太阳，问李二婶："二婶子，菜怎么样了？"

"菜早炒好了，就等你下令吃啦。"

余志明转身儿喊："大家停了吧，开饭喽……"

人们停下手中的工作，提起篮子，纷纷向窝棚走去。

李二婶儿把碗摆在一块大石板上，一碗一碗地盛着。她一边盛，一边吆喝："快来领菜呦，没偏没向，一人一碗呀，来，来，来，快端，快端，要是不够，"她指指炉子旁边的小锅，"锅里还有烤鱼子呀。"

人们端起碗，拿起火烧，又去拿烤鱼子。

一少妇边吃边和身边的姊妹说着话："去年我也来摘过樱桃，光火烧一顿就吃了三四个，可我在家里一天也吃不了这么多，也不知道咋回事，一到这里，我就愿意吃，吃啥啥香。"她咬一口火烧，又去吃烤鱼子，"回家跟我那口子说，老余的烤鱼子有多香，你猜他怎么说？"她起身又拿起几个烤鱼子，有滋有味地品着。

"怎么说？"

"哈哈！他说呀，老余那里什么都香，你干脆在那里过算啦。"

人们都笑起来。有人就说："真是醋罐子呀！"

乔玉珠在一旁慢慢吃着。她望望窝棚，回头对李二婶说："嫂子还没吃吧？"

李二婶一拍大腿说："咳，咳，怎么把她给忘了呢！"她放下筷子，回头盛上菜，又拿了烤鱼子和油条，走近窝棚和沈翠莲一块吃起来。

李二婶边吃边拉着呱："翠莲，你算找了个好女婿。你看他，有多大方，开着工资还管着饭，真是少有哇！"

沈翠莲抬头望望外面热闹场面，一撇嘴："好个屁！他就是喜欢这些个小娘们儿，见了她们，大方得恨不得连我也给她们吃了！"

李二婶连忙捂住她的嘴："姑奶奶！你怎么这样说！这话要是传出去，谁还敢来！"她小心地望望外面："再说这么多的果子，让你自己去摘呀？"

"自己摘就自己摘，谁离了谁也能过！"沈翠莲鼓起小嘴赌气地说。

"照你这样说，我也不该来，对不对，侄媳妇？"

"你可不能不来，你跟她们不一样嘛。"

"就因为我老了？看起来你也是个醋罐子呦。"李二婶笑着说。

"什么醋罐子不醋罐子的，我就是讨厌这些个大姑娘、小娘们儿！"

李二婶抬起手想捂她的嘴："翠莲，你怎么还胡说……"

午后，人们又开始了同样的工作。园子里又充满了欢声笑语。

四点多的时候，采摘结束了，人们来到窝棚前，一个挨一个地往果堆上轻轻倾倒着果实，硕大的果儿在堆上滚动着，蹦跳着，散发着诱人的果香和艳丽的光泽。

箱子装好了，人们一箱一箱地抱着，走出园门，装上汽车。

余志明站在汽车旁，神态庄重地数着一张张"大团结"，人们围着他，贪婪地望着他把钱装入口袋。

送走了客商，人们回到园里，余志明记好工，又分别给她们篮子里捧上一些樱桃果儿，说："不多，不多，拿回去尝尝。"

乔玉珠没拿篮子来，余志明从小屋里找来一个方便兜给她装着。

　　沈翠莲趴在床上，一直在看余志明给她们装果，又挨个地扫着那些女人。女人们一个个眯眯笑着，都在看余志明，好像一个个都在勾引她的男人……她不由生起气来，妒火在心中燃烧，她提起拳头，狠狠砸了一下床帮，嘴里咕咕念念地骂着。她是在骂余志明太大方呢，还是骂那些"放荡"的小娘们儿呢，那只有天知道。

　　外面的女人们似乎什么也不知道，依然笑眯眯地望着她们的老板。

18

收完了樱桃，接着就是施肥，浇水，拉枝整形……果园的活儿就是这样，没几天清闲。

这天余志明吃过饭，带上刀锯、乳胶、剪枝剪什么的，推起自行车出了大门。

他正要拐弯往前走，就见王三妮拉着地排车，停在胡同口。

余志明走上去打着招呼："三姐，你这是……"

"夜儿我和翠莲说好了，今儿个俺俩去城里拉鸡粪，翠莲呢？"王三妮边回答边询问着。

那时城里人，特别是中小城市里的人，不知什么缘故，都爱养个鸡、养个鹅，有时甚至还养上几只羊，或是兔子。可这些畜生的粪便又没法处理，这就形成了一个怪现象，城里人只管养殖卖钱，乡里人只管挖粪上地，也算是各得其所，优化组合吧。王三妮早就听人说过，城里的鸡粪多壮，心里羡慕得不得了。于是，她就和沈翠莲约好，去城里挖粪。

余志明用嘴指指大门里："在里面呢，三姐，她的病刚好……"

平心而论，此时的余志明并不怎么乐意让沈翠莲去城里拉鸡粪。她的病刚刚才好，要是再累出病，或是在路上发生意外，麻烦事儿还不都是他自己的？但碍着王三妮的情面，也不便阻止。

"是翠莲自己愿意去的，不信，你问问她。"王三妮信誓旦旦地说。

沈翠莲一边往外拉地排车，一边说："别充你良善的，这倒知道疼俺了，早干什么去啦，俺就是要去。"

余志明见她拉车费力，打住自行车，帮她拉出大门。沈翠莲接过车把，

又说："种地不上粪，等于瞎胡混，这个你也不懂？亏你还是园头呢，你说是不是，三姐？"

王三妮知道沈翠莲爱戴高帽，就赶紧顺着她说："那是，那是，别说志明是园头，他就是老板、总经理也不如你，也得老实地向你学。"说着向余志明使眼色，那意思很清楚，就是你千万别跟她争长论短，就让着她点吧。

沈翠莲高兴地说："还是三姐会说话，你的话，俺最爱听。"

余志明锁上大门，转身向走远的沈翠莲喊："不要装太多——下午我去迎你们——"

余志明说"去迎你们"，而没有说"去迎你"，一半是为了不冷落王三妮，一半却是为了在王三妮面前不能对沈翠莲表现得过于热情。实际上，在他的灵魂深处还存在着一种难于言传的东西。这人啊，可真弄不明白。

"知道啦，你可别忘了哇！"沈翠莲高兴地回答着。

王三妮边走边说："翠莲，我看志明对你是越来越好了。"

沈翠莲也不是笨蛋，她正在琢磨着余志明的话，"下午我来迎你们"，他为什么不说"下午我来迎你"？要是他说下午只来迎她，那该多好！那样，就没了三姐的份，而现在他连王三妮也带上了，心里就觉得不舒服。想到这儿，她就说："好个屁！他又没说光来迎我！"

王三妮赶紧说："翠莲你这样说就不对了，他那句话只是个客套话，你想想，要是你不来，他能来迎？实际上，他就是来迎你呀！"

"他就该来迎，谁让他是俺男人？"沈翠莲强词夺理地说。

"这就对了嘛，还是两口子近哟。"

她们来到城里，在一条偏僻的小巷里，停住车，一家一家地敲着大门。

王三妮敲开了一个大门，出现在面前的是一个衣着入时的中年女人。王三妮说明了来意，中年女人皱皱眉，上下打量着她们，又仔细地观察着车上的工具，最后她说："我家里倒是有，你们可得弄干净。"

王三妮连声应道："那是，那是，我们一定给你打扫干净。"说着，她们掉转车头，就要往大门里拐。那女人连连摆手："不行不行，这可不行，你们进去车，把院子弄脏了咋办？"

二人疑惑地望望那女人，只好把车原地放好，拿起工具向大门走去。

二人边走边打量着这人家的庭院，不时闪出惊诧的神色。庭院分内外两宅，外院的北面是四间正房，门窗是一律的铝合金，玻璃铮明透亮，一条窄窄的鹅卵石铺成的甬道直通正房和内院，甬道的两侧还栽植着各种花草。正房门旁的丁香树上挂着一个鸟笼，里面的画眉跳来跳去的，正在鸣啭。

王三妮和沈翠莲在甬道上东张西望地走着，见这人家这么气派，不由将手中粪筐往身上收收，王三妮还吐了一下舌头。

中年女人打开内院门，指指并排着的一溜拉鸡窝、兔子窝，说："那不，粪就在里面，你们要轻一点，不要惊了鸡和兔子。还有，不要弄脏了地面，更不要把粪落在外面路上，听明白了？"

她们点点头挖出粪，正要往筐里放，那女人忙说："不行，不行，你们这些乡下人可真不注意卫生，"她指指那筐，"你看你们这筐，都烂成什么样了，它不漏吗？来，来，来，"她转身拿起两块塑料布，一人手里塞上一块，"快把它垫上再装，唉，你们这些乡下人……"

沈翠莲哪里想到会受这等气，就想发作，王三妮赶紧向她使眼色，就只好忍气吞声地装着粪。

她们装满筐，提起就往外走去，那女人在后面又喊："小心点，千万别落在路上，唉，你们这些……"

一个姑娘从正房出来，望一望正往外走的王三妮、沈翠莲，立马捂上鼻子，一边说着："讨厌，又要挖粪，真味儿啊……"一边往门外跑去。

粪挖完了，她们又打扫着内院。她们望望已打扫得干干净净的地面，对监视在旁的女人说声"谢谢大姐"，放下扫帚就要往外走。中年女人立马瞪起眼珠子："这就走呀？外面院子就不扫了？咳，你们这些乡里人，拨

一拨，转一转，不拨，就不转，你们……"

她们只好又拿起扫帚……

往回走的路上，她们一边走，一边拉着呱。

王三妮恨恨地说："这些城里人真是可恨！养鸡养鸭呢，又那么怕脏，真是又想吃肉，又要撇清，什么东西！"

"谁让咱们不是城里人呢，她们根本看不起咱们乡里人。"沈翠莲喘着粗气说。

"乡里人怎么啦，他们吃的穿的不都是咱乡下人种出来的！"王三妮提提就要滑落下来的祥，愤愤地说。

"看她那个熊样，一口一个乡里人乡里人的，真是可恨。"沈翠莲又喘口粗气，"咦，差点给忘了，我听老余说过，说是先有了农村，才有了城市，没有乡里人，哪来的城里人！"

王三妮思忖一会儿，说："照你这样说，城里人不都成了咱乡下人的后代了吗？比如我儿子，你闺女，现在不都是城里人吗？他们可是咱的儿女呀！"

"哈哈，哈哈，哈哈……"

两个女人像打了兴奋剂，疯狂地笑着。

快到樱桃峪的时候，余志明骑自行车赶了过来。他跳下自行车，一边往沈翠莲车上拴绳子，一边问："三姐，看你们刚才高兴样子，是在笑谁呀？"

"我们正在说城里那娘们儿，她一口一个'乡下人'，俺俩气不过，就算了一下，算来算去原来城里人大部分都是乡下人的儿子、孙子，所以就高兴起来。志明你说，俺俩说得对不对？"

余志明沉吟着，好一会儿，他才说："按历史的本来面目分析，确实是先有了村庄，而后村庄逐步扩大，聚拢在一起，最后才成了城市，这是事实。现代的城里人，用不着上推一百代，他们的先祖几乎全是乡下人，这也是事实。可你们当着她的面说城里人是乡里人的儿子、孙子，她可能就不干了，觉得降低她的身份了，你说是不是，三姐？"

"我们也就是在大路说说解解恨，谁当着她的面说。"

"当着面说就当着面说，本来就是这样嘛，就像你儿子，我闺女……"沈翠莲不服气地说。

"好好拉你的车吧，怎么操这么多心。"说着，他又把王三妮的车连在沈翠莲的车后边，"三姐，你看这样行吗？"

王三妮低头望望，高兴地说："行，行，这样你可要多受累了。"

三人拉车向前走去。来到樱桃峪南北大街上，乔母、李二婶等正在街边拉呱。望见他们，李二婶说："志明啊，你可算长大了，知道疼媳妇了。"

沈翠莲喘着粗气，说："他这可是大闺女坐轿，头一回，就让你看着了，再说，也不是光给我拉呀。"

李二婶看时，见三辆车原来是连在一起的，不由笑道："这样倒好，省得跑了他。"

乔母见沈翠莲还在气喘，就走过去，说："侄媳妇，我怎么看你喘气不对呀，来，让婶子看看。"

乔母摸着她的脖子，疑惑地说："不对呀，怎么这里这么硬！可能是长了影带了吧，"她转身对着余志明，"大侄子，有空带着她去看看，可别大意呀。"

"人家管吗？"沈翠莲有点生气地说，"可别说这个，还是两个人近哩！"乔母思量着说，"早年我听玉珠姥娘说过，把江沽石泡在水缸里，喝那水，可治影带哩。"

"婶子，这江沽石哪里有哇？"余志明问。

"到处找呗，就怕你不认识那东西呢，"她歪头想着，说，"那玩意有点像洋姜，疙里疙瘩的……你见过洋姜吗？"

"见过，见过，原来我老家南墙根有的是，每年还用它腌咸菜呢。"余志明高兴地说。

"咱们村柿子岭可能就有，五八年那会儿，那里挖过许多地瓜窖。"乔母理一下头发说。

"柿子岭？"

"对，对，从你果园往北，再往东拐，那座岭就是了……"

"谢谢啦，婶子。"沈翠莲兴奋地说。

说完，三人拉车走去。

沈翠莲脖子上的毛病，引起了余志明的注意，回想着拉车时她气喘的样子，心中不觉一阵内疚。他想，既为人夫，就应负起为人之夫的职责，共同生活这么长时间，自己居然对她的毛病没有一点察觉，顿时有点失职之感。他又想起了昨天乔母的话，想起了她说的那石头，江沽石？难道这石头真的有那么神奇？难道它里面含有某种元素？说不定这偏方真的能治大病呢！要不……要不就先捡点试试吧。于是，他推出自行车和沈翠莲说了一声，带上一个竹篮，就要去找那"江沽石"。

沈翠莲拉住他，说："我也去。"

"你去干吗，老实儿在家歇着吧。"余志明想到她的身体，不想让她去。

"怎么？不愿带俺去，怕给你丢人是不？你不让俺去，你捡回的石头俺也不用，你去，你去，你自己去吧！"沈翠莲一把推开他，生气地说。

"好，你愿意去就去吧。"余志明无奈地说。

沈翠莲高兴地望他一眼，转身向屋里走去。

她走进内屋，对着穿衣镜仔细打扮起来，她一会儿梳几下头发，一会儿又弹几下衣裳，后来又回到客厅洗几把脸，擦干后还在脸上胡乱搓着什么东西，最后套上一件新衣向外走去。

余志明早等得不耐烦，见她出来，就说："怎么，你还打扮了一下？"

沈翠莲瞥他一眼："看你说的，不打扮行吗？不打扮不给你丢人？"说

164

着出了大门。

王三妮从大门出来，她望一下一前一后走着的余志明和沈翠莲，说："你们这是干啥去呀，前面走，后面跟的。"

"我想去捡点江沽石，不让她去，她非要去，这不，还真撵上来了。"

"你这死牛筋，媳妇跟着不是更好吗？带上她，带上她！"

沈翠莲紧走几步，一下蹦到后架上。

王三妮高兴地说："这就对了嘛，夫唱妇随的，这才像两口子嘛。"

车子歪歪扭扭地走着，路边的几个老女人指指画画地议论着："你看，你看，真是一岁年纪一岁心哪，志明这孩子也知道媳妇是好么儿了。"

"想想当年他们分家那阵子，真想不到能有今天呀。"

二人来到柿子岭下，余志明放好自行车，就向柿子岭走去。他们一边走，一边搜寻着。快到岭顶的时候，他们一块石头也没找到。沈翠莲焦躁起来，她喘吁吁地说："咋的一块也没有哇，莫非是乔大婶玩咱？"

"别胡说，乔大婶为啥玩咱？你存住气，慢慢找，总会找到的。"余志明又把"沉住气"说成了"存住气"，正是积习难改呀。

正是秋冬相交的时节，柿子林一片火红。余志明久久地望着前面，不由赞叹着："美呀，美呀，真是太美了，真是霜叶红于二月花呀。"

沈翠莲撇一下嘴，说："就是你识得几个字，什么红啊花啊，还不快去找石头！"

他们来到柿子林前，余志明指着一个地方说："看那里，多得是呢！"

他们走到那里，就像来到了金子山，高兴地望着遍地的小石头。余志明捡起一块，仔细地端详着，连连说："是它，是它，就是它！它就是江沽石。"他把石头送到沈翠莲面前，"你看，它疙疙瘩瘩的，多像洋姜。"

他思量一会儿，又说："江沽石，江沽石，可能就是太湖石，据说北京故宫里的储秀阁就是用这种石头砌成的，对，对，就是它了。"

沈翠莲听得不耐烦，就说："管它叫什么呢，只要能治咱的病，咱就多拾。"

很快，他们就拾满了各自的小竹篮。

下岭的时候，余志明见沈翠莲又要气喘，就说："来，让咱也讲点革命的人道主义。"他随手接过了沈翠莲的篮子。

沈翠莲剜他一眼，说："你这一根筋，总算想开了，要是早对俺这样好，俺也不至于到现在这个样子。"她摸摸自己的脖子，"人家说，俺这是气脖子呢。"

"什么气脖子不气脖子的，这是缺碘，你懂什么！"

"俺啥也不懂，就是你懂，行了吧？"沈翠莲知道说不过他，就改变了方式，以守为攻地回答了他。

他们来到岭下的时候，正好与马文举相遇。老马跨下自行车，望着一手提一只竹篮的余志明，说："你们两口子，这是干吗呀，还带着这么多石头？"

余志明放下篮子，把捡石头的目的和老马说了一遍，马文举望一下沈翠莲脖子，说："小沈，你脖子有病？来，让我看看。"

沈翠莲往前凑凑，歪着头，让老马摸着。

马文举放下手，说："志明，你媳妇可能是淋巴结炎，已经很硬了，成形了，光喝这水，恐怕摁不住了。"

"那怎么办呢？"余志明问。

马文举思量一会儿，说："你先让她喝个阶段看看。若不见效，就得去医院检查，做个 B 超什么的，弄不巧，恐怕还要住院做手术。"

"俺不做，俺不做，这么点小毛病，还得挨刀子，俺才不干呢，俺就喝这水。"沈翠莲固执地反驳着。

马文举悠悠地说："到时候，恐怕就由不得你了。"他把出诊箱往上掂掂，"好，志明，我还有病号要看，就先走了。"说罢，骑车而去，走不多远，他又回头喊："志明，小沈的脖子你要多留神——"

余志明远远地答应着。他转身正要推自行车，见他们村的万有河走来。他忙上前打招呼："大叔，你这是……"

　　"退休啦，闲着没事，到处逛逛，"他望一眼沈翠莲，"你们这是……"

　　"我们刚从岭上下来，岭上的柿子叶正红呢，你上去看看？"

　　万有河望望远处的红叶，高兴地说："好，好，去看看，去看看。"

19

沈翠莲喝了一个多月的江沽石泡水，也没怎么见效，发病部位摸上去还是硬邦邦的，后来，就连呼吸也成了问题，一喘气就呼啦呼啦地响。余志明见她难受的样子，动了恻隐之心，劝她还是到医院做手术。这些年来，虽然总是磕磕碰碰，但要说二人之间一点感情都没有，那也不是事实。余志明的心肠素来是软的，见不得别人遭罪，何况还是多年的夫妻，他觉得自己应尽这份责任。

可沈翠莲一听说去医院做手术，死活不愿去。后来余志明终于说服了她，到医院割除了"淋巴结管瘤"，也就是人们常说的"影带"。从此，沈翠莲脖颈上就有了一道"风景线"。

四指多长的缝合口，弯弯曲曲的，恰似一条蠕动的蜈蚣。开刀住院花了四千多，余刚"装呆"，一分钱不出。

在沈翠莲住院的那些日子里，十有八九的时间都是余志明守着她，扶她上厕所，洗手洗脸，服侍她打针吃药，还给她定了饭菜。晚上困了，他就伏在床边打个盹。那时余刚在城里跟别人干装饰，他曾去过几次，并说替余志明看几晚上。余志明就说："你晚上值班，白天骑车去上班不安全。"余刚也没坚持，望上几眼就走。

张玉芹倒是带着猫猫来探望过几次，还是不冷不热的。守夜的事，只字没提。临走时还放下一句话："怎么这么多毛病呢！"余志明也不计较，他知道，这婆媳之间的关系，早已是冷若冰霜，能来瞧瞧就算不错了。

余志明记得，张玉芹结婚后两个多月，那时还没分家，果园里一棵树需要挪，余志明早就通知了张玉芹，让她来打打帮手。待到他和沈翠莲挖好坑快要把树拉倒的时候，张玉芹才踢踢踏踏地走进园来。沈翠莲见她穿的是拖鞋，也没换衣服，就不知深浅地说："你穿的这样，像个干活的吗？"

"不像干活的，叫我来干吗！"张玉芹说完，扭身就走，临出园门，又送来一句，"看你那样，还来管我呢！"

后来，还是有邻人经过，才帮着挪走了那棵不小的树。

日子就这样一天天过了下去。沈翠莲自割除了那血管瘤之后，走路也不怎么喘了，脸上也有些血色了。这时余刚他们的几百只鸡就要下蛋了，余志明、沈翠莲有空也去他家转转，帮着干点活儿，喂喂鸡、掺掺料。沈翠莲喜欢孩子，常背着猫猫玩，有时还教她唱那首可笑的歌："左手一只鸡……"张玉芹有时也会露出点笑脸，但她的脾气也真够个人架的，余刚在她跟前是横竖的不顺眼，下班回来，起鸡粪，兑饲料，点炉子，样样撵着干，一不合她心，张嘴就骂，且骂得很有花样："看你这穷酸样子，跟着你，一辈子也发不了财，鸡到现在下不了蛋，是你这样掺法吗？添加剂呢，为啥不加添加剂？不加添加剂鸡会下蛋吗？"她拿起添加剂，没好气地向上倒着，边倒边说："一边去，会干什么！跟了你，真是倒了八辈子霉……"

余刚便去堆鸡粪，张玉芹过去检查，接着骂："不是说给你来吗？粪皮子要盖上土，做上记号，还嫌那些个贼羔子偷得少吗？真是不长记性……"夹七夹八，每次都骂得余刚服服帖帖，一言不发。

沈翠莲性子那么厉害，在她面前也只能甘拜下风，干瞪着眼听她骂。有时听她骂得太离谱，简直没有人活，就气得落下泪来，背起孩子往街上躲。

余志明呢，他倒是很老猴，一看不对劲儿，拔腿就走，但那些"万元户，千元户，纯粹穷光蛋"之类的话，还是传到了耳朵里。

儿子儿媳的表现简直让余志明伤透了脑筋，这与他原先的设想简直没一点相同的地方。面对他和沈翠莲这个不和谐的家庭，余志明曾想着将来余刚要是娶上个乖巧的媳妇，肯定会给这个沉默的家庭增添一些欢乐和幸福，也会给他们近似麻木的神经带来一些刺激。可事情并没有他设想得那样美好，他不能不承认，他的设想太幼稚，太理想化了。

最可恨的还是余刚，简直不像个男人，在老婆跟前只会唯唯诺诺，屁也不敢放响一个，这哪里像他余志明的儿子，张玉芹的脾气正是他惯坏的，这没用的东西！

而沈翠莲也不长志气，淋巴结管瘤切除后不到两个月就又添了新症候。一天二人正在园中锄草，沈翠莲上厕所，就见她走路不比往常，晃晃悠悠的，忽见她急迈一步，身子向前倾过去，幸亏抱住了前方一棵树，才没有撂倒。

余志明过去扶起她，问："你怎么回事，干吗跑这么快？"

沈翠莲迷迷糊糊望着他，说："我……晕，晕……"

常言道："肿无好肿，晕无好晕。"余志明赶紧给马文举打了电话。

老马来了一量血压，高压二百一，说是血脂稠。又打丹参针，又吃降压灵，血压总算稳住了，后来就无缘无故地自言自语，嘴里咕咕念念的，也听不明白说的什么。又十分健忘，刚吃过饭，就说饿，说是还没吃饭。到医院一检查，结果出来了，说是脑积水，外加脑萎缩。医生说脑萎缩眼下治不了，脑积水是可以治的，但要花一万多元。

一位白净的女军医走过来说："正好外科病房还有一个床位空着，你们快去办住院手续。这种病是拖不得的。"

余志明算计着兜里和家里的钱，觉得十分为难，说："大夫，我们没带这么多钱，回去凑凑再来吧。"

那女军医笑了笑走了。

今年的樱桃是卖了部分钱，但除去日常开支，又还了往年盖房、供余霞上大学落下的陈账，还有才发生的沈翠莲割管瘤的花项，还是所剩无几了。况且治这病的花销又不是个小数字，还是和余刚他们商量商量吧。余志明这样想着，就和沈翠莲打车回了樱桃峪。

回到家的时候，天已向晚。余志明安顿好沈翠莲，趁着早，就去找余刚他们商量。

院子里，已亮着电灯，摩托车打在一边，余刚、张玉芹正在掺饲料，可能这次余刚掺得合适吧，张玉芹脸上显着难得一见的笑容，叽叽咕咕地和余刚说着什么。猫猫拿着小飞机高高举过头，边跑边喊："飞起来了，飞起来了！"见余志明走来，就扑到他跟前说："爸、妈，爷爷回来了！"

余志明跟他们打过招呼，就把住院的事说了一遍。

张玉芹的脸立马拉了下来，说："哪里这么多的毛病，刚割了瘤子，又积了水，还有什么脑萎缩！积点水怕什么，又要不了命！什么脑萎缩，上了年纪，脑袋瓜子还想和十八的一样精明吗？真是有钱烧得慌，这点小毛病有什么要紧的，还得住什么院！远近都知道你是万元户，有名的余万元！谁都知道你有钱，要住院，自己住去！"

余志明听得没头脑，想起女军医的话，就说："人家解放军医生说，这种病治得越早越好呢……"

张玉芹一听这话，手中铁锨上下舞得更快，饲料扬得到处都是，接着吵起来："还是那句话，要治自个儿治去，别说解放军医生说，就是国民党医生说，我也不管。"她弯下腰，又掘儿下饲料，"结婚你许的小木兰至今不见踪影，养鸡，都是我从娘家借的钱，想和俺要钱……哼，边去吧！"

余志明望望儿子，希望能得一点支持，可余刚一言不发，只顾闷着头掺他的饲料。

余志明上了火，说："多少你们得拿点，我不能白养你们。"

静下来分析可以发现，余志明这句话是出了点毛病。他只能对余刚说："我不能白养你。"而他却偏偏在那个"你"字后面加了一个"们"，这就被儿媳抓住了把柄，于是她立马反击："你养活的谁，问谁要去，找我没门！"说完，用那大眼珠子瞪着余刚，"你老子问你要钱哩，你有吗你有吗？你这窝囊废！"

171

余刚抬抬头，就像没听见，又低头掺着饲料。

余志明窝着一肚子火，败下阵来。他回到自己院中，向屋里走去。

沈翠莲望望怒容满面的余志明，说："刚才我都听见了，什么话，我心里都有数，这病我也不治了，省得惹她狼拉屎。唉，这是什么人哪，夜叉一样。"

就在这时，余霞从北京打来电话。电话里她先询问了父母的近况，又说她现在还在那家公司任翻译，经常随老板外出谈生意，今天刚从德国回来，谈妥了一大宗生意，并问起哥嫂情况，猫猫上幼儿园没有？他们家的鸡下蛋了没有，嫂子还不讲理吗？并劝父亲母亲不要和她一般见识，夹七夹八几乎问了个遍。

余志明嗯呀嗯地应着，最后才说起沈翠莲要住院的事。

电话里余霞沉吟良久，才做了回答。她撒娇似的先把父亲批评了一顿，说母亲的病不可能与你们的不和谐无关吧，并诚挚地希望父亲要平等地看待母亲，多给她一点关爱，最后她又问清了住院的费用，并答应几天后她会汇款过来，就挂了机。

沈翠莲支棱着耳朵一直在听，见他放下耳机，就问："是小霞打来的吧，这小妮子，我……我还真有点想她了呢……"说着就涌起了泪水。

几天后，余霞如数汇来了住院费。余志明很快为沈翠莲办了住院手续，嘱咐余刚晚上照看一下家院。不知是谁做了张玉芹的工作，沈翠莲住院的第二天，让余刚送来了一千二百元钱。住院费早就缴够了，可是余志明还是收下了这笔钱。他觉得，儿子拿这点钱是应该的，以后花钱的时候多了，不能惯瞎了脾气。养儿防老、防事，此时不拿更待何时？平日里问他要过一分钱吗？

手术前，那女军医还向余志明介绍了治疗方案，就是在脑袋上打个洞插入一根细管子，再把管子植入皮下通到胸腔的一个什么地方，这样脑内的积水就会顺管子流向胸腔，症状就排除了。这一根细管子就四千多元，说是从日本进口的，也不知是什么材料做成的，那么贵。手术的前一天，还给她洗了澡，并剃光了所有的头发。

手术这一天，余刚、张玉芹带着猫猫来了，沈翠莲的妹妹来了，还有余志明的姐姐也来探望。人们神态木然，目送着载着沈翠莲的手术车推进手术室。

时间已过去一个多小时，余志明焦躁地踱来踱去，不时地望着手术室的门，又低头看一下腕上手表。

余志明的姐姐和沈翠莲的妹妹小声地说着话。张玉芹今天很严肃，没再说那些用不着的话。猫猫拉着母亲的手，看看这个，瞧瞧那个，明亮的眼睛滴溜溜地转。

手术室的门终于打开了，沈翠莲躺在手术车上，紧闭着双眼，脸色惨白。她的两只胳膊搭在车下面，随着车子的震动来回悠荡着，软绵绵的，那形态很容易让人想起食品店里倒挂着的白条鸡。

余志明看着沈翠莲这副惨样，就背过脸去，抹着眼睛。

余志明的姐姐和沈翠莲的妹妹护送着车子，默默地流着泪水。

几个小时后，沈翠莲醒来了。她望着周边的人，号啕大哭起来。这个可怜的女人，受了多大的罪呀！

沈翠莲做完手术已有一个星期了。她恢复得很快，脸上的颜色开始变得正常起来，在别人搀扶下也敢走路了。

在这些日子里，余刚有时也来瞧瞧，让一让是否替他父亲值一下班。余志明总怕影响他上班，一直没让他值班。他每次来，待的时间绝不会超过十分钟，有时站站就走，连母亲的床前都懒得去，更不要说嘘寒问暖了。余志明心里就说："俗话说得好，真是小小雀，尾巴长，娶了媳妇忘了娘啊！"

张玉芹也曾来值过几个上午，可是她一来，沈翠莲就不高兴。张玉芹

给她吃药,她就把头别过去,待半天才说要吃。张玉芹就在病房外和其他陪人说她的婆婆"真的是不识好歹,香臭不闻"。原本她就不情愿来侍候婆婆,这下更有了托词,干脆一趟也不来了。

病房的夜,大都是静谧的,昏黄的灯光,乳白的墙壁,以及四处弥漫着的,只有在医院才能闻到的来苏水味,就使这儿的夜蒙上了某种神秘甚至有些恐怖的色调。特别是偶尔传来的呻吟声、叫闹声更加重了这种气氛。

有一天晚上,大抵是零点刚过,余志明被一阵婴儿啼叫声吵醒。他有点好奇,起身来到门外循声走去。那病房门半开着,只见几个陪人站在床前正侍弄着一个人,啼叫声就是从那人嘴里发出的。细看,那人却是一个姑娘,也就是十七八岁的模样,可她为什么会用婴儿的声调哭叫呢?余志明百思不得其解,他心里说:"这人,什么事情都可能发生,真是难以预测呀。"他感叹着,转身又向病房走去。

次日,余志明侍奉沈翠莲吃完饭,服完药,见她精神很好,心里高兴,就想陪她到外面散散心,顺便也让她观观风景、见见世面。沈翠莲很兴奋,就让余志明扶着出了病房来到医院内的南北大路上。

今天阳光很好,沈翠莲不太适应这强光,打着罩眼观望着路上行人。

时令已是初冬,道路两旁的法国梧桐已失去了绿色,干枯的叶子挂在树枝上,在寒风里抖动着,瑟瑟作响。道路上到处是身穿病员服的病号和陪人,白衣白帽的医生、护士匆匆走来又匆匆走去。

余志明扶沈翠莲慢慢走着,一时没有言语。

沈翠莲不由问:"喂,你到底带我去哪里呀?"

余志明目不斜视地往前走着,良久,他才说:"到了,你就知道了。"

沈翠莲噘起嘴:"真是个怪玩意。"

他们来到拐弯处,不由驻足向一边望去。路旁的广场上,一群穿得花花绿绿的小朋友在手风琴的伴奏下边舞边唱:"啦啦啦,啦啦啦,我是卖报的小行家……"一个年轻的摄像师,撅着屁股弯着腰正在录像。一名幼儿教师不时纠正着他们的动作，她边舞边说："孩子们，看这里，应该这样舞……"

孩子们天真活泼的样子把沈翠莲逗乐了，她指着小孩子们说："喂，你看，这些小孩儿玩得多开心，要是咱们猫猫也在这里，该多好哇。"

余志明："好，好，这小朋友真可爱，走，咱们走。"

沈翠莲一噘嘴，不情愿地跟他走去，她边走边回望着那些歌舞的孩子们。

穿过一道小门，他们来到医院后面的一个景区。这里山明水秀，视野开阔，正是游玩散心的好所在。

他们在湖边找到一个向水的地方坐了下来。放眼望去，湖面并不十分宽阔，越过湖面，可以看到对岸的亭台楼阁和依依飘拂的垂柳，远处便是那座中外驰名的大山，是无数游人和文人墨客魂牵梦绕的地方，也是历代帝王祭祠天地，为民祈福的圣地。这里有数不清的名胜古迹和人文景观，如岱宗坊、关帝庙、西王母池、孔子登临处、万仙楼、三笑处、快活三、无极庙，还有吕祖洞、碧霞祠、后石坞等。这些富有历史和文化底蕴的古迹，简直是数也数不清，道也道不尽。还有那无数的传说故事，更是令人神往，诸如大慈大悲、有求必应的泰山奶奶、为民除恶镇宅的石敢当、姜子牙令碧霞元君扔绣鞋而定岱宗的传说。近代更有冯玉祥治学、绿化、惩戒烟鬼的美谈。

由于这座大山独特的地质风貌、丰富的名胜古迹和人文景观，而被联合国定为世界文化遗产，世界地质公园，国务院又把它定为五A级旅游景区。这里每年都有数以百万计的中外游客造访游玩。每逢节假日，真是人如潮涌，车如流，家家停车场爆满，放不下的车辆就只好排在环山路一侧，一直排出数公里。

余志明曾多次爬过这座大山，在学校时还为山顶的某项建筑义务背过沙，挑过砖。也多次为这座山的雄奇所折服。但他印象最深的，还是散布

在山林中的那座座红楼。余志明很早就知道，那红楼叫"将军楼"，是专为革命战争年代立过战功的将军们修建的。他们打下了天下，政府和人民不能忘记他们，就让他们在这绿树掩映的红楼里颐养天年。

余志明还知道，这些楼里也住过一些带有官职的革命前辈。上小学时，学校里兴"忆苦思甜"，曾多次请红楼里的前辈来作报告。孩子们总是听得热泪盈眶。

沈翠莲见他只顾观山景，说："别看了，什么看头哇，说会儿话吧。"

余志明一愣，说："好啊，好啊，这景致实在是太美了。好，实在是好，真是青山绿水好所在啊。"

沈翠莲没有文化，平时又很少接触外界，自然对余志明的感叹没什么反应，她说："好什么呀，我也看不出，我看还是咱樱桃峪好，那里有樱桃树，还有麦苗子……"她抬头望着余志明，"咱快出院吧，咱的樱桃树也该上粪了吧……等我出了院，好了，再和王三妮去拉粪……"

余志明收回目光，说："你不必想那么多，好好养你的病。"

"我呀，恨不得现在就回去，还是家里好。"

余志明望望太阳，说："好了，该回去吃药了。"说完，扶起沈翠莲往回走去。

他们回到病房，余志明正准备给她吃药，门吱扭一声被推开，手提东西的乔玉珠出现在门前。她问："三十二床是这里吗？"

余志明听到了问话声，回头望去，颇感意外地说："玉珠，怎么是你？"

乔玉珠："我给兆祥来拿药，听说嫂子病了，就过来看看。"她转身，往床前靠靠，说："嫂子，你好了吗？"

沈翠莲瞪起眼睛，好像不认识似的，一下扭回头躺下去，随手拉过被子，把自己盖了起来。

乔玉珠吃惊地望着盖上被子的沈翠莲："你……你……"脸不觉一下子红了起来。

余志明两下里望望，尴尬地说："玉珠，你坐，你坐……你嫂子这几天情况有点不太稳定……"

病友们纷纷抬起头，惊愕地望着乔玉珠。

乔玉珠顿觉无地自容，她一扭身，咚咚地跑了出去。

余志明急急赶到外面，向她连连说着："玉珠，对不起，她，她这是病态，你千万不要在意……"

乔玉珠渐渐稳定下来，说："我在意不在意倒没什么，不过这事也不能光怨嫂子，平时你要是对她好一点，就不可能是今天这个样子。"

余志明无言地望着一边，良久才说："也许是吧，我觉得已经尽到了职责，可是还不行。"他点一支烟吸着，"玉珠，忘了问你，兆祥的身体怎么样？"

乔玉珠低下头，慢慢说："这一段我看不怎么好，白天黑夜地咳嗽。唉，他这病咋这么难治。"

余志明安慰道："玉珠，你不要着急，相信他的病会一天天好起来的。"

他们越过广场，走下台阶。乔玉珠抬头问："大哥，还没问你呢，嫂子得的什么病？要紧不要紧？"

余志明沉吟着，慢慢说："她这病可不是一般的病，是脑积水，还有脑萎缩。咳，走到哪算哪吧。"

"大哥，你也不要过于悲观，现在医学这么发达，嫂子的病，我看也不会有太大的问题，你……你可要当心自己的身体。"

临走，她又说："大哥，你也不要再送了。回去晚了，嫂子又要着急了。"说完，跨上自行车向公路走去。

20

大约又过了一个星期，余志明为沈翠莲办理了出院手续，打车回到樱桃峪。

来到家门口的时候，天色尚早，出租车司机帮着扶沈翠莲下车，又去拿沙发床、牛奶什么的。余志明开了大门扶沈翠莲进家，手里还提着那兜苹果。

余刚还没下班，玉芹不知干啥去了，只有猫猫在大门旁和几个小朋友玩。她跑过来拿这拿那，可她什么也拿不动，就接过余志明手中那兜不多的苹果，还说："好沉呀，好沉呀。"

送走了司机，余志明开门进屋整理床铺，把沈翠莲扶上床安顿好。

半个多月没人居住，到处都是灰尘，屋内弥漫着一股难闻的潮气。余志明耸耸鼻子，从箱内拿出两包牛奶，一包递给猫猫，一包递给沈翠莲。他想，一路劳顿，沈翠莲肯定是渴了，让她先喝包奶解解渴吧。他说："先拿着，我去拿剪子剪……"后面的"开"字还没说出口，就见沈翠莲接过牛奶，"啪"的一声扔在地下，速度之快，令人惊讶。

"谁喝她的臭奶！赶快给我扔到茅子里去！"

樱桃峪这一带，喜欢把厕所叫作"茅房"，或者"茅子"，也有叫"茅眼子"的，沈翠莲如是说，也就见怪不怪了。

余志明没有生气，晓得她对乔玉珠还存有误解。牛奶包装很好，并未摔破，他弯腰拾起牛奶，笑道："刚出院你就生气，这可不好，人家也是好意来看你。"他娓娓地劝着。他不能再让她生气，她的伤口还没有长好，脑袋里的水也还没有抽尽，临来时，那女军医还嘱咐，千万不能让她激动。

"好意，好意，她对你是好意，什么去看我呀，明明是那狐狸精想你了，才去看你！不要脸的东西，怎么还有脸去见我！"她一边骂，一边把够得着的东西一股脑地往下扫。

余志明见她又动了气，还喘吁吁的，就又劝道："都这么多年了，你还生她的气，犯得着吗？人家又不是没有男人，而且那些事都是你听信传言，根本没有哩，你要再气着，可……"

"死了拉倒，省得磨你们的眼珠子！不是没男人？哼，说得好听，她就是看着你好，你的魂早让她勾去了，还说没事。这么多年了，她还去看你。"

余志明真的怕她生气，就不吭声。

"不吭声就没事了？不光她，还有你那帮子小娘们儿，一个个嬉皮笑脸的，看那眼色就知道没一个好东西。我憋了多少年，今儿个就是要发出来……"沈翠莲像抓住了什么把柄，愤愤地发泄着。

余志明还是没有生气，他眯眯笑着，望着自己的老婆。他甚至觉得自己忽然伟大起来——有这么多女人"爱"着自己，他艳福不小哩。嗨，这可怜的女人，难道男女之间说几句玩笑话也有什么问题吗？她真的是有点神经质了。

猫猫拿着那包奶，一动不动地看着她骂。她心里说："她在骂谁呢，奶奶好厉害呀。"

余志明见她安定下来，就动手去包饺子。

沈翠莲已经出了气，高兴地吃着饺子。

余刚院子里。张玉芹正在往鸡槽子里加水，她见猫猫来到近前，问："猫猫，妈问你，刚才你奶奶骂谁呀？"

猫猫瞪着眼睛想啊想的，最后才说："奶奶骂……骂什么……狐狸精……奶奶的脾气可大啦，把牛奶都扔了……"

张玉芹眨巴着眼，疑惑地说："狐狸精？难道……"

日子过得真快，不知不觉中已是真正的冬天了。樱桃峪远近的树木大都已落光了叶子，只有那些零星栽植的松柏之类还保持着绿色。胭脂河的边缘已结起一层薄冰，河水在河道中央缓缓流淌，像怕人似的，发出细微的潺潺声。河两岸和附近山坡上的荒草也已干枯，泛着一种低沉的色调。

这一阶段沈翠莲的病情还算稳定，可是最近几天她的脾气又有些异常，似乎那一万多元的住院费并未产生多好的效果。她时不时地发火、使性子、摔东西，记性开始也变得坏了起来，刚吃过饭，又说饿，给她拿饭来，她又不吃了。

她爱吃一种蒸包，每天中午，余志明总要骑自行车去小吃部给她买包子。街坊邻居摸准了他的行踪。"又去买包子啦？"只要中午他一出门，就会有人这样问。而晚上呢，余志明就给她包饺子。

一天中午，她说要吃月饼。不年不节的上哪里买月饼？余志明只得拿话糊弄她。她又要梳头，梳子在内室，余志明让她扶在桌边站一会儿，他去拿梳子，梳子没拿回，就听"咕咚"一声，沈翠莲重重蹾在桌下，咧着嘴，开始哭，并用手摸着腰。

第二天早晨，她说还疼。余志明和余刚商量想去城里看看。余刚说："看什么！不就是蹾了一下吗，贴贴膏药就好了。"

余志明没听儿子的话，带沈翠莲去检查了一遍，医生说腰椎间盘有点挤伤，如果不抓紧治疗，可能会引起更大的病变。余志明问如何治，医生说："不外乎有两种方法，一是保守疗法，一是做手术。"余志明又问哪种方法好？医生又说："当然是手术好啦，但要花几万块钱，但也不能保证完全治好……"

回家后余志明又去找余刚他们商量如何治。张玉芹眼珠子瞪得似铃铛："刚治了脑积水，又坏了脊梁骨，还要去住院，哪来的这么多钱！"

余志明又把目光转向余刚。

余刚见张玉芹正气得口吐白沫，就说："住什么院，贴贴膏药就行，我看就贴膏药吧。"

"可是人家医生说，还是手术好，手术好得快，还……"

"医生说，医生说，医生放个屁你也听。谁不知道现在医院就是为了混钱，要住院自己住去，找我们商量什么！"

张玉芹的嘴像爆炒豆子，啪啪啪啪，直吵得余志明心中焦躁。拔步出来，刚出大门，又送来一句："刚拿了一千多，又来要钱，真是没完了。"

余志明只好又给余霞打电话，余霞很是吃惊，说："你们怎么搞的，出院才多长时间，就又伤了腰……医生怎么说？……贴膏药？手术……"可能是她正在权衡利弊吧，电话铮铮响了好一会儿，她才说："既然医生说贴膏药也行，那就先贴个阶段再说吧……"可能是才往家里汇了那么多钱吧，手术的事，她也没坚持，就挂了电话。

贴着膏药，沈翠莲的疼痛果然轻了不少。膏药是余志明坐汽车从临县买的，据说那骨科大夫的膏药是用家传秘方炮制的，远近闻名，没有贴不好的。

余志明见沈翠莲病情稳定，自然就想起了果园里的工作，别家的果园已施了底肥，整理了树形，有的还浇了冻水，而他园子的工作因沈翠莲的住院和之后的看护，就耽搁了下来。他知道，做不好冬季的管理，将直接影响来年的产量，收入肯定也要打折扣。虽说沈翠莲有所好转，但还离不了人，指望谁呢？余刚见天上班，张玉芹那么忙，况且那婆媳之间一向是水火不相容的。他想了很久，终于想出了一个"两全其美"的办法。当时他还为自己的新"发明"高兴了一阵子。

第二天，他就用小推车推着她去果园，让她看着他干活，还不寂寞，真是一举两得。

道路凹凸不平，沈翠莲的脑袋随着小车一上一下地颠簸着，像是鸡啄米，引了一群孩子跟着笑："看哪，鸡啄米啦，鸡啄米啦！"沈翠莲扬扬手中刀锯喊："谁家的小兔崽子，回家喊你娘去，你娘也鸡啄米啦！"

　　余志明边走边与人打着招呼。王三妮过来说："还是弟妹有福啊，都坐上专车啦！"李二婶说："这司机放心哩，准没错！"沈翠莲就咧着嘴笑。

　　见他们走远了，李二婶说："这个志明心眼也太死，他不会让儿媳妇照看着点？"

　　王三妮撇撇嘴，说："你当他儿媳妇那么好说话？俗话说得好，媳妇不是婆婆生的，没听说吗？前几次因为住院，张玉芹还和志明打了几仗呢……"

　　来到果园，余志明想把沈翠莲安置在床上，沈翠莲不干，非要在外面看他干活，余志明只好让她坐在小屋门外小凳上。

　　余志明已经拉好了几棵树的枝条，他退后几步，观察着拉枝后的树姿。拉过枝的果树，树姿开张，整齐划一，树枝和拉条在寒风中颤抖着，像是绷紧的弓弦。他放下锤子，回头望一眼呆鹅般坐着的妻子，长叹一声，点一支烟吸着，在田埂上踱着步子。他想，这人生可真难以预测，这个锋芒毕露的女人现在竟变成了这个样子，真是可悲可叹。他想起之前对她的冷战、对她的不周，心里不由升起一股淡淡的歉意。

　　此时的沈翠莲，似乎也在回顾着自己的人生，回顾着她和他的这段婚姻。余志明态度的转变使她欣喜，使她看到了希望，可她觉得这希望来得好像太晚了一点。她心里隐隐升起一种想法，她很想和这个自己看上的男人交交心，交交底，免得落下遗憾，也算是了却一下自己的心愿吧。

　　于是，她说："想什么呢，过来说说话吧。"

　　余志明回头望望她，觉得她似乎有什么重要事要讲，他不愿再伤她的心，转身朝她走去。

　　沈翠莲长长"唉"了一声，说："俺这身子真的不中用，现在离了你不行了，成了你的累赘。你这么忙，还得推着俺到这里，俺心里不好受。"

　　"跟了你这么些年，没少和你吵了嘴，没少惹你生了气，可你对俺还这么好。俺心里明白，俺配不上你。你长得好，又有文化，俺一辈子不称你的心。可俺那时就是看上了你，俺娘也说你不错，俺就指挥（辞）了那个要和俺定亲的电工，跟了你……回想起来，俺是在高攀啊，这就是俺的错。俺现在才明白，这等事儿还是鸭配鸭、鹅配鹅的好……"她说着，挪挪脚，像要气喘的样子。

"俺很早就没了爹，俺又是老大，这个你都知道，可俺要过饭，让狗咬过腿，你可不知道，今天就都说了吧。"她说着，就要去挽裤腿。

余志明按住她，忙说："我知道，你不要乱动。"

"俺只上过三天小学，随后就到一家猪毛厂干活。捋猪毛，捆猪鬃，一天混三四毛钱，能买四五斤地瓜干，一家人可吃一天呢。"

她苦笑一声，又说下去。

"俺心眼小，容不得事。那些年你不理俺，卫生纸你也买不上俺使，俺就疑心你外面有女人。小乔经常到咱家去，俺就怀疑她在勾引你，这个想法一直跟了俺很久……其实，俺什么也没逮住，还胡乱地骂了人家，也说了你不少的脏话。俺知道你恨俺，现在还恨吗？"

她有点激动，微微喘着粗气。余志明张张嘴想阻止她。

沈翠莲摆摆手："你不要打岔，俺，俺还没说完。你和俺分家时，俺知道自己有错，就让小刚小霞去叫你回家，可你就是不回。俺给你送煎饼，你也不吃。俺回来不知哭了多少次，可你就是不饶俺，看你铁了心，没指望了，又不能饿死，就也动过心……"

她喘息一会儿，脸上泛起红润："这是俺最大的罪过，俺对不起你。张大山的事，你知道了，可让俺怎么办？他天天去串门，俺又不好撵他……那次你见俺和他拉呱，后来又耘地，俺是诚心想气气你，其实俺看他什么好呢……还是你老余好哩。"

余志明站起来，扔掉烟屁股，又点一支吸着，来回地踱着步子。

"就近这些年，俺看你确实是变了，诚心诚意跟俺过了，可俺这身子也完了，三天两头闹病，花了那么多钱。俺生了病才知道，你的心并不坏，带着俺到处看病，侍候俺，见天买包子给俺吃，你自己舍不得吃，光啃干巴煎饼。"

她喘口气，又说："俺的病，俺自己知道，怕是好不了啦……"

余志明一愣，忙说："你不要想得太多。"

"你种这樱桃园，园子里成天大闺女小媳妇不断，俺看着心里就不高兴，老怕她们把你勾引了去，一见她们甜言蜜语的样子，俺眼里就冒火，脑袋就想炸。俺也知道没什么事，可就是不行，一想起来，就管不住自己。"

余志明见她喘得厉害，就说："行了，我都知道了，你就别说了吧。"

沈翠莲并不理会，望他一眼，又说："还有，俺看小刚两口子也靠不住，小霞又还没成个家，俺，俺放不下心啊……"说着，嘤嘤地哭了起来。

沈翠莲的话，余志明不能说没有一点触动。这么多年来，他们之间不是冷战就是激战，后来就变成了相互戏弄。她还没有一次像这样和他诚心地交谈过，而且又是这样的倾心，这样的长篇大论。余志明有些感动，但更多的还是一种担心……难道她已经生出一种什么不祥的预感了吗？

余志明觉得鼻子有点发酸，就弯腰抱起她进屋放在床上，让她倚着床头歇着。他望望这个可怜，也曾可憎过的女人，不由长长地嗟叹了一声。

21

之后的一段日子里，沈翠莲似乎没有太大变化。大约进了腊月，病情有了明显发展，原来拄着拐棍能走段路，后来要别人扶着才能走，再后来别人扶着也不行了，她的双腿已完全丧失了功能。白天上厕所，常常是余志明从后面抱住她下台阶，再抱起她到厕所。晚上解手时，支不起来，余志明就过去拦腰抱起她，而后再拿便盆。时间一长，余志明也有点焦躁，有时也说几句急话，沈翠莲就呆呆地望着他，一句话不说。那情景余志明过后觉得，确也有点可怜，后悔不该去说那些话，而应该拿些好听的言语去安抚她。

余志明去买东西，或是去果园看看，都是速去速回。而沈翠莲每当见余志明搬动自行车要走的时候，总忘不了说："快回来呀，快回来呀。"那意思很清楚，就是"你千万别舍了我呀"。

有一次余志明外出回来得晚了一点，见沈翠莲已拖着拐棍从屋里爬到了院中，棉袄棉裤上沾满了尘土，就拿拐棍抽他，余志明躲闪着，糊弄着把她抱回屋里。很久，余志明对这事都十分内疚。

余志明发现，很多时候，沈翠莲不敢自己待在屋里——她害怕。

她的记忆力越来越坏，脾气也一天比一天更加焦躁。给她吃药，她若不乐意，就一把夺过药扔到一边去，听到一句话不对味，就抡起拐棍或家什往余志明身上抽，余志明也不去怪她，知道她这是病态，她是在重病中。

旧历年到了，它踏着凝重的步子又悄悄来到了人间，来到了樱桃峪。樱桃峪又呈现出一派节日的景象，四外又听到了小火鞭的脆响，街面上又出现了"星星火"。

余霞放假回来了，正在床边和沈翠莲说着什么。这个小山村里的第一个女大学生，和她的母亲有说不完的话。她说，那座城市有多大、多好，好玩的地方有多少，什么天安门、故宫、天坛、颐和园、王府井，又说那里的马路有多宽、楼房有多高，汽车多得像蚂蚁，老太太牵着狗遛弯，狗脖子上的铃铛丁零零地响……

沈翠莲今天的精神出奇的好，简直让人难以置信，当余霞说到天安门时，她就问："天安门很高吗？"沈翠莲虽没文化，但"天安门"这个名字她还是知道的，而且知道天安门就在北京——她女儿工作的地方。那时全国上下都在唱："我爱北京天安门，天安门上太阳升……"而且到现在电视上还在唱这歌，沈翠莲哪里会不知道呢。"很高，很高，有七八层楼高呢，可威风啦，到处金洒洒的。现在开放啦，天安门城楼一般人也可以上啦，我站在上面，还向下面广场上的人招了招手呢！"一提到天安门，余霞就来了精神，她兴奋地说着，还很有气派地挥了挥手。

"有地安门吗？"沈翠莲突然又问。

"有……有……可能有吧，有天安门，哪能没地安门呢……我娘可真聪明，不过呀，我想，地安门可没天安门大，也没天安门高……"她思忖一会儿，觉得真奇怪，娘怎么会这么问？

余霞愣愣地望着她的母亲，忽然有一种不祥的预感涌上心头，就赶忙岔开话头："娘，你好好活着，待几年我在那儿安了家，就把你接过去，什么天安门呀，故宫、天坛、地坛、颐和园呀，让你逛个够，也让你跟城里人一样，坐上小汽车，围着北京跑，看看北京的马路有多宽，汽车有多少，北京的姑娘有多漂亮……"沈翠莲忘情地望着自己的女儿，好一会儿，她才说："北京的姑娘再漂亮，我看也没有我们的小霞漂亮，你说对不对？霞？"

余霞心里说："我娘可真会说话，在她眼里，就是天仙女也没有她的闺女漂亮，可见，她对自己的女儿是多么的爱呀。"于是，她用了一句俗话算作对母亲的回答："娘，你真是庄稼看着人家的好，孩子看着自家的好哇，我哪里漂亮，有鼻子有眼罢了，哪里敢和人家北京姑娘比呀。"

沈翠莲也不说什么，问："霞，你，你有对象了吗？要不，让你爸给你找一个？"

"娘，人家才多大呀，我，我还准备考研究生呢……"

沈翠莲似乎有点不高兴，她说："什么研究生不研究生的，娘也不知是啥玩意，那个俺不管，俺就想俺闺女能有一个好女婿……"

余霞知道母亲记挂着她，她不愿伤她的心，就高兴地说："娘，你着什么急，只要俺一找到对象，就先领回家让你瞧瞧好不好，娘，你欢迎不欢迎？"

沈翠莲傻傻地说："欢迎，欢迎。"

余志明正在写春联，他写好了一幅上下联，抬头向卧室喊道："小霞，过来帮我参谋参谋，看写得怎么样。"

余霞答应着向母亲摆摆手，向客厅走去。她来到客厅读着余志明新写的对子：

东风送暖春来到，
飞雪迎春春满园。

她思忖一会儿，抬头说："爸，你真是三句话不离本行，过年也忘不了种园呀……这句好是好，只是气量小了点。"

"那就请你改一改吧。"余志明诚恳地说。

"好，好。"她低头思忖着，"要是把下联改成'四化路上展宏图'气势就高了，对不对？老爸？"

余志明笑道："到底是大学生了，思路就是胜出一筹哟，不过……"

"不过什么呀？"余霞问。

"不过对得有点不工……"余志明不客气地说。

"不工怕什么，词不夺意嘛，对不对，爸爸？"余霞自圆其说地回答。

"对，对，词不夺意，词不夺意……"余志明不愿扫了她的兴，就顺着她说。其实，余志明认为还是他的下联好，种园的不关心园，关心什么？但他还是用女儿的下联换下了自己的下联。

余霞贴完春联，和父亲打个招呼，出门向外走去，她要去小铺买几样东西。

余志明写完对子就去厨房侍弄炉子。炉子终于"轰"的一声叫了起来，他正要往里填煤，客厅里忽然传来沈翠莲的喊叫声："尿尿，尿尿……我尿尿……"

余志明一愣，扔下煤铲，来到厨房门口往外看着。

余刚站在沙发前，望着母亲，似有难处，欲动又止的样子。

张玉芹佯装没听见，只顾看电视。

沈翠莲抬头望望这个，又望望那个，一手支着沙发，用力支撑着，可她怎么也起不来，她还是喊："尿尿……我尿尿……"

张玉芹分明听到了喊声，也感觉到了余志明的目光，可她盯着电视，还是一动不动。

余刚终于忍不住，慢慢向母亲走去。

余志明看在眼里，不由怒从中来。他心想，当着我的面，你们竟如此无动于衷，假如我不在跟前呢，还不得让她尿到裤子里去？看起来沈翠莲那次在果园说的话没错，真的是指不上！他几步窜到沙发前，一把推开余刚，激愤地说："滚一边去，我谁也不用，别脏着你们！"说着，拦腰抱起沈翠莲，向厕所走去。

张玉芹心里明白，公公不只是在骂余刚，言外之意是在敲打她张玉芹，是在声讨这儿媳妇为啥不管她的婆婆！张玉芹觉得憋屈，又不好发作，瞥一眼公公的背影，讪讪地走出门，向自家院子走去。她走出大门，不轻不重地说："耍什么威风，要不是过年……"

菜已炒好，余刚解下围裙，回头望一下玩耍的女儿，说："猫猫，快去喊你妈……"

猫猫答应一声，向外跑去。不一会儿，张玉芹领着猫猫，踢踢踏踏地走进院子。

余志明看了，心里说，这个张玉芹，还算知点时务，假设今天她不过来吃饭，那将是一件很尴尬的事。于是，他换了副模样，喊她干这干那，张玉芹可能是碍着余霞的情面吧，里外忙碌着。

八仙桌上已摆满了菜，桌子前面还点上了两只大红蜡烛。余志明、沈翠莲端坐正副位，余刚他们分坐两旁。

余霞手拿酒壶，站在父母跟前，给他们满上酒，一人一杯递给他们，说："女儿先敬二老一杯，愿二老健康长寿，事业发达。"

余志明接过杯子，一饮而尽，沈翠莲端着酒杯，望望这个，又望望那个，不知如何是好。余志明接过她的酒杯，说："我替她喝了吧，你娘还不行。"他举起杯子，象征性地啜了一下，又把杯子放在她面前。

余霞很有风度地一摊手："你吃菜……"

"都吃，都吃……"余志明忙说。

余霞又给哥嫂倒上酒，说："祝哥哥、嫂子事业成功，养鸡发财。"

他们相互望望，高兴地喝下那杯酒。

猫猫抬头望着余霞，着急地问："姑姑，怎么不敬猫猫呀？"大家都笑起来。

余霞从口袋摸出一样东西放在背后，故作吃惊地说："哎呀，怎么把猫猫忘了呢，那怎么行，猫猫看这里！"她把东西举到猫猫面前，原来是一打"娃哈哈"。

猫猫接过娃哈哈，打开拿吸管高兴地吸着。

由于余霞的参与，一家人就这样过了一个还算欢乐的春节。年假就要结束了，余霞准备着回京的东西。她把最后一样物品塞进旅行包，拉上拉锁，扫了卧室一眼，背起包向外走去。

沙发上坐着的沈翠莲抬头望望她，忙问："霞，你这是干啥去呀？"

余霞笑笑说："公司打来电话，说是提前开工，我得早走几天。"

沈翠莲一把拉住她："什么？你要走？不行，你得带着我，我也去北京。"

余霞弯下腰握住母亲的手，焦急地说："娘，不行啊，我还没有买房子，现在住的是公司的单身宿舍，地方太小，我，我往哪里放你呀……"

"不行，不行，我，我就是要去嘛……"沈翠莲说着，咧着嘴就要哭。

一边的余志明向余霞打着手势，说："先放下，先放下……"尔后，又向外努着嘴。

余霞心领神会，说："娘，我先不走了，在家陪陪你。"说着，回到卧室，放下旅行包。余志明进来，附在她耳朵上小声交代着。

余霞回到客厅，拉着母亲的手说："我去买点东西，一会儿就回来。"

沈翠莲可怜巴巴地望着她："你可快回来呀！"

余霞松开手说："回来，一定回来。"说完，向门外走去。

谁也没想到，这竟成了她们母女最后的离别！

余志明把旅行包装进一个大蛇皮袋，提着走了出来。

沈翠莲正目送着往外走的女儿，听到动静，回过头："你，你这又是去干啥呀？"

余志明指指袋子，说："一些书和本子，小霞用不着了，卖了给你买包子吃。"

"你可快回来呀……"

余志明来到大门外，把包掏出递给女儿。余霞眼泪渐渐地说："我娘好可怜呀，爸，你可要好好待她呀，我……我……"她说不下去，转身向大街走去。

余霞走后四五天，彭涛三番两次地打来电话，说趁着年下的菜，大家聚一聚，非请余志明喝酒不可。余志明推辞再三，到底没禁住老彭的软磨硬泡，答应赴宴。临走前，先打发沈翠莲吃了药，又让她吃了刚煮好的水饺，这才向外走去。

余志明来到酒场，首先声明，他喝几盅就得回去，沈翠莲离不了人。酒场上大都是他熟悉的老朋友。几杯酒下肚，老彭燥热起来，非划拳不可。余志明禁不起他们热情而激烈的邀请，竟也参与到划拳的行列，吆三唱四，好不热闹。

就在他们猜拳行令的时候，余志明家里正发生着一场重大的变故。就是这个变故，竟成了他追悔莫及的终生遗憾。余志明不知道，自打望着他走出大门，沈翠莲的脑海里就开始了异常的活动，而这种活动是那样的剧烈，那样的不可思议，又是那样的令人讨厌，令人激愤。

最先涌入她脑际的是多年前乔玉珠送围脖手套的事，乔玉珠从包里掏出她新织的围脖，笑微微地望着余志明，让他试着围脖；接着是暴风雪中，她急匆匆推开学校办公室屋门，怒视着并肩而立的余志明、乔玉珠；还有收樱桃时，余志明大方地一捧一捧地往篮子里放樱桃，姑娘少妇们一个个含情脉脉地笑望着她们的老板；最后又出现乔玉珠去医院探视的图景，乔玉珠看也不看她一眼，只顾眯眯笑着和余志明说话……

沙发上的沈翠莲，怒容满面，眼睛瞪得可怕，她哇哇叫着，想够那倚在一旁的拐棍，去抽那些可恶的女人。可是，她没抓住拐棍。"当"的一声，拐棍落在地上，她一下仰在沙发上。忽觉天旋地转，所有的女人，还有余志明，都嬉笑着在她面前闪现、翻滚着。一道厉闪，接着是一声惊天巨响，血样的红色充满了她面前的空间……

酒场里，余志明赢了彭涛一拳，余志明看着他无奈地喝下自己输的酒。

这时，他忽然想起了家中的妻子，忙站起来说："实在对不起，我得走了。"
说着离席而去。

余志明匆匆奔回家，来到屋里一看，不好了，沈翠莲斜仰在沙发上，
两眼紧闭着，脸上密布着一层细汗，嘴里兀自吐着气儿，拐棍扔在一边。

余志明可怕地瞪着眼，一边摇着她，一边惊恐地喊："喂，喂，你怎么
啦，你怎么啦？你醒醒，你醒醒啊……"可是，沈翠莲没有一点反应。

他站起来，来回急速地走动。良久，他才向内室跑去，拨通了村卫生
室的电话。他语无伦次地说："你快来！你们快来！老马求你了，快来，快
来，老沈……"

接电话的正是马文举，他听着余志明没有章法的求救电话，估计有紧
急事情发生。他不敢迟疑，带上一名副手和一应药具药物急忙忙出了诊所
房门。

余志明家里已聚满了人，他们在沙发周围，叽叽喳喳地出着主意，有
的就高声叫着："别乱，别乱，快去喊医生，快打120……"

余志明跪在沙发前，晃着沈翠莲喊："你醒醒，你醒醒啊，我……我混
蛋啊，我怎么去喝酒啊，啊哈……啊哈，啊啊……"他哭叫着，完全没有
了平日里的那种矜持和稳重。

这人，可真是一种奇怪的动物，平时看上去水火不相容的两个人，到
了一定时刻，特别是到了生死边缘的时刻，另一个人却能表现出匪夷所思
的举动。是良心的发现？还是人性的升华？这种现象，一直到后来，余志
明也没有弄明白。

马文举走进屋里，人们惊喜地让出一条路。来到沙发前，马文举又是
听心跳，又是数脉搏，又扒开她眼睛用手电照着。他收起器械，严肃地说：
"赶快送医院……"

他们乘车很快就来到了沈翠莲多次光顾的那家军医院，在护士的导引
下，沈翠莲被送进了急救室。

外边走廊上，余志明低头坐着，一言不发。旁边的沈翠美推推身旁的余刚："刚，我看你娘的病不轻呀，是不是叫小霞回来？"

余刚点点头，掏出手机，退后几步拨打着电话。

对面办公室的门打开了，一个医生探出头："你们谁是病人亲属？请过来一下。"

余志明、余刚一起走进办公室。一个女大夫拿着一张CT片子说："结果出来了，是脑大面积出血。"她指指片子，"你们看，这里，这里，还有这里，这些阴影，都是出血部位。"

她望望余志明："这病，不好说了。"

余志明向前一步，紧张地问："你是说……这病治不好了？"

那大夫叹口气，说："除非出现奇迹，或是再给她换个脑袋……"她望一眼其他大夫，"经验证明，像这种情况，就是再抢救过来，也不过是个植物人了。"

她挥一下手："好了，先送监护室吧，夜里两点要是没事，还能撑三十六个小时。"

余志明立在那儿，良久，他撵上刚刚离开办公室的医生问："大夫，你们还得抢救抢救啊……"

那女大夫回过头，像是可怜他："这不正在抢救吗？"

余霞赶到医院时，已是零点之后了。她在护士站问明了病人位置，急匆匆来到监护室。

余志明站起来，一下攥住女儿的手，低头抽泣起来。

"爸，你先别哭，我娘呢？"余霞着急地问。

就在这时，办公室的门打开了，一个医生在门口说："沈翠莲亲属来一下，有事商量。"

余刚望一眼父亲，向办公室走去。

沈翠美、余霞相互望一下，也走进办公室。

那大夫拿出一份打印好的文件，说："治，还是不治，你们商量一下，治呢，花好多钱不说，也就是治出个植物人。植物人，你们懂吗？"医生扫一眼人们，见他们点头，"好，你们知道，不治呢，"他指指那文件，"要在这里签个字，以示负责。"

沈翠美望着余刚，小声说："喊喊你爸……"

余刚果断地说："喊不喊都一样，人反正是没治了，签就签吧。"

余霞擦一下眼睛，说："慢，大夫，要是有一线希望，还是……"

余刚立马瞪起眼："什么是植物人，难道你不懂？要真那样，你辞了工作来给她擦屎端尿啊？"说完，拿起笔，想也没想，就在那文件上写上了自己名字。他抬起头，思忖片刻，提笔又在名字下，签上了妹妹的名字。

余刚平日里处事唯唯诺诺，优柔寡断，现在却表现得如此果决，真是判若两人了。

余霞望着他，无奈地说："你……"

签完了字，余刚就去找出租车。沈翠美走到连椅前把刚才的事，小声和余志明说了一下，余志明呆呆的，也没说什么。

余刚回来就说："出租车那些浑蛋司机，一听说是拉病号，谁也不干，就只有用医院的救护车了，就是太贵了点，要两百元。"

余志明让余霞去住院处结了账，医生又开了三天的药，充足了氧气枕，就坐救护车回到了樱桃峪。

客厅中央临时搭起一张木板床。床布置得很华丽，新床单、新被褥，那氧气枕上还搭了一块新枕巾，看上去像是新郎新娘的喜床。这一切都是余志明刻意安排的，沈翠莲平时没享过福，临走就让她享受享受吧。在这最后的日子里，他要始终陪伴在她的身旁，他不能再让她有一点不舒服。他要尽这最后的义务，不能给自己再留下一丝遗憾。

沈翠莲盖着棉被，仰躺在床上，小腿上还插着吊针，一旁吊着的输液瓶胶管里，药液一滴、一滴慢慢下落着。

余霞趴在沈翠莲身边，拉着她的手，泪眼望着渐渐死去的母亲，哽咽着说："娘啊，你睁睁眼看看你闺女吧，你闺女回来看你了……等你好了，就跟俺上北京吧……俺侍候你，领你上天安门……"

这时，他们发现，沈翠莲的眼皮动了一下，微微地，可以看见她的眼珠转动着，接着她的呼吸急促起来，胸脯上面的被子剧烈地起伏着，嘴角也在动，发出"下，下"的声响。

余霞兴奋地趴在她耳朵边，连连说："娘，娘，俺听到啦，你是在叫霞吗？娘，娘，亲娘哎，你，你说话呀……"可是，母亲却紧紧闭上了嘴巴。

22

霏霏细雨在空中飘洒，似雾、似烟。那雨丝落在人脸上，落在手背上，搅得人心里凉习习、麻沙沙的。

正是清明时节。弯弯的岭间小路上，走着一行四人，他们是余志明父子、张玉芹和猫猫。他们手里拿着花圈、火纸等。猫猫前后地跑着，采撷着路边的野花。

按照当地的习惯，给新逝的人上坟，要比一般的祭扫提前一天。所以余志明让余刚提前请了假，炒了三样小菜来给他的母亲上坟。临行前，余志明特意将预先买好的一包月饼和几个蜜橘放在一个小竹篮里，自己提着。玉芹要拿，他也不让。

沈翠莲的坟就在柿子岭——也就是她活着时捡江沽石的地方稍往右的一片小山坡上。不算太新的坟上，已生着稀疏的小草。这儿是樱桃峪的公墓。密密麻麻的坟墓几乎已把小山坡占满，有的坟墓就挤进了柿子林。坟包之间，零星栽植着松柏之类的常青树，还有几棵孤立的白杨和枫树。这与柿子岭的美景相比显得那么不协调。每至晚秋或初冬，冷风吹来，那枯萎的白杨叶片，就飒飒作响，像是有人在诉说自己的不幸和无奈。很容易让人想起"白杨村里人呜咽，青枫林下鬼吟哦"的诗句。

他们来到墓地，走到沈翠莲墓前。余刚蹲下去，扫扫供台上的尘土，把三样小菜、茶碗、酒杯、筷子等一一摆在上面。

余志明弯腰在酒盅里满上酒、点上香，又抖抖索索地从提包里掏出几个橘子和那包月饼，摆在菜碟的前面。他木然地望着坟丘，悠悠地说："刚的娘，你听着，我们看你来了，还有你的猫猫也来了。"他低头望一下橘子和月饼，"年前那会儿，你要月饼，还没有去买，你就挨了摔。今天就给你带来了，还有你爱吃的橘子，你就吃吧，吃个够吧……"

他回头要过张玉芹手中的花圈，说："小霞上班走了，不能来看你。"他举举花圈，"这是她让我专门给你定做的花圈，就把它放在你坟头上吧……"说着，站起来，探探身，把花圈套在了上面。

就这样，余志明咕咕念念地与一个并不存在的人说着话。

余志明经常说自己是一个无神论者。在他看来，鬼神都是不存在的、子虚乌有的东西。而今天，他却一反常态，和"鬼"聊起了天，不由得让余刚、张玉芹时时用疑惑的眼光瞧他。

余志明排开纸钱，掏出火柴一下一下地划着。终于，他划着了火柴，点燃了纸钱。纸钱无声地燃烧起来。

余志明立在坟前，拉起猫猫的手，指着那坟墓，问："那里面埋着谁呀？"

"埋的奶奶！……里面有房子吗？"猫猫清脆地回答，又提出自己的疑问。

"有的，有的，不过，那房子很小，很小……"

一旁的张玉芹，望望她的公公爹，又皱起了眉头。

余志明轻叹了口气，说："刚，给你娘磕个头吧。"

余刚望一眼父亲，双膝跪下，木然地磕着头。

猫猫学着父亲的样子，也七高八低地磕着头。她边磕边回头望着余志明："爷爷，猫猫磕得像不像？"

余志明忙说："像！像！猫猫真懂事。"

呆立着的张玉芹，瞥一眼余志明，也跪下去，敷衍着磕了三个头。

墓地另一角，万有河在给一个半旧的坟加土。他一锨一锨往上培着土，嘴里还咕咕念念地说着什么。

余志明走过去，说："大叔，你也来了？"

万有河停下锹，转身望着他，说："啊，是志明啊，你们也是……"

余志明点点头。

万有河又说："志明，我家你婶子走了三年了，今儿个是她的忌日，我来给她上坟，跟她说说话。另外，"他又铲起一锹土培在坟上，"另外我还要说给她，我想再成个家了，这人啊，最苦的就是孤独哇……"

原来，自从那次在柿子岭与余志明沈翠莲相见，见他二人相依相随的样子，就想起了过世的妻子，心中不免不自在。他想，要是老伴活着多好，他也会约上她来观赏这红叶美景。那柿子岭成片的红叶果然漂亮，他也为之感叹。万有河没什么文化，可他听人说过，景致再好，如果没有人的观赏、参与，这美景就没了灵性，就没有了意义。看来，世界上最美好的景致还是人。

现今，万有河已是衣食无忧，但他的生活已经残缺，没有女人的生活，就像一碗凉水，能有什么滋味？于是他就四处打探，八方托人，终于找到了一个较为合适的女人。这女人名叫许月英，五十多岁，也是丧偶，东南山老山套里的。二人说好，集市上见面，相互介绍了大略情况，万有河出钱给她买了些东西，就算"订了亲"，说先熟悉一段，捡个日子就把"公事"给办了。

这个地方有一个习俗，称男子娶媳妇叫"办公事"，称发丧、出殡也为"办公事"。这两个"公事"总称为"红白公事"，有"公众的大事"的意思。

今天万有河遇见余志明，说了"办公事"的话。可后来事情的发展，并没有像他说的那样顺利，甚至白白送上了一条老命——这是后话，暂时按下不提。

余志明回到家，走进内室，站在沈翠莲遗像前，久久地望着，望着。一桩桩往事涌向心头。从当初见面时的反抗，到结婚时的出走，还有去陵园时的悲情、醉酒、踩山楂、卖粮风波、身上的煎饼糊子、送煎饼，还有

"二次结婚"的尴尬场面，一直到她最后在果园如泣似诉的长谈。余志明几乎想了个遍。

他回味着这段长长的婚姻，不禁潸然泪下，他为自己的不幸悲哀，也为沈翠莲的不幸嗟叹。唉，这难道就是命运？这难道就是命运的安排？余志明素来不信什么宿命论，认为它不过是人们用来自我解脱、自我安慰的一种方式，或是阿Q精神胜利法的一种翻版也不可知。但面对着这无情的现实，他又无法解释。

他也曾进行过多次的抗争，立志要改变这既定的事实，可最终也没有逃脱世俗的安排。

他不得不承认，在这方面他无疑是一个失败者。

他又望一眼黑色相框中的亡妻画像，亡妻哀怨的眼神也正望着他，也似在向他诉说自己的不幸。

他想，假设当时他如果不顾父亲的压力和母亲的诱导，勇敢地拒绝那桩婚事，去和乔玉珠结合，那会是一种什么样子呢？如果真的那样，他们准是世界上最为幸福的一对儿，也许会是他人生的一大成就。他们的事业会因此大放光芒，他们也绝不会离开那可爱的讲堂和那群天真的孩子。那么，他们的历史就不会是现在这个样子。至于他们的事业发展到什么程度，也是不难预料的。这里有好多例子可以佐证。余志明的几个同学，也是教初中的，还有那时在樱桃峪学校任教的几个业绩平平的同事，后来有的成了乡镇教委领导，有的进了县教育局教材小组。

再说这沈翠莲，假设当时她如果不是鬼迷心窍看上了他余志明，而是跟了那电工，情况肯定也不会是现在这个样子，她的历史也将会是另一种情景。但这一切都晚了，过时境迁，再追寻它还有什么意义呢？人生又不可能有第二次。但是，余志明忍不住还是想了个遍、想了个够。

这时，他又想起了乔玉珠，她现在怎么样了？她还好吗？她是否知道我现在的遭遇和我现在的情形？他本想把沈翠莲的事情告诉她，他想了很

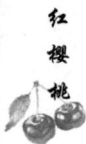

久，终没有下这个决心。他不愿搅乱她平静的生活，他不愿任何人分担他的痛苦和忧愁。余志明对待生活，是有原则的，这就是当时他思想的真实写照。

站在沈翠莲遗像前的余志明从回忆中醒来。他瞥一眼相框中的沈翠莲画像，深叹了口气，转身向外走去。

余志明出了胡同口，沿大街小巷逶迤而行来到果园。樱桃树已过了落瓣期，青青的樱桃果儿，像翡翠一样错落有致地挂在绿叶丛中。每到这时，总会有害虫咬食果子，给樱桃造成很大危害。

余志明在树林间慢慢走着，查看果子的长势。他来到一棵树旁，拉过一条果枝仔细查看，他发现，果树叶片和果子都有害虫啃食过的痕迹。他又查看了几处，情况和这一样，而且危害程度已是不轻了。虫情告诉他，不打药不行了。

思忖片刻，他掏出手机，分别给李霞、赵娜她们打了电话，可她们都说，厂子已经开工多时，她们都正在上班。余志明是知道的，怎么又糊涂到再去找她们帮忙？看来，真是路走三熟啊。接着他又分别打了几个电话，终于找到一个答应下来。

余志明高兴地说："好，三婶儿，就这样，明天吃过早饭，我在果园等你。"

第二天一早，余志明就来到果园，兑好了药，调试好了高压喷雾器，望着园门处，等那三婶的到来。

余志明焦躁地等着，不由抬头望望天际，已是日上三竿了，还未见三婶踪影。他掏出手机，正要询问是怎么回事。三婶却打来电话，说孩子病了，正准备去医院呢，接着还说了些"对不起""耽误你了"之类的话。余志明真是有气不敢出，有苦不能言，只好说："没关系，没关系，我再想办法……"

余志明回头望望兑好的药液和安排好的喷雾器，点一支烟吸着，在一旁转来转去。他正心焦，就听园外有话传来："大哥，干什么哩？"

余志明抬头望时，见乔玉珠推着自行车从园门走来。他迎上几步，高兴地说："怎么是你？玉珠，你这是……"

乔玉珠："很长时间没到樱桃峪来了，来看看菲菲姥娘，看到你在园子里，就过来了。"她忧郁的眼睛望着余志明，"嫂子的事，我早听说了，本想去你家看看，可是……"

还是那个样子，她又习惯地捏着衣角，低头望着某一个地方。良久，她抬起头，又说："刚才在路上见你走来走去的，是在干什么？"

"我找好了人，想今天打药，可人家又说今天有事不能来了，"余志明指指大缸，"那不，药都兑好了，喷雾器也试好了……"

"你先别急，先干着别的，我去去就来，回来和你打。"乔玉珠说完，调过车子跨上去，向园外驶去。

余志明疑惑地望着她背影，转身走到树旁，拿着虫子。

时间不长，乔玉珠就回到果园，车把、车后座上挂着好多东西。

余志明迎上去，好奇地望着自行车上的东西。

乔玉珠一边往下摘方便袋一边报着说："这是炸鱼，这是豆腐干，这是水煮花生，都是我妈让……让我买的，还有她新摊的煎饼，这都是你喜欢吃的东西，我妈说，你一个人过日子挺不容易的，所以我就……"

她见余志明只管愣着看，也不去接那东西，就说："怎么？不喜欢？"

余志明激动地说："玉珠，玉珠……你，你家婶子心眼可真好……"

乔玉珠疑惑地望着他，和他一起把东西拿进小屋。她心里说，他今天是怎么啦？结结巴巴地，难道他……

接着他们开始了工作，余志明教她怎样操作那喷雾器，并摇起推杆做着示范，边做边说："就这样，一推一拉，简单的往复运动……"

乔玉珠接过喷杆，慢慢摇着，望着向地里走着的余志明，若有所思地咕念着："简单的往复运动……简单的往复运动……嗨，他还没有忘记那个美好的年代呀。"

药打完了，余志明送她走出园门，乔玉珠回过头说："大哥，别送了，以后你可要注意身体……别总苦着自己，有相宜的，你，你就再定一个……"

余志明心情复杂地望着她，既没肯定也没否定。他见乔玉珠走得远了，才转身向园里走去。

23

半个月后，彭涛打来电话，让余志明今天务必去城里一趟，说是有要事要办。余志明正在整理渠道，为之后浇灌浆水做准备。种樱桃的人都知道，这遍水很重要，早浇起不到作用，晚浇了又会裂果，必须要在果实膨大初期浇，它关系到当年的产量和果品质量，是一项重要工作。于是，他就把情况和彭涛大略说了一遍，表示今天他不能去。

电话里彭涛有点焦躁，他急急地说："还是你那个熊脾气！炮打不惊的，渠道啥时修不行！今天这事儿比你修渠道重要得多！"

余志明问他："怎么个重要法？"

彭涛听他不君不臣的言语，就又发了火，他说："怎么个重要法，我没办法说！反正要比你修渠道重要十倍、二十倍！信不信由你，你给我听好了，来时别邋里邋遢的，注意点自己的形象。"接着，电话里传来挂断的声音。

余志明愣在那里，他猜不透他这位挚友又有什么新花样，他疑惑地关了手机，收拾好工具，慢慢向家里走去。

在家里，他稍事整理了一下，便乘公交车向城里进发。

时间不长，他就来到了那座小城，按彭涛指定的车站下了车，边走边东张西望地寻着彭涛。

彭涛发现了余志明，他紧跑几步，挤入人群，一把拽住他，说："你这呆鹅，我在这儿呢，走，跟我走。"

余志明边走边说："老彭，你这家伙打电话非叫我来，也不知为了什么。问你，你又不说，干吗这样神神秘秘的？"

彭涛只顾赶路，待了一会儿才说："你少啰唆，到了你就知道了。"

他们跨上马路旁小道，匆匆向前走着。彭涛埋怨道："你可真沉得住气，我都快等烦了。"

余志明还是不明白："我园里这么忙，你找我到底有什么事？"

彭涛好像没听见，只管望着余志明头发，良久才说："我电话里明明嘱咐你，要注意点仪表，你看，"他抬手压一下余志明有点凌乱的头发，"头发乱成这样，也不打点摩斯……"

余志明歪着头不让他动，说："除非你有那份心情，哎，你还没回答我呢，究竟让我来干吗？你再不说，我，我可要回去了。"说着，做出要往回走的架势。

彭涛停住步子，郑重地说："志明，你先别急，咱明人不做暗事。自从你家嫂子过世，我真是寝食不安，一直想着再给你找个女人来弥补我那次请你喝酒的过失，可一直没有碰到合适的。知道你眼眶子高，差的次的又不敢给你提，算你运气好，我七弯八拐总算寻了个较为合适的，这一个姓李，名玉花，城西李家店的，丈夫离异已有三年多，条件很高，不知介绍了多少个，她都没看上。你的情况，我和她一说，她很是高兴，就想见你一面……"

余志明连忙说："不妥，不妥！你也没想想，老沈过去才几天，我于心何忍？"平心而论，此时余志明确实还没有这方面的心思。他刚刚从中年丧妻的痛苦中解脱出来，情思还没有完全平复，怎么会有工夫考虑这些事呢？

彭涛瞥他一眼，说："你先别激动，什么忍不忍的，人死谁能复生？机不可失，时不再来。这种事真是可遇不可求，再说这李玉花虽说不上万里挑一，也算得上十里八乡数得着的美人儿，刚才我已经说了，我可是不知转了多少道弯，过了多少道坎，才寻到了这个李玉花，你，你可别让我失望呀……"

余志明见他动了真情，一时也无话可说，就那么呆立着。

彭涛抓住时机，用手一指："那不，她在那儿等你呢！走，咱过去看看！"

余志明边走边说："咳，你这个彭涛，尽和我玩这种瞒天过海的把戏。"

彭涛来了精神："不玩这把戏，你余志明能来？"

二人踏上游廊，向湖心岛走去。余志明看时，见那岛上立着一个衣着入时的女郎。彭涛紧走几步，喊一声"小李"，那"小李"就转过身，望着他们。

彭涛两边望望，指着余志明对小李说："他就是远近闻名的大老板余志明，余万元了。"又指指那女人，"志明，她是小卖铺的小老板，掌柜的李玉花女士，你们一个在东，一个在西，真是千里有缘来相会。你们，你们就好好谈谈吧，我在那边等你们。"说完，向余志明做个鬼脸，示意他一定要好好谈，就转身向外走去。

所谓的湖心岛，就是建在湖中央的一座楼台，方圆不过几十米的光景，它只有一条长廊与湖外相连，四周是一带绿水。水很清，可以看到各色的观赏鱼在水中游动。一对对年轻或是不年轻的伴侣在游廊上，在岸边，在柳荫下漫步，谈天。

李玉花见余志明不搭理，就凑了过去，说："怎么啦，余大老板，配不上你吗？怎么躲着我？"

余志明一惊，忙说："哪里，哪里，我，我在看鱼呢，这鱼可真漂亮……"

李玉花往前凑凑，扬起脸："我不好看吗？难道还不如这鱼？"

余志明瞥她一眼，说："好看，好看，你，你怎么拿自己跟鱼比……"

李玉花步步为营："人，就在这儿摆着，行不行，就表个态吧，反正，反正我没意见，就看你的了。"

余志明点上一支烟吸着，来回踱着步子。好像在考虑这困难的抉择，脸上显出复杂又矛盾的颜色。

李玉花瞅着他，说："你不吭声，就是默认了，走，咱们找老彭去。"说着，转身向外走去。

彭涛见二人来到。忙问："你们谈得怎么样了？"

李玉花爽快地说："彭经理，余老板同意了，我，我更是没意见！"

余志明不喜不笑地站在那儿，只管望着马路上的人流。

彭涛高兴起来，忙说："怎么样？志明，到你家看看？"

余志明不置可否地点了一下头。

出租车在公路上急驶。汽车内，彭涛坐在副驾驶位上，和司机指手画脚地不知讲些什么。

后排，李玉花紧挨着余志明坐着，不时瞟一眼身旁的余志明。余志明感到了她的压力，本能地向一旁斜着身子。

李玉花娇嗔地说："你躲什么，我又不吃了你……"

余志明动一下身体，瞅她一眼，一脸的不自在。

出租车颠簸着，拐上去樱桃峪的山路。车窗外的景物一歪一斜地向后推移着，像是在演电影。

李玉花兴奋地望着外面青山，又不时地和余志明谈上几句，余志明目不斜视，机械地回答着李玉花的问话。那样子，似乎在传达一种信息，他，还没有真正融入今天这个突发的事件中。

出租车在果园门前停住。三人下车，余志明向前开了园门，一同走进园中。

果园一片葱翠，林间不时有鸟儿扑棱棱飞起，树枝被带得一摇一晃的。

彭涛指指茂盛的果林，对李玉花说："小李你可真有眼力，一下子就相中了他余万元。光是这樱桃园，一年也不下三四万的收入，还不说他新近包下的那一片山林。"

"三四万？"李玉花有点吃惊地说。

"对，对，一年就是三四万，嗯……按现在的物价算，这个钱，可以建造一处不错的房子呢！"彭涛思量着说。

李玉花向前摸摸树干，又弯腰闻闻那将要泛红的樱桃果儿，连连说："好，好，有你彭大经理掌着眼，我李玉花还愁没饭吃？"

彭涛见她高兴的样子，心里说："这事我算看透了，只要一让她见到这果园，事情就有了八成了，这女人哪，嘿，也就是那么回事。"于是，他就趁热打铁地说，"走，玉花，咱再到家里看看。"

出租车来到胡同口，三人下车向余志明家走去。猫猫和一帮小朋友在大门外玩得正欢，余志明向前弯腰抱起她，猫猫撅起小嘴埋怨道："你干啥去啦，也不带着猫猫。"

彭涛来到跟前，对李玉花说："小李，你看这就是老余的小孙女，叫猫猫。"他接过猫猫，指着李玉花，"猫猫，快叫奶奶，奶奶有好吃的。"

猫猫望一眼年轻的李玉花，摇摇头："不，不，她不是奶奶，我奶奶死了。"

李玉花尴尬地望着她，不觉脸子微微一红，忙从衣袋里掏出糖块，说："来，猫猫乖乖，吃糖，吃糖。"彭涛眼明手快，怕再闹出不愉快的事，赶紧接过糖，把猫猫放在地上，领她走几步，才把糖块塞进她口袋里，猫猫望他一眼，又回到小朋友群中。

这时，余志明已打开了大门，彭涛手一挥，三人一起向家里走去。

他们走进堂屋，彭涛和李玉花到处看着，他拍拍坚固的墙体，说："小李你看，这墙有多结实！一律的钢混结构，光水泥就用了三四十吨，上有天梁，下有地梁，还有竖筋，八级地震也晃不倒它。"

李玉花望着这坚固的建筑，不住地抿着嘴笑。

彭涛抬起胳膊望一下手表，问："志明，在哪里吃饭？"

余志明略一思忖，说："这里房子还没装修，也没个侍候局的，就去你

家饭店吧。"

来到饭店，余志明这才拿眼着实把那女人看了一遍。那女人高高的、胖胖的，面皮还算白净，额上也还没有褶子，看上去既不像城里人，也不像乡下人。虽说没有万里挑一的容貌，可也有些动人的姿色。

李玉花见余志明看她，笑道："怎么的，余大老板，还没看够？不要紧，以后有的是时间，保你看个够。"

余志明局促地说："哪里，哪里，我，我这就去下茶叶，你先坐着……"说着就去找茶壶，下茶叶，又躲在一边打电话。

厨房里，正在案边配菜的许莉抬头问彭涛："老彭，你这鬼东西，出门也不告诉我一声，原来你是给老余说媒呀，也不摸摸耳朵唇儿，自己是那个料吗？"

彭涛边翻炒着菜边说："是不是那个料先不说，咱老彭可是把媳妇领来了，有本事，你再去给老余说一个？"

许莉撇撇嘴："看烧得你，快不知姓啥了。"她放下刀，擦一下手，"不行，我还没好好看看呢。"

说完，紧走几步，来到厨房门口，扒着门框往外看着。

她回到案边，望一眼彭涛，说："人倒是还算漂亮，可不知她能不能跟老余真心过，你看她穿得花里胡哨的，哪里能和老余种园？"

彭涛叮叮当当地扣着勺，把菜盛进盘子里，说："你就少操这份心吧，当初人家看你也不像个下力的，这不也和我一起开馆子吗？"说完，端起盘子来到客厅，把菜放在桌上和余志明打着哈哈，"余老板！你们两口子想吃点什么尽管吩咐，我这里山珍海味，是应有尽有，你们吃不到好东西，可别说俺老彭小气。"

李玉花起身倒上茶，一杯递给余志明，一杯递给彭涛，说："你彭大经理可真会说话，有你的盛情款待，我们哪里敢说什么。"

余志明见彭涛还要反驳，就对他说："我说老彭，你就别再说了，赶快炒你的菜去吧，我可是有点饿了。"

彭涛终于找到了说话的机会，他说："好你个老余！你们两个合起伙来夹棍我，看来，还是两口子近呀。"说完，转身向厨房走去。

门外传来摩托声，马文举骑车来到饭店门口。他刹住车，匆匆走进饭店，正好与余志明目光相遇，他说："志明，你打电话非让我来，莫非请我喝酒？"

余志明笑而不答。

马文举望望一旁坐着的李玉花，慢慢明白过来。他拖长了声音说："噢——我明白了，原来是让我来陪新娘子哟——"他指指李玉花，问余志明，"志明，这位女士想必就是嫂子了，哇——好漂亮哟。"

原来，关于给余志明找对象的事，彭涛早就跟他通过气，并让他也留意一点，没想到这大大咧咧的彭涛说办就办，更没想到他动作会这样快，确实让他有点惊讶。

这时，菜已上齐。彭涛解了围裙来到桌边，先和老马打了招手，就咋咋呼呼地说："来，来，来，大家快坐下，今儿咱来个一醉方休。"

李玉花不认识马文举，就问彭涛："老彭，这位是……"

彭涛忙说："你看，你看，我光想着喝酒，就忘了介绍了。"他指指马文举，"这位是咱樱桃峪的赤脚医生马文举同志，我的同学，也是余志明的高中同学。"

他又介绍了李玉花："这位是李玉花女士，余老板的新夫人。"

马文举却并不买他的账，笑道："她你就不用介绍了，其实刚才一进门我就看出来了，不然，她怎么会在这儿陪咱们喝酒？"

"你小子别弄错了，今儿是咱们陪人家玉花喝酒，而不是人家陪你喝酒！"彭涛纠正着说。

"谁陪谁都一样，我可没那么多礼数。"李玉花高兴地说。

彭涛打开啤酒瓶，挨个的倒上酒，他站起身，爽朗地说："来，为了余老板和李玉花女士今天的相识，咱们先干了这一杯，以示祝贺，来，干！"

大家相互望望，一起举杯，喝干了杯中酒。

余志明喝了酒，呆坐在那里，被动地夹着菜。彭涛看在眼里，说："老余，怎么还没进入状态？也不让着人家吃菜？"

李玉花微微一笑，说："余老板怕是疼人吃哩，不要紧，今天算我请客。"她站起身，启开一瓶酒，挨个满上，扫了大家一眼，朗声说，"咱们今天有缘来相会，是我李玉花的幸事，"她举起杯，"这杯酒，算是我对诸位的敬意和感谢，喝下这杯酒，大家就都是朋友了，来，请大家共同举杯，干！"

彭涛和马文举如醉似痴地望着她，一齐举杯喝下杯中酒。

余志明望他们一眼，也喝下了杯中酒。

李玉花拿着酒瓶来到彭涛身旁给他倒满酒，放下酒瓶，双手举起酒杯，真诚地说："彭经理，今天我可得好好谢谢你，要不是你，我怎么会和余老板相识。这杯酒是我专门敬你的，以表示我对你最衷心的感谢，"她把酒杯往前一送，"请你把酒喝下去。"

樱桃峪这一带，还有一个习惯，敬别人酒，不像是电影、电视剧里那样，敬别人酒呢，反倒是自己喝下那酒，而是你想敬谁，你就得站在谁的旁边，一手拿酒壶（没酒壶酒瓶也可），一手拿酒杯，倒满酒，看着那人把酒倒进嘴里，这才叫敬酒。从"敬酒"二字的含义上讲还是樱桃峪的风俗正确，哪里有敬酒人敬别人酒，反倒是把酒倒入自己肚中的道理！那岂不是自己敬自己了？

彭涛早等得不耐烦，他心里说："你敬酒就敬酒吧，还要说这么多话。"他赶紧接过那杯子，把酒一下倒进自己嘴里。

"敬酒没敬一个的，彭经理你说对不对？"李玉花说着，又接连让他喝了三大杯。

之后，她又分别敬了马文举、余志明。

彭涛几杯酒下肚，精神大增，他又启开一瓶酒，倒满两个杯子，站起来说："今天咱不要忘了主题，这场子酒本就是为了余老板和玉花的好事。"他一手举着一个杯子，"这两杯酒，一不是敬，二不是罚，而是他二位的交杯酒，喝下这杯酒，你们就是两口子了，哈哈，你说对不对，老马？"

马文举兴致也上来了，他大声应和着："对，对，让他们喝交杯酒！"

余志明没想到彭涛会来这一手，站起来想逃，李玉花拉住他，接过酒杯，一杯送到余志明嘴边，又拉过余志明右手，让他捏了另一只酒杯，往她口中倒。

她喝下杯中酒，说："拿捏什么，又不是大闺女，小伙子了，交杯就交杯。"趁机把余志明嘴边的酒倒入他口中。

余志明呛得直咳嗽，他歪着脑袋，埋怨道："好你个彭涛，你可真会戏弄人，看我以后怎么拾掇你……"

就在彭涛张罗着余志明、李玉花的好事时，余志明的挚友——三山口镇的汪文君也正在为余志明的婚事操着心。他望着躺在床上病恹恹的妻子，若有所思地说："前些日子，听彭涛说，余志明媳妇得急病殁了。志明这家伙也没来个信儿。儿子分了家，闺女也不在身边，还有那么大个果园，他一个人可怎么过呀，真该再给他物色个女人。"

宫月娥长长出了一口气，说："你的心眼真好，光知道为别人打算。我看还是为你自己想想吧，你看我这身子，说不定哪天也就完了……"

汪文君训斥她："别胡说八道！净是些丧气话，我就不信，有药吃着，咱又有蜂蜜、蜂胶、蜂王浆用着，你怕什么！调养个时期，待你好了，我还指望带上你去和我放蜂呢！你好好躺着，让我再想想志明的事……"

酒局已近尾声，桌子上杯盘狼藉。彭涛醉眼惺忪地还要给李玉花敬

酒，李玉花一抽杯子，彭涛一下趴在桌子上，他抬起头喃喃地说："玉花，玉花，你真不够意思……你可别让我失望，今天，你可要跟老余住，住下……"

李玉花笑眯眯地，说："对，对，住下，住下。"

许莉从厨房出来，望着喝醉的丈夫，狠狠地说："看你喝得这个熊样，也不怕人家笑话！"说着和余志明架起他，向内室走去。

彭涛一边被拖着走，一边还咕念着："住……住下，住下……"

余志明从内室出来，就躲到一边打电话。

李玉花望着他，说："怎么啦，余老板，这就撵我走吗？"

余志明也不否认，说："趁着天早，再说，我家里还没弄好……"

李玉花笑笑："你别害怕，车来我就走，我铺子里还有事呢。"

马文举埋怨地望一下余志明，起身给李玉花倒上茶，说："小李你别介意，老余就是这么个人，阴阳怪气的。他确实不是撵你走，只是房子还没装修。"

李玉花没有生气，说："我介意什么，再来，他撵我走我也不走，对不对余老板？"

出租车叫着哨子停在饭店门口，李玉花出门来到车旁，马文举抢上几步，打开车门，扶她进入车内。出租车缓缓地拐着弯，调整着方向。李玉花探出头说："余老板，马医生，谢谢你们的款待，"她扬扬手，"拜拜！"

马文举见车去得远了，就说："志明，你可真有艳福，这个李玉花真漂亮，比沈翠莲强多了。"

余志明心里正七上八下，就正色道："老马，你胡说些什么！"

马文举本想借机恭维一下余志明，表示一下对余、李相识的祝贺，没想到他的热心肠却碰了个冷屁股，刚才那种热烈情绪立马烟消云散了。他只好说："对不起，对不起，我喝上几杯酒，就管不住自己嘴巴，抱歉，抱歉……"

马文举哪里知道，余志明心里正悸动着一个压抑很久的秘密。今天的事件来得太快，又那么仓促，使他几乎无从应对，甚至有些张皇失措。这个事件，像一颗石子投进他情感的港湾里，使这港湾失去了平静，激起了不小的波动，勾起了对往事的回忆，余志明心里真是五味杂陈，七上八下，怎么会不烦呢？

24

自从见过面之后，李玉花就隔三岔五地打来电话，说要去他家，都让余志明以各种理由拒绝了。没过几天，李玉花又打来电话，说一定要去他家，余志明还是老办法说不行，不行，日子太浅，还是过段日子再说吧。这次，李玉花表现得很强势，说浅什么浅！怎么又想吃肉又要撇清！不愿意就明说，别推三阻四的！说完就挂了电话。

第二天一早，余志明正在洗漱，就听大门外传来说话声："余老板在家吗？"

余志明抬头看时，见李玉花推着电动车已进了大门，后面还跟着一个姑娘。

李玉花打住车子，就往屋里走。

余志明一边擦脸一边不凉不热地说："坐，坐，一会儿下茶喝。"他瞥一眼姑娘，疑惑地问："这是……"

李玉花忙说："是我女儿，叫小苓，"又回头对女儿，"小苓，他就是我和你说的万元户，余老板，余志明，来，快叫大爷。"

那姑娘瞥一眼余志明，忙把头低下去，怯怯地喊了声"大爷"。

余志明看时，见那姑娘真的是花样的年华，花样的姿容，坐在那里羞答答的，只顾看自己脚尖。

余志明问："姑娘，十几啦？怎么没上学？"真是三句话不离本行，见到人家小孩，余志明总忘不了问"几岁啦""上学没有，几年级啦""学习怎么样"之类的话，好像他永远都是个尽职的老师。

李玉花替女儿回答，说她十五了，正上初四，在一所什么贵族学校，一年要花好几千。今儿个是礼拜天，就把她带来和你熟识熟识，不知你欢迎不欢迎？

余志明忙说："欢迎，欢迎。"说着拿茶壶就要去下茶。

李玉花向前按住茶壶，说："你也别下茶，大清早的，我也不渴。"

"那，你也没吃早饭？"

"我怕逮不住你，就一早赶过来了。"李玉花照实说。

余志明略一思忖，说："正好我也没吃饭，麻烦你到厨房做点吧，里面什么都有，愿做什么做什么，我也不客气了。"

"对，对，这才像一家人嘛，客气什么。"说着向厨房走去。

李玉花叮叮当当地炒着菜，余志明走进来。李玉花说："这气炉子真好使，火力也强，还有电饭煲，电壶，电饼铛，菜也不缺，"望一眼余志明，压低了声音，"我看，你就差我这个女人了。"

余志明答非所问："要不要我帮忙？"

李玉花把菜盛到盘子里，剜他一眼："来，把菜端出去，亏你还是大老板呢，话也不会说，答非所问的。"

三人吃着饭，余志明抬头问："小苓，你们班多少人？学习紧张吗？"

小苓抬抬头，望他一眼，又低头吃着饭。

"你大爷问你呢，小苓，快说给你大爷。"李玉花怕女儿不说话，就催着她。

小苓抹一下嘴，放下筷，瞥一眼母亲和余志明，才说："我们班有六十七个学生，学习挺紧张的。"

"我在学校时，我们初二班，总共才有三十七个学生，怎么现在城里学生这么多？"

"你教过学？"李玉花吃惊地问。

"教过几年……"余志明咕噜着。

小苓抬起头，惊讶地望着他。

李玉花收拾着碗筷，小苓抬着头看墙上的招贴画。

余志明一边漱着口，一边和李玉花说："我也没什么送你的，这里有一辆新买的自行车，就让小苓骑回去吧，来回上学，带点什么的方便，礼拜天也可骑着到这里玩。"

李玉花笑逐颜开地说："小苓，还不快谢谢大爷！"

小苓转身望一眼母亲，并没有说谢谢，只是羞答答地望着余志明。

接着，余志明从内屋推出一辆银灰色轻便自行车。

李玉花望望女儿："快和大爷接过来！"

小苓接过自行车，在院子里溜了几圈，不由说："这车真好，骑着真轻快。"

余志明送她们走出大门，表情复杂地说："有空再来。"

李玉花回过头，小声说："再来，我就不走了……"

彭涛得到消息来到余志明家，第一句话他就问："听说小李连她闺女也带来了，是真的？"

余志明点点头。

"志明啊，这可是好兆头哇，我看有必要约上她，去城里给她买点东西，就定下来吧，省得夜长梦多。"彭涛的话不是没道理。"女人的心，天上的云。"这句俗话，他是知道的。

可余志明似乎没有意识到彭涛的良苦用心，他不经意地说："慌什么哩，彼此还没有了解，过个阶段，看看再说吧。"

彭涛有点发急，他说："你就是这个样子，不君不臣的，在这节骨眼上，你还炮打不惊地说风凉话，人家连闺女都领来让你看了，不就说明她是诚心的吗？我看你还是抓紧点好，人们不时常说'趁热打铁才能成功'吗？"

余志明笑笑："你不要说了，走着看吧。"

彭涛叹口气："嘿，真拿你没办法……"说罢，转身咚咚咚离去。

没过几天，李玉花又打来电话，说是请余志明务必去她那一趟，让他掌掌眼买几样东西，余志明推辞不过，只好去了。

他们在小铺碰了头，李玉花就带他向这个小城最繁华的五湖商城走去。

李玉花今天精神很好，面对着琳琅满目的各色商品，就像来到了金子山，看也看不够，拿也拿不尽，贪婪的眼神在各色货架上扫了一遍又一遍。她来到一个个铺面前，咋咋呼呼地讲价、还价，兴奋地将一样样东西装进提包，余志明就一次一次地往外掏着"大团结"。余志明虽有点不悦，但他心里明白，这种事情哪有不花钱的？花个三千两千的也是常情，可这个女人似乎也太"贪"了一点，差不离是见啥要啥，时间不长，带的那两个大尼龙包就已是鼓鼓当当，什么料子裤啦，呢子褂啦，还有红皮鞋、真丝袜、裤衩、乳罩、束腰布，真是应有尽有。最后，她又拿起一打安尔乐……

他们在一家餐馆吃过午饭，李玉花又提出要去某景区照相，说是赶集上山，早晚一天吧。余志明有点厌倦，说："拿着这么多东西，怎么去？"

李玉花正在兴头上，她提起那两个大包就走，"好了，你不愿去就不去，我自己去。"

余志明不愿扫她的兴，跟她一起来到了某景区。

李玉花兴致不减，在小河里踢踢踏踏地走着，大呼小叫地喊着："老余、老余！"她又让余志明给她拍了好多照片，在山坡上，在草地上，在小河边，那些照片，有搂着树的，有趴在一块大石头上的，有挥着胳膊小跑，往后瞭的，有披头散发弯腰泼水的……

后来，她又让余志明与她合影一张。余志明说："我从来不愿照相，要照你自己照。"最后李玉花软磨硬泡，硬拉着他请人照了一张，那合影就像是两个人因事闹翻了：女的瞪着眼，斜着望男的，男的则一个劲往外挣，两眼往外瞭着别处……

回来的路上，李玉花闹着又让余志明给她买了一个六点五克的金戒指，花了七百多元。七百多元可不是小数目，那时，一个精壮劳力干一个工，才能挣十多块钱，算一算也就明白了。

余志明摸摸空落落的衣兜，不由苦笑了一下。

…………

就在余志明敷衍着李玉花购物、拍照的时候，黄草岭乔玉珠家里正经历着一场不小的变故。

压水机旁，乔玉珠正在洗衣服。她神态木然，双手机械地在搓板上搓洗着。头发一摆一摆的，一缕发丝滑落下来，她理一下头发，抬眼望着空旷的院落。铁丝上的湿衣服沉甸甸的挂在那里，正滴滴答答地往下滴水。对面榆树上的一只斑鸠，孤独地梳理着自己的羽毛，忽然一挫身子，扑棱棱向远方飞去。

乔玉珠望着飞去的鸟儿，不由惆怅地叹了口气。屋内传来剧烈的咳嗽声，乔玉珠一愣，起身向屋里走去。

正在外屋做针线活的许母，闻声也向内室走去。

许兆祥坐在床上，用力地咳着。他脸憋得通红，可怎么也咳不出。许母扶住他，慌乱地说："祥子，祥子，你怎么啦？你很难受吗？来，娘给你捋捋……"说着，在他胸上捋着，又在他背上拍着。

乔玉珠手忙脚乱地不知在找什么东西，她急得团团转，一个劲地说："老许，你坚持一下，你坚持一下……"

她终于找到一个小喷雾器，几步跑到许兆祥跟前，急急地说："来，快把嘴张开！"

许兆祥可怜巴巴地望望他的妻子，顺从地张开嘴巴，乔玉珠对着他的嘴一下，一下往里喷着雾气。

许兆祥痛苦地吸着，无神的眼睛含着泪，茫然地望着乔玉珠。终于，他吐出了一口痰，喘息也平稳下来。

乔玉珠弯腰看时，不由轻声"呀"了一声。她睁大了眼睛，痰盂里红红的一片，是血，分明是血！

许兆祥惊疑地望着她，探头往下看去，乔玉珠赶紧扶住了他。他又把目光可怜巴巴地投向了自己的母亲。

乔玉珠弯腰端起痰盂，向厕所走去。厕所里，她把痰倒掉，地上又是殷红的一片。她忙用土盖好，来到厨房哭泣起来。

许母闻声赶来，劝道："孩子，别难过，反正兆祥的病，你也尽心了。你可要挺住，你要是再病倒了，我这老婆子，还有菲菲，可怎么办呀……"说着，也失声哭了。

时间不长，屋内许兆祥大喊："玉珠，玉珠！"

乔玉珠擦擦泪水，赶紧向屋里走去。

许兆祥深情地望着走进来的妻子，吃力地说："玉珠，我这病，我自己心里有数，看来是没多大指望了。你不要难过，你，你对我的好处，我，我到那边也不会忘……"他喘息一阵，又说，"当年你和我结婚，也不是情愿的……你和余老师的事情，其实我早就知道，这些年来，你在这个家里没少受了累，是我，是我拖累了你呀，看在这些年咱们夫妻的份上，你，你就原谅了我吧……"

乔玉珠抽泣着说："老许，快别说了吧，别让妈听见。你不要灰心，你的病，会好的。"

许兆祥喘上一口气，又说："玉珠，你别劝我了，刚才的事情，其实我也看到了。我，我怕撑不了几天了……"他又喘起来，良久，他断断续续地说："最、最让我放不下的……还是菲菲……她才十五岁，我……我死了，你……你千万可别舍了她呀……"

说完竟时断时续地哭了起来。

乔玉珠早已泣不成声，她伏在许兆祥身上，一声声叫着："老许……老许……"

许兆祥的话，牵动了乔玉珠的情思，她趴在他身上哀哀地哭叫，的确是她真情的流露和宣泄。此情此景，即便是铁石心肠的人也不会无动于衷，何况他们是多年的夫妻。人的情感是多样的，更是复杂的，世上绝没有什么纯而又纯的情感，有时人的举动会和他平日里的表现，和他的性格迥然有别，会令人百思不得其解。但你从人的本能看，从人的行为的复杂性和事件的特定条件看，心里也就明白了。有时，乔玉珠也回忆她和许兆祥这段平淡如水的婚姻，也曾给自己做出过许多匪夷所思的解释，埋怨命运把自己和一个不相干的男人绑在一起，过着味同嚼蜡的日子，消磨着她那宝贵的、不可再生的青春。她想着当初嫁给他时的那些日子，简直是日月无光、万念俱灰。

面对着这样一个既老实忠厚又少言寡语的男人，她该怎么办呢？她想发火没处发、想反抗无法反抗。她曾经多次拿他跟余志明作比，从形体容貌到文化素养，他们可以说没有可比性。余志明洒脱开朗、刚直不阿，而许兆祥有的只是低眉顺眼、曲意迎合。而这种顺从并不是一时半刻的，而是伴他走到如今。

这持久的逢迎，在相当长的一些岁月里，并不曾得到她的赏识和理解。很多时候她都认为，这是他无能的表现和拙劣的表演。面对他这种表现，她有时甚至感到厌恶。但岁月的延续，却在不知不觉中溶解着她心中的坚冰，在某种程度上接纳了他。有时她甚至认为，如果她再坚持她不理不睬的战术，说不定会使他生出个什么病，什么灾，或者在矿上出个事故，那么她的良心将会受到谴责，她的行为也将会受到某种形式的惩罚。这样的分析，就使她的思想、行为有了相当程度上的改变。

特别是自从有了他们的孩子，这种情感就发生了很大变化。从此，两人总算找到了一个契合点，也有了一点点共同语言。他们把各自的爱共同撒在这个小女孩身上，共同抚育着这株希望的幼苗。有时她也和他一起牵着孩子的手在矿区散散步，一同带孩子去娘家坐坐。还有一些时候，她也问他一些矿上的情况。诸如"在井下干活苦不苦、累不累，井下黑不黑？""工友们团结不团结？""他们的媳妇漂亮不漂亮？"每当问到这些时，许兆祥总是心花怒放，一一做着回答，并说工友的媳妇中，没一个抵得上她漂亮。这时，她也会绽出难得一见的笑容。

但在闲暇时，即使许兆祥对面坐着，她还是感到寂寞，好像有好多事情，好多的言语无法诉说，有好多思想好多情感无处投放。

有好多时候，她不止一次地将她与许兆祥的关系同她与余志明的关系做着比较。她发现，她和许兆祥之间缺乏深层次的东西和沟通。她始终觉得她和许兆祥之间似乎隔着一层膜，这层膜把他们之间的情感牢牢地隔在两旁，而这种膜又是那样的顽固，以至于到现今也还存留于二人之间。

对于这种膜，许兆祥也不难感觉得到，也一直为它所折磨，为它所苦恼。他也曾多次试图揭掉这层膜，清除这种无形的障碍，但他始终找不到解决的法子而任它长久地存留于两个活体，两种情感之间。

乔玉珠和许兆祥不同，她并没有试图揭掉这层膜的想法，也没有试图揭掉这层膜的任何行为。

毋庸讳言，在这段长长的，平淡如水的日子里，她也曾不止一次地想起自己的当年，想起余志明，想起和余志明那段激情如火的岁月。每当这时，她的心中总要升起一种无可名状的情绪。这情绪像游丝，时断时续地缠绕在她的心房，缠绕在她的脑际，令她至今不能忘怀。他的影子一直存留于她的脑海。她心里说，这并没有什么可以指摘的。一个人的美好理想如果不能实现，想想总是可以的吧。

她甚至还有自己的妄想，她明明知道这妄想是那样的缥缈，也许是一辈子也不可能实现，但她始终也没有试图去消除这个妄想，而让它伴随自己的人生。她知道，人是应该有所追求的，人生应该有一个梦。有时，她甚至会想，带着这追求，带着这梦就是去死，也会是幸福的。她又想，她已尽到自己的义务。自从踏进这个大门，她可以问心无愧地说，她没有做出任何一件对不住他的、为人不齿的事情。至于之后的日子怎样走，她现在还无从说起。

25

购物回来，没过几天，李玉花就又来到余家。中午时分，他们吃过饭，李玉花约他午休，余志明没理，点上支烟吸着四处查看着尚未装饰的房子，心里盘算着还要花多少钱，用多少工，还要经过多少道工序。他望着粗糙的墙体和坑坑洼洼的地面，想着就近发生的、尚未决断的事，心里真是烦透了，不由轻轻吁着气。

内室传来手机振铃声，余志明习惯地摸摸衣袋，又向里屋望去。

正在午休的李玉花，从蚊帐里钻出来，伸个懒腰，嘴里咕念着："真要命，连个午觉都不让睡成……"跐拉着拖鞋来到橱柜前，从衣袋掏出手机接打着电话："喂，喂，你是谁？你烦不烦？……噢……噢我知道了，我这就回去……"她边收手机边嘀咕着："真讨厌，就不让人消停会儿……"

她慢慢穿着衣服，望望余志明，说："老余，我铺子里有事，要我赶快回去，唉，真是麻烦，什么时候才能享享清福哇。"她穿好衣服，在镜子里照一下自己，拿起小挎包，又说："房子你抓紧装修，安排明白后，咱们再定。"

余志明也不搭话，望一眼李玉花，掏出手机，联系着出租车。

大门外早聚集着不少人，想观赏一下余志明的新夫人。他们当中，十之八九是老少娘们儿和不谙世事的小孩子。

女人们正叽叽喳喳地议论着。

"啧，啧，还是钱好使呀，人家老余才失家几天呀，这不，又续上了。"一个掉了门牙的老女人颤颤地说。

"那女的长得可真俊呀，和人家一比，嗨，真是羞煞了，羞煞了……"

五十岁许的黄脸婆钱二嫂一边说着一边别过脸去，似乎还真有些怕羞似的。

"光看人家那副耳环吧，沉甸甸的，保准是纯金的……"不知哪个女人说。

"呀，呀，那次我算看明白了，十个手指头，有八个戴着金镏子呢。"隔壁的张二婶机密地说。

"光看她脖梗上那条链子，金洒洒的，我估摸着，怎么也得值个三千两千的。"黄脸婆歇过了劲，又喋喋着。

"嗨，嗨，还不都是他余志明的，真是有钱能使鬼上树哇，没钱，那娘们能让他沾身？"

"要这个干吗，中看不中吃的，每次来，还披着披肩，哪里像过日子的？我看，保准也长不了。"掉了前牙的老女人往前拱拱，下着结论。

"我说呀，老余不该要她，听说乔家二妮子男人快不……"之后就是咬耳朵根子，再也听不明白了。

出租车鸣着哨子开了过来，老少女人们随即让开一条道儿。

一个老女人从出租车旁挤过来，走到大门前倚在大门上扒着门缝往里瞧。

屋子里，二人已准备停当，听到喇叭声，就出来锁了门，向大门走去。李玉花一手将大门拉开，那老女人就一下跌进来。余志明眼明手快，一把拉住将要倒地的老女人。他疑惑地望着她的脸，说："怎么是你，二婶子，你这是……"

李二婶在众人面前失了面子，忙遮掩道："我……我是想来借……借……"借什么呢，她终究没能说出。观山景的人们一下哄笑起来。

一少妇调皮地说："余老板，人家李二婶是想和你要喜糖呢。"

另一个说："喜糖没捞着，门牙可是差点磕掉了。"

"哈……哈……哈哈……"大门前充满了笑声。

余志明返身锁上大门，向众人一搭手："大娘婶子们，对不住了，我还

有事。"说着二人上车，汽车缓缓开去。

出租车驶上南北大街，慢慢行驶着。大路的一旁正在盖房子，路面上，大街两旁到处都是成堆的砖、石和建筑工具。帮忙的人站在大街上探头探脑地向大街另一端看着，一个说："听说老余的新媳妇漂亮着呢，待会儿过来，咱也开开眼界。"

另一个接上去："余老板可真是发了财，真正的万元户，据说还给那女人买了电动车呢。"

一个四十岁许的女人接着说："不光给那女人买，就连那娘们的闺女从头到脚也买了个遍，临走还送了辆崭新的自行车。嗨，这老余，可真是豁上本儿了。"

一年轻姑娘打着罩眼往前看着，她喊："过来了，过来了！"

一小伙推着车石块过来，他把车子一歪，石块哗啦滚在地下，他喊："快来呀，伙计们，快把路堵上，让老余新娘子下来端锨泥，和咱喝一盅哇……"

人们响应着，纷纷把车辆、工具等物都横在路上。

余刚也在帮忙的行列里，见到这场面，就转身向里走去。父亲续弦的事情，余刚早有耳闻，但他没想到事情会来的这样快。现在当着这么多人的面，就要见到父亲的"新妻子"，他的即将成为现实的"继母"，他真的还有些不好意思，甚至还有一点张皇失措。他毕竟已不是不懂时事的小孩子了，况且他已娶妻生子，他怎么会坦然相待呢？但另一方面，他看到自从母亲去世后，父亲百无聊赖的样子，确实有些心疼，又有那么个大果园，他哪里忙得过来？他和父亲已分家，各自都有自己的事业，哪里能抽出时间去和父亲帮忙？再一方面，就是那数不清的电影、电视剧，也在演绎着再婚再嫁的故事，父亲再婚，自己能说什么呢？看到这么多人在起哄，在看热闹，他心中不由升起一种奇异的情绪，而这种情绪真是有点莫名其妙，真有些只可意会不能言传的滋味。他想，如果事情顺利的话，他们有可能很快就会结婚，他们这个大家庭就会增加一个全新的成员。这不是很好吗？她长什么样？她有什么背景？他感到好奇。这种别样的情感，令他想看又不敢看，想走又舍不得走，他这样矛盾着，在不远的地方走来走去。

出租车开过来，司机探出头望望横七竖八的障碍，无奈的刹住了车子。

人们涌上来，一起叫着："下来，下来，老余下来！"

"把新娘子请下来，让咱开开眼界！"

"余老板，快拿喜糖！不拿喜糖别想过去！"

人们围住车，探头探脑地往里瞧着。

一个毛头小伙子一下拽开车门，就动手往外拉李玉花，他边拉边说："躲什么？丑媳妇脱不了见公婆，下来，下来，让大家见识见识这余夫人到底有多漂亮……"

余志明只好下车，拉住那小伙子，他掏出烟，先递给那小伙一支，又向大伙一支一支散着，一边递烟，一边说："实在对不起，玉花她回去有急事……"

不远处的张玉芹狠狠地向这边望着，嘴巴还慢慢歙动着。

一少妇望着她，打趣地说："玉芹你可真笨，你怎么不过去跟你公公要喜糖？他这可是好事呀，找了个这么年轻的美人儿做老婆，要是我呀，早冲上去和他要了。"

另一少妇偎上来："你公公这么壮，你新婆婆这么年轻，要是结了婚呀，还不再给你弄出个小叔子？"

张玉芹瞪起眼，恼怒地吼道："你们都给我滚，滚！"少妇们一伸舌头，向一边走去。

这张玉芹可不是个善茬子，简直可以说是女强人或是强女人。

她一手操办，办起了那个小小的养鸡场，而且已有收获，这在一般的农村妇女来说，可不是件容易办到的事，就凭这一点，余志明也就高看她一眼。而余刚更是敬畏得五体投地，平时连个"不"字都不敢外漏，除了经济上的问题，她对余志明还算是大略不失的。可自打知道了彭涛正在给他找媳妇后，就彻底改变了对公公的看法。沈翠莲病逝之后，她就谋划着，待过段日子，寻个合适的机会就把家给合了，家里总共才几个人，分的什么家？其实是她看到了余志明的能力和那个果园。她知道，余刚的本事远不及他的老子，要是合了家，在公公的扶持下，她的事业肯定会有一个大的发展。况且，她还有一个更为长远的打算。她心里明白，人，终究是要死的，你余志明也不会有长生不老术。等他两眼一合，这个大家业还不都是她张玉芹的？到那时，就是余霞来争，她也不放手。出嫁的女，泼出去的水，哪里有姑娘家回娘家争财产的？而且，她心里有数，她知道小姑子的脾气，争夺家产的事，她余霞是绝对做不出来的。

可是，眼前这个未来的婆婆要是有一天真的进了余家门，成了余志明的合法妻子，那将是一个什么样的局面呢？她不愿再想下去。

她憋着一肚子气，心里一直在想，像公公这样的年龄，还再结什么婚？还找什么对象？真是老无止经，钱没处花了。她总想找个机会发泄一下，可总没有机会，今天这几个小娘们儿竟敢当众戏弄她，真是胆大包天！现在骂了她们，也算是出出胸中那股恶气吧。

汽车旁边还在说着，"不行，拿喜糖来，快拿喜糖……"

"对，对，快拿喜糖！"

余志明抬起头大声说："拿什么喜糖，哪来的喜糖？真是莫名其妙。"说着弯腰去搬那些东西。

人们一看，就七手八脚的开出一条道。余志明登上车，汽车缓缓行驶着。

余志明从车窗伸出头，摆摆手："老少爷儿们，对不住了，对不住了……"

身后传来应和声："余老板别要赖，早晚饶不了你……"

彭涛听说事情有进展，就一早来到余志明家。二人打过招呼，彭涛就在院子里指手画脚的和余志明叨扯。拴在狗棚里的大黄狗，龇着牙正向他狂吠。彭涛指着狗，生气地说："喂这么大个狗干吗，抽空把它关到栏里去，狗棚子坚决扒掉，狗屎清理干净，再铺上沙，客人来了要有个好印象，别弄得到处臭烘烘的。"

他转过脸，指着一堆垃圾说："你看，那是堆什么玩意儿，赶紧把它清除掉，不留一根杂毛！"他指指两边空地，继续说，"那边先搭个棚子，你们的事我看也差不多了，看来这个小李是真心和你过呀，到时候总得举行个仪式，亲朋好友肯定也少不了，屋里安不下，再往棚子里安！嗯……嗯……走，再到屋里看看。"

这个彭涛可真是个热心人，他们进到屋里，他指着没装修的墙壁，没铺的地面又把余志明数落了个遍。余志明觉得有些好笑，本想回敬他几句，又怕伤了他的热心肠，就泰然自若地听他讲。

"老余我告诉你，你可别不当回事，我的意思很明确，你尽快做好准备，争取先把证给领了，省得夜长梦多……"

余志明不答话，抽出烟，二人打火吸着。彭涛深深吸进一口烟，又慢慢往外吐着，好像又在思量什么军国大事。一会儿，他才说："我可不是表功，你的事我可是动了脑筋了，就连当年我成亲时，也没这么动过这心思。现在，连你们办公事的问题我都想好了，请老村长当证婚人，汪文君能写会画，就让他写对子、当司仪，马文举记喜礼账……我嘛……就做你们的主婚人……哈哈……真是万事俱备，只等那一天了……"

26

城里李玉花小铺的柜台旁，李玉花正和一个陌生男人相对而坐，谈着什么。

陌生男人说："场长让我先来打个前站，问问你的态度。你要是有意呢，条件尽管提，回去我和场长说，他再来和你当面谈。人，你又不是不认识，他最近才失了家，怪寂寞的，急需有个人在身边……你现在也是独自一人，不是正合适吗……"

原来，三山口镇的汪文君，余志明最要好的朋友前段日子经历了他人生中最大的不幸，他的结发妻子宫月娥病逝了。现代医学和他的蜂产品没有留住她的生命，最终还是去了那个人人终究要去的地方。弥留之际，宫月娥紧攥着丈夫的手，做着人生最后的嘱托。她断断续续地说："老汪啊，我心不甘啊，我什么事也没做，就要走了，两个闺女都还没个着落，你可要帮我把这事做好啊……"

汪文君那么刚强的汉子，听到这儿，难免也掉下几滴清泪。他心里明白，他的妻子已是无药可治，他自己也无回天之术。想想平时她的好处，心中不免凄然。于是他就说："老宫啊，原来我还指望你病好后随我去放蜂，可是……"他说不下去了，停了好一会儿才说，"闺女的事，我会处理好的……你，你就放心吧……"时间不长，宫月娥就慢慢松开汪文君的手，平静地闭上了眼睛，安心地去了。

两个女儿哭的泪人儿似的，妈呀妈地叫着，好久不能平息。

汪文君虽是生性豁达，但在这样的不幸打击下，也难免乱了方寸。中年丧妻，人生三大不幸之一啊！那些日子里，他甚至有些走投无路的感觉。

蜂箱不去拾掇，蜂产品也不去推销，就知道闷着头抽烟。抽烟多好，喷云吐雾的，可以让人产生好多遐想，可以把人带入平时难以进入的空间。之前，他多次想到余志明，也打算为他续弦，帮他重新找到爱，不想余志明的遭遇又轮到了他身上。那就是说，他将也要和余志明一样，去对付那些没有爱的日子。这是多么可怕，又是多么无聊！但是他知道，他和余志明不同，他很难想象，自己也会和余志明一样虚度那苍白的人生。

这天中午，他又低着头闷闷地抽烟，女儿小慧端着一碗热腾腾的鸡汤举在他面前怯生生地说："爸，你都两天没吃东西了，这怎么行啊。你，你快把这汤喝了吧，这是我和我姐刚热过的……"

汪文君抬眼望望女儿，伸手接过碗，放到桌上说："你们谁也别劝了，劝也没用，饿了，我自己会喝。"

大慧望着父亲，想了一会儿说："爸爸，你是明白人，知道谁也劝不了你，可你总得面对现实吧。反正妈抛下咱们走了，可咱们总不能跟着去，咱们还得过下去。你这样不吃不喝的，叫我们怎么回单位工作？"

汪文君叹口气，端起碗来，慢慢喝起了鸡汤。

两个女儿陪汪文君来到南面小山上。小路两边的松柏涌动起来，发出呼呼的声响。

汪文君望着涌动的山林，慢慢说："我怎么也没想到你妈走得会这样快，真让我措手不及。我只想有药吃着，有蜂王浆喝着——哪承想……"

三人低着头缓缓走着。山风还在响。

"爸爸，我早想好了，反正人死不能复生，我和妹妹又都不在你身边，你又有这么大的事业，身边不能没个人，有合适的，你，你就再给我们找个妈吧……"

大慧的话，汪文君当时也没怎么在意。之后的寂寥日子里，使他想起了一个人，于是就有了前面陌生人去李玉花小铺的故事。

陌生人的话，给李玉花出了一个不大不小的难题。她和余志明的事情

还没有个结果，现在又遇到了这个事。这使她既兴奋又惶恐，一时不能做出答复。

她和汪文君认识也有几年，当时她刚离了婚，就在这座小城里开了片小卖铺，平时卖点烟酒糖茶、日用百货。因资金问题，就是这个小小的门面也常常不能摆满，而那些城里人喜欢的高端商品更是不敢企及了。李玉花常为这些事烦恼，可也无计可施。那时她听说蜂产品很畅销，利润也很可观，可就是找不到货源，而且资金也是个大问题。适逢汪文君送货路过这里买烟，临走，李玉花发现他摩托车后座上的蜂产品，就问了一下。

汪文君回过头："怎么，你想进这货？"当时汪文君正想扩大销路，二人一拍即合，谈好了价格，结账时汪文君一摆手："这货款我先不收你的，你是坐地户，不是野摊子，你跑不了，咱们说到明处，你卖不完不要给我打电话，赔了钱你也别给我打电话，赚了钱你再打电话，我来结账，而且之后还能优惠。"

李玉花感激得真是热泪盈眶，她简直不敢相信，现在世上竟然还有这般好人。

第一笔生意就这样出人意料地做完了，李玉花赚了一笔可观的钱。结账时，他又让了一点钱，李玉花更是感激不尽。之后，他们说好，汪文君定时送货，还是那样，赚了钱再结账。李玉花就想，这简直就是天上掉大馅饼，往后不愁没钱赚了。随后他们又扩大了交易范围，汪文君把山里盛产的山货时不时地也给她捎带些来，什么野山参、狐子皮、金针木耳、黄花菜，让那些鬼精灵的城里人开了眼界，李玉花更是感恩戴德，心花怒放。

日子一长，他们熟了起来，说话就随便了许多。有时李玉花留他喝点酒、吃顿饭算作答谢。李玉花颇有些酒量，趁着酒兴有时也说些男女的事，还问他家中嫂子待他怎么样。喝酒时她总是十分兴奋，端茶顺酒，给他夹菜，用痴迷的目光瞧他，拿些肉麻的话打点他，有时借着点烟递茶的机会摸一下他的手。还有一次，她喝得可能多了一点，竟借着去拿东西的机会，用那敏感的东西蹭他、压了他几下。

那时汪文君刚过四十，正是如狼似虎的阶段，他能看不出觉不着？每逢这时，他心里也总是热乎乎的，也曾燥热过几次。可是他没有迎合她，他想到了结发妻子那双忧郁的眼睛和两个可爱的女儿。他没有越过男女的底线。

这样，就更增强了李玉花对他的敬重，增强了对他的依赖。她为他的人格而折服，为他的诚信而感动，有一种相见恨晚的感觉。又恨汪文君，有妻有小，让她无从下手。现在他已没了媳妇，真是天赐良缘哇。

可她又想起了刚刚结识不久的余志明，余志明也不错，对他简直是有求必应。她把这两个男人做了对比，她觉得，这两个男人都很优秀，都有打动她的地方，到底要选择哪个呢？可不能因他们都优秀，就同时跟了两个人吧。

这时她想起了汪文君给她讲过的苏联歌曲《山楂树》里的故事，想到了那个因同时爱上了两个小伙子，却不知究竟选择哪个而苦恼的苏联姑娘。汪文君当时叙述这个故事时有声有色，投入了真情。他会唱这支歌曲，情绪上来，他就用俄语唱了一遍，李玉花听不懂，就说："你唱的是啥玩意儿，嘴里只管得得得的。"汪文君接着又用中文唱了一遍。李玉花似乎听出了一点意思，就说："好，好，只是觉得好像有点凄凉。"汪文君说："凄凉说不上，只是觉得那个姑娘有点可怜。"

李玉花很不以为然地说："那姑娘同时爱上两个小伙子，说明她有广泛的爱，两个小伙子同时爱上她，那不说明她更美丽更高贵吗？美丽可是一个女人最宝贵的本钱，哪有为自己的美丽而苦恼的呢？真是傻得可以，呆得可以。我要是那个苏联姑娘，我就会看哪个更优秀，哪个背景更牢靠，哪个家庭更富有，就选择哪一个，这有什么难的！别说是两个不相干的小伙子，就是亲兄弟、亲姐妹也总会有差异，总会有一个更优秀，只要看好了，难道还不会作出选择？烦恼什么？又忧伤什么？"

汪文君就说："嗨，整天和你打交道，没想到你还有这么精辟的见解，真是佩服，佩服！"

没承想李玉花现在也遇上了苏联姑娘的问题。她虽有自己的"理论"，可放到自己身上时，却还是产生了一点点难言的情绪和烦恼。在她眼里两个男人都是一流的好男人，究竟选择哪一个，哪一个更适合于她李玉花，是应该好好思量一下了。她知道这种事情不宜久拖，久拖对她不利。那就按自己的"战术"和"理论"去实施吧，她决定先试探一下余志明的底线，而后再去研究另一个男人，于是她起身向内室走去。

陌生人见李玉花不言不语，起身而走，就站起来问："怎么样小李，我怎么回答？"

李玉花回过头，不动声色地说："回去告诉他，这事儿先不忙，我现在正谈着一个，还没落实，等决定了，我自己通知他。"

陌生人疑惑地望着她，好久，他才说："好，好，就照你说的去回话⋯⋯"说完，转身离去。

李玉花从内室推出电动车，锁了门，向樱桃峪进发。

李玉花来到樱桃峪，大街上的老少女人们，就又有了话资，仨一伙俩一帮地站在街旁，指指画画地议论着。李玉花也不去管他们，径直向余家走去。

来到门前，李玉花望望虚掩的大门，推车向里走去。出来泼水的张玉芹，回头望着正往公公大门里走的李玉花，狠狠地把水泼出，咕咕念念地说着什么，回头走进自家大门。

余志明坐在桌旁正在看书，他感觉有人进来，就抬头望去。李玉花站在那里，讥讽地说："余大老板，你可真用功哩，有人进来你都不理，每次来都见你看书，这书，也不知有多大用处。"

余志明忙站起身说："小李，你来啦，快坐。"他指指八仙桌旁的椅子，"你那边坐，我有事正要找你。"

李玉花坐下来，疑惑地望着他："你找我？你找我什么事儿？"

余志明一边拿茶壶下茶叶，一边说："老彭三天两头地来找我，问我咱俩的事怎么样了，他说，让我问问你，要是差不多的话，就先把证领了，抽空再办公事。"他指指外面院子，"这不，院子他也帮我清扫干净，候客的棚子也已搭好了。"

李玉花扭头瞥一眼外面院子，微微一笑，鼻子一哼，把脸别向一边，一副不屑一顾的样子。

"你哼什么？"余志明见她这般模样，大惑不解，就问。

"我呀，哼你这书呆子，只知道看书、种樱桃，别的什么也不懂。哼，你想得真美，也不问问人家有什么条件，就谈结婚、领证，哈哈……哈哈，你，"她指指自己脑袋，"这儿太简单了！"

"你，你还有什么条件？东西不是都给你买了吗？怎么……"在余志明看来，两个男女只要谈得来，还说什么条件不条件的？把东西铺盖和在一起过日子不就行了吗？哪有这么多烦琐事儿？

"你那点儿东西呀，打发要饭的还差不多，这样一个大活人，"她指指自己，"就白白给了你？"

"你说，你说你到底还要什么条件？"余志明有些烦躁，急急地问。

李玉花站起来，来到余志明身边，叠起两个手指，说出两个条件。

余志明顿觉吃惊，心里说："这女人好厉害，竟然能提出这等条件！"他思忖良久，最后说："第二个条件嘛，我可以考虑，给你交个三万两万的养老保险，也在情理之中。可这第一个条件，把房产证过户到你的名下，实在太苛刻，不行。"他点上一支烟吸着在屋内走来走去，边走边咕念，"改房产证……改房产证……过户……过户……这可不是个小事儿……不行……不行，我得好好想想……"

隔院里的张玉芹早贴在侧门前听了好久，她似乎听到那女人和公公谈什么房产证，觉得新鲜，就找来了一个凳子爬上去，扒着墙头听着。她见

公公和那女人从屋里出来向大门走去，就把头一低，尔后复抬头听着。那女人说："好了，你也不要送了，反正条件我已经说透了，主要是房产证，要想结婚，房子必须过户到我的名下，"她望望余志明，见他不言语，知道他还在迟疑，"老余你想好了，到底是房子重要还是媳妇重要，别的就不多说了，请你尽快给我个答复。"说完骑上车子走了。

张玉芹跳下凳子，咕念着："过户…过户……过户到她名下……什么是过户？"

房内已亮起电灯，张玉芹正在小桌前包饺子，猫猫在一边儿玩。

门外传来摩托声，余刚下班回来了。猫猫跑上去接过头盔，高兴地喊："爸爸回来喽，爸爸回来喽！"

张玉芹抬抬头，不冷不热地说："下班啦？"她站起来，搓几下手上面粉，走到正在洗脸的余刚跟前，"喂，跟你说个事儿。"

余刚停下手，抬头问："什么事？"

"你那小娘今儿又来了，披着披肩，骑着崭新的电动车，嘴头子抹得猪血一般，妖精一样，那车谁给她买的？不会是你老子吧，他可真大方。"说着，又坐到桌旁包起饺子。

余刚边洗脸边说："没见过的事就不要胡说。"

"胡说？你说我胡说？街上可是传遍了，都说你老子带着那女人到处游逛照相、下馆子，光金戒指就买了七八个呢！"

"你怎么知道的？"

"街上说的嘛。"

"街上说什么你就信什么，你又没亲眼见。"余刚擦着脸嘟囔着。

"给她闺女买的那辆新自行车，你可是亲眼见过的，那也是假的？"

余刚终于被问住，他轻叹了口气，把拧干的毛巾搭在脸盆架上。

张玉芹边擀饺子皮，边歪头想着什么，忽然她停下手，抬头问："嘿，还有一个事，差点忘了问你，我问你，"她望一眼正在鼓捣炉子的余刚，

"什么是过户？房产证过户是怎么回事儿？"

余刚挠几下炉灰，不经意地回道："过户啊，就是把名字换成别人的……哎，你问这干吗？"

张玉芹捏饺子的手停下来，眼珠子滴溜溜转着："噢，噢，明白了，明白了。原来那娘们儿是想要你老子的房子呀，可不得了啦，为了一个女人，房子也不要了。"她站起身，拍拍身上的面粉，嗵嗵地向外走去。

天已经全黑下来，院子里到处黑魆魆的。堂屋里亮着灯，从外面可以看到正在吃饭的余志明。

张玉芹哐啷一声捅开门进到屋里，眼珠子瞪得溜圆："我问你，你是真的要把房产证给那娘们吗？我看你是昏了头了，为了一个烂娘们儿连房子也不要了，你还有儿子还有孙子吗？"

余志明也正在思考着这房产证的事，揣摩着可能带来的后果，心里七上八下正没着落。这突来的吵闹，使他有些措手不及，拿筷子的手停在半空，一时竟不知放下。他愣愣地望着儿媳，慢吞吞地说："你听谁说的？"

"我亲耳听到的，你还不承认？"张玉芹有恃无恐，急急地说。

"我，我不正在考虑吗。我，我还没考虑好哩……"

"等你想好，这房子就不姓余了。"

听说房子要过户，余刚吃了一惊，跑过来说："说给你，以后再弄这等事，一定得告诉我们！"很明显，余刚所说的"我们"就是他和张玉芹。看得出，他已经把这个大家庭人为地分成了两个阵线。他和他老婆是一个阵线，另一个阵线就是他老子了。

"对，对，以后再弄这等事，必须先告诉我们，不能一个人说了算！"张玉芹坚决地应和着说。

余刚抬起头，瞪着余志明："记住了？"说完，和张玉芹转身离去。

余志明望着这男女的背影，脸上显出哭笑不得的神色。

余志明房产证过户的事一时竟成了樱桃峪的头号新闻，在这个不大不小的村子里面，到处都在流传着余志明房子过户的消息。

人们都在疯传，余志明为了把一个女人弄到手，不惜血本，给那女的买这买那，最后连那刚混结构的小楼也许给那娘们儿了。可叹，可叹！这老余真是"不要江山要美人了"！

这里面十有八九是那张玉芹的功劳，自从那次跑到公公家大闹一场后，她就不分场合、不分地点、不分时间地到处散布消息。最后她又把这事捅到了余父、余母那里，又动员了王三妮等几个老娘们去做余志明的"工作"。

这王三妮能说会道，沈翠莲在时，两人最合得来，对余志明也是无话不说。她在果园找到了余志明，她说："志明，你这么明白的人怎么也犯糊涂？莫非你忘了'天上的云，女人的心'的老话？那李玉花是何等人？你忘了她是个小卖铺的小老板？她什么账算不开？她的意思我都看明白了，先拿要房产证来要挟你，等她得了手，结了婚，过不了三个月两个月就要和你闹矛盾、闹离婚。这婚一离，你家产就得分她一半，房产证真的变成了她的名字，弄不好你还要净身出户。净身出户你懂吗？懂，好，接着说。这最后的下场，你就是人财两空，你还怎么在樱桃峪做人……"里里外外，前前后后，这王三妮给分析了个遍，直听得余志明晕头转向，内心焦躁。趁她稍一停顿喘气的当儿，余志明打断了她。他说："三姐，谢谢你，谢谢你和众乡亲的好意，这些我都懂，我余志明还没有浑到那样的地步，请你转告乡亲们，我余志明有能力处理好这个事情。好，好，我还有事，谢谢了，谢谢了……"

听了余志明好似"褒奖"的评断，王三妮虽有些疑惑，但还是欢天喜地地走了。她心里说，偌大个樱桃峪，谁能说得动这老余？也就是我王三妮吧，不管怎么说，总算了了我一段心事。

真是天有不测风云。久旱无雨的樱桃峪，今年却一反常态，接连下起了暴雨。霹雳一个连着一个，硕大的雨滴夹着风卷起的尘沙劈头盖脸地向樱桃峪砸了下来。天空一片迷蒙。

大雨哗哗地下着，竟无停歇的意思。傍晚的时候，汹涌的洪水已把河道填满，胭脂河失去了往日的温顺，暴怒得像一只发怒的狮子。排浪一个接着一个，浑浊的河水翻腾着，呼啸着，裹挟着从上游带来的房檩、屋梁，连根拔起的树木、柴草，怪叫着的猪羊迎面下来，又急速地向下游奔去。

第二天中午的时候，大雨停歇下来，天还是灰蒙蒙的。

余志明来到果园站在田埂上，呆呆地望着前面。

果园已成泽国，大部分果树都浸泡在明晃晃的水中。小路边，田埂上，还有地势较高的地面上的草，软绵绵地向一个方向抿着，像是女人刚梳洗过的发丝。她转过身，向另一个方向望去，眼前也是一片水泽。

余志明知道，樱桃树，特别是欧洲甜樱桃，对水分十分敏感，它不耐水湿，更怕浸泡。如果不及时将水排出，后果是可以预见的。他不敢怠慢，长叹一声，踏着泥泞从小屋取来工具，诅咒着这鬼天气，向南部沙脊走去。

从整个果园的地势来看，南部较矮，但被一道沙脊隔着，积水不能流出。所谓"沙脊"，就是一道垄起的、质地较松软的沙石坡。只要从这沙脊上开出一道口子，雨水即可排出。

余志明来到沙脊旁，查看了一下地形，就扒掉外衣，只穿一件背心干了起来，他嘿呀嘿呀地刨着，砂石在大镢的撞击下，不时迸出火花。

这时传来一个女人的问话声："大哥，你在干啥呀？还打着号子？"

余志明抬头望时，就见乔玉珠从小屋前往这赶。

余志明忙喊："别过来，别过来——那里水深——"

乔玉珠似乎没听见，挽起裤腿往这走来。快到沙脊的时候，她脚下一滑，一个趔趄，差点摔倒。余志明忙去扶住她。她手一挥："没事，没事。"

她踏上沙脊，边擦着腿上泥巴边问："怎么就你一个人干？没找几个帮忙的？你一个人啥时干完？"

余志明叹气，说："找谁去呀，大家都在排涝，到处墙倒屋塌的，哪里有闲人？"

"怎么不叫余刚来？就是张玉芹也该来呀。"乔玉珠继续提着疑问。

"余刚舍不得落那个工，早去上班了。张玉芹倒是在家，恐怕她地里也要排涝，不去给她帮忙就算不错了。"余志明有点无奈，忙解释着。

乔玉珠望望汪洋似的果园，急切地说："这咋行，等你挖通这沙脊，果树恐怕就涝死了。"她抄起旁边的铁锹，"来，你快刨，我往外出，早一时是一时呀！"

余志明边干边问："咳，还没问你，你这是从哪里来呀？"

乔玉珠头也不抬地说："下这么大雨，菲菲姥娘家的屋又是旧的，不放心就过来看看。"

余志明又举起镢头，边干边问："兆祥的病轻些了吗？"

"这一阵子又在发烧，出虚汗，老咳嗽，最近脾气也不好，动不动就发脾气……"

"可得抓紧给他治呀，这一个人的日子真是太难了……"余志明感慨地说。

乔玉珠沉默着，一时没有回答。过了好一会儿，她却突然问："听我妈说，你又找了一个？你可要撑住眼啊……听说，听说她还要什么房产证？"

"是有这么回事，我正想找你，想听听你的意见。"余志明并不回避她的问题，他心情复杂地盯着乔玉珠，提出了自己的要求。

"这种事情确实比较棘手。要是应了她的条件呢，房子你就没有了主权，而且你那儿媳妇肯定也不会同意，要是不答应呢，人家肯定不干……"她叹一口气，"哎，房子确实是个大问题，那女的也有难处啊……"乔玉珠认真地分析着。

余志明直起腰，点一支烟吸着，茫然地望着前方。

雾气消散了，太阳射出万道光芒，乔玉珠眯着眼望着太阳升起来的地方，兴奋地说："看，太阳终于出来了。"鲜红的太阳照在乔玉珠的发丝上，那上面的水珠儿晶莹剔透、闪闪发光。

余志明转过身，不经意地瞥了乔玉珠一眼。他发现乔玉珠正用疑惑的目光看着他。

沙脊终于凿通了，园内的积水通过水道哗哗地流到岭下，二人相视，露出会心的笑意。

就在大雨过后几天的一个早上，城里的李玉花正在思索着她那个迫在眉睫的事情，品尝着陌生人的传话和汪文君刚才电话里的意思。

原来，那天陌生人把大体情况和汪文君说了，但李玉花正在谈着一个的事情他却只字没提。

汪文君见他吞吞吐吐不得要领，想着这里边必有隐情，就问："小李到底怎么说？"

陌生人望他一眼，迟疑地说："我看她不是很高兴……好像是有什么心事……"

"心事？她能有什么心事？"

"嗯……她说她铺子里最近挺忙，暂时没工夫考虑这个。"

汪文君是个明白人，什么事能躲过他的眼睛？当时他就断定，事情没那么简单。他估计，他的这个朋友是在搪塞他。凭着他跟李玉花这些年的交往，李玉花不可能说出这样的话。他有点生气地说："你说，她最后到底怎么说的？"

"她，她最后还说，说……"

"说什么？"

"她最后说，过个阶段再回话。"

"回话？她给谁回话？"汪文君急急地问。

"给你呀，她还能给谁回话？"

汪文君高兴起来，拍拍对方的肩膀："好，你的功劳不小，别走了，今天我请你。"

之后几天，汪文君得不到李玉花消息，就主动给她打了几次电话，询问她的意向。而每次李玉花都含糊其词，不做正面答复。这天清晨，汪文君心中焦躁，耐不住性子就又给她去了电话。这次电话里汪文君已失去了耐性，措辞强硬，真有些"最后通牒"的意味了。他最后说："怎么样小李？还是那句话，只要你有意，条件尽管提，我绝不食言！"随即"啪"的一声撂了电话。

汪文君近乎通牒式的言语似乎还在耳边回响，这些言语尽管有些强势，有些不礼貌，或者说是肆无忌惮，正好说明了他们关系的无间，这明白地传递了他的信息——他是爱她的，但似乎也在传达出另一个信息——他爱她，但不是他唯一的选择，他离了她照样可以找到爱。除此，没有第三种解释。想到这里，李玉花觉得是应该好好思量一下了。

这些年的交往，早已验证了汪文君是个言而有信、说话算数的人。她知道，凭着汪文君的实力和广泛的人际关系，想再寻个适宜的女人并不是件难事。而且，这中间的历程也不会太长。从他电话里的语气就可以断定，他是明显带有这个意思的。怎么办？现在就给他个答案吗？可是眼下她还受着另一个因素的制约，那就是和余志明的关系。

这个她结识不久的男人，浑身充满了自尊、自信和大度，对她的情感世界确实也引起了不小的撞击。他是一个可以托付终身的人。可是，他为什么不答应她提出的那个条件呢？说什么"这可不是个小事"到底多大的事啊？不就是几间房子吗？难道那房子比她这个大美人还要重要？看似那么明白的一个人，为什么会在这个问题上犹豫不决？

这就是二人的矛盾点，房子的权属，李玉花是一定要坚持的。如果那房子她自己要是不当家，后来万一出了变故怎么办？那时她就会两手空空，真的是无家可归了。若是那样，倒不如现在就当机立断，以防后患。

再说现在又下了这么大一场雨，还不知他果园怎么样了，那可是余志明今后发展和赖以生存的唯一的经济来源，也是她看上他的一个重要因素。从某些方面来说，那果园甚至比他钢混结构的小楼还要重要。房子没有了可以再盖，而果树毁了，对于余志明来说可能一切都完了。想到这里，她拿定主意，先去探一下余志明，再做最终的决定。

27

　　余志明怎么也没想到樱桃园会受灾。虽说园内也曾积水，但他已用最快的速度将水排出，估计不会有太大的问题。

　　这一天他又来到园子，查看果树态势。他在行间走着，拉过一个树枝观察，发现树枝上的叶片像被开水烫过，没有一点生气。他慢慢向前走着，随手拉过树枝查看。那些树枝也像刚看过的一样，显着没有生气的死灰色。他来到田埂上，放眼望去，几乎所有的叶片都有气无力地耷拉着，他倒吸一口凉气，站在那儿发呆。他心里说："完了，完了，一切都完了！"老天就是这样无情，这承载着余志明所有希望和梦想的樱桃园，就这样在一场暴风雨中毁灭了。

　　李玉花骑车来到余志明家大门前，见大门锁着，就向旁边的张玉芹打听老余下落，又遭到张玉芹呵斥，张玉芹充满敌意的眼睛盯着她，眼里像要冒火，她愤愤地说："问我干吗！有本事自己去找！"

　　李玉花惊讶地望着她："你是他……"

　　"我是他儿媳妇！"说罢，"吭"的一声关上了大门，里面传来一声，"净来想好事！"

　　李玉花望着关上的大门，吃惊地说："呀，好厉害呀！"说罢，调转车头向外走去。

　　李玉花推车走进果园，见余志明正在园内转悠，就喊："喂，余老板，你转悠什么呀，到处找不到你，也不管人家着不着急，你倒躲在这里图清闲。你，你到底在干什么？"

　　余志明发现了她，也不搭话，继续查看着灾情。

李玉花紧走几步，来到余志明前面，望着他阴沉的脸，问："怎么了？人家来了也不搭腔，这是跟谁生气呀？"

余志明别过脸，望着眼前的果树，还是不搭腔。

李玉花望他一眼，在树间走动着，还不时地拉过树枝观看。最后她吃惊地说："呦，怎么回事？这叶子咋都耷拉了？"她来到余志明身旁，"老余，这树是怎么回事？叶子怎么都变了？明年还能结果吗？"

余志明头也不抬，沉沉地说："别说结果，恐怕连树也保不住。"

"树也保不住？那怎么办？"李玉花疑惑地说，脸上显出复杂的表情。

她一边嘀咕着，一边把整个果园看了个遍。她踱到余志明身边，喘吁吁地说："老余，老余，咱们的事怎么办？"

在这段不长的交往里，余志明早就发现，李玉花不是个寻常女人，她有心计，有脑子。她功利得很，现实得很。在她眼里，在她的现实生活中，正像是丘吉尔说的那样："没有永远的朋友，也没有永远的敌人，只有永恒的利益。"现在我的果园毁了，她还有什么利益可图呢？既然失去了取得利益的条件，她能怎么样？余志明心里是清楚的。他不愿在这个女人面前充好汉，也不愿听到她回绝的话，于是他就说："你看现在这个样子，咱们的事以后再说吧。"

李玉花久久地望着他，终于说："好，老余，就这样，咱们的事……就照你说的办……咱们……以后再说。"

余志明回头瞅了她一眼。他发现，那女人的目光里已含着散伙的意思了。

从樱桃峪回来，李玉花边走边想着余志明果园受灾的惨状，想着余志明最后那无奈的表态。正如余志明的断言，李玉花是个功利主义者，但她此时心里还是七上八下的。这段日子的交往，说实话，她对余志明的人格是尊重的，彼此也曾有过几次致密的交往，也初步有了一点情感。现在马上要离开他去投另一个男人的怀抱，她终究还是有些不安。可能是良心发现，一路上她都心神不宁。回到家，她心不在焉地拾掇着门面，似乎还在游移之中。

这时，手机响了。

电话是汪文君打来的。原来自打今天一早给李玉花打了电话，汪文君的脑子一直没有闲着，他仔细地分析、思量着他与李玉花的交往史，从开头的相识，二人生意的开通，他对她的宽容、扶持，到李玉花对他的认可、关爱，想了很多、很多。他又想到了他的妻子。那时，妻子宫月娥时好时坏地正在闹病，身体虚弱得很，她那忧郁的眼睛似乎时时都在传达着她对他的依恋和对他深沉的爱。他们毕竟是多年的结发夫妻，有着深厚的根基和想相依为命的历史。所以那时李玉花无论怎样向他示好，都没打动他的心。现在不同了，宫月娥离去了。他们没有白头到老，但他的人生还要继续，他又不能忍受这没有爱的日子，他还有很强的生命力，他要去寻找他的爱，去寻找自己的幸福。

在这一方面，汪文君是洒脱的，他心里明白，死去的人不能复生，但情感可以延伸，爱情可以更新。他回想着他与李玉花前几次的通话，那几次的通话中她都没有正面的答复，今天清晨的电话也已过去大半天，也没有得到回音。李玉花的模糊战术和沉默使这个沉稳的男人有点坐不住了。是她不同意，还是别的什么原因？李玉花的脾性他是再清楚不过，那就是有奶就是娘，现实得很。他甚至怀疑她是否看上了另一个比他汪文君更优秀的男人而拖着不给他回话，不给他正面答复？他找不到答案，但是除此之外，不会有别的可能。

他感到了危机，真的坐不住了。他吸着烟在蜂箱前急走，成群的蜜蜂嗡嗡叫着在他面前飞蹿，有的碰到了他的面颊，他也不觉，眼前就只有李玉花的影子在晃动，李玉花那双大大的挑逗的眼睛正对着他，似在传达一种不可捉摸的信息。

不行，不能任她发展下去！他要主动出击！于是他猛地停下步子，掏出手机拨打了李玉花的电话。李玉花打开手机，快速地扫了一眼号码，明白是汪文君打来的，不觉暗喜，心里说："好你个汪文君，你到底还是沉不住气啦！"她庆幸自己的模糊方略和拖延战术取得了成功。她明知是谁的电话，还是故作姿态地问："喂，喂，你是谁？"对方不知说了句什么，于是她又说："噢，噢，听出来了……听出来了，你这么个大老板，我敢听不出？"

电话里汪文君似乎有点焦躁地说："别胡说八道了，净说些没用的。喂，你听着没有？……好，听着就好，我问你，今天一早跟你说的那事儿，你想好了没有？请你现在就给我答复！"

李玉花紧张地思索着，眼前又闪现出余志明几近绝望的样子和成片耷拉着叶子的樱桃树，余志明沉沉的话语在耳畔响起："别说结果，恐怕连树也保不住。"

电话铮铮响着，拿电话的手也在轻轻颤抖，她脸色急剧变化着。终于，她下了决心，把手机送回耳边，果断地说："喂，喂，你听我说，我已经考虑好了，答应你的请求。不过我可是有条件的……"

"什么？你还有条件？……好，好，你快讲……"电话那头，汪文君急急地问。

"条件当然有啦，我这么个大美人，就平白无故地给了你？你想得倒美。再说这女人再嫁，可不比大闺女找主儿，麻烦事可多了，你说是不是，汪老板？"

汪文君有点耐不住性子，着急地说："你简单一点，快说，快说，别兜什么圈子，和我你还来这套？快说。"

李玉花有恃无恐，慢吞吞地说："你急什么！急也没用，还得慢慢听我谈条件，谈不好条件，美人儿上不了你的床……"

汪文君真的急了，不顾一切地说："好了，快，别跟我弄这些狗屁苔了，什么条件快说！"

李玉花喜形于色，慢慢地讲出了那两个条件。

汪文君有点儿惊讶，着急地问："什么？你说什么？……房子过户到你的名下？还有养老保险？……好你个李玉花！真不愧是久闯江湖的老油子……好，好，让我想想……"

汪文君手握手机，在院子里晃来晃去，自言自语："这个女人的条件可真够毒的。是得好好想一想……"这座铁桶般的二层小洋楼是他耗尽了几年的心血，几乎用尽了所有积蓄才筑成的，可以毫不夸张地说，这房子简直就是座小别墅。如果过户到她名下，房子就成了她的，他将永远失去对房子的处分权。从某种意义上说，他将沦为一个倒插门的女婿，他堂堂一个汉子、一个暴发户主岂不被人耻笑！

但是，李玉花那双勾人心魄的眼睛和她性感的身段就像磁石般有力地吸引着他，使他不能自拔。他想，凭着这些年二人的交往，就是应了她的条件结了婚，估计她李玉花也不至于走到先打闹、后离婚，独霸家产，让他扫地出门的一步。即使那样，他汪文君也不怕，他相信法院也不至于浑到只听她一面之词的地步。况且往最坏处想，即便他真的被扫地出门了，他还可以重整旗鼓，再弄一处嘛。何惧之有！

再说就算婚后有变，不能白头到老，他也不会有遗憾，能和意想中的美人儿共度几个春秋，也不失为一件美事，算是人生中的一个成就。

汪文君到底是汪文君！他很快就想通了，他有点激动地停住脚步，将手机放回耳边，大声说道："好，玉花你听好了，一切由着你，尽快过来办手续。"

余志明果园里一片萧条，涝死的树已经干枯，露出和那个季节不和谐的土黄色。几个工人模样的人正在忙着砍树，油锯子发出凄厉的叫声。余志明板着面孔，正扶着将要倒地的樱桃树。其他的人有的用板斧砍削着树干上的分枝，有的肩扛树枝、树干往车上装，有的收拾着地面上的乱枝。

油锯停住了啸声，大树轰然倒地，余志明望着倒下的樱桃树，脸上显出痛苦的表情。嗨，这饱含着余志明无数辛苦的果树，一棵棵倒下了！

一阵摩托声传来，彭涛骑摩托车驶进果园，他没有下车，没有熄火，两腿叉在地上，举着一封信大声喊："信！信！志明，有你的信！"

余志明走过去接过信，彭涛说："刚才李玉花去我饭店，留给许莉一封信，嘱咐许莉让我务必把信亲手交给你，说完她就回去了，别的什么也没说。"他指指余志明手中信件，"你拆开看看，看她信上说什么？"

余志明早有预感，估计信中不会有什么有价值的东西。他没有看信，随手把它塞进衣袋里。

彭涛见他无动于衷的样子有点生气，说："你这家伙怎么连看也不看就掖起来了？快掏出来看看到底写着什么，我，我都快憋死了。"

余志明正没有好心情，烦烦地说："我这里正忙，要看你自己去看！"说着就去掏那信。

彭涛抬手按住他："看你这熊脾气，不看就不看，你发什么火！"他跨下车熄了火，在一边走来走去。良久他才说："我估计呀，这信无非有两种可能，要么是她决定和你领证，要么……要么又是什么呢？可是她又为什么非要写信，不直接找你说呢？"彭涛像陷进了迷魂阵，找不到方向了。过了一会儿，他见余志明鼓着嘴不说话，就又说："这样吧，志明，抽空你先看看，晚上我来找你。"说完跨上车发动起来拐弯儿向园外驶去。

余志明望望远去的彭涛，觉得刚才不该向他使性子，有点内疚，不由轻轻"嗨"了一声，向小屋走去。他走进屋子，坐在床沿儿上，掏出信。撕开信封，抖抖索索，又从里面掏出信纸，久久望着，不想马上打开。

信纸折得方方正正，中间硬硬的，似乎有东西在里面。他打开信纸，一张相片滑落在地下。他弯腰拾起相片观看。一眼就认出那相片是去景区游玩时他与李玉花的合影。相片照得很滑稽，相片中的李玉花张着嘴，斜望着余志明笑得很开心。而余志明则像是被什么推着，向同一个方向歪着

247

头，像在逃避祸事。他苦笑一下，随手将它放在衣袋，又去看信。

信写得歪歪扭扭，错字也不少见，但还能看得明白。

那信写道："余哥你好，我来找你，你不在（实际上她并没有去找余志明），就写了这封短信，让老彭转给你，请你不要见怪。"

他正要再往下看，忽然听到外面喊："老余，余老板，快来帮帮忙！"

他只好把信收起，来到工人中间。油锯又响起来，余志明扶着树，掌握着树倒的方向。油锯的啸叫声停了，树慢慢倒下去，砸起一片尘土。他向油锯手点点头，笑一笑，转身来到远处的一棵大树后，掏出信纸又看下去："老余大哥，真是对不起，最近两个月我都十分忙，一直没能来看你，我和你说的事儿一直也没有得到你的答复，在这段日子里，一位退休干部追我追得挺紧，"余志明皱了一下眉又看下去。

"他答应，把他那座二层小楼过户给我，房产证现在已成为我的名字。至于那几万块钱的养老保险，他也痛快地应了下来，反正他有的是钱，我怕什么……"

油锯的啸叫声阵阵传来，搅得他心神不宁，他抬抬头，咕念着"这女人……"又看下去。"对于女人来说，特别是对于我这样的女人来说，最重要的就是房子，就是写在我自己名下的房子！"

余志明眼睁得挺大，心里说："没想到这女人把房子看得这么重。"他换个角度，正要再往下看，又传来工人的吆喝声："余老板有开水吗？快点拿来！"

他收好信纸，从小屋拿着水瓶来到工人前，抛抛撒撒地往碗里倒着水，砍树的人都用异样的目光望他。他倒好开水，也不说话，转身向小屋走去。

他来到小屋，掏出信纸找到被打断的地方，继续往下看。

"而正是在这个关键的事上，你却迟迟不给我答复，你只考虑自己的难处，而不去想我的难处……你想过没有？假设我跟了你，假设你去得早，那房子如果不换名字，凭你儿媳妇那德性，还不把我的铺盖扔到胭脂河里去！"

余志明心想这个李玉花还真是深谋远虑，想得真周到，是我看轻她了。他把信纸放在床上，点一支烟吸着，拿起信纸又看下去。

"……老余大哥，我这可不是故意找借口，现成的例子就放在那里，不信你自己可以去打听。我大姐的大姑子姐守寡多年，后来找了个主，可那老头没待几年就抛下她走了。结果没出三天，她就被老头的几个儿子赶出家门，衣裳被子就扔到了街上，她只好再回原来的家。可她原来的儿子儿媳并不欢迎她，她的儿子更是可恶！竟辱骂他生身母：'你还有脸回来，没钱花了吗？你和那老男人睡觉的钱呢？花光了吗？你再去要哇，这里没钱养活你……'乱七八糟，硬是不管。她只好四处捡破烂，拿个吸铁石，用绳子拴着，在公路上吸拾车辆掉下来的铁屑，要饭维持生活。最后得了病无人管问，半瓶敌敌畏灌下去了事儿。"

余志明心中不由一震，他扔掉烟头往门前走走，又看下去。

"想想这下场，我脊梁骨都发麻……说一千道一万，这理儿明摆着，想找主儿，头一件大事就是要房子，要养老保险，少一样也不行。这条件看上去太高，可是站在我的立场上去想，你就明白了。"

"老余大哥，你人好，我无话可说，相处的这段日子里，你对我的好处我至死不忘。可我就是不明白，你为什么就是不肯答应我的条件呢？在你的眼里，我李玉花居然不如你的房子重要，不如你那钢混小楼值钱！我实在是不明白你到底是怎么想的。我没有法子，我只有离开你去答应那个退休干部。他人没有你好，年龄也比你大不少，可是他能给我房子，让我在他离去之后能有一个活下去的窝……"

余志明捏着信纸的手微微颤抖着，他走到门前，望着那鲜红的太阳出神。他想把那信纸扔得远远的，可是他没有。他叹口气，耐住性子又看下去。

"虽说是短信，可话说的还不少，你快要看烦了吧……

"余哥，原谅我这个不讲义气的女人吧，有什么法子呢？我要生活，我要富裕的生活，我更需要有保障的生活！而这些要求，就是过去多少时候，我估计你也不可能给我一个明确的答复。我不能再等了，原谅我吧，咱们不做夫妻，就做个朋友吧。

"另，随信捎去照片一张，就作为咱们交往的一个纪念吧，望查收。"

之后是她的签名和年月日。

余志明的手停在那儿，信纸飘飘忽忽地落在地上。

园外传来摩托声，彭涛骑车向小屋驶来。他停住车，来到门口，心急火燎地说："本想晚上去找你，可我实在不放心，就过来了。"他望望地上的信纸，心里就明白了。但他还是问，"看完了？她信上怎么说？"

余志明用眼指指地上："你自己看吧。"

彭涛弯腰捡起信纸大略看了一遍，愤愤地说："什么，什么？她跟了个退休干部？这个贱女人，她怎么说变就变！狼心狗肺的东西。"他把信纸往地上一扔，眼珠子瞪得可怕，"和她要钱！一个子儿也不能少！那自行车也要回来……现在我就去问问她，问她的良心让狗吃了吗？"说着，就要去发动摩托。

余志明反而显得很是平静，拦住他说："强扭的瓜不甜，随她去吧。这事儿也不能全怪她，你看全了再说……"说着捡起信，往彭涛面前送。

彭涛一扒拉，恨恨地说："我才没那个闲工夫。"他觉得这事儿没办成，有点失面子，更有点儿对不住这个老朋友，就又说，"不要紧，老余，你彭涛兄弟再给你弄一个，看比她好不好，气死她。"说罢，发动起车一溜烟地去了。

余志明呆呆地望着彭涛出了园门，回头掏出那相片儿，连同信纸一并点着，那信纸和相片冒着黑烟向地上落去。一阵风吹来，那纸灰便四散飞扬，没了踪影。

28

那天电话里得到汪文君肯定的答复，还没关机，李玉花就高兴地蹦了一下，说声："OK！事情搞定了！"弄得手机里又吱啦了一通。此时的李玉花早把余志明忘了个干净，她的兴趣一下子又回到了她的老相识汪文君那里。她心里说："嘿，还是他好！他能给我房子，给我一切……余志明？什么余志明？那不过是一个插曲、一个梦罢了，他能跟咱老汪比？"她关掉手机，手舞足蹈的又在屋子里遛了几遭，才算安定下来。她心里想，这几年的感情投入没有白费，付出终于有了回报。她朝思暮想、几乎没有成功概率的梦想，却奇迹般地来到了。她兴奋得几乎一夜没睡，把他的事迹、他的好处过电影似的反复放了几遍，又憧憬着就要到来的幸福。

第二天一早，她就起床，梳洗打扮，关了店门赶到了三山口，催着汪文君去交易大厅办了过户登记。可这房产过户是有好多程序要办的，要拿到过户文件尚需时日，她只好耐住性子等了好多个日夜。待拿到具有法律效力的房产过户文件后，她才松了口气，当即就和汪文君去民政局登记，领了结婚证，这才算万事大吉。他们议定在之后的一个星期天举行个仪式，就算正式成婚了。

议定的日子很快就到了，汪文君的两个女儿，还有李玉花的女儿怀着新奇又有些忐忑的心情迎接着这奇特的典礼。

按照李玉花的意见，婚礼一切从简，所有亲朋故友一个不请，就他们一家几个人炒几个菜，贴贴红纸，喝点酒、吃顿饭就可以了。汪文君嫌这样做过于简单，试图说服李玉花，怎么也得摆几桌酒席热闹热闹。可他一说出口，就遭到李玉花坚决反对。汪文君不愿惹这个新夫人不高兴，只好作罢。

堂屋门大开着，八仙桌前，大慧正在一张大红纸上剪双喜字，她聪慧的眼睛望着前方，手里的剪子熟练地行走着，时间不长，一个大大的双喜字就出现在眼前。一旁观看的小苓双手托起双喜字，睁大了眼睛仔细欣赏着，连连说："真好，真漂亮！"

小慧正在擦窗子，她不紧不慢地一下一下擦着，看上去似乎有些不经意或是一种不情愿的样子。这时大慧的第二个双喜字已快剪完，她停下剪刀，问："小慧，玻璃快擦完了吗？完了，咱们好贴喜字呀！""完了，完了，这就完了。"小慧慢吞吞地说着，跳下板凳。

这个婚礼办得确实简单，既没请亲友也没请厨师，厨师的工作就由汪文君承担了。李玉花算是帮灶的。汪文君腰缠围裙站在灶前，叮叮当当地炒菜，盛装的李玉花扎着花围裙正在案上忙着。案板上是她切好的一堆一堆这样那样的菜。现在她正在切一颗卷心菜，她切菜的刀慢慢停下来，眼望着前面发起了呆。不知怎的，可能是她的良心还未泯灭吧，她忽然忆起了余志明，想起了余志明那双几近绝望的眼睛和他无奈的话："咱们的事以后再说吧……"还说什么呢，她和老余还有以后吗？她觉得自己太自私，太亏欠他了，想到此，不由轻叹了一声。

汪文君听到了她的叹息，顿觉吃惊，他忙问："我说夫人，你怎么了？"

李玉花一惊，忙说："我，我心里有点儿……"有点什么呢，她没说。

汪文君疑惑地望着她，似乎已洞察到她心中的秘密，究竟她心中有什么秘密，汪文君可说不上。况且，他也不便去问她，他不愿弄坏这来之不易的喜庆气氛。他把炒好的一个菜盛到盘子里，说："来，快接过去……"李玉花接过菜随手放在案板上，还是一副心不在焉的样子，汪文君见了就说："玉花，你听我说，今天可是咱大喜的日子，你忘了'洞房花烛夜，金榜题名时'的名言？今儿个可不兴你败兴！"

李玉花已恢复了平静，又回到平常状态。她瞥一眼汪文君，娇嗔地说：

"谁不知你是酸邦秀才，少拿这些歪词吓唬人。"

汪文君微微一笑，说："什么？你说我是酸邦秀才？对，对，酸邦秀才就酸邦秀才，总比不是秀才强，你说对不对？不服是不？不服你也来两句让咱听听？"

李玉花："看能得你，要不是有那玩意坠着，你就要上天了。"

汪文君用嘴往外指指："你文明一点。"说着就往锅里倒上很多油，拿过一条刮过鳞的鲤鱼，慢慢往上淋着面糊说："我本想风风光光的办一下喜事，可是你偏不听，别人不叫，我的那些老朋友，特别是余志明、彭涛总该请来热闹热闹吧，不然以后怎么见面。"

李玉花不由脱口而出："余志明？你认识他？"

汪文君想也没想："岂止是认识，我们还是多年的老同事、老朋友！"一会儿，他又疑惑起来，回头问："怎么？你也认识余志明？"

李玉花躲过他的目光，眼睛滴溜溜转着，有点慌乱地说："我，我随便问问。"她慢慢又切起了菜。

油锅沸腾起来，汪文君望一眼李玉花，摇摇头，无奈何地轻叹一声，提起那鱼，用勺子舀起热油往上浇着，那大鱼冒着青烟吱吱地响了起来。

客厅门上，两个双喜字都已贴好，三个姑娘站在那里观赏着。小苓一个劲地夸："好，真好，姐姐的手真是太巧了。"

菜已炒好，汪文君边解围裙边喊："孩子们，快来端菜呀！"

外屋的姑娘们相互望一下，先后跑进厨房，往外端着菜。

汪文君见李玉花还扎着围裙，说："快，快把围裙解了！"说着稀里哗啦地洗起了脸。

酒席已经排好，汪文君来到桌前，望着正在看招贴画的三个姑娘，说："来，来，来，大家快坐下，快坐下。"

三个姑娘望望汪文君，又相互望望，就在偏席坐了。

汪文君指指首席的椅子，说："玉花，你坐在那儿？"

李玉花笑笑："你想耍我？"

汪文君说："你可真会说话，我哪里是耍你？我是敬你哩。好，好，你不坐我坐。"接着，坐了下去。李玉花望他一眼，就在汪文君一旁坐了。

今天，汪文君情绪很好，他抬眼望望三个姑娘，发话道："孩子们，今儿个咱这场酒席，可是非比一般哟！"

三个姑娘奇怪地望着汪文君。汪文君侧过头，朝李玉花笑笑。接着说："它，预示着一个新家庭的诞生和新生活的开始。"

姑娘们相互望望，又望一眼她们的父母，好像有什么疑问似的。

汪文君瞅一眼李玉花，又扫了一眼三个姑娘，接着说："现在，我和她。"他指一指李玉花，"已办理了所有手续。"他说着从衣袋里掏出一个红本本，在手里晃晃，"你们看，这就是我们的结婚证。有了它，我和李玉花就是合法夫妻了。"他把那红本本放在桌子上，往前推推，示意她们过来看看。三个姑娘明白他的意思，瞥一眼那本本，就都把头低下去。

"今天这桌酒席，就是我俩的婚宴，这样，"汪文君望望对面的两个女儿，又望望李玉花，继续说，"这样，大慧、小慧就应该喊她妈妈了。"

大慧、小慧抬起头，瞥了一眼李玉花，李玉花发现了她们的动向，赶紧说："叫啥都行，叫啥都行！"

"你们可能一时接受不了这个现实，那没关系，时间长了一切都会习惯的。"汪文君忽然觉得事情来得太仓促，她们一时还不适应这个局面，就自圆其说地做着解释。

大慧、小慧听着他们的话，小鼠似的目光望望她们的爸爸，又望望她们的新妈，又扭头互相探询着。

汪文君拿起酒瓶，先给自己倒上，又给李玉花倒上，望着三个姑娘："你们不喝白酒，就喝啤酒，喝饮料也行。"他指指桌上的啤酒瓶和饮料，望着大女儿，"大慧，你动动手，给她们倒上。"

大慧拿过饮料瓶，先给小苓满上，又给小慧倒上，最后往自己杯子里倒着饮料。

汪文君端起酒杯，在眼前划了一个弧，说："来，来，来，大家举杯，喝了这杯酒就是一家人了，来，干！"他一仰脖儿，喝干了那杯酒。李玉花望着汪文君，举起杯子也喝了杯中酒。

三个姑娘见他俩痛快的样子，也一齐举杯，啜着饮料。

"来，来，来，大家都吃菜，千万别闲着。"汪文君说着，夹起一块糖醋鲤鱼放到小芩面前小碟里，说，"小芩，现在咱可是一家人了，你不要眼生，多吃菜。"

李玉花望望殷勤的汪文君，说："你不要管她，让她自己叨，她又不是小孩子了。"

汪文君说："再大，在咱们跟前也是孩子。"说着，又夹起一块熟肉放到小芩的小碟里。"吃，快吃，别听你妈的。"

李玉花微微笑着，就跟大慧、小慧说："大慧、小慧，这可是在你们自己家里，尽管吃呀……"

二人抬头望望李玉花，拿起筷子，机械地夹着菜。

大慧、小慧对今天这个场面确实不太适应，虽然大慧也曾劝过父亲再给她们找个妈，但这喜庆的日子实在是来得太快了一点，她们还没有从丧母的悲哀中走出，脸上总带着一种让人难以描述的表情。

大慧品味着父亲和这位新妈的话慢慢站起来，来到李玉花面前，给她满上一杯酒，双手举起，怯生生地说："妈，这杯酒，算是我和小慧对你和我爸成婚的祝贺。我和我妹妹为你们祝福，祝你们幸福美满，白头到老，"她把酒杯往前举举，"请你把它喝下去……"

李玉花连忙站起，惊愕地望着这位还有些孩子气的姑娘，她接过酒杯心情复杂地喝下了那杯酒。

大慧又说："妈，刚才我爸说了，喝了这杯酒就是一家人了。我妈不在了，我和小慧又不在他身边，往后我们就把爸爸交给你了，请你多关照。"

说完，她弯下腰去，向李玉花深深鞠了一躬。李玉花连忙拉起她，当她抬起头来时，人们可以看到她明亮的眼睛里满含的泪水。

小慧望着姐姐，慢慢低下头去。

汪文君别过头去，拿衣袖拂着眼睛。

李玉花扶大慧回座坐下，激动地说："大慧、小慧，你们尽管放心，你们父亲的事情，我会做好的，保准错不了。就是你们姐妹俩有什么事情，也尽管和我说，我一定当好你们的妈妈。"

她望一眼自己的女儿，又说："小苓，"她指指汪文君，"以后他就是你的爸爸了，来，快喊爸爸。"

小苓抬头望望李玉花，又瞥一眼汪文君，就把头低下去。

李玉花觉得有失面子，心想，这孩子真不给争脸，就批评道："你这闺女真不懂事，你看你的姐姐，有多开通。以后，你可要好好学着点。"

汪文君忙打圆场："孩子还小，等她长大了，你不让她喊，她还不愿意呢，你说对不对，小苓？"

小苓听了，抿着嘴笑着。

小慧望望他们，起身向里屋走去。

她来到内室，站在母亲遗像前定定地望着。矮桌上的宫月娥遗像，病恹恹地望着自己的女儿，似有话要说。小慧缓缓跪下去，拿过旁边三炷香又拿起火机，手微微抖着，一下一下打火点着了香，插在遗像前的香炉里。她呆呆地望着那缕缕青烟，一段相去不远的往事出现在脑际。

重病的宫月娥躺在床上，拉着两个女儿的手，喘吁吁地说："大慧、小慧，妈快不行了，妈对不住你们啊……你们，你们都还没成个家……妈不放心啊……"她不由呜咽起来，大慧、小慧妈呀妈地叫着，眼望着母亲阖上了眼睛。

小慧叹息一声，从沉思中醒来，两眼直直地盯着相框中的母亲，两颗硕大的泪珠儿流向腮边。她不禁抽泣起来，悲情地叫着："妈妈，妈妈，你在哪里，女儿想你……"她抑制不住，最后大哭起来。

外屋的人们听到了哭声，一齐走了进来，惊愕地望着小慧。汪文君近前一步，有点沉痛地说："小慧，你，你不要这样……"

…………

山间小道上，汪文君、李玉花一人提着一个行李卷送大慧、小慧去汽车站。他们来到一个拐弯处，大慧、小慧回过身要过他们手中的行李，说："爸、妈，不要送了，你们快回去吧。"

汪文君面色复杂地望着两个女儿，说："大慧、小慧，你们到单位后别忘了回个电话。另外，你们也要多注意自己身体。"

汪文君的这些例行公事似的话语，听上去似乎有些勉强和苍白，甚至于可以说是多余。在以往的送行中，汪文君总是对女儿这样说："好了，不送了，回单位好好干，别想家。"有时只是向女儿挥挥手就是送别了。可这一次不同，他是同自己的新妻子——两个女儿的继母来送行，心中自是百感交集，难免生出些别样的情绪，感觉与女儿之间的距离似乎拉大了，所以他心不由衷地说了那几句话，也算是对自己心情的一种安慰吧。

两个女儿留恋地望望自己父亲，大慧说："爸爸你放心，我们会注意的。"她摆一摆手"再见！"转身快步向前走去。

大慧、小慧的身影越走越远，最后拐过一个山嘴不见了。

汪文君顿觉怅然若失，他现在更觉得他们父女之间的距离的确是拉大了。他抹一把发涩的眼睛，转身往回走去。

李玉花和他并肩走着，她侧头望着沉默着的汪文君，说："大慧这闺女真懂事，酒桌上一声'妈'叫得我心里热乎乎的。说真的，当时我真想哭一场。这两个孩子，真是太奵了。"

汪文君望着远方，点上一支烟吸着，动情地说："大慧、小慧对她们的母亲感情很深，每次回单位，总是对我千嘱咐万叮咛的，要我好好照顾她们的母亲，现在好了，轮到来关心我了……她们现在还很痛苦，一时对你还不是太热情，你不要介意……"

李玉花心里也是七上八下，她对新组建的这个家，似乎有些信心不足，她感慨地说："人家都说后娘难当哩，也不知以后和她们处好处不好……"

"放心吧，她们都受过高等教育，在这等事情上，或许比你我都强呢！"

"但愿如此吧，看样子或许错不了。"

回到家，李玉花下一壶茶二人喝着。汪文君望一下空荡荡的居室，心想，走的走了，进城的进城去了，偌大的房子里就只剩下这对半路夫妻。他心中忽然有了一种空落落的感觉，就像是某一个工作没有去做，某一个事情还没去解决。他回忆着这一段的经历，从梦游似的婚姻，宫月娥的病逝，自己寂寞的生活，女儿的提议，陌生人的专访到房产过户，到闪电般的婚礼，小慧的哭泣，现在他才真的意识到这婚姻来得实在是太快了点，太草率了些，似乎有一种"抢亲"的感觉。他想，这李玉花是从心里愿意嫁给我吗？于是，他发话道："玉花，你这么仓促就决定嫁给我，以后你不会后悔吧？"

李玉花沉思一会儿，爽朗地说："和你这大老板做夫妻，我后悔什么！"

"那么你城里的铺子怎么办？要不就关了吧，咱们总不能长期分居呀！再说，我养蜂也不能没有个帮手……"

李玉花沉思着，良久才说："按理是不应两地分居，可是一说铺子关门我还真有点舍不得……"

汪文君说："舍不得，那是自然，可是我急需人手呀……下决心吧，下决心处理掉，帮我把事业做好。"

李玉花皱着眉，紧张地思索着，好久，她才说："好你个汪文君！你可真会盘算，你让我关了铺子，就等于断了我的后路，要是你发达了，还不就……"

汪文君笑笑："玉花，你看我是那种人吗？"

"量你也不敢……"

这下汪文君放心了，庆幸自己又找到了爱，可以痛痛快快地去干自己的事业了。这时他又想起自己的老友余志明，他也有自己的事业，也有自己的梦，他现在怎么样了？他还是一个人过那天马行空的孤寂日子？他想现在就应当去个电话询问一下，如果他还是一个人，说不定这个李玉花还能帮上忙呢。他正要掏手机，就听李玉花说："汪大老板，想什么呢，看你魂不守舍的样子，又在想别的女人了吧？"

　　"我想起了余志明，也不知他现在……"汪文君喃喃地说。

　　李玉花："唔？……"

29

　　狂风扫荡着樱桃峪。落光了叶子的大树发疯似的摇晃着身躯，发出呜呜的声响。狂风卷起的枯叶败草打着旋儿在前面飞蹿。他眯起眼睛打开房门来到屋里，回头望望狂暴的天气，关上门来到菜橱前，拿出一瓶酒和一袋五香花生回到矮桌前喝起了酒。

　　门窗封闭得很好，除了外面传进的已经衰减了许多的风声，屋子里听不到任何动静。他似乎感到了寂寞，起身走到对面桌前打开了电视。电视里正播着一部电视剧，扑朔迷离的歌舞厅里，红男绿女们在疯狂的摇滚乐伴奏下，扭腰摆臀，舞得正欢。他觉得音乐还不够强烈，起身过去旋了一下音量开关，声音骤然大了起来，他满意地一笑，回到座位上又喝起了酒。

　　摇滚乐仍在震颤，红男绿女仍在舞蹈，他一杯一杯仍在喝着。终于，酒杯"当"的一声掉在桌上，酒液在桌上流淌……很快，他进入了梦乡……

　　云遮雾绕，天地昏暗，弯弯的草莽小道上，余志明悠悠荡荡，轻飘飘地往前走着。身边全是不相干的人，他们也轻飘飘地往前走着。

　　他们来到一个教堂似的地方。拥挤的人群，有的坐，有的站，全都伸长着颈项在听一个站在高台上的人演讲。余志明走近讲台，惊疑地望着演讲的中年妇女，咦？那不是母亲吗？依然是那样的消瘦，依然是那样的慈祥。她正在娓娓地讲着："儿子们呀，你们弟兄太多，说媳妇哪有那么多讲究，是个女的就行，是个女的就行啊……"余志明睁大了眼睛望着讲台，虔诚地听着。讲台上的母亲似乎太累，她喘吁吁地继续演讲："儿子啊，你可要记住，今后见了人，一定要恼在心里，笑在面上，笑在面上哇……"

　　余志明望着慈祥的母亲，大呼曰："母亲，要不是您老人家如此教导，我还不至于这样惨……什么'恼在心里，笑在面上'儿子实在做不到哇……啊哈……哈哈……"最后，余志明哭似的大笑起来，声音空旷、悲凉。

飘忽之间，空旷的笑声中，教堂不见了，慈祥的母亲不见了，他似乎又来到果园。沈翠莲坐在小屋前小凳上正与他长谈："你心高意大，俺知道配不上你，一辈子不衬你的心，早知道这样，俺还不如跟了那个电工，那电工，人虽长得丑，可他和俺一心……俺后悔，俺后悔呀……"

云雾弥漫，病恹恹的沈翠莲渐渐隐去，李玉花又出现在云端，她凶神恶煞似的瞪着眼，望着仰视她的余志明大声叫着："老余，余老板！你的果园完蛋了，房子你又不给我，我要离开你，我要离开你！"

雾气变得稀薄起来，四面的景物也清晰了许多，胭脂河里的水淙淙地流着，似在唱一支永无休止的歌。河水闪着波光，两岸开满了鲜花，蝴蝶在鲜花间飞舞。年轻的余志明、乔玉珠徜徉在花丛之中。乔玉珠手持一卷教材，踢打着脚下的石子，两眼不时望望身边的余志明。她动情地说："余老师，余大哥，有一个人深深地爱着你，你，你为什么不去追她？若是你愿意，这个人，或许你能追得上呢……"说着，迈开步子，大步向前奔去。她一边跑，一边回头喊："余大哥，快来呀……"

余志明矜持地望望远去的乔玉珠，张开双臂，奋力追去。他边追边喊："玉珠，等——等——我——"

云遮雾绕，景物不断变幻。他们越过一道道岭，跨过一条条河，又踏上一条崎岖的山路。余志明追呀追呀，山路越来越窄，越来越陡。乔玉珠依然跑着，她忽然一脚踏空，坠入深渊。余志明大呼曰："玉珠……"从梦中醒来。

沙发上的余志明，扬着双手，嘴张大着，怔怔地望着前方。前面的电视节目早已结束，屏幕上闪动着无数个光点。良久，他从沙发上站起，揉揉昏花的醉眼，过去关了电视机。他来到门前，打开门往外看，外面依然是狂暴的天气。

他回味着梦中的情景，不由潸然泪下。死的死了，走的走了，但他的日子还要过下去。这接连的打击，确实让余志明消沉了许多时日，有时甚至有一种山穷水尽、走投无路的感觉。要说还有一点指望的话，那就是这长梦中最后的一节，但看上去也是那样的渺茫，那样的不可预测。

俗话说得好，时间是医治创伤最好的调和剂。经过几个月的游移、徘徊，他终于从迷茫中走出。他买来了装饰材料，请了装饰工人，打算先把房子装饰一下，再去重整那几近毁灭了的果园。

装饰工作已经开始，几个工人忙碌着，屋里屋外到处是装饰材料。铆钉机的嗒嗒声和磨光机尖厉的啸叫声把整个房间吵得仿佛开了锅。

余志明吃完饭收拾好碗筷，从厨房出来和一位师傅交代了几句，向大门外走去。

余志明闷闷地在街上走着，过往的行人不时和他打着招呼。路边的几个闲女人，见他走过，就指指画画地议论起来："哎，哎，你们听说没有？老余今儿个可是栽了，那女人要够了东西，又不跟他了，真是人心隔肚皮啊。"

"一起根儿我就说那娘儿们不是个东西，涂脂抹粉，吃喝玩乐的，亏得散了，要是真跟了他，老余也养不起她……"

另一个中年女人更是神秘，她激瞪着两个眼珠子，往前伸伸脖儿颈："听说没有？那娘们儿还没等和老余散明白，就跟了一个什么退休干部，据说那男的比她大一句还多呢。"

声音不大不小，句句传入余志明耳中，他头也不回，大步向前走去。

余志明走上胭脂河大桥，习惯地望着桥下的景物。胭脂河又恢复了往日的温顺，河水叮咚叮咚地流着，又在唱那支百闻不厌的歌，只是时光已是冬日，河道边缘已结起冰凌，两岸的野草已经枯萎，林木也已落光了叶子，显得有些单调，这就给原本妩媚的胭脂河平添了几分凝重，几分苍凉。

余志明来到果园，沉着脸在园内四处走动，谋划着未来果园的蓝图。

他心里说，就是采用眼下最先进的短枝型品种，从定植到进入盛果期，最快也得要四到五年的时间，且这期间还要上等的管理和先进的技术。而在这几年之中，将没有一分钱的收入，有的只是资金的投入和精力的输出。想到这里，他不由长长叹了口气。怎么办呢，这只能是直面现实，硬着头皮从头再来，怨天尤人是没有用的。

他观察好地形，拿来石灰桶，一行一行地撒着灰线。

没用多少时间，他就撒完了灰线，大略地满园观察了一遍，觉得未来果园的轮廓也就基本定型了。他找来工具正要施工，就见彭涛骑摩托嘟嘟地驶进园来。

彭涛打住车，往老余这边走来，他望望余志明身边工具，说："你出什么洋相！十冬腊月的整什么地！走，走，快跟我走，我有要紧事跟你说。"

余志明觉得有点奇怪，十冬腊月的他能有什么要紧事？就说："干吗这样火烧眉毛的？你就不会慢慢说？"

彭涛也不管他，只是说："别问，别问，路上再说。"

余志明穿上面包服，一边系着扣子，一边拿过耳囊子就要往耳朵上戴。彭涛一把夺过那东西，随手扔在地上，说："就离不了你这破玩意，戴上它，你觉得还怪美吗？"

余志明瞪起眼弯腰又要去拾，彭涛拉住他："谁要你这烂东西！走，快走，人家还等着你呢！"

余志明一瞪眼，急急地说："是谁等着我？看你神神秘秘的，你不说明白，我，我真不去了。"

"你这死牛筋，倔脾气又上来了，好，我说，我说。"彭涛无可奈何地说着，点一支烟吸着，"是这么回事，自从李玉花和你散伙后，我气不过，到处托人给你介绍。这不，我在城里开饭店的朋友给你物色了一个，是他女儿的同学，人长得不错，条件也不是太高，也不要改什么房产证……"

"什么，你说什么？又是城里的？干脆，免谈，免谈！"余志明急急地说着，转身往回走。

彭涛一把拉住他："城里人怎么啦？城里人就都是坏人啦？你不见，你不见，你以为你还是十八的小伙子呀，挑挑拣拣的，不见，你怎么知道人家好坏？上来，上来，"他指指摩托后座，"别拿模作样的，来，快上来……"

余志明嘴里咕咕念念的，弯腰捡起那耳囊子，坐上了他的车。摩托车发动起来，缓缓向外驶去。

摩托驶进余志明的院子，声音惊动了隔壁的张玉芹。她放下加料的撮子，蹑手蹑脚来到墙边，爬上凳子，往余志明这边窥望着。

彭涛打住车，向身后的余志明努努嘴，二人向堂屋走去。

客厅里面朝里站着一个女人，她两手插在衣袋里，看样子是在看工人干活。

二人走进客厅，彭涛小心地走到那女人面前，指指身边的余志明，大声说："他就是老余——余老板，听见没有？"女人瞥一眼余志明，点了点头。

彭涛指指那女人，回过头："她是小尤，城里的，听见啦？"

装饰工人见彭涛正伸着脖子喊，就停下手中机器，向彭涛笑笑，去干别的活。"怎么样，余老板，听见没有？"他又指指那女人，"她就是小尤，城里的……"彭涛怕刚才机子响余志明没听见，又重复了一遍。

余志明略略望她一眼，随手拿过一个凳子递过去，小尤望望上面尘土，说声"谢谢"却不坐上去。

彭涛见她不坐，就拿过凳子用衣袖擦几下递过去："小尤请坐。"

小尤接过凳子坐了下去。

这时，余志明已走进厨房点着了炉子，正望着一边出神。

彭涛走进来，问："志明，这一个，你看怎么样？"

余志明提起炉子上的壶，往里加上炭，又望着一边出神。

彭涛急了，他着急地说："你这老爷，真的是死肉无血，到底怎样，你说一声，行就行，不行就拉倒！没见过你这样的，你说，到底怎么样？"

磨光机又响起来，彭涛愤愤地盯着他，就见余志明轻轻点了下头。

彭涛一拍大腿："嗨，真是急煞人！"他在厨房里来回走了几趟，"我看是不是这样，这里不方便，又这么乱，咱们去饭店谈，我和小尤先走一步，你拾掇一下，换件衣服再去……可别太晚了。"说完回到客厅，在小尤耳边叽咕了几句，二人向外走去。

张玉芹在凳子上早发现了余志明屋里的女人，她来到余志明这边，在院子里走来走去。见他们出来，就停住步子，两眼狠狠地盯着小尤。小尤发现了她的目光，先是一愣，尔后以同样的目光盯着张玉芹。彭涛顿觉情况不妙，赶紧打着圆场。说："嘿，忘了介绍，"他指指张玉芹，"她就是老余的儿媳妇，"他又指指小尤，对张玉芹说，"这位是小尤……我……我的亲戚……"小尤奇怪地望着彭涛，不知他为什么这般说。彭涛赶紧说："走，咱们走。"

张玉芹正要往外走，发现了换了衣服出来的余志明，她停住了步子，瞪着她的公公，恨恨地说："反正你就知道成天鼓捣这些烂事，你也不睁开眼看看她是个什么东西，一脸的横肉！"

余志明笑笑，也不搭话，匆匆走出大门。

余志明来到饭店门口，彭涛迎上去，说："刚才我想在饭店吃饭，小尤不肯，说她想同你去城里找个地方谈谈，你看怎么样？"

余志明瞥一眼小尤，说："我怎么都行……"恰好有一辆客运三轮过来，彭涛忙向他招手，三轮开到了饭店门口。

小尤望着余志明："怎么样，余老板，上车吧？"

余志明还在游移，彭涛往前一步，接过他骑来的自行车，说："还不快上车，去了可要好好谈……"彭涛可真是个热心肠，看那样子，仿佛怕老余会谈崩了似的。

三轮车启动，彭涛望着车上的余志明和小尤，挥挥手，高兴地说："祝你们成功！"

机动三轮在凹凸不平的土路上颠簸着，余志明和小尤对面坐着，两个脑袋东摇西摆的。三轮车内部空间太小，他们的腿不时碰在一起，那小尤也不避让，两眼不时地打量着余志明。

机动三轮来到公园门口停下，余志明扶小尤下车，付了车费，车夫笑笑，离去。

小尤大方地拉起余志明的手，向公园里走去。他们在湖心岛里的一张连椅上坐了下来。

冬日的公园，显得很是冷清，到处是落败的景象。假山上定植不久的阔叶林木，早已落光了叶子，瘦骨嶙峋的枝丫裸露在空中，朔风吹来，那枝丫就缓缓摆动着，似乎它也有了灵性，感到了天气的寒冷似的。湖水早已结冰，空旷的冰面泛着淡淡的冷光。对面亭子里，有几个游人探头探脑的不知在干什么，四处游玩的人都把双手插在衣袋里，慢慢走动着，鸽子懒洋洋地在空中盘旋。

望着这冷清的场面，余志明又忆起半年前他与李玉花在这里相会的情景。那时，万木葱茏，碧波荡漾，他也是怀着同样的心情与她会面，那时的李玉花是何等的神采飞扬、风情万种，曾几何时就离他而去。而眼前的这一个，结果又会如何呢？他捉摸不定，感觉自己已有些疲惫和麻木了。

小尤见他不吭声，用手碰碰他说："说话呀，请你来干吗呀！"

余志明如梦初醒，扭头瞥她一眼："说什么呢？我还没想好哩。"

"就说说你的家庭经济吧，听老彭说，你是樱桃峪第一个万元户，光樱桃一年就卖三四万，还不说你包的山林和树苗子……咱要是成了的话，我不就是老板娘吗？还怕没福享？听说你姑娘还在北京混阔事儿，钱也一定不少混……"她思忖一会儿，又说，"这么些年，存款差不离儿有几十万了吧？"

余志明微微一笑，心想，这个彭涛可真能给我吹乎。

小尤见他笑，就问："你笑什么？"

"我笑这个老彭真会夸张，我哪里有什么几十万！说实话，我这个万元户只是个空架子，别说存款，我，我还欠人家不少账呢……"其实，这里面是余志明打了个埋伏，他虽没多少存款，但是他也绝不欠别人一分钱，他如此说，是希望这小尤可别再像李玉花那样提出些无边际的要求。

小尤撇撇嘴说："你别害怕，我还没提和你要钱，看把你吓的……"

太阳已近正午，游人慢慢多了起来，余志明抬头望望太阳，点一支烟吸着，继续听她讲。

"刚才在你家里说话不方便，我的具体情况还没和你说呢，我姓尤，叫尤慧芳，这个你已经知道了，我排行老二，人家都叫我尤二姐……"

"尤二姐？"余志明奇怪地望着她说。

"对，是他们叫我尤二姐，怎么，这名字不好听吗？"

"好听，好听，是我忽然想起了《红楼梦》里的尤二姐，所以就问你……"

"《红楼梦》？噢，噢，管它什么梦！我就是尤二姐，往后你要高兴，也可以叫我尤二姐……"她低头想着，又说，"对了，还有一件事，我要向你交代，我，我离婚已有三年，一个男孩判给了我前夫，现在他们在青岛。我现在住在我哥家，整天麻烦人家。我哥还好说，就是我嫂子，整天咸话淡话地不离口。"她望一眼余志明，"你看咱是不是应该去看一看我哥和我嫂子？我嫂子挺爱财，空着手去恐怕不好，可是，可是我又……"

余志明明白她的意思，他说："去你哥家是要买点东西，可是买什么呢？"

"也不必太复杂了，就是买点菜什么的，要不咱这就去？"

余志明点点头，随她向农贸市场走去。

他们买好了东西（自然是余志明掏腰包）大包小包地提着走出农贸市

场。余志明见天色已晚，说："小尤，今天太晚了，你看是不是……"

尤慧芳接过几个包，说："好，那就明天吧，明天一早我在这里等你。"

"咱可说好，明天就明天，明天我去了，千万别叫你哥炒菜，我坐坐就走。"

"那怎么行！妹夫来了哪能不炒菜！还有，还有，明天吃完饭，咱们就去洗个单间。"尤慧芳快乐地说。

"什么？你说什么？洗单间？"

"对，对，洗单间，怎么，你不明白？"

余志明疑惑地望了她好一会儿，转身往回走。后面又传来尤慧芳的嘱咐声："老余！余老板！别忘了，明天一定来。"

30

别了尤慧芳，余志明打车往回赶，回到樱桃峪时，天已经黑透了。回来的路上，他回顾着这一天的经历。首先想到了彭涛，想到了他这个冒冒失失又热心的老朋友。在余志明坎坷的生活中，彭涛无私地给予他一次又一次的帮助。这一次，又是他在余志明最失意的时候，给余志明提供了一条通往幸福的路。不管这条路将来会向什么方向发展，也不管能不能走到希望的终点，他余志明都要从心里感谢他，感谢他矢志不渝的关照。余志明知道，这样的朋友是不多的，更是可敬的。

自然而然地，他又想到了刚结识不久的尤慧芳。人说恋爱中的人，智商低下，这或许说出了一定的道理。但是，他又想，他和尤慧芳现在的关系能算是恋爱吗？他知道，恋爱的双方，第一要素是相互爱悦，要有起码的共同点。他爱尤慧芳吗？他们之间的共同点又在哪里？他自己也觉得可笑，他居然同意了去和她交流，居然同意了明天去她哥那里"相亲"。他想了一路也没想明白自己为什么做出这个决定，可是他又觉得不管怎么说，在自己情感的断层处，她的出现总不能说是件坏事。可是他又觉得她今天的表现有点不一般，有点别扭，有点特别。究竟特殊在什么地方，余志明一时也没有定论。当时的李玉花也是轰轰烈烈、信誓旦旦，结果还不是决绝地离他而去吗？而眼下的这个尤二姐又会怎么样呢？余志明确实也拿不准。

还有余刚、张玉芹，余刚还好说，毕竟是他的儿子，他定然不会做出多么出格的事。而这个张玉芹，却是敢说敢做，余志明还真有些顾忌。和李玉花的散伙，固然有她内在的原因，但张玉芹的恶言相待，也不能不说是起了推波助澜的作用，是她加快了李玉花离去的步伐。

这个尤二姐的出现，张玉芹又会生出什么新花招呢？余志明无从预知，但从今天上午她那恶狠狠的目光里，余志明不难猜想，她是绝不会善罢甘休的。

余志明苦苦想着化解这个冲突的办法，觉得还是用和平的方法，和风细雨地向她解释这个事情。人心都是肉长的，她能对他怎么样？她又能对姓尤的怎么样？想到这里，余志明心里似乎有了底。

出租车来到胡同口，余志明下车付了车费，迈步向儿子家里走去。

院子里已亮着电灯，灯光下余刚在掺饲料，张玉芹给鸡加饲料，笼子里的鸡把头伸出笼子嘎嘎叫着在啄食。猫猫在一旁玩儿。

余志明犹犹豫豫走到儿子面前，说："刚，掺饲料啊！"

余刚停下铁锹，抬头望一下他的老子，又低头掺他的饲料。他一边掺，一边沉沉地问："今天又来人了？你可要小心着点，我给你说，现在马上要过年了，急人有的是，他们变着法儿搞钱，你，"他停一下铁锹，抬头瞪一下余志明，"你可要特别注意，千万别再叫人给玩儿了。"

余志明张张嘴正要解释，就听张玉芹愤愤地说："一辈子你就攒下这几间房子，窟窿还没填完，就整天鼓捣这些玩意，整天的不安分，也不看看自己多大年纪了，人家起码比你小着十五岁，当你闺女还差不离儿，没想想她能真和你过吗？她是想你的东西，想你的钱哟，我看这几间房子成不了人家的，你就不消停……"

张玉芹唾沫星子乱飞，边说边用铁勺子敲着鸡槽子，鸡被吓得乱蹦。

余志明心想，他果然没有估计错，她还是真不会善罢甘休呢，那就慢慢给她解释吧。他说："玉芹，你先别急，听我说，人家并没有提出要钱。而且，人家也没有负担。"

"我看你是昏了头，头一次见面她就和你要钱吗？她是先稳住你，等你上了钩，再一点一点地和你抠。也就是你鬼迷了心窍，让人灌了迷魂汤，一次一次地上当，一次一次地不改。"还是那样，张玉芹边说边敲勺子，铁勺子敲得不耐烦，就一下扔到一边，"你也不听听，整个樱桃峪还有说别人的吗？一茬一茬的，我都没脸见人……"她回头啪啪地吐着，"真恶心，真恶心！"又慢慢走过去拾那勺子。

余志明站着听她数落，可能是这种场面他经历得多了点，余志明并没有生气，他往前凑凑，说："人家说，赶明儿让她哥相相，定下来，过几天再来看看，就领结婚证。"

"领结婚证也不行！这不光是你自己的事，我们也得参加。"余刚像变了个人，态度突然强硬起来。

张玉芹脸气得变了形："她要是再敢来，我就砸断她的腿！让她拖着腿爬回去，你等着瞧，看我敢不敢？"说着扬了扬手中勺子。

余志明呆呆地望着这对男女，二话不说，转身向外走去。

余志明默默走进自家院子，关上大门来到客厅，也不开灯，仰躺在沙发上回想着这刚刚发生的事情。他就不明白，儿子为什么一反常态，说出那些混账话，而且是那样的声色俱厉，他究竟想干什么？难道这就是父子情吗？老子的苦衷难道他不知道？

结婚、恋爱本是男女两个人的事，是法律赋予每个人的权利，任何人无权干涉，而这众所周知的事实到了他们那里就变了样。凭什么要先告诉你？凭什么你们也要参加？你有什么权力凌驾于法律之上！还有那个张玉芹，更是可恶！竟然疯狂到要砸断人家的腿！这究竟为什么？姓尤的和你有什么深仇大恨？不就是人家要嫁人吗？真是狂妄至极，我余志明虽说不上是什么英雄豪杰，可从来也没吃过什么人的气，怕过什么人，你们吓不住我，我倒要看看你们有什么能耐破坏别人的婚姻。

余志明跟自己发了这么套牢骚，心里平静了许多。他转而又想，今天的事，自己也并非没有疏漏，这种事虽说是自己的事，可作为一家人，事先通报一声也不是不可以的，问题是今天确实是事出突然，没有回旋的余

地。再说，从内心来讲，他也不愿意预先去通报什么人。如果说有的话，那肯定也不是情愿的，这或许是他的疏漏吧。

现在一开始就遭到了他们激烈的反对，如果僵持下去，这父子关系、家庭关系怎么维持？张玉芹的脾气他是早就领教过的，还不闹个人仰马翻？想到这里，余志明就有些想退缩了。

况且，临别时，尤慧芳的那几句话，也引起了他的警惕，刚刚认识不到一天，她就替哥哥认了"妹夫"，就要去洗单间、洗鸳鸯浴，这姓尤的也太开放了吧，她是否有什么预谋，或是别的目的？

他的思维有些混乱，可还是想着这些烦心的事，很快，他的脑子进入混沌状态，意念把他带入一个别的世界。

他和她相约来到一处澡堂，走进一个单间，单间内雾气缭绕，光线昏暗，余志明、尤慧芳正一件一件地脱着衣服，忽有打门声传来："开门，开门，查证件！"

余志明手足无措，慌忙披衣穿裤，衣服尚未穿好，门被撞开，几个公安模样的年轻人如狼似虎，将二人推推搡搡，带到一个房间。一人厉声喝道："你们是哪个单位的，有没有结婚证？"

余志明战战兢兢地说："我们，我们正在办。"

"没领结婚证就洗单间，是非法的！走，送公安局！"

"别，别，我……我们是自愿……"余志明语无伦次地说着，四下寻觅尤慧芳，却不见了她的影子。

一公安模样的人："你别抱幻想，说，是认打，还是认罚？不然，让你单位来人解决？"

"罚多少？"

"三千五！"

"我，我没带钱……"

"别和他费唇舌了，走，送公安局！"

"啊！"余志明一声惊呼，从沙发上坐起，瞪着两眼，举手擦着额上冷汗，在客厅里来回走动，余刚夫妇的吵闹和刚才的梦境提醒了他，他准备取消明天的约定，他又不好直接通知姓尤的，就给彭涛去了电话，想让彭涛通知尤慧芳自己不去赴约的决定。结果又遭到这位好友的一顿痛斥："什么？你不去？你怎么说变就变！你自己定好了的要去她哥家，现在又说不去，你让我跟姓尤的说？这可能吗？要说，你自己去说！"

余志明没法，只好拨通了尤慧芳的电话。电话里余志明吞吞吐吐地把明天不去赴约的意思说了一遍，电话里立即传来尤慧芳愤怒的责问声："你这人怎么搞的，怎么说话不算数！我哥为你明天来，早请了假，还专门从单位请了厨子，菜谱都列好了，就等你明天来……再说，我费了半天劲把离婚证也翻出来了，不信，你过来看！我有言在先，这个责任我看你负起负不起！"接着是"啪"的一声挂电话的震响。

没法子，余志明只好决定去赴约。第二天一早，他骑自行车来到老地方，见尤慧芳正等在那里，来回走动，脸上充满着怒气。他连忙打住自行车，往前凑凑，赔下笑脸，说："让你久等了，真不好意思。"他望一眼尤慧芳，心里盘算着下面的措辞，"是这样，昨天我回去一说，孩子们立刻就反了，坚决的不同意，还说……"

尤慧芳豁地转过身，愤怒地说："你别往孩子身上推，不愿意就说不愿意！孩子算个屁！又不是他说老婆，什么东西！他们不让你找老婆，回去让他们快离婚！让他们都打光棍儿！让他们都憋死！"

"还有，咱们年龄悬殊也太……太大了点……"余志明又说。

"年龄大怕什么！我又没嫌弃你，你别找借口！我也没捂住你眼睛，早干什么去啦，还不知你受了什么高人指教，说出来，我饶不了他！"她喘息一会儿，吐出一口痰，"彭涛呢？彭涛死了吗？把你说得天花乱坠，没想到你却是个窝囊废！回去问问你那两个王八羔子，到底为了什么不让你说老婆，杀他啦，还是抢他啦？老余只要你同意，今天我就和你领结婚证，马上就能治那两个小羔子。老彭也不是个玩意，没把握就别办，这不是要着人玩吗？"

尤慧芳气咻咻地说着，挥着手，像在指挥千军万马，有时手指头就戳到了余志明鼻尖上，余志明一步步后退着。

尤慧芳用力咳嗽一声，又说："余老板，你现在表态还不晚，你说，你到底是愿意还是不愿意？"

余志明见她张牙舞爪的样子，心里说："这样的女人不要也罢，看这厉害劲儿，要了她，日子也不会好过。"他定定神，说："让我回去考虑考虑再说。"

"我可没有闲工夫等你去考虑，行就是行，不行就拉倒，别寻思我离了你余志明就找不到主儿。告诉你，好主有的是，一天找个十个八个的不成问题，不信？不信你等着瞧。马上要过年了，我现在没工夫和你计较，年后有空找你算账。"说罢，一扭身，咚咚咚离去。

余志明见她走得远了，才骑上车子垂头丧气地往回赶。

31

　　大门前，一个女人扶着自行车，背向着街，慢慢踱着步子。车把不住地扭动着发出轻微的吱呀声。她侧头望望左侧的大门，大门落着锁，又望望跟前大门，大门虚掩着。她听母亲说过，这右侧的大门是余志明的。她往前几步，欲进又止。良久，她似乎下了决心，推车走进大门。大门安得很好，没发出一丝声响。她随手掩上大门，推车慢慢走着，小兔似的眼睛不时闪着惊诧、探询的光芒。

　　她望着眼前耀眼铮光的五间新房，似乎不认识似的，眼前又闪现出当年她去余志明老家时见到的景象：几间古老的土屋，土屋旁的饭棚，院子里一排排的毛白杨、刺槐，还有东南角的葡萄棚，葡萄棚下一嘟噜一嘟噜的紫葡萄……

　　她揉一下眼睛，脸上露出向往的神色。她来到门前，打住车子喊道："余老师在家吗？"

　　余志明正在拆被子，听到喊声，忙起身开了房门。

　　他吃惊地望着门前的女人，好久才说："玉珠，怎么是你？"他很有些意外，又十分兴奋，"来，来，快屋里坐，屋里坐。"

　　乔玉珠进屋，也不坐下，只是呆呆地望着余志明，半天才叫道："大哥！"

　　余志明见她神情有点异常，就专注地望着她。这时，他发现她头发上的白绒绳，就惊疑地问："怎么，兆祥他？"

　　乔玉珠低下头，低声说："都两个多月了。"

　　余志明忙说："我知道兆祥他身体不好，没想到有这么快。你看我一直

穷忙，这样的事我居然都不知道，真是……"他拉过一把椅子，"来，快坐下歇歇，有话慢慢说。"

乔玉珠坐在椅子上，久久地望着余志明，好久，回头趴在椅背上抽抽搭搭地哭了起来。

余志明立在她身旁，知道她心中难受，一时也不好劝她。过了一会儿，余志明见她哭得轻了，才说："玉珠，不要老这样，事情已经过去了，反正你也尽了心，尽了力，就不要过于悲伤了，这也是没法子的事。"

乔玉珠不哭了，吁出一口气，抬起头望着一边，诉说着自己的不幸。她说，名义上跟了个工人，跟了个吃商品粮的，可一天舒心日子也没过。那许兆祥今天不病明天灾，最后还是撒手走了，撒下我们孤儿寡母和一个老娘，还有一屁股债，这日子可怎么过。

最后，她又回归到宿命论，抱怨着自己命运的多舛。

余志明面无表情地在屋里走来走去。他来到桌旁，端起一杯茶递给她，说："喝杯茶吧，刚冲上的，这事呀，我也不好怎么劝你。反正人死不能复生，这是铁定的规律，你就是哭死、愁死，也解决不了问题。我和你不一样吗，沈翠莲才没了的时候，有多少人来劝我，我都听不进去，日子长了，也没什么人来劝了，反倒是好了，淡化了。时间真是一剂良药哇，它可以医治一切的创伤。在这个事上，我看你也一定是这样。"他点一支烟吸着，又说，"人的一生是曲折的，复杂的，也是不可预测的。失去亲人的痛苦，人人都会遇到。但我们总不能一直生活在痛苦中，要尽快从痛苦中走出，设法改变这局面……要往远处看，要看到光明。说得多一点，我们现在还肩负着家庭和社会的职责，有无数的事还等着我们去做，只要我们看得开，摆在我们面前的一定是一个更加美好的明天。"

乔玉珠静静地听着，心里说："他说得多好，多像一首诗，听起来那么让人舒服，让人神往。对，要面对现实，往远处看，要看到光明，要看到未来。"她的眼睛熠熠发光，心里咕念着："对，只要看得开，摆在面前的一定是一个更加美好的明天。"

于是，她就试探地想向他讲一讲她遇到的烦心事。可是她迟疑着，欲言又止。

余志明发现了她的动态，鼓励道："玉珠，我看你一定是有话要讲。怕什么，在我这里，你还有什么不好意思的？要讲，你就讲吧，或许我能帮上忙。"

乔玉珠瞥一眼余志明，侧过头，望着某一个地方，开始讲她的烦心事。

"自从兆祥去世之后，到我家提亲说媒的就没有消停过，都被我回绝了。前些日子，我姐又给我介绍了一个在镇税务所工作的干部，工资一月一千多，去年才失了家，有一个十岁的男孩，还硬拉我去见了面。"她扭头望了一眼正听着的余志明，"那税务干部很是痴情，见面后就隔三岔五地往我家跑，见活就干，见饭就吃，还说过几天就帮我把路边摊改成路边店，扩大门面，还说今后税上的事包在他身上。"

余志明心里一动，表情复杂地望着她，像在探询着什么。

"最近几天，她又去我姐家，和我姐说，争取尽快定下来。"

乔玉珠突然停住话语，两眼直直地盯住余志明，喃喃地说："大哥，你说我该怎么办呢？我想请你帮我拿个主意。"

余志明一直望着她，品味着她的话语，其实他心里很清楚她此时的心境和用意，但此时他心里还存着不少难以言说的隐情，他觉得有点为难，只好违心地说："玉珠，这个主意我看还是你自己来拿为好，这种事，这种关系到你后半生幸福与否的大事，怎么好让别人来决定呢？"

这冠冕堂皇的话，如果放在与他没有任何情感纠葛的人身上是无懈可击的，但是放在此时此刻的乔玉珠身上，情况就不同了，显得那么苍白无力，甚至那么无情。可是他又不能如是说："去，赶快去辞了那税务干部，然后……"真是两难哟。

乔玉珠认真地听完他的话，呆呆地望着他，渐渐显出失望的神色。她

思忖良久，终于又趴在椅背上嘤嘤地哭了起来。

她哭得很伤心。余志明见她浑身抖着，举手想拍拍她，阻止她的哭泣，又觉不好意思。就走进厨房冲了碗鸡蛋汤，加点红糖，端到她跟前说："玉珠，快别哭了，来，起来，把这碗鸡蛋汤喝了就好了。"

乔玉珠头也不抬，边哭边说："我，不要……喝……喝你的鸡蛋汤……别拿这个糊弄我……算，算我瞎了眼……看，看错你了，这些年来，我，我一直拿你当最知心的人，才来找你，……找你讨主意……你，你又不傻，难道你……看不出，我是……我是真向你讨主意吗？而你……你却装呆卖傻……拿这些不咸……不淡的话来打发我……"

余志明见她越说声越大，就说："玉珠，请你小点声好吗？千万别让别人听见。"

"听见我也不怕！怕什么！我现在是公开来找你，也没说什么见不得人的话，也没做什么见不得人的事，你要是怕，我马上就走，别给你惹事。"她站起身就要往外走。

余志明连忙拉住她说："玉珠，你不要着急，坐下慢慢说。"他随手把毛巾递给她。

她接过毛巾，擦了下眼睛，来回走了几步，坐下又说下去："我现在什么也不怕，更不怕别人听见，听见了，大家知道了，反而更好。"

"我已等了你二十年，二十年呀，你懂吗？人生能有几个二十年！这还不够吗？万没想到，你却这样胆小，真让我失望！实话说了吧，你不可能不知道，我的心二十多年前就已交给了你。可是，命运偏偏让我们天各一方。还记得在学校时你去我家吗？我病了，腮肿得老高，你用手按了一下，我抓住你的手，说了些痴心的话。那时你刚成婚，我还是个姑娘家，我说的那些话，至今我也没忘。那就是当时我的心思，是我的内心所在，是一个姑娘的梦。那些话，激励着我度过了无数个苍白的日子，一直走到了今天。"她很伤心，说到这里，不由又落下泪来，她哽咽一声，擦把泪，继续说下去。

"现在好了，我已成了自由的人，婚姻的桎梏已经卸掉，我可以堂堂正正地去爱一个人了，可以去追寻自己的梦了，还有什么好说的呢！这就是我的心声，这就是我二十多年坚守的信念。"她深情地望一眼余志明，低下头，不说了。

余志明心里也是火辣辣的，乔玉珠的肺腑之言，像重锤敲击着他的心弦，让他感动，让他同情，让他自责，但他毕竟是男人，他没有落泪，他的泪水只能向心里流淌。他十分震惊地望着她，心想，这哪里像乔玉珠的话，真是不可思议。于是，他吞吞吐吐地说："玉珠，你别激动，其实……其实我心里也……我一直把你看作是一尊圣洁的女神，是可望而不可即的菩萨……咱们的关系我不是没有想过，可是，你看看我现在的情况……果园几乎毁灭，我怕是……"

余志明也激动起来，他抽出一支烟，抖抖索索地打火抽着，在房里来回走动。

乔玉珠已经平静下来，她望着余志明激动的样子，说："刚才，我管不住自己，言语可能过激了一点，可那都是我的心里话。我实际上也没有想让你现在就打包票，况且日子也太浅。"她微微一笑，又说，"你把我看作你心中的女神、菩萨，实在让我感动。可我哪里是什么女神，我就是我，我就是实实在在的乔玉珠，是你最倾心的人。"

余志明抬头望望外面的太阳，说："这就晌午了，咱们做点饭吃。"说着向厨房走去。

乔玉珠起身，也向厨房走去。她走进厨房，四面打量着里面的东西：整齐的炉灶、煤气罐、矮桌，矮桌上没有洗的　大摞饭碗、盘子，盘子里的剩菜，还有几个两边挨着碗边的蒸包。

余志明已打开了气炉子，正在搅锅里的东西。乔玉珠走过去，低头看着问："这是啥饭呀。"

"疙瘩汤呀，昨天晚上剩下的，反正是冬天，热热再吃……可以吃两三天呢。"余志明边搅动边回答着。

乔玉珠奇怪地望着他，指着一边碗里的大包子，又问："这蒸包也是剩下的？"

余志明又是一笑："你可真会说话，哪里有什么蒸包，那是吃剩的水饺。"

乔玉珠长叹一声："嗨，看你过的什么日子呀。"说着找来水盆，洗着碗筷。接着他们吸溜吸溜地喝着疙瘩汤。

余志明一边喝着汤，一边想着心事。他忽然问："玉珠，我一直没有问你，当初你是怎样去了黄草岭，能告诉我吗？"

乔玉珠没想到他会问这个问题，吃惊地望一眼余志明，不很情愿地说："这么些年了，还提它干什么。"她放下碗，望着一边，陷入沉思中，良久，她慢慢说："还记得当年碰到你在集上卖菜，我帮你收摊子，在小饭店我说的话吗？"

余志明挠挠头："记得，记得，当初你也是让我拿主意。"

"当时，你也没给我一个明确答案。这事拖了好久，后来，后来见你的孩子一天天长大，最后的希望破灭了，就违心地答应了我妈的要求，去了黄草岭，过起了那种如同嚼蜡的日子。"

余志明觉得有些不安，说："玉珠，对不起，我不该问这些……"

乔玉珠也不答话，起身收拾着碗筷。

随后，二人来到客厅，乔玉珠帮着拆起了被子。乔玉珠让余志明找来几个尼龙袋，把拆下的被里、被面、脏衣服和棉花分别装好。乔玉珠边装边说："你看这些东西有多脏，回去我得多洗几遍。这棉花硬得像铁，也得找人弹一下。嗨，这一个人的日子……"她扎好袋子，沉思了一会，又说，"大哥，往后你园里有什么活儿，别忘了喊我，只要你说一声，我就是再忙，也，也要来……果园改造的事，你不是已经做出计划了吗？我相信你的能力，改造后的果园肯定比原来的还要好。"

大门被无声地推开，李二婶摇摇摆摆走了进来。她略感意外地望着乔玉珠，说："哟，是玉珠啊，你们这是……"

乔玉珠也不遮掩，大方地说："我来帮大哥洗洗衣服，二婶子，你来……"

"啊，啊，我是想用用志明的衣裳盆，还有搓板。"她望望乔玉珠，"原来你们要用啊，算了吧，算了吧。"说着，就要往回走。

余志明把盆和搓衣板递给她："你拿去用吧，衣裳，玉珠带回去洗。"

李二婶望望乔玉珠身边露着衣角的两个大袋子，就告辞出来，临出大门，又回过头着实望了眼乔玉珠和那两个大尼龙袋。

乔玉珠瞥一眼离去的李二婶，微微一笑，说："这老太太，可真有意思。"

他们把袋子往自行车上煞好，余志明送乔玉珠出来。来到大门口，乔玉珠回头说："别送了，记住，有活儿，别忘了给我打电话。"

32

转眼已是春季，今年的春天似乎来得早了一些。刚刚过完了上元佳节，空气中的硝烟味尚未散尽，勤劳的樱桃峪人就换下了节日的盛装，带着佳节留下的欢笑开始了一年的劳作。他们要趁着节后这段空闲把该做的事提前做好，以迎接今年丰收的到来。

姑娘小伙们相互招呼着，扛着工具走向各自的岗位。远处的果园里，时不时地就有噼噼啪啪的碎响传来，那是各家各户在燃放爆竹，进行"开园大典"。有的还拿来酒菜、福礼摆在园里，点上纸钱，撅起屁股磕头作揖，向那冥冥中的上天祈求风调雨顺、年景丰硕。

胭脂河也已奏响了春的韵律，带着快乐的歌，一路蹦跳着，奔向远方。两岸的堤坝，远处的望龙山都泛着黛青色的光，古堤草带着碎土和嫩叶已拱出地面，四面观望着，伺机甩出它们的小辫子，预备融入这春的怀抱……整个樱桃峪，不，应该说是整个鲁中山区，整个大地都浸在一种祥和、温馨的氛围中。

天气真好，没有一丝风，太阳暖烘烘地照着，那些刚出蜇的蠓虫儿，一团团、一簇簇在低空兜着圈子，像是在迎接春的到来。

余志明来到果园北部，查看树体的动态。这儿地势高，受灾轻，存留的果树都保持着正常的生机。他拉过几个枝条，发现上面的果芽都已在萌动，叶片也已错开，叶芽也已泛绿，他知道，像这样的枝条，用不了多久，就会开花，发芽。而准备定植的树苗必须要在展叶之前栽完，栽晚了，成活率就要大打折扣。经验告诉他，不能再拖了，他必须预先订好树苗，以备栽植，于是掏出手机拨通了汪文君的座机。

接电话的是个女的，听上去，觉得有些耳熟，但究竟是谁，他一时也不能判定，就问："你是谁？"

那边好长时间没有回音，接着传来放电话的声音。余志明觉得蹊跷，正忖疑间，电话又响起。传来汪文君的声音，余志明就问："老汪，刚才接电话的是谁？"

汪文君大大咧咧地说："你嫂子呀，在我内室里接电话还能有谁？"

余志明沉吟着，心想，我嫂子？宫月娥不是正在闹病吗？她哪有这样的底气？再说，宫月娥的声音我还不熟悉？慢声细语、有气无力的，哪里有这般嫩？难道……

听不到余志明回话，汪文君早着了急，说："怎么？你到底有什么事？"

余志明回过神，就把想托他买树苗的事说了。汪文君满口答应，并请他过段日子来赶集把树苗订好。

打完电话，余志明来到园地中部，望着大片尚未整理的地面，谋划着修台田的事。去年的涝灾虽说是不可抗拒的自然灾害，但与余志明的粗心、大意、缺乏抵御灾害的意识也有很大关系。假设早把南部沙脊凿开，早把园地整成台田，把果树定植在台田上，受灾概率肯定要小得多。真是大意失荆州，现在再整，虽说是有点"贼走了关门"的意思，但这工作必须要做，只有这样才能减小或者说是根除涝灾的袭扰。其实，年前他就已经开始了修台田的工作，当整出两个栽植行的时候，一场暴风雪中止了他的计划，迫使他不得不停下来。想到这里，他轻叹了一口气，打开手机给相关人员拨打了电话，请他们务必帮他这个忙，把园地整顿好。

第二天一早，他们就仨一伙俩一帮地来到果园，彭涛饭店里眼下正是淡季，也来帮忙，西街的宋小英扛着工具也来了。这是一个美丽大方的姑娘，高中毕业后一直在城里打工，不知何故，今年她哪里也没去。听李霞说，老余园里有活儿，就高兴地来了。一进院门，就朗声喊道："老余大叔！我也来干，你欢迎吗？"

余志明今天精神很好，他望一眼宋小英，高兴地说："欢迎，欢迎，请还请不到哩。"

彭涛见她穿得花枝招展的，说："哟，这不是老宋家二姑娘吗，怎么不在城里干，倒来翻腾坷垃，不怕脏了你的花褂子吗？"

宋小英泰然自若地说："老彭大叔真会说话，城里乡里不一样干？怕脏衣服，我就不来了。"她望一眼余志明，"你说对不对，大叔？"

"对，对，城里乡里一样干。"余志明应付着。

积雪早已化尽，园地上湿漉漉的。余志明给他们分好工，交代了工作的要求和要领，接着就干了起来。

余志明干得最快。他的铁锨上下翻飞，很快就把彭涛他们落在后面。他培的土垅又平又直。

彭涛见他生龙活虎的样子，说："余老板，你干得真起劲，还是自己的笆子上柴火，可别累趴下了，那一位来了可是心疼。"

余志明甩出一掀土，喘口粗气说："就是你长着嘴，不胡说能憋死？"他直起身，回头望望又平又直的台垄，满意地一笑，提起铁锨在行间穿行，检查着质量。

他来到宋小英跟前，见她用右脚蹬锨，又往左边甩土，觉着别扭，说："小英，这样得劲吗？来，我给你做个样子。"说着，做起了示范动作。他一边干，一边说："无论干什么，都要讲究个姿势，姿势不对，不但效率低，也别扭。"

宋小英站在那里看他做样子，又抬头久久地望着他的脸，似在思量着什么。

余志明做完示范动作，直起腰，把铁锨往地上一插说："好了，就这样干，明白了？"

宋小英一惊，忙说："明白了，明白了。"她拿起铁锨，还是用原来的样子干着，余志明奇怪地望望她，朝别处走去。

赵娜见余志明走过来，和李霞、王丽萍挤挤眼说："大叔，为什么不叫玉珠姐来呀？反正她现在也没多少事了。"

自从余志明和乔玉珠不让他们再喊自己老师后，她们就改口了，觉得这样称呼，反倒是更亲切。

彭涛接上话："你们就别瞎操心了，人家老余早有安排。"他拍一下坷垃，又说，"指望你们操心呀，黄花菜都凉喽！"

"老彭叔，有你操着心，就用不着我们啦，对不对？"王丽萍接着说。

"对，对，我正在操着心，没有俺老彭可不行，不信你们走着瞧。"

正说话间，就见乔玉珠和姐姐推自行车一前一后走进果园。

赵娜直起身，高兴地喊："你们快看，真是说曹操，曹操到哇。玉珠姐快来呀，我们正说你呢！"

姐妹俩来到跟前，打住车子，乔玉珠问："赵娜，说我什么呀？"

赵娜被问住，一时竟想不起刚才说啥，挠挠前额："说什么来着？"

彭涛抬起头："你这个赵娜，年轻轻的怎么这么忘事，不是正说着给小乔操心吗？"

大家都笑起来。

乔玉珠一愣，说："操心？给我操什么心？"

彭涛用手一指余志明："这还用问吗，你看看他就明白了。"

余志明故作生气地说："老实干你的活吧，就你的话多。"

他往前几步，来到姐妹俩跟前，平和地说："你们来了？"

乔玉珠瞥他一眼，微微点了下头。

王三妮望着他们说："还是人家余老板人缘好，你看，隔山隔水的，这不，姐妹俩都来了。"

乔玉兰笑笑："三姐可真会说话，连讽带刺的，什么隔山隔水的，不就是六七里路吗？你是不是不让我们进樱桃峪呀！"

王三妮："哎呀呀我说玉兰呀，你可别当真，我整天想你还想不够，怎么会不让你进樱桃峪呢？"

他们又说了些闲话，乔玉兰问余志明："志明，今天干什么？我可没带工具来。"

彭涛向前几步，一手拿起一把铁锨："余老板知道你俩要来，这不，早就给你们准备好了，来，接着。"

姐妹俩接过铁锨，余志明又向她们交代了几句，大伙就都干起了活儿。

彭涛望着姐妹俩娇美的身影，不由低声说："呀，老余可真有艳福，真是铜雀春深锁二乔呀。"说完，就嘻嘻哈哈地笑起来。

李霞等一班少妇不知就里，都傻乎乎地瞪着彭涛。

赵娜说："什么二乔三乔的，人家是大乔、小乔，不懂别装懂。"

彭涛更开心了，说："对，对，是大乔、小乔，还是爷们儿见多识广呀，哈哈，哈哈。"

余志明正窝着火，怕二人听明白了受不了，就瞪起眼睛，斥责彭涛："别傻笑了，再胡说八道，就缝上你的嘴。"

其实乔家姐妹都听出了彭涛的意思，特别是乔玉珠，自幼就饱读诗词，这句名诗，她哪里会不懂呢？乔玉珠心里明白，就不易察觉地微微一笑，继续干活。乔玉兰却说："彭大经理真是财发得用不完了，闲着没事，尽拿穷人开心。"

"哪里，哪里，哪里敢呢……"彭涛觉得有点尴尬，遮掩着说。

乔玉珠一边默默地干着活儿，一边想着心事。她现在的心情是复杂的，既有失去亲人的哀伤又有对新生活的憧憬。自打昨天接到余志明请她帮忙的电话，她想了很多，她想着现在自己的情况变了，又要去樱桃峪，而且还是去与她有着瓜葛的余志明那里帮忙，樱桃峪人会怎么看？还有她和他的那些当年的学生们会怎么看？怎么说？如果问起她们的关系，她如何作答？她想了很多，想了很久，心里总有些忐忑的感觉。后来又觉得自己可笑，真有点杞人忧天了，怕什么？他们愿怎么想就怎么想，愿怎么说就怎么说，那是他们的事，自己没能力也没权力去阻止人们的想象，去堵住人家的嘴巴。况且，自己的行动是光明正大的，是堂堂正正的，自己没有什么可忧虑的，可退缩的，所以今天她的表现看上去还是那样的平和，那样的庄重。

李霞他们边干边挤眉弄眼的，王丽萍瞅瞅余志明，又瞥一眼乔玉珠，小声说："这下好了，两个都成了光棍了。"她竖起两个拇指，眨巴着眼睛，"我看那还不如让他们俩这个样……"

"好是好呀，可听人家说，大乔给她妹妹介绍了一个税务干部呢。"

王丽萍掘起一锨土，却不立即扔出去。她瞥一眼不远处的乔玉珠，压低了声音："谁知道人家乔老师是怎么想的，反正呀，有奶就是娘，你看余老师果园涝得这样惨。"这次她没叫玉珠姐和余大叔，却又用起了当年的称谓。

她甩出那锨土，轻轻咳嗽一声，接着说："那也不一定呀，听李二婶说，年前乔老师还在余老师家洗衣裳呢，临走还带了两大尼龙袋东西，可能也是脏衣服什么的。"

"可人家那税务干部光工资一个月就一千多……"赵娜拍打着垄脊，悠悠地说。

余志明见他们叽叽喳喳的，直起腰往这边望。

赵娜发现了余志明的动向，赶紧说："快合住嘴巴，老板往这边瞭呢！"

"管他呢，说不定还得请咱们当红娘呢！哈哈，哈哈……"王丽萍不管那些，快乐地笑着。

"你们这些个小媳妇子，哈哈什么呢，再不好好干，我就让余老板扣你们工钱。"彭涛见她们高兴的样子，就干预着说。

"老板呀，说不定还要给我们发奖金呢。"她们不管老彭的警告，继续笑着。

彭涛无可奈何地说："真拿你们没法子。"说着走到余志明跟前，"哎，

余老板，要不要我给你们牵牵线？"他指指不远处的乔玉珠，"人家大老远地来帮忙，我看就有那个意思呀。"

"快回去干你的活吧，你也不看看我现在的情况，差不多我都要向你求帮了。"余志明头也不抬，边干边自顾说着。

"谁不知道你是樱桃峪第一万元户？这点小灾怕什么，瘦死的骆驼比马大，况且还有这么多人支持，东山再起也是指日可待呀！"彭涛知道余志明正处在低潮阶段，就鼓励地说。

那边的王三妮和乔玉兰有意落在最后边，也在说着乔玉珠的事。王三妮开门见山地说："大妹子，我看还不如把你家妹子和老余撮弄撮弄，两个人都这样干守着，都没个说话的，也是怪可怜的。"

乔玉兰说："三姐，你不讲，我也要跟你说，我这次来帮忙，其实就是想探探老余虚实，看他有没有这个意思，反正我妹妹好说，上门提亲的挤不动呢，这不，"她用力铲一下土，"昨天我又骗她去城里见了一个，比那税务干部还有钱，是一个什么副局长，就是太大了一点。可她见了人家，二话不说扭头跑了回来，回来埋怨了我一顿，说我是见钱眼开。嗨，这妮子真是愁煞人，比大闺女还爱挑拣，也不知道她心里到底想的什么……"

王三妮笑道："这就对了嘛，看来，咱妹子心里早就有人了。"

"你说什么？"乔玉兰有点诧异地问。

"这些年来，玉珠和志明从来没断过联系。每次老余园里有活儿，都少不了玉珠，年前她就去过余家，还给他洗了不少衣服呢。"

"真的？玉珠她怎么没跟我说？"乔玉兰有点惊疑地问。

"你这傻子，这样的事她也跟你说？"

"三姐，今个我算是遇到真人了，这个事我直接出面，反倒不好。你抽空问问老余，看他回头朝哪……"

她沉吟了一会儿又说："只是听说他儿媳妇挺厉害，将来如果成了，玉珠那柔弱性子，怕是受她的气，还有房子的事……"

"妹子，你就擎好吧，他们早就分家了，老余那五间房，还有他儿子儿媳住的房子，都是余志明盖的，还怕她闹吗？再说，人心都是肉长的，玉芹能让她过不去？"王三妮可算是有心计，算是把事情分析透了，可是事情的发展，并没有像她希望的那样顺利，那样美好。这是后话，之后分解。

听王三妮如此说，乔玉兰心里算是有了底，表示请她多操心，一定谢她。

一辆轿车停在园门口，三山口镇镇长李永泰走下车来。这时的李永泰已是一位相貌堂堂的中年汉子了，仔细看来，约略可以看出他儿时的影子。他春风满面地走进果园，望着热烈的劳动场面和已见雏形的台田，高兴地喊："余老师，你们干得好哇！"

余志明抬头望望，插住锹迎上去，高兴地说："永泰，你怎么来了？"

李永泰爽朗地笑着，双手紧握着余志明手，说："怎么，我就不能来？听说你果园树都涝死了，我不放心，就来看看呀。"

他望望正在干活的乔玉珠和李霞她们，大声说："乔老师，你也来了？还有我的老同学们，你们可要好好干，余老师不会亏待你们！"

赵娜扬扬手："李永泰！当官了是不？地也不敢进了，过来，帮余老师干一会儿！"

李永泰向余志明笑笑："看，老同学将我军了，不行，我真得干一会儿。"说着，向地里走去。他来到赵娜身边，和赵娜要过铁锹，说："老同学，不信咱俩比比看谁铲得又快又好？"他脱掉外衣往地上一扔，呼哧呼哧地干了起来。

赵娜、工丽萍等人看着，佩服地说："行，行，还是那个样。看来你不但会当镇长，农活也不含糊，好样的。"

王三妮望着已经冒汗的李永泰，说："快别和她们斗气了，你可是个大忙人，快去找志明吧。"

李永泰把锨交给赵娜，披上外衣，感叹道："真想跟兄弟姐妹们一同干啊，可我一直在忙，这不，今天我来找余老师还有重要工作要谈。"他挥挥手，向外走去。

他来到田埂上，望着空荡荡的园地，心里不免有些沉重，不由说："唉，这天灾可真是无情啊，这么好的果树一下几乎全没了。"

"可不是嘛，当时我看着成片干枯的树几乎绝望，还有人跟我闹笑说，要是他遇到这种情况呀，恐怕早就去上吊了。当然，这是玩话，我没有退缩，硬是挺过来了。"余志明由衷地说。

"了不起呀，我的老师，面对这毁灭性的灾害，你没有趴下，这又整起了旱涝保收的台田，要是没有钢铁般的意志是办不到的，就凭这一点，我也佩服你。"李永泰一直敬佩自己的老师，他诚挚地赞叹着。接着，他又谈起了樱桃峪改选的事。

"镇两委研究过樱桃峪的情况，改革开放以来，这里变化不大，老村长年事已高，也欠开拓精神……明年就要换届了，你要有个思想准备，挑起樱桃峪这副担子。"

余志明有些吃惊，沉思良久说："我恐怕不合适吧，我把樱桃树都种死了。"

李永泰说："那是不可抗拒的自然灾害呀，咱樱桃峪有史以来，啥时遇到过？"

两个人沉默着，向园门走去。来到汽车前，李永泰拉起余志明手，郑重地说："余老师，我相信，你，不会让镇两委失望的。"他松开手，钻进汽车，汽车调头，缓缓向前开去。李永泰从车窗伸出手，慢慢挥着说："余老师，我等你好消息！"汽车加速，扬起一片尘沙，急驶而去。

33

二十多天过去了，余志明果园的修台田工作已基本完成。高高的土垄成南北走向整齐地排列着，中间的零星大树已移植到北部，南部沙脊上的排水沟已加深拓宽，买下的土粪也运到了台田上，剩下的事就是买树苗定植了。

在这二十多天和之后的日子里，乔玉兰一直在为妹妹的婚事操着心。她曾多次私下里或是电话中询问过王三妮，问她那事和老余透了没有。王三妮说："透了，而且透了不止一次，可每次老余都说，慌什么，过段日子再说。"

乔玉兰觉得事情没有进展，有点着急，说："你说给余志明，就说人家那税务干部催得很急，请他注意着点。"

"再说也没用，他就是不表态，我也没有法子。"王三妮无奈地说。

乔玉兰见这边没戏，就翻山越岭去做妹妹的工作。见面后，就把那税务干部急着要定下来的事情和乔玉珠说了。乔玉珠只是低头不语。乔玉兰就加重语气又说了一遍。

乔玉珠烦了，她急急地说："姐，我的事请你以后不要再操心了！那税务干部不是早就让你辞了吗？要是他再打你电话，你就挂断，省得烦心。"

乔玉兰不曾想到自己的热心肠居然会遭到如此冷遇，可她还是不死心，就犯颜直谏："……再说，老余这几年经济……"不等她说完，乔玉珠就扭过脸儿去。乔玉兰哪里知道，就在不远的年前，妹妹早就和余志明交了实底，也基本上是定了终身。

乔玉兰见妹妹真的动了肝火，觉得真是自讨没趣，说："好了，我也不说了，一切由着你吧，话多了不养人呀。"说着起身向外走去。

来到路边摊，见许母呆坐在那里，像是在照料生意。她走过去，和许母打个招呼，走上公路骑车离去。

许母见她走得远了，说："看她那架势，准是又来说媒的，现在可好了，这小寡妇比大闺女还快哩，什么事儿呀……"

淅淅沥沥的春雨一直下着，到中午的时候，还没有停歇的意思。茫茫的雨雾中，一个身穿花雨衣的姑娘行走在樱桃峪大街上。姑娘拐进小巷，走到一座大门前，抬头观望着，原来是宋小英。

大门虚掩着，宋小英迟疑地在门前徘徊，脸上显出复杂的神色，惶恐、向往，还有几分羞涩。

终于，她迈步向前，推门走进院子。

余志明站在客厅门前正望着雨天发呆。他发现了雨地里的来客，用了好久才分辨出来客的身份。他感到有些惊讶，这个宋小英雨天里来干什么？难道是……他来不及细想，赶紧打招呼："小英，你这是……"宋小英也不答话，来到屋里，扒下雨衣。余志明接过，随手挂在衣架上。余志明疑惑地望着她，见她只顾摇头晃脑地弄头发，心里说："这个宋小英，究竟来干什么？来要工钱？还是别的什么？"

余志明一边让她坐下，一边向内室走去找寻账本。他打开抽屉，拿出记工簿，一页一页地翻看着。

客厅里，宋小英坐在椅子上，眼睛滴溜滴溜转着，脸上神色急剧变化。一会儿，她好像拿定了主意，起身向内室走去。

余志明放下记工簿，惊疑地望着走进内室的宋小英："小英，你……"

宋小英一步步走向前来，如火的目光直直地盯着余志明。

余志明慌了，急急地说："……工钱？你要工钱？本来想给你送去的……今天，你来了，就一块捎回去……"

292

宋小英趁机攥住他的手，扑到他怀里，紧紧地抱住了他，抬起头："大叔……大叔……我……我不是……"

这突来的事件让余志明震惊，面对这位妙龄姑娘，心中不由一阵震颤。天气已经回暖，那单薄的衣衫挡不住她丰满的躯体，那胸脯紧压着他的胸膛，他感到了她肉体的温暖和那颗心脏剧烈的跳动，他感到了她两只手的抖动。那如火的目光像在渴求着什么。这一切都在炙烤着他，他心中本能地升起一种很久没有过的悸动和激情。他正值中年，荷尔蒙的作用也还没有消退，本能让他产生一种冲动。但这冲动很快就被抑制，没有任其发展，理智战胜了冲动，意志战胜了本能。很快，他就从激情中走出，慢慢松开紧抱着他的双手，把她从怀里推开，嘴里说："小英，小英，你别这样，咱们外面坐，外面坐……"

小英很失望，打理一下衣衫，不情愿地跟他走出卧室。

他们来到客厅，二人都觉尴尬。余志明点一支烟吸着，让自己平静下来。他翻开记工簿，计算着天数。接着，从衣兜里掏出钱，数一数递过去。宋小英接过钱，也不数，就随手塞进衣袋。

余志明冲上一壶茶，让她喝着，问："小英，你找我到底有什么事？你尽管讲，只要我能帮上忙的……"

宋小英的脸微微红着，她抬头望着余志明，吞吞吐吐地说："大叔，我，我想借点钱。"

"借多少？"余志明问。

"三千两千的就行。"宋小英说出了钱数。三千两千可不是小数目，那时一个青年妇女打一天工也就是十来块钱，有点特长、技术的每天也不过二十元钱。也就是说，她要借的钱，相当于一个青年女工半年多的工资。

余志明警觉起来，问："小英，大叔问你，你一个姑娘家，借这么多钱干吗？家里的事，又不用你管。"

宋小英迟疑着，似有难言之隐。良久，她说："大叔，我跟你说实话

吧，我……我在城里跟人家借了三千块钱，是一个卖菜的老光棍，四十多了。我，我曾经答应嫁给他……可后来我改变了主意。那三千块钱我买衣服，去歌舞厅，又去青岛旅游，早花光了。现在那人见我变了心，就逼着要钱，说要么跟他，要么就到樱桃峪来见天喊，让我丢丢人。我没有法子，看着你人好，就来找你，可是你又……"她瞥一眼余志明，"大叔，大叔，你帮帮我，就给我找一个吧。"

余志明吸着烟，一边听她讲，一时又没有弄明白她的真实意图，见她不讲了，就说："这样吧，我觉得有一个人倒是比较合适。黄家湾玉芹的表弟，今年二十三了，当兵刚复原，就是家里经济情况不是太好。"

宋小英连连摆着手说："不行，不行，没钱可不行。大叔，你，你给我找个有钱的，不结婚也行。"

一切都明白了，余志明疑惑着望着这个可怜的女孩子，严肃地说："你怎么会有这种想法？荒唐，真是太荒唐了！你还是个高中生，也该知道羞耻二字，也该知道'君子爱财，取之有道'的古训吧，不明不白的钱，就是白给你，你能要吗？"

余志明叹口气，望望低头听着的宋小英，又说："小英，好好反省一下自己吧，作为一个当代青年，应当有一颗上进的心，千万千万可不要沦落啊。钱，我没有，不过你的事，我可以帮忙。"

宋小英抬起头，激动地说："大叔，谢谢你。"说罢，拿起雨衣，向外走去。

余志明站在门口，望着离去的宋小英，摇了摇头，长叹一口气。

这时，彭涛打来电话说今天下雨，反正园里也没法干活儿，过来喝一盅吧。余志明想想也是，拿起雨伞，锁了门，向彭涛饭店走去。

来到饭店门口，他收起雨伞，甩一下水，走到厨房门口，见许莉正在炒菜，炒瓢吱啦吱啦地响着，火光映红了她的脸。余志明故意问："许莉，你们两口子这是请谁呀？弄这么好的菜？"

许莉上下地掂着炒瓢，来不及回话。彭涛接过话头说："余老板，你真是明知故问，除了你余志明，谁能惊动老板娘亲自下厨？"他望着许莉，"对不对，我说老婆子？"

许莉叮叮当当地盛着菜，剜他一眼，又把目光转向余志明："你还别说，他那些狐朋狗友来了，我还是真不侍候。"

酒菜很快备好，两人推杯换盏地喝着。余志明望着外面潇潇的春雨，说："这真是社会在变，天气也在变啊，老彭你想想，自打咱记事以来，春天多咱下过这么大的雨呀。"

彭涛一边夹着菜一边说："是呀，是呀，天在变，社会在变，就是你余志明脑袋瓜子不变。"

余志明觉得彭涛这话似有所指，问："老彭，我脑子怎么不变？"

彭涛只顾喝酒，一时也没有回答。余志明又说起宋小英的事。

余志明问："西街老宋家的二姑娘多大了？"

彭涛思量一会儿说："大概快二十了吧。"他忽然警觉起来，"你问这个干吗？"

"我想给她操操心。"余志明慢慢说。

彭涛已有些醉意，断断续续地说："管那些闲事干吗，还是多管管你自己的事吧。你和小乔的事，还得，还得是我的大媒……那两个没给你弄成，这，这一个有把握……今天，请，请你来，就是为了，为了这，这事……老余，你，你说咱老彭够不够朋友？"他端起一杯茶，扶着桌子来到余志明跟前，一腚墩在椅子上，茶水溅了一身他也不管，"老余，你这可是千载难逢的机会，你，你要是不抓，抓住，你，你可是真的有，有病了……"许莉过来训斥他几句，余志明帮着把他架到床上，又嘱咐许莉千万别和醉汉一般见识，这才转身离去。

余志明回到家，仰躺在沙发上想着彭涛那些可笑的样子和言语，心中难免有些激动。这位朋友真好，真憨得可以，关心别人胜过关心自己，在这乔玉珠的事上他的热情甚至超过了当事者本人。余志明忙起来，有时还顾不上想这些事，而他这位局外人却时时不忘，好像他肩负着不可推卸的责任。余志明想，也不知是一种什么力量支撑着这位朋友，让他始终不渝地关怀着别人，关怀着与他并无多大关联的这桩婚姻。

乔玉珠的话又涌上心头。是的，她已经等了他二十年，二十年前她已经把心交给了他。彭涛说得没错，是该抓紧了。可是，张玉芹会相容吗？这个儿媳妇可真不简单，前几次的事情，已经把他弄得筋疲力尽、狼狈不堪。这一次又会怎么样呢？余志明用尽了脑子也没有想出一个应对的法子，这个张玉芹简直就是他再婚历程上一道不可逾越的鸿沟。面对这道鸿沟，他能越过吗？他难道非要撕破脸皮和她开兵见仗？那樱桃峪的人会怎么看？今后的家庭关系怎么维持……

他思前想后也没理出个头绪，轻叹一声，闭上了眼睛。

34

汪文君头戴防风帽正在拾掇蜂箱。院子的一边码着一排排的蜂箱。两只狼狗趴在墙边，安详地望着主人。他抽出一叶蜂巢，仔细地观察着上面蜜蜂的动态，清理杂物和死去的蜂子。

李玉花踢踢踏踏地走过来，站在汪文君后面看着。她睁大了眼睛望着蜂巢上遍布的蜜蜂，惊奇地说："呀，蜜蜂的窝原来是这个样子！"

汪文君小心地把蜂巢送入蜂箱，抬头瞥一眼李玉花，说："你这才见了个皮毛，真正的学问还多着呢，愿不愿认我这个老师？我收徒弟，除了你以外，可是要收学费的呢。"

李玉花娇嗔地说："看美得你，快不知道姓什么了。哎，这蜂，一直在家养吗？"

汪文君又抽出一叶蜂巢，重复着以上的动作，慢慢说："当是你开小铺呀，选个位置，定好房租，就十年八年的不挪窝，这养蜂要到处去，以四海为家哩。"

他瞥一眼李玉花，清理下蜂巢，又说："养蜂，可是个苦差事，风餐露宿的。可是它别有一番风味呢。"他摘下防蜂帽，起身走到门前那株杏树前观察着上面花蕾，"看这花蕾，再有二十多天，漫山遍野的杏花就要开了，那时就拉上蜂箱去深山里放蜂。"

"我去吗？"李玉花问。

"你说呢？"汪文君反问道，"当初我让你关了铺子，就有这个意思，现在你才明白了？"

"其实我早就明白了，你呀，你那点鬼心眼子能瞒了谁？"

"到底是买卖行里的女强人，比克格勃还厉害。"

"克格勃？克格勃是什么玩意？"

汪文君笑而不答，只管拾掇着蜂箱。

李玉花在一边走来走去，她一会望望布满蜜蜂的蜂巢，一会儿又走到杏树前望那花骨朵儿，最后走到汪文君跟前说："我跟你去倒是行，可家里谁管？再说，杏花才开几天？要是败了呢？"李玉花有些担心地说。

"家里好说，带上这两条狗，把门一锁就得了，杏花败了你也不必担心，接着就是桃花开，还有梨花、核桃花、大麦花、小麦花，还有那开不尽的野草花……"

汪文君陷在美妙的遐想里，脸上显出向往的光芒，他接着说："我要带上你游遍千山，逛遍万水，演一出真正意义上的《天仙配》。我就是董永……"

李玉花："那我就是七仙女啦？"

"对，对，只要咱们高兴。"

李玉花素爱歌舞，她竟甩起胳膊唱了几句《天仙配》。

二人高兴了一会儿，汪文君突然问："玉花，今儿咱这里是不是集？"

李玉花瞥他一眼："亏你还是这里老户，集不集都不知道，告诉你，今儿不是，明儿才是。"

汪文君挠挠脑瓜儿："嗨，嗨，看我这记性，差点给忘了。"说着走进卧室，拨打起电话。

余志明接到汪文君电话，知道明儿是三山口大集，接着拨通了乔玉珠电话，请她明儿去赶集，帮忙看树苗。乔玉珠愉快地答应下来，并说明一早就在路边摊等他。

第二天一早，余志明来到路边摊，见乔玉珠和一老太在摆摊子，就走上前说："玉珠，你们在摆摊子？"

乔玉珠抬起头，见是余志明，说："老余，这么早就来了？快坐下歇歇。"她见余志明盯着老太太，"噢，忘了介绍……这是我娘……菲菲的奶奶……"

余志明向老太笑笑："大娘，你好哇。"

许母慌张地望着他："啊……好……好……你是……你来啦？"

余志明没有回答"我是谁"这个问题，只是笑着点了点头。他打住自行车，往前几步，说："玉珠，我帮你摆？"

乔玉珠边从流动车上拿东西边说："净是些零碎东西，你也找不上，你就去家里歇着，让菲菲给你下茶喝。"

"菲菲在家？"

"今天是星期天，在家做作业呢。"余志明见帮不上忙，就回到车旁站着。他发现，乔玉珠头发上的白绒绳不见了，还是那个地方，别着一个白色的蝴蝶结，那蝴蝶翅子挺长，趴在那里，好像随时要起飞的样子。

乔玉珠发现了他的目光，瞥他一眼，说："你等一下，我回家推车子。"说完，往家走去。

许母追上来问："玉珠，那扶着车子的男人是谁呀？问他，他也不说。"

乔玉珠回过头："是我的同事。"

"哪里的同事？"

"在学校时，一块教学的。"

许母回头望望余志明，撵上几步："他是在等你吗？等你做什么去？"

乔玉珠见她打破砂锅问到底的，有点烦，说："我们去赶集，买点东西。"

许母算是问明白了，不能再问了，就站在那里自言自语："又是洗衣裳，又是套被子，又是去赶集，可不就是给他干的了？"

菲菲抱着几条烟出来，来到摊子前放下烟，好奇地望着余志明。

乔玉珠推自行车来到跟前说："来，菲菲，你们认识一下，"她指指余志明，"他就是我经常和你说的余老师，我的同事。"她又指指菲菲，"老余，这是我的女儿菲菲。来，菲菲，快叫余老师，叫大爷也行。"

余志明说："呀，这就是你们菲菲？咱们见过面的，几年不见都成大姑娘啦！"

许菲菲显得有点慌乱，她望望妈妈，又望一眼余志明，轻声叫了声"大爷"，转身向家里跑去。

二人走上公路，乔玉珠回头望着从大门走来的许母，大声喊："妈！你照看着摊子，别找错了钱。"

许母挥挥手，慢悠悠地说："去吧，去吧，我算不错账。"

…………

天气真好，昨天的那场春雨不到半夜就停了，蓝蓝的天上没有一片云彩，空气中弥漫着一种雨后才有的那种气味。万物都在复苏。远处的林莽已泛出诱人的新绿，鸟儿在林间飞，花儿在草丛里开放，胭脂河里的冰凌早已融化，河水淙淙地流着，又在唱那支欢快的歌。太阳暖暖地照在大地上，照在群山上，照在叮咚流淌的胭脂河上，似乎也照在乔玉珠的心上。乔玉珠今天心情很好，脸上显出幸福，向往的神色，她一会儿望望两旁景色，一会儿又望望目不斜视的余志明。她耸耸鼻子，深深吸了口气，不由说："天气真好哇，咱樱桃峪真美，连空气都是甜的。"

几个月来，她一直沉浸在失去亲人的痛苦之中，尔后又是这样那样的烦心事，很长时间没有像今天这样开心了。她快速地将他们之间的交往回顾了一遍，又品味着眼下的时局，她想，命运可真会捉弄人，它兜了一个大大的弯子，又把他们送回到起点，这可真有点意思。现在他们又走到了一起，又有了朝夕相处的机会，这是一件多么可喜的事啊。他们之间的那种情思又在萌动。她想到了就要变为现实的未来，她心中不由涌动起一个超现实的图景：身穿结婚盛装的她挽着他的胳膊向欢庆的人们鞠躬致意，鞭炮在轰鸣，彩带在飞扬……

一块石子弹了她的前轮一下，车子摇晃起来，乔玉珠从遐想中醒来。

余志明回头望她一下，见她出神的样子，提醒道："注意安全！三山口就要到了。"

三山口大集因处在三个山口的交汇处而得名，是远近几十里有名的出山大集。这些年改革开放，山中的土特产、干鲜果，什么野山参、野灵芝、山蘑菇、金针、木耳、黄花菜，还有野鸡、柴鸡蛋、蜂蜜、女儿茶，几乎是成倍增长。城里的时髦产品也潮水般地涌向这里，沿街的地方依山傍水地建起许多铺面，最显眼的地方还有几家国营的土特产收购站、果品收购站。每逢四九大集，山民们就肩挑身背、摩托车载，阔气一点的也有用拖拉机、三轮车、汽车把自己的山货往集上运，在这儿卖了钱，再从那些大小不等的商店里买回自己的必需品。

时间不长，他们就来到了三山口大集。好大的开山集！三十多米宽的大街上到处是黑压压的人，大街的两侧、中部全是卖货的摊子，放眼望去竟一眼望不到尽头。集面上一片喧嚣，高音喇叭的乐曲声、小喇叭的广告声、过街汽车的鸣笛声，响作一片，把这个开山大集搅得像开了锅。

二人推自行车挤挤碰碰地在集市上走着，时间不长他们就来到苗子市场，发现了他们需要的东西。卖苗子的是一位中年妇女，她不断地夸着自己树苗的好处，说是在园里已养了两年，分枝都定好了。余志明看时，见她苗子确实不错，很是苗壮，根系完整，活鲜活鲜的，又问明了果树的品种，当即就谈好了价格，点了棵数，付了钱。余志明望着那苗子，竟有好大一堆，两辆自行车哪里装得下，正愁没法，就听附近有人喊："志明，志明呀，可把你盼来了，想死我了。"

余志明看时，正是汪文君，还是那副大大咧咧的样子。他赶紧打招呼："你来得正好，我正愁苗子没法往回运呢！"

汪文君望望那堆树苗说："这好办，在咱家门口，还能难住？"说着掏出手机拨通了一个号码请他立即过来。

汪文君收起手机，四下一望，发现了苗子旁的乔玉珠，有点意外地说："咦，这不小乔也来了吗？你们……"

乔玉珠向前和汪文君打过招呼，说："老余让我帮忙来买苗子，我没事，就来了。"

汪文君两眼望了一下，有点如梦初醒的样子："噢，我明白了，原来小乔是在给志明出义务工啊，好，好，我也正想着此事呢……"

这时，一辆小拖拉机嘟嘟地开过来停在一旁，司机跳下车，走到汪文君跟前。

汪文君拍拍他肩膀说："表弟，这些树苗，你给我朋友送去，货你自己装，装完开到我家门口，你回家等我电话，"他指指余志明、乔玉珠，"他们都是我朋友，我们要聚一聚，车钱，按时间算。"说完，汪文君向司机摆摆手，三人向回走去。

他们出了大集，来到起起伏伏的山村小道上。乔玉珠是第一次来到这个地方，什么都觉得新鲜，东张西望的，一座座石墙建筑，一个个寨门从他们眼前划过，一只只小狗望着他们吠叫。

汪文君望着落在后面的乔玉珠，回头指一下她头上白蝴蝶结，小声问余志明："怎么回事？"余志明把情况大略说了一下，汪文君不动声色地"哦"了一声，继续往前走着。

街上不时有行人经过，他们都热情地和汪文君打着招呼，又好奇地望一下他身边的两个外乡人。

他们来到一道宽阔的大道上，汪文君指着一座二层门楼说："那就是寒舍了。"来到跟前，乔玉珠望着高大的门楼连连称赞，"好漂亮，好威风呀！"

汪文君哈哈笑着说："让你妄夸了，有什么威风，不就是个大门吗，走，快家去。"

余志明望着，心里说："看来，老汪这小子是发了……"

进得门来，放眼望去，北面是一溜拉六间二层小楼，一律的塑钢门窗，门窗上都挂着蓝莹莹的羊绒帘布，院子的南部是劈山而成的天然院墙，从院墙上望过去，可以看见遍山的松柏。山风吹过，那松柏就涌动起来，发出呼呼的松涛声。院子的东西两侧各有几间厢房，门都闭着。门的前面、院子里全是一摞摞的蜂箱。山里春早，院子北部的那株杏树已含苞待放，在风中微微摇晃。刚出巢的蜜蜂嗡嗡响着在附近飞舞。两只大狼狗分别拴在院子两厢，这时发现了生人，就龇着牙狠狠地朝余志明、乔玉珠狂吠。两只狗爪子哧哧地扒着地，挣得铁链子哐啷哐啷直响，吓得乔玉珠直往余志明身后躲。

汪文君大声呵斥着，又拿来几个馒头扔给它们，这才安静下来。

乔玉珠见汪文君拿馒头喂狗，觉得可惜，说："老汪，你们家就用馒头喂狗吗？"

汪文君一笑："光喂馒头怎么行，还得喂鱼喂肉，不照顾好它们，能给你看家吗？"

乔玉珠惊疑地望着汪文君，又把头低下去。

汪文君望一眼呆着的余志明说："走，咱们快屋里去。"

就在这时，房门吱扭一声响，一个妆容浓艳的女人迈步而出。

余志明望着那女人，先是一惊，接着就把脸别过去。

那女人边走边说："怎么啦余老板，才几天呀，就不认识了吗？真是贵人多忘事呀，"她指指乔玉珠，说，"这是谁呀，我怎么不认识？天仙似的，快，快屋里坐，屋里坐……夜儿（昨天）我就听说了，知道你要来，菜都备个差不多了，快快屋里请。"

乔玉珠和汪文君都疑惑地望着那女人。

汪文君："玉花，你们认识？"

李玉花："当然认识啦，谁不知有名的樱桃大王，余万元呀，我，我还给他说过对象哩，不过没成罢了，你说是不是呀，余老板？"她边说边向余志明挤眼弄鼻的，示意他不要乱说，又转身对着汪文君，"他呀，和你一样，也是我铺子里的常客呢。"

李玉花见他们待着，又怕他们再问起个什么问题，难以回答，就接着说："老汪，你发什么呆呀，还不快请人家屋里去？"

汪文君回过神说："对，对，屋里去，屋里去。"

来到屋里，李玉花又是让座，又是下茶，又赶紧从桌上拿起烟，抽一支递给余志明，就要给他点火。

余志明掏出打火机说："我这里有。"他自己打火点着。李玉花瞥他一眼，又给汪文君递烟点火。

乔玉珠端起茶壶正要倒茶，李玉花赶紧接过茶壶说："妹妹你坐着，怎么好劳动你。"说着，挨个儿倒着茶。

余志明疑惑地望着李玉花，见她浑身上下一律的红色，红衣、红裙、红皮鞋，就连头发上别着的玫瑰花，也是红色的。他又望一下门玻璃贴着的双喜字，和前些天电话里疑似她的声音，心里也就明白了。他撇撇嘴，觉得心里堵得慌，起身说："老汪，你们先喝着，我去镇上买几瓶农药就回来……"说着向外走去。

汪文君望着往外走的余志明，觉得似乎有些不正常，就大声喊："志明，快回来。"

余志明也不搭理，黑着脸出了大门。他边走边恨恨地说："这女人，真是有奶就是娘呀。"

后面传来呼叫声："老余，余老板，等等我。"

余志明本能地回头一望，见是李玉花急匆匆往这赶，手里还拿着一个酱油桶。

余志明并不答话，扭头往前走着。

李玉花跑几步追上来，拉他一下说："老余，余老板，实在对不起。咱们的事，没想到会弄成现在这个样子。我知道你肯定生我的气，可是，可是我还要请求你一件事。"

余志明侧过头，不耐烦地说："你还有什么事？"

李玉花吞吞吐吐地说："就是……就是咱俩以前的事情，请你不要和老汪说。免得……"

余志明停住步子，厉声道："免得什么？免得他知道了影响你们的关系？你想得倒美，你管得了我一个人的嘴，你能管得了樱桃峪一千多口人的嘴？况且，况且老汪的姐姐就在樱桃峪，你能保得住密？你瞒了初一，能瞒了十五？"

李玉花思忖一会儿说："对呀，对呀，我怎么忘了他姐姐在樱桃峪呢？这可咋办？"

余志明见戳着了她的痛处，赶紧说："你怕什么，一家女百家提，我在先，他在后，又不是我现在抢他的老婆，有什么见不得人的！除非你另有别情。"

李玉花沉下脸来说："老余，你怎么这样说？"

余志明窝住的火又上来："这样说怎么啦？没做亏心事，不怕鬼叫门，我堂堂正正……"

李玉花望望围上来的人，着急地说："行了，行了，余老板，余大哥，咱们快走吧！"说完，大步向前走去。

余志明紧走几步赶上她，大声说："你跑什么，我又吃不了你，咱们接着说。我堂堂正正做人，我怎样对你，你心中应当有数。"

李玉花："有数，有数。"

余志明气还没减，接着说："我早看穿了你的鬼心思，不就是看着我的樱桃园毁了吗，什么这原因，那原因，都不过是你的借口。真正的原因就是我的果树涝死了，没有收入了，你说对不对？"他瞥她一眼，不等她反驳，又说，"做人总得要对得住自己良心，像你这样朝三暮四，有奶就是娘，有什么脸面……"

　　李玉花回头望望后面跟着的人群，压低了声音："老余，老余，余老板，你，你就饶了我吧，我，我对不起你还不行吗？事情已经这样了，你能让我怎么样？"

　　余志明气消得已是不少，他回头望一下后面人群，声音小了许多："李玉花，不是我爱发火，只是你做的事也太离谱了，时间这么短，你就……我真受不了，当然，你有选择的权利，可是这事来得也太快了点，咱们换位思考，假设是我蹬了你，你会怎么想？你会怎么办？"

　　李玉花见他态度有了缓和，胆子又大了，她说："你是见我跟了你朋友，面子上过不去，才……"

　　余志明正色道："我绝对没有那个意思。你跟谁都一样，其实，其实老汪比我强嘛。"

　　李玉花："比你强？"

　　余志明："不强你跟他？"

　　李玉花回头望望，祈求地说："老余……"

　　余志明叹口气，快步向前走去。

　　他们来到一条小巷，李玉花见四下没有行人，就追上余志明和他并肩走着，说："老余，刚才光听你训导别人，你还没听听人家的苦衷，自打向你提出了那两个条件，我足足等了你三个月，也没得到你的明确答复，你让我怎么办呢？"她又望一下四周，"还有，还有我让彭涛转给你的信，你看了吗？那就是我的心里话。"

　　"老余，还是那句话，你人好，心眼也好，我很敬重你。你对我的好处，我至死不忘，可是，可是你就是不答应我的条件，我有什么法子，我又拖不起。再说，再说你那儿媳妇，饿狼似的，我一去，她就红眼，要真跟了你，怕也难对付。碰巧，老汪媳妇没了，派人去提亲，我，我就应了他。"

　　余志明睁大了眼睛："老汪嫂子没了？"

李玉花："你这傻子，他老婆不死，我能跟他？"

余志明："这个老汪，这么大的事，他也……"

"他虽没有你好，也比你大不少岁，但他能给我房子，给我一切。我说的那个退休干部，其实就是他，结婚时老汪要请你来，我硬是没答应。老汪早就说过你，说你和彭涛都是他朋友，我和你又有那一节，来了怕你拉不下那个脸，余老板，"李玉花抬头望着余志明，又说，"你还生我的气吗？"

余志明望她一下，又想起她曾经给予的温存，心就软下来，他问："你们怎么认识的？"

"我们早就认识，他老婆活着时就经常让我代销东西，什么山里特产啦，蜂蜜、蜂王浆啦，什么都往我那里送。"

余志明沉吟着，半天才说："你们，你们原来早有联系。"

"话不能这样说，我们之前只是业务上的联系，只是，只是最近才有了这等关系。"

他们拐过一个弯，来到东西大街上，大街上人来人往，很是热闹。

"他两个女儿什么态度？"余志明的心情已平静下来，望着街上行人，又问。

"什么？你说老汪两个闺女吗？真是太开通了，当时老汪也有顾虑，怕闺女不同意，没想到反倒是两个闺女来开导他，临走还让我好好照顾她们的爸爸，还向我鞠了躬，叫了'妈'，我，我当时都落了泪。"

"你的小苓呢？"余志明问。

"小苓也转过来上学了，早晚的吃住在家里，和老汪的两个闺女处得可好哩。"

余志明望着远处，心里说："要是余刚、张玉芹也这样，该有多好哇。玉珠要是进了家，将来还不知……"

同一时间，汪文君家里，汪文君见乔玉珠呆坐着，也不说话，就说：

“玉珠，快喝茶，咱们都是熟人，千万别拘束。”说着，走进厨房，叮叮当当弄起了菜。

乔玉珠坐着无聊，也来到厨房，说："汪老师，我给你打下手，干什么，你尽管吩咐。"

"怎么好劳动你，你就坐着喝茶吧，这里也没多少可忙的。"

乔玉珠明白汪文君是客气话，也不管他，刷碗洗碟地忙活起来。

汪文君见她当真干了起来，说："真不好意思，这么远来了，还得干活儿。"他沉吟一会儿，"这个小李也真是的，家里明明有酱油，却偏偏再去买，真是莫名其妙。"

"人家也是好意，怕是不够了呢。"

汪文君笑笑，说："玉珠你可真会说话，你的话让人听了就是舒服。"他切几下菜，抬头说，"小乔，志明和你嫂子都出去了，正好我问你件事。"

"我嫂子？刚才出去的是我嫂子？宫月娥呢？"乔玉珠吃惊地问。

"死啦。"

"死啦？她，她什么时候没的？原来不是挺壮的吗？"

"嘿，黄泉路上没老少哇，算来她去世已经快三个月了。我，我和李玉花结婚，是最近的事。"汪文君解释着。

"嗨，人生真是无常呀。"乔玉珠唏嘘着。

汪文君瞥一眼乔玉珠头上白色蝴蝶结，说："玉珠，要不是刚才志明告诉我，兆祥的事，我还不知道呢。"

"就是老余，我当时也没有通知他，他是后来才听说的。"

汪文君沉思着，一会儿他又说："玉珠，我问你个事，你可要说实话。"

乔玉珠觉得有点奇怪，停下手中活儿，专注地听他讲。

汪文君："兆祥他走了，你还这么年轻，我问你，你有什么打算？"

"兆祥他走了还不到半年，我，我还没有考虑这事。"乔玉珠漫不经心地刷几下盘子说。

汪文君望着她，心里说："你说的可不是心里话，要是没考虑这事，你能和老余一起来赶集？"

"玉珠，你别不好意思，好事必须抓紧，年龄一年比一年大，越拖越不利。我看你和志明倒是挺合适的。在学校时你们的情况我又不是不知道，没有必要遮掩了，光明正大地去追求自己的幸福吧。机会可不是天天都有的。"汪文君推心置腹地开导着。

乔玉珠慢慢洗着盘子，向往地望着前面。

汪文君瞅准时机，说："玉珠，要不我给你透透？"

乔玉珠感激地望他一眼，放下盘子，走到客厅，端起一杯茶，慢慢喝了起来。

镇供销社外面，余志明、李玉花已买好东西，在大街上走着。李玉花偷偷望余志明一眼，见他已恢复常态，就换了副嘴脸，问"余老板，问你点正事，跟你来的那女的是谁呀，长得跟花儿一样，眼珠子那么大。"

"你就别问了。"

"怎么，还保密？"

"一个同事。"余志明爱答不理地说。

李玉花瞅瞅他："要是没主儿，不就让老汪……"

余志明有点烦，说："快回家吧。"

李玉花剜他一眼，说："亏你还是个大老爷们，没想到这等没肚量，一点小事就这样耿耿于怀，难道你忘了，我曾经给过你？"

余志明更加心烦："快别说了……"说着加快了步伐。

街上的人瞅着他们，议论起来："咦？那不是汪文君的新老婆吗？怎么……"

"听说这女的在樱桃峪还有一个。"

"莫非那男的就是？"

"别胡说了，要是让汪老板知道了，那还了得。"

余志明和李玉花都听到了。他们也不理会，只顾往前走去。

回到家，刚进大门，李玉花就喊："老汪，老汪，酱油来了。"

厨房里传来汪文君的声音："谁让你去打酱油啦，菜都弄好了，今儿的菜根本用不上酱油，真是活见鬼。"

李玉花走进厨房，把酱油桶一放，趴在汪文君耳朵上叽咕着。一会儿，汪文君侧过头，说："没主儿，没主儿，她和老余的事，我正办着呢。"

"我也帮忙？"李玉花说。

"帮忙，帮忙，什么事能离了夫人你？"

客厅里，汪文君一边擦桌子，一边说："志明，刚才我还没来得及介绍，你和玉花就都出去了，来，现在我来介绍一下，"他指指李玉花："她，是我的二任夫人，李玉花女士。"

李玉花撇撇嘴："用得着你油嘴滑舌地介绍，刚才在路上，我自己早介绍了。"

"你介绍归你介绍，我介绍归我介绍，礼多不伤人嘛。你们说是不是，志明、小乔？"

乔玉珠忙说："那是，那是。"

汪文君又介绍乔玉珠："这位是乔玉珠女士，余老板的同事，也是我的同事，来，玉花你二人拉拉手，就算认识了。"

李玉花往前拎起乔玉珠的手，热情地说："玉珠妹妹。"

乔玉珠似乎还怀念着宫月娥，对眼前的新嫂子还不太认可，只是礼节性地轻轻点了下头。

汪文君见状，忙说："好了，玉花，快去端菜，让他们尝尝咱的蜂蜜小吃。"

李玉花答应着，和乔玉珠一个一个往桌上摆着菜，汪文君一个一个叫着名堂："这个是蜜置山药，这个是胡桃蜜饯，这个是蜜泼香菇……"他望着满桌的菜，高兴地说："来，来，大家快坐下，今儿咱来个一醉方休。"

他们高兴地吃喝着。席间，汪文君和李玉花又分头说起余志明和乔玉珠的关系，希望他们尽快定下来。余志明不是说"晚不了"，就是说"过段日子再说"。汪文君批评他"还是那个熊脾气""一根筋""优柔寡断""死肉无血"等。余志明也不反驳，只是闷着头吸烟。

乔玉珠就说"日子还太浅"。李玉花开导她："嗨，嗨，嗨，妹妹你可真糊涂。没听人说，过去男人死了，灵棚里就有提亲的？各人打各人的谱嘛，哪里管那么多！你看我们老汪，老婆死了才两个多月，就派人到我那里提亲，从他派人提亲到我上他的床，前后不到一个月，不信，你去问问老汪！"

乔玉珠望望她，没接下言，只是把头低下去。

李玉花只好无奈地说："妹妹，你可要抓紧啊。"

大门外。拖拉机已发动起来，余志明、乔玉珠站在车头前面，抓着扶手正要开车。李玉花提着一个兜从大门跑过来，大声喊："等一等，等一等。"她来到拖拉机旁把那兜一举，"来，接着，送给你们两瓶蜜，一人一瓶，你们千万可别打了仗。"

乔玉珠一边说着答谢的话，一边接过了那两瓶蜜。

汪文君走过来，说："还是女人心细呀，我差点给忘了，"他指指那瓶子，"那可是两瓶上好的枣花蜜，绝对没有一点添加剂。"他又向前拉过余志明手，余志明俯下身去，不知嘀咕着什么。

汪文君离开拖拉机，向司机一挥手："开车！"双方挥着手，拖拉机启动，欢快地向前奔去。

35

就在乔玉珠、余志明心情舒畅地乘拖拉机奔驰在公路上的时候，黄草岭路边摊旁的许母正长吁短叹。她叹这人生的无常，命运的不济，七十而丧子，真是人生的一大悲事啊。她能有什么法子呢？她只能眼睁睁看着儿子离去，她实在也没有法子拉住他。她虽七十已过，可一年半载还死不了，眼看就要用人了，往后怎么办呢？玉珠孤儿寡母的能有多大本事？况且，从近下来看，她也是守不住的，今天她又和人家去赶集，说是买树苗，谁知道是去干些什么，去了这么久，现在也该回来了吧。看她临走时那副高兴的样子，她就知道，今天不比往常，一定是有什么喜事在她心头，不然怎么会这般反常？一早就梳洗打扮的，还往脸上扑了粉，这都是为了哪般？还不是为了那个眯眯笑着的男人？她知道，自从兆祥去世，玉珠就没一个高兴脸，就连那一个又一个的媒婆来了，也没见过她动过容。

她又想起了年前玉珠给人家洗衣服的情景，拿起那大包的洗衣粉倒个没完，那大方劲真让人心疼。她知道，那洗衣粉可不是一般的洗衣粉，没几户人家买得起。问她是给谁洗的，先是只顾洗衣服，不回答，问急了，就说是朋友的。真新鲜！女人也会有朋友？！俺活了七十多年，也没有一个朋友，她年纪轻轻的会有朋友？俺看着她的那个朋友还是个男的，女人能和男人交朋友？世道真是变了！这男女交朋友，能有什么好事，长了，还不就会……这朋友不会是那个扶着车把笑的男人吧，这可就坏了。

许母叹口气，继续想着心事。玉珠套被子时，问她，她说也是朋友的，还在里面加了好多好多新棉花，她想，这洗衣服、套被子、去赶集，还不都是为了他？许母自己心里说，俺可是过来人，什么事没经历过？什么事看不出？小小雀往哪飞，一翘尾巴俺就知道了，看来，这个玉珠心是野了，恐怕就要飞了。想到这里，她那颗衰老的心不由悸动了一下，心里不觉酸溜溜的。

今天和她去赶集的那个男人，看上去慈眉善目的，不像是坏人，玉珠果真跟了他，也屈不了她的身份。但那男人再好，也不是俺的儿子。儿子啊，你真不争气，这么年轻就走了，俺该怎么办呢？

许母正然长吁短叹，就见一妇女来到摊子前买东西。那中年妇女见许母嘴里咕咕念念的，两眼木然地望着前面发呆，说："喂！婶子，怎么就你一个人？玉珠呢？"

许母一愣神，身子一晃，差点歪倒。

中年妇女跑上去，一把扶住她，说："你小心点，歪倒可就麻烦了。"

许母定定神，笑笑，说："没事，没事，"她站起来，说，"侄媳妇，你买什么呀？俺给你拿。"

"买一包酱油，一包醋。"中年妇女接过东西，把一张拾元票递过去，等着找钱。

许母接过钱，在摊子后转来转去，东张西望的。最后，她又把拾元票送到中年妇女手上。

中年妇女接过钱，惊疑地说："婶子，你今儿怎么啦，你还没找钱呢，怎么又给我？"

许母呆呆地说："没找钱？俺，俺不是找给你了？"

中年妇女咕噜着，把拾元票塞进口袋，又从另一口袋找出零钱数一数，递过去："婶子，接着，这是酱油钱，"她又找出一些零钱递过去，"这是醋钱，你可收好，可别掉了。"说着，往回走去。她边走边咕念，"唉，这人啊，可别到了这一步，儿子死了，媳妇怕也留不住。"

顾客走远了，许母回到座位上又打起盹儿。迷迷糊糊的，那个男人又在眼前晃悠，他和玉珠推车走上公路，回头向她笑着，笑得是那样开心，又是那样可怕。

　　菲菲从大门出来，她来到摊子前，望着正在打盹的奶奶，过去拍拍她肩头，惊疑地说："奶奶，你怎么睡着了？小心歪倒摔着呀。"

　　许母揉揉眼，抬头望望身边孙女说："嗨，这人老了可真没用，一坐下就做梦。"

　　"做梦？你白天也做梦？"菲菲疑惑地问。

　　"可不是吗，老是梦见你妈。"

　　"我妈？梦见我妈什么啦？"

　　"梦见你妈和人家去赶集，梦见你妈给人家洗衣服。"

　　菲菲奇怪地望着她，转过身，若有所思地往家里走去。

　　她来到屋里，坐在桌前，推推敞开的书本和作业本，拿起笔打算做作业，可她怎么也做不下去，奶奶的话老在脑子里打转："你妈和人家去赶集，你妈给人家洗衣服。"

　　就在这时，她听到了拖拉机的刹车声，她放下笔往外跑去。

　　她来到公路旁，望一眼车上的余志明和母亲，大声喊："妈，还去呀？"

　　乔玉珠一扭头，发现了女儿，说："菲菲，跟奶奶看着摊子，我，我不下去啦，余老师还有点活儿。"有人来买东西，菲菲答应一声，转身向摊子走去，应付着顾客。

　　拖拉机启动，嘟嘟地朝前开去。乔玉珠回过头，大声喊："菲菲，我一会儿就回来！"

　　许菲菲鼓着嘴，若有所思地望着渐去渐远的拖拉机，转身向家里走去。

　　她回到屋里，慢腾腾坐到椅子上，拿起圆规画了一个圆，又拿起三角板想在圆上画一个什么图，她画来画去怎么也画不成，就生气地把三角板一扔，望着前面出神。奶奶的话又在耳畔响起："你妈给人洗衣服，你妈和人家去赶集。"面前又闪现出余志明和母亲站在一起的影子。

　　她站起来，慢慢踱到里间，站在父亲遗像前，久久地望着，几年前的

314

往事又在脑际浮现。

六七岁的许菲菲正在煤矿操场里跟小朋友们跳橡皮筋，孩子们欢快地笑着、跳着。许菲菲突然停下来走到一边。孩子们喊起来："许菲菲快来跳，许菲菲快来跳！"

"你们跳吧，我要去找爸爸，我爸爸就要下班了。"许菲菲摆摆手，转身走去。

她来到矿井出口前，倚在不远处的一株小树上，手搭凉棚向井口望着，凉风吹动她的衣衫，看上去是那样的孤单，那样的苍凉。

终于，许兆祥出现在矿井口，菲菲一下子认出了父亲，她张着两臂向前跑去："爸……爸……爸……爸……"

许兆祥发现了女儿，他也向前跑着："菲………菲………"

许兆祥弯腰抱起女儿："菲菲，你等好久啦？"

菲菲点点头："等好久啦，好久啦，爸爸，明天你还下井吗？妈妈说下井很危险，要你多留神呢！"

"妈妈说的？"

"妈妈说的，妈妈说的，妈妈天天挂着你。"

"你妈真妈，你妈真好，走，咱们找妈去。"

许菲菲长叹一声从回忆中醒来，拿起遗像用衣袖拂去尘灰，又把它放回原处，转身向外走去。她自言自语："你妈真好，你妈真好。可是，这又是怎么回事呢？"

大街上不时有车辆和行人经过，街的两面，有几堆闲人在拉呱。余志明拉树苗的拖拉机突突叫着迎面开来。站在车上的余志明，挥着手，不时和行人打着招呼，乔玉珠有点拘束她向熟人点着头。

彭涛骑摩托从后面追上来，他大声喊："余老板！树苗拉回来啦？回来我和你栽！"说完，和乔玉珠做个鬼脸，一加油门，呼啸而去。

路旁的李二婶和一个掉了前牙的老女人正在拉呱，望着过去的拖拉机，没前牙的女人说："咦，那不是余志明吗，怎么车上还有一个媳妇？"

李二婶撇撇嘴："亏你还是樱桃峪老户，连老乔家二姑娘都不认得？"

"噢，噢，他们这是……"

"今儿是三山口大集，车上可能是树苗子吧。"李二婶望一眼远去的拖拉机，慢慢说。

掉了前牙的女人好像有点疑问，她说："咱樱桃峪这么多闲人，怎么大老远的……"

"你这老娘们儿可真傻，你不知'萝卜白菜，各有所爱'的理儿？告诉你吧，乔家老二帮余志明的忙多了，年前还去他家洗了那么多衣裳呢？"她叹口气，"好是好，就怕他儿媳妇不容啊。"

"老余那儿媳妇也真是的，吃不着她的，喝不着她的，管这个干吗呢！"掉了前牙的女人不解地说。

"谁知道呢，要不，你去问问她？"

"依我看哪，那小媳妇子八成是为了老余的那房子，你说是不是？"

"是又怎么样？那房子又不是他儿媳妇盖的！"李二婶生气地说。

"嗨，现在的年轻人。"

拖拉机越过胭脂河大桥，拐上南北大路，不一会儿就开到果园门口。二人跳下车，司机帮着卸下了自行车和树苗拐弯离去。

余志明弯腰正要往园里抱树苗，彭涛骑车一溜烟来到门前刹住，卷起的尘土扑了他们一身，乔玉珠捂住鼻子咳嗽起来。

余志明一边吐着嘴里的沙土，一边埋怨道："你这毛张飞，就不会慢点骑？你看她都呛得……"他指着乔玉珠，自己也咳起来。

彭涛抬腿下车，满脸堆着笑，说："余老板，我要是碰着小乔一根汗毛，就不姓彭！怎么样？玉珠，呛着没有，你看人家老余都心疼了。"

余志明一边咳嗽，一边说："就知道油嘴滑舌的，该干啥干啥去。"

彭涛嬉皮笑脸地说："你看，媳妇还没上床，就让我这媒人靠南墙哩。老余，余老板，你看是不是早了点？"

乔玉珠瞥一眼彭涛，说："彭老板，你就别拿我们开心了。"

他们笑闹了一会儿，彭涛帮着把树苗抱进了果园。余志明拿来铁锹，和乔玉珠往树根上盖着土，彭涛拍拍他说："志明你过来，我有话跟你说。"

余志明直起腰说："这里又没有外人，你神神秘秘地干吗？"

"让你过来你就过来，要不，我就走了。"

余志明只好随他向园门口走去。

来到园门口，彭涛掏出烟二人吸着，说："志明，我可不是吓唬你，前天尤慧芳给我打来电话，把我骂了个臭死，扬言来找你算账，还要会会你儿子和儿媳妇。"

"什么？你说什么？尤慧芳要来？她来我也不怕，我又没怎么着她。而且，我还向她道了歉，她还能怎样？"

彭涛吸一口烟，慢慢说："不管怎么说，你还是有个思想准备好，省得到时候被动，那姓尤的可不是省油的灯。"说完骑车驶去。

余志明回到园内，乔玉珠问："什么秘密呀，还要避开我，跑那么远去谈？"

余志明想，这事先不能告诉她，省得让她担心害怕。他吞吞吐吐地说："也没有什么要紧事。"

乔玉珠见他这个样子，就没有再问，和他一起栽起了树。

树坑是预先挖好了的，余志明把行里的土粪铲到松土上掺好，乔玉珠把树苗放入坑内，余志明调整一下角度，添好土，玉珠就要用脚踩。余志明忙说："不行，不行，还有一道工序没做呢。"说着，弯腰握住树干，上下地松动了几下，"好了，现在可以用锹把捣了。"

余志明边捣边说："行行都有学问，栽树也一样，如果像你刚才那样，埋上土就用脚踩，根还没散开就踏实了，根系就不会舒散开，这样栽的树，几年也不会起旺。"

乔玉珠信服地望着他，拿起锨随他捣着。她边干边说着自己的见闻。她说，年前她带着那两个大蛇皮袋子在樱桃峪大街上行驶时，简直是出尽了风头，街两旁的闲女人们指着她叽叽喳喳的。她起先还有些拘束，后来竟挺直了胸膛旁若无人地往前走，真有点雄赳赳气昂昂的气势。

说到这里，她问余志明："这究竟是一种什么力量呢？"

余志明笑笑："可能是一种神奇的力量吧。"

乔玉珠瞥他一眼："你可真会说。"随后，她又问起了李玉花的事。

关于李玉花的事，余志明本不愿向乔玉珠细说，怕影响她的情绪。她却一反常态，一个劲地追问，一副不达目的不罢休的样子。余志明只好说："你真想知道？"

乔玉珠盯着他："你说呢？"

余志明停住手中活儿，说："事情其实很简单，你嫂子没了后，她就是老彭为我介绍的第一个对象，她的名字你已经知道了，还用我说吗？"

乔玉珠并没有感到吃惊，李玉花、尤慧芳的事情，其实她也断断续续知道一些。许兆祥去世后的一段时间，乔母曾告诉过乔玉珠，当时乔玉珠心里很矛盾，直到听说李玉花、尤慧芳已经和余志明散伙，乔玉珠才决定去打探，这才有了她去余志明家一诉钟情的那一节。可是她还是说："知道，她叫李玉花。可是，你们为什么没有成呢？"

余志明紧张地思考着，狠狠地吸着烟，过了好一会儿，他才说："第一，我对她没有多少感觉，因为……因为我心里还……"

"李玉花长得不错呀，你心里还，还有什么？"其实，乔玉珠已洞察到他要说什么，只是不愿点破罢了，她这样说，真有些明知故问的意思了。

过了好一会儿，乔玉珠又问："那么，那第二呢，第二个原因是什么？"这第二个原因，乔玉珠确实不知道，所以她这样问着。

余志明望望西斜的太阳，说："不早了，今天就这样吧，你，你就回去吧，明天再来。"说着，收起工具，向小屋走去。

乔玉珠跟到屋里，坐在床沿上望着余志明，看那样子，并没有走的意思。

余志明："你，你怎还不走？"

乔玉珠："你不告诉我这第二个原因是什么，今儿个，我就不走了。"

余志明无可奈何地说："嗨，你什么时候学得这么黏糊了，非要听吗？"

余玉珠点点头。

"这第二个原因呀，就是她要价太高。"

"要价？"乔玉珠不解地问。

"她要把我房子过户到她的名下。"余志明激愤地说。

乔玉珠思索着，好久才说："你为什么不答应她？"

"嗨，这个你也不懂？要是答应她，我岂不成了李鸿章？我如何面对余刚和余霞？我在樱桃峪还怎样做人？于是，我老是拖着、拖着、最后就……"

乔玉珠回味着余志明的话，突然说："老余，要是我也非要房产证呢？现在我想明白了，那李玉花确实也有难处哇。"

余志明怔怔地望着乔玉珠，好像不认识似的。他踱到门口，点一支烟吸着，望着前面出神，他心里说："这传统的观念是多么顽固，连自己最知心的人，也不能超凡脱俗。可悲呀，可悲呀。"

乔玉珠转到他面前，望着他难看的脸，忙赔着笑，心疼地说："老余，老余，你怎么了？一句话你就这样，至于吗？我是和你说着玩呢，你就当真？"说着竟落下泪来，她回转身，抹一下眼睛，推起自行车，一步一步向园外走去。

余志明望着她踽踽独行的身影，突然感到一阵内疚，长叹了一口气。

36

屋子里亮着电灯，乔玉珠收拾完碗筷，把它放进菜厨，她擦擦手，走到坐在桌旁的女儿身边。

八仙桌上摆着书包、打开的几何课本、作业本和学习用具。许菲菲面无表情地坐在那儿，望着前方。

乔玉珠往前凑凑说："菲菲，做作业啦？"

菲菲动一下课本，双手托起腮，又呆望着前方。

乔玉珠低头望一望空无一字的作业本，关心地问："怎么，遇到难题啦？怎么不问妈？你又不是不知道，妈可是高中生呢！"

许菲菲扭动一下身体，把脸转向一边，望着前面，还是不出声。

乔玉珠疑惑地望望女儿，离开桌边，在室内来回走动，脸上显出复杂的表情。她想，菲菲今儿怎么了？之前从来也没有这个样子，她居然连母亲的问询都不搭理，莫非……

她思忖良久，于是说："菲菲，我明白你的意思，对我和余老师的事情一时还想不通。这也不能怪你，你年龄还太小，对这种事还不是很明白。打个不太合适的比方吧，好比咱作几何图形，光靠圆规不行，光靠三角板也不行，单用一样，做不出你心中的图形，它们必须结合，才能做出你需要的东西。这人也一样，同样需要结合，当然喽，这种结合要比作图复杂得多。"

她瞥一眼女儿，见她似有所动，接着说："记得有一位作家曾说过这样一句话：'人人都需要爱，没有爱的人生，是痛苦的，苍白的。'人只有有了爱，生命才真正有了意义，否则，人和动物就没有了区别。"

乔玉珠停住步子，望望女儿，见她认真听着，就又讲下去。

"余老师这个人很好，很正直，我十分敬重他，他曾经给过我很多帮助。我们早年在学校时就很合得来，相处很融洽，到现在他也没有忘记我。我，我对他也是一样。我敢断言，将来他对你，还有你的奶奶保准也错不了，菲菲，你说呢？"

许菲菲转过身，望一眼母亲，认真地分析起书上习题，拿起尺子做起了图。

乔玉珠欣慰地望着女儿，脸上现出复杂的神色。她来到外屋，洗把脸，思忖一会儿，又向屋里走去。她走到女儿背后，仔细观察着作业本上图形，又把书上习题看了一遍。她发现图上出现了一个错误，耐心地说："菲菲，这个图，根据题意，你看是不是应该这样画？"说着，她坐下去，在另一个地方做了一个图。

菲菲望着母亲做好的图，佩服地说："好，好，还是妈做得对。"

她抬起头忽然问："妈，你真要和那个余老师过吗？要是你走了，我，还有奶奶怎么办？"

乔玉珠怔怔地望着女儿，好一会儿才收回目光，转身在室内踱起步子，脸上显出焦灼的样子。过了一会儿，她才说："我和你余大爷的事，还没有最后定，可这是早晚的事。至于你和你奶奶的事，我想，余老师会妥善处理的。"

菲菲望着母亲为难的样子，不由说："妈，你不要作难，你要是真的走了，我，我就和奶奶自己过。我，我挣钱养活她。"

乔玉珠动情地望着女儿的脸，一下拉过她的手："菲菲，你不要想那么多。"

这几天天气真好，没有一丝风，正是晴空万里，霞光万道，果园沐浴在灿烂的日光之中。果树已经栽完，整齐划一地排列在一行行台田上。园门外大道右侧，余志明正在安装抽水机，乔玉珠在一旁打着帮手。余志明拧完最后一个螺丝，扔下扳手，搓着手，说："总算安完了，来，玉珠，你给我拿住减压杆，到时候我说'好'你就松开手，明白了？"

乔玉珠弯腰接过他手中减压杆："就这玩意？"

"对，对，就是它，来，咱们试试！"余志明说着，把摇柄插入孔中摇动起来。他越摇越快，最后猛喝一声"好"，顺势抽出手柄。

乔玉珠心灵手快，一下松开减压杆，发动机冒着青烟，欢快地叫起来。

望着喷涌而出的水流，二人相视一笑。余志明指指一旁铁锨，大声说："我在这看机子，你去改沟子好吗？"

乔玉珠高兴地说："好嘞！"她拿起铁锨，转身向园里走去。

余志明观察了一会儿机子，见抽水机工作正常，转身来到河边察看进水情况。河水打着旋儿，缓缓进入吸水管。

乔母来到园门口，大声说："志明！玉珠在这里吗？"

余志明转过身，边走边说："大婶，你找玉珠啊，"他指指园里，"在里面呢，有事吗？"

乔母说声"有事"，向园里走去。走不多远，她望见了乔玉珠，喊："玉珠，玉珠，你过来，我找你有事！"

乔玉珠见是母亲，心想，她老人家来这里干吗，莫非又是……

于是，她说："妈，你过来吧，我正在看沟子呢。"

乔母咕念着走到对面，把玉珠父亲想给她介绍对象的事说了一遍。

乔玉珠一听就烦了，说："妈，请你不要干涉我的婚姻自由！"

乔母有点生气地望着女儿："怎么？娘老子给你操操心也是干涉你？听话，抽空去见一见，尽快定下来，也好有个依靠。"

乔玉珠拍得水乱响："妈，妈！求求你，你老人家快回去吧，我这里正忙。"她抬头望着对面的余志明，喊道，"老余，改不改？"

余志明望望水头，喊："好了，可以改了。"

乔玉珠用力改着沟子，混浊的水拥挤着流向另一个树行。

乔母望着女儿喊余志明的兴奋样子，又瞥一眼对面的余志明，仿佛忽然明白了什么。她心里说："难道玉珠和志明真有那个意思？可是，可是你看他这个果园，啥时才能卖钱呀？"她剜了女儿一眼，无奈地说："玉珠，我回去了，省得误了你们的活儿。嗨，真是女大不由娘啊。"走出几十步，她又说，"行倒是行，就是……"就是什么呢，她老人家可没说。

老人家走了，余志明来到乔玉珠身旁，问："婶子找你有事？家里又来客啦？"

"她老人家真是操不完的心，这不，又让我去见面，正式工人，我爸的徒弟。"

余志明故意地说："正式工人？好哇，你该去见见。"

乔玉珠生气地说："你说什么？别人看我的笑话，你也拿我开心。"说着，背过脸去。

"我，我不是这个意思。"余志明觉得有点尴尬，解释着说。

"你不是这个意思是什么意思？"乔玉珠真有点生气，追问着说。

"其实你我心里都明白，只不过是心照不宣罢了。"

乔玉珠的气色柔和起来，用锨慢慢顺着水。

地浇完了，他们装好车，余志明一边固定着抽水机一边说："玉珠，麻烦你一下，去锁上小屋的门。"

乔玉珠答应一声，跑到屋前，把门外东西一样样拿回屋里，锁好门。来到院门外，又返身用铁丝拧住寨门，四下望一下看还有没有落下的东西，这才转身来到车旁。看那样子，她俨然已是这里的女主人了。

路上，经过胭脂河大桥时，余志明望一眼身旁拉偏套的乔玉珠，见她有点气喘的样子，就停下车，稍做休息，四下观望着。桥的不远处就是他们魂牵梦绕的那所学校。远远望去，可以看到学校正在放学，一男一女两个年轻老师站在校门口，护送着孩子们走出校门。孩子们唱着歌，列队有序地向前走着。这多么像当年的他和她，真有点像历史的重现，他们又回头观望着胭脂河畔迷离的风光，想象着当年他们带学生春游的情形，品味着那时诗样的生活，心里涌动着一种奇异的情感。他们相互望望，这绚丽的风光犹在，而他们的激情似乎也正在燃起，这是多么美的事情，又是多么好的机缘。乔玉珠又说起学校操场里的那棵合欢树。初夏的太阳暖烘烘地照着，虬龙似的合欢枝丫开满了红花，蜜蜂在那里鸣唱，蝴蝶在花间飞舞，他坐在树杈上看书，她倚着树干打毛线，打累了，她就用脚尖挠一下他的脚心。他尖叫着，跳下树，一下抓住她，线团滚出老远……

那是一种什么生活，那是一种什么情思！

大门前聚集着不少人，一个身穿夹克服的女人，低着头，双手插在衣袋里，在大门前走来走去。

余志明、乔玉珠拉地排车拐进了胡同。人堆里马上有人叽喳起来："来了，来了，怎么乔家二姑娘也跟着？"一个抱小孩的中年女人说。

"听说老余年前就雇着她，嘻！可别雇来雇去雇到床上去了。"另一个女人说。

"雇到床上去也不犯法，反正人家都是光棍了。"抱小孩的女人说。

"不犯法是不犯法，"另一个女人用嘴指指正在大门前逛的女人，"可是，这个女人咋办呢？听说人家可是有人介绍的。"

"我看啊，就要有好戏看了。"

乔玉珠往前看看，发现人们都用利箭似的目光望着她，不由一阵紧张，脚步也就慢了下来。她侧过头望望余志明泰然自若的样子，又挺直腰板往前走去，一面还和熟人打着招呼。

这时，大门前的女人已回过身来，目光正好和余志明相遇。那女人瞪着余志明："余大老板，下班了？我尤慧芳在这里恭候多时了。"她瞥瞥旁边乔玉珠，"哟，这是谁呀？也是来找老余的？"又转向余志明，"怨不得不理我了，原来有这么漂亮的小娘子陪着，哪里还想到我！"

余志明停好车，开了大门，说："小尤，有什么话到家里说吧。"

"家里说就家里说，今天你余老板说不好，咱就不好说了。"尤慧芳说着走进大门，看热闹的人们也随即挤进了院子。

尤慧芳望望余刚那边，知道他们不在家（来时，她已看见余刚大门锁着）就大声说："老余，你不是说你儿子、儿媳妇不愿意吗？你叫他们出来，先问问你儿子，不让你找媳妇，他找老婆干吗！再问问你儿媳妇，不让我找主儿，她找男人干吗！"她朝余刚那边提高了嗓门，"那两个小羔子听着，有种你们出来，别在家里当缩头乌龟！没见过你们这样的子女，法律上都说不准干涉寡妇再嫁，你这是违法，你这是犯罪！有种你们快出来，我倒要看看你们是些什么玩意。"

尤慧芳口吐白沫，越骂越来劲，她见并没有什么人出来和她作对，就又骂下去："你两个狗男女好好听着，有种你别娶媳妇，有种你别找男人，有种你们现在就去打离婚，当光棍儿，让你们都憋死。"

那班老少娘儿们都哈哈笑起来，抱小孩的娘们儿说："说得也是呀，你看电视上不是天天在演吗，七八十的还找呢，别说人家还这么年轻。"

余志明一只手插在裤兜里，一只手摆来摆去，在一边走来走去，面无表情地听她骂。他忽然停住步子，说："小尤，你就消停消停吧，口干舌燥的，屋里喝杯水吧。"

尤慧芳转过身，说："你装什么好种！其实就是你自个儿的事，他们不同意，凭什么？他们能当了你的家？又不是他找媳妇！"

余志明点一支烟吸着，又踱起步子，不愿去理她。

尤慧芳有气无处撒，瞥一眼乔玉珠，又说："今儿个我才看明白了，原来你有了相好的，你有了女人还找我干什么！你们俩好去呀，又没人拦着你。"

乔玉珠听那女人骂她"相好的"，就红着脸把头低下去。

尤慧芳见乔玉珠低头不语，往前一步说："喂！说你呢，你这算不算第三者插足？早里我没见过你，知道有你，我就不来。天下死净了男人了吗，来和我争，干啥没个先来后到，我是明媒正娶，不信你去问彭涛，问问是不是他介绍的！"她四下搜索一遍，希望人堆里能发现那个老彭，"彭涛不知死哪儿去啦，咱再说你，"她把目光又对准了乔玉珠，"你算什么东西！你有媒人吗？找出来看看。"

李二婶也在人群中，她望望难堪的乔玉珠，回头和王三妮叽咕着，王三妮点点头，挤出人群，向外走去。

人堆里，有的笑，有的叽咕："噢，原来人家是媒人介绍的呀，这个彭涛，怎么……"

尤慧芳歇了一会儿，声音小了点："凭你这等美人儿，什么好人家找不着！我要有你这张脸，我才不来呢。"

乔玉珠哪里见过这样的阵仗。她的脸一会儿红，一会儿白，看那样子，要是地上有条缝，她就会钻进去。

同一时间，彭涛饭店里，彭涛在案上正在配菜。他拿起一个西红柿想用刀切，可又把刀放回原处，拿着西红柿出神。一旁摘菜的许莉见他这个样子，说："彭大经理，又想谁哪，出神入化的。"

彭涛一惊，手中的西红柿差点没掉下去。他忙说："别胡说，我是在想，干点事怎么这么难呢！"

"啥事呀，这样难？"许莉问。

"就说给老余操心吧，李玉花平白无故地散了。这不，尤慧芳倒是不散，可老余又辞了人家，尤慧芳把我骂了一顿不说，扬言还要来找老余算账。"他瞥一眼许莉，"我有一种预感，好像那女人今天要来闹。不行，我得去看看。"说完，放下西红柿向外走去。

许莉望着他的背影说："哼，能办成什么大事。"

彭涛骑摩托来到余家胡同口，下车也不关油门，悄悄向里走去。

他来到大门口，扒着大门向里望，他见院子里的尤慧芳指指画画地骂得正欢，转过身，拔腿就往回跑。

尤慧芳发现了他，她大喝一声："彭涛！狗小子，哪里跑？我正要找你。"说着，向大门口追去。

彭涛早跑到了大街上，见尤慧芳跑来，就一加油门往前驶去，他一边跑，还一边往后瞭着。

尤慧芳跑到大街上，望着驶去的彭涛，发狠道："彭涛，你跑了和尚跑不了庙，早晚找你老小子算账。"

尤慧芳回到院子，气咻咻地问余志明："今儿你老余把话说明白了，到底是你不愿意还是你儿子、儿媳妇不愿意？要不今儿我就不走了。"说完，一腚坐在门前台阶上。

同一时间，乔玉珠娘家，乔母、乔父正和来走娘家的乔玉兰闲聊。

王三妮急急地走进院子，她边走边喊："婶子在家吗？"她发现了乔玉兰，"咦，玉兰，你也在这里？正好，我有事就和你说吧。"说着在她耳边叽喳着。

乔玉兰抬起头，两眼瞪着王三妮："三姐，你说什么？哪来的野种？了不得了，还反了她啦！"说完，咚咚地向大门外跑去。

乔玉兰和乔玉珠虽是亲姐妹，可性格迥然不同。她口快心直、疾恶如仇，是个眼里容不得半粒沙子的人。

时间不长，乔玉兰就跑到余志明大门里。她边跑边喊："哪来的夜叉，了不得了，敢到樱桃峪来撒野，还有王法没有！"

看热闹的人都睁大了眼睛，望望怒容满面的乔玉兰，又看看坐在台阶上的女人，那样子，像是恨不得两个女人立马就厮杀起来。

乔玉兰忽然停住步子，不骂了。她吃惊地望着那女人："咦，怎么是你？"

尤慧芳愤怒的脸色也慢慢平和下来。她站起来，眼睛瞪得溜圆："怎么是你？"

两双手紧紧握在一起，两双眼睛热烈地对视着。

好久，乔玉兰才说："慧芳，我妹妹怎么得罪你啦？让你兴师动众的？"

"你妹妹，谁是你妹妹？"

乔玉兰指指一旁的乔玉珠。

"她就是你妹妹？嗨，真是大水冲了龙王庙啦。我这张嘴，不问青红皂白地就把她数落了一顿，真是该死，该死。"

"好了，不打不相识嘛，这下……"乔玉兰又指指乔玉珠，"你俩可认识了？"

乔玉珠望一眼她们，又把头别过去。

乔玉兰："走，慧芳，咱们到我娘家坐坐，正好我要和你说件事。"

尤慧芳疑惑地望着她。

乔玉兰见妹妹没有随她走的意思，知道她还在生尤慧芳的气，就和尤慧芳向娘家走去。

看热闹的人们见好戏居然这样平淡地收了场，感觉真是败兴。他们叹着气，低着头，一同散去。

院子里又恢复了平静，乔玉珠慢腾腾地帮余志明卸着抽水机，又把零碎东西拿进屋里。余志明就要去做饭，乔玉珠拉住他说："你也别忙活了，我哪里还有心思在这儿吃饭，人算是丢透了。"她拿起毛巾擦着手，"做梦也没想到在这里会被一个不相干的女人奚落一顿，我真不明白，这是为什么，我又做错了什么……"

"玉珠，真对不起，你听我说。"余志明像做错了事，小心地说。

"你别说了，我还要回去。"乔玉珠推起自行车，向外走去。

"玉珠，我送送你。"余志明紧走几步赶上她。

"你也别送，还是我自己走的好。"乔玉珠冷冷地说。

余志明走出大门，呆呆地望着乔玉珠骑上自行车，拐向了大街。他怎么也没有想到，尤慧芳真的会来，更没有想到她会平白无故地把乔玉珠羞辱了一顿。他恨自己太粗心，根本没把别人的警告当回事，以至于闹出这样尴尬的事。

很多事本以为它必然要出现而终究没出现，很多事本以为根本不会出现，而偏偏要来到你的面前。今天的事虽说有些突然，但仔细想想，又存在着相当的必然性。年前是他自己失信于先，而尤慧芳则是发难在后，如此看来，这事怨不得尤慧芳。错就错在他低估了尤慧芳的能量和决心，这尤慧芳还真是个说到做到的人。

今天的事，真是窝囊。当时他也想为乔玉珠鸣不平，可他又不能捂住姓尤的嘴，而任由她在众目睽睽之下让一个无辜的人受辱，真是糟透了。现在他能做些什么呢？再去责问姓尤的为什么对乔玉珠发难？他知道，这是不可能的了。现在他唯一能做的事就是追上乔玉珠，向她说明事情的原委，以求得她的谅解。想到此，他扔掉烟卷儿，转身推出自行车，大门也不锁，骑上车子出了胡同。

很快他就上了公路，边骑边喊："玉珠，玉珠……"

乔玉珠回头望望，放慢了速度。

余志明追上来，喘吁吁地说："玉珠，你听我说，我没想到她真的会来，昨天老彭和我说的事，就是她可能要来闹。"

"那你为什么不告诉我？"乔玉珠问。

"我……"余志明嗫嚅着，难以言说。

"今天的事可真有意思，这更给樱桃峪的好人们增加了新的话题。我问你，那女的到底是怎么回事？"

余志明眯起眼睛，慢慢说："事情并不复杂，李玉花散了之后，彭涛又把她介绍给了我。年前见面后我答应第二天去她哥家，第二天我改变了主意没有去他哥家，推托说孩子不同意，就辞了她，她说给她丢了面子，所以就来闹。"

"就这么简单？"乔玉珠问。

"就这么简单。"余志明肯定地说。

"可你为什么又突然变了卦？"乔玉珠抬起头，不解地问。

余志明思索着。呼啸而过的汽车卷起的烟尘呛得他咳嗽起来。

"问你呢，怎么又不去了？"乔玉珠掩着鼻子又问。

"她的一句话引起了我的注意。"

"她的一句话？一句什么话？"乔玉珠着急地问。

"怎么说呢！"余志明迟疑着。

"和我你还保密吗？有什么不好意思的？我想听。"

"她说……她说第二天吃完饭要和我洗单间……"

乔玉珠虽不谙世事，但这几个字她还是明白的，顿觉脸红耳燥，忙转过脸去。好一会儿，她才说："你可真有桃花运，红颜知己遍地是，三山口有个李玉花，城里有个尤慧芳，据说……"

"据说什么？"余志明突然插嘴问。

"据说还有个大闺女追着你。"

余志明惊愕地望着她："大闺女？你说什么大闺女？"

乔玉珠挤挤眼，说："装傻是不？你当我不知道？西街的宋小英不是也经常去找你吗？有人就碰见过。"

余志明以为她是说玩话，或者是误会。他淡然一笑，一副泰然自若的样子："你可真成了消息灵通人士啦，那一天宋小英去找我为的是借钱。"

"借钱？不只是借钱吧？"

余志明愣了一下说："是，是借钱。"他侧过来，疑惑地望着她，"你是怎么知道的？"

乔玉珠笑笑说："你忘了，我也是女人呀，女人的天性让我知道的。"

"好厉害的克格勃呀，其实是她遇到了一点麻烦，才去找我的。"余志明就把宋小英和菜贩子借钱的事说了一遍，但那些敏感的事他却没露。他觉得他应该为那个姑娘保守秘密。

乔玉珠听了，心想，这现在的女孩真是不可捉摸。于是，她说："这孩子怎么这样没底？"

"咳，人年轻，谁能不犯点错误。要不你留意一下，给她介绍个对象？"

"我认识几个人呀，你经多见广，又有那么多朋友。"

"我正在为她考虑这个问题。"他抬头望望遥遥可见的路边摊，说，"看呀，都快到你的家了，不行，我得回去了，大门还没锁呢。"他跳下自行车，和乔玉珠打个招呼，"玉珠，今天的事，可千万别往心里去。"说完，转身骑上车子向回驶去。

同一时间，二人来到乔玉兰娘家，看看爹妈都不在家，乔玉兰冲上一壶茶喝着，发话道："慧芳，我问你，大老远的你怎么跑到余志明家，还闹得沸沸扬扬的？"

"你真的不知道？"尤慧芳问。

"要是知道就不问你了。"

"嗨！说起来全怨彭涛这个狗东西！他七拐八弯地把我介绍给了余志明。"

"怎么？你和小黄？"乔玉兰惊疑地问。她知道，尤慧芳和黄玉国可是出了名的模范夫妻，妇唱夫随的，乔玉兰看着都眼馋，可怎么又……

"你是说黄玉国吗？他呀，才不是个东西！结婚后头几年还算老实，可到后来就学坏了，整天在外面鬼混，搞女人，有时还把女人带回家，我气不过，一怒之下就和他蹩了蛋。"

"啥时离的？"

"都快三年了，女儿判给了他，现在我一个人过。"

"唉，唉，你办事怎么这样草率，还是你那风风火火的毛病，这婚是随

便离的吗？"乔玉兰觉得惋惜，不由埋怨着。

"不离行吗？你又不是不知我的脾气，见天看着，还不得气死。"她摇摇头，诉说心中的不平，"嗨，这人啊，学好不容易，学坏快得很。"她又摇摇头，望着一边，不说了。

两人沉默着，好一会儿，乔玉兰又问："慧芳，你和小黄的事还有没有缓和的可能？要不我给你们撮合撮合？"乔玉兰对这对曾经的"模范夫妻"还抱有希望，希望他们破镜重圆。

尤慧芳连连摆手："可别，可别，你就别操这份心了，就是姓黄的跪下给我磕头，我也不会搭理。我要再反悔，我，我就不是人！"

乔玉兰见她如此决绝，就又回到原来话题："慧芳，刚才你说是彭涛把你介绍给余志明，彭涛怎么会认识你？"

"说起来还真有点拐弯，是这样，我的一个初中同学是城里一个饭店老板的小姨子，那老板和彭涛是同行，又是老朋友，彭涛通过那老板，老板就让他小姨子介绍了我，还见了面。"

"噢，原来是这样。"乔玉兰如梦初醒地说。

"可是余志明第二天就变了卦，又说不同意了，我能不生气吗？所以我就去他家……"她盯着乔玉兰，"乔姐，有一个事，我就是不明白，想问问你。"

乔玉兰端起茶壶给她续续水："好，你说。"

尤慧芳往前探探身，指着自己鼻子说："凭我尤慧芳这般模样，我不是吹，凡和我见过面的男人，还没有一个相不中我的，就只有这个余志明，他竟看不上我，和我变了卦！"她喝下一口茶，吐吐茶叶末子，"不就是个种果园的吗，有什么了不起！"

乔玉兰笑笑说："你不要生气，慢慢说。"

尤慧芳喝着茶，忽然忆起乔玉珠那副超乎常人的美丽模样，不由说："我看这事还真和你妹妹有点关系。"

乔玉兰边往茶壶里续着水，边捉摸着尤慧芳的话，她放回暖水瓶，说："你也许说对了一半。你有所不知，其实我妹妹和余志明早年在学校时关系就很好，后来由于种种原因，各自都成了家。现在他们又都是独身了，婚姻的大门又向他们敞开了，不过他们的关系还没有明朗化。"

尤慧芳张口，想要插嘴，乔玉兰摆摆手："你别急，听我说完，常言道：'一家女，百家提。'我看彭涛给你介绍对象，也没有什么罪过，他也是好意。"

"他什么好意！明明是拿我耍着玩儿，你还给他帮腔！"尤慧芳鼓起嘴，把脸别向一边。

"不是我帮腔，你想想，他是没得干了，还是图你什么？他为什么要耍你？他给你介绍对象，你可以同意，也可以不同意。同样，人家余志明也是可以同意，也可以不同意。"

"可他余志明说话不算数，出尔反尔，什么东西，纯粹是个娘们儿嘴！"

"话不能这么说，什么娘们儿嘴不娘们儿嘴的，你不也是个娘们儿？你连自己都不尊重，这个事，是有余志明的不是，可他也有难处，你就这样不依不饶？况且……"

"况且什么？"尤慧芳好像发现了新秘密，急着问。

乔玉兰起身端起她茶碗，把茶泼掉："这碗儿凉了，换上热的。"她随即倒着茶，"况且，这种事情中途变卦、反悔也不是什么新鲜事。孩子老大了，有的甚至有了孙子、孙女不是还有离婚的？不好意思，说这话你可能不高兴，你不是也离了婚吗？有什么大不了的。"

尤慧芳终于被问住，她�‌着嘴，把脸转向一边。

"慧芳，别想不开，你可是咱高中时有名的校花，凭着你这副美人模样，还愁找不到好人家？"

尤慧芳现在听到乔玉兰说她是"校花"，反觉得有点别扭，有点不高兴地说："什么校花不校花的，那都是年轻时的事了，还提它干什么！现

在，现在都没人要了。"

乔玉兰慢慢呷着茶，脑子里又映现出那税务干部的影子。她沉思着，过了好一会儿才说："慧芳，你不要消极，这事得慢慢来，求急没有用。我这里倒是有一个，年龄和你差不多，可不知人家……"

尤慧芳见有新情况，急急地说："乔姐，你，你就别卖关子了，咱又不是说书。你说呀，他，他是干什么的？"

"他呀……"乔玉兰微微笑着。

尤慧芳耐不住性子："你……"

"你，你一见面，保准同意。"她端起茶杯，又慢慢喝着茶。

"你这人是怎么了？阴阳怪气的，啥时学的？"

"不要着急，好事多磨嘛，你慢慢听我说。"她瞥一眼尤慧芳，"这个人是个小公务员，在税务上工作，一月一千多，还不说那些外快，对象死了一年多。"

"姐，你大胆去办，把我的情况和他大体说一下，抽空咱就见见面，尽快定下来。我倒要老余看看，看看离了他余志明，我尤慧芳能不能找到男人！"

"你看，你看，又来了，赌什么气呢？这事和余志明有什么关系呢，你再这样，我，我可是不管了。"

"不管就不管，一个人过更滋润。"尤慧芳一下子又别过脸去。

"你看你看，又是赌气，我说句玩笑话你就当真？谁叫咱是老同学？你的事，我能不管？"

尤慧芳又高兴起来，说："姐，你多操心，事成后，我在城里聚仙楼请你！"

"不成就不请啦？"乔玉兰打趣地说。

"请，请，成不成半斤瓶嘛！"尤慧芳来到门口，望望西沉的太阳，"不早了，我得回去了。"她回屋拿了包，出门骑上电瓶车就走了。

乔玉兰也没怎么挽留，望着她出了大门。

37

晨曦映亮了窗帘。余志明胳膊露在外面，仍在酣睡中。丁零零的电话声把他吵醒。他咕噜着，揉揉眼，伸手拿起了话筒。

电话是余霞打来的。电话中，余霞说她这一段陪老板谈生意，连续出国，实在抽不出空给爸爸打电话。这不，刚从澳洲回来，接着就给他打电话，请爸爸谅解。

余志明，哼啊哈地应着，把话筒换到另一个耳旁继续听她讲。

"前阵子，嫂子给我打电话，"余霞接着说，"让我和你说说，她想在咱那边盖鸡舍。"

余志明听着，有点儿生气，说："你嫂子可真会办事儿，说客都用上了，其实她早在咱那边动了工，这个张玉芹可真行，真不知她是什么心思！"

余霞听父亲生了气，说："爸，你别生气，伤了身体不说，千万可别把事情弄僵了。我不在家，一些事，你可是全靠她呢，要不然我在外面也不放心，你说对不对？爸爸？"

余志明听女儿如是说，气就小了许多。他既没说"是"也没说"不是"，只是应和着。余霞又问起父亲的个人问题，说："你一个人怪孤单的，有合适的你就再定一个。爸，你可能已谈了几个吧，我嫂子也和我说了，你可要看好了。"

余志明有点吃惊，心想，这倒好，这样的事都鼓捣到北京去了，这个张玉芹……他觉得心里堵得慌，说："什么？你嫂子连这个也和你说了！"

余霞回道："是，是我嫂子说的，说前面几个，都是因为房产……"

余志明生气地说："这个事儿，你嫂子帮忙可真不小啊，不是她，我还不至于这样狼狈。"

"我嫂子能当了你的家？房子又不是她盖的，但是你可以多做做她的工作，千万可别关系搞砸了。"

余志明没有说什么，他让自己慢慢平静下来，觉得自己不应把对张玉芹的怨气撒在女儿身上。女儿独自一人在外面闯天下，已是够可怜的了，自己还是多关心一下她，尽一下做父亲的职责吧。于是，他又想起了女儿的婚姻问题。

"小霞。"余志明道。在家时余志明对女儿总是爱用这种称谓，从没有叫过她的大号，他觉得这种称谓更亲切，更温馨，这种称谓充满着一种浓浓的父爱。"你年龄也不是太小了，也应该留意一下自己的事了，年龄太大了再谈对象是一件很尴尬的事。不知你现在有了意向没有？"

这时，正好余霞那边进来一个戴眼镜的高个青年，坐在床边看余霞打电话。余霞瞥他一眼，告诉父亲说："要说意向嘛，倒是有一个，可不知人家愿意不愿意呢。这事以后再和你说吧。"

打完电话，余志明穿衣起床。吃饭后，又给乔玉珠打了电话，问她有空没有，请她帮忙打药。

他放下话筒，来到院子里，瓦工们和他打着招呼。一个说："余老板早哇！刚吃过饭？"余志明点点头。另一个和他打起哈哈："余老板，这下好了，你儿子在这边盖上鸡场，往后你吃鸡蛋就不用花钱了，还有那鸡粪真真的优质肥料，拉去上你的樱桃树，樱桃准得个个像核桃，哈哈，你这万元户可更加没治了。"

余志明笑笑："那就借你的吉言，等下来樱桃，先请你品尝。"

"到时候我和弟兄们去你果园，你可别舍不得让我们吃啊！"那个打哈哈的瓦工又说。

张玉芹望着那人："大叔，你可真会说话，怕把你当哑巴卖了，不好好干，小心我扣你工钱。"

那个被叫作"大叔"的瓦工，望一下另一个瓦工，一挤眼，说："呀，好厉害的小媳妇子，咱快干，可别让她扣了工钱。"说着，叮叮当当地干了起来。

余志明与儿子之间的院墙旁，几个人拿着瓦刀、大镢站在那儿张望着，望着完整无损的砖墙不敢动手。

张玉芹走过来，说："真没用，滚一边去！"她一把夺过余刚手中的瓦刀，上下望一下，就用瓦刀在砖墙上划出两道竖杠，又把梯子立在两杠之间，望着余刚，"来，就从这里开个门。这边是你老子，那边是你，反正一个家，从哪里开不行？"

余刚望望她，拿过瓦刀，往梯子上爬。

一个帮忙的小伙子一伸舌头："看，还是嫂子行，说干就干，真有大将风度！"他望着梯子上的余刚，又说，"余刚，好好干，要不晚上嫂子可是……"

张玉芹推他一把："少叨贫话快干活！"

小伙子瞥她一眼，弯下腰，乖乖地捡着拆下的砖块。

不远处的余志明吸着烟，望着正在拆墙的儿子和腾起的烟尘，脸上显出复杂的神色。他心里说："这下好了，这侧门一开，可真是家无宁日了。"他当时垒这堵墙，为的就是图个清静，现在好了，真的成了一个家了，他能怎么样呢？他能阻止她拆吗？她会怎么想？又会怎么做？嗨，拆就拆吧，反正老子和儿子是一个大家庭，可是，可是这张玉芹整天咋咋呼呼的怎么办呢？他无计可施，叹了口气，转身推起喷雾器，叮叮当当出了大门。

已是仲春时节，樱桃峪又成了花的海洋。余志明推着小车不紧不慢地行走在大街上，熟人不断地和他打着招呼，余志明点头回应着。他越过胭脂河大桥走上公路，老远就发现乔玉珠已在门口等着。

他很快来到园门口，乔玉珠埋怨道："你这老板怎么当的？怎么迟到了？"说着就去接那小车。

余志明忙说："我推就行，怎么好劳动你？"

"和我你还客气？"乔玉珠说着，接过小车向园里走去。（园门上拧着的铁丝，早已被乔玉珠解开。）

余志明只好推起她自行车，向园里走去。

他们来到小屋门前，余志明兑好药，穿上雨衣，戴上草帽，接过乔玉珠绑好喷杆的竹竿，向果树行里走去。

乔玉珠觉得挺有意思，说："你这大老板这样一打扮，还真有点深山隐士的味道呢！"

余志明一笑："我是隐士，你是什么呢？"

"我呀，充其量不过是个打工者。不过这个工除了你，我可是谁也不打呢！"乔玉珠兴奋地说完，走到喷雾器旁，推起了摇杆。

余志明手拿竹竿，捡起气带向园的北部走去。

北部的大树，由于地势较高，基本没有受害，已是花开满树，南部新栽的幼树也已绽开了新芽，果园又恢复了生机。

余志明高举喷杆不断地变换方位，仰着脸，眯着眼睛观察着喷雾的情况。

太阳升起来了，高压喷雾器喷出的团团白雾，不断向四面弥散着，阳光照下来，空中就出现一道道绚丽的虹。

乔玉珠不紧不慢地摇着推杆，若有所思地望着不远处的余志明，望着又焕发生机的果园，不由想起了陶渊明笔下的桃花源。

在那个理想的国度里，万木葱茏，鲜花遍地，流水潺潺。那里没有欺诈，没有烦恼，没有纷扰，人们平等相待，相敬如宾，整个世界沐浴在祥和氤氲的氛围中。

乔玉珠生性平和，与人为善。在她冰清如玉的生活中，找不到一点瑕疵，看不到一丝污秽。她对五柳先生崇拜有加。不知怎的，她有时觉得，在某些方面，她眼中的余志明还真的有点像那位隐士，这儿的景致，这儿的山水也有点像桃花源。这儿也是林木葱翠，流水潺潺；这儿也是鲜花遍地，鸟儿鸣啭。不同的是，这里生活着的是两个活生生的现实的人，她，还有他。她不由想到，这现实的桃花源中的两个现实的人，将会在不远的日子里，在这儿共同生活，共同工作，共同圆自己的梦，那样，他们就会真的过起"采菊东篱下，悠然见南山"的理想生活了。

这些令人心醉的思念鼓舞着她，她推动摇杆的双臂更加有力了。

吸头露出水面，发出丝丝的声响，药打完了。乔玉珠望望见底的药缸，喊："老余，没药了。"说着，松开摇杆，向余志明走去。

她来到余志明身边，盯着正在收拾气带的余志明，盯了好久好久。余志明发现了她的目光，有点吃惊地问："玉珠，你，你怎么啦？"乔玉珠一惊，脸唰地红了，赶紧说："我，我在想，你，你怎么会有点像陶渊明呢？"

余志明更加怀疑了："什么？你说什么？什么陶渊明？你，你怎么会这样想？我，我怎么能跟那大诗人比，你，你真是异想天开……"

"不是我异想天开，"乔玉珠已恢复了平静，慢慢地说，"是我看到这儿的山，这儿的水，还有这平和的环境，真有点像桃花源的盛景呢。由此我想到了那位大诗人，想到了他传奇的一生，也想到了你。"

余志明觉得她的联想有点可笑，又有点可敬，于是说："你这种联想让我很感动，又让我很惶恐。五柳先生可是古今有名的大学问家、大政治家，他那种忧国忧民、愤世嫉俗的博大胸怀岂是我辈所能比拟！我和他能有什么可比性？你说对不对？"他瞥了一眼乔玉珠，见她认真听着，又说，"今天你也就是和我说一说，要是和别人讲，还不让人笑掉了牙！"

"我不会对别人讲，别人当然也不会笑掉了牙，但是，"她帮忙收一下气带，"但是你也真有点不简单呢。"

"我哪里不简单？"余志明问。

"敢在盛花期打药，"乔玉珠望一眼花团锦簇的樱桃大树，"我还是第一

次见到，你没有绝对把握，就不会这样干，所以说，你就不简单，你说是不是？"

"你这样说，似乎还真有点道理，没有绝对把握和成熟经验，是绝对不敢在盛花期喷药的，就是在权威的专业书上，也是禁止在盛花期喷药的，弄不好会造成减产，甚至于是绝产。这里面有一个'度'，或者叫'临界点'。而这个'度'，并不是一般樱桃生产者所能掌握的。"他放下气带，指着大树，"你没看见我刚才怎么打吗？我只是在树冠外围轻轻一扫，让药液以自由落体的方式慢慢落在树上，这样既可以安全地治病治虫和施肥，花粉也不会被冲掉，长出的樱桃果儿保准个大、色艳，可以增产不少呢！"

"这样看来，你简直是个园艺师了。"乔玉珠由衷地说。

"园艺师不敢说，可这里面确实有不少学问呢。"

回来的路上，他们又碰到正要去上夜班的赵娜等人。她们来到跟前，一齐跳下自行车，拦在二人面前。

"余老师，乔老师，听说你们……"李霞含蓄地问。

"哈哈，你就别兜圈子了，直接说多好！"王丽萍打着哈哈。

"余老师，快说，反正是公开的秘密啦，不如早说了吧，对不对，乔老师？还让我们等多久哇？"赵娜帮着腔。

关于对余志明和乔玉珠的称谓，余志明和乔玉珠不知和这班曾经的学生讲过多少次，请她们别再叫老师了，可她们还是改不了。他们感到无奈，又不好意思再次给他们纠正。嗨，叫就叫吧，叫啥都行。

乔玉珠脸微微一红，道："你听谁说的？我们八字还没一撇呢，"她用手指指余志明，"不信，你们问问他。"

"反正全樱桃峪都知道了，这是早晚的事儿，我们可都盼着这一天呢！"李霞抬起手，看一下腕上手表，"坏了，快晚点了。"

三人骑上自行车，躬起腰，努力向前驶去。走不多远，三人又回头喊："余老师，乔老师，可别忘了让我们吃喜糖噢！"

乔玉珠望着这远去的三人，说："这几个学生，都这么大了，还这么调皮。"说着，推起小车往前走去。

时间不长，他们就来到大门前，推车走进院子。

张玉芹望着他们，和身边帮忙的王三妮挤挤眼："快看啊，前面走，后面跟的，还真像那么回事儿。"

王三妮对她的话并不感兴趣，只顾说："多好的一对儿呀！可别再……"

张玉芹瞪着她："三姑，你也这么说？可别想得太美了。"她指指门前那空地，故意提高了嗓音说，"这地方呀，我就都盖成鸡屋子，自己用着，反正比给了别人强！你信不信，三姑？"

王三妮惊恐地望着她："玉芹，你说什么？"

余志明听到她们的话，皱一皱眉："这个张玉芹！"

他们来到堂屋门前，乔玉珠帮他卸下喷雾器，和他抬到棚子里。乔玉珠忧心忡忡地说："哎，听见了没？你儿媳妇要把这里全盖成鸡舍呢！"

38

时令已进入夏季。入夏以来,天一直阴沉着,时不时就有阵雨落下,弄得人们无所适从。人们抱怨着这鬼天气,而后再去干这干那。

这一天清晨又下起了麻秆雨,那雨唰唰地下着,雨点落在水缸的铁皮盖儿上,发出叮叮当当的声响。天空一片迷茫。隐藏在雨雾中的许家庭院由碎石和砖瓦筑成。石墙没有泥过,碎石的边沿和墙缝上遍布着墨绿的苔藓,显得简陋、古朴,又含着几分苍凉。屋顶上,这里那里的杂草在风雨中摇曳着萎黄的身躯,像在诉说着这建筑的历史。屋顶的几个地方已经凹陷,房檐上的雨水像小溪似的往下流淌。许兆祥活着时曾多次讲过,这庭院还是他父亲年轻时,用木轮小车从附近的石窝里一车车推来石材亲自垒成的,现在看上去,已显得有些陈旧且很有些年岁了。

堂屋的八仙桌上,摆着书包、课本和学习用具,还有一张账单似的纸片。

许菲菲坐在桌旁,望着前面出神。好一会儿,她伸手拿起那纸片,仔细看着,下面是一项项的数目字。

她看着,看着,脸色不断变换着。蓦地,她烦躁地将那纸片揉成一团,狠狠扔在地上,双手托起腮,呆呆地望着前方。有顷,她弯腰拾起纸团,慢慢把它展开,悄悄走到东厢房里的父亲遗像前。黑色相框里的许兆祥微微笑着,望着自己的女儿,像在询问女儿。

许菲菲下意识地举起那张账单,望着相框里的父亲,嘴不由动了几下,又慢慢把手放下。她久久地凝视着画像,嘴角抽动着,终于,两滴晶莹的泪珠滚了出来。

正在床上打盹儿的许母，睁眼望一下孙女的背影，咳嗽一声又合上眼，打着盹儿。

西厢房里乔玉珠坐在床沿上，漫不经心地织着一件毛衣。她不时抬头望望别处，又拿起编织着的毛衣走到窗前，听着窗外淅淅沥沥的雨声。她放下毛衣走到外屋，见女儿立在东厢房里不知在做什么，就悄悄向东厢房走去。

她来到东厢房，见女儿正在流泪，心里不觉一震，说："菲菲，不要老在这儿站着，快回去做作业。"

菲菲抬起胳膊，用衣袖擦擦泪水，听话地回到外屋。

乔玉珠跟过来，拿起女儿放下的收费单，仔细地看着。有顷，她放下收费单，在屋里踱着步。她心里说："又是要钱，钱，钱，这两千多块钱让我哪里去弄。"她踱到门前，望着雨丝发呆。

菲菲望望母亲，思量片刻，来到母亲身旁说："妈，你别再犯愁了！明天我就去跟老师说，我不上了，我去城里打工，养活你，还有奶奶。我们班里有五六个已经不上了，当了工人，一个月挣好几百块呢。"

乔玉珠转过身，抚着女儿头发，激动地说："孩子，你怎么会有这种想法！再苦，再难，咱也不能不上学呀。现在正是知识大爆发的时代，没有文化怎么行！"

菲菲为难地说："可这学费咋办呀？又不是个小数目。"

"这个你不要管，赶紧去做作业！"

菲菲听话地回到八仙桌旁，坐了下去。

许母听到了她们娘俩的讲话。她睁开眼，欠欠身，望着菲菲："菲菲，学校又要钱了？要多少？要不再让你妈找找你姨，你姨，她可是有钱哩……"

乔玉珠烦躁地说："我早想到了，前几次和她借的钱到现在还没还呢，我怎么能再去。"她为难地低下了头。

外面风雨越来越大。屋子里，这里，那里，开始漏雨。八仙桌上正在做作业的菲菲望着溅在桌上的雨水，忙收拾起书包，把书包抱在怀里，说："妈，这儿漏水，我去哪儿做作业呀？"

乔玉珠四下望望，说："去东厢房。"

菲菲还没走到东厢房，就听奶奶说："快呀，快拿个盆子来，我床上漏雨了。"

乔玉珠手忙脚乱地找来盆子来到东厢房，把盆子放在漏水的地方，接着盆里就传出滴答滴答清脆的漏雨声。

"妈妈，那儿也漏，还有那儿。"菲菲怀抱书包，指指一个地方，又指着另一个地方。

"赶快去找盆子，碗、茶缸也行。"乔玉珠指挥着。

许菲菲瞧瞧这里，望望那里，到处湿漉漉的。她只好走到东厢房，把书包放到奶奶怀里，找来东西接着。几滴雨水恰好落在她头上，不由抬头向上望去，忙喊："妈呀，快来看啊！"

乔玉珠走来，顺着她手指的方向望去。黑黑的房顶上出现了一个空洞，从那里望出去可以看到灰蒙蒙的天。她收回目光，心里说："看来，这房子确实是应该修一下啦，可是找谁呢？还有这钱……"这时，她的脑海里现出余志明钢混结构的几间楼房，余志明站在楼前，微笑着向她招手呢。

她来到门前，迈步向外走去。

她来到公路边，向着那个心中向往的地方，望着，望着……天空闪着亮光，雷声不断传来。她似乎又听见张玉芹那刻薄的话语，又看到她居心叵测的形象。

风雨淋湿了她的衣衫，风雨打湿了她的秀发，风雨击打着她玉雕似的脸，她痛苦地闭上了眼睛。

第二天一早，乔玉珠打开房门，望望天空。天空还是灰蒙蒙的，但没有下雨。她回过头，喊："菲菲，快起来和我去摆摊子。"说完，来到敞棚，开始向外推流动车。

菲菲来到门口，揉着眼说："妈，今天又是阴天，谁出来买东西呀！"她见母亲没有反应，就走过去和母亲一块儿往外推着车。

她们把车推到摊子旁，一样一样，往水泥板上摆放着东西。

梅如华骑摩托来到摊子旁。他打住车，走到乔玉珠跟前，满面春风地说："玉珠你好！"又望望一边的许菲菲，"今天是星期天？菲菲？"

许菲菲抬头瞥了一眼，怯怯地叫了声"叔叔"，转身向家里走去。

这时，许母从大门出来，望一眼摊子旁男人，问刚过来的孙女："菲菲，又是那个收税的？"

菲菲面无表情地"唔"了一声，又向前走去。

摊子旁的税务干部梅如华望望乔玉珠木然的脸，不自然地笑着，帮玉珠摆放东西。

梅如华站起身，拍打一下手，在衣兜里胡乱摸着。他边摸边咕念："咦，怎么找不到了？不能是忘了带吧……噢，噢，找到了，找到了！"他从衣兜里掏出一个亮晶晶的东西，似乎不经意地在眼前一晃，又把它攥在手中，继续说，"你这个季度的营业税，治安管理费什么的，我已经和管这片的小李说过了，就给你免了。"

他望望空荡荡的摊子两旁，又说："你这里才有几个顾客呀？还是搬到镇上去吧，那里人多。地点我都给你找好了，至于房租嘛，你也不用操心。"

他见乔玉珠抬起身，就高兴地将手中东西往她眼前一亮，诡秘地说："瞧，你看这是什么？"他自问自答，"这是我爸在城里新买的楼房的钥匙，那房子正在装修，"再往前凑凑，把钥匙一抖，"只要你点一下头，这钥匙就是你的了。"

乔玉珠瞥一眼那钥匙，抬头望望阴沉着的天说："你看这天，就要下大雨了。我这里又没有地方避雨，你还是请回吧。"说完，丢下税务干部，

径自去了。

那税务干部呆呆地望着离去的乔玉珠背影，将钥匙在手里掂一下，自言自语地说："这女人，嘻！真是不可理喻。"他把钥匙装进衣兜，走到摩托车旁，跨上去，发动起来，一溜烟消失在灰蒙蒙的公路上。

乔玉珠急匆匆来到内室，拨通了乔玉兰的电话。电话中她生气地质问乔玉兰："姐，你怎么回事？！我不是让你辞了那个税务员吗？怎么他还来？"

乔玉兰听妹妹生了气，连忙说："我是辞了他呀，并告诉他以后不要再去找你，可他就是去咋办！我又不能绑住他的腿。再说他去，不过就是想见见你，说说话，他能把你怎么样？……什么？你不愿意见他？……那，我也没有法子……好，好，我再和他说说……"

乔玉珠"啪"的一声放下电话，在室内走来走去，慢慢平复着这突来的怒气。良久，她找出一团衣服，来到水井旁洗了起来。她快速地搓洗着衣服，打得水花四溅。她洗完一件，捞出放在一边的盆子里，甩甩手上的水，抬手拢一下散乱的头发，瞪着两眼出神，两个男人的影子又在脑际闪现。一会儿是那税务干部手拿钥匙引诱她的形象，一会儿又是余志明真诚友爱地望着她的样子。两个影子交替在她脑海中出现，直搅得她心烦意乱。她揉一下眼，又搓洗起衣服。

隆隆的雷声传来，乔玉珠抬头望望乌云翻滚的天空，一下站起，向门外走去。

一声炸雷响过，暴雨骤然而至。

她来到大门外，几步冲到摊子前，急匆匆地从水泥板上拿起东西往流动车里放。

菲菲从大门冲出，她边跑边喊："妈！我来了。"

许母头戴草帽，手里拿着一件雨衣，来到大门口喊："菲菲，快穿上雨衣！"

"妈！你不要管，快回屋里去！"乔玉珠大声喊。

公路边，娘俩紧张地收拾着东西。许菲菲手忙脚乱，碰翻了一个苹果箱。苹果四散开去，滚上了公路。菲菲冲上公路捡拾着苹果。

风雨越来越大，公路上一片水雾。一辆满载水泥的拖拉机，冒着黑烟，呼啸着向许菲菲冲来。乔玉珠瞪起双眼冲向公路，她惊恐地喊着："菲菲！拖——拉——机——！"

风声、雨声、拖拉机的轰鸣声交织在一起，使许菲菲对眼前的巨大险情和母亲的呼唤声毫无察觉，她继续捡拾着散落的苹果。乔玉珠一个箭步冲上去，弯腰把女儿推出老远。

司机惊恐地睁大了眼睛。随着一声尖利的刹车声，拖拉机一个急转弯，戛然停在乔玉珠身旁。强大的惯性力，使水泥袋从拖拉机顶端滑落，呼啦啦砸在乔玉珠腿上、身上。乔玉珠惨叫一声，失去了知觉。

许菲菲爬起来，一下扑在乔玉珠身上，妈呀妈地叫着。

司机跳下车，向前掀掉乔玉珠身上的水泥袋。他望望昏迷中的乔玉珠，两手胡乱地在衣袋里摸着。他边摸边说："坏了，坏了，手机怎么忘了带？"他转向哭叫着的许菲菲，"小妹妹，你家有电话没有？——快，快去打120！快去，快去！"

许菲菲爬起来，哭着向家里跑去。她来到西厢房，拿起话筒却忘记了按什么号，电话铮铮响着，她终于按下了120！她带着哭声喊："我是黄草岭——路边摊——"

时间不长，救护车就鸣着警笛，带着一路风雨来到路边摊旁公路上。

雨还在下，风还在刮。公路上的乔玉珠仍在昏迷中，许母揽着她，菲菲在一旁哭。

车上跳下几个穿白大褂的人，他们来到出事地点，拉开许母和菲菲，把乔玉珠抬到担架上，往救护车走去。

一个男医生说："你们谁是家属？要跟着去一个。"

许母听着，就要往车上走，那医生说："不行，不行，去个年轻的。"

许菲菲忙说："奶奶，我去，我去。"

那医生望望这一老一少，叹口气，一挥手，菲菲爬上汽车。汽车呼啸着，冲进风雨里。

救护车里，许菲菲伏在乔玉珠身边嘤嘤地哭着。一个女护士把她拉开，扶起躺在担架上的乔玉珠，揽在自己怀里，关切地问："她是你妈妈？"

菲菲哽咽着点点头。

另一个护士问："小妹妹，你爸爸怎么没来？他不在家？"

许菲菲正想用手去擦母亲脸上血迹，护士制止了她："小妹妹，你爸爸呢？"

菲菲抽回手，抽抽搭搭地说："我——我爸爸——他，他死了——"说着大哭起来。

护士们劝住了许菲菲，又询问她家里有什么亲戚，帮他联系上了乔玉兰。

乔玉兰这一惊非同小可，她当机立断，拨通了余志明的电话。余志明得到消息，立马与彭涛联系，彭涛不敢怠慢，冒雨骑车赶到余家。

彭涛载着余志明在公路上急驶，余志明嫌车速不够快，一个劲催着："快！快一点，再快一点！"

彭涛目不斜视地驾着车，说："再快，就要出事了！"

摩托来到急救中心门前，戛然刹住。二人跳下车，急急向里跑去，过往的人都惊疑地望着他们。

他们来到观察室走廊，见乔玉兰和菲菲正说着什么。彭涛紧走几步，来到乔玉兰跟前，问："玉兰，玉珠她怎么样了？"

乔玉兰望望二人，平静地说："脑电图、心电图都做了，内脏没问题，只是有点轻微的脑震荡，小腿脚踝部扭伤。"她努努嘴，"她正在观察室里。"

乔玉珠两眼紧闭，仰面躺在病床上。脸上的血迹已经擦掉，上面绷着一块纱布，右小腿上缠满了绷带。她仍处于昏迷状态。床前桌上放着一台监控器，屏幕上显示着各种数据，心电曲线一上一下波动着。

余志明望着乔玉珠那没有血色的脸，心想，这命运也真不公平，为什么灾难非要降临到这孤儿寡母身上，会降到这个柔弱女人身上！事情真的会像乔玉兰说的那样轻松吗？假设不是怎么办？假设她从此醒不来怎么办？假设她落下终身残疾怎么办？当然，这样的概率不是太大，或者说是没有，但谁能保证根本不会出现上述情形？世界上什么事都有可能发生，假设万一那样，他余志明该如何面对？他觉得他应该有个思想准备了，宁可信其有，不可信其无。假设真的出现了那种糟糕情况，他将义无反顾地将她，还有她的女儿、婆婆接到樱桃峪，承担起这个特殊家庭的生活重担。

但他又想，如果真是那样，黄草岭人会怎么看？樱桃峪人会怎么看？还有那个令他头疼的儿媳张玉芹会怎么样？对于这个问题，他现在还没有工夫去考虑，他现在只有一个心思，他绝不会丢下她不管，绝不会让她们被社会遗弃，否则他的良心将无处安放，他的行为将受到自身的谴责。就凭他和她这些年的交往，他不能不这样想，不能不这样做。

他这样想着，就回头问乔玉兰："玉兰，住院手续办了没有？"

"我正想和你说，刚才医生来过两次，说玉珠必须住院，可是——这——"乔玉兰有点为难地说。

"那好，你先别着急，我去办手续。"余志明痛快地说。

入院手续很快办妥，余志明又回到观察室门外。他说："手续办好了，医生来过没有？他怎么说？"

"医生刚来过一次，跟我说的一样，玉珠她没什么大问题，估计明天就可能醒来。"乔玉兰高兴地说。

余志明轻轻舒了口气，踱着步子说："那，晚上怎么办？谁来护理呢？"

"反正是在医院里，医生一叫就到，玉珠她又没什么大毛病，我看你们就回去吧，这里我一个人就行，有事我给你们打电话。"她思忖着，好像还有什么大事要说。

"我娘那里，你们先不要告诉她，她年龄大了，心又小……再就是菲菲明儿还要考试，她又没骑车子……"

余志明："要不这样，老彭你骑车回去，我和菲菲打车走。"

"行，行，"彭涛转向乔玉兰："大妹子，钱的事你放心，有老余和我，咱没有过不去的火焰山。"

乔玉兰听着，眼不觉红了起来，说："好，好。"

出租车在路边摊前停住，余志明扶着菲菲走下车。已是傍晚时分，到处黑黢黢的。许母走过来，拉住她的手问："菲菲，你妈没事吧？"菲菲一下扑倒在许母怀里，又哭了起来。

余志明忙说："大娘，你别担心了，玉珠她没什么大问题，只是擦破了点皮，几天就能出院。你劝劝菲菲，别叫她再哭了，明天她还要考试。"

余志明来到出租车前，回头望望这一老一小，不禁摇了摇头。他坐进车子，向她们摆摆手，出租车向樱桃峪驶去。

第二天一早，余志明就赶到医院。在医院门口，他买了点东西，提着向院里走去。

在走廊里，他遇到了乔玉兰，忙问："玉珠她怎么样了？"

"放心吧，昨天你们刚走，她就醒了过来，现在已转到病房了。"乔玉兰高兴地说。

她望望余志明手里东西，知道是给玉珠买的，客气了几句，二人一起向病房走去。

病房里，正在假寐的乔玉珠听到动静，睁开眼，发现了进来的余志明，泪水渐渐流了下来。余志明拿过毛巾，替她擦着泪，说："玉珠，你不要难过，你很快就会好的。"

乔玉兰见状，提起水壶就去打水。

余志明发现她绑着绷带的右腿就要滑下床来，就小心地把那腿放回床上，关心地问："玉珠，你很疼吗？"

乔玉珠摇摇头，眼泪汪汪地盯着余志明。

余志明劝道："玉珠，你别伤心，这点小伤算不了什么，就当你生活中的一个小小插曲吧。"

乔玉珠缓缓地抽出一只手，在被单上摩挲着，喃喃地说："老余……我冷……"

余志明望着她苍白的面孔和祈求的目光，身不由己地握住了那只手。

乔玉珠深情地望着他说："看来，我一时还下不了床，菲菲和她奶奶那里，麻烦你常跑着点，摊子能摆就摆，不能摆就等我回去再摆。"

乔玉兰打水回来，望望他们，笑笑说："开水打回来了，玉珠该吃药了。"

余志明觉得有些不好意思，他松开手，就去往杯子里倒水，打开药包，侍候乔玉珠服药。

乔玉兰见他们默契的样子，会心地笑着。

余志明就要回去了，乔玉兰送他到走廊里，她边走边说："我妈那里暂时不能说，可我一个人又倒不过来，家里还舍着……"

余志明沉吟了一会儿说："我看你家婶子那里，过几天可以说给她，她心再小，一看玉珠没事，估计也不会出什么事。"

乔玉兰望他一眼，又慢慢走着。好一会儿，她才说："志明，咱明人不说暗话，你和我妹妹的事，你也该有个明确态度了。我妹妹那个意思你还不明白？我娘来，和你来，是两个不同的概念。你这大教员难道不懂？还让我明说吗？"她瞥一眼过往的行人，压低了声音，"其实你们两个在学校的情形，我早有耳闻，现在你们两个又都……"她有些激动地望一眼余志明，又说，"现在你们已都是单身，我看……是时候了。"

余志明一时没有言语，他们就这样默默地走着。快到门口时，余志明停住步子，不紧不慢地说："你说的话，我心中有数，可现在还不是谈这个事的时候。玉兰，你说对不对？"

乔玉兰点了点头。

他们来到医院大门口，望着赶集似的人群，余志明又说："如果真的倒不开，白天，我可以值一天，不过……"

"不过什么？"乔玉兰盯着他，"别前怕狼后怕虎的，到时候我就给你打电话。"

余志明："好，就这样，没别的事，我回去了。"

乔玉兰点点头，望着他走上马路。

次日，余志明吃过早饭，锁了门，和干活的师傅打个招呼，就向黄草岭走去。

他来到乔玉珠家的时候，见许母正往外推流动车，就打住车子说："大娘，我来。"说着，接过手，推车往公路边走去。

许母跟过来说："这人老了有什么用，你看我这腿都不行了，跟不上趟了。"她赶上几步，抬头望着余志明，"是玉珠叫你来的？她好些了吗？"

余志明已把流动车推到公路边，他一边往摊子上摆东西，一边说："是玉珠让我来的，她不说，我怎么知道这些事呀？"他又从流动车上拿出一些东西，递给许母，"她的伤不重，过几天就能回来了。"

许母摆好东西，直起身："你这个人心眼儿可真好哇，来了什么也干，现在像你这样的好人可是不多了。"

余志明笑笑说："大娘，好人有的是，世上还是好人多哩。"

"对，对，还是好人多，好人多。"她思量着，"还有一个事儿，差点给忘了，就是……就是菲菲来电话说，学校又要钱了，可现在她妈又出了事儿，这可咋办呢？要不……要不你跟她姨说说？她姨可是有钱哩。"

余志明一愣，似乎不经意地说："缴学费？"

两个妇女过来买东西，余志明把东西递给她们，又把收的钱交给许母。

顾客收好东西，却站着不走，她们好奇地望着余志明，一个问："我，我怎么不认识你？你是……"

余志明望一眼这个多嘴的顾客，爽快地说："我是菲菲妈的同事，没事过来帮帮忙。"

"同事？噢，噢，知道了，知道了，玉珠还说起过你呢。玉珠她好了吗？"那顾客机灵地说。

"快好了，过几天她就能出院了。你们是……"

"我们呀，都是这个村的老户，又是玉珠的好朋友。有用得着我们的，你就让老太太打电话，我们保准来。"另一个顾客高兴地说。

余志明："好，好。"

两个妇女说笑着走去。她们边走边聊："玉珠的同事？准是樱桃峪的，玉珠要是和他成了，有多好啊。"

"好是好，玉珠要是跟了他，这老太太可咋办？"

"人家要是倒插门呢？"

"这可能吗？你看玉珠家老的老、小的小，还有房子都漏了天。听说人家那边可是一溜拉的小洋楼，还有一个大果园。"

两个顾客的话语断续传来，余志明听着，脸上显出复杂的表情。他咕念着："嘻，这些事儿，连黄草岭的人都知道。"

他思量了一会儿说："大娘，有水吗？我洗洗手。"

"有水，有水。"许母说道。

二人向许家走去。来到自吸泵前，余志明望一眼缸里不多的水，拉开闸想把缸充满。水泵铮铮地响着，就是不上水。

许母忙说："快拉下来，快拉下来，忘了说给你，水泵可能是坏了，好几天不上水了，正想找人修，哎，可是谁会修呢？"

余志明说："有螺丝刀和扳子吗？"

"有，有，你会修？"许母说完，手一指，"那不，家什儿在那边呢！"

余志明拿起工具，卸开自吸泵，抽出叶轮仔细看了一遍，用水冲洗掉上面泥沙又重新装好，加上引水拉开了开关，自吸泵叫了一会儿，一股清水就从出水口哗啦啦流进水缸。

许母惊疑地望着流动着的清水，高兴地说："好了，好了，有水吃了，你可真能啊。"

余志明洗把手说："大娘，你好好看着摊子，下午我来帮你收，好，我走了。"说完，骑上自行车，出了大门。

许母来到大门口，望着拐上公路的余志明，自言自语："嗨，这人真好，连口水都没喝就走了，只不过……"她咕念着向摊子走去。

39

昨天从许母家回来后，余志明直奔果园，处理了一下这些天落下来的急迫的活儿。另外他心里还挂着一件十分重要的事情。这件事情在他看来，简直是一件神圣的使命。下午的时候，他收拾一下，骑自行车向县城奔去。

学校门前巨大砖垛上的木牌上赫然写着"安泰县第三中学"几个大字。字是行书体，字体遒劲有力，不知出自何人之手。

门前是一个十分宽大的体育场。体育场里，篮球场、足球排球场，单双杠、跳高架、跳远坑，应有尽有。正是课外活动时间，身穿秋衣秋裤或是背心短裤的男女学生，在里面进行着各种活动。到处是呐喊声，到处是欢声笑语。

许菲菲和一群女生身穿背心短裤正在练长跑。她努力地跑着，浓密的秀发不时扑向面颊，她不时往上撩着。

余志明来到校门口，他望望校牌，打住车子，走到传达室窗前向门卫打听着。门卫是一个精瘦的老头儿，戴一顶玄色鸭舌帽，穿一件十分常见的白色圆领衬衫。他走出门，来到操场边扯起嗓子喊："许菲菲！有人找你。"

跑道上的许菲菲听到喊声，不由一愣，停住步子向这边跑来。

余志明迎上去："菲菲，你在跑步？"

许菲菲大大的眼睛望着余志明，喘吁吁地说："大爷，你怎么来了？"

余志明手一挥："走，菲菲，咱们那边谈。"说着，一起向操场边沿走去。

篮球场里正进行篮球比赛。运动员们健美的身躯快速地跑动着。一个高挑的小伙子大步向前，一个漂亮的三步跨栏，稳稳地将球送入篮筐。球场上立即传出一片喝彩声。余志明不由说："好球，好球！"

一旁走着的许菲菲，好奇地望着他："大爷，你也很爱体育？"

余志明回头一笑："你忘了，我也当过老师，还教过体育课呢！"

他们来到操场边柳荫下。

菲菲抬头问："大爷，我妈现在怎么样？"

"你妈呀，现在好多了，她已经完全醒过来，搬到普通病房去了。"余志明高兴地说。

许菲菲点点头，又问："我妈吃饭怎么样？谁在陪她？"

余志明点上一支烟吸着，慢慢说："你妈吃饭可好哩，什么鱼呀、肉啊，都不缺。"

"谁在陪她？"许菲菲又问了一遍。

"现在还是你姨在那儿。"

"我姨不是很忙吗？她又没人看家。"

"这个，你小孩子就不要管了。唉！菲菲，你不是考试了吗？考得怎么样？"

许菲菲想了好一会儿，说："考是考了，估计考得不是太好。我，我老是想我妈。"

余志明吐出一口烟，和蔼地说："菲菲，这可不行，学习绝不能分心！你妈那里有你姨，还有你彭大爷和我，你可要集中精力好好学习，争取将来考上大学。"他望她一眼，见她认真听着，"你妈对你期望可大哩，信不信？菲菲？"

菲菲慢慢高兴起来，抬头望了一眼余志明。

练长跑的同学们又跑回来，她们喊："许菲菲！快来跑呀！"

余志明望着跑过去的同学，似乎不经意地问："菲菲，又要缴学费啦？"

许菲菲点点头，从裤兜里掏出那张收费单，递给余志明。余志明接过，仔细地看着。

许菲菲喃喃地说："老师催得很紧，说是再不缴就只好……"她说着低下头去。

余志明把收费单还给她，从衣兜里掏出一沓钱，数一数递给菲菲："你现在就去缴吧，这些钱足够了。"

许菲菲迟迟疑疑接过钱，望着地面，明亮的眼睛里有一种亮晶晶的东西在闪动。

余志明若有所思地望着她，又从衣兜里掏出两张大团结递到菲菲面前："还有这些，你拿着买个本子什么的。"

许菲菲抬头瞥一眼那钱，说："大爷，不用了，这些钱足够了。"她一扭身，向学校大门跑去。

她跑到总务处门前，扶住一株小树，喘息着，两行热泪爬上腮边。良久，她擦一下泪水，抬手将钱送进收费窗口。

她回到校门口，四处寻觅着。不远的马路上，她望见了余志明骑自行车缓缓行进的身影。

余志明回到家时，已是掌灯时分。他拿出两样小菜，坐在桌前喝起了酒。他边喝边想着心事。今天，许菲菲接过钱时，那双含泪的眼睛又在脑际出现。他想，当时她在想什么？她是否在想，此时她手中的钱应该是爸爸或者妈妈给的，而不应该是这个和自己没有任何血缘关系的人给的？她虽尚未成年，可年龄也不是太小了，她已经十五岁了，世间炎凉也该懂得一些了。她是否会认为，他的这种帮忙是一种恩赐，或是一种施舍？她是否会有一种本不愿接受这种恩赐、这种施舍，而必须要去接受的想法？如果是这样，势必会给她那颗尚未成熟的心灵造成极大的伤害，或是打击。看来，那泪水肯定是包含着丰富而复杂的内涵，包含着感激、无奈，甚至还有某种羞耻。这对于一个柔弱的生命来说，是多么的不公平！

可是，又该怎么办呢？难道还有比这更好的办法？余志明想不出。他只知道，他不能眼睁睁看着一个无辜的孩子因经济拮据被剥夺受教育的权利。

余志明边喝边想。他又想起她家最近发生的变故。这种变故，来得是那么突然，而令人措手不及。乔玉珠脸上的纱布，腿上的绷带，还有那双饱含着无尽内容的眼睛，还有乔玉兰的那些提示和希冀，一一在脑际闪现。是的，她和乔玉珠之前的情形，乔玉兰大抵是知道的，他和玉珠近来的心思，她也有所察觉。她说的或许没错，那个事情的进展似乎正如她说，是时候了，是该有个结论的时候了。可是，事情并没有那么简单，于是他又想到了她的那个家，她的女儿，和她那风烛残年的婆婆。这些在他看来还不算什么，最令他头疼的还是他那个好儿媳妇。

乔玉兰的那个"是时候了"的结论，似乎还隐藏着某种深层的东西。她像是在提醒他，又像是在警示他，这种机缘不是随便什么时候都能出现的，这种机缘也可能转瞬即逝，绝不可能长久不变。看来，这个乔玉兰也是颇费了一些心机的，真是用心良苦啊。至于如何操作，这就要看他余志明本人的了。

他喝下一口酒，抓起几个花生米在嘴里嚼着，站起来，在室内来回走动。灯光把他的影子投到墙上，那影子也随之来回晃动着。

电话突然响起，余志明匆匆向内室走去。

电话是乔玉兰打来的。电话里，乔玉兰说，她家里有事儿，明天她必须要回去一趟，你有空没有？余志明思量一下就说："有空，有空，明天我就过去。"

余志明睡得很晚，第二天起床的时候，施工的人们已叮叮当当地开了工。余志明顾不得吃饭，少事整理一下，又换上一件西服，来到厨房，把一件东西放进手提包，匆匆向外走去。

正在院子里捡拾砖块的张玉芹，站起身，望着余志明走出了大门，转身来到了堂屋门前，望望虚掩的房门，不由面带喜色。她转身走到几个小工跟前，不知说了句什么，小工们就随她向侧门走去。

不一会儿，就见张玉芹和小工们手拿身背地带着好多东西从侧门出来，直奔余志明堂屋。

张玉芹指挥着说："放这里，那里……还有那里……"

一个小工背着一袋鸡饲料，不敢放下，问："玉芹，就放这里？这可是客厅啊！"

张玉芹瞪起眼："你管那么多干吗，又不是你家，放下，放下，再去背。"那小工一伸舌头，放下饲料又去背东西。

余志明来到病房前，推门走进病房，望着微微喘息的乔玉珠："玉珠你好些了？"

乔玉珠面带喜色说："你来了？我，我好是好点了，可还是站不稳。是我姐让你来的？"余志明点点头。"我可真倒霉，竟出这样的事，还得麻烦你。"

"什么麻烦不麻烦的，快别说了。"余志明放下提包，收拾着床头上的东西，"没有人你不要动，你伤口刚刚开始愈合，不担事儿。你姐走了？"

"走了，走了，她等啊等的，家里有急事，就先回去了。"

"唉，这乡村的公交车老是误点，要不是等车……"

乔玉珠微微一笑："你做什么检讨？我又没说你迟到。"

余志明望着她，不觉也高兴起来。他拿过提包从里面拿出两个罐头样的东西，说："我也没给你买什么东西，只带了两个罐头，是我自己炮制的。"

"自制的？还是樱桃的？给我看看，给我看看。"乔玉珠兴奋地说。

她接过那罐头，高兴地看着，又说："还真像那么回事儿，只是颜色没那么红了。老余，快把它弄开，大家尝尝。"

余志明掏出启子，打开罐头，从里面舀出一个送到乔玉珠嘴边："来，

请品尝！"

乔玉珠没有张嘴去接，摆摆手说："你这人怎么这么不会办事儿？咱以后吃的机会多了，"她指指病友，"让他们先尝！"

余志明笑笑："对，对，我怎么没想到呢？"说着，走到其他床位前，让他们尝着。

病友们连连夸着："好吃，好吃，真甜，真甜！"

乔玉珠吃了几个樱桃果儿，抹一下嘴说："老余，我想出去走走。"说着出溜下床，想去拿拐棍。对面床上的病友赶忙递给她。

余志明连忙过去，扶着她一步一步向外走去。

他们拐过几个弯儿，又来到余志明曾多次走过的那条林荫道。也是在这里，也是这条大道上，也是那熟悉的白大褂和似曾相识的人群，而那时的林木没有现在这么葱郁，那时的余志明挽扶着的是疾病中的结发妻子。他还记得，飘荡的黄叶之中，沈翠莲和他说着些什么。而现在呢，他臂弯里搀扶着的却是另一个人。

余志明揉一下眼睛，扶乔玉珠继续前行。

天气真好，骄阳热烈地照着。乔玉珠眯着眼睛贪婪地注视着四边景色。她望一下余志明，发现他似有不悦之色，就问："老余，你怎么了？"

余志明目不斜视，望着前面说："嗨！我又想起了你的嫂子，想起去年秋天她也在这里住院，也在这条道上走过。"

乔玉珠望着他认真的样子说："时间这么长了，你还常常想起？"

"我常常在反省我和她的那段婚姻，反省我自己的作为。她在我这里，根本就没有得到过什么爱。"余志明有些沉重地说，"她曾多次向我说起，她曾经被介绍给一个电工，她嫌那电工太粗壮，她还说过她配不上我。我就想，当初她要是跟了那电工，或许比跟我要好呢。"

乔玉珠见过往的人都朝这边望，推推余志明："人家都瞭你哪。"

余志明声音小了许多："其实是我害了她，也害了我自己，要是当时我拒绝了她，会是一种什么结局呢？"

乔玉珠不解地望望他，听他继续讲。

"唉，说什么呢，现在她走了，去了那个不可知的地方。她，得到了彻底的解脱，而我呢，还活着，真是可悲。"

乔玉珠抬头望着他，怯怯地说："求求你，快别说了，我……我……"余志明望望她，不说了。二人默默地走着。他们走出后门，又来到余志明熟悉的那个地方，顿觉眼前一亮。

今天是星期天，各处景点都布满了游人。乔玉珠见余志明只顾往远处看，就说："老余，咱们坐一会儿吧？"

余志明一愣，忙扶她向湖边走去。他们越过一块块圆石，在去年他和沈翠莲坐过的垂柳下坐了下来。放眼望去，远山近水近在眼前。余志明点上一支烟吸着，四面浏览着这壮美的河山。

乔玉珠见他只顾看山，有点不悦地说："老余，老余！我让你陪我出来，就为的是观山景吗？你这个人，木头似的，也不问问人家想的什么……"她觉得委屈，就低下头去。

余志明把烟卷从左手递到右手，深深吸了一口说："你想什么哩？"

乔玉珠瞅他一眼，就把最近听到见到的事和心里话讲了一遍。

余志明听了，思量着望她一眼，却没有说什么。

同一时间，三山口镇税务所职工宿舍里，税务干部梅如华在脸盆里稀里哗啦地洗着脸。他抬起头，拿毛巾擦擦脸，拿起"焗油博士"往头发上抹着油，又往脸上抹着什么东西。而后，挠挠头发，对着穿衣镜里的自己一笑，拿起提包出了门。

一身制服的女同事走过来，上下打量着西装革履的梅如华，说："呦，梅副所长，这一打扮可是年轻了十岁，怎么样？那小娘子有几成把握？"

梅副所长笑笑，答非所问地说："我这就去看她。"说完骑上摩托向大门驶去。临出大门，他又回过头，向那女同事一摆手："拜拜，等我好消息！"

小湖边，乔玉珠见余志明不做回答，就说："咱们往前走走？"余志明点点头，扶起她，走上沿湖小径。小径上，三五成群的姑娘小伙，身着夏装，说说笑笑地从他们身旁走过。路旁的石凳上，柳荫下，坐满了头戴遮阳帽的游人，湖中水面上，对对情侣在泛舟，不时有嬉笑声传来。湖光映着山色，歌声伴着游人，真一派歌舞升平的景象。

余志明望着近处这迷人的景色和远处重叠的山峦，情绪又好起来，他不由叹道："真是江山如此多娇，引无数英雄竞折腰啊，美哉！壮哉！"

乔玉珠一瘸一拐地跟着，见余志明如此高兴，心情也开朗起来。她戏说道："引无数英雄竞折腰，可我从来没见过你向谁折过腰。"

"凭什么呢？"余志明笑着问。

乔玉珠以守为攻："你说呢？"

余志明望着远处游船，说："其实，我也弄不明白……"

"实质上就是你那可怕的自尊心在作怪，你始终自我感觉良好，高傲，矜持，在女人面前始终放不下你所谓的架子。"乔玉珠有点生气地说。

"也不完全是。"

他们走上水库大坝，扶着栏杆，看那水流冲击坝体的浪花，听那水流发出的声响。坝体总有十多米高，透过水流形成的水雾，俯视下面，竟有些空蒙、眩晕的感觉，真的是恍若仙境了，心里难免生出许多咏叹和联想。

他们走下大坝，又回到那株垂柳下。余志明见乔玉珠喘吁吁的，就扶她坐在圆石上，说："看哪，咱们又回到了起点！"说着两腿岔开，回望着大坝，好像还没看够似的。

乔玉珠有点生气地说："老余，你总是这样不急不躁的，真急死人。你到底在想什么？你在想咱们的事儿吗？咱们的事儿怎么办？你也不拿个主意，每天都听到闲言碎语，那个税务干部也不断去纠缠，我……我真的有些坚持不住了。你说，你说呀……"说完，扬起脸，可怜巴巴地望着余志明。

余志明低头望着这个可怜又可爱的女人，嘴角抽动着。这时，他想起了张玉芹横眉竖眼的样子，和带有威胁性的、居心叵测的言语，不由轻叹了一口气。

乔玉珠眼里渐渐涌起泪水，流到她扬起的脸上。

余志明弯下腰去，拿手去擦那泪水。

乔玉珠终于忍不住，搂住余志明双腿，压抑地哭了起来。

余志明木头似的站在那里，也不去管她，看着她哭，渐渐地哭声小了，他才说："好了，咱们回去吧，也该吃药了。"乔玉珠站起来，擦擦泪痕，顺从地跟他往回走。

在走廊里，他们遇到了乔玉兰。乔玉兰走上去替下了余志明。她边走边说："我刚到这里，那税务干部就赶来了，现在正在病房里等着呢，我让他走，他也不走。玉珠，你看……"

乔玉珠诧异地望了一眼姐姐，一下挣脱姐姐的胳膊，就要往回走。

余志明拉住她，说："人家老远来了，不见不合适吧。"

乔玉兰接上去："老余说得对，不见不合适。再说，和他见见，也不至于把你抢走吧。"

她微微一笑，"不是还有我们吗。"

乔玉珠瞪他们一眼，只好随他们走。

床头柜上放着一堆礼品，还有一束鲜花。梅副所长面向里站着，一只脚跷起，一上一下地颠着。

余志明扶玉珠走进病房。梅如华听到动静，转过身，惊喜地望着乔玉珠，又瞥一眼一旁的余志明，先是尴尬地一笑，而后转身拿起那束花，双手送到乔玉珠面前："玉珠你好！祝你早日康复！"

乔玉珠瞪着他，抬手将那鲜花轻轻一拨，把头别向一边。

乔玉兰歉意地笑着走上前，接过那束花，回手放在床头柜上，扶妹妹床上坐了，转身对梅如华说："梅副所长！你别介意，她这是刚回来，怕是累了。"她拿过凳子，"你坐，你坐。"

梅副所长指指余志明，问："这位是……"

乔玉珠忙说："嗨，忘了介绍了，"她指着余志明，"他是玉珠的老同事，也是玉珠的……老朋友，我们村里的余志明。"她又介绍梅如华，"这位是咱们镇税务所的副所长梅如华，是我的高中同学。"

梅如华往前一步，握住余志明的手："幸会，幸会，你这名字我在镇上听李书记说起过，有名的万元户，万元户……"他回头望望乔玉兰，"玉兰说了，我们是同学，听说玉珠妹妹受伤了，就过来看看。"

他松开手，往床边靠靠，又说："玉珠，你恢复得真快，我真高兴。等你出院时，我再来……"

乔玉珠一扭身躺在床上，拉过被单，猛地盖住了脑袋。

梅如华望着呼啦啦躺倒的乔玉珠，张开的嘴竟一时忘了合上。

乔玉兰见状，赶紧说："老梅，咱们外面坐会儿，玉珠她身体可能不大舒服。"

他们来到走廊的另一端，在连椅上坐下来。

梅如华有点不悦地问："玉兰，那男的到底是玉珠的什么人？"

乔玉兰："你真是贵人多忘事呀，忘了刚说给你的，他是玉珠的同事和朋友吗？"

梅如华："我不是这个意思。"

"你不是这个意思，是什么意思？怎么样，吃醋啦？你先别问他是什么人，你和玉珠的事，玉珠她一起根儿就没说同意，现在或者之后，你就是一天来三次也没有用，你不要打这个谱了，你先别急……"

梅如华终于忍不住了，结结巴巴地说："可是，可是我是真的爱你家玉珠啊。"

乔玉兰正色道："梅副所长！请你自尊一点！我妹妹就是不同意我有什么办法！你这是剃头挑子一头热，难道有一点用处吗？"她动起气来有点喘吁吁的。好一会儿，她又说："不过，你的事儿我还是要管，我倒是给你物色了一个，这个保准你一见面就同意。"

梅如华狠劲地吸着烟，说："我见了那么多，没有一个中意的，就只看准了你妹妹，可这个玉珠真让我失望。"

乔玉兰见他又说起妹妹，不由动了气，瞪起眼："怎么，这个你见不见？不见就快说话，我没这么多闲工夫和你磨牙！你这人亏了还是国家干部，磨磨唧唧的，简直不如个娘们儿。你说，你说，这个你是见还是不见？！"

梅如华慌了："玉兰，我的老同学，你可千万别生气，这一个……这一个……我见，我见……我该怎么办呢？"说着，用手擦了擦眼，似乎就要哭的样子。

乔玉兰见他动了真情，心就软了下来，说："老梅，你也不必心焦，我给你物色的这一个，长得比我妹妹也差不了多少，孩子也不在身边。你要有意，我就给你透一透，你好好考虑一下，现在不必马上回答。"

梅如华又来了精神："这女的是哪里的？"

乔玉兰："哪里的，你先不必问，待你想好了，给我打电话。还是那句话，保准一见面，你就会同意，你信不信？"

40

乔玉兰回到病房，余志明和她交接了一下，又说了些安慰的话，就告别姐妹俩，踏上了回樱桃峪的路途。

回到家时，天色尚早，就在院子里转悠着。望着面目全非的院子，余志明不由皱起了眉头。他深一脚浅一脚地沿鸡舍南面的通道来到那株葡萄树跟前，点上一支烟吸着，望着棚架上一串串葡萄想着心事，想着过往的故事。

意念把他带回到二十多年前。当时的他就是在老家这株葡萄树下研制他的发电机模型。他绞尽脑汁地构思着模型的形状、性能，为找不到适宜的材料而苦恼。是乔玉珠送来了小电动机，为他化解了难题，让他走出了困境。高兴之余，他起身够下一大串肥硕的紫葡萄，两人高兴地吃着，葡萄皮吐了一地。后来他就是用这台凝聚着二人智慧和情谊的模型征服了那么多挑剔的老师和领导，从而赢得了荣誉，赢得了师生的爱戴。为此，分家时，他特别要求把那株饱含着许多幸福与思念的葡萄移植到他这个新家。之后的日子里，当他饭后，工作完毕，或是心情忧郁之时，他总爱站在这葡萄树下，仰头欣赏那纵横的藤蔓，回想那有趣的往事，品味那幸福的时刻，做些快乐的遐想或是撩拨心弦的追思。

可是现在呢？这株承载着他无限记忆的葡萄树，被无情地挤压在这狭小的空间里而不得伸展自己的身躯，它那被扭曲、被挤压的藤蔓似在呻吟，似在诉说不平，又像是在向主人诉说自己不寻常的遭遇和委屈。有什么法子呢？它的主人，也是无计可施。

余志明又望一眼那株葡萄树和满院杂乱的建筑垃圾，还有那一溜不顺眼的鸡舍，他苦笑一声，转身往回走。

这时，张玉芹领着猫猫走进大门。余志明上前抱起猫猫，说："猫猫，今天没去幼儿园？"

"去啦，刚放学回来，爷爷，你今天干啥去了，干吗不带着猫猫？"猫猫天真地问。

余志明略一思忖，说："爷爷呀，今天有点事——去城里啦！"

张玉芹瞥他一眼，轻轻"哼"了一声，心里说："还不是去干那些烂事！"

他们来到堂屋前。张玉芹忽然变得高兴起来，说："爹，本来吧，余刚想来和你说，可他整天忙着去上班，就让我和你说。"

余志明好久没有听到这样的称谓了，有点奇怪地望着她，不知她又出什么新花样。

"余刚说，这鸡舍还是太少，养不了几只鸡。"张玉芹望望堂屋门前不大的空间，"余刚还说，没有规模就没有效益，他想在这里再盖一排，那样也就算个鸡场了，你看怎么样？"

她停了一下，机灵的眼珠子滴溜溜转动着，接着说："要不，咱明儿进砖？"说完，两眼紧盯着余志明。那架势，根本不像是跟人商量什么事，倒像是在下"最后通牒"。

余志明本来就烦透了。他望望咄咄逼人的儿媳妇，又望一下不大的空间，放下猫猫，点一支烟吸着，来回走动起来。好大一会儿，他停住步子，吐出一口烟，说："玉芹，我看这里就不好再盖了。再盖，就没有院子了……再说，这地方我还留着，准备将来……"

张玉芹立马换了副嘴脸，她简直是在质问："再说，再说什么？！将来，什么将来！像你这等年纪，还有什么将来？你还打多少年的谱？"

余志明嗫嚅地说："我，我想留着这点地方……"

张玉芹打断他："留着？你给谁留着？我看你给谁留着！"说完，一把拉起猫猫，"走，咱们走！咱看他到底给谁留着！"

"玉芹你回来，听我说……"

张玉芹一下站住，回过头："回来就回来，正好我还没说完。"她转身咚咚地来到余志明面前，"有什么话，你快说！"

余志明："玉芹，你别生气，我是想留着这地……"

张玉芹："不说我心里也明白，还不是为了那娘们儿！没见过你这样的老的，处处为别人想着，你给我听明白了，有我张玉芹在，这地方谁也别想动！"说完，转身咚咚地向外走去。

余志明无奈地望着张玉芹怒气冲冲地走出大门，转身向堂屋走去。他推开门，立马睁大了眼睛。他望着客厅里胡乱放着的鸡饲料、骨粉、鱼粉、添加剂，一股怒火不由泼剌剌直冲顶门，转身向外走去。

余志明推开侧门，一下进入儿子家，向正在喂鸡的张玉芹质问："张玉芹，我问你，你，你怎么把鸡饲料都弄到我屋里去了？"

张玉芹回过头蔑视地说："呦，没想到你还是动真格的找上门来了。鸡饲料就是放你屋里了，有什么大不了的，有本事你把它扔出来呀！我看你真是老糊涂了，自己儿子在你那放点东西也不依不饶，你这像个当老的吗？"她回转身，搅一下饲料，又回过头，"什么你的我的，分得倒清！等你两腿一蹬，通通都是你儿子的——也是我的——你说对不对？"

余志明也上了火："可我现在还没死！那，那可是我的客厅！"

张玉芹："可我也没说你现在就死，不死就不能用用啦！真是的，别说是客厅，用了急，那里也得用一用。"

余志明气得说不出话："你……你……"他一跺脚，转身向自家院子走去。

他回到屋里，望着四周杂乱的东西，喘着粗气，胸脯子一鼓一鼓的，他弯腰捡起那些东西，一袋一袋往门外扔去，看看扔得差不多了，就停住手，直起身，里外地望着喘粗气。他在屋里来回走了几遭，又平静下来，转身来到门外，把那些东西又往屋里捡着。

张玉芹扒着侧门，望着她的公公又往回捡，脸上现出了得意的神色。

十天之后，乔玉珠出院了。出院的第二天，乔玉兰就和妹妹商量，是不是请请余志明？你看他操心费力的，也不容易。乔玉珠自然没有二话，几天没见，还真的有些想他了呢，这是她的心里话，当然不能跟她姐姐明说。于是她就让姐姐买了下酒菜，屋里屋外地准备着。

乔玉兰提出请余志明喝酒，并不只是为了答谢他，主要是想借喝酒的机会，把他和妹妹的事定下来，以了却她那件悬着的心事。她买好酒菜回来，就给余志明打电话。说玉珠出院了，你们操心费力的，我和妹妹过意不去，想请你们吃顿饭，聊聊天，彼此交流一下。

电话中，余志明略一思忖就推辞说："请我吃饭？我看没那个必要吧，什么操心费力的，这话用得着嘛，大家又不是外人，玉珠的事，还不就是咱们自己的事，老彭也不在乎这些，我看就免了吧。"

乔玉兰："你这个人怎么这样，真不够意思。我和玉珠可是诚心诚意的，免了可不行。这不只是我的意思，更是我妹妹的意思，她菜都买好了，现在正拾掇着，请你约上老彭，赶快过来吧。"说完，挂了电话。

余志明收起手机，思忖一会儿，觉得如果不去，会凉了她二人的心，不是个来头，玉珠出院了，恢复得怎样？不去看看，于情于理都说不过去，于是他又掏出手机，拨通了彭涛的电话。

彭涛一听乔玉珠请他喝酒，立马来了精神，说："好呀，好，玉珠请咱喝酒，咱可不能不去，不去，对不住她……"电话里停了一会儿，好像他在思考什么，接着，电话里又传来他的声音，"请咱喝酒……请咱喝酒……让你通知我……我明白了，明白了，原来她是请你呀，这个玉珠，真是不忘旧情啊！"

余志明训导他："别胡说八道了，赶快准备一下，换件衣服，一会儿就走。"

"我换什么衣服？人家又不是请我，我，我不过是个陪客罢了。不行不行，我得拿点东西，空着手可不行。"

余志明挂了电话，走进内室，收拾一下，向彭涛饭店走去。

他来到饭店，又逗留了一会儿，由彭涛载着，向大街驶去。

摩托行驶在南北大街上，彭涛兴致很高，他不时和行人打着招呼。来到余家胡同口时，李二婶发现了他们，她大声喊："老侄子，这是干啥去？"

彭涛减一下速，答非所问地说："好事呀……"一加油门，跑了开去。

李二婶疑惑地说："好事？什么好事？莫非又是让志明去见面？这个彭涛可真行，散了两个还不死心。"

"死心？我看他们是不到黄河不死心，整天像狼掉了羔子似的，到处乱窜，也不知去干些什么好事。"站在一旁的张玉芹望着后座上的余志明，愤愤地说。

李二婶没有响应她："可也是呀，不窜，媳妇会上门吗？再说，这一个人洗洗浆浆的，多不方便。"

张玉芹："你说什么？"

摩托车来到黄草岭路边摊前，戛然刹住，扬起一片烟尘。正在摊子前探望的乔玉兰迎上去，埋怨道："你这冒失鬼，不会开慢点，吓我一跳。"

二人下车，推车往上走。彭涛边走边说："吓你一跳？怎么没见你跳起来呀？走，走，渴死了，渴死了，快家去找茶喝。"

乔玉兰望望他车把上的东西，说："请你喝酒呢，还拿这么多东西。"

彭涛："不拿行吗？不拿，还不给撵出来？"

乔玉兰："没那么严重吧？"说着，拿起东西往流动车里放。

余志明帮着收拾好东西，推车向家里走去，边走边聊。

彭涛："玉兰，今儿个请我们来，有什么要事要谈？能不能先透漏一二？"

乔玉兰大大咧咧地说："什么要事不要事的，就只是喝酒。"

彭涛诡秘地说："不只是喝酒吧，其实什么事也瞒不了咱老彭，是不是为了——"他用眼指指余志明，"他和小乔？"

乔玉兰见谜底被拆穿，只好说："好你个老彭，什么事也瞒不了你，你别说，这事还真得请你帮忙。"她望一眼余志明，没把话说到底。

他们说笑着走进屋子。乔玉珠正在和面，她抬头笑笑，想站起来说话，彭涛一摆手："别客气，别客气，怎么样，玉珠，你的伤好了吗？"

乔玉珠点点头："老彭，你坐。"

正在扫地的许母指指桌边椅子："快坐下，快坐下，我这就下茶。"说着放下笤帚就要去拿茶壶。

彭涛走上去，说："大娘，你歇着，我来下。"

许母望着他："你是？我咋没见过你？"

乔玉兰接过茶壶，往里倒上水涮着，说："都是玉珠村里的，都不是外人。"

"都是好人，都是好人呀——"她望望彭涛放下的东西，"还拿这么些东西……"

菲菲正在内室做作业，听到有动静，思忖片刻，起身来到外面，望一下余志明轻轻说了声："大爷好。"

乔玉兰指指彭涛，说："菲菲，这一个也是大爷。"菲菲望望他，却没有喊。乔玉珠见状，忙说："菲菲，快去洗茶碗。"菲菲应一声，拿起茶碗向外走去。

彭涛指指桌上两个纸箱，说："这一箱是纯牛奶，这一箱是黄金搭档，都是老余给玉珠买的，说是含钙高，利于伤口愈合，再说这名字也好，对不对，玉珠？"

乔玉珠已和好面，站起来搓着手，听到彭涛说话，不好意思地说："老彭，你可真会说。"说完，向内室走去。

乔玉兰笑笑道："就你会说话，可不当哑巴卖了你。"说着，拿出纸烟，递给他们，又打火点烟。

彭涛一边低头接火，一边说："怎么好劳动你？"

乔玉兰："你啥时练的这副好嘴巴？怨不得饭店开得那么好。"

菲菲拿着洗好的茶碗来到桌边，倒上茶，又一碗一碗地递着。

余志明接过茶碗，说："菲菲，赶快去做作业，这个我们自己来。"

菲菲望他一眼，放下茶壶向里走去。

乔玉珠正在内室梳理头发，菲菲见了，觉得好笑，问道："妈，你早上不是刚梳过吗，怎么又梳？"

乔玉珠一笑，说："刚才和面，头发，头发又乱了。"她放下梳子，拍几下衣服，向外走去。

许菲菲望着母亲背影，调皮地做了个鬼脸。

外屋里，他们正喝着茶，聊着天。

"今天请你们来，主要是玉珠的意思，"乔玉兰望望从内室出来的妹妹，"对不对，玉珠？"

乔玉珠笑笑，在一旁坐下去。

"我妹妹说，你两个跑前跑后的，还拿钱应了急。"她四下扫了一眼，"也没什么好吃的，就炒几个菜，包顿饺子，表表心意。你们不会介意吧？"

彭涛笑道："玉兰你啥时变得这般客气起来？这些俗套话用得着说吗？"他指桌上那个大提包，"知道要喝酒，那不，我都带来了，有酒，也有菜。"

乔玉兰望望桌上的东西，说："你这个老彭，真不够意思，人家请你喝酒，你还要拿酒拿菜，知道就不让你来了。"

接着，她又分了工，让余志明和乔玉珠包饺子，她和彭涛去弄菜。

乔玉兰来到院子里，望着桌上桌下摆着的菜，动动这，动动那，不知从何处下手，向屋里喊："老彭，你快来，这些菜怎么弄？"

彭涛应声来到院子里，把外套一扒，洗把手，说："来，玉兰，你给我打下手，今天看我的手艺，咦？厨房在哪里？"

乔玉兰一指堂屋一侧："在那里，就是小了一点。"

他们把桌子抬到厨房，彭涛把带来的包一个一个打开，乔玉兰帮着，放进一个一个盘子里，边放边说："你这个大老爷们，没承想心还这么细，这一个一个的，样数还真不少。"说着端起一盆洗菜水向外走去。

这时，乔母手提几个兜走进大门。乔玉兰泼掉水，接过兜，说："妈，你来得真早，我们正忙着治菜，就没出去迎你，你累着没有？"

"累什么呀，就这点东西，"乔母四下打量着，"玉珠，玉珠呢？"

乔玉珠听到动静，一瘸一拐地走过来，喊了声"妈"扑到母亲怀里，抽泣起来。

乔母慢慢推开她，望着她的脸，抹一把泪，埋怨道："你们真是越大越不省心。出这么大的事，也不告诉我一声，出了院叫我来，我才知道，唉，这可是咋回事呀……"

她弯下腰，摸摸玉珠缠着绷带的腿，问："玉珠，你还疼吗？不会落下什么毛病吧？"

乔玉珠抬起头，擦一下眼，说："疼也差了，医生说，不会落下毛病，再过个十天半月的，就可以干点轻快活儿了。"

接着，她和赶过来的余志明、彭涛还有许母打了招呼，还一边埋怨余志明怎么不和她说玉珠住院的事。

乔玉兰见他们陪着母亲，就和彭涛去弄菜。他们一边拾掇着菜，一边说着他们关心的事。

乔玉兰说："玉珠的心思我知道，她曾向我交过心，也曾和老余交过底，可老余一直没个明确态度，也不知为的什么……"

"老余的脾气我知道，就是有点阴阳怪气，心里明明愿意的事也不明说。这种人，有时候必须有人对他猛击一掌，吓他一下，他才会醒来，等

会儿，"彭涛凑到乔玉兰耳边叽喳着，有倾，抬起头说："就这么办，明白了？"

乔玉兰说："对，对，就这么办，趁着热锅热灶，今天就让他和玉珠定下来。"

许母怀抱柴火来到厨房门外，刚好听到二人的谈话。她一惊，放下柴草转身走去。

屋子里乔玉珠已洗好韭菜，拿起刀就想切。余志明见她一瘸一拐的不方便，说："我切，我切。"他接过刀，熟练地切着。

乔玉珠问他："加点粉条吗？"

"加点，加点，先用开水烫一烫……要是有鸡蛋的话，加上两个会更好。"

"有，有。"乔玉珠说着就去拿鸡蛋。

馅子调好了，余志明擀皮，玉珠和菲菲娘俩包着。

许母走进屋子，望着这就像一家似的三口人，想着刚刚听到的话，面色渐渐沉下来，心里说："今儿这场酒，可不是什么好事呀……"

彭涛扎着围裙走进来，望望快要包完的饺子，说："怎么样？先生们，女士们，菜已炒好，何时开席？"

乔母望着他滑稽的样子，说："真是难为你了，请你来喝酒呢，还得让你下厨炒菜，真不好意思。"

彭涛笑道："这就叫能者多劳吧，谁叫咱是厨子呢？"

酒席很快排好，余志明让二位老人首席坐了，大家又你推我让地入了座。

几杯酒下肚，彭涛来了精神。他站起来，走到乔玉珠跟前，顺手拿起酒壶，清了清喉咙，说："今天咱们难得一聚，玉珠又顺利出院，我就借花献佛，先敬玉珠一杯，祝她早日康复。"说完，往小乔杯子里倒着酒。

乔玉珠没想到彭涛会敬她酒，连忙站起，说："老彭，你又不是不知道，我不会喝酒，请你赶快回去……"

"坐下，坐下，不会喝也得喝，今儿，"彭涛望着乔玉珠又瞥一眼余志明，"今儿咱可是喜酒，不喝可不行。"

两个老人疑惑地看着他，听他继续说："不是说喜酒不醉人么。来，快喝，你不喝怎么对得住我和老余大老远来看你？"说着，端起酒杯递到乔玉珠面前。

乔玉兰过来，一把夺过他手中酒壶："老彭，快回去坐下，要说敬酒，也轮不到你呀，你这岂不是反客为主了吗？回去，回去，等我敬完老余再敬你。"说完，她走到余志明跟前，学着彭涛的样子，一手拿壶，一手按着壶盖，给余志明倒着酒，尔后又去敬彭涛……

41

　　就在乔玉兰、彭涛谋划着如何促使余志明和乔玉珠最后定情的时候，放蜂路上的汪文君夫妇也在谈论着这事。

　　公路很平坦，载着蜂箱的马车平稳地行驶着。汪文君举起鞭子在马背上空轻轻一挥，那马就拉着车得儿得儿地向前奔去。

　　汪文君回头望一眼坐在后边的李玉花，说："我表妹那里幸亏没去说，要是说了，可就麻烦了。嗨，我怎么忘了志明和小乔那层关系呢？"

　　李玉花往前坐坐，说："老汪，你觉得余志明和那姓乔的，真的有那个可能吗？"

　　"这，我也很难说，要是凭他们原来的那段交往和现在的情况来看，也许错不了。不过……"汪文君迟疑起来，停止了分析。

　　"不过什么？"李玉花急着问。

　　"不过余志明那脾气不行，总是优柔寡断，如果他儿媳妇再一闹……恐怕就很难说了。"汪文君思量着说。

　　"那，你就催催他呀！"李玉花自打和余志明散了伙，心里总觉得亏欠着他点什么，凭良心说，她恨不得余志明立马就和一个什么女人成了婚，以平复她颗不安的心。

　　"好，我现在就问问他。"汪文君掏出手机，拨通了余志明电话。

　　酒席宴上，余志明接到电话，说："你是问我和……"他才要说"玉珠"二字，觉得不妥，就改口说，"噢，噢，是那个问题呀……对，对，还没定……还没定……"

　　"喂，我说志明哇，你那怪脾气什么时候才能改啊？现在，我以一个老朋友的身份忠告你，你和玉珠这个事，你一定要抓紧。别以为你们的关系牢不可破。你应该知道，任何事物都不是一成不变的。像玉珠那样的漂亮女人，追求她的人肯定少不了，比你余志明强的男人肯定也不会少。你不要总是自我感觉良好。我问你，你现在到底怎么想的？"

余志明迟迟疑疑地说："我……我正在考虑这个问题……只是，相关事情太多……我，我还没有考虑成熟……什么？你说什么？……不会的，不会的……好，好，以后再说。"说完，他竟先挂了电话。

乔玉兰、乔玉珠疑惑地望着他。

彭涛就问："谁的电话？打这么长？"

余志明点一支烟吸着，慢条斯理地说："老汪的。"

彭涛："什么事？"

余志明："一点闲事。"

彭涛："什么闲事？"

余志明有点烦，说："你今儿是怎么了？打破砂锅问到底的？"

彭涛好像明白了什么，说："不问了，不问了，再问就要露馅了，喝酒，喝酒……"

乔玉兰拿起酒杯向妹妹使眼色，示意让她敬酒。

乔玉珠面有难色，乔玉兰就用眼瞪她。她拿起酒壶慢腾腾走到彭涛跟前。

乔玉兰："老彭，玉珠敬你酒呢！"

彭涛正低头吃菜，忙抬起头，望着乔玉珠，咽下一口菜："怎么又敬酒？"

他瞥一眼望着他的余志明，说："真是岂有此理！凭什么先敬我？先敬老余呀！"

余志明："老彭，别难为人家啦，快喝吧。"

彭涛："呀，呀，才站了几秒钟啊，你就心疼了。好，好，我喝，我喝。"

彭涛一连喝下几杯酒，说："痛快，痛快！"抄起筷子吃着菜。

乔玉兰又向妹妹使眼色，乔玉珠瞪她一眼，向余志明走去。她来到余志明面前。不去倒酒，只是默默地望着他。

余志明站起来，连说："免了，免了，玉珠你快回去坐下。"说着，接过乔玉珠酒壶，自己倒着酒。

这又引起了彭涛的反对，他连打了几个饱嗝，说："不行，不行，是人家小乔敬你，还是你自己敬自己，你这样喝多少也不算。"

乔玉珠只好要过酒壶倒着酒。她还是头一次经历这种场合，又是给余志明敬酒，心里难免升起一种喝交杯酒的情绪，她的手微微抖动着。余志明看在眼里，就一杯一杯地喝着。

菲菲端着饺子来到桌前，彭涛望着热气腾腾的饺子，又来了精神，说："好嘞，今天咱们再来个饺子酒，别有一番风味哩。"说着又要往自己杯里倒酒。

余志明一把夺过酒壶，说："你还有完没完，再喝就要出洋相了。"

彭涛端过碗，做个鬼脸，吃起了水饺。不一会儿，乔玉兰向他使眼色，他心领神会，放下碗，捂着肚子，一脸苦相，说："我这肚子，真不争气……"说着，向外走去。

彭涛走到大门外，掏出手机按起了号码。

屋子里，乔玉兰手机随即响起，她接打着电话："喂，喂，你哪位？噢，噢，老同学你好吗……什么？……你说我妹妹定了没有？……没定，没定……什么？一个副处长？好……好……以后再说，以后再说……"

余志明听着，脸上显出复杂的颜色。

乔玉兰收起手机，坐下去。

乔母问："谁的电话？"

"一个同学的。"

"什么事？"

"还是玉珠的事。"

她刚吃下几个饺子，手机又响，她嘟囔着："不知又是谁，让人连顿饭也吃不成。"她打开手机，"喂……你是谁？……噢，大婶啊……啥事？……噢，你想给玉珠操操心？好，好，我先谢谢你……不行，不行，我当不了家，我得问问我妹妹……好，好，挂了。"

所有人都竖起耳朵听着，脸上显出不同的神色：惊诧、好奇、沮丧、失望，还有烦躁。乔玉珠放下碗，一扭身，向内室走去。

大门外，彭涛收起手机，面露喜色，吹着口哨向家里走去。

屋子里已收拾完毕，大家正喝着茶。

乔母望着刚走进屋子的彭涛，说："玉珠住院的事，我都听说了，多亏你俩跑里跑外的，志明还给玉珠垫了住院费，我心里可是真有点……"说着，别过脸去。

余志明站起来，一边给她倒着茶，一边说："婶子你不要客气，这是我和老彭应该做的，钱的事，你不要担心，我和彭涛已和交通队谈妥，不出儿天，保险公司就能把赔偿款打过来。你老人家就放心吧。"

乔母抹着泪，说："好，好……"

彭涛见乔母眼泪汪汪的，说："婶子，玉珠已经出院，腿也好起来，你应该高兴才是啊。"

乔母："对，对，应该高兴，应该高兴。"

乔玉珠从内室出来，面无表情地给他们倒着茶。

许母望着乔玉珠，说："要说玉珠这媳妇，真是没说的，她来俺家这些年，俺娘儿们就没红过脸。唉，就是祥子不争气，半上不下地撇下我们走了。玉珠给他治病，连准备翻屋的钱都花光了。"她抹一下眼，拿手指着房顶，"你看这屋都漏了天，一下雨就……"

乔玉珠听了，把头别向了一边。

菲菲噘着嘴，说："奶奶，快别说了。"

乔玉兰摆摆手，显出厌烦的样子，说："好了，都别说了，喝茶，喝茶。"她把视线投向彭涛，"老彭，你饭店里生意挺好吧？"

彭涛笑笑，说："托你的福，生意还算过得去。"他瞥一眼呆呆的余志明，"咱哪里能跟人家余老板比，光樱桃存款也有十万八万的，樱桃峪的首富哇，谁能比……"

乔玉兰打断他："行了，行了，我们大家知道就行了。"接着和他递眼色。

彭涛明白她的意思，说，"不说就不说，玉兰你管得真严，连句话也不让人说完。"他转向余志明，"志明，你出来一下，我有话跟你说。"

余志明迟疑了一会儿，也不管他要出什么鬼花样，跟他向屋外走去。

他们来到院子里，彭涛单刀直入地说："玉兰让我问问你，你和她妹妹的事儿，你到底是怎么打算的？让你明确一下态度，争取今天就定下来。怎么样？你到底是怎么打算的？"

余志明吐了一口烟，眯起眼睛望着他："老彭，你看今天这场合合适吗？你是趁着人多，还是怎么的……"

彭涛瞪起眼，声音很大地说："你就是这样阴阳怪气，不君不臣的，都什么时候了，你还这样慢条斯理的！刚才你不是没听见，玉兰又接到电话，说是……"

这时，乔玉兰不紧不慢地从屋里出来。

彭涛生气地说："不信，你问问她。"

乔玉兰来到跟前，说："老余，刚才你俩的谈话我都听到了。没错，刚才是我接到了我同学的电话，又是给我妹妹提亲，说还是个副处级。"

"什么？你说什么？副处级？差不离就是高干了，玉珠他可真有福气。"余志明好像玩世不恭似的说。其实，他对刚才乔玉兰接打电话的事，和老彭的外出，早就看出端倪，知道是彭涛搞的鬼，但他不愿拆穿，他不能凉了他们的良苦用心。他刚才的话，并不是他的心声，他觉得现在还没有必要把话说到底。他心里明白，他知道他和乔玉珠的关系是一种怎样的关系，他更知道乔玉珠的性格。不能说乔玉珠非他余志明不嫁，可也绝不会有多大的逆转，他对乔玉珠有信心。

乔玉兰怎么也不会想到，这文质彬彬的余志明，在这关键时刻，竟会说出这样不咸不淡的话。她很生气，把脸别向一边。

彭涛见状，马上打起了圆场："玉兰你别生气，志明这是说着玩，"他转向余志明，"到现在你还打哈哈，也不知你究竟是个啥玩意儿，真气死人！"他来回走几步，"要不是看着你和小乔这些年的情缘上，我才不和你白费口舌呢！"他转过身，狠狠地吸着烟。

这彭涛可真是个热心肠，他为余志明简直是操碎了心。前两个不欢而散，弄了个满城风雨，还挨了尤慧芳一顿臭骂，就差没挨嘴巴子了。这一个他也是这边说说，那边说说，眼看有了眉目，不想这老余又说出这等屁话，真是气不打一处来，只有闷头生气的份了。

乔玉兰已恢复了平静，她转身来到余志明面前，深情地说："志明，咱可是过心的老兄妹了，我看着你就像我的亲哥哥，真的没有三心二意，你和玉珠的情分，我和老彭最清楚，我们是看着你和我妹妹有那个可能，才极力撮合你们。咱明人不讲暗话，你和玉珠的事，今天你必须有个明确态度。我妹妹孤儿寡母的也不容易，她的年龄也不小了，不能再拖了，究竟如何，你就说一句吧。"说完，躲在一边，神态庄严地望着远处，一副爱答不理的样子。

余志明快速地扫了一眼目不斜视的乔玉兰，思忖了一会儿，把一只手插在裤袋里，一只手摆来摆去地在院子里走来走去。有倾，他停住步子，转身向院外走去，彭涛尾随而去。

他们来到公路旁，余志明立在那儿，眉头紧锁，狠狠地吸着烟，那烟雾一圈一圈扩散着，在他身边缠绕，弥漫。他两眼瞪着前方，神色严峻，

脑际又出现了好多图景：客厅里胡乱放着的鸡饲料，遍地建筑垃圾的庭院，参差不齐的鸡舍，瞪眼攥拳的张玉芹，给乔玉珠送鲜花，笑容可掬的梅副所长，最后是小湖边抱住他双腿，泪水涟涟的乔玉珠。

余志明的脸色不断变幻着，慢慢地又变得好看起来。

乔玉兰悄悄来到公路边，她望一眼彭涛，走到余志明面前，期待地望着他。

余志明揉一下昏花的眼睛，抬头和乔玉兰对视着。好一会儿，他才说："玉兰，我和玉珠的事儿，你和老彭看着办吧。"

彭涛一下扑到他眼前，猛地将他抱起，兴奋地说："志明，你这榆木疙瘩、死牛筋，终于开窍了！"

乔玉兰往前一步，激动着握住他的手："走，咱们回去喝茶。"说着，三人向家走去。

他们来到屋里，乔玉珠望着他们高兴的样子，似乎预感到了什么，拿起茶壶给他们倒着茶。

乔玉兰望着妹妹，说："玉珠，你出来一下，我有话问你。"

乔玉珠放下茶壶，随姐姐向外走去。

彭涛一看，也起身向外走去。

他们来到院子南面，离堂屋稍远的地方，乔玉兰望着尾随而至的彭涛，笑道："你这个彭涛，简直就是个尾巴，走到哪里跟到哪里，也不管人家有没有私房话。"

彭涛："我知道你们的私房话，我还要做你们的说客呢！"

乔玉兰没去管他，她拉起妹妹的手，愉快地说："玉珠，刚才我和老彭已经把话和老余挑明了，他已明确表示没意见。可我还是要问问你，你也得明确表个态，这可不是个小事情。"

乔玉珠低下头去，坚定地点了点头。

彭涛高兴起来，大声喊着："好了，好了，都同意啦，都同意啦！"说着向屋里跑去。

他跑到屋里，来到余志明面前，当胸就是一拳："你小子可真有艳福，这下好了，都同意了！"

乔母望着疯疯癫癫的彭涛，埋怨道："看你疯疯癫癫的，也不管在什么地方。"

许母被这突来的变故弄呆了，傻傻地望着这个疯疯癫癫的人，说不出话。

42

乔玉兰和乔玉珠送二人来到公路上，手机突然响起，余志明掏出手机接打着电话。电话很长，足足打了五分钟才算完事。彭涛听着有点烦，又觉得蹊跷，他问："又是谁的电话？这么长！"

余志明没有答话，只管往前走着。

彭涛有点儿急，又问："到底是谁啊？"

余志明还是不答。

彭涛改变了方式："怎么，我听着好像还是个女的？"

余志明瞥一眼乔玉珠，见她似有不悦之情，怕她误会，只得说："是马文举老婆打来的，说是让我给她找个抓药的，我正考虑是不是让宋小英去，那可是个好差使，宋小英是没问题，可不知老马要不要……"

彭涛说："你不早说，我还以为又是那尤二姐打电话骚扰你呢！"

乔玉兰笑了起来，说："你这个老彭可真心细，什么事儿都想到了，告诉你，尤慧芳的事，我早有安排，你就把心放到肚子里去吧。"

"那就好，那就好，那次她到老余家去闹，要是逮住我，还不给我两耳刮子。"彭涛对那次的交锋至今心有余悸，不由连连说着。

乔玉兰笑笑说："看你这点儿出息吧，还真不如个娘们儿。"

他们不紧不慢地走着，车辆不时从身边闪过。

彭涛忽然说："玉兰，差点给忘了，刚才喝酒时见玉珠那房子露着天，要是下大雨可就麻烦了。"

乔玉兰："唉，可不是嘛，一下雨，玉珠就犯愁。不是她不想翻，而是……你看眼下这情况……"

余志明沉吟着，抬头说："要不这样，咱们先给她换换上帽，解了眼前之急，翻盖的事儿，缓一步再说。"他思量着，"我那里还有部分木料，一时用不着，可先拿来用。屋上的瓦还可以用，就只差苇箔了。"

彭涛也来了精神："苇箔我家里还有，正愁着没处放哩，拉来先用上再说。"

乔玉兰望着他，心想，好是好，就怕……于是就试探地说："我嫂子不会反对吧，千万可别因为这事闹了矛盾。"

彭涛："放心吧，不会的，许莉的脾气你不知道，只要向她说明白，她才不管哩。"

余志明接着说，当初他在学校学工时摸过瓦刀，大工就不用找了。当下说定，明天备料，后天正式动工。

乔玉兰心里热乎乎的，对妹妹说："玉珠，还不快谢谢人家。"

乔玉珠笑笑，望一眼彭涛余志明，忙把头低了下去。

不觉之间，他们已走出半里多路，余志明停下步子说："玉兰，你们别送了，再送就要到家了，就这样，你们回去收拾一下，明天按计划办。"说完坐上后座。彭涛发动起车，一溜烟儿去了。

回到家，余志明稍事休息，就带上工具，骑自行车去果园，他要把这一段落下的活儿赶一下。来到沿河大街时，见万有河家大门前站了一些人，探头探脑地往大门看。他下车和人们打过招呼，就听到院子里传出一阵叫骂声。

叫骂声激烈、尖厉，像是万有河儿媳的声音："你这不要脸的女人，这么大年纪了还闲不住，还来找男人！没看看自己脸上褶子吗？真不知道脸值多少钱！"

"你给我滚，滚，滚！从哪里来再滚到哪里去，这里没闲饭养活你。"叫骂声换成了男音，像是万有河儿子在骂。

"你们也太不像话了，她没吃着你们的，没喝着你们的，你们凭什么……"又传出一个苍老的男人的抗议声，没有疑问，这想必就是万有河大叔了。

"什么没吃着我们的，没喝着我们的！你真是老昏了头，你的钱就是我们的钱，花你的就是花我们的。你的钱都让她花了，她能给你养老送终吗？她能给你披麻戴孝吗？这老女人我们就是不要，不要！"又是万有河儿媳妇狠狠的骂声。

余志明打住车子，正想去院里劝解，就听叫骂声来到了大门里。大门"哐啷"一声被拉开，接着一床棉被被扔出，随后又滚出一个包着东西的大包袱。

时间不长，就见万有河"对象"许月英嘤嘤哭着从大门里出来。她来到大门外，蹲下身去，从怀里掏出一个包袱皮，抖开，把那棉被卷一卷，放进包袱系好，又把两个包袱连在一起，弯腰往肩上一搭，哭着向村街远处走去。

万有河走出大门，站在那儿，呆呆地望着。那女人越走越远，拐过一个弯儿不见了。

余志明走上去："大叔，怎么回事儿？"

万有河紧紧攥住余志明的手，嘴哆嗦着："志明，志明，他……他们不让我过呀……"说着蹲在地上，痛哭起来。

围观的人议论起来："碍着他们什么了？干吗撵人家走？"

"还不是为了钱，为了东西。"

"简直不是人，万大叔也太老实了，干吗不去告他们……"

余志明早有耳闻。自打那次在集上万有河和许月英谈定，许月英就隔三岔五地过来，有时也吃顿饭，帮万有河洗洗衣裳，收拾收拾院子、屋子什么的，但没有住下过。后来随着交往的深入，和万有河的挽留，她也曾住下过几次。每次住下，万有河儿子、儿媳，特别是儿媳就要指鸡骂狗、指桑骂槐，有时就骂出些粗鲁下流、不堪入耳的话来。

许月英受不了这折磨，就约上万有河去她家住，没承想她家女儿更是混账，竟把万有河连推带搡地赶出了家门。许月英没有法子，又回到樱桃峪，住了没几天，就发生了刚才提到的那个场景。

余志明就是不明白，这些所谓的当代青年怎么还不及他们的父辈、母辈开放？他们见不得上点年纪的男女相聚，好像年龄大了就不应该再结婚，就不应该再有欢乐、再谈感情，好像这男欢女爱只配他们拥有。他们甚至把这种婚恋视作洪水猛兽，视作大逆不道，视作伤风败俗、老不正经。他们必欲将其拆散，置于死地而后快。他们还有什么仁义道德可言？还有什么现代文明而言？他们才是真正的洪水猛兽，他们才是大逆不道，他们才是伤风败俗，才是素无正经之徒！只可惜我们这个国度至今还没有道德法庭，如果有，他们必是铁定的被告，定要接受道德的审判。

余志明在心里发了阵议论，才算平静下来。他又劝了万大叔几句，觉得也不会有多大意义，长叹一声，离开了这个是非之地。

次日早上，余志明正在吃饭，忽然接到乔玉珠电话，说是请他到她那儿一趟，余志明说："什么要紧事还非得去你那儿，电话里说一下不就行吗？"乔玉珠说："要是电话里能解决就不请你来了，干吗，请不动你吗？"

自从那天酒场上二人关系敲定，乔玉珠有时就像变了个人，现在居然敢用这种口气和余志明对话了！余志明觉得好笑，也没说什么，就挂了电话。

匆匆吃过早饭，余志明推出自行车，锁了门，就向黄草岭进发。来到路边摊的时候，乔玉珠正给一个顾客打酱油。她一边儿拧着瓶盖，一边和余志明打招呼。她放下酱油瓶说声："我去去就来。"转身一溜小跑，往家里奔去。

那女顾客拿起酱油瓶儿，望着余志明，说："你是樱桃峪的？是她的同事？你看把她高兴的，钱还没收就跑了。"她随手把钱递给余志明，"麻烦你收了吧，反正你们……"

"你们什么"那顾客没说。她嫣然一笑，摆摆手，转身离去。

待了好长一会儿，乔玉珠才推车出来。

余志明问她："今儿咱去哪里？看你神经兮兮的。"说着，把酱油钱递给她。

乔玉珠："说给你吧，今儿个是三山口大集，请你帮我去买点东西。"

余志明习惯性地摸摸口袋说："呦，买东西你怎么不早说？我可没带多少钱！"

乔玉珠瞥他一眼，说："看把你吓得，我这里有呢，这还是出院结账余下的。"

余志明："买什么东西啊，还非得两个人去？"

乔玉珠有点神秘地说："不告诉你，到了你就知道了。"

她微微笑着，想着许多美好的事，一种情绪在心中荡起，脸上像爬上了彩云，放射出迷人的光彩。她不由回头望了一眼余志明。

余志明似乎察觉到了她的心思，回应似的望她一眼，乔玉珠又望着前方。

余志明："想什么呢？"

乔玉珠目不斜视地说："想近来发生的事，先是遭遇车祸，而后是你去看我，给我交住院费。想你挽着我在湖边散步……还想起……"她歪头瞥一眼慢慢蹬车的余志明，"还想起有一个人，在我家喝完了酒，就宣布……同意我做他的妻子。"

余志明动情地望着她，激动地说："谢谢你，玉珠。"

二人来到集上，见宋小英穿得花枝招展地迎面走来。她的后面还跟着一个推自行车的青年。

宋小英发现了余志明，紧走几步，惊喜地喊："大叔，你，你们也来赶集？"

余志明点点头，望着她身后的小马，说："你们这是……"

小马腼腆地望着余志明："大叔，我们……"

宋小英瞥一眼小马："看你这个样子还害羞呢，又不是大闺女。"她回头望着余志明，"大叔，我们是来进点药，那不，"她指指小马后车座上的药品盒，"那不，都在他自行车上带着呢。大叔，我爸想请你喝酒，到时候我去请你，可不兴不去呀。"

余志明："去，去，一定得去。"

宋小英向前拉拉乔玉珠的手，说："二姑，要不是那次去余大叔果园帮忙，可能到现在咱娘们儿还不认识呢，"她回望一眼余志明，"二姑，听说你和余大叔进展挺快，不知定下来没有？"

乔玉珠坚定地点了点头。

"算你有眼力，余大叔这个人呀，心眼好着呢。我……我祝你们……早结良缘……到时候，可别忘了请我去喝喜酒哇。"宋小英一转身，和小马一起走去。走不多远，她回头又喊："大叔、二姑，有空去我家玩儿。"

"好嘞。"余志明望着宋小英背影说道，"没想到老马动作这么快，这才几天呀，宋小英就成了他的正式职工了。"

乔玉珠诡秘地一眨眼："还不都是你的功劳？这个宋小英呀，我看还真有点意思。"

余志明有点疑惑："唔？你说什么？"

乔玉珠瞥他一眼，微微一笑，啥也没说，向前走去。

二人来到杂货市，挑挑拣拣的，用了不少工夫，才买好了东西，正往车座上放着，汪文君伴着李玉花走了过来。汪文君老远就喊："志明……"他走到跟前，激动地望着余志明，又望着乔玉珠，似乎发现了什么新情况。

乔玉珠赶紧说："汪老师，嫂子，你们也来赶集？"

李玉花："赶什么集！老汪非拉我出来溜达溜达，没想到遇到你们。"

汪文君往前走走，望着地上、车上的东西，渐渐睁大眼睛："这是新棉花，这是被里、被面、毛线，这是太平洋被单，这里还有鸳鸯戏水的枕

巾。对，对，就差一对娃娃碗了。噢，噢，我明白了，原来你们是来办嫁妆哇。"他抬手往余志明肩头一拍，"好你个余志明，你告诉我，你这榆木疙瘩是什么时候开窍的？"

余志明笑而不答。

李玉花拉起乔玉珠手，问："妹妹，啥时候让我们喝喜酒啊？"

乔玉珠努努嘴："你问问他。"

李玉花又去问余志明。

余志明："你问问她。"

李玉花故作生气地说："哟，余大老板，你们可真会来事，喜酒还没喝，两口子就唱起了二人转，你推我，我推你的，你们真能点化人。"

她嘴一撇，又转向乔玉珠："妹妹你可别生气，我可是光说他呢。他这个人，总爱阴阳怪气的，让人难琢磨。"

乔玉珠见她如此说，晓得是怎么回事，也不搭话，只是微微笑着。

余志明已放好东西，汪文君递给他一支烟，二人打火吸着。汪文君悠悠地说："志明，你们可真行啊。春上来买树苗时，我那么劝你，你们都没一个明确态度。现在我不劝了，你们反倒走到一起了。真是真人不露相啊，佩服，佩服！走，咱们回家坐坐。"

余志明和乔玉珠推辞了好长一会儿，最后还是随他二人来到了汪家。

李玉花沏了一壶好茶，说："这可是新下来的泰山女儿茶，味道好着呢。"

余志明望望汪文君黑乎乎的脸，说："老汪，又去放蜂啦？"

汪文君拿着暖水瓶，一边往茶壶里续水，一边回道："是呀，我可比不了你余老板，坐守田园，票子就大把大把往腰里飞，我就是跑江湖的命。"他放下暖瓶，端起茶碗喝着，"这些生料，不出去放，能给你出蜜吗？这不，你问问玉花，我们才回来几天？在那老山套里钻来钻去，待了足有仨月呢！"

乔玉珠："嫂子也去了？"

李玉花张张嘴，才要说，汪文君抢着说："把她放在家里，我放心吗？这么好的小娘子……"他转向李玉花，"你说是不是，夫人？"

李玉花一撇嘴："看美得你，差不离儿忘了姓嘛了。"

他们又说了些闲话。余志明看看表，说："不早了，得走了，家里还有好多事要干。"说着起身向外走去。

汪文君知道他忙，也没怎么挽留，让李玉花拿来一个尼龙兜挂在乔玉珠车把上，说："这是一瓶蜂王浆，我和玉花精心包装的，营养价值我就不说了，你们回去慢慢用。本来我想你们一人一瓶，可你们就要是一个家了，就送一瓶吧，人家是不分（梨）离，你俩就不分蜜吧。"他望一眼乔玉珠，"你说对不对？小乔？"

乔玉珠看那尼龙兜一眼，高兴地说："汪老师，嫂子，谢谢你，你们请回吧！"说着，往前走着。

"真想留你们多待一会儿，可是大家都太忙了，好多事还没和你们谈。"汪文君思忖了好一会儿，又说，"志明，公事什么时候办啊？你告诉我，能帮上忙的，我也有个准备。"

"还没跟孩子们商量，也不好就定日子。"余志明沉吟片刻，说。

"这好办，余刚、张玉芹的工作我来做，估计他们也不会怎么样。"汪文君低头想了一会儿，"余刚的话倒是好说，就是你那儿媳妇，可不是个好剃的头。"

"不好剃，也得剃！又不是他们要结婚，和他们商量什么！到时候通知一下他们就行了。"李玉花想到之前的事，气不打一处来。她喘口气，让自己平静下来，"要不，要不你们来个先斩后奏，婚结了，他们就是再反，也没用了。"

汪文君抽出烟，二人打火吸着，继续往前走。

汪文君："志明，你的意思呢？说说看。"

余志明低着头，慢慢说："有些事，还没弄好。"

"还是你那个优柔寡断的毛病！当断不断，必有后患！听我的，先把证领了，接着办公事，有什么难处，给我打电话！"

乔玉珠感动地望望他，又低下头去。

"妹妹，你也得主动一些，常催催他，让他跟我们老汪学着点，处事一定要果断。他办事要是跟我们老汪那样快多好哇，前怕狼，后怕虎的，他真是，又想吃肉，又怕烫了……"李玉花一吐舌头，没有说下去。

乔玉珠傻傻地问："烫了什么？"

李玉花扑哧一笑："妹妹你可真天真……烫着什么，我，我也不知道，"她指指余志明，"你去问他……"

余志明似笑非笑地别过脸去。

43

　　自打那天赶集回来，乔玉珠就开始了婚前的准备工作。洗衣服，打毛线，又让姐姐乔玉兰帮着赶制新衣。最重要的活儿要算是套被子了，她不好再惊动姐姐，就没白没黑地工作着。许母见她忙成这个样子，既心疼又有点不悦。她知道，玉珠离去的日子就要到来了，心中未免凄凉，但也无可奈何，壶里无酒难留客呀，她能怎么样呢！她也试图帮玉珠套套被子干点急活儿什么的，可她毕竟年龄大了，老眼昏花，动动这，弄弄那，结果啥事也干不了。还是许菲菲有时放假在家，帮助母亲干这干那的。经过这一段她和余志明的接触，意识也有了很大的改观，她正怀着一种奇特的心境等待那个时刻的到来。

　　自从二人关系敲定之后，乔玉珠心里就像燃着一团火，干活总不觉累，偶有空闲，她还会凝视着远方，哼唱几句只有她自己才能理解的歌儿，那歌儿是她自己即兴编的，作词、谱曲全是她一个人，虽说不怎么合乎韵律，倒也情深意远。她预算着，她要把这支她自编自导的歌儿，在新婚之夜，或者在某一个她认为有价值的时段唱给他听，让他分享她的幸福，让他走进她情感的港湾。

　　余志明现在也正谋划着婚前的准备工作。他并没有打算大张旗鼓、风风光光地办一个隆重的婚礼，但是他总得举行一个仪式，起码也得让樱桃峪的乡亲们知晓，他已经和乔家二姑娘成婚，让他们知道他们的婚姻是堂堂正正的，是国家认可的。也算是对那些支持他、帮助过他的人们的一个交代和回报。他想，这来之不易的决定，承载着他和她太多的辛酸和不易。他不能再出任何变故。他必须做好一切准备，不然将无法面对那个痴情的女人。

他想首先把房内整理一下，再去整理那个令他头疼的垃圾堆似的院子。一些必需的东西也要购置。但是，他又想到了一个更为重要的事，想到了他那个不一般的大家庭。想到了就要到来的现实和各种可能出现的境况，他的心始终不能安定。况且，果园中的许多要紧的活儿也压着他，使他抽不出身。这几天，他一直在果园忙碌，今天，他一直工作到很晚才散工回家。简单地吃完晚饭后，又思量起那迫在眉睫的事。这事要不要跟儿子、儿媳通报？他权衡着利弊，一时还下不了决心。如果按李玉花说的办，来个"先斩后奏"，后果会怎样？怎么个"斩"法？又怎么个"奏"法？他心里没底。他和儿子虽说是两个庭院，但也就是一墙之隔，况且中间又开了便门，正是抬头不见低头见，放个屁也听得着。他在这边张张扬扬搞仪式，能避开他们耳目？还有那张玉芹耳朵贼灵，又爱跐着凳子扒墙头窥看，他们能不知道？

要不来个旅行结婚？行倒行，但旅行完了呢？还不是要在这里住下去？再说，俩人悄悄地就住在一起，算哪门子事？岂不又给他们一个把柄和话题？

但是，如果现在就去和他们说明呢？他估计，张玉芹肯定还是要挑刺，甚至于是阻挠，也不知要生出何种事端。但是，这毕竟不是个小事情，他们毕竟是一家人。这婚姻一经成为事实，整个家庭格局就要发生变化。那时，张玉芹面对的不再是余志明一个人，另一个活生生的新人将要与她朝夕相处，不通报一声似乎也不合情理。

再说，他们的婚姻是法律允许的，为什么不堂堂正正地成婚呢！他没必要躲躲闪闪，那就去通报一下吧。他主意已定，扔掉烟头，向儿子家走去。

院子里灯光很亮，余刚、张玉芹在灯下掺饲料，猫猫在一边玩儿。

余志明走进大门，说："掺饲料啊？"

猫猫看见余志明进来，跑过去搂住余志明的腿，"爷爷、爷爷"地叫着。

余刚抬头望望他的老子，嘴动一下，又弯腰干着活儿。

余志明往前凑凑，说："刚、玉芹，你们屋里来，我有话跟你们说。"

张玉芹头也不抬地说："没看这里正忙着吗，什么要紧事，还要屋里说！"

余志明迟疑地说："好，在这里说也行，省得耽误干活儿。是这样，你们可能也听说了吧，我和乔玉珠已经定下来……"

张玉芹没等他说完，就直起身，瞪起眼，愤愤地说："你定你的婚，和我们说什么？可是我先把话说到头里，就是你们老了，爬不动了，可别找这些人们，我不能发送了一个婆婆，再发送一个婆婆！"

她弯腰掘一下饲料，抬头又说："听说她还有一个正在上学的闺女和一个老不死的婆婆，得花多少钱？你有多大能耐，不就是有几棵破樱桃树嘛，整天烧得你不知姓什么。"

她见余志明不吭声，更加来了劲："都这把年纪了，还要什么老婆，我看你真是昏了头！"

她走过去，双手拉回倚在余志明腿上的猫猫，退后几步，鄙夷地说："哼，真是人老心不老哇，俺都替你丢人，寒碜，恶囊！"张玉芹总爱把"窝囊"说成"恶囊"。

她把孩子一拨拉，弯腰又掺起饲料。她疯狂地掘着，饲料被扬得漫天飞，嘴里还一个劲"呸呸"地吐着。那样子，像是嘴里进去了什么脏东西。

余刚见她只顾乱掘，说："你不能慢点掺？你看，料都飞到墙外去了。"

张玉芹："就是扬，就是扬！你这窝囊废，管得着吗？"

余志明呆呆地望着她，晓得再说也无用，嘴动了一下，转身向外走去。

他回到自家院子，点一支烟吸着，来回走动。隔壁又传来声音："你这没用的东西，二百五，什么事你也装不知道，你老子就要娶老婆了，你连屁也不放一个！"

"娶就娶吧，没见电视上说……"

"我不管什么电视不电视的，说白了吧，我就是反对你老子再说女人！"

"可是，你也别太……"

"别什么！你懂个屁！要是姓乔的真跟了你老子，家产就得有她一半。你说，我要是再生个儿子，凭你这熊本事，你能给他再盖屋？"

余志明狠狠吸着烟，心里说："这女人，心好黑呀。可是事情已经定下来，到时候她要是再闹起来，我不是坑了乔玉珠吗。"他加快了走动的速度。一会儿，他停住步子，转身向屋里走去，拨通了汪文君的电话。

汪文君正在洗脚，听到电话响，他望一眼桌上的电话机，嘟囔着："真要命，不知又是哪个鬼东西，半夜三更的还来什么电话。"他来到桌边，拿起话筒，心烦地说，"喂，喂，你是谁？都快半夜了，还打电话！还让人睡不睡觉了？……什么？你是余志明？……你这家伙也真是的，白天多少电话打不了，偏偏弄到晚上……"他望一眼坐在床上，已脱了外衣的李玉花，"我和你嫂子正准备睡觉呢……什么？……你让我劝劝张玉芹？她又怎么了……我就不相信她敢不让你结婚？……你先说给她，"他抬起一只脚，挠一下，把话筒换到另一边，"你说给她，她这是破坏婚姻自由……是违法！……对，对，就这样说……过一段，我又要去放蜂，回来就找她……"

汪文君把耳机重重一放，说："真是岂有此理！余志明这个儿媳妇，真比八十老太还落后，还是当代青年呢。"

李玉花摸着脚丫，说："这个张玉芹，还真是个人物呢，听说……老余前边的两三个都是她搅黄的呢。"

汪文君："可恶！"

余志明愣了好久，才放回话筒，回味着刚才老朋友愤疾的言语，心里不由平静了许多。这时他又忆起那天遇到万有河大叔的情景。

那是一个下午，他在果园工作到很晚才收工回家。来到沿河大街时，远远地就见一个老人坐在那里吸烟。老人头垂得很低，他走近了才看清是万有河大叔。他来到老人身边，说："大叔，你这是……"

老人抬起头，痴痴地望着他，说："志明，你看像我这样的人，活着还有啥意思。还不如……"

余志明望着他，心想，这才几天，他老人家的变化竟这么大！十几天前，许月英被逐时，老人的脸上尚有血色，有的只是无奈和愤疾，而眼前的这个老人却是脸色暗淡、毫无血色，剩下的只有无聊和绝望。看样子他对生活已彻底失去了信心和乐趣。

这时，他想起了鲁迅先生《祝福》里的一段话："然而在现世，则无聊生者不生，即使厌见者不见，为人为己，也还都不错……"他品味着这几句话，觉得很不平，没有疑问，万有河大叔就是当代的"无聊生者"。这个被不孝子嗣折磨而成的无聊生者，他有什么罪？他为什么要沦落为"无聊生者"？他为什么要让"厌见者"不见？

余志明知道，鲁迅的那几句话分明是反话，是对那个社会的控诉和讥讽，是对那个社会被蹂躏妇女深切的同情。但是，鲁迅再厉害，他也改变不了那个社会的现实，也不会改变祥林嫂的命运，只能是望洋兴叹罢了。

那个社会已被打碎，现在是物质文明和精神文明飞速发展的时代。但是封建残余思想还顽固地存留于某些人的脑际。万有河儿子、儿媳的作为就是极好的佐证。万有河大叔无奈的控诉还在耳畔回响，万大叔绝望的眼神还在脑际呈现。是的，他吃不着他们的，喝不着他们的，可他们就是不让他好过！这究竟是为了什么？他们为什么这样残酷地对待一个毫无反击能力的老人？

当时，余志明很想去他家狠狠训斥一下那两个不孝子，甚至于想给他们一记响亮的耳光！或是换个方式，好好地和他们谈一下，让他们换位思考，假设他们处于老人这个地位，他们会怎么想，怎么做？可是，事实上

余志明什么也没有做。他想，纵然他去了，他做了，结果会怎么样呢？他能在一夜之间改变他们的思想观念吗？他能把许月英拉回吗？既然如此，他何必去做那明知不会有结果的努力呢？

由此，余志明又想到了自己前几次的失败和刚刚发生的吵闹，这不是和万有河大叔的遭遇如出一辙吗？只不过，现在的余志明还没有绝望，最终的结局，他还看不出。

张玉芹的蛋鸡已长得不小了。但环境和卫生问题也随之暴露出来。千百只鸡整天嘎嘎叫着在笼子里来回窜动，身上的毛被铁丝括下，风儿吹来，那鸡毛就冲出鸡笼，越过门窗漫天飞舞。前天下了一场中雨，成堆的鸡粪喝足了雨水，变得稀稀的，冒着绿泡漫地流淌，拖着长尾巴的蛆虫，扭动着丑恶的身躯四处爬行。成片的苍蝇嗡嗡叫着，落满了粪堆、地面和墙壁。更可恨的还有那赶不走、驱不散的、带有浓烈鱼腥味的恶臭。

面对这恶劣的环境，余志明常常是摇头叹气，无计可施。这天，他正在客厅吃早饭，两只苍蝇落进面条碗里，挣扎几下不动了。余志明望着，不由恶心起来，他啪啪地吐着，端起碗来到门前，举手将碗摔在地上。他回到房里找来蝇拍，到处追打着苍蝇。他发现了纱门上被老鼠咬破的洞，找来针线和纱网慢慢补着。

他已经没有心思再去吃饭，出门来到大门前。张玉芹带着两篮鸡蛋小心地走出大门。余志明向前几步，说：“余刚在家吗？院子里鸡粪都招了蛆，到处淌，你说给他，你们有空把粪拾掇一下，拉走。”

张玉芹抬起头说：“你儿子整天去上班，你又不是不知道，他哪里有空！我还得见天去卖鸡蛋，那点粪，我看你就给我拉到地里去吧，反正院子里有三轮车，也费不了多少劲。”说完，小心地骑上车子走了。

余志明望着离去的儿媳妇，心里说：“这个张玉芹，可真会找机会，这么大一堆鸡粪，我一个人何时装完！你光知道自己忙，不知别人也忙，什么人哟。"他虽这般说,可人已开始往家走,来到院子里,调整好三轮,拿来铁锨,试着装了一会儿。鸡粪稀稀的,一锨端不了多少,他放下锨,发起了愁。

思忖良久,余志明掏出手机拨通了乔玉珠的电话。乔玉珠接到电话,二话没说,骑自行车赶来,和他装起了鸡粪。乔玉珠和余志明一样,平素很爱干净,遍地的蛆虫和恶臭使她几次都想吐,几乎不能坚持。余志明见她这样,从屋里拿来口罩和靴子,让她穿戴上,这才又干起来。余志明发动车子,连拉了五六趟。乔玉珠说:"这个院子养了鸡,恐怕就没有干净的那一天了。"余志明就劝她,说:"都是一家人,怎么办呢?你能不让她养鸡?"

乔玉珠无言以对,只是默默地干着活儿。

最后一车拉完了,顺路又拉回一车新土,他们在院子里撒着。余志明边撒边说:"撒上这土,院子就干净一些了。"

乔玉珠:"可是,不久又会脏的呀。"

余志明说脏了再说,这是没法子的事。

张玉芹和余刚从侧门走过来。张玉芹发现了正在撒土的乔玉珠,脸子立马耷拉下来。

余志明见儿媳一脸的不自在,晓得是怎么回事。他瞅一眼乔玉珠,转身对张玉芹说着好话:"玉芹,鸡蛋卖好啦?"

这一带有一个习惯或者说是一个不成文的规定,东西卖没了,卖完了,不能说"卖没了"或是"卖完了",只能说是"卖好了"。人家去卖东西,你要是说"你卖完了",人家就老大不高兴。"卖完了"就是没得卖了,之后还卖什么?人家会以为你是在骂他,在断他发财的路。这个道理余志明知道,所以即使是自己的儿媳妇,余志明也如是说。免得引她不高兴,再生出什么事端。

张玉芹也不搭话,瞥瞥余志明,阴阳怪气地说:"哟,我说我地里的鸡粪看不上眼，可能是有了出路啦，要不怎么这么少。"

余志明没想到，给她帮了忙，累了个臭死，反惹她说出这般言语，就觉得有些不悦。他忙说："玉芹，你地里放不下，就往我园里卸了一车，你要是不够用，我再给你拉回去。"

"拉回去嘛，倒是未必，可就你那一车也不至于少了那么多。"她又向乔玉珠望去，说，"我看这鸡粪呀，准是长了腿，出了庄啦！"又转身对余志明，"整天不是往外拉梁，就是扛檩，还大包小包地倒东西，我看这房子呀，早晚也得让你倒腾没了。"

乔玉珠抬头疑惑地望一眼胡言乱语的张玉芹，心想，坏了，怎么连老余帮她修房子的事，她也知道了？老余是拉去了不少东西，可老余明明说那都是他自己的东西，怎么？连这个张玉芹也要管？可是，她又不好争执，只好又弯腰干着活儿。

余刚望一眼难堪的乔玉珠，对张玉芹说："你吵嚷什么，不就是一车鸡粪嘛，守着人家，你就别……"

"守着谁呀？你说，你说！"张玉芹愤愤地说，她拉一把猫猫，"你信吧猫猫，要不是有一个女人呀，你奶奶也不会气死，当我不知道哇！"

她喘几口气，稍做调整，狠狠地瞪着余志明，又说："你成天就不能消停，散了两个，又弄来一个，想霸占这房子呀，没门儿！"

余刚还算不错，见她越来越离谱，就说："玉芹，你看人家一直没吭声，你，你就别再胡说八道了。"

张玉芹见自己的男人居然帮一个外人说话，这还了得？于是，她说："什么？你说什么？你说我胡说八道？好哇，她还没进你家门，你就向着她了。人家？人家是谁呀？人家是你小娘啦，看着你小娘好，就别要我呀……"

乔玉珠哪里见过这等阵仗，她强忍泪水，扔掉铁锨，推起自行车，出了大门。

余志明狠狠瞪一眼张玉芹，扔下铁锨，向大门外追去。他边追边喊："玉珠，玉珠！你听我说……"

乔玉珠只当什么也没听见，头也不回地向前奔去，拐过一个弯，不见了。

余志明一跺脚："嘿，这是什么事哟。"转身往家走去。

余刚见张玉芹竟骂出这等话，不由怒从胸中起，恶向胆边生，把平时那些小心收拢一下，瞪着张玉芹："刚才你骂什么来着，有种你再骂一遍！"

"骂一遍就骂一遍，看着你小娘好，就别要我呀……怎么？你还敢打我？"

余刚一步步向前逼近，抬手一掌扇过去。张玉芹脸上立马现出一个清晰的掌印。

这一掌把张玉芹扇蒙了。她捂着火辣辣的脸，瞪着可怕的眼睛四处寻觅着。她找到了余刚："好小子，你敢扇我！"说着，一步步逼上去。

余刚早没了英雄气，一步步后退着。

张玉芹猛走几步，疯狗似的扑上去。她一边撕扯着余刚，一边骂："好你个余刚，反了你了，敢打起老娘来了，叫你扇，叫你扇！"她一上一下，两手并用，厮打着余刚。余刚身子往后仰着，一个劲地说："玉芹，你别，你别……"两手还可笑地在面前抵挡着。

厮打中，余刚脸上、手背上、胳膊上，还有脖颈上已着了多处挠伤，那血印子弯弯曲曲的，清晰可见。

张玉芹还不解恨，弯腰一头把余刚拱了个仰八叉，顺势骑上去厮打着。

院子里早挤满了人。王三妮等几个女人赶过来，从后面抱住了这个疯狂的女人。

余刚乘机爬起来，扯了几下被撕裂的衣衫，捂着脸向外走去。

张玉芹被众人拦阻着，追不上余刚，返身抄起一张铁锨，直奔余志明正房。她来到正房窗下，抡起铁锨，朝窗玻璃狠命砸去。她一边砸一边说：

"你不叫我过，你也别想过！别想过！"她一下一下砸着，巨大的落地窗顿时被砸得稀烂，窗玻璃哗啦啦落了一地。

人们跑过来，制止了这个癫狂的女人。

余志明吸着烟，在一旁望着那女人，听着噼里啪啦的玻璃落地声，无奈地背过身去。

张玉芹扔了铁锹，甩开抱她的女人，跑前几步，仰面躺在地上叫了起来："快来人哪，打死人啦……余家打死人啦……余志明不让我过呀……"她偷偷望望四周，见无人来劝，一骨碌爬起，披头散发地向外跑去。

同一时间，乔玉珠来到沿河大街，狠命地蹬自行车前进。还是那些闲女人们又叽喳起来："咦，那不是老乔家二妮子吗？刚才拉粪还好好的，怎么现在……"

"可能是老余那儿媳妇又骂人家了吧，唉，这二抬身真也是不易呀！"

乔玉珠越过胭脂河大桥，走上公路，也不管人们惊疑的目光，也不管刺耳的汽车刹车声和司机粗野的叫骂，只管往前猛窜。她面前只有一个女人恶毒的面孔，耳畔只有几句隐晦的骂声："她是你小娘啦，看着你小娘好，就别要我呀……想霸占这房子呀，没门，没门，没门！"

她什么也不顾，只管往前猛窜。

她终于回到自己的院子，把自行车一推，跑进内室，一下扑在床上痛哭起来。

许母闻声走进内室，问："玉珠，你这是怎么了？"见她大哭不止，就嘀咕道："唉，也不知又出嘛事了，也不听咱劝。嗨，还是给她姐打个电话罢。"说着来到电话旁，一下一下按着号。

乔玉兰接到电话，问明情况，一边嘟囔着"怎么又哭啦，哭几声怕什么"，一边推出电动车向黄草岭驶去。

乔玉兰走进院子，和许母打过招呼，来到乔玉珠卧室，见妹妹已停止了哭泣，坐在床沿上，望着前面发呆。她往前几步坐在妹妹身旁，问："玉珠，你怎么回事？怎么又不高兴啦？"

乔玉珠望一眼姐姐，一下扑在她怀里，又啜泣起来。

乔玉兰被她哭得摸不着头脑，焦躁起来，一下推开她，说："真急死人，问你你又不肯说，到底出了什么事！你快说呀，我的姑奶奶！天塌下来，不是还有地接着吗？有什么大不了的，快说，快说，姐给你顶着。"

乔玉珠抽抽搭搭地说："老余他儿媳妇……"

"她儿媳妇又怎么啦？"乔玉兰急急地问。

"她说，她说，我霸占她房子没门。"

乔玉兰一愣，生气地说："就因为这个哭？你也真不争气，又不是天下死净了男人，没有他余志明你就嫁不出？好男人有的是……"

她离开床沿，起身在室内走来走去。一边走，一边恨恨地说："也不知老余那儿媳妇到底是个什么东西，明明是她想霸占余志明房子，却去说别人，真是气死人！有机会我非收拾收拾她，灭灭她的气焰。"

乔玉兰只顾自己发脾气，却忘了妹妹的感受，见她眼泪汪汪的，心又软下来。她走过去，拉起妹妹的手，娓娓地说："妹妹，别生姐的气，刚才我是气不过，才和你发脾气。你和余志明的事，姐是支持的。可是他那儿媳妇，也真是个问题，要是你们真成了，光张玉芹的气恐怕你也受不了。"

她望望妹妹，见她没反应，又说："在这个事上，我看咱也不能一棵树上吊死。梅副所长那里，眼下还没定，他又那么追你，要不……"

乔玉珠瞪起眼，望望乔玉兰，一下别过头去，果绝地说："你也别说了，认命吧，我哪里也不去，就和菲菲过。"

44

张玉芹跑了。猫猫找不到妈妈，一个劲地哭闹着："妈妈跑了，妈妈不回来了，我要妈妈，我要妈妈呀……"

余志明抱着她，糊弄她："猫猫听话，猫猫乖，妈妈不是跑了，妈妈是给猫猫买玩具去了，买小飞机、猪八戒，还买……"

猫猫用小手击打着余志明，还是哭闹："呜，呜……我不要飞机，不要猪八戒，我要妈妈，我要妈妈……"

王三妮和李二婶等人推门走进屋内。王三妮紧张地说："志明，刚才我们跟着张玉芹，见她向黄家湾跑去了。玉芹娘那个脾气，你又不是不知道，可够个人招架的，志明，你可要有个数啊。"她望望哭闹着的猫猫，"玉芹要是不回来，光这个孩子也够你爷们儿缠的。"

猫猫抬头望望王三妮，愈加闹起来："我要妈妈，我要妈妈，妈妈呀……"

余志明拍着她："猫猫听话，听话，咱这就找人去叫你妈，你妈一消气啊，就回来了。"这时，他想起了几句古老的儿歌，居然咿咿呀地唱了起来："小羊儿乖乖，把门儿开开，妈妈回来了，妈妈来喂奶……"歌声曲折悠婉，猫猫听着歌，趴在他肩上，居然睡着了。

余刚蹑手蹑脚地来到大门外，扒着门框往里察看，见院里很静，就大着胆子向屋里走去。他来到父亲面前，指着满是伤痕的脸说："爸，你看我这脸被挠成这样，我可怎么见人，怎么见人呀。"他蹲在地上，抽泣着。

余志明生气地望一眼这个不争气的儿子，嘴动了几下，把脸转向一边。

不一会儿，余刚停下了哭泣，站起来，望望父亲怀里的孩子，说："这下好了，玉芹跑了，不回来了，我看你怎么办，怎么办……"

余志明厌恶地望着他，说："你急什么！过几天等她消停了，你就去叫她。"

余刚指指自己脸："你就叫我这样去？我可拉不下这个脸，要叫你自己去叫。"他接过父亲怀中孩子，咕念着回家去了。

余志明望着儿子背影，无奈地摇了摇头。

就这样，他们度过了一个不安的夜晚。第二天一早，彭涛、王三妮等人来到余家，正商量着谁去黄家湾，就见玉芹娘一迭声地骂着闯进大门来。王三妮见她来势汹汹，忙说："志明，快到里屋去！"

玉芹娘三步两步冲到堂屋门前，一蹦半尺高，喊："余志明呢？余志明，有种你出来，别躲在屋里当乌龟，你出来，咱俩对对个儿！"

原来，昨天张玉芹一口气跑回黄家湾，向母亲哭诉了挨打的经过。玉芹娘一看她披头散发的狼狈相和脸上红红的掌印，立马发了疯，连连说："反了，反了，真是阳沟里翻了船啦，看我怎么收拾这些王八羔子！"她又问起，"那王八羔子为了什么打你？"

张玉芹抽抽搭搭地说："那姓乔的娘们儿又去了哇，我，我说了几句，他就打、打了我呀……"

玉芹娘好像大彻大悟地说："噢，噢，我明白了，果不其然，就是为了她。"于是，她把怒火转向了余志明，"余志明！我饶不了你，明儿有你好看的。"于是，就有了刚才的那个场面。

玉芹娘退后几步，上下地审着，接着喊："余志明你听着……你不出来……也没不了事……我问你，你家里开着打人铺吗？你凭什么使着你儿子打我闺女？我看你的良心叫狗吃了，你没人性！……你不帮着儿子、媳妇过，专向着外人，我闺女养个鸡，你眼红……你不是偷鸡粪，就是往外倒东西……"她两手不停地舞着，像是在指挥千军万马，嘴角上已冒出白

沫，她拿手抹一下，歪歪头又骂下去，"余志明……你好好听着……你装什么熊种！整天吊丧不拿架的脸，你有什么能耐！你就知道胳膊肘子往外撅！就知道挂着那些野女人，你没有儿女……我看你老了，爬不动了，谁来管你，谁给你发丧！……"

院子里聚满了看热闹的人，他们一个个伸长了颈项观看着，有的就叽喳起来："呀，好厉害的老娘们儿，骂起人来比她闺女还狠。"

"咦？咋不见余志明呢？余志明哪去啦？怕是藏起来了吧，余刚也不在。"

玉芹娘望一望围观的人群，更加得意起来，胸脯子一鼓一鼓地，"啪"地吐出一口痰，又骂："你真是昏了头，你儿媳妇用用这个地方养养鸡，你不让养，说是给谁留着，你说，你说，你到底给谁留着！"

里屋里，余志明急促地走来走去，突然他走进客厅，就要冲出去。彭涛、王三妮拦住他。王三妮说："志明，你千万不能急，待我出去劝劝她。"说完向外走去。

她来到玉芹娘跟前，笑着说："玉芹她娘，有什么事咱们好商量，你就歇一会儿吧。"

那女人瞪着她："你是干吗的？这里没你的事，一边歇着去。"

王三妮没想到自己好心劝劝架，也遭她训斥。但她知道玉芹娘脾气，只好尴尬地笑笑，说："好，好，管不了，俺就不管。"

玉芹娘鄙夷地瞥她一眼，瞧一瞧院子那边，再骂："我就不信，余刚有那个胆，敢打老婆。我看全是你老小子使的！你看着我闺女不顺眼，咱拉倒散伙！你余志明说不好，别想叫我闺女回来，打了人不能白打——咱公安局里见！"说完，旋风似的向外走去。

余志明黑着脸走进客厅。彭涛望他一眼，说："你这个亲家母，可真厉害呀，张玉芹随着她，还能差了事？我看你还真不能摺之无防，得想门道，尽快把玉芹叫回来，免得夜长了梦多。"

余志明吸着烟来回走着，他吐出一口烟，说："过几天再说吧，她们正在气头上，估计就是现在去了也没用。"

彭涛见他这样说，有点生气地说："你真是炮打不惊哟，玉芹要是真的不回来，她娘要是再生出个什么事端，我看你后悔都来不及。"

余刚抱着猫猫进来，说："爸，猫猫昨晚哭闹了半夜，现在又发烧，我那里不好请假，你，你就带她去儿童医院看看吧。"

余志明接过孩子，用脸贴贴她前额，埋怨道："孩子这么热，你怎么不早说？"

王三妮往前一步，摸着猫猫脸，说："呀，这么热！志明，别犹豫了，赶快去医院吧！"

彭涛果断地说："老余，你准备一下，我回去骑车，咱们一块去。"

他们来到医院急诊室，向医生说明了情况。医生仔细地检查着。她取下听诊器，抽出猫猫身上体温计看着。她严肃地说："你们家长怎么当的，为啥不早来？孩子发烧都快四十度了，马上要抽风了，危险啊，你们……"她边说边开着单子，把单子往前一推，"快去化验，这小孩可能是急性肺炎，要住院治疗。"

二人不敢怠慢，急匆匆交了费，来到化验室门前，猫猫惊恐地望着手拿取血针的白大褂哭闹："我不打针，我不打针，我要妈妈，妈妈呀……"

余志明紧紧抱住她，让她伸出手，糊弄着："猫猫听话，猫猫乖，阿姨看了，猫猫就好了，咱们就去找妈妈。"

护士一边拿棉球消毒，一边问："她妈呢？为啥不让她妈来？"

余志明支吾着，说："她，她妈有事，有事……"

抽完血，余志明说："老彭，猫猫你先看一下，我去办住院手续。"说着把孩子递给彭涛。可猫猫哭闹着，就是不让他抱。

彭涛只好把孩子交给余志明说："你看着，我去办。"余志明要掏钱给他，彭涛说："我这里有呢，先住院。"说完向住院处走去。

一个年轻护士过来，望着余志明，说："交钱了吗？"

余志明说："有人去交了。"

护士往前凑凑，摸摸孩子额头，说："哟，多烫手哇，刚才主任说了，这孩子烧得太厉害，先去病房挂上吊针再说，住院手续，晚一点办也行。"

余志明望她一眼，抱着孩子跟她走了。

猫猫躺在病床上，已挂上了吊瓶。孩子昏迷着，不哭也不闹，胸脯剧烈起伏着。余志明站在床前，望着病中的猫猫，心里不觉一阵刺痛，他想，孩子是无辜的，为什么也要跟着受罪！这究竟是怎么回事，为什么非要出这样的乱子。他反省着，可又找不出自己有什么过失，不由轻轻叹了口气。

彭涛办好了住院手续，咚咚地走到病床前，咋咋呼呼地说："嗨，我找了这么久，原来在这儿。"余志明忙向他打手势，示意他轻声点。小病员陪人们都奇怪地望着这个莽撞的人。

彭涛扫一眼人们，明白是怎么回事，就压低了声音说："老余，要不我看着，你去叫张玉芹？"

余志明一摆头，二人来到室外走廊里。余志明掏出手机，按着号码。手机轻轻响了一会儿，接着传来挂断的声音。余志明呆望了一会儿，接着收着手机。

彭涛赶忙问："她们说什么？"

余志明迟疑着说："她们，她们不接电话。"

夕阳西照，县城的马路上，下班的人流涌动着。余刚骑摩托，焦躁地鸣着笛在人流中穿行，他终于冲出闹市，来到医院存好车，头盔也不摘，就向病房奔去。他摘下头盔，放在床头柜上，往前探视着。

猫猫已经醒来，扑闪着两只大眼睛，说："爸爸，你下班了？怎么妈妈不来？"

余刚忙说："好孩子，你好好打针吃药，等你好了，咱就去找妈妈，好不好？"

猫猫却不领情，哭闹着："不好，不好，我不要打针吃药，我要妈妈，我要妈妈……"

余志明也过来哄她："猫猫听话，快别闹了，猫猫乖。"

三个大男人立在床前，望着一个哭闹的小孩子，竟束手无策，如坐针毡。

天色暗下来，病房里已亮起灯。他们望望已睡着的孩子，一个个向门口走去。

来到门外，三人默默站着，一时谁也没有言语。过了一会儿，余刚挠挠头皮，说："爸，要不你和彭叔先回去，家里这么多东西，没人也不行啊。"

余志明点点头说："这里你一个人能行？要不让你彭叔留下？"

余刚摆摆手："不用，不用，这里有医生护士，我一个就行了，彭叔那么忙，还开着饭店，你们……你们都回去吧。"他又挠挠头，像在思考什么军国大事，"就是……就是……爸，就是你回去了，千万别忘了喂鸡，中午又没有喂，肯定是饿坏了，一定要喂饱……还有，你那边的鸡和我那边的鸡，饲料不一样，可别给弄错了。"

他又低下头，挠挠头说："箱子不要装得太满，可别压坏了鸡蛋，压坏了就不值钱了。"

余志明烦躁地听着，开始踱起步子。

余刚抓抓后脑勺："你看，你看，差点我就给忘了……这事可不小，就是西院里有两只黄鼬，夜里常去偷吃鸡蛋，家里那只狗一定要放开，要不……"

彭涛听得焦躁起来，说："行了，行了，你还有完没完？看你那副样子，一辈子也干不了大事，你把钥匙交给你老子，保准比你干得强！"

余刚怯懦地说："我是怕……"

"你怕什么？不就是几只破鸡吗？有什么大不了的？"他回头望望余志明，"老余，咱们走。"

余刚掏出钥匙，递给余志明，祈求地望着他的老子，好似还有什么事要嘱咐。

余志明长叹一声，接过钥匙，转身同彭涛离去。

回到家，打开大门，院内立即传来一片鸡叫声。他拉开电灯，一只只饥饿的鸡，从笼子夹缝里伸出脑袋，嘎嘎叫着向他要食吃。他打开侧门，又是一片鸡的叫声。他仔细地辨认着各种饲料，挨个地加着饲料。一只只鸡点着头，快速地啄着食，传出一片急雨似的嗒嗒声。尔后又是捡鸡蛋、加水、清粪便……

余志明直起身，望着一筐筐雪白的鸡蛋和还在啄食的鸡，露出一丝苦笑。他用手揉揉酸疼的背，转身走进自家院内，回到厨房，找出一点食物，随便地吃着。这时，他又想起"西院有黄鼬"的警示，放下食物，又返回西院，将鸡蛋一箱箱转移至屋里，又解开了拴在柱子上的狗，这才放心地出了口气。

他回到自家室内时，想再吃点东西，可哪里还有食欲。他扔下那半包饼干，抬头望了下挂钟，已是凌晨一点半了。他熄了电灯，和衣躺在床上，怎么也不能入睡。他干脆坐起来，回到客厅，点一支烟吸着。他没有开灯，明灭的烟火持续了好久，终于，那烟头掉在地面上，他垂下头，睡着了。

晨曦映亮了门窗玻璃。余志明抬起头，伸伸胳膊，起身打开门窗，鸡的喧闹声立马灌满了整个居室。他皱一下眉，舒展一下酸疼的腰身，出门重复着昨夜的工作。

他一边工作，一边回想着这刚刚发生不久的乱局，回想着跑回娘家的张玉芹，还有那声嘶力竭地哭叫的猫猫和儿子那个面临危机的家庭。张玉芹不回来，这个家庭将难以维系；张玉芹不回来，猫猫的管理就成一大难题。他必须抓紧时间，做出决断，争取主动，去做亲家的工作，劝说张玉芹回来。为了猫猫，为了儿子这个家，他准备做出让步和付出。这不为别的，为的就是让这个大家庭尽早恢复往日的宁静。

他这样想着，叹一口气，放下工具，回内室换一件衣服，推出自行车，锁了大门，向黄家湾驶去。

玉芹娘正在打扫院子，她听到了喊声，抬头望一眼走来的余志明，撇撇嘴，阴阳怪气地说："哟，余大老板，怎么不请自到呀！"

余志明打住自行车，往前几步，赔下笑脸："亲家，还在生气呀？余刚那孩子不懂事，也是我管教不严，他一时冲动，打了玉芹一下，真是混账，我先给你道个歉。我看，你就先让玉芹回去吧，猫猫又发烧住院，家里也没人看管。"说完，可怜巴巴地望着玉芹娘，那样子，好像做错了事，等着老师训斥的小学生。

玉芹娘鄙夷地望着他，说："可别说什么道歉不道歉的，我可担当不起，好汉做事好汉当，你来算什么呀。"

躲在屋里倾听的张玉芹走到院子里，问："猫猫住院了？她得的什么病？要紧不要紧？"

余志明见张玉芹出来，高兴起来，就把猫猫住院的事，和她说了一遍。最后，他说："现在烧退了，可她谁的话也不听，老是哭闹着要找你呢。"

张玉芹一听女儿住院了，还差一点要抽风，忙说："不行，我得回……"

不等张玉芹说完，玉芹娘就打断她："回去？回去干吗！别充你良善的。他们要是知道积德行善，你也不至于挨揍，看看你的脸，不还是肿着吗？你真是记吃不记打，一点不长记性，你是不是还想再挨一耳刮子？"

张玉芹捂着脸，转身向屋里走去。

那女人转过身，对着余志明："还是那句话，凭余刚那能耐，吓死他也不敢打我闺女，下街就下在你身上，你说，你说，"她一步步进逼着，指着余志明鼻子，"你说是不是你的眼药？其实你最坏，你，你就是教唆犯，你就是黑后台，没有你余志明，他们什么事也没有，你呀……还不如替好人死了去呢，活着干吗，儿女都跟着你丢人，丢人！丢人！！"

那老女人跺着脚子骂，吐沫星子漫天飞。

余志明原来只知道亲家母脾气不好，没想到今天却如此顽劣、恶毒，纯一个泼妇、母老虎！她竟敢指着别人鼻子骂出如此阴毒的言语，什么东西？他正想反驳，却想起了今天的使命，他警告自己，绝对不能和她闹翻，否则将前功尽弃，事情很可能向更坏的方向发展，于是，他强忍怒火，装作没事人一样，一步步退着，擦着脸上吐沫星子。

那女人不往前赶了，不屑一顾地说："你躲什么？我又吃不了你，现在出事了，你治不了了，才来找我，哼，晚喽——"

这时，余志明似乎又听到猫猫撕心裂肺的哭叫声，似乎又看到她满脸的泪水和令人心痛的哭相。他抹一把脸，急切地说："亲家，咱都是一家人，何必当真呢？家里满院子的鸡没人管，鸡蛋没人去买，孩子还住着院，你，你就让玉芹回去吧。"

那女人斜起眼睛："说得倒轻巧，都是一家人，谁和你一家人！猫猫是余家的后，和我们有什么关系！除非你答应，从今以后不让那姓乔的娘们儿再进你家大门，让她滚得远远的。"她望一眼站在门前的张玉芹，"要不，咱就和他离、离婚！"

余志明怔怔地望着她说："怎么，这事还与姓乔的有关系？"

玉芹娘往前赶赶，咄咄逼人地说："怎么没关系！没有姓乔的娘们儿，你们能打仗？没有姓乔的，我闺女能挨揍？没有姓乔的，你家的东西能往外倒？你说，你说呀？！"

余志明圆睁双眼瞪着她，一时竟无言以对。

玉芹娘得意地说："怎么样？没话了吧？要是你再抱着姓乔的娘儿们不放，还是那句话，咱就离婚！离婚！！"

最后的路子被堵死了，再在这儿站着，已经没有意义。余志明眼睛睁得大大的，他最后望了那女人一眼，推起自行车，低着头，慢慢出了张家大门。

村外小路上，余志明推着自行车，磕磕碰碰地往前走着。很久，他才歪歪扭扭地跨上自行车，东游西荡地往回赶。

他终于回到儿童医院，和儿子述说着去黄家湾的经过："玉芹娘实在可恶！硬是不让张玉芹回来，还说要……"

"要什么？"余刚急急地问。

"还要……还要让玉芹离婚！"

余刚睁大了眼睛，吃惊地望着余志明："你说什么？她要让玉芹离婚？！"

他急急地在门前走动，良久，他停下来，回头望着他的老子："这下好了，玉芹她不回来了。"他忽然提高了嗓门，拿手指着余志明，"都怨你，都怨你，这么大年纪了，还说什么老婆！都是因为你，没有你，我们什么事也没有，好好的日子全让你搅散了。我，我可怎么办哪……玉芹她不回来了哇，啊哈，哈哈……"最后，竟大哭起来。

病房里的猫猫听到哭声，也哭叫起来，挣扎着下床走到门外，抱住余刚腿，哭叫着："爸爸，别哭了，咱快去找妈妈，找妈妈，我要妈妈，我要妈妈，妈妈呀……"

余志明的脑袋就像要炸了，他抓住自己头发，原地兜着圈子，他望望哭叫着的余刚父女，垂着头，一步步向外走去。

他骑自行车来到樱桃峪，在沿河大街上走着，过街行人和他打着招呼，他咿咿呀呀地应着。李霞、赵娜还有王丽萍说笑着从远处走来，走近了，她们和余志明打着招呼："余老师，你这是干啥去呀？"

余志明沉着脸，胡乱地"唔唔"着，算作回应。他一低头，加速离去。

李霞觉得有些蹊跷，心想，以往碰到他，总是乐呵呵的，怎么……她随即说："余老师今儿是怎么啦，脸色这么难看……"

赵娜："听说，他家里又打仗啦，余刚扇了张玉芹，张玉芹跑了。"

王丽萍："碰巧猫猫又住了院，家里还有这么多鸡没人管，他能不急？"

赵娜："反正他们分了家，老余叔管那么多事干吗！"

李霞："余老师那脾气，他能不管？听说张玉芹的娘厉害着呢。看来，真够他受的。"

余志明回到家，鸡的喧闹声扑面而来。成片的苍蝇嗡嗡叫着在他面前飞蹿，地面上到处是鸡粪和四处乱爬的蛆虫，恶臭味又阵阵来袭。他不由一阵恶心，哇哇吐着。他擦擦嘴，望一眼嘎嘎叫着的鸡，机械地加饲料、添水、拾鸡蛋、起鸡粪……

他回到堂屋门前，望望洞开的窗户和进进出出的苍蝇，皱着眉走到客厅，客厅里也是一片糟，四面墙上、地面上、沙发上、电视机上全是黑压压的苍蝇，有几只长尾巴蛆从门缝里挤进来，到处爬动。他走向前，抬脚踩死那些爬虫，捂着嘴又呕着，想吐，又吐不出，想去床上躺一会儿，他一接触床沿，又是一阵嗡嗡声，成群的苍蝇一下飞起，到处飞蹿。他瞪着眼，恼怒地一跺脚，回到客厅坐下去，点一支烟吸着，望着烟雾出神。

烟雾中，他似乎又看到了那个凶恶的身影，听到了那个恶毒的叫骂，还有张玉芹狰狞的样子，她挥动铁锨，狠命地朝窗子抡去，劈劈啪啪的玻璃破碎声像利刃又刺激着他的神经。最后是儿子那张受了伤、变了形的脸和那些令余志明心寒的埋怨声。这更是刺向他心脏的致命一刀！是的，谁让他余志明不安分，三番两次地找老婆呢？也许他说得没错，没有他余志明，他们什么事也没有，是他余志明搅散了儿子的家庭，是他余志明逼走了儿子的媳妇！是他整得儿子家庭无法过下去。

玉芹娘说得更是没错，"你就是黑后台，你就是教唆犯……你呀，还不快去替那好人死了去，活着干吗！丢人，丢人！……死了吧，死了吧……"反正世界已没了公理，她的话对与错已不重要。可是你有多大仇恨，为什么非要逼别人去死？别人死了，天下就太平了吗？

他又忆起那女人更为恶毒的一句话："想叫俺闺女回去也行，除非你从今往后别叫姓乔的娘们儿再进你那个门，要不，就离婚！离婚！！离婚！！！"这下好了，切中余志明的命门了，连那最后的希望也被切断了。他还有什么指望，他还有什么念想？余志明知道，那老女人可是个说得到做得到的人。到时候她一定会让张玉芹离婚，果真如此，他余志明岂不成为千古罪人？这如何能行！自己的脾气告诉他，他宁可去死，也不会让事情发展到那一步！

现在，他们已组成了牢不可破的统一战线，这个战线上的每一个成员，都在恨他不死，都欲置他死地而后快。他还有什么话可讲？他就是黑后台，他就是教唆犯！他真的要算是"罪大恶极"了。在他们眼里，余志明已成了"多余的人"，一个祸害人的人。他现在和万有河已没有两样，已成为一个他们所"厌见的人"。他余志明已沦为一个"无聊生者"，余志明还能怎样呢？他还有什么路子好走呢？

这些乱象，像毒蛇一样缠绕着余志明，使他焦躁不安，一时还理不出个头绪，决定不了之后的行踪。他只觉得烦躁和绝望。他又点一支烟吸着，让那烟雾在身边缭绕。他走来走去，走了很久，很久，烟头扔了一地。终于，他似乎下了决心，有了一个主意。

45

第二天，余志明起得很晚，稍事整理，就去镇上买了些需要的东西。回到家时，已是日上中天了。

他没有吃东西，他也不想吃东西。他走进内室，立在沈翠莲遗像前，拿起遗像，抹一抹照片上的灰尘，又把它放回供桌上。相框里的沈翠莲面无表情地望着他。他苦笑一声，嘴里咕咕念念地走到一边，找到一个提包，往里放上一刀火纸和几炉香，还有几样东西。他咕噜着和黑色相框里的沈翠莲说了几句什么，转身向外走去。他来到大门外，回身深情地望了望这个零乱的家，推起自行车，三步一回头地向外走去。

他来到沿河大街上，留恋地观望着附近的房舍，眼神不禁迷乱起来。他似乎看到他用小车推着沈翠莲行走在这条大街上。沈翠莲眯眯笑着，脑袋一掂一掂的，像是鸡啄米……

他走上胭脂河大桥，倚栏远眺。小河还是那个样子，妩媚多姿，河水叮咚叮咚地流着，似在唱一首无休止的歌。胭脂河啊胭脂河，你只知道唱这没有休止的歌，你可知道余志明的忧愁和悲伤？日夜流淌的胭脂河呀，你也曾给他（还有她）带来不少的欢乐和遐想，到如今，你为什么不能分担他的痛苦和哀伤？胭脂河啊胭脂河，请你快去解开他心头的结，去阻止他荒唐的抉择。

可是胭脂河没法去阻止，只顾唱那支永无休止的歌。

景色依旧，往事如昨。他揉揉昏花的双眼，似有所悟。他扭转车头，向来路走去。他刚走下桥头，愁绪又起，他又掉转车头，重新走上大桥。思前想后，他无法面对这现实的乱局，束手无策的他必须按计划走下去。

他打开园门，走到小屋门前，久久地审视着这座给他留下无数记忆的土屋，好多难忘的片段在脑际闪现。他似乎又看到幼年的儿子、女儿张着小手，冒着风雪来给他送年下饭菜，似乎又听到病中的沈翠莲坐在门前如泣似诉的话语……他走到果树行中，抚摸着那茁壮的枝干，不由落下泪来。他舍不得走，他甚至有了一点点动摇。可是他脑子里立马出现了那些恶毒的咒语和恐吓，还有儿子怨恨的话语。他曾不止一次地权衡过利弊，觉得自己的存在无疑将使儿子的家庭解体，他们行将各奔东西，支离破碎。还有比这更为可怕的吗？他甚至有一种负罪感，好像他不离开，这个世界就不会安宁，觉得自己的存在简直是一种罪恶，是一件十恶不赦的事。如此这般，他又觉得自己的抉择是正确的了。他毅然走出园门，向公墓林走去。

他刚来到墓地，就听有人喊他。抬头望时，见是万有河大叔，拄着锨往这儿瞭呢。

余志明不情愿地走过去，问："大叔，你这是……"

"我在给你婶子修房子呢，你看上面都长满了草，"他掘起一锨土，压在坟上，用锨拍拍，走到坟的正面，拂着碑上尘土。

余志明看时，见那墓碑上刻着"万有河王淑英合封之墓"几个字样，只是"万有河"几个字被涂成了红色。那碑，一看就知道是新立的，上面凿印清晰可辨。

万有河直起身，回头望着余志明，搓着手说："志明，还是那句话，我就是弄不明白，像咱这样的，想成个家，怎么这么难呢？咱吃不着他的，喝不着他的，可他们就是不让你舒心，这是咋回事呢？"

临走，他回头又说："志明，你可要想开，千万别……你还年轻啊……"

余志明走到沈翠莲坟前，排开纸钱，点上，又点上香，插在墓前的香炉里，蹲在那里望着火苗出神。他最后将自己的一生快速地梳理了一遍。从当初违心地与沈结婚，到吵吵闹闹的二十多年，他觉得对不住这个可怜又可悲的女人，他悲叹自己命运的多舛，面对坎坷的人生，他无能为力。

想到就要离开这个尘世，到那个冥冥的、不可知的世界里去，心实不甘！哪里想到自己英雄一世，最后竟落到如此境地！他似乎看到猫猫已经出院，蹒跚着向他走来，奶声奶气地喊着："爷爷……"

余霞还没有成婚，这孩子太直，容易上当，应告诫她一声。

自然而然地，他又想到了乔玉珠，想到了他们在学校时的种种有趣的事。想到了他成婚时，她的悲哀，想到了赶集相遇时，她推心置腹的谈话和她无助甚至是哀怨的表白。但他想得最多的还是就要到来的事情。假设他真的死了，真的去了那个不可知的世界，那么，她会怎么样？她会平静地对待吗？他想，她一定会很伤心，一定会哭得死去活来。想到这些，他又在痛恨自己，痛恨自己的决定，你一死了之，万事皆休，别人呢，所有爱你的人呢？他们会怎么样？他站起身，打算离开这个死亡之地。他才走了一步就停下，心中又生出另一个想法。他想，刚才提到的后果，只是个暂时现象，用不了半年，或是一年，时间这个神奇的魔术师就会抹平她心中的伤口，她自然而然地就会恢复平静。而他，就会渐渐地被遗忘，或者变成人们茶余饭后的话资，有什么可悲伤的呢？

况且，还有那么多比他余志明更富有、更优秀的男人在追求她，她的命运不会太差的，没有他余志明，她甚至会过得更好。如果是这样，那就趁着他还在这个世上的时候为她祈祷，为她祝福，希望她在没有余志明的日子里，活得幸福，活得安详。

可能是根深蒂固的缘故吧，余志明还是觉得很对不住这个痴情的女人，觉得他要是这样走了，他就是背信弃义，他和她刚刚决定了的事，又要被他亲手摧毁，实在是天理难容。于是他又犹豫了。他甚至想象着，张玉芹已经回到了樱桃峪，笑容可掬地向他鞠躬道歉……他微微一笑，又觉得自己太天真，这难道是可能的吗？他马上否定了自己，两个女人疯狂的身影乘机闯入他的脑际，她们歇斯底里地叫嚷："你就是黑后台，你就是教唆犯……丢人，丢人，丢人！死了吧，死了吧，死了吧！""你要再让姓乔的进门，咱们就离婚！离婚！！离婚！！！"最后是儿子更为致命的一句："没有你，我们什么事也没有，玉芹她跑了，不回来了，我看你怎么办、怎么办……"

余志明瞪着可怕的眼睛，忽地站起来，双手舞着，仰天长啸："啊！这是为什么？这是为什么，这是为什么呀！啊哈，哈哈……"声音苍凉、悲戚，似笑若哭。

他急急掏出一个小瓶，拧开盖，仰起头，一下一下往嘴里倒着。

他扔掉瓶子，围着坟转了一圈又一圈，兀自说着："好了，好了，一切都好了。"

他踉踉跄跄，转着，转着，失神的眼睛瞪着坟墓。忽觉天旋地转，他张着双臂一下扑倒在坟墓上……

黄草岭乔玉珠家，乔玉珠刚刚起床，坐在床沿发呆。前天的变故，使她连续两夜没有睡好，白皙的脸上显得有些憔悴。头发纷乱着，衣服也有些不整。菲菲走进来，瞧着她的母亲，心疼地说："妈，你都一天多没吃东西了，这样怎么行，你的腿还没好利索，你就下来吃点饭吧。"

乔玉珠望一眼可怜巴巴的女儿，下床来到穿衣镜前，梳理着头发。对面柜子上放着的新被褥映在镜子里，显得喜气、温暖。她放下梳子，转身来到柜子前，双手摩挲着那红红的新被褥，眼里不由放出希冀的光。

她草草吃了一点鸡蛋面，心绪渐渐好了起来。她一边收拾着碗筷，一边想着前天发生的事。老余现在怎么样了？他现在还和张玉芹生气吗？这两天，她一直牵挂着那个变故，可一点消息也没有，她在心里抱怨着余志明，怎么连个电话也不打？老余不打电话，说明事情不妙，事情可能又有变化，或是正向坏处发展。她不放心，她就只有这么一个始终不能忘怀的人，她必须去一趟樱桃峪，必须要找到她所爱的人。

她无心过多的打扮，只换上一件新外衣，出门和许母说了几句话，向外走去。许母晓得是怎么回事，也不多问，只是说："你快去快回啊，省得我不放心。"菲菲也来到大门外，说着些同样的话。

乔玉珠来到柿子岭下的时候，见万有河从岭上下来，忙上前打着招呼："大叔，你这是……"

万有河停住步子，打量她一下，说："啊，是玉珠啊，我，我这是给你婶子油了油坟，刚下来，"他往前一步，直视着乔玉珠，"你是来找志明吗？我看他今儿好像有点心事，他现在可能还在公墓林吧。"

"公墓林？不年不节的，他去公墓林干吗？"乔玉珠心里说。

一种不祥的预感爬上心头，她竟忘了和万有河话别，推起自行车向岭上走去。

走了不到一半路程时，她嫌推自行车太费劲，干脆把车子倚在一棵树上只身往上爬去。她匆匆来到墓地，一边往里走，一边四下搜寻着。很快，她就发现，墓地边缘的一个坟上，有一个黑影。她睁大了眼睛，惊惧地一步一步往前靠近着。

余志明大半个身子扑在坟包上，两只胳膊张着，搭在那儿，像是要把坟抱起来。他两眼紧闭，死鱼般的脸向着东方。

乔玉珠边走边打量着那卧地的人影。那熟悉的体形、熟悉的衣着告诉她，那就是老余，那就是她始终不渝地爱着的余志明！她的眼睛越睁越大，张开双臂扑过去，拉起他胳膊用力摇着："老余，老余，你这是怎么啦？"她望望他紧闭的双眼，一下抱起他，揽在怀里，用力晃着："老余，老余，你醒醒啊，这，这可是咋回事呀，啊，啊，老余，老余啊，你睁睁眼，睁睁眼吧……啊，老余，这到底是怎么回事啊？"

余志明任她摇晃，眼睛却一直紧闭着。

她放下他，起身四下打量着。忽然，她发现了散落的药丸和药瓶，她拾起药瓶惊恐地看着。蓦地，她扔掉药瓶，疯子似的在墓地里盲目地跑动着，她边跑边喊："快来人哪，救命啊，救命啊……"

撕心裂肺的呼叫声在空旷的山间回荡："快来人哪，救命啊，救命啊……"

但四下并无人的踪影。她跑回来，伏在余志明身上哭叫着，声音却小了许多，似在抱怨，死在倾诉："老余，老余啊，你怎么说话不算数啊，你不是答应了我吗？你怎么说话不算数啊，啊，啊，老余啊，你让我可咋办呀！"

突然，她停住了哭叫，抬头在余志明衣袋里摸着。她掏出了手机，哆哆嗦嗦地按着号码，颤抖着说："妈……快去找彭涛，余志明喝了药，在……在公墓林……"她关掉手机，又拨着号码。

乔母接到电话，哆嗦着，连连说："造孽呀，造孽呀，这么好的人，怎么就喝了药。"说着，慌慌张张地去找彭涛。

乔玉珠收起手机，四下张望着。她发现了余志明车上的绳子，急忙过去解下，回到余志明身边，把绳子套在他腋下，又把绳子另一端打个结，转身蹲下去，把绳套套在自己肩上。她一手抓住坟前一株小树，一手撑地，用力支撑着，支撑着。

这时，空中似乎传来一首无词歌："啊……啊……啊……"歌声幽噎，跌宕起伏，又带着几分苍凉，几分悲戚，有一种催人泪下的力量。

乔玉珠圆睁双眼，努力地支撑着，支撑着……面前鸡蛋粗的小树摇晃着，摇晃着……终于，她奇迹般地站了起来！望着前方，一步，一步向前走去……她走出了林地，在崎岖的山间小路上艰难地前进，前进……

路边的利石刺破了她的脚，她不疼；两旁的荆棘刮伤了她的脸，她不觉。她心里只有一个念头，时间就是生命，时间就是希望，她定要把他救活！她拼尽全力，一步一步艰难地前进，前进。

奇迹呀奇迹，这个文弱的女人，背着比她重得多的人在砂石路上顽强地走着。苍天为她垂泪，大地为她动容。

　　同一时间，彭涛得到消息，恰似青天打了一个霹雳！他手忙脚乱，推出摩托车来到街上，一下一下打着火，可摩托车无论如何也启动不了，他索性把摩托推倒在地，只身跑上了大道。他边跑边喊："乡亲们哪，快去救人呀，余志明喝了药啦，乡亲们哪……"

　　人们呼喊着，挥着手，随他一起跑去，整个樱桃峪震惊了！果园里，田野里，大路上，人们纷纷放下活计，扔下工具，向着一个共同的地方跑去。

　　李霞、赵娜等少妇，一边跑，一边交谈着："我早上看着他时，就觉着不对劲，多大的事呀，竟要喝药。"

　　"要早知道这样，咱就该跟着他。"

　　王三妮拉着一辆地排车，上面还放着被子，一边走一边和李二婶说："怎么好好的一个人，说喝药就喝药，这药是随便喝的吗？"

　　李二婶四下望望，悄悄说："还不是让那张玉芹给逼的？好好的，谁愿喝药？死不了，也得扒层皮。"

　　人们已跑到公墓下面。忽然，马文举用手一指："那里，快看！"

　　乔玉珠已是精疲力竭，见人们来到，头一歪，晕了过去。众人来到跟前，七手八脚地往下解着余志明。马医生抢上一步，趴下身先试他鼻息，又翻他眼皮，接着向他怀里送上听诊器，认真听他心跳。有倾，他抽回听诊器，严肃地说："脉搏十分微弱，立即送医院！"

　　彭涛有些迟疑，他说："要不，先打120？"

　　"来不及了，快去找车！"

　　旁边，彭涛老婆、王三妮、李霞她们乱哄哄地抱着乔玉珠，摇着、喊着："玉珠，你醒醒，你醒醒……"

　　马文举摆摆手说："你们都别乱动，她这是劳累过度，一会儿就会好的。"他拨开人群，来到跟前，掐掐她人中。果然，乔玉珠"哇"的一声哭了出来。

这时，岭下传来救护车的警笛声。

有人喊："120来了，120来了！"

有人就说："咦，咋这样快？是谁打的电话？"

这时，人群中传出一首歌，随后有好些人和进来，低声吟唱着。

天悠悠，

地悠悠，

天荒地老在心头，

追你到白头。

世间最美情和义，

无情无义空白头，

情真意浓长相依，

情义在胸不言愁。

情悠悠，

义悠悠，

情真意浓写春秋，

千难万险不回头，

最美莫过情和义，

千金万银难寻觅，

不求荣华和富贵，

情谊在胸不言愁，不言愁。

人们唱着，忙碌着，七手八脚地抬起余志明，把他放在地排车上，向岭下走去。

来到岭下，又帮着医生护士把他送上救护车。乔玉珠不听众人劝阻，哭叫着爬上救护车。救护车鸣笛起步，加速驶去。

车上，神态木然的乔玉珠，望着生死不明的余志明，心如刀割。她痛恨那班无耻的家伙竟然把这样一个刚强的人逼迫到如此地步，她痛恨这痼疾一样的习惯势力依然如此强大，如此顽固！她不明白，他们的交往，他们的私事究竟妨碍那班家伙什么！她快速地将最近他们的活动轨迹回顾一遍，她确信，她和余志明的交往，对那班家伙并没造成一丝一毫的损害。可他们就是如此这般无情地去阻挠，去摧残这桩美好的姻缘。这到底是为了什么？难道他们没成过婚？没有过爱？这可真是"只许州官放火，不许百姓点灯"了。

她恨自己太软弱，不敢名正言顺地去反击，去抗争。是的，她的确太软弱了。

她又想，今天的变故，有可能就要成为他们爱恋的终结，有可能就是阴阳相隔两茫茫！那将是一件多么可怕的事！为了那个目的，她追索了不知多少个岁月，为了那个目标，她不知耗费了多少心血。可是现在，竟出现了这样她预想不到的事，这怎不让她忧心，让她胆寒！

她又想到了他们的青年时代，想到了他们在学校时，至今难忘的乐事，想到了自己那个矢志不渝的梦。她不由哼起了一首歌，她声音很小，只能自己听懂，可这支歌直唱得她力竭心碎，涕泪交加。

姑娘的梦，是那样斑斓，

姑娘告诉你，想与你为伴，

可那时的你，心已迷乱，

只知道违心地，躲躲闪闪。

你刚做出庄严的许诺，

却不料天地动风云突变，

这怎不让我，

忧心如焚涕泪涟涟！

姑娘的梦，是那样斑斓，

姑娘带着梦，要伴你到永远，

而那时的你，心已迷乱，

只能是无奈地游移拖延。

婚姻的桎梏，已没了羁绊，

你却要离开我，撒手人寰，

我只能虔诚地祈祷，

风消云散好梦共圆，

好梦共圆。

乔玉珠声音渐渐变大，最后竟失声恸哭起来。车上的人们不忍卒听，有的抹着眼睛，有的背过身去。

几个护士劝住了她。她掏出手帕擦一下眼睛，又陷入沉思。

这首歌，原是她打算在新婚之夜唱给余志明听的，可是她没有想到会出现如此的变故，在这个特殊的时段里，她即兴把歌词又做了不小的变动，唱了出来。

她怎么也想不到，余志明这样豁达的人也会出此下策，做出这等决绝之事。假设他躲不过这个劫难，真的死了，那么，她会怎么样呢？她会跟着去吗？会的，她会义无反顾地随他而去。她知道，这些年来，他一直是她的追求，他是她心中的神明，也可以说他是她的生命。他是她的一切。没有了他，她的人生还有什么意义？她的生活还有什么光彩？"士为知己者死"或许就是她的归宿。那么，他就是梁山伯，她就是祝英台。她用不

着十八相送。他的脾性，他的心思，她全知道。那可真算是"生不同床，死同穴"了，他们会化作蝴蝶翩翩舞，变做鸟儿比翼飞。他们将永远在一起，自由自在地飞翔在大川原野之中，直到永远。

但是，她又想到了她的菲菲。她走了，她怎么办？她才只有十五岁。她只觉心中一阵酸楚。她想起了自己的姐姐，对，姐姐可以替她担起抚养女儿的重担。那就在这里先谢谢姐姐吧。她一定可以把菲菲抚养成人。那么，还有婆婆呢，婆婆怎么办？咳，管不了那么多了。

如果，她又想。如果现代医学挽救了他的生命，让他起死回生，那当然更好，真是喜从天降了。那么她就会谁也不怕，把议论、讥笑抛得远远的，挺直了胸膛与他相伴终生。如果他们还是不容，她就会说服他把樱桃树全部移到黄草岭，反正那里有的是荒地等待开发。他们将承包一块土地重建一个樱桃园。她相信，凭着他娴熟的种植技艺，再加上她精心的呵护，不愁果园不丰收。如此，他们将在这东方的伊甸园里闻鸡起舞，男耕女织，相守到老。过那"采菊东篱下，悠然见南山"的桃花源式的生活。或许，他们将会成为当代的陶渊明呢。

如果药物给他留下终身残疾，那么她会毫不迟疑地把他接到自己家中，和他结婚，侍奉他一辈子，用心经营他们的婚姻。她要像呵护婴儿那样守护他，尽一切可能去满足他的精神需求，以宽慰他那颗受伤的心。她还要管好她那个小小路边摊，尽量满足他的物质需求，让他吃好喝好，让他高兴，让他满足。

情况如果再坏一点，那就是，有一天他们流落街头，沦为乞丐，她也要把讨来的食物先给他吃。看着他吃自己讨要来的东西，她即使心酸，也会高兴。那就是说，他们的爱情得到了升华，达到了一个常人难以到达的境界。

事情还会坏到哪里去呢？大抵也就如此吧！只要能和他在一起，再苦再累也心甘。她相信，世上已没有什么力量再把他们分开，他们的幸福之花将永远开放。

一阵剧烈的颠簸把她从思绪中惊醒，救护车开进了医院。

路边摊前，彭涛望着急驶而去的救护车，忽然懊悔起来，他怎么这么糊涂？干吗不一起去医院？玉珠她一个柔弱女子，怎能应付这重大变故？他骂自己太浑，朋友遭此大难，自己竟忘了跟进！他一跺脚，快步回家，打算把摩托车修好，再去追救护车。他明知这是徒劳的，但他还是把车弄到修理部。师傅七弄八弄，脸上急出了汗，可总是弄不好。时间已是掌灯时分，四下的景物逐渐模糊起来。看来，今天是去不成了。他懊恼地回到家，拨通了汪文君的电话。

汪文君一听余志明喝了药，就像遭了雷击，心脏不由悸动了一下。他大睁着双眼，急急地问："什么？你说什么？余志明喝了药？老彭你可要弄明白，要是你谎报军情，小心我……"小心什么呢，意思很明白，那就是"小心揍你"，可是老汪没有说到底。

电话那边，彭涛又重复了一遍。

"胡闹！好好的喝什么药？！严重不严重？……噢，噢，你先别急……"汪文君思忖着。正在扫地的李玉花，听到这儿一惊，扔下笤帚，向室内走去。

"玉珠她知道不知道？好，好……什么？你想现在就去？……"汪文君望望外面黑漆漆的天，"你没在天底下？这么黑的天，又是山路……不是救护车接去的吗？医生知道怎么办……我们去了也没用，只能是添乱……明天咱们一早去。"他放下电话，嘀咕着，"真是莫名其妙，好端端的喝的什么药。莫非又是他儿媳妇……"

李玉花瞪着眼望着他："什么？余志明喝了药？在哪里抢救？有危险没？"

汪文君心烦地说："有危险没危险，我哪里知道？不过，这可难说啊。"

谢天谢地！阎王爷没能叫走余志明，现代医学又把他从死亡线上拉了回来。

病房里，余志明已清醒过来，苍白的脸上带着些劫后余生的色彩。他身穿病员服，依在床头上看那吊瓶。药液一滴一滴向下滴着，似乎可以听到里面细微的滴水声，

乔玉珠坐在一旁的凳子上正在削一个苹果，美丽的眼睛细眯着，似有所思。

苹果已经削好，她起身来到余志明面前，轻声说："老余，吃个苹果吧。"

余志明没去接那苹果，也没搭话，依然望着吊瓶出神。

乔玉珠捧着苹果的手停在那儿，不知如何是好。

半天，余志明发话道："玉珠，你想开一点，咱们还是面对现实吧，这一段的情形，你也看到了，他们哪里容得下咱们。"

这时，彭涛、汪文君提着礼品从走廊里走来。他们边走，边交头接耳地谈着什么。来到病房门前，抬头望一下门牌子，正要往里走，听到二人正在谈话，就相互望一下，停在门外没进去。

"那天我去黄家湾，玉芹娘扬言，硬是不让你进我那个门，不然……不然她就让张玉芹离婚。玉珠，你不要难过，咱，咱做不成夫妻，做个朋友不也很好吗？"接着传出乔玉珠抽抽搭搭的哭声。

彭涛、汪文君听到这里，相互望望，推门进入病房。

汪文君边走边说："你们这可是干什么呀，怎么还哭哭啼啼的？亏你还做过教师，心胸竟这么狭隘，哭就解决问题啦，有什么大不了的事！"

乔玉珠抬起头，轻声说："汪老师，老彭，你们……"又低下头啜泣着。

汪文君走到床前，放下兜儿，从里面掏出一样东西，拍拍玉珠肩头，说："来，来，来，玉珠你赶快起来，俺老汪大老远来了，你就这样接待

客人？来，来，快起来，看给你们拿什么东西啦？"说着，把那东西往前一摆，"快看，快看，这可是有名的蜜制核桃酥。俺老汪自己公司出产的，来，玉珠，快来尝尝。"

乔玉珠抬起头，抹一下眼睛，接过那东西，放在床头柜上，起身拿凳子，让他们坐了，又去拿杯子倒开水。

汪文君往余志明身边靠靠，说："志明，刚才你和小乔的话，我和老彭都听到了。其实，这事没什么大不了的，活人还能让尿憋死？你和小乔不必犯愁，俺老汪早给你俩想好了，眼下的策略是……"他扫一眼人们，却不接着讲下去，一副说书人说到要紧处，要敛钱的架势。

彭涛焦躁起来，说："老汪你就别弄这些狗尿苔了，怪憋得慌的，你快说，快说！"

良久，汪文君的手举在半空，拖长声音，一字一句地说："三十六计，走——为——上，咱们去新——加（家）——坡——！"这时，他的手才有力的挥了下去

余志明望着这位有点神秘的老朋友，不动声色地揣摩着。

彭涛眨眨眼，说："老汪你摆什么龙门阵？去什么新加坡？漂洋过海的，你不是胡说八道吗？"

汪文君笑道："这你就不懂了吧，亏你还是大经理，这点五划头也点拨不开。告诉你吧，在坡里安上家，那家又是新的，不是新家（加）坡又是什么？"

彭涛一拍大腿："嗨，对呀，俺老彭咋没想到？还是你老汪高，高，实在是高！"

乔玉珠疑惑地望着汪文君，慢慢醒悟过来，起身高兴地给他续着水。

"我考虑过了，志明这事，就是以走为上，果园里有的是地方，他们不让咱在家里过，咱就出去过，咱惹不起，还躲不起吗？咱就是去'新家坡'，昨天老彭给我打电话，气得我一宿没合眼，真混账东西！他们凭什

么不让人家进门，真是无法无天！"汪文君动了肝火，喘气就有点急促的样子。

"不要紧，谁让咱们是朋友，你们的事就是我们的事。我那里有的是开好的石料，木料随你用，先把房子盖起来，还怕结不成婚？！"汪文君接着说。

彭涛又说他那里什么都有，老余养几天，回去他们就动工。

乔玉珠又看到了希望，高兴地望着他们。

汪文君望着窗外的花木出神。这时，他回过身问余志明："志明，我不是说你，你真是傻得可以，放着这么好的一个大美人你不要，却偏偏去寻什么短见。真没劲，要不是小乔及时发现，你这会儿可就麻烦了。小乔可是你的大恩人！你也不想想，你要是真的走了，人家小乔怎么过！我和老彭找谁喝酒去？唉，你真是胡闹啊，胡闹！"

余志明似乎感到了羞愧，就把脸别过去，看那窗外花草。

汪文君站起来，来回走几步，突然问："志明，张玉芹还没回来？"

余志明嘴动了一下，正要回话，汪文君向他摆摆手，"志明，你说给余刚，明天猫猫先让玉花看着，我和他去叫张玉芹，我也开开眼界，会会那老女人，看看她有多大能耐，敢不让玉芹回来？"

他走到彭涛身边，附在他耳朵上叽咕着。

彭涛高兴地说："好，好，就按你说的办。"

46

黄家湾张玉芹娘家。东厢房里亮着灯，张玉芹下半身搭着一条被单，闭着眼，仰面躺在床上。

她的脸上变幻着各种表情，她在做梦。

梦中的她来到儿童医院。医院走廊里烟雾缭绕，模模糊糊，只听见高跟鞋踏地的得儿得儿声。她慌慌张张地走着，推开一个个房门，寻找着她的女儿。正在床上哭闹的女儿，发现了走进门的母亲，挣脱余刚的手向她扑来。女儿兴奋地喊："妈妈——妈妈——妈妈来了——妈妈来啦——"

张玉芹张开双臂迎上去："猫——猫——妈——来——啦——"

张玉芹赶呀赶呀，可怎么也够不着她的猫猫，她只好张着双臂喊着。

床上的张玉芹，两手向前抓挠着，嘴角也在翕动，眼睛里滚出两颗混浊的泪珠儿。

倏忽间，张玉芹又回到自己家中。月色朦胧，眼前似有迷雾环绕。院子里到处是高高摞起的蛋箱，蛋箱歪歪斜斜的，似乎要倾倒的样子。鸡笼的门都大开着，一只只鸡拥挤着从笼口走出，嘎嘎叫着，四下觅食。她看看一个个空洞的鸡笼，拿起扫帚轰赶着鸡。鸡们受了惊吓，叽叽嘎嘎四处飞逃。它们飞上斜斜的蛋箱，猛力一蹬，又飞向地面。蛋箱倒地，鸡蛋碎了一地，蛋清蛋黄四处迸溅。张玉芹大叫一声，从梦中惊醒："我的鸡蛋呀！"

西厢房里，玉芹娘正脱衣睡觉，听到女儿的叫声，忙披衣下床，来到女儿床前，说："芹，你做梦了？"

张玉芹点点头，从床上下来，一边穿鞋一边说："不行，我得回去

看看。"

玉芹娘一把按住她，说："你疯了，都快半夜了，还上哪里去？赶快睡觉！"

张玉芹走到窗前，望望外面黑漆漆的天，转回身，说："今儿不去，明儿我一定得去！"

玉芹娘恼怒地望着她，心里说："看美得你，明儿你要是敢去……"

东方已泛出鱼肚白。高亢的鸡鸣声吵醒了张玉芹。她穿衣下床，草草洗了把脸，挠几下头发，又拾掇着东西。

玉芹娘早把守在东厢房门前。她见女儿挎着个包袱出来，就扬了扬手中木棍，说："哪里去！还是那句话，他余刚和他老子不来跪地求饶，你别想走出这个门一步。"

张玉芹急得直跺脚："娘，娘，我给你说，不管怎么说，今儿我一定回樱桃峪。"她挣脱母亲拦阻，来到院子里。玉芹娘随机冲到门外，一下躺在女儿脚下，撒泼打滚地吵闹起来："哎吆我的个娘哎，我可没法活了，自己的闺女不当家呀，让人家揍了白揍哇，你真不给我长脸呀。"她见没人理她，一骨碌爬起来，抱住玉芹腿，"你要走也行，就先把我发送了吧！"说着爬起来，就要往墙上撞。

实际上，谁都明白，她哪里敢当真撞，做做样子罢了。可张玉芹没往这里想，她毕竟是自己的亲娘哩。万一撞上怎么办，那还不是乱上加乱！于是，她拨开母亲手，两脚一跺，转身回屋去了。

玉芹娘见女儿往屋里走，眯眯笑着，心里说："这小妮子，还真好糊弄。"

汪文君按计划用摩托载着余刚，一早就来到张玉芹娘家大门前。他缓缓停住车，望望虚掩的大门，示意余刚去开门。余刚走向前，探头探脑地往里瞧着。

汪文君觉得好笑又好气，说："真是没用的东西，瞧什么呀，这里又不是杀场！"说着，向前一步，拥开大门，说声"还不进去"，一把把他拥进大门。接着，自己也跟进大门。

玉芹娘正在扫院子，听见门响，说："这是谁呀，大早晨的就弄得人家大门山响，来了国民党还是汉奸队！"她发现了走进院子的余刚，睁大了眼睛，说，"咦，怎么是你？你还有脸来？我问你，你打了老婆就白打啦？俺？"她抢上一步，举手就是一掌，"叫你也尝尝挨扇的滋味！"

余刚捂住脸，一下跪在丈母娘脚下。他仰起脸，带着哭腔，说："娘，娘，俺知道错了，不该打玉芹，你就饶了俺，让玉芹回去吧！我爸爸喝了药啊。"说完咿咿呀呀地哭着。

玉芹娘先是一愣，但马上压住了阵脚，说："什么？你老子喝了药？他喝他的药，与我们什么相干！又不是俺灌的他，他是愿意喝！"

汪文君吸着烟，踱着步子听她讲，心里说："呵，这女人，果然歹毒，说出话来草也不长！"

张玉芹从屋里出来，着急地说："娘呀，你就别说了，说什么，今儿我也得回去！"说完，回屋收拾东西。

玉芹娘顺手抄起那木棍，回头对屋里说："你要敢出这大门一步，俺就砸断你的腿！反了你啦！"

汪文君瞥一眼那女人，回头对跪地不起的余刚喝道："余刚，还不快起来，领你媳妇回去！"

玉芹娘斜起眼睛望一眼汪文君，鄙夷地说："哟，刚才忘了瞧瞧，怎么还站着个客人。你什么官呀，大声傲气的，少在这里要威风，哼，俺可不吃这一套，还是那句话，想让俺闺女回去，除非他余志明保证，不让那姓乔的娘们儿进他那个门！"

她狠狠地剜一眼汪文君，舞一下手中木棍："看今儿个谁敢动一下俺闺女。"

汪文君望着她那架势，不由嗤笑了一下。

玉芹娘眼珠子一瞪，"你，你笑什么？"

汪文君把烟屁股往地下狠狠一扔，大声说："我笑，我汪文君笑你们无知，笑你们都是法盲！"他瞥一眼那女人，又低头望一下身上制服，"看见了吗？官倒是不大，司法所特邀司法协理，专管这家庭纠纷案件的。今天呀，就是专为你们而来的。"

这时，手机响起。汪文君掏出手机，看看号码，胡乱地说着："喂……哪位？……什么……司法所老姜？对，对，我们已到了黄家湾，正和她们谈着……什么？……看她们态度？……对，对，待会儿再向你汇报……"

他慢慢收起手机，严肃地说："是司法所长打来的，所长说，你们的事各级领导十分重视，准备当一个典型案例来抓。"

玉芹娘还嘴硬："你吓唬谁，我们犯了什么法？还当典型抓？"

汪文君吐出一口烟，眯起眼睛，望着那女人："这还用我说？问问你自己就明白了。好，我问你，"他向前一步，锐利的目光对着她，"你闺女凭什么在老余院子里盖鸡舍？又凭什么砸他玻璃？你又凭什么不让姓乔的进余家大门？唵？你说，你说！"

手机又响起，汪文君接打电话："喂，所长啊，……你问她们态度？……对，对，玉芹娘态度好像有转变……什么？必须得彻底承认错误……要不，要不什么？……他们都要来？……噢，噢，我看还是在等等看吧……好，好……"

他收起手机，心想，彭涛这家伙真行，电话来得真是时候。

玉芹娘听了，悄悄把那木棍丢在了一边。

汪文君发现了她的动向，心想，这女人，本事也不过如此，看来就要技穷了。于是，他说："刚才听到了吧，说你态度再不转变，他们要来抓你典型哩。"

那女人不由败下阵来。她往前凑凑，盯着汪文君，说："汪，汪，汪什么来着？噢，噢，汪协理，这是为什么呀，不就是盖了几间鸡屋子，砸了几块玻璃，就要当典型抓呀？再说，那鸡屋子是他闺女应了的呀……"

汪文君不等她说完，就逼上去说："你说得到轻巧，不就是几间鸡屋子、几块玻璃吗？我问你，他们分家了吗？……对，分了。你可知道父子分家、财务个别的道理？……噢，你知道。先说盖鸡屋子，他闺女应了能算？余志明是户主，房产证在他的名下，那个院子是他说了算。他不点头，你们就是侵权。更别说砸他玻璃，性质更严重！严格地说，那是刑事犯罪！还有你和你的闺女，整天恶言恶语，不让姓乔的进他那个门，余志明硬是让你们逼得服了毒，这不是侵犯人权、破坏婚姻又是什么！"

提到余志明服毒，汪文君更是气不打一处来，语气渐渐高了起来。他瞥一眼玉芹娘，"就凭这几条，也够判你们几年的！"

手机音乐又起，他接打着电话："喂，是我，……什么？他们还想来？"他瞅一眼那女人，"等一会儿再说吧，我看她们态度确实有变化，好……好，就看她们态度……"

汪文君收起手机，接着说："我可不是吓唬你们，余志明的关系可是挺得很，咱们镇的镇长是他的学生，派出所的所长是他的学生，县公安局、法院都有他的人，别说还有省里的关系。他要是想治你们，还不跟拿鸡一样？可他为什么不治你们？你们终究是亲戚，你闺女终究是他儿媳妇，他是虎恶不食子呀。可他那些学生不管那些，他们一听说老师喝了药，都气得不行，非要来替老师出这口气。"

他突然打住，盯着玉芹娘，"怎么样，让不让你闺女回去？"他等了约莫三秒钟，见那女人没反应，断然说，"余刚，咱们回去，让他们都来吧！"说完，转身向外走。

玉芹娘彻底垮了下来。她抢上几步，一把抓住汪文君胳膊，急急地说："汪协理，汪协理，你可别走，可别走，我一切听你的，这、这就叫闺女回去。"

435

张玉芹早从屋里出来，大包小包地提着，走到余刚跟前，好像久别重逢似的，端详着他伤迹斑斑的脸。余刚呆呆地望着她，那样子简直像喜从天降！张玉芹见他这般模样，不由扑哧一笑："发什么呆，还不快回去！"

汪文君高兴地望着这对小夫妻，出门发动起车。玉芹娘撵上几步，拉住他说："汪协理，你可真是个大好人，还请你在那些领导面前多说些好话。赶明儿，俺就去看亲家。"汪文君望着她那副可怜相，觉得好笑，"这个好说，可是还有那姓乔的娘们儿呢？让不让她进门？"

玉芹娘一拍大腿，说："你看你看，差点把她给忘了，刚才我想好了，麻烦你说给姓乔的妹妹，就说老余那里，她愿啥时去就啥时去，俺……俺还打算去喝她喜酒呢！"

汪文君面色复杂地望着她，心里说："这女人真不简单，说变就变，真的是化学脑袋瓜儿。"于是，他说："好了，老嫂子，谢谢你的合作，到志明结婚时，我可要多敬你几杯哦？"

玉芹娘感激涕零，忙说："那是那是。不，不，应该俺敬你，俺敬你。"

汪文君戴上头盔，望着余刚张玉芹，说："你们慢慢走，镇上我还有事，就先回去了。"说完，一加油门，突突地跑了。

余刚傻傻地望着张玉芹，呆了似的。张玉芹一笑，把自行车往他面前一推："还愣着干吗，还不快走！"

余刚接过车子，跨上去，张玉芹跳上后座，朝母亲一摆手："娘，我走啦。"自行车晃晃悠悠，向前驶去。

玉芹娘一拍大腿说："嗨，看把他们高兴的，俺，俺这是唱的哪一出啊。"

汪文君没有去镇上，他那句话是说给玉芹娘听的，免得她心存幻想，再生事端。他一路笑着，唱着，有时还吹上几声口哨。很快，他就来到彭涛饭店。他熄了火，打住车，不紧不慢地向里走去。

彭涛和许莉正忙着择菜、洗菜。彭涛发现了汪文君，忙问："回来了吗？"

汪文君往下解着头盔，慢慢说："你说谁呀！"

彭涛立马急了眼，说："快别阴阳怪气的啦，快说，张玉芹回来了没有？"许莉接过头盔，瞪着汪文君，也立等回话。

汪文君自找座位坐下，连连说："渴啦渴啦，快拿茶来。"

许莉偏不去下茶，她面向彭涛，说："你看你这些朋友，个个是死牛筋，这里越急他越不说，"她转向汪文君说，"老汪，你到底说还是不说，不快说，别说茶，就是尿也没你喝的，我还留着上地呢。"

"弟妹好厉害呀，这里跑得口干舌燥，屁还没来得及放一个，就一个劲儿地拷问，还让人活不活？"汪文君望一眼二人发急的样子，"好，好，我说我说。"

可是他又瞪起眼，四下搜索着，像是找水喝。一会儿他才说："嗨，你们简直是明知故问，有咱老汪出头，张玉芹能不回来？"

"玉芹她回来啦？"二人几乎同时问。

汪文君瞅他们一眼，高兴地说："正在路上呢，怎么样，放心了吧？"

许莉拿起茶壶，高兴地说："好，我这就去给你下茶。"

汪文君打趣地说："弟妹，不让喝尿啦？"

许莉笑笑："美得你，不是说了吗，我攒的尿还留着上地呢。你就是想喝，我还舍不得。"

汪文君："佩服，佩服，没想到弟妹这么会过，老彭有这样好媳妇当家，哪有过不好的道理。"

彭涛说着"那是，那是"，就去厨房炒菜。

酒菜端上来了，他们边吃边聊。

彭涛："老汪，还没问你，那女人是怎么让玉芹回来的？"

汪文君呷一口茶，说："啊，那老女人果然厉害！"他指指身上衣服，

"要不是这身行头和你那电话，还真不好对付哩！我说，你电话里要抓她典型，那女人就窗户棂子里拉尿泡——泄气啦。"

许莉边给汪文君倒茶边说："老彭刚才的电话原来是打给你的，我说他一个劲地笑，你们两个鬼东西可真会玩儿。就为这个，我也该敬你们一杯。"说完，给二人满上酒。

彭涛："敬不敬酒倒不重要，重要的是张玉芹到底回到家没有，待会儿我就去看看，也好给余志明去个信儿。"

解放军某医院里，身穿病员服的余志明由乔玉珠扶着行走在通往后景区的林荫道上。余志明眯着眼睛观望着道路两旁的法国梧桐，似在想着什么。他们的身旁不时有患者、陪护、护士走过。余志明看上去身体还十分虚弱，苍白的脸上带着困倦、疲惫，走路晃晃悠悠的。

他们来到小湖边，余志明望着对面的青山和楼台亭阁不说也不动，久久地望着。

乔玉珠抬起头，小心地问："老余，又想什么啦？"

余志明叹了口气说："一年前沈翠莲在这里住院，前些日子你在这里住院，现在又轮到了我。嗨，真是人生莫测呀。"好久，他突然话锋一转，急急地问，"玉珠，还没问你，那天听老汪说，是你救了我，到底怎么回事？"

乔玉珠抬起头："非要我说吗？"余志明点点头。于是，她就把事情的经过大略说了一遍。当讲到她如何背起他咬牙坚持，昏厥在地时，余志明不由落下泪来。他一句话也不说，只是紧紧握住她的手，任那泪水纵流。

乔玉珠却意外地显得平静。她慢慢抽回手，不解地问："老余，我真不明白，像你这样一个开朗、坚强的人，怎么也会出此下策？"

余志明凝视着湖面，竟无言以对。

他们越过块块圆石，来到环湖小道。小道一旁的柳荫下，孩子们正从大盆里往外钓金鱼。年轻的父母（大多是母亲）站在他们背后指指画画地指挥着。孩子们认真的样子，引得二人只想笑，刚才的郁闷也就一扫而光了。

这时，汪文君打来电话说，张玉芹已回到樱桃峪，请余志明放心。余志明听了，心里就像卸下了一块巨石。他激动地说："老汪，谢谢你，谢谢你。"

他慢慢收起手机，兴奋地望着乔玉珠。乔玉珠刚才听到他们的话，自然也就高兴。张玉芹的回家意味着事情有了转机，那不是很好嘛。但她还是问："玉芹回来啦？"

余志明："回来啦，回来啦，玉芹已回到樱桃峪了。老汪还说，玉芹娘也变好了，说是还要来喝咱的喜酒呢。"

乔玉珠高兴地说："汪老师可真有办法，咱可得好好谢谢他。"

十天之后，余志明出院了。出租车来到樱桃峪村外大道上时，一支送殡的队伍迎面而来。随后就听到咿咿呀呀的哭叫声和哀乐声。

余志明碰一下身边的乔玉珠，示意她往外看。出租车缓缓行进着，哀乐声、哭叫声越来越大。队伍慢慢从车旁经过。走在最前面的是十几个手拿纸人、纸马、纸鸡、纸汽车的孝眷，后面跟着的是两个抬椅子的年轻人。一律的白衣白帽。椅子上放着骨灰盒，上面用红布蒙着，看上去肃穆庄严。骨灰盒后面是一幅有着黑色相框的画像。画像和蔼地笑着，像是去赴一场盛大的集会。余志明睁大了眼睛，紧紧盯着画像，吃惊地说："是他，是他！是万有河大叔！万有河人叔死了！！"他张大的嘴巴，好久不能阖上。他想起了万有河那句不知说过几遍的话："咱吃不着他的，喝不着他的，可他们就是不让咱过。我真不明白，这是咋回事呢……"

椅子后面就是万有河的儿子了。他手拿招魂幡，鼻涕流得挺长，正捶胸顿足地哭叫着："啊哈哈哈哈……爸爸吶……你怎么撇下我走了哇……你好狠心呀……啊哈哈哈……"

余志明面色复杂地望着他，心里说，"这年轻人着实可恶，老子死了，

还要受他的口诛笔伐！"

跟着看的人并不买他的账，一个个显出鄙夷的神色。

这个说："装得倒像，可他心里还不知想着啥哩。"

那个说："早干啥去啦，人死了，反倒孝顺起来啦。"

"要不是两口子逼着，老万叔能喝药？"

"据说，据说那姓许的娘们儿又来找过老万叔几次，都被两口子骂了回去，老万叔没辙了，才……"

余志明品味着人们的话，从车窗探出头，望一下渐渐远去的送殡队伍，长长出了一口气。他拍拍司机肩头，出租车加速，向前驶去。

47

一个月后，樱桃峪已是秋天。山村的山山岭岭到处是丰收的景象。一处处油绿的樱桃园，一棵棵果实累累的苹果树，通红的柿子，金灿灿的玉米……还有一个个咧着嘴笑的樱桃峪山民。

余志明自出院后，就着手盖房的准备工作。在汪文君和彭涛的全力支持下，时间不长，果园里小土屋的旧址上，已建起了六间青砖碧瓦的新房子。房子坐北朝南，虽然简陋，但也宽敞明亮。临大道的果园边上，还建起了几间门头房。主体建完后，余志明不好再麻烦别人，自己和乔玉珠干起了泥墙的工作。二人经过近半个月的努力，泥墙工作已近尾声。余志明泥完最后一板泥灰，高兴地说："嘿，总算泥完了。"接着，从两米多高的脚手架上跳下来。

乔玉珠望他一眼，娇嗔道："也不怕摔着，快五十的人了，还这么逞强。"

余志明笑笑："要是能摔着，我就不跳了。"

他们开始拆脚手架。余志明打量一下泥好的墙："等墙干了，咱就在外间摆上货架，里间就可以住人了。"

乔玉珠："对，就叫菲菲和她奶奶住这里，照看着生意，还不寂寞。"

余志明摆摆手说："这怎么行，她们老的老、小的小，离公路又这么近，能放心吗？"

乔玉珠若有所思地望着他，说："那她们伴哪里呢？"

余志明指指园里，说："让她们住里面，咱就住这里，不是很好吗？"说着，又去解木头。

乔玉珠接过木头，放在一边，说："好是好，可是菲菲奶奶还是离不了她那个家。我劝过多次，她总没有松口。"

"还有菲菲呢，不知她能不能接纳我这个二任爸爸。"

"菲菲倒是好说，她对你印象不错，可她又总忘不了她的爸爸，嗨，真是两难啊。"乔玉珠为难地说。

"你婆婆的事，抽空我和你去做做工作，她又没有别的儿女，不靠咱靠谁？"

随后，他们又说起了双方父母的问题。余志明说："待他们真的老了，就把他们全接来，我看，咱们还管得起饭。"

余父和余母来到门头房。

余志明高兴地说："爹、娘，这么远的，你们怎么来了？"

乔玉珠望一眼他们手里的东西，接着说："大爷大娘，你们这是……"

余母往前凑凑，拉起乔玉珠的手，久久地端详着，有点凄凉地说："玉珠好孩子，看你这样细皮嫩肉的，却要和志明在这里受苦，我这心里还真有点儿……"说着，背过脸，擦着眼睛。

乔玉珠见老人家为她落泪，心里也不太好受，但她还是劝道："大娘你不要难过，这可是我自己愿意的，心里可高兴哩。"她望一眼对面的胭脂河，"这里多好，有山有水，还有大路，比在家里强多了。"

余母回过头，抹一把眼睛，说："玉珠，有你这句话，大娘就放心了。"她望一眼儿子，回头又说，"大娘我不该说了，其实你和志明在学里时，就应该……都怨我和你大爷糊涂，耽误了你们。"

余志明埋怨道："娘，你都说些什么，快别说了。"

余母笑道："对，对，不说了，不说了，你爹因为这事儿都后悔死了，现在提起来，心里还难受呢。"

余父听得有点不耐烦，说："你这老东西，见了儿子话就说不完，"他指指余母手里东西，"你是来干吗的？还不快说说。"

余母高兴起来，说："没忘，没忘，儿子要娶媳妇，当娘的哪能忘。来，志明，你接着，"她把几个兜递给余志明，"这是你二弟、三弟，还有你四弟寄来的东西，他们说部队里忙，谁也来不了，就拿点东西表表心意吧。"说着，她又从怀里掏出几个小红包，一个一个递给乔玉珠，"这是你三个小叔子分别给你的红包，里面都有他们的名字。"最后又掏出一个包，双手递过去，"还有，这是我和你大爷给你的，没多没少，就一点心意吧。"

乔玉珠推让着，激动地说："大娘、大爷，谢谢你们，这钱你们留着自己用吧，你们也不容易。"

"玉珠，你这就不对了，结婚送红包，哪有不要的，你就别不好意思了。这钱，我和你大娘本打算等你们结婚时当面交给你。可我们都老了，只怕弄丢了，就先给你们送来了。孩子，你和志明走到这一步可真是不易呀。我和你大娘整天为你们祷告，为你们祝福。我们，我们……"余父有点哽咽，说不下去，就背过脸去。

余母赶快说："你这老头子，真没出息，高兴坏了是不？也不怕人家玉珠笑话，"她转向乔玉珠，攥住她拿红包的手，往她口袋里塞着，"来，孩子，快拿起来，等过了门儿呀，你可就要改口喽。"说完，老太太竟大笑起来。

乔玉珠望着余母，好一会儿，终于喊道："娘——"又转向余父，"爹——"

两个老人吃惊地望着她，几乎同时应道："哎！"

黄草岭许母家里。许母站在敞开的立橱前，抚摸着里面簇新的被褥、毛衣，脸上现出复杂的神情。她直起身，来到儿子遗像前，咕咕念念地说："儿子呀，你媳妇可是真的要走了，菲菲也要跟了去，剩下我一个孤老婆子。我，我该咋办呀……你媳妇心眼真不孬，劝我跟了去，可我怎么好意思去。寡妇再嫁，有带儿带女的，可哪有带婆婆改嫁的？我这张老脸往哪儿搁。儿子呀，你能告诉我吗？我……我该咋办呀……"她呜咽着，两行老泪爬上了她多皱的脸。她抬手擦擦眼睛，迈步向外走去。

她来到路边摊旁，呆呆地望向大路，风吹动她的银发，看上去是那样的苍老，那样的孤单。

三个月后的某一天中午，余志明正在吃饭，突然接到李永泰电话。

李永泰说："明天樱桃峪进行村委换届选举，还是之前咱说的那个意思，你要有个思想准备，担起村主任这副担子。"

余志明说："开会通知我早接到了，参加会议没问题。不过，对于村主任这个差事，我还没考虑成熟。再说我果园又那么忙……"

李永泰当时就有点发急，他说："你还再说什么？让你出山是镇两委的意思，更是樱桃峪一千多位村民的人心所向。你还犹豫什么……什么？你还挂着你那个果园？我的老师，学生我可是要批评你几句了，喜欢听吗？你可是真有点儿小农经济的狭隘意识了，余老师，大胆站出来，拿出当年你教导我们的气魄来吧，樱桃峪的明天，正等着你去开发呢。"

电话里传来挂断的声音，余志明举着话筒思索着，好一会儿才放下。他收拾一下碗筷，向外走去，他要去征求一个人的意见。

他骑自行车来到黄草岭乔玉珠路边摊。乔玉珠正在拾掇摊子，她发现了余志明，有点吃惊地说："老余，怎么是你？"

余志明也没客套，直接就把李永泰让他出任村主任的事和她说了。乔玉珠并未显出什么特异的表现，知道这是早晚的事。她理一下头发，笑道："好事呀，李永泰亲自点你的将，说明镇两委对你是寄予厚望的。另外，我也听我妈和王三妮她们说过，樱桃峪的乡亲们都盼着你带领他们致富呢。好事，好事，要是你当选了，我举双手欢迎。"

"那咱的樱桃园呢，谁来管？"

"这好说，只要你当好技术指导就可以了，剩下的活儿我来负责。你看行吗？"

余志明默默地点了点头。

第二天一早，余志明正在收拾餐具，就听喇叭里传来李志海的声音："村民同志们请注意，村民同志们请注意，今天咱们樱桃峪进行换届选举……"

余志明推出自行车，把机扎子夹在后架上，锁门向街上走去。

宽广的沿河大街上，仨一伙、俩一帮的村民叽叽喳喳地向前走着。他们不时和余志明打着招呼。李霞、赵娜她们边走边说笑着。李霞有点郑重地问赵娜："赵娜，你想好了没有？准备选谁呀？"

赵娜茫然地眨眨眼，说："我呀，大概还没想好呢，选谁都行。要不，咱还是选老村长吧，他干了大半辈子，头发都干白了，他要是落选了一定会伤心的。"

李霞撇撇嘴，说："呀，没想到你还是个活菩萨呢，心肠这么软。你不要忘了，村委会是带领村民发家致富的机构，它可不是福利院，更不是收容所。"她沉默地走了一会儿，又问王丽萍，"丽萍姐，你选谁？"

王丽萍诡秘地一笑，说："我呀，早想好了，我那神圣的一票，准备投给，"她瞅一眼李霞，"咱们的老师——余志明同志，请他带领咱们种大樱桃！"

李霞认真地说："对，对，我娘说了，咱村十有八九的人家都说要选余老师，说他有公心，又懂技术，咱樱桃峪的果园，他谁家没去指导过，没有疑问，我就选他。"

赵娜思量着说："是呀……俺家梨园他每年都去教俺剪枝，可他从未收过一分钱。对，对，俺也选他。"

余志明赶上来，说："你们这是说什么呀，这么热闹。"

王丽萍做个鬼脸，笑道："我们呀，正在说选一个能带领我们致富的村主任。他呀，会种大樱桃！"说完，她们愉快地笑起来。

会场设在学校办公室门前。横幅上写着"樱桃峪村委换届选举大会"。会场里早已坐满了人，好多人大声议论着。喇叭里播送着"走进新时代"的歌曲。

会场里一片嘈杂声。

彭涛和几个人吵得正欢。他一个劲地嚷着："我就是要选余志明，他有经济头脑，是樱桃峪第一个万元户……"

"当然啦，他是你同学，又是你铁哥们儿，你选他是想沾光呀！"一个中年汉子不等他说完，就打断了他。

彭涛曦地站起来，怒冲冲地说："你这是放屁！我想沾他什么光？我这是出于公心，还是那句话，我就是要选余志明，余志明有公心。"

"我呀，还是选老村长，他干了几十年，不沾也不贪，嗨，老村长可是好人呐。"一个老者捋着挺长的花白胡子慢悠悠地说。

彭涛接过话头说："你老人家也真糊涂，光不沾不贪就是好干部啦？他胡子都干白了，也没见咱樱桃峪有多少改变，你们说，自打改革开放以来，他有什么新招数？他给咱村创了多少家业？……你别打岔，就说咱村新发展的果园、桑园、中药材园，哪一样不是余志明带动起来的？再说，咱村种果园的，哪一家没请教过他？他收过谁家的一分钱？反正选谁呀，大家想一想，也就明白了。咱们可是要奔小康啊！"

彭涛的一席话，还真把人们问住了。那白胡子的老者，捋着胡子说："这小子说得也在理儿，要不咱也选余志明？"

中年汉子笑道："你这老东西，真的是化学脑袋瓜儿，老彭放了几个屁，你老人家就变卦了。"他抓耳挠腮地想了一会儿，又自言自语道，"老彭说得也是，余志明是帮村里干了不少好事，不行，我也得考虑考虑……"

老者又捋起白胡子，说："这就对了，人家不是常说要与时俱进嘛，没改革头脑怎么行。"

人们都笑起来，说："这老东西还真会赶时髦哩，有意思，有意思。"

老者说："本来嘛，咱就是要与时俱进，要不怎么能赶上人家？"

余志明悠悠荡荡地来到会场，望一望嘈杂的会场，又望望主席台，寻个角落坐了下去。正在主席台上观望的李永泰发现了余志明，拿起麦克风大声喊："余志明同志，余志明同志，请你到主席台上来，请你到主席台上来！"

余志明走上主席台。村委和群众代表都站起来，拍着掌。李永泰向前一步握住余志明的手："余老师，你坐你坐。"余志明点点头坐了下去。满头白发的老村长李志海来到桌前，宣布选举大会开始。接着，他请镇长李永泰讲话。

李永泰对樱桃峪的前段工作做了总结后，重点对余志明不畏艰险、勇于创新和帮助村民创业的业绩进行了宣讲。最后，他宣布选举开始。顿时，会场变得纷乱起来。人们经过议论，比对，还有激烈的争论和最后的投票表决，结果出来了。余志明以绝对优势的得票数压倒了其他所有候选人，当选为樱桃峪新一届村主任。掌声过后，他发表了热情洋溢的就职演说。他没有讲稿，而是即席演讲。看来，他对当这个村干部，似乎并没有做过太多的准备。他说："父老乡亲们，兄弟姐妹们，你们信得过我，让我来带这个头，这是对我余志明最大的褒奖，我十分荣幸！我，一定不负众望，竭尽全力，当好这个村干部！"

他扫一眼会场，又说："下面，我就说一下我的打算，也算是对樱桃峪一千多乡亲的许诺。"他望了一眼主席台，转身对选民们大声说，"假设，到时候我的许诺不能兑现——大家就把我赶下来！"

会场上一片哗然，有人大声说："好！有气派！"

他双手一按，说："第一，兴修水利，二至三年内解决樱桃峪浇水难的问题。具体做法是，在望龙山上修建一座水库，把胭脂河里的水存起来，而后修建环山渠，把水送到每一个果园、每一块田地和每一个需要水的地方。"

下面议论起来："好，好哇，要是真修成了水库，那咱的旱地不就成了聚宝盆？"

"我看他这是先给你个热罐子搂着，要真修啊，还不知是猴年还是马月呢。"

"在山上修水库？我看，老余是在说梦话吧。"

余志明扫一眼叽叽喳喳的人们，大声说："大家静一静，静一静，等我说完了再讨论。第二，广开财路，全面发展，因地制宜。请农大教授来做实地考察，化验土壤成分，进行小气候分析，合理安排种植计划，能种樱桃的种樱桃，能种桑树的种桑树养蚕，能种中草药的种中草药。多种经营，全面开花。"

下面议论起来："还是老余有水平，不搞一刀切。这才像个实干家。"

"那咱樱桃峪可更有看头啦，也有花儿也有果儿。"

余志明摆摆手："第三，大力提倡开拓进取精神，招商引资。咱们樱桃峪山美水美，人更美，是休养生息的好地方，利用外资搞好旅游开发，兴建度假村，营造生态园。让咱们的山成为金山、银山、花果山，让咱们的胭脂河，富水长流！"

会场静悄悄的，好像凝固了。几百双眼睛望着一个共同的地方。

余志明像是站在当年的讲台上，豪迈地说："乡亲们！老少爷儿们！努力吧，好日子就在前面，小康社会一定会早日实现！"他气派地把手一挥，结束了演讲。

会场沸腾起来，一张张期盼的脸兴奋地望着他。不少人都在说，这下好了，咱樱桃峪有盼头了。

彭涛站起来，大声喊："余志明——我支持你——"

人们随着喊："我们支持你——"

李永泰站起来，走向前，握住余志明的手激动地说："余……余主任，镇两委坚决支持你的宏伟计划！"

··········

同一时间。北京市某企业宽敞的办公室里，一位秃顶的中年男人正和余霞谈工作。中年男人吸着纸烟，在办公室里走来走去。他弹弹烟灰，慢悠悠地说："这几年咱们企业产值一年上一个台阶，真是蒸蒸日上啊。"

坐在椅子上的余霞静静地听着，抬头望了一眼中年男人。

"我想改变一下咱们员工的福利条件，鼎好是建一个度假村，让我们的员工好有个疗养的地方。当然，度假村还要对外开放，也要为企业创造利润。可是这度假村对条件要求又十分苛刻，它既要有山有水，还要风景如画、交通便捷。这样的好地方往里去找呢？"他望望沉思着的余霞，"余经理，你是农村来的，好地方肯定知道不少，你给我参谋参谋。"

余霞站起来，高兴地说："董事长，好地方倒是有一个，它完全符合你的要求，可不知你愿不愿去？"

董事长："哦？你说。"

余霞倒上一杯水，慢慢喝着说："这个地方呀，就是我的家乡——樱桃峪。"

"樱桃峪？"董事长疑惑地说。

"对，樱桃峪。怎么来形容它的美呢，这可不是几句话能概括得了的。嗯，打个比方吧，它就像陶渊明笔下的桃花源，又像是安徒生笔下的童话世界。弯弯的胭脂河从它身旁流过，叮咚叮咚的常年不息，似在唱一支快乐的歌。巨龙似的望龙山雄踞在它的东北端。每逢雨季到来，它云遮雾绕，若隐若现，恍若仙境。还有青翠的田亩和块块果园。待到春天到来时，就见流水淙淙，和风氤氲。山野布满了鲜花，牛羊哞哞乱叫。农人自由地劳作，时而又有歌声传来……"余霞来回走动着，激动地说，"啊！它就是一个现实的桃花源。"

董事长睁大了眼睛："呵，没想到你那儿有这等好地方。"

余霞摆摆手，又说下去："我们的樱桃峪岂止山美水美，那里的人更

美。小伙个个壮如山，姑娘人人赛天仙。啊，美，实在是太美了。"她沉浸在对美好事物的向往中，有点喘吁吁的样子。

董事长高兴地说："好！真是太好了！果真如此的话，董事会上会商一下，如果决定了，就派人先去考察一下，看是否真的适宜兴建度假村。"

余霞惊喜地说："真的？"

这时，那高个青年推门进来："爸，什么事让你这么高兴？"

董事长："我正在和余经理探讨兴建度假村的事，樱桃峪的美景还真的把我给迷住了。"

高个青年："度假村？"

一个穿着入时的女职员进来："董事长，毛纺厂的高厂长打电话来，问他们那批货怎么办？"

董事长："你告诉他，就说过几天再说。"

女职员："他立等回话。"

"讨厌！"董事长说着和女职员离去。

高个青年望一眼走出去的董事长，回头说："小霞，我爸他真的要建度假村？"

余霞："你想知道？"

高个青年点点头。余霞示意他往前一点，在他耳边嘀咕着。

几天后，余霞按捺不住心头的兴奋，就把这个不成文的意向打电话告诉了余志明。余志明很高兴，说："好，我代表樱桃峪先谢谢你，告诉你们董事长，樱桃峪随时准备欢迎他。"

余霞听着父亲说话和平时不一样，就说："爸，你当官啦？"

余志明笑道："什么官不官的，大家相信我，让我带这个头，还不知干好干不好哩。"他们又说了些闲话，就挂了机。

春天来去匆匆，转眼就要走到它的尽头。夏天就要到了。在这近半年的时光里，余志明带领他的班子，一步步落实着他的计划，兑现着他在选举会上做出的许诺。他没日没夜地工作，不是怕别人把他赶下来，而是为了改变家乡的面貌，古老的樱桃峪实在需要改变一下了。不然他那颗火热的心就没法安放。他将无法面对樱桃峪的淳朴乡亲。

他先请县水利局的专家对胭脂河及望龙山进行了实地考察，反复论证了在望龙山兴建水库的可行性，否决了他自己在村委会上做出的一级级提水的方案，改为从胭脂河上游开山凿渠的方案，把河水引进水库。这样，无疑就降低了水库的建造成本。李永泰很支持他的计划，认为他是在做功在当代、利在千秋的不朽事业。余志明的计划，在全镇，乃至全县都具有典型意义。他很为余志明的胸怀、才能所折服，更为自己当年的老师而自豪。他帮余志明从县水利局争取到了一笔可观的水利基金。余志明又动员村民用入股的方式筹措了部分资金。山上有的是石头，村里有的是青壮劳力，水泥石灰也不是大问题。估计下半年水库就有望动工了。

他又从农大请了教授和科技人员进行了土壤化验、小气候分析。结果说明，大部分土地都可栽培大樱桃。来人对其他地块也做出了指导性计划。樱桃峪村民对余志明简直是言听计从，百依百顺。余志明叫种啥，他们就种啥。山里人没有那么多花花心眼儿，他们信任自己选出的村干部哩。

许多园地已经整好，新栽的樱桃树、苹果树，还有山楂、栗子等，已绽出新芽。中草药地里，太子参、党参、枸杞子、大青叶板蓝根，还有泰山参、何首乌各显姿态。错落的岭地上，还扎起了不少的塑料大棚，大棚里千姿百态的鲜花正在怒放。透过塑料，可以看到穿红挂绿的衣角在闪动。村里村外，远近的田园里，到处是忙碌的农人，到处是欢欣的歌声。整个樱桃峪呈现出一派欣欣向荣的景象。

招商引资工作也已展开，沿河大街一侧盖起了几间房子。"樱桃峪招商引资办公室"的牌子早已挂出。又请有海外关系的村民吃饭，请他们多加联系。几个港商、台商先后来樱桃峪进行了考察，建造生态园的意向也初步形成，但合同的最终签订尚需时日。

48

余志明自从接了村主任这个差事，家里的事基本上就没有空去管。樱桃园他已交给了乔玉珠。乔玉珠没让余志明失望，果园被她管理得井井有条。有时实在忙不过来，她也不和余志明说，让姐姐请几个姐妹来做帮工，处理些急迫的活计。

在乔玉兰的催促下，他们终于决定，在下一个星期天把喜事给办了。

张玉芹的态度也有了改变，尽管有时还猫脸狗脸的。她已将余志明屋里的鸡饲料等杂物搬出，放在外面余志明搭起的棚子里。她说要把打坏的玻璃换上，余志明不让，自己去买了玻璃，又请人换上，随后又修补了纱门纱窗。这样屋里的苍蝇就少了许多，只是那股子恶臭还是熏得他不能安住。

转眼，星期天到了。余志明从门头房里出来，伸腿弯腰，做起了久违的广播体操。

乔玉珠来到门前，见余志明高兴的样子，会心地笑了起来。待了一会儿，乔玉珠让余志明载着，向民政局方向驶去。正行进间，余志明下车接打电话。电话打了足有十分钟，乔玉珠有点不悦地问："是谁的电话？这么长……"

"是小霞打来的，她埋怨我喝药的事，为啥春节回来时不告诉她。这事是她同学昨天打电话时才告诉她的。昨天，她哭了整整一天，弄得班也没法去上……"

余志明边走边说："她埋怨够了，又说咱们结婚的事她也知道了，还说如果不出国的话，她一定会来参加咱们的婚礼，为咱们祝福。"

乔玉珠感动地说:"这闺女……"

很快,他们就办好了手续,踏上了回程。乔玉珠坐在后面,双手拿着那个刚刚拿到的小本本,放在脸上摩挲着,心中不由升起一种甜蜜蜜的情绪。她不再那么拘谨,她伸出右臂,揽住了余志明的腰。

道路有点不平,弄得乔玉珠前仰后合的,他们只好下车,望望不远处的胭脂河,推车向前走去。

他们来到河岸,把车子放在堤上,向下走去。

天气很好,太阳照在河面上,河水闪着斑驳的光。他们站在离水最近的地方,不说也不动,听那叮咚的流水声,看那斑斓的浪花,想那发生在这里的故事。

乔玉珠打破了沉寂,她说:"还记得咱们年轻时说过的那些话吗?当时我病了,你去看望,我问你'这梦能成真吗',你只是说'或许,或许'。没想到,那梦还真的成真了。"

这个长期被情压抑的女人,心中不知蕴藏着多少能量,多年的梦想已成现实,是释放的时候了!她冒火的眼睛充满了泪水,她浑身战栗着,一下扑到余志明怀里,紧紧地搂着他,泉涌似的泪水在脸上纵横,嘴里不住地呻吟着:"志明,志明……"

余志明慢慢推开她,替她擦去泪水。乔玉珠又拿出结婚证,仔细看着。余志明也在看那结婚证,他深沉地说:"别看这小小的证件,想得到它,还真不容易哪!万有河大叔历经磨难,最终也没得到它,就无言地走了。看来,他只有到那个世界去寻找他的幸福了。可悲呀,可悲呀,这可怕的传统观念何时才能绝迹!"

乔玉珠也变得严肃起来,说:"你不也是吗,"她举举手中证件,"为了它,也差点送了命!"

果园门头房里。乔玉兰铺床叠被,里外地忙着,做着婚礼前最后的准备工作。乔母、王三妮走进屋来,手里还拿着红纸、剪子等。乔玉兰问母

亲，拿剪子做什么？乔母说："剪花呀，哪有结婚不贴花的？"

乔玉兰笑道："嘿，对了，我都忘了我妈还是个民间艺人呢。"

彭涛和汪文君各自载着老婆来到屋前。李玉花一边往屋里走一边咋咋呼呼地问："人呢？新房在哪里？"乔玉兰赶忙迎住，随手接过她们手里东西，说，"看着高兴就行了，还花什么钱？"李玉花就说："不花钱，这酒叫喝吗？"

乔母接过话："叫喝叫喝，请还请不到呢。"

李玉花从衣袋里掏出一个小红包，说："谁记账呀，我这里还有贺礼呢。"

乔玉兰回头望望汪文君，说："汪老师，我看这账房先生还是请你来当吧，"她指指柜台上一个红本子，"那不，喜礼簿都备好了，就等你这管账先生了。"

汪文君拿过本子，有点无奈地说："光想来喝个喜酒，没承想还有任务哩。"说着，润了润笔，开始记账。

彭涛乘他记着账，跑到外面打开了收录机。很快，就传出喜庆的歌声："妹妹你坐船头哇，哥哥我岸上走……"来凑热闹的姑娘小伙，还有几个孩子就扭腰摆臀地随着唱起来："妹妹你坐船头哇……"门头房前顿时热闹起来。

彭涛来到门前，抬头望望刚贴上的对联，大声念："有情男女终成眷属，患难鸳鸯喜结良缘。好，好，贴题，贴题，老汪这小子不愧当过老师，肚子里还真有点马粪。"他发现上面还空着，就喊，"横批呢，横批呢？"

汪文君："我正在想，写什么好呢。"

彭涛很有些不以为然地说："不就是四个字吗，我看就写婚姻自主吧。这不很好吗。"

汪文君边写边嘟囔："什么婚姻自主！结婚还要看别人脸色。"

马文举来到屋里，他打量着外屋的货架，说："这是结婚呢还是小卖铺开张？新房呢？"

汪文君拿眼指指里间。马文举感叹道："这个老余，放着大堂屋不住，结婚却在门头房里……"

汪文君忙说："起先我也不明白，后来才知道，园里那大堂屋给玉珠婆婆和菲菲留着呢，一老一小在这里他不放心哩。"

马文举很有些惊诧地说："什么？你说什么？连玉珠婆婆也来住？真是不可思议，不可思议……"说着，掏出红包让汪文君记着账。里屋里，乔玉兰她们已把新房安排停当，正围着乔母看剪花。乔母灵活地剪着，她面前的桌上放着各种剪好的图案，那些图案有猫有狗有兔子，活灵活现，跟真的一样。

她把一张刚剪好的鸳鸯戏水的剪纸递给乔玉兰，说："来，快把这张贴在他们床头墙上，这两个孩子能有今天，可真不易呀。"说着，落下泪来。

乔玉兰忙说："妈，你看你，今天可是咱高兴的日子。"

"高兴，高兴……"乔母边说边拿衣袖擦着眼睛。

余志明伴着乔玉珠回来了。他望望里外忙着的人们，拱着手，连连说着感谢的话："大家辛苦了，谢谢，谢谢大家！"

乔玉兰把妹妹拉进里屋，拿过一件红底蓝花的上衣，说："这是我赶制的一件褂子，你穿上看看，你要是高兴，今天就穿这件，来，来，穿上试试。"

乔玉珠接过衣服看一下，就脱去外衣，穿上那褂子，转身对余志明："怎么样？今天就穿这一件？"

余志明略略看了一眼，点了一下脑袋。

乔玉珠觉得有点委屈，她说："你这人真是的，也不知夸一下。"

乔玉兰怕弄坏了气氛，赶紧说："玉珠，他一个大老爷们儿家，嘴哪有那么巧？咱可不在乎。"

余志明望一眼她们，微微地笑着。

身背旅行包的余霞和那高个青年来到门头房。余霞甜甜地叫了一声"爸"，一下扑到他怀里呜咽起来。

余志明轻轻推开她，替她擦擦泪，指着那青年："这位是……"

余霞破涕为笑："嗨，光顾了和爸爸亲，都忘了介绍了，他是王磊，是我们董事长的全权代表，嗯……也是我的……男朋友。"

余志明忙伸出手："欢迎，欢迎！"

男青年大方地说："叔叔你好！"

余霞："爸，小王这次来呀，可是有任务的，他要考察咱樱桃峪建度假村的可行性。"

余志明又握住了男青年的手："欢迎，欢迎，我们村委正谋划着这件事呢。来，"他拿过一个座位，"小王，你坐，你坐。"

王磊坐下去，抬头看着这位颇有风度的长辈，连说："好，好……"

结婚之前，余志明早就放出风去，说是除了族人、亲戚，和几个要好的朋友，其他一概不收礼品。可樱桃峪的乡亲们不管那一套，他们拿出或多或少的现金，细细地用红纸包好，揣在怀里，握在手心里，带着美好的心愿来到果园，软磨硬泡地让汪文君记上账，而后宽心地笑着，在果园里，在门头房前交谈、说笑，预备给这对别样的夫妻，送上自己的祝福。

尤慧芳伴着梅如华来到乔玉兰跟前，她满面春风地说："老同学，我们可得好好谢谢你啊！"

原来，乔玉兰为尤慧芳介绍的那个"小公务员"，就是死缠着乔玉珠不放的梅副所长。当时，无论尤慧芳怎么追问这小公务员是谁，乔玉兰就是不说，弄得尤慧芳老大不高兴。乔玉兰和梅如华、尤慧芳原是高中同班同学，本来很熟悉，关系也不错。可是他们毕业后就四散各地。而梅如华、尤慧芳更是未曾谋面，更不用说后来二人的婚变了。但乔玉兰与梅如华，与尤慧芳却常有联系。所以没费多少工夫，就促成了这桩美事。二人中年又得知己，见到乔玉兰自然是千恩万谢了。梅如华还做出打躬作揖的可笑样子，连连说着客气话。乔玉兰就说："如华，少来这一套，怎么样，这下满意了吧？"

梅如华忙说："满意，满意。"可他那双眼睛还是贼溜溜地往乔玉珠身上溜。

尤慧芳发现了他的动向，看一眼如花似玉的乔玉珠，又望着如呆似痴的梅如华，生气地捣他一下，说："老梅，看什么呢，小心磨坏了眼珠子！"

梅如华一惊，收回目光："什么？什么？眼珠子？我，我……我是在看新房呢……"

人们笑起来。一边的乔玉兰无奈地说："这个梅如华。"

李霞、赵娜、王丽萍把一个龙凤呈祥的镜子放在桌子上，请汪老师写上字。汪文君端详一下镜子，说："龙凤呈祥，龙凤呈祥，好，好，还是你们有创意。"

"汪老师，你算说对了，这镜子是我们三个挑了又挑，选了又选，才选中的。我们是真心祝愿两位老师龙凤呈祥！"李霞领头说。她们走到两位老师跟前，嚷着："快拿喜糖，快拿喜糖！我们都等不及啦！"

乔玉珠弯腰从货柜里拿出喜糖分发着，赵娜边吃边说："我祝贺你们，终于成功了，好事啊！"王丽萍接着说："其实呀，你们两个早在学校时就应该……"她把两个拇指并在一起，"就应该这样……"

余志明："你这个王丽萍，这么大了还这么调皮。"

她们都笑起来："哈哈，说到疼处了吧，是不是？"

余刚家内室里。余刚、张玉芹在看一封信。信是余志明留下的，他在诉说自己的心声："小刚、玉芹，没有告诉你们，我就搬到果园去住了。"

张玉芹瞅了余刚一眼，接着往下看。

"为了你们的事业，我想尽可能地让出一些地方留给你们。院子的北部还有部分空地，就全盖成鸡舍吧。这样规模就大了一些，效益就会好一点。

堂屋除了余霞住的一间，其余的你们先用着，放放饲料什么的。"

余刚激动地望着张玉芹，张玉芹兴奋地看着信，心里说："这还差不多……"

"我和乔玉珠决定在果园成个家了。"

张玉芹皱皱眉，抬头望一眼余刚，又往下看。

"你们可能一时还想不通，不肯承认这个现实，也不怪你们。你们都还年轻，还不知道孤独的滋味。余刚，你娘活着时，我们尽管吵吵闹闹，可总有个说话的。自打你娘没了后，空荡荡的屋子里就只剩下了个我。整天过着青灯孤壁的日子。你们哪里知道，有多少个夜晚，你们的爸爸只能对酒独饮，欲哭无泪。孤独啊，孤独啊，不知这孤独的日子何时才是尽头！"

余刚不禁难受起来，他侧过头，揉了一下眼睛。

张玉芹也变得严肃起来，抬头望着余刚。

猫猫跑进来，搂住余刚腿，仰起脸问："爸爸，你怎么了？"

余刚挥挥手，回头又看下去。

"现在，我终于找到了自己的寄托，希望你们能理解。我相信，早晚有一天，你们会接受这个家的……

"果树长势很好，估计用不了多久，就能进入盛果期，等我卖了钱，就帮你们扩建鸡舍，也算了却我一件心事……"

张玉芹的脸变得柔和起来，她高兴地望着玉刚。

"汪老师和你们彭叔非要举行个仪式，你们高兴的话，就带着猫猫一起来吧。"

信读完了，余刚慢慢收起信纸，定定地看着张玉芹，心里真是五味杂陈，不知说些什么好。

玉芹娘夹着个小包袱推门进来。

张玉芹有点吃惊地说："娘，你咋来啦？"

玉芹娘眨巴眨巴眼，好像有什么疑问似的说："怎么，不兴娘来看闺女啦？我早听人家说啦，今儿是你公公结婚的日子，那时我和姓汪的许下的愿，余志明成亲我一定来，这不，"她把包袱举举，"我还备了一挂帐子呢。"

余刚听丈母娘说完，就要去下茶叶。

玉芹娘忙说："你也别下了，待会儿去你老子那里喝，他那里的茶叶保准比你的强。"她见女儿女婿不吭声，就说，"时候不早了，咱们快去吧，他们不在家结婚，你们已经够丢人得了，不去不是更让人笑话吗？"

张玉芹嗫嚅地说："我还真有点不好意思去呢……"

玉芹娘："有什么不好意思的？他们是自己愿意出去的，又不是你们撵的他。走，咱们走。"

二人相互望望，锁了门，抱起猫猫，随玉芹娘向外走去。

典礼场合设在果园堂屋门前。门前的粉壁上贴着"结婚典礼"四个大字。前面已放着一张八仙桌，李玉花、许莉等人进进出出，摆放着椅子、凳子等物，又往盘子里放上喜糖、散开的烟卷儿等东西。

贺喜的人，仨一伙，俩一帮，嗑着瓜子，吃着糖块悠然自得地逛来逛去。成群的小孩子，呼叫着跑来跑去。偶尔有一两个顽皮孩子把点着了的爆竹扔进人堆，接着几声爆响。受惊的少妇们喊叫着就去追那些小孩子："好你个小兔崽子，看我不砸断你的腿！"

彭涛正在往一根竹竿上缠红纸条，尤慧芳手里拿着一长串鞭跑过来，说："缠完了吗？缠完了挂上。"

彭涛缠完红纸条，接过鞭炮挂上去，说："好喽，好喽，只等老汪一声令下，咱们就点上。"

收录机播放着流行歌曲，几个姑娘脚尖点地，扭动着腰肢，随着乐曲扭着，唱着。整个果园沉浸在一片祥和喜庆的氛围中。汪文君见准备工作已就绪，吩咐道："老彭，你和李霞她们快去请新郎新娘，就说典礼马上开始。"彭涛他们答应一声，向门头房走去。

新房里，赵娜、王丽萍等几个少妇正在帮乔玉珠穿一件曳地长裙。裙子穿好，少妇们打量着盛装的新娘子，不由惊叹："哇！好美呀。玉珠姐，快走几步我们看看！"乔玉珠一扭腰身，优雅地走了几步。这时，彭涛李霞他们刚好来到，又引起一阵赞叹声。人们拥着二人向园里走去。

他们来到堂屋门前。人们吵吵嚷嚷地让着道。正纷扰间，忽听园门外一阵刹车声。李永泰急急地向园里走来。他来到桌前，双手一拱："我来晚了，来晚了。"

余志明和乔玉珠忙站起来，握住他的手："不晚，不晚，永泰，你坐，你坐。"

汪文君见李永泰来到，忙说："永泰，来得早不如来得巧，就请你来主持这个婚礼吧。"

李永泰一摆手说："汪老师你别偷懒，这个主持呀，我看非你莫属。我想趁婚礼还没开始，就讲几句话吧。"

大家一起鼓起掌来。

李永泰把麦克风往怀里拉一拉，清了清喉咙，就讲了起来。

"乡亲们，今天我能来参加二位老师的婚礼，十分荣幸。我作为他们的学生，首先向他们表示最热烈的祝贺和崇高的敬意！"李永泰转身向余志明、乔玉珠深深一躬。二人忙站起来，颔首致意。人们鼓起了掌。

果园门口，余刚抱着猫猫和张玉芹、玉芹娘走进来。他们畏畏缩缩地走到会场后面，悄无声息地挤进人群。

桌子前，李永泰双手一按，忽然变得严肃起来。他说："下面我再讲几句本不该在这里讲的话。"人们惊奇地望着他，不知他要说些什么。

至于下面要讲的话，李永泰是经过反复揣酌的。他首先想到的是，如果要讲，就与今天这个场合不太适宜，这喜庆的氛围势必会受到一定影响。如果不讲，又没有教育一下相关人员的机会，特别是他想到余志明这样豁达的人，居然被他们逼得服了毒，就按捺不住他那颗不平的心。最后他还是决定敲打一下这些不正之风。他接下去说："可是，咱们樱桃峪还有那么一部分人，放着经济不抓，正事不做，整天站街头，仨一伙，俩一帮，躲在那里叽叽咕咕，专爱打探别人隐私，风言风语。"他忽然提高了嗓音，"他们要结婚是国家提倡的，是受法律保护的，碍着你们什么事！"他四下瞅瞅，见那些平日里胡言乱语的老少娘儿们都背过脸去。

"还有一些人，而且还是一些年轻人，在中老年人再婚这个问题上，四面设障，八方阻挠，百般刁难，在他们看来，结婚、爱情好像只是年轻人的专利，这哪里还像什么当代青年！说得严重一点，他们是在犯……"犯什么呢，他没有说到底。他不是不敢说，而是不愿说。他怕真的会破坏了今天的气氛。他心里说："嗨，就点到为止吧。"

…………

汪文君发现了人群中的玉芹娘。他拨开人群，走到她身边，说："老嫂子，我知道你会来的，走，到前面去坐。"

他们来到桌前，汪文君指指她，说："永泰，这是志明亲家母。"

玉芹娘仰起头："李镇长你好，我，我这里拿来了一挂喜帐，还有贺礼。"她把小包袱和红包举起，要交给李永泰。

李永泰早知道她的事迹，淡淡地说："这个你交给汪老师吧。"

汪文君接过包袱打开来，一挂红红的帐子出现在面前。有人开始议论："你看，你看，连亲家母也变了，还来贺喜，不是那时候一蹦半尺高啦！"

"这都是人家汪老师的功劳，要不是他……"

汪文君眯眯笑着，掏出账本，记着账。

玉芹娘走到余志明跟前，一下攥住余志明手："亲家，以前的事，你千万可别记仇啊，今儿个，我可是要和你好好喝一盅。"

余志明望着这个反复无常的女人，心里不知是什么滋味，嘴里只是说："好……好……"

这时，后面的余刚、张玉芹领着猫猫穿过人群，来到前面，站在余志明、乔玉珠面前，深深一躬。余志明和乔玉珠扶起他们，心里不由升起一种暖暖的感觉。

余霞和那高个青年也来到前面，二人先是一躬，余霞又甜甜地喊了声"爸，妈"，羞得乔玉珠忙回过头去。余霞和那高个青年各把一束鲜花献给新郎新娘。余霞朗声说："祝爸妈新婚快乐，万事如意！"

几个女人又议论起来："啧，啧，还是有文化好哩，看人家闺女多会办事。"

李永泰望着这动人的场面，高兴地说："乡亲们！在这个大喜的日子里，我想再告诉大家一个好消息。这就是，县水利局决定再向望龙山水库兴建工程追加基金一百万，咱可是喜上加喜啊！"人们兴奋地鼓起了掌。

李永泰最后说："最后，我祝愿二位老师新婚愉快，永远幸福。"他望一眼汪文君，"好，汪老师，你们继续。"

汪文君站起来，手拿一张大红纸的议程表，煞有介事地宣布着各项议程。当他念到"夫妻对拜"时，早就等在一旁的彭涛、马文举、王三妮、尤慧芳等人一拥而上，拥着余志明和乔玉珠往一处凑。

乔玉珠稳住脚步慢慢抬起头，娇羞地望着余志明。余志明和她对望一会儿，深深地弯下腰去，行鞠躬礼。

乔玉珠已是泪流满面，她也弯下腰去，鞠着躬。

汪文君瞅准时机，大声念道："送——入——洞——房——"

会场欢腾起来，人们嚷着，闹着，蹦跳着，有的还鼓起了掌。

鞭炮响起来了，火药的幽香和着缕缕青烟弥漫了果园。两个新人微笑着接受人们的祝福。大把的糖块抛向天空，缤纷的彩带在他们的头上飘飞。人们涌动着，欢叫着，簇拥着新人向前走去，走去……

后 记

中老年人的再婚问题一直是（现在依然是）困扰再婚者的一大难题，这个问题在农村就显得尤为突出。中老年人的再婚，实际上比登天还难，它要受多方因素的制约和干扰。在相当大的一部分人看来，中老年人的再婚和寻求再婚的过程都是些"老不正经""大逆不道""伤风败俗"的不齿行为。在这些人看来，结婚、爱恋只有年轻人才配拥有，婚恋似乎只能是他们的专利，只有他们才有资格谈婚论嫁、谈情说爱。

纵观某些人，大部分还是些年轻人，极力阻挠、打击中老年人的再婚和寻求再婚的行为、言语，其终极目的无非有以下几种：一是怕丢了自己面子，二是怕经济上受到损失，三是怕自己的继承权受到冲击。就是再有多少条原因、目的，无非都是为了他们的一己之利。

我久居农村，耳闻目睹了许多中老年人寻求再婚的遭遇。这些遭遇就发生在我的家乡、我的亲朋好友之中。这些人寻求再婚的结果，有的是不了了之、半途而废，有的是受尽了冷嘲热讽、污言秽语和各种人身攻击后，最终也没有得到自己的幸福，有的被逼无奈、万念俱灰而走上自杀的不归之路。这就是农村大部分再婚者和再婚寻求者的下场！

我朋友的一个亲戚，丈夫死后再婚嫁给了另一个男人。可好景不长，没过几年，男人患病死去。对方死后不久，那亲戚即被对方子女赶出了家门，衣物、被子被扔到大街上，她只好再回原来的家。可她的儿子儿媳并不欢迎她，儿子竟对亲生母亲说出些不在人伦的污言秽语。女人没有法子，只好沿街乞讨、捡破烂，用吸铁石吸拾公路上散落的碎铁屑卖钱勉强度日。后来得了病无人管问，半瓶敌敌畏喝下去完事。

就是现今农村中好些经济条件较好，有固定收入的退休工人、退休干部，想再行婚配、找个相宜的人共度晚年，也绝非易事。十之八九只能是独守空巢，一个个或早或晚，寂寞地死去。而这种结果的始作俑者，毋庸置疑，绝大多数都是他们的亲生子女或是其他家庭成员。

他们的遭遇让我悲愤，他们的下场令我唏嘘，我觉得有责任为他们鸣不平，有责任把他们受到的不公待遇公之于世。他们的合法权利应当得到社会的认可和尊重。我还想通过本小说，提醒、告诫一下那些试图或是正在阻挠、打击再婚者的人，也应该稍稍体谅一下丧偶者的情感与需求。想请他们换位思考一下，假设他们也处于丧偶的境况，他们会怎么想、怎么做？假设他们也踏上寻求再婚的道路，假设他们也受到恶意的诽谤、攻击和阻挠，他们会做何感想？我还想让他们明白，人除了物质需求之外，还有一个精神需求。而这个需求并不是随着人的年龄增长而消失的，它将伴随人的终生。我的目的是能构建一个个温馨、和谐的家庭和一种更为富有人情味的社会氛围。

小说主人公余志明和乔玉珠的故事，是根据我年轻时在学校目睹的真实事件叙写的，大部情节也都是真的，就是小说中的对话也是根据他们的生活习惯加上去的，我只是使他们更加典型化、更加理想化了一些。

主人公后来发生的故事，有我杜撰的成分，至于后来他们历经艰难、生离死别、终成眷属的结局，也只是我的一个美好的愿望。我认为这样美好的故事，这样美好的人，应该有一个美好的结局。至于他们后来究竟如何，我也说不上。我愿为他们和与他们有着相同遭遇的所有人们祈祷，为他们祝福，愿他们有一个和小说中主人公相同的灿烂结局。

《红樱桃》的主要人物没有宏伟大业，没有叱咤风云的作为，余志明、乔玉珠不过是两个自命不凡的小人物，是农村千万个小知识分子中的一员。

《红樱桃》没有多少曲折离奇的情节，没有诡谲怪诞的设定。它追求的是一种天地融合的意念，营造的是一种小桥流水、诗样的、令人神往的意境意象。它为心作传，它可深入人的灵魂深处与人交流，与人沟通。

《红樱桃》的写作历程是漫长的，时断时续的，差不多用了我五年宝贵时光，耗去了我大量心血，正如曹翁所言："满纸荒唐言，一把辛酸泪，都云作者痴，谁解其中味。"

《红樱桃》的写作是艰辛的、动情的。在文稿的构思及叙写中，男女主人公的遭遇让我不能自已，有时甚至想停下来痛哭一场，以发泄自己的哀伤，但是，我没有，我不能。这是因为，我是男子汉，我不能放纵自己。"男儿有泪不轻弹，只因未到伤心时"，我懂得这句话的含义。我只能趴在书桌上饮泣，泪洒桌面，泪湿稿纸。

我和我书中的人物同呼吸，共命运。他们笑，我亦笑，他们下泪，我亦下泪。很多时候，我忘了冬夏寒暑，甚至忘了吃饭，有时甚至工作到凌晨，梦里梦到一个情节，就会穿衣下床，适时记录下来。很多时候，我连续做着类似的梦，梦中的我，在爬山，在涉水，在荆棘丛生的林莽山道上奔走，有时又突然跌入深渊，惊出一身冷汗。我的思维已和书中人物、书中的场景融为一体，甚至我就是书中人物群体中的一员。

在梦里，我又生活在书中描绘的意境里，做着书中人物所做的事情。有时我会觉得的我的灵魂已游离我的躯体，我的身体似乎已成为一个空壳。

成年累月，没日没夜，我孤独地工作，孤独地生活，家务活动，事必躬亲。我烦躁，我焦急，我会砸桌子，摔板凳，踢得空无一滴水的水壶叮当响，满地转。我只有又回到我自己开辟的那个理想天地里，让自己安定下来，然后从容地处理家务，打水做饭。

小说即将付梓，在我来说，是一个不小的事件，由于水平所限，错讹断不会少，亟盼读者、行家批评指正。

在《红樱桃》的出版过程中，刘绍峯、宋洪泰、刘绍东等同志曾给予我大力支持，在此，特向之上诸同志及一切热切盼望《红樱桃》出版发行的亲友们致以诚挚的谢意。

2020 年 10 月 7 日午

书于十里书屋